方文/著

密歇根湖畔
By Lake Michigan

作家出版社

题 记

  这是一部书写旅美华人奋斗拼搏、诚信友善的励志小说。讲述以华丽为代表的几个女人在逆境中一改娇弱形象，自强自立，艰苦奋斗，结婚离婚，落难解危；面对欺辱据理力争慷慨陈词，面对情感挫折依然笑对人生。本书还细腻地描写了美国最美的城市、最大的湖泊，以及居住在那里人们的生活。

方文
2023 年 2 月 8 日

序

*

生活是走来走去的一架桥
—— 读《密歇根湖畔》有感

王旭烽

我读完了方文先生的长篇小说《密歇根湖畔》，首先想到的便是这样一句话："如果你爱上一个人，让他去纽约，因为那里是天堂。如果你恨一个人，让他去纽约，因为那里是地狱。"作者虚构的以华丽为代表的几位女性在逆境中一改娇弱的形象，自强自立，奋斗拼搏，结婚离婚，落难解危……这北美大都市林林总总光怪陆离的一切，换个背景，在中国的某个大都市恐怕也照样成立。这大概也可以印证今天的地球的确已经是平的，生活不但在远方而且也就在眼前，那些本来是在中国热腾腾的日子，一模一样地在美国翻版复制。要把一部完全描写华人在美国生活的小说，写成如此地熟悉感，如此地中国风，如此地起伏跌宕，如此地贴着地皮走，实在是一件不容易的事情。如果不是因为这些年来我对美国逐渐有了一些了解，我恐怕不会一下子接受得了这样的一个美国，这样的一个芝加哥。

《密歇根湖畔》这部小说，最大的一个特点，在我看来，就是剔除了因为虚构而建立起来的传奇、励志、梦幻、重构的想象空间，它如此质朴地把一大块生活，原汁原味地端到我们眼前，使我们突然发现：原来人类是如此地具有共通性。在中国浙江发生的事情，在美国芝加哥一模一样地发生，甚至连表达的方式、思维的走向与内心的涟漪都几乎一样。今天的美国华人，和当年《北京人在纽约》时的华人，真的已经很不一样了。

作者之所以能够给我们这样的阅读感受，应该是跟小说具备的一些特质分不开的。首先，方文先生给我们勾勒出了一个在异国他乡的华人部落，并以这个部落的生活为主要场景展开。这样的落脚点，已经和当年众多的华人小说相当不一样了。以往的这类小说，是把中国人扔在那个异域大海中，以孤岛的视角来描述的。因为当时的华人还只是如葱花一般撒在世界各地，无论人数还是实力都未构成今天的格局。那时的作者们往往更多关注的是孤独的异质在陌生的茫茫人海中挣扎的命运。而今天在国外的华人族群已经具备规模，织成生活的网络，完全构成了自己的文化形态和生活模式，方文先生描述的这个世界，不再是欧美文化挤夹下的中华文化，而是块状与块状之间相互交融的文化了。这显然是和当今中国的大国实力相匹配的，是最鲜活、最生动的移民文化的华语表达。

《密歇根湖畔》的另一个显著成果，便是故事中情节与细节的生动精准，这是相当不容易的。小说中包括二手车的买卖，打官司的过程，超市中的经营手段，租房的形态和房价，结婚离婚的程序，争取绿卡的骗术，凡此种种，都不是那种走马观花式的人的了解，那是要有丰富的美国生活阅历并且完全沉浸在华人日常生活中的人才能够得到的一手资料。读这样的作品，眼前活生生地显现出了唐人街的喧闹和生气，相信作者正是在这样切实的生活体验下创作的。

《密歇根湖畔》还有一个相当有意思的跨度，就是把当下中国和美国的生活搭了一个桥梁，这个桥梁是以女主角华丽为主线展开的，但她的生活并不仅仅局限于她的两次离婚和结婚，她生活剧变的原点，就建立在国内父母生活的剧变基础之上。而且，她父母的生活剧变直接就与当下的反腐败挂钩，父母在国内因贪污判刑入狱导致了这位年轻姑娘命运的全部改变：包括表妹投奔国外表姐、与表姐夫勾搭成奸鸠占鹊巢；怨妇出国重新寻找依靠；一表人才的大学老师与赌徒骗子合体又分裂；受过红色教育的贪污犯刑满出国后依然张口闭口马列主义；温州商贩的仿真品牌皮包，中国巧妇在美国超市竞争时的抓脸扯发，当过女科长的少妇与美国老人的婚姻谈判……普通人的日常生活，不管在此岸还是彼岸，都是普通日常的，就像一盆泼出去的水，流到哪里，作者就写到哪里；深入到什么层面，就传递到什么层面，真是原生态极了！

可以清晰地发现方文先生的写作特点，讲故事，塑人物，追情节，重推进，这显然是与他多年执掌从事电视广播事业的阅历密不可分的。倘若作为一部长篇电视连续剧的剧情框架来考量，这部小说的写法显然非常适合改编，而作为以看故事情节为主的读者群而言，这也是一部好看的小说。当然，您如果想借此小说了解美国华人日常生活中可能经历的点点滴滴——而这些生活的角落在别处真的很难看到，这也不乏为一部可供参考的生活辞典。真实的力量总会引起共鸣，读这样的小说，我们可以得出这样一个结论：彼岸就是此岸，生活是走来走去的一架桥。

　　是为序。

2016 年 2 月 22 日

注：该书序言作者王旭烽同志系原浙江省作家协会副主席，她的《茶人三部曲》曾获得第五届茅盾文学奖。

目 录

前　言 001
01　惊魂 001
02　求生 014
03　闪婚 030
04　卖身 044
05　有喜 062
06　纠结 078
07　探亲 093
08　出轨 106
09　独居 121
10　裂痕 137
11　起点 151
12　遭罪 166
13　做大 178
14　新朋 190
15　考验 206
16　出局 218
17　劣迹 231

18　失信 244
19　煎熬 257
20　争夺 267
21　转机 279
22　出彩 294
23　被冲 306
24　合议 317
25　焦虑 326
26　妥协 337
27　较劲 351
28　坦诚 359
29　开庭 362
30　舍春 368
31　望爸 377
32　决断 384
33　辞行 389
34　圆梦 392
后　记 403

前 言

在中华人民共和国成立后很长一段时间，中美关系处于互相封闭、互不往来的状态。

三十年后，一九七九年一月一日，《中美建交公报》生效，中国与美国正式建交，中美两国正常关系从此开始。

美国，对绝大多数中国人来说，既熟悉又陌生。熟悉的是媒体经常宣传的那些东西，陌生的是世界首富到底富到何等程度？还有所谓的自由世界，到底是怎么回事？许多人都想去美国看一看，从而一度出现了中国人去美国热。特别是二十五年前一部名为《北京人在纽约》的长篇电视连续剧在中央电视台黄金档热播，这在当时的中国产生了不小的轰动。其中那句"如果你爱上一个人，让他去纽约，因为那里是天堂。如果你恨一个人，让他去纽约，因为那里是地狱"的台词在中国九百六十多万平方公里的土地上广泛传播。许许多多年轻人记住的是"天堂"，忘却的是"地狱"。其中不少人通过各种渠道去"天堂"淘金，梦想过上像神仙一样的生活。然而他们却在"天堂"与"地狱"之间拼搏与挣扎。

在这一波出国热潮中，许多贪官也把妻儿送到了美国，本书的女主人公便是一位贪官的千金。她在美国的头几年过着"天堂"般的生活。然而，正当她读到大学二年级的时候，因父母贪腐入狱，导致她的命运彻底被改变。党的十八大以后，在中国掀起了一股反腐风暴，几十万贪官落马，牵涉到他们的子女和亲朋，涉及成百上千万人，这中间有的干部子女和亲朋依仗权势违法乱纪同流合污，有的子女和亲朋却是无辜的，凭借自己的能力努力生活。本书的女主人公就是属于后者。自古以来都有这样的事例，明朝严嵩父子属于祸国殃民的大奸臣大贪官，而他的孙女严兰贞却懂黑白明是非，善解人意，处事得体。无论是谁的子女，只要自己能振作起来，融入社会，奋发图强，走好自己的路子，过好自己的生活，就能为国家和社会作出积极的贡献。

　　本书最初的书名称《彼岸》，几经反复推敲，最后的书名落到了《密歇根湖畔》。

01

惊 魂

清晨，巨大的密歇根湖湖面上飘着一层薄雾。

紧挨密歇根湖的丽人大厦在清晨薄雾的缠绕下显得俏丽多姿。大厦高二十层，在十九层面朝密歇根湖的一个套房内住着一位名叫华丽的中国留学生。

今天，华丽起得特别早。她用完卫生间，对着镜子做些简单化妆，然后站在落地窗前凝视着密歇根湖远方的天空。水天相接处泛着乳白色，朝霞一点点晕染着天际，蓦地，一轮红日跳出水面，从金色的太阳上落下一张水幕，这感觉真是太好了。片刻后，她背上双肩包出门，一溜小跑登上了去芝加哥大学的轻轨。

芝加哥大学，建校已一百二十余年，是美国的名校，排名在全美前十、世界前二十。芝加哥大学所在的海德公园风光宜人，其古色古香的哥特式建筑群围绕着园林，犹如一座欧洲中世纪的城堡。大学的老校园被中国学生戏称为"主四合院"。主四合院组成六个辅四合院，每个四合院由毗邻的建筑物包围。芝加哥大学的商学、经济学和政策学，科学、医学和公共卫生学，以及文化、社会和艺术类等学科尤为突出。

华丽穿着浅蓝色牛仔裤，米色保罗 T 恤衫，耐克球鞋，外披一件浅黄色风衣，时髦靓丽，极有风度。她以极快的步伐跨进了芝加哥大学校园，时不时地跟身旁的同学、老师打招呼，显得很有修养和礼貌。刚到教室，见到班里的同学已经到了大半，她到自己的位置坐了下来。

上午九点整，一位美国白人女老师把期末考试的试卷发了下来。她先看了看试卷，等待老师下令……两个小时后，交了试卷。下午两点以后，华丽又有一次考试。然后，她走出教室，做了一次深呼吸，显得一身轻松。她临出校门前，还碰上了教务处主任罗迪女士。罗主任是个标致的美国白人，瓜子脸，鼻梁高挺,眸浅蓝。她说:"华丽,考完了?"

"是。考完了。"

"暑期有什么安排没有?"

"有。和同学去洛杉矶旅游观光。"

"哦。放假前,你把下学期的费用交了。"

"没有问题。明后天,我妈会打钱过来。我一收到钱,就会把下学期的费用交上。"

"去吧,祝你一切顺利。"

"谢谢。我也祝您幸福。"华丽说完这句话,一阵风似的走了。边上一些美籍的学生注视着这位漂亮又幸福的中国女孩翩然而去,一些人感到羡慕,一些人感到嫉妒。

傍晚,华丽回到宿舍,脱了球鞋,卸下肩上的双肩包,进了浴室。片刻后,她穿一身真丝睡衣出来坐到靠窗的单人沙发上,远眺密歇根湖,宽广的湖面在太阳余晖的照耀下闪闪发光,一些有钱人正驾着游艇或帆船悠哉玩乐。波光粼粼的湖面,点缀着游艇和帆船,犹如一幅高品质的油画,真是太美了。过了一会儿,火红的太阳突地掉进了水中,湖中升起一片水幕,整个天空变得一片灿烂。到了这个时候,美国的贫民们结束了一天辛劳的工作,即将休息了,有钱人的晚间娱乐则刚刚开始。华丽远远窥探着上流社会的夜生活,遐想着自己的未来:大学毕业后要是能找到一份理想的工作,再经过几年的努力,也能过上像他们一样的生活,这是多么美妙啊!想到这里,她微微一笑,转而又拧紧了眉头,开始给妈妈拨电话。她一连拨了几遍,都没有拨通;她又给爸爸拨电话,又拨了几遍,还是不通。她自言自语地说:"这老爸老妈去哪里了?度假了?旅游了?有应酬?再等等吧,明天再说。"然后,她从边上抓过一本书,有一页没一页地翻阅……

不一会儿,卧室的电话座机铃声响了,华丽以为是爸爸妈妈来电话了,急忙从沙发上站起来,紧走两步,抓起电话:"喂。"听到的是个男人的声音,"你是谁啊?"

"我是房东啊,你听不出来吗?"

"噢,对不起。"

"你下个月的房租该交了。"

"到时间了吗？好像还有两天啊。"

"小姐，你记错日期了，已经过了两天啦。"

"你看，这两天我期末考试，考得昏了头，连交房租的日期都忘了。对不起，两天后我会把钱打到你的卡上。"

"没有问题，我只是提醒你一下。祝小姐晚安，愿你做个好梦。"

华丽放下电话，开始埋怨起爸妈了："怎么搞的，我考试考昏了头，你们难道也昏了头吗？原本三天前你们就该给我打钱的，怎么到今天还不给我打钱啊？"

华丽既是埋怨爸妈，又有些着急。她回忆：自己从一九九八年夏天来到芝加哥诺利州高中读书。一年预备生，三年高中，加上芝加哥大学两年，前后六年时间，每个月妈妈都会按时给自己的银行卡打钱，从来没有发生过像今天这样的事情。如今该交学费了，没有交；该交房租了，也没有交。多丢人啊。转念一想，自己读高中时每年六万美元，读大学时每年八万美元，爸妈都是国家公务员，他们的负担也够重了。想到这里，她又有些理解爸妈，甚至为自己的急躁而有些内疚。

此后的三天，华丽给爸妈打了无数个电话，就是打不通。这三天，华丽又跑了三趟花旗银行，查了查账单，都说中国没有打钱过来，账户上只剩八百美元。

华丽真是着急了，她断定爸妈出事了。怎么办呢？真是叫天天不应，叫地地不灵，她走投无路，像热锅上的蚂蚁。正在这时，她的手机铃声响了，她急忙打开，是她表妹费燕的来电，听筒那边兵荒马乱的，像是出了什么大事，折腾了好一会儿，费燕才开口，只说了一句话："你爸妈被纪委带走了，双规。"

华丽像触电似的，把手机丢开了，几乎是惊叫："怎么办，怎么办，你们叫我怎么办！"

这个消息，对华丽来说，就是晴天霹雳。从她出生到现在，爸就是她的天，妈就是她的地，现在爸妈被双规了，这就意味着她的天塌了，她的地陷了，给她带来的是重重灾难。

这一宿，华丽从床上到沙发上，又从沙发上到床上，整整一个晚上没有合眼。想得最多的是两件事：一是一年四万美元的学费，这钱怎么办？二是每月一千六百美元的房租，一年两万美元，这又该怎么办？到天亮的时候，她已经想明白了："休学，搬家。"

第二天，华丽到芝加哥大学见了罗迪主任，办理了休学手续，结清了前面的费用；接着，她到丽人大厦房东那里补交了五天的房租费，于当天下午搬出了丽人大厦。

华丽虽说只是个年轻学生，但毕竟已在芝加哥混了六年。哪里是富人区，哪里是贫民区，她略知一二。她走出丽人大厦，在门前叫了一辆的士。上车后，司机问她去哪，她毫不犹豫地说："CICERO（丝色罗）小区。"

"是。"

半个多小时后，一辆的士在丝色罗小区停下了，华丽下车后付了车费，拉着一只大箱子、一只小箱子，东张西望地走着，一连问了十几家住户，都说没有多余的房子可出租。眼见太阳要落山了，这可咋办，真要流落街头了。可她仍不死心，继续一家一家地敲门，但都说无房可租……

这时，雷公电母又来凑热闹，顿时电闪雷鸣，紧跟着就是瓢泼大雨。华丽紧跑数百步，到了一幢破旧小楼门前躲雨。尽管这时间很短，华丽的衣服还是被淋湿了，雨水寒凉，华丽身上很快起了鸡皮疙瘩。她环顾四周，见没有人，连忙从箱子里抽出两件衣服把湿衣服换了。然后她把大箱子放平，在箱子上坐下了。

夜已经很深了，眼见小区一家家透出窗外的亮光灭了，劳作一天的居民睡了，雷公电母也歇了，大地也开始沉寂了。华丽感到又累又饿又困……竟不知不觉地睡熟了。

清晨，一个墨西哥男人开门出来，见门前躺着个年轻的中国女人，他想跨过去又没有跨过去。他俯下身，轻轻地叫了两声：

"小姐。小姐？"

对方没有应答。

他又用手摸了摸对方的额头，很是烫手。他转过头去，朝卧室大声地叫他老婆："肖鱼！肖鱼！有位小姐在我们门前病了，快来帮个忙。"

一个女人从卧室到了门前。男人把华丽抱到客厅的沙发上，让她躺了下来。肖鱼把华丽的行李拎进了客厅。

这时，华丽睁开了眼睛，见自己躺在人家客厅的沙发上，慌乱地一跃而起，这才发现身边还站着这房子的男女主人，又红着脸坐下了，她有气无力地说了句："对不起。"

那男人看上去有点粗壮,但很有礼貌地说:"小姐,你的额头很热,看来是病了。"

"啊……噢。"华丽确实病得不轻,脑子都迷糊了,反应很迟钝。

"小姐,你有什么困难吗?"

"我真是遇到困难了,想租个房子没有租到,天又下大雨,只好在你们门前避一避。"

"你要是不嫌弃,我家还有间地下室可以租给你。"

"好啊,好啊。"华丽不假思索地做了回答。这时她想到的只是落脚点,根本没有去想别的什么。

华丽终于在这位好心的墨西哥人的地下室找到了落脚点。那地下室就一间房子,有张床铺,隔出一个很小的卫生间,窗户倒挺大,但一大半在地下,一小半露在地面上。她站在窗口往外看,只能看到来来往往行人的那双脚,根本看不到行人的那张脸。可她只能选择这里,因为口袋里的钱不多了。她先交了一个月的房租三百美元,刚才又付了的士费六十美元,现在只剩下四十美元了。不管怎么说,总算有落脚点了。

华丽的新房东名叫夏咪,他老婆肖鱼刚满四十岁,咖啡色的脸、身形微胖,性格直爽,待人热情,说话幽默,喜欢嬉闹。她帮华丽把行李搬到了地下室。华丽因为感冒发烧,直接在床上躺下了。肖鱼不仅给华丽送了早饭,而且给她送了水和药,说:"这房子是差了点,但安全。这么美的小姐,又病着,要是遇到色狼可惨了。"

"这里有色狼吗?"

"有,有时还成群结队的,看到美女会拼命的。"

"这是真的吗?"华丽不安地瑟缩了一下。

"哈哈,别害怕,你放心吧,我是骗你的。"

华丽这才放心地在床上躺下了。肖鱼也不多待,自己上了楼。

华丽等四周安静了,这才伸手捂住自己涨痛的额头,自言自语:"有意思,真有意思。"她干巴巴地笑了笑,泪水从眼角细线似的流进头发里。

太有意思了,这才是一天之内的经历,大起大落,从公主沦为乞丐,比拍电影还刺激。

华丽在床上静静地躺了三天,到了第四天才退了烧。

俗话说，人到了晦气的时候，连喝凉水都要塞牙。华丽的病刚好，那天傍晚又是雷轰电鸣，不仅雷雨似瓢泼，而且下的时间也长。这幢民宅实在太老了，下水道坏的坏、堵的堵，洪水进了地下室。

华丽出身官家千金，又一直被父母娇宠，在美国这几年虽离开了父母，但仍过着养尊处优的阔小姐生活。前几天，她刚刚生了一场病，现在又面对洪水，真是毫无办法。

华丽急匆匆地去敲房东的门。夏咪听到敲门声出来开门，见是地下室的房客，就知道了她敲门的原因，没等华丽开口，就说："是不是房子进水了？"

"对，这可怎么办？"

"好办。我有水泵，我帮你去排水啊。"

夏咪立即到地下室，搬来水泵，三下五除二，装好了水泵，开始往外抽水……

窗外的雨"哗哗"地下着，室内的水泵"嗒嗒"地响着。一边往外抽水，一边通过下水道继续往室内倒灌，一出一进只能打个"平手"，室内的积水丝毫没有降下去。看着这架势，华丽今晚是别想睡了。

看着"波光粼粼"的地下室，华丽急得直咬嘴唇。

夏咪见状提议道："这样行不，这水让它抽着。你呢，到我家客厅去将就一晚上？"

华丽没有立即做出回答，警惕地看了他一眼。这人又高又壮，长得还凶狠，她不大放心。

夏咪又说："小姐，你放宽心，你别看我是个黑人，又粗又壮，但我心地善良，还不贪色，你放心去我家休息吧。"

"也只能这样了。"华丽说完，从自己床上拿条毛巾毯随夏咪去他家客厅过夜。

夏咪家住一楼。一楼有三间卧房，一间客厅连着餐厅。夏咪夫妻俩加三个孩子住在一层楼，也不算宽敞。夏咪很有礼貌地说："小姐，你就在这客厅将就一晚吧，我去睡了。"

"你去吧。"华丽向他挥挥手，让他回自己的房间去了。

华丽从官家小姐沦落为贫民。这时，她坐在夏咪家客厅的沙发上，只是发呆。她从出生以来，哪里吃过这样的苦，这可是她人生的第一次。她看着自己落难的样子，脑子里又想到大洋彼岸的爸妈。爸妈现在正被隔离审查，他们的日子恐怕比自己更难过呢。她拼命放空脑袋，不愿意想这些烦心事，可怕的画面却一个劲往她脑子里钻：她父亲正坐在省检察院反贪局审讯室的专用椅子上接受审查，反贪局两名官员正在问他："你女儿在美国就学的费用由谁提供……"想到这里，华丽的两只大眼睛里溢满了泪水。这一宿，她想了许多事，想了爸妈今后的日子，想了自己的命运，想了一晚上也没有想出头绪来。

第二天，太阳照常升起。华丽腋下夹了条毛巾毯走出夏咪家的客厅，见一轮红日已经离开地平线几丈高了，她深深地吸了口气，面朝东方，遥望家乡。

华丽回到自己地下室的卧室，见昨晚抽水的水泵已经不在了，积水已经抽干了，地面也干了。她摸了摸床上的垫被，觉得湿答答的，随手拎起垫被，从边上拿了条绳子，走到外面，拉起绳子，把垫被和被褥挂了起来，在太阳底下晒。这是很有中国特色的做法。许多美国人路过都会侧眼看看这一独特的风景。

接着，华丽拎了只小包去附近的小超市购物。这小超市按中国人的说法是便民店，专为住在这里的贫民区居民服务的。店面并不大，东西倒不少，面包、香肠、饮料，应有尽有。华丽专挑方便省钱的拿，平日里不吃的垃圾食品塞满了两个塑料袋。付了款，往回走……

丝色罗小区都是一幢幢老旧的二层楼房子，排列整齐，色调单一；这里有十几条街，几百户人家。说是贫民区，条件不算太差。

离丝色罗小区不远的另一个小区叫欧克布洛克（OAKBYOOK），这里是有钱人居住的富人区。边上的四川饭店，尽管不是很大，但在这一带很有名气。

那天晚上，中国铁林商界考察团十余人正在此用餐。团长是铁林商业局局长，姓刘，其中有三位女士。有位叫陶梅的女人，三十出头，无论脸型还是身材，均无可挑剔。那天吃晚饭时，大家有说有笑，彻底放了开来，只有陶梅一句话未说，显得心事重重。饭吃到最后，刘团长说："同志们，我们这次考察任务已经完成。明天早上六点起床，六点半用饭，七点出发，乘九点半的航班回国，请大家务必遵守时间。大家听明白了吗？"

"明白了。"众人回答。

大家酒足饭饱后，回到紧靠密歇根湖的香格里拉宾馆入住。考察团三个女人，另两个住一间，陶梅单独住一间。其他人都在准备行装，只有陶梅独自站在窗前发呆。大约过了三个小时，陶梅以极快的速度把属于自己的东西塞进一只大箱子，拉上了拉链。她看了看手腕上的表，这时已经是深夜十二点了。她又枯坐了两个小时，这才拉着一只大皮箱，把一只大旅行袋放在大箱子的拉杆上，悄悄出了宾馆大门，上了一辆的士。的士司机问她去哪里。

"去丝色罗小区。"

的士刚出了宾馆不远，见到路边上停着一辆警车，那警车顶上的警灯闪闪发光，显得特别刺眼，陶梅顿时吓白了脸，对的士司机说："回去！"

"回哪？"

"回去。"

那的士司机以为她在宾馆遗忘了什么，小车一掉头又往香格里拉宾馆开去……

此时的陶梅，在脑子里迅速闪过几个问题，我真的单独离团了吗？这可是叛国啊！回去吗？我可不想再见背叛我的丈夫！我要是被美国警察抓住该怎么办？他们会把我遣送回国吗？要是被遣送回国，那是多么丢脸啊……

在她反复思索、犹豫的过程中，那的士又回到了香格里拉宾馆门前，一个急刹车，把陶梅惊醒了："怎么啦，这是什么地方啊？"

"香格里拉宾馆啊。"

"不。走，去丝色罗小区。"

"小姐，你不是说要回来吗？"

"谁说要回来的，去丝色罗小区。"陶梅又讲了一遍自己要去的地方。丝色罗小区并没有她的朋友。她只是听人说，丝色罗小区是许多偷渡客落脚的地方。

那的士司机的态度非常友好，说走就走，一踩油门开车走了。

夜色茫茫中，那的士很快上了高速公路。接近清晨，高速公路上没有什么车子，的士跑得飞快，几十公里路程很快就到了。"小姐，丝色罗小区到了，你要去哪条街几号门牌？"司机问道。

"你往丝色罗小区中心开吧。"

那的士司机觉得奇怪，丝色罗小区中心是哪里啊？他心里有了几分猜测，"这位小姐说不定是个偷渡客"。他不想多管闲事，又往前开了一段路："小姐，到地方了，您下车吧？"

陶梅付了车费，拉着一只大皮箱在马路上漫无目的地走着……

天已经大亮了，住在香格里拉宾馆的铁林商业代表团刘团长和其他成员都在二楼自助餐厅用餐，独缺陶梅。刘团长叫人去房间找她，见客房已人去房空。时间飞快过去，代表团出发的时间到了，但仍然没有找到陶梅。刘团长急得团团转。他只好给中国驻芝加哥领事馆打了电话，报告代表团丢了个人，然后带着其他人员去了机场。

陶梅在丝色罗小区来回走了几条街，想找个住处先住下来。她来到第六街第十号房边上，见到华丽正在晾晒衣服，看眉眼像个中国人，便上前同她说话。

"小姐，请问这里有空房子吗？"

华丽看看陶梅，心想，这么漂亮的女士怎么会到贫民区来找住宅，心里有个问号："这里可是贫民区，大姐您这么漂亮，怎么会到这里来找住宅？"

"小姐，你比我还漂亮，你比我还年轻，你怎么会住在这里呢？"陶梅反问了一句，让华丽说不出话来。

华丽停了片刻："我是因为家里出了事，断了资金链，才住到这里的。"

陶梅觉得这位小姐挺率真的，说不定跟自己是同病相怜："小姐，不瞒你说，我也是碰到了困难才找到这里来的。"

华丽想，我俩说不定真是同病相怜呢。她对陶梅感觉挺好："小姐，你贵姓呢？"

"我叫陶梅，是铁林人。北方铁林，这地方你知道吗？"

"铁林？大名鼎鼎的，在中国恐怕没有人不知道吧？"

"嗨！我们那地方，又穷又土，你怎么会知道的？"

"铁林有个小品大王，著名笑星，谁不知道呀！铁林可是出名人的地方呢。"

"可不是，在'文革'时期，我们那里还出了个白卷英雄。考试交了白卷，成了全国的名人，还当上了全国人大代表；改革开放后，又出了个小品大王，红遍大江南北。他俩可给我们铁林人长脸了。"

"陶姐，那你为什么会到这里来的？"

陶梅不想把自己偷渡的问题告诉她："这事能不能先不说？"

华丽毕竟在美国待了五六年，人人都注重隐私，自己问这样的问题实在有失礼貌。"陶姐，请原谅，我问这样的问题太不礼貌了。"

"小妹，没有关系。你能否帮我一块去找个住处？你毕竟在这里住的时间长些，人地熟悉，我现在是两眼一抹黑，英语又不行，真是碰到困难了。"

"真不好意思，我搬到这里，到今天才第五天。要么，你先跟我在这地下室住几天，再慢慢去找房子。"

陶梅听到华丽这句话，激动得眼泪都快掉下来了，立即说："这真是太好了！谢谢你！"

在华丽困难、痛苦的时候，碰到陶梅这样能说会道的人，真是求之不得。两个落难人，同住地下室，有个诉说的对象，生活上也有个相互照应，真是太好了。

华丽、陶梅都属于美人坯子，一个有南方人的温柔细腻，有文化，有涵养；一个有北方人的率真泼辣，当过科长，处事果敢，敢作敢为。她俩尽管性格不同，但都处于人生的低潮阶段，都需要有人关爱，有人温暖。所以她俩的话都能说到一块，很快成了好姐妹。

华丽作为先到的主人，原本想请陶梅去外面吃饭，无奈的是自己口袋里已经没有余钱了，所以没有开口。陶梅呢，自己口袋里倒有千把美元，考虑到一时可能找不到工作，这些钱只能省着用，所以也没有开口。她俩中午每人吃了一碗方便面，晚上还是方便面。

她们吃得简单，话倒挺多。从中午一直聊到深夜。华丽把自己的经历简要地说了："……就因为爸妈出了事，我断了资金链，休了学，搬出了高档住宅区，才来到这里。"

陶梅也不隐瞒，说："我结过婚，有个上小学的儿子，家里那死鬼背叛了我，这次趁来美国考察的机会，不想再回中国，不想再见那个负心的人了。"

"人生啊，就这么一念之差，一个有家有工作的人，一夜之间居然变成了偷渡者！"

"你啊，别说我了，一个曾经要风有风、要雨得雨、住贵宾楼、读贵族学校的金凤凰，一夜之间变成了住地下室、吃垃圾食品、有上顿没下顿的土鸡了，你不悲惨吗？"

"惨惨惨，我俩都进入了悲惨世界。"

陶梅毕竟当过科长，在社会上混过几年，已有一定生活的积累，她一转话：：："小妹啊，悲到了极点，喜就来了。枯木还能逢春呢，柳暗还有花明呢。"

"，我们既要学长白山的红松，经得住风雪冰霜的冷藏，又要学爬山虎的耐热耐贫瘠，送给人们一片绿。"

"在春夏季慢慢养育自己，在秋天就能绽放出绚丽的色彩，送给人们一份五彩缤纷的礼物。"

"陶姐说得对，挫折纵然无情，却给了我们磨炼的机会。我们如今只能面对困难，学会坚强。俗话说，苦难是人生的补药，苦难是人生的老师，它能让人的骨骼坚硬，它能让人的头脑灵活，增添智慧。"

她俩互相调侃，互相安慰，互相鼓励，完全敞开了心扉。白天三餐全是方便面，夜间同睡一张床。

从那时开始，华丽开始在网上求职，她自认是名校的学生，只向大公司投简历，想不到，对方都因为华丽没有正规学历，没有录用她的意向。眼看着钱越花越少，只出不进，她们感到危机临近。

这期间，华丽跟表妹费燕有电话交流，常说想回中国。回国吧，命运堪忧；在美国待着吧，犹如被架在火上烤。

陶梅呢，尽管有个落脚的地方了，但毕竟是个偷渡客，整天心神不安。尤其是她所住的丝色罗小区，向来是偷渡客出没的地方，移民局的官员和警察三天两头来巡视，日子过得提心吊胆。

一天晚上，陶梅从卫生间出来，见华丽怔怔地站在那里，眼眶里已盛满了泪水，问："小妹，你怎么啦？"

华丽没有告诉她自己想家、想父母的事，只是说："陶姐，我的钱包空了，我们得出去找工作，不然要饿肚子了。"

"不急，我有钱。"

"你有多少钱啊？"

"我有一千美元，省吃俭用，还能过两三个月吧？"

"我以为你有几万美金呢，就一千美元啊？这点钱过不了两个月。你看，我们租的这破房子，每月得三百美元，两月就得六百美元，剩下的四百美元，两人能吃一个月就不错了。"

"照你这么一说，我们得出去找工作了。"

"要出去找工作，还得买辆车。美国是车轮上的国度，没有车子，就是想出门工作都不行。"

"好，咱们去旧车市场看看吧。"

她俩来到旧车市场。这旧车市场非常大，足足有一二百辆旧车，各种类型的旧车都有，美国旧车交易系统比较成熟，每辆车都有明码标价，价格高的要上万，低的几百美元。华丽心里明白，现在的"可用资金"只有陶姐口袋里的一千美元。买旧车，只能买最低档的车子。所以，她俩直奔一千美元以下的展区，这个展区的车大多是些残次品，好在都能跑。华丽看上一辆"哄达"，这辆车尽管外形损坏严重，但是跑的公里数不很多。华丽说："就买这辆吧。"

"这车也太破了。都说'香车美女、宝马金鞍'，我俩论相貌，在中国肯定是香喷喷的美人，在美国也不会太差吧？要是开着这么辆破车，这太丢人了吧？"

"你一个偷渡客，连偷渡都不怕，还怕丢人？"

"我是偷渡客，你是什么人呀？"

"我是贪官的女儿啊！"

"我俩彼此彼此，你还说我呢。"

"所以啊，我俩的脸已经丢大了，还怕别人说吗？"

"你说得也对呵。"

"当然，现在外人还不知道我俩底细的情况下，我们对外讲究一点没有错。"

"是啊，做人么，就得讲究；做女人么，更该把自己捯饬得漂漂亮亮的，你说呢？"

"对，树靠皮，人靠脸。但是，我们现在是什么处境呀？是处在逆境中的两个小女人。这车尽管外表难看，但内在的质量还不错，尤其是跑的公里数少，应该说发动机损坏不严重。发动机好，开起来安全。"

"好嘞，听你的，就这辆吧。"

她俩来到车行讨价还价，付了八百五十美元，华丽把那辆"哄达"旧车开走了。

肖鱼从房里出来，见华丽开着辆破车在门前路边停下了，陶梅从副驾驶位出来，肖鱼上前说："呦，两位美女怎么开着一辆破车回来？这可有失身份啊。"

"有失身份怎么了，身份要紧还是活命要紧？还是活命更要紧吧？"有了车，华丽有了找到工作的希望，嘴里玩笑话也多了。

"那还用说，天大地大活命最大，可一辆破车跟活命有什么关系？"

"有啊，有了这辆破车，才能解决吃饭问题呀。有饭吃了，不就能活命了？"

"我们家有两辆车子呢，还没那么破，可怎么还常常为一家人吃饭问题犯愁呢？"

这时华丽走到肖鱼边上："嫂子，我俩要是不出去找工作呢，真是要饿肚子了，这不关系到生命问题吗？"

　　华丽的话让她恍然大悟："原来是这样啊。你看，我这脑子笨啊。"肖鱼觉得有点不好意思。

02

求 生

被人称为风城的芝加哥，尽管是盛夏七月，早晚依然凉风习习，只有中午一两个小时在阳光下感到有点燥热。

这天上午，华丽开着那辆"哄达"破车，副驾驶位坐着陶梅，到唐人街去找工作。到唐人街后，她俩一连问了七八家中餐馆，都说不需要工人。其中有几位老板对她俩看了又看，觉得两位美女好看不好用，娇滴滴的小姐哪里干得了饭店的苦活，最后还是把她俩打发了。到了午后一点钟，工作没有找到，她俩都感到肚子饿了。

陶梅说："小妹，我们要么找个地方先解决肚子问题？"

"陶姐，我口袋里一分钱都没有，你口袋里有钱吗？"

"有，吃碗面的钱够。"东北人的性格，把一个"有"字说得那么清脆洪亮。

"那好，先解决肚子问题。"

她俩进了一家吃面食的中餐馆，靠窗坐下了。服务大妈过来问她俩吃什么，陶梅不假思索地要了两碗肉丝面。不一会儿工夫，那大妈端上了两碗肉丝面。华丽、陶梅此前连吃几天方便面，早倒了胃口，现在看到香喷喷的肉丝面，真是有些迫不及待了，端过碗就吃，很快就吃完了。

服务大妈见她俩吃完了面，随即送上了账单，每碗面十美元共二十美元，外加百分之十五小费，共计二十三美元。陶梅掏出小皮夹，从中抓出一把小钱，数来数去，只有十八美元："糟了，怎么只有十八美元，不应该啊？这钱到哪去了？"

"昨天买车你付了八百五十美元，加汽油付了六十美元，晚上买了四包方便面付了二十美元，这一天你共花了九百三十美元，你想想，你的皮夹里应该还有多少钱？"

"经你这么一说,这就对了,扣掉你说的这些,是只有十八美元了。这该怎么办啊?要付清这两碗面钱还差五美元呢?羞死人了!你口袋里找找,能不能找出五美元来?"

"我口袋里不要说五美元,连一美分都没有了,真是羞死人了。"

"小妹,你别害羞,姐脸皮厚,不怕丢人,我去说。"陶梅来到收银台,对老板说,"先生,实在不好意思,我俩口袋里一共只有十八美元,还差五美元,要么我到你们后厨洗一个小时碗?"

那老板看看陶梅既尴尬又诚实的样子,说:"行了,这五美元免了,你们走吧。"

"这不行。吃饭就得付钱;钱不够,就得出劳力。"

陶梅诚恳的态度让老板很感动,连说几句:"行了,行了,看来你们真是遇到困难了,走吧。"

陶梅、华丽尽管没有去后厨劳动,但都感到很丢脸。她俩从饭店出来,灰溜溜地回到了丝色罗小区。那天晚上,她俩都没有吃饭。

陶梅说:"饿一顿没有事,还帮我减肥呢。"

"这可不是饿一顿哦,明天早饭也没的吃;明天要是找不到工作,明天还得饿一天;要是几天找不到工作,说不定得饿好几天呢!"

"小妹,你可不要吓唬我,姐可是饿不起的人。"

"陶姐,从现在开始,我们少说话,留一点能量,可以多熬几个小时。"

"小妹,真要是一时找不到工作,去跟房东商量商量,问他们借点钱?"

"他们呀,自己萤火虫的屁股都照不亮呢,还有钱借给我们?"

"那怎么办呀,只能饿肚子了?"

"别说话了,静默。"

"对,静默。"

华丽躺到床上去了,陶梅坐到小沙发上了……不知过了几个小时,陶梅有气无力地说:"小妹,我们铁林考察团曾在四川饭店吃过饭,明天我们要么去那里碰碰运气。"

"行。"华丽只说了一个字。

第二天清晨,陶梅一起身就感觉头晕目眩,立即在小沙发里坐下了:"小妹，姐真是不禁饿，才两顿饭没吃，就浑身不得劲儿，难受死了。"

华丽听陶梅这么一说，一骨碌从床上爬起来，在房间里角角落落翻了一遍，没找到一丁点能充饥的食物，只翻出来半瓶矿泉水。华丽把水瓶递过去："姐，真是没什么顶饿的东西，喝口水压一压吧。"

陶梅接过水，还不舍得全喝了，只敢小口小口地舔。冰凉的水流进空虚的胃袋，马上变成一股气返上来，暂时压制住了饥饿的感觉，陶梅甚至觉得自己饱胀得有点反胃。她喘了口气，问华丽："小妹，你怎么样？"

"我还扛得住。"

"你要是有问题，我俩可惨了，会饿死在这倒霉的地下室里。"

"两个大美女死在地下室也太可惜了。我俩要是饿死了，世界上就会多出两个光棍。"

"为了在这地球上不增加光棍，我们得挺住。"

"说得好！为不增加光棍而挺住！"

两小时后，她们开着那辆"哄达"破车又出发了……

四川饭店外观并不起眼，就是一幢小楼，停车场倒挺大，足够容纳几十辆小车。小楼里面，除了挺大的厨房间，有一个大厅摆着十几张大小不一的桌子，靠一边还有三个包厢。店老板叫郑重，四方脸，有点壮实，三十五六岁。像这种饭店的老板，每天除了买菜，客人多的时候自己还得下厨烧菜。不过这时不在饭点上，郑重正坐在大厅一角看闲书。

华丽、陶梅开门进来，郑重很有礼貌地站了起来，走到她俩面前："小姐，你们吃饭吗？"

见老板是中国人，华丽便用中文回答说："不。我俩想找工作，你这里需要工人吗？"

郑重看了看华丽、陶梅，脑子里很快闪过一个问号，这么漂亮的两位小姐，到饭店做苦力，吃得了这苦吗？又一想，也许是勤工俭学吧，于是说："饭店的工作很辛苦，你俩吃得消吗？"

"我可是劳动人民出身，在中国老家什么力气活没有做过，什么苦没有吃过啊！饭店这些活，对我来说只是小菜一碟。"陶梅快人快语，抢先回答了郑老板的问题。

郑老板又看了看华丽。

华丽说:"老板,你放心,端菜、洗碗这些活,我也能做。"

"那好,现在正是旅游旺季,我们店里正需要人,你俩就留下吧。你们跟我到那边坐下来谈一谈。"

华丽、陶梅随郑老板到大厅一角围着小方桌坐下了。

"我同你们先签三个月合同。你俩每天上午十点到晚上九点钟到我店里来上班。每天十一个小时,每小时六美元,每天六十六美元,我管你们两顿饭,做得好还有奖金。怎么样?"

华丽和陶梅交换了眼色,华丽说:"同意。"

郑老板同两人签了合同,华丽、陶梅成了四川饭店的季节性合同工。

那天晚上整个饭店座无虚席,陶梅和店里原来的一位大妈负责端菜、洗碗,跑前跑后一刻不停。华丽负责收银,兼做服务员,抽空也来端菜。

华丽天生丽质,长着一张鸭蛋脸,一对大眼睛,高挺鼻子,樱桃小嘴,白皙皮肤,高挑身材,出来找工作,没有做任何修饰,给人感觉是清纯秀丽,楚楚动人。陶梅长着一张瓜子脸,柳眉蚕眼,穿着得体,也非常漂亮,是个成熟的少妇。郑老板见华丽、陶梅既养眼又卖力,非常满意。

大厅一角,有个老外一声不响地坐着。陶梅走过去,用生硬的英语问:"先生,你需要什么吗?"

那老外叫布莱尔,今年六十出头,不久前刚刚办了退休手续,现在是单身独居。他有一个女儿,早已成家独立,已经有了第三代。他住在附近,所以常来四川饭店吃饭。今天突然见到饭店来了两位美人,他只顾着看美人,都不点菜了。这时,听到陶梅一声问,他才醒过来:"哦,一盘四川炒饭,一碗榨菜肉丝汤。"

"好嘞。稍等,马上就来。"陶梅说完这话转身走了,布莱尔目不转睛地看着陶梅进了厨房。

片刻后,陶梅端着托盘又来到布莱尔桌旁,利索地把一盘四川炒饭和一碗榨菜肉丝汤放在布莱尔面前。布莱尔想同陶梅说话,陶梅已经转身走了。

在收银台前不断有人向华丽付款。华丽尽管下午才上岗,但丝毫看不出是个新手。一个芝加哥大学金融系的二年级学生,当个收银员真有点大材小用了。

郑老板尽管在厨房烧菜,时不时地出来看看新来的两位员工的工作状况。

看到陶梅含笑招待顾客，热情地服务，感到很满意。他更在意的是华丽，不仅对她工作满意，而且觉得似曾相识，但又想不起在什么地方见过。越是想不起来的事，他就越好奇，连带着越想见她。

晚上八点以后客人基本上都走了，陶梅自觉地到厨房间帮助大妈一起洗碗，动作非常麻利。收银台，华丽正在向郑老板交账交款。一天工作就要收尾了。

晚上九点过后，华丽、陶梅从店里出来上了自己刚买的那辆"哄达"破车，郑老板站在窗前看着她俩开车走了。郑老板心想，两位美人怎么会开辆破车呢，这可有失身份啊。又一想，两位美人说不定有难言之隐。她俩在郑重心里留下了一个大大的问号。

华丽、陶梅回到丝色罗地下室的家，把随身带的小包往床上一丢，一个在沙发上坐下了，一个往床上躺下了。

华丽说："这打工者的日子不好过啊，累了一天才六十六美元。"

"还好啦。六十六美元折合人民币有四百多元呢，不少了。人尽管累一点，但是不会饿肚子了。"

"你说得也对，这点工资按美国人的算法都脱离贫困线、跻身工人阶级了。不管怎么说，我们有工作，又有地方住。尽管苦一点，生活没有问题了。"

两人又躺了会儿，话题自然地从"饮食"转向了"男女"。

"小妹，我觉得郑老板看上你了，他对你特别关照呢。"

"不会吧？我看，他跟你倒挺般配，一个三十五六岁，一个三十二三岁，年龄相仿，你们倒是挺好的一对呢。"

"这你就不懂了，现在的男人啊，都喜欢找年轻的，叫作'老牛吃嫩草'。"

"郑老板老了吗？"

"不老，不老，我这话说得不准确。小妹，你喜欢郑老板吗？"

"他有没有看上我呢，我不知道。我呢，真没有看上他。"

"小妹，人家有房有车有饭店，这可是当今社会最吃香的男人哦。"

"嗨，我们陶姐看上他了？"

"小妹，他能看上我吗？"

"陶姐要是看上他了，我可以给你当红娘啊。怎么样？你是不是喜欢他？"

"郑老板这把年纪了，说不定早成家了，孩子都一大堆了？"

"这倒有可能。"

"不说毫无意义的事了。累了，洗一洗睡吧。"

"好，那我先去洗一洗。"

她俩今晚说了许多话，到睡觉的时候已经过了十二点。

欧克布洛克二十九号别墅的客厅灯亮着，郑奶奶和郑妈正在看电视。别墅楼上有四间卧室，尤其是主卧房是三间套，除主卧外，有很大的卫生间，有很大的衣帽间，其他三间卧室共用一个卫生间。楼下有外客厅、内客厅、饭厅、厨房和洗衣间；还有同别墅一样大的地下室。别墅有前后小花园，两间车库。偌大的别墅就住三个人，郑重上班去了，现在就剩下郑奶奶和郑妈了。郑奶奶已经八十三了，早年丧子。郑妈英年丧夫，丈夫给她留下了四川饭店。几年前，她把饭店交给了儿子。如今，郑奶奶最大的愿望是想找个称心如意的孙媳妇，早日让她抱上重孙子或重孙女。郑奶奶的心愿也是郑妈的心愿。郑妈尽管来美国四十年了，但中国人的习惯没有改。她听到车库的汽车声音，站起来走了几步，打开了客厅通往车库的门。

郑重从车里出来，见妈妈站在门口，先叫了声："妈，你还没有睡啊？"接着又叫了声，"奶奶，你也没有睡啊？"

郑奶奶说："还早呢。"

郑重说："快十一点了，不早了。"

祖孙三代人在内客厅坐下了。

郑妈说："今天生意好吗？"

郑重说："好。晚上大厅、包厢都坐得满满的。"

郑奶奶说："忙不过来了吧？"

郑重说："还好。今天招了两个工人，还是两个美女呢！"

郑奶奶一听说招了两个美女，来劲了："快给奶奶说说，这两个美女长成啥样？"

"两个都很美，长着一张很好看的脸，又有很好的身材。一个好像是南方人，一个好像是北方人；一个年纪轻点，二十几岁，一个年长点，三十几岁。她俩不仅人美，还没有娇气，干活利索，很讨客人喜欢。奇怪的是她们开着一辆很破很旧的汽车。"

郑奶奶说："你有没有问过她们为什么到饭店来打工？"

"问了。她们没有说。"

郑妈知道奶奶的心思，回话说："你个傻儿子。明天妈去店里问问。"

郑奶奶说："对，明天让你妈去店里问问。"

"奶奶，你别急，我慢慢会了解的。我觉得越是长得美的，越是眼界高，越是不好办，搞得不好会弄巧成拙。"

郑奶奶说："你说得有道理。以往的教训不少，媳妇没有找着，把你的年纪拖大了。但是，你妈去看看总可以吧？"

"那是。奶奶，你千万别急。"

郑奶奶说："你妈懂，你放心吧。"

郑妈尽管已是六十岁的人了，但仍是一头乌发，脸上没有一丝皱纹，体形也没有什么改变。第二天，她稍作化妆和梳理，穿了一身时髦的服装，看上去比实际年龄年轻了许多。她早早地到了饭店，想见见两位姑娘。郑妈二十岁跟丈夫到美国，在这个饭店里已经待了近四十年。前几年儿子接手饭店后，经过重新装修，成了现在的模样。她对四川饭店有感情，觉得做饭店苦是苦一点，只要努力做，每天都能赚钱，积少成多，聚沙成塔。她对儿子管理的这几年也很满意。就有一点不好，儿子经营饭店，过于投入，疏忽了感情问题，三十五六岁的人还没有娶到媳妇，这可愁坏了当妈的。她由于长期经营饭店，养成了一种职业习惯，脸上成天挂着笑意，话尽拣好听的说，见什么人说什么话，她认为说好听的话不用花钱，讨人喜欢；多一些回头客，才是经营饭店的一个重要门道。

上午十点钟，华丽、陶梅说说笑笑进了饭店的门。她俩见到店里有个大妈，呆了一下，倒是郑妈见两位姑娘进门，笑盈盈地上前打招呼："两位姑娘好啊。"没等姑娘回答，她又说，"你俩让我猜一猜，好吗？"

陶梅说："好啊。您是郑阿姨吗？"

"是。我猜，你是陶梅吧！"郑妈又指了指华丽，"你是华丽吧！"

华丽、陶梅说："对对对，阿姨的眼力真好。"

郑妈说这话的时候，满脸尽是笑容，显得和蔼可亲。然后，她一手拉着华丽、一手拉着陶梅到餐厅的一角，说："现在还早呢，大家都坐下，我们聊聊天。"三人围着一张小方桌坐下了。

"昨晚我听重儿说店里来了两位姑娘，今天一早我想来见见你俩。"

华丽、陶梅说："谢谢您的关心。"

"你们两位老家在哪儿，怎么到的美国芝加哥啊，怎么会到我们店里来打工呢？"郑妈一连提了好几个问题。

"我老家在浙江海门市，我到芝加哥已经六年了，最近因资金发生了问题，才到这儿来打工的。"华丽作了简要的回答。

"我老家在东北铁林市，我曾在商业局工作了几年，到芝加哥时间不长。"陶梅把几个要害问题回避了。

"是吗？两位姑娘都碰到了一些困难。困难是暂时的，前途是光明的。你俩长相出挑，脾气又好，一定会有很好的前途。做饭店服务工作，太亏待你俩了。你俩先在这儿干着，有更好的地方随时可以走。"

她俩给郑妈留下了很好的印象。相比之下，郑妈更喜欢华丽，年轻又漂亮，身上带股书卷气，像是个做媳妇的好材料。但是华丽比郑重小了十几岁，她又担心华丽眼界高，看不上郑重。

这时，郑重买菜回来了，郑妈、华丽、陶梅都出去帮忙，搬的搬，提的提，很快把鱼肉蛋菜等食材搬到了厨房。然后，大家七手八脚的，杀鱼的杀鱼，洗菜的洗菜，准备中午、晚上的食料。

中午到饭店吃饭的人不多，大家都不忙。郑老板坐在大厅角落里看闲书，陶梅经过昨晚华丽的点拨，今天有意去接近郑老板："郑老板看什么书啊？"

"《芝加哥"格格"》。"郑老板把书的封面让陶梅看了看，又说，"这本书讲述一个华裔姑娘在芝加哥选美中获得冠军的故事。"

"哦，郑老板喜欢美女？"

"男人嘛，谁不喜欢美女。"

"像郑老板这样有实力的男人，找个美女并不难吧？"

"哪里哪里，你见笑了。像我们这样做饭店工作的，又苦又脏，哪个美女愿意嫁给我啊？"

"郑老板还没有成家吗？"陶梅这话反映了东北女人的率真，才见面两天，就敢直接提这类问题。

"单身多好啊，自己把自己的事管好了，无牵无挂，一身轻松。"

"你倒是无牵无挂，一身轻松，郑妈可着急了吧？"

"我老妈可是民主人士，最讲民主了，她可不怎么干涉我的事。"

陶梅毕竟当过商业局的科长，听话听音，觉得他俩的谈话已经谈不下去了，她找个借口离开了。

傍晚，布莱尔提着手提电脑，又来四川饭店吃饭，陶梅见到布莱尔进门上前迎客："您好，请里面坐。"

布莱尔非常友善，又带着几分急切的口气说："好。我还是去老地方坐吧。"

"行，里面请。"陶梅知道老地方就是昨天坐的地方。

布莱尔到大厅一角坐下了，陶梅端着一壶茶放在他面前："先生，请用茶。"

布莱尔用炽热的目光看着陶梅："谢谢。"

"先生，您现在点菜吧？"

"不。还早呢，我先处理点事，过一会儿我会叫你的。"布莱尔说完这话，打开电脑，办自己的事了。

"先生，您需要什么，随时可以叫我。"陶梅说完这话转身走了。

不一会儿，两辆大交通车在饭店门口停下了，从车上下来五六十位中国游客，一下子把整个饭店坐满了。中国人的特色，到哪里都一样，叽叽喳喳的说笑声弥漫着饭店的每一个空间，布莱尔抬起头来朝他们看看，感觉无奈的样子，随手把电脑关了，并向陶梅招了招手，陶梅立即来到布莱尔面前："先生，您需要什么？"

"给我点菜吧。"

陶梅反问："四川炒饭，外加一碗榨菜肉丝汤？"

"不。今天是周末，得改善一下。来两只椒盐大虾，一盘炒青菜，再来一碗榨菜肉丝汤，外加一碗米饭。"

"好嘞，请稍等。"

晚上，两车中国游客饭后走了，接着又来了几批中国游客，大家一直忙到九点多。当华丽、陶梅回到家，已经是深夜十一点了。陶梅倒不觉得累，华丽已经累得直不起腰了。这也难怪，华丽出身在官家，从小就在温室里长大，出国独立这几年也无忧无虑，从来没有吃过如今这样的苦，哪里经得起这般劳累。华丽一到家就在床上躺下了，连澡都没有洗。当陶梅从卫生间出来，华丽已经睡熟了，有了轻微的鼾声。陶梅也轻轻地靠华丽边上睡下了。

郑奶奶尽管已是八十多岁的人了，除了血压有点高，没有其他毛病，身体硬朗，脑子清醒。她在美国已经待了五六十年，完全美国化了。那天晚上她一直在客厅看电视，等儿媳和孙子回家。晚上十点多，听到外面有动静，她走到车库门口，把车库的门打开了，郑妈和郑重给奶奶打了招呼，大家在内客厅坐下了。郑奶奶迫不及待地问郑妈："那两个美女如何？"郑妈详尽地向郑奶奶介绍了两个美女的情况。郑奶奶最后说了一句话："你娘儿俩得用点心，我们就在这两个美女中选一个孙媳。"

"好好好，你放心吧。"郑妈又对着儿子说了一句话，"奶奶的话听清了吧，我们娘儿俩可不能让奶奶失望。"

"是。"郑重站起来走到奶奶边上说，"奶奶，你放心吧，这事我会用心的。奶奶去睡吧。"

"好。"郑奶奶对娘儿俩的态度非常满意。

当第二天上午太阳升得很高的时候，华丽、陶梅依然在熟睡。大约九点半光景，室外传来汽车刹车声，陶梅穿着睡衣从床上起来，走到窗前，看到窗外有辆警车，一双警靴引着一双皮鞋急急走来，她立即穿好衣服，到卫生间抹了把脸，坐在沙发上支着耳朵听动静。

不一会儿，隔着楼板传来咚咚的敲门声，夏咪打开门，故意把嗓子扯得天响："警察先生，你们有何贵干？"

"我们是来查户口的，你们家有没有外来的移民？"

"我们一家五口，没有什么新的移民！"

"我们得进去看看。"

"行啊！你们随便看吧！！"这回夏咪嗓门更大，直震得地下室的天花板上墙灰摇摇欲坠，可怜的警察跟他面对面交谈，大概已经要聋了。

陶梅知道，这是夏咪在给她通风报信呢。"是移民局官员查户口，我得赶紧走。"陶梅自言自语地说完这话，立即从地下室往一楼后门，又经过车库，溜了。

一名凯旋郡的警察和一名移民局的官员揉着耳朵进了门，他们看到夏咪爱人和三个孩子都在卧室，又说："我们得去地下室看看。"

夏咪想阻挡："地下室有什么好看的。"

那警察可机灵了，你越想阻拦，他们越有兴趣，坚持要到地下室去看看，夏咪无奈，只能让他们去地下室。那警察和移民局的官员到地下室见到有个女孩躺在床上，来劲了，认定她就是偷渡客："起来，我们要看看你的身份证。"

此时，华丽已经醒了，揉揉眼睛，从床上坐起来，下床披了件外衣，从小包里找出护照，递了过去，那官员接过护照，翻了翻签证，见是学生签证，把护照退给了华丽，然后走了。

华丽长长地舒了口气，幸亏陶梅机灵，比他们早一步溜走了，不然麻烦就大了。

此时，陶梅就站在离警车两百米远的地方，远远地看着警车，见警车开走了，她才回到地下室。

"要不是夏咪大声暗示，我今天就栽了。我得感谢夏咪。"陶梅说得倒轻松，心里却不平静，对于自己的处境越发焦躁了。她现在天天提心吊胆，就怕碰见移民局的官员，被遣送回中国。过了许久，陶梅又说："我得想办法，尽快解决绿卡问题。"

"像陶姐这样的身份，要解决绿卡问题，只有一个途径，而且会很快。"

"你别卖关子了，快说，有什么办法？"

"赶快把自己嫁了，而且必须嫁个美籍华人，或者直接嫁给正宗的美国人。只有这样，绿卡就能很快办出来。"

"嫁个美籍华人，或者正宗美国人？"

"对啊，你要是能嫁给郑老板，那么什么问题都解决了。"

"郑老板是美籍华人吗？"

"是不是美籍华人，我倒没有问。但是，我可以断定，他肯定是美籍华人。你想啊，他爸爸妈妈待在美国已经四十年了，他奶奶在美国的时间更长，他出生就在美国，会不是美籍吗？"

"对对对，嫁给他。我倒是真喜欢他，不知道他是不是喜欢我。"

"你主动向他进攻啊。他一个老男人，在陶姐面前哪会不心动。"

"他老吗？我怎么没有这样的感觉？"

"这说明你已经喜欢上他了，他在你眼里什么都好啊。男人四十一枝花嘛。"

"对对对，我得主动。小妹，你可不能跟我抢哦。"

"他呀，跟我爸爸差不多，我可不喜欢这样的男人。你大可放心，我不会跟你抢的。"

那天晚上，郑妈同儿子一起回家。为了安全，在车上母子俩没有多说话。回家后，见奶奶已不在客厅了，母子俩在客厅坐了一会儿。郑妈先开了口："儿子，我觉得华丽不错，是个淑女，年轻，文静，知书达理，妈妈喜欢。你觉得怎样？"

"她俩呢？我也觉得华丽无论从哪方面看都无可挑剔，我喜欢，不知道人家怎么想？陶梅呢，不仅人漂亮，而且做事风风火火，成熟老练，说不定是结过婚的。她倒是蛮主动的。"

"你看得很准，我也认为陶梅是结过婚的，也许还有儿女呢。你要把重点放在华丽身上，主动一点，多关照一点，还可以做些试探。"

"妈，我知道了，您放心吧。"

"别老是知道了，放心吧，多少次机会都错过了。这一回啊，得用点心，还要用点脑，不仅要主动进攻，还要不惜成本，把华丽追到手。"

这天夜里，陶梅和郑重都没有睡好，为了自己的"终身大事"费尽了心思。

第二天，郑老板买菜回来，刚从车上下来，陶梅笑盈盈地递上一块热气腾腾的小毛巾："累了吧，擦把脸！"

郑老板接过小毛巾，擦了擦脸，又擦了擦手，把小毛巾还给了陶梅："谢谢。"

陶梅真是个有心人，这一小小举动，让郑老板大为感动。郑老板从妈妈手里接过饭店已有十来年，天天做的都是侍候别人的事，哪有别人侍候过自己啊。陶梅的一块热毛巾让他激动了好一会儿。

陶梅在转身的一刻，又朝郑老板莞尔一笑，让郑老板又有一种甜蜜的感觉。

郑老板卸完食材，到大厅一角坐下了。这时，陶梅又送来一杯热茶，带有点东北口音的甜甜地说："请喝茶。"

"谢谢。"

"别老说谢谢了，这是我应该做的。"陶梅说完这话转身走了。

过了一阵子，陶梅又提着热水壶给郑老板来续茶水，并站在那里想跟郑老板说话，郑老板看了一眼陶梅："你有事跟我说吗？"

"我有个建议。"

"请说。"

"我们店的菜系以川菜为主，我觉得不错，很受客人喜欢。考虑到现在来芝加哥的游客也有许多北方人，能否增加北方菜系？我们老家有几种菜叫'铁林三宝'，很受东北游客青睐。"

"什么叫铁林三宝，你说说？"

"铁林酥鸡、铁林酥鸭，还有铁林酥鱼啊。"

"你会做吗？"

"我可以试试。"

"好啊，你这个提议很好，就叫'铁林三宝'。我们开饭店的，也要解放思想，打破封闭守旧的观念，广纳天下名菜，迎接四方来客，这样才能把生意做活、做好、做大。从下周开始，你同厨师长一起推出'铁林三宝'。"

"谢谢老板。"

"不谢。你要是把'铁林三宝'做出名气来了，我还要给你发奖金呢。"

"我会努力的。"陶梅高兴地走了，腰板都比往日直些了。

这是她昨夜想出来的"恋爱宝典"。郑重是个饭店老板么，对付商人，年轻漂亮固然重要，可更关键的是要能帮他赚钱，做他的贤内助。

他俩说话时，华丽坐在收银台，不时地注视着他俩的举动，时而还露出灿烂的笑容。

这一天，游客依然很多，饭店一直忙到夜里九点多，华丽、陶梅回到家又是很晚了。陶梅今晚特别兴奋，拉着华丽说个不停，尤其是郑老板采纳了她的建议，觉得自己离既定的目标一步一步在接近。

在她看来，在错的时间遇上对的人是一阵伤心；在对的时间遇上错的人是一声叹息；在错的时间遇上错的人是一场噩梦；只有在对的时间遇上对的人，那才是一生幸福。如今遇上了郑老板，也许是自己一生幸福的开始呢！

她越想越兴奋。

相反，华丽今天觉得又累又闷，尤其是晚上听到一个来自浙江的考察团吃饭时都在议论海门市的一个腐败案件，她怀疑那些人是在谈论她爸爸的事。所以，她一路上没有搭话，到家后冲了个澡就睡了。陶梅觉得她有心事，坐在床边问："小妹，你身体是不是不舒服？"

"没有，就是觉得累。"华丽把心事藏了起来，"陶姐，你去洗一洗早点睡吧。"

这天夜里，睡到后半夜，华丽做了个噩梦。梦到父亲正在受审，法官宣判：华廉洁受贿罪名成立，数额巨大，判刑二十年。两个警察把华廉洁押走了……华丽惊恐万状，一声惊叫，从床上坐了起来。陶梅也被惊醒了："小妹，怎么啦，是不是又做噩梦了？"

华丽冷静了片刻："做了个噩梦。我父亲被判刑了，而且判了个重刑。"

那一夜，华丽又失眠了。尽管只是个梦，可它像是千斤巨石，把一个少女压得喘不过气来。

华丽、陶梅照常在饭店上班，陶梅的"铁林三宝"一经推出，不仅受到北方游客的青睐，也受到南方游客的欢迎。此事大受郑老板赞扬。但是，陶梅每每同郑老板单独聊天时，郑老板只谈饭店菜肴和管理，从不涉及个人生活问题。陶梅碍于面子，总是开不了口。她只能请华丽给自己做红娘了。华丽为了好姐妹的幸福，也极力促成陶梅和郑老板的情恋关系。

那天，外面下着雨，气温又有点低，中午来店里吃饭的客人不多，郑老板站在柜台前同华丽说话。其实郑重非常喜欢华丽，因为接触时间不长，双方的脾气、习惯又不那么熟悉，不好开口谈交朋友的事，还是华丽先开口了："郑老板，你觉得陶姐怎么样？"

"好啊，很好。不仅待人接物热情，工作积极主动，还奉献了'铁林三宝'，给饭店做出了很大贡献。"

"我又不是要你给她做鉴定。她作为女人，你觉得怎么样？"

"好啊，很好。她呀，可以说上得了厅堂，下得了厨房。对对对，这句话对她的评价恰到好处。"

"这么说，你喜欢她啦？"

"喜欢，这样的女人，谁见谁爱。你没有看到吗？来我们店里吃饭的几个老客人，都喜欢叫她点菜，喜欢同她说话呢。"

"我说的不是客人，是你。你喜不喜欢陶姐？"

"喜欢。可是，我更喜欢你。"郑老板终于说出了自己心中的话。这话堵住了华丽的嘴，她一下子接不上话来，而且脸孔憋得绯红。

此时的郑老板很想知道华丽的想法，可华丽一直没有说话。过了一会儿，郑老板又问："怎么了？"

"我呢，现在不想谈这事。陶姐不仅是个大美人，而且又是个大能人，我觉得你们俩合适。"

"你不要转移目标好不好，你回去考虑考虑，然后再回答我的问题好吗？"

"我也要求你回去考虑一下我的建议，再回答我的问题好吗？"

"好啊，我们都考虑一下。"

华丽退到郑重看不见的角落里，彻底泄了劲，这一天都手足无措，差点摔了盘子。

……

他俩谈话时，陶梅只顾忙自己的活，但心里明白，今天华丽与郑重的谈话肯定跟自己有关系。

晚上回家的路上，陶梅迫不及待地想知道他俩的谈话内容，问："小妹，我同郑老板的事，你跟他说了？"

"说了。他说要考虑考虑，还要同他奶奶、他妈妈商量商量。"华丽只能这么说，她不愿伤陶姐的心。

陶梅想想也对，毕竟是婚姻大事么："小妹，你可得给我多使使劲，得用十分，不，十二分力！"

"是，陶姐的事嘛，我得用力。"

这天晚上，郑老板回到家，郑妈也迫不及待地想知道华丽的态度，她询问儿子同华丽谈话的内容。郑妈表面上大大咧咧，其实内心似火煎熬，急着想让儿子把华丽娶到家里来。

"妈，看来华丽没有思想准备，我刚讲到喜欢她，她就紧张了，竭力想回避。她希望我和陶梅好。"

"华丽年轻，没有思想准备很正常。我们认准了的目标，你可要主动，不能退让。我叫你看的爱情片你都忘啦？人鬼还情未了呢，你还怕个小姑娘不成？我想只要咱有坚持不懈的信念，有持之以恒的坚忍，有千变万化的手段，不怕这事不成。"

"妈，你这叫什么战略战术啊？"

"这事，让咱俩看上了，我们就得千方百计，不达目的，誓不罢休。这叫什么战略战术吗？对，叫攻心战，也可叫攻坚战，要以攻心为主，再加上攻坚克难，持之以恒，抓住机会，一举获胜！"

"是，是！"

转眼间到了圣诞节。平安夜前一天晚上，四川饭店送走了最后一批客人，郑老板把店里的所有员工集中在大厅开了个短会。他说："过去的一年，我们四川饭店的业绩上了一个新的台阶，特别是陶梅奉献的'铁林三宝'，给饭店增色不少；新的一年要有新的面貌，希望大家献计献策。凡是有好建议好主意的，我都会给予重奖。"大家报以掌声。郑重接着说:"圣诞节放假三天,大家辛苦了一年,好好地放松一下。"然后,郑重给每个员工发了红包。所有员工都高兴地离开饭店走了。

华丽、陶梅开着辆破车回了家。她俩进了地下室,陶梅这个急性子先打开了红包,抽出一张纸条,上面有一行小字:"三宝奉献奖"一千美元,年终奖八百美元。她高兴得手舞足蹈。"嗨,我有一千八百美元呢,折合人民币有一万多元呢,我成大款了。小妹,看看你的红包有多少钱?"

华丽打开红包,抽出钱,数了数:"八百美元,不错了,我已经满足啦。"

"小妹,下个月的房租我负责;圣诞节,我们出去吃一顿,我请客。"

"好啊,我们先把陶姐的奖金花了。"

"没有问题。"陶梅一转话题,"小妹,郑重说要考虑考虑,不知考虑得怎么样了,有没有反馈意见啊?"

"我差点忘了,他走的时候跟我说,明天平安夜,请我们俩去他家共进晚餐。"

"好啊,我们去看看他家。他家只有三个人,我们一块去,热闹一下。"陶梅听了这话,心里热乎乎的,轻飘飘的像是上了天,连风里都是说不清道不明的甜丝丝的味道。

华丽看出了陶姐的心思,说:"行,我会促成你俩好事的。"

"谢谢小妹。"陶梅装出一副怪脸。

俗话说,每逢佳节倍思亲。此时,陶梅进了卫生间,华丽坐在沙发上想爸妈,脑子里一幕一幕地闪过出国时的情景,又想到爸妈被双规后表妹传来的一条条噩耗,想着想着,眼眶里溢满了泪水……

这时,陶梅穿着厚厚的毛巾浴衣从卫生间出来,见到小妹扑嗒扑嗒掉眼泪,走到华丽边上一手勾住小妹肩膀,一边安慰说:"小妹,怎么了,想家了?"

华丽从边上抽了张纸巾擦掉了眼泪:"陶姐,我真的想家了,也不知道爸爸妈妈怎么样了,我心里难过,真想大哭一场。我真想回到中国去,真想投入爸妈的怀抱……"她叹了口气,"唉,这一切都不可能了,我只是个幻想。"

"小妹,时间是慈祥的老人,这一切都会过去的,你很快就能见到爸爸妈妈的。现在有姐陪着你,我们高高兴兴地过圣诞节吧。"

"谢谢陶姐。我现在有姐姐做伴,还是幸运的。谢谢你。"她说完这话,拉着陶姐一块在沙发坐下了,把自己的头靠在陶姐的肩膀上了……

03

闪 婚

平安夜的夜晚，郑老板和郑妈都在厨房间准备晚饭，因为过一会儿有两位姑娘来家里做客。

那天晚上，郑奶奶知道今晚家里会有客人，她提早洗了浴，把自己整理得干干净净，又选了一套时装穿上了。嗨，真是人逢喜事精神爽。八十多岁的人，看上去依旧年轻干练。

别墅的门铃响了，郑妈开了门，果然是华丽和陶梅。"外面冷，快进来吧。"郑妈满脸笑容，显得非常热情，把两位姑娘领进了客厅。这时，郑奶奶来到两位姑娘边上，郑妈向两位姑娘作了介绍。郑奶奶也非常热情，说："姑娘们请坐，让郑妈给你们去泡茶。"郑奶奶的表现也超出了常规，本来是自己店里的两位季节工，何需这么热情。

"不用了，真的不用。"华丽、陶梅几乎同时说。

"两位可是稀客，第一次来家里，先喝杯茶，然后再吃饭。"郑妈说完去厨房端来两杯茶，放在华丽、陶梅面前。

"阿姨，这么大的房子，就住你们三人？"陶梅话中有话，打听起郑重的家庭情况来。

郑奶奶说："是啊，就我们祖孙三人，真感到有些寂寞。你们要不要参观一下？"

陶梅先表了态："好啊。"

郑妈陪着华丽、陶梅到楼上、楼下、地下室看了一遍："外面不看了，这天气太冷。芝加哥啊，夏天舒服，冬天难熬。"

华丽心想，这别墅还真有气派，三个人住这么大的房子，比国内一个省长还气派呢。

郑妈陪华丽、陶梅参观完别墅，来到餐厅吃饭。今晚，他们尽管只有五个人，郑重可是做了精心安排。郑重、郑妈都是做饭店出身的，请人吃顿饭，这对他们来说真是太容易了。晚餐有一只清蒸帝王蟹，两只清蒸大龙虾，三条红烧小青鱼，一盘四川豆腐，五道红烧淡菜，一盘西蓝花，每人面前一盏意大利汤，还有一筐烤面包。大家围着餐桌坐下了。

郑重给每位倒上了红酒，端起杯子说："今晚，我们欢迎两位小姐光临寒舍，共进晚餐，共祝圣诞快乐，来来来，干一杯。"

华丽、陶梅、郑奶奶、郑妈端起杯子碰杯后，都干了杯中酒。

陶梅说："你这哪是寒舍，我觉得是豪门呢。"

"不能说豪门，只能说一般般。美国社会贫富差距太大，富人是少数，真正特别穷的也是少数，中产阶级占的比例特别大。也可以说，大多数人过得不错，所以社会就稳定了。"郑重沉默了片刻又说，"我们这房子倒是不小，就是人气不旺。"

"大家都说美国是自由世界，真正要让生活过得好，压力也很大。你们都看到了，许多美国人不愿意要孩子。"郑奶奶看了看华丽、陶梅，继续说，"我们郑家三代都是单传。"

华丽说："郑奶奶、郑妈说得对。我来美国尽管有六年了，基本上是从公寓到学校，还没有踏入社会呢，对美国了解太少了。"

整个晚饭时间，郑重说的话最多。他说中国人在美国还是很艰难的，靠的是能吃苦，能忍耐，能打拼。当然，也有许多中国人吃不了这样的苦，耐不住这样的寂寞，回去了……华丽、陶梅静静地听着，只有郑奶奶、郑妈偶然插句话。

这顿饭整整吃了两个小时。

当华丽、陶梅离开的时候，漆黑的夜空中已经飘起了雪花。郑重和郑奶奶、郑妈站在门口送行，郑奶奶一再叮嘱："天下雪了，视线不好，车开得慢一点、小心一点哦。"

"好的，你们进去吧。"华丽一边说着，一边一踩油门，把车开走了。陶梅放下车窗向郑重和郑奶奶、郑妈挥了挥手。

华丽的破车离开郑重家后，很快上了高速。平安夜，美国人大多在家团聚，路上车子倒不多。无奈的是天公不作美，大雪纷纷扬扬落下来了，那一片片雪花在空中舞动，或飞翔，或盘旋，或快速坠落，铺在路上的雪片越积越厚。突然间，华丽的破车发动机熄火了，再也发动不起来了，幸好两位丽人没有事。

陶梅急了："这可怎么办啊，发动机熄火了，热度也没有了，过不了多久我们会被冻僵的。"窗外的寒风适时呼啸了一声，华丽的脸色跟着惨白起来。这种天气，待在没有暖气的室外，是真的会丧命的。

"只有搬救兵了。"

"找谁啊？"

"郑老板呗。陶姐，你给他打个电话吧。趁这个机会，我们也考验一下他对你的态度。"

陶梅觉得小妹说得有道理，立即掏出手机给郑老板拨了电话："郑老板吗？我是陶梅，我们的小车抛锚了，你能不能来帮帮我们？"

"你们现在在什么地方？我马上过来。"听到两人遇险，电话那头的郑重立刻紧张起来。

"我们从你家出来，上高速才十分钟，车子就坏了。"

"你们别着急，我很快就到。"郑老板立即到车库，拿上工具开车走了。十几分钟后，郑老板到了华丽、陶梅的车旁："这天下大雪，你们的车子又太旧。这不，车子就开不动了。你俩坐到我的车子里去。"

华丽、陶梅坐到了郑重的车上，他三下五除二，把华丽的破车用工具挂到了自己的车尾，然后就拖着上路了……

郑重开的是辆奔驰车，到底是国际名车，在这严寒的天气里就显示出它的优势来——马力大、劲道足，拖着辆破车，仍开得飞快。车轮搅拌着银白的雪浪，点点碎冰飞扬，落在车玻璃上，转眼就化成粒粒水珠。车内的暖气也很足，熏得两位姑娘昏昏迷迷、如坠仙境，皮肤酥酥麻麻的，从脚趾间痒进心里。华丽斜倚在后座里，只觉得喉咙发紧，几乎要落下泪来：身在异国，突逢大变，有人能冒着风雪来搭救自己，不能不让人感激涕零。半小时后，郑重把车和人送到了目的地。他把破车送到停车位，再把两位小姐送到家门口，这才告别两位小姐，开车回家去了。

就因为这件事，郑重在两位小姐心中留下了特别好的印象，就连他身上的汗酸，都仿佛弥漫着英雄的芳香。

华丽、陶梅到地下室卧室时已经是夜里十一点了。

陶梅越发觉得郑老板是个好人，自己进四川饭店以后的一连串事情在她脑子里闪过，认定自己的后半生就靠他了。

华丽对郑老板的看法也有了变化。人生的目标是什么呀，除了事业，不就是美好的生活吗？在大雪弥漫的深夜，自己的车子出了问题，他居然毫不犹豫地出手帮忙，这也反映了一个人的人品。

陶梅、华丽都在想今天的事。当她俩睡觉的时候已经是凌晨一点了。

圣诞节那天，华丽、陶梅一直睡到中午十二点才起床。她俩洗漱完后，烧了壶热水，每人泡了包方便面，既当早餐又当了午餐。

外面的雪已经停了，周围已成了白色世界。白色的大地，白色的屋顶，白色的树林，真是忽如一夜春风来，千树万树梨花开。

华丽说："我们先得解决汽车问题。那辆破车花八百多美元买的，开了半年，够本了，把它扔了，再去买一辆吧？"

"我同意。这次可以买得好一些。钱么，你出一半我出一半。"

"行，就这么办。"

她俩都是爽快人，做事雷厉风行，说干就干。她们立即去了旧车市场，花了两千美元又买了一辆奥迪旧车。

上午十一点光景，肖鱼跟她的两个儿子在室外堆雪人、打雪仗，见一辆奥迪车在门前停下了，华丽、陶梅从车里出来跟肖鱼打招呼："圣诞快乐！""圣诞快乐。"肖鱼很有礼貌地回了一句。她走到奥迪车边上看了看，接着说："一辆破车能当饭吃，那么一辆高档车能换别墅了？"不久前两位房客开着破"哄达"的场景，肖鱼可还记得呢。

"你担心我们不租你们的地下室了？"陶梅说。

"是啊，你们要是不租我们的地下室了，我们家一日三餐只能改吃一日两餐了。"

华丽说："这太夸张了吧？"

"真的，一点不夸张。"夏咪一家的生活一直很紧巴，自从当了房东，这才稍稍宽裕些。

陶梅说："放心吧，我们可没有能力买别墅。"

肖鱼做出一副高兴的样子，夸张地画了个十字："上帝保佑，还能一日吃三餐。"逗得陶梅直乐。

这天下午，华丽接到表妹费燕的电话说："你爸爸的案子已经判了，判刑二十年，移送到杭州乔司农场改造；你妈妈判刑两年，很快能回家。我爸妈已经去见过你爸妈了，让你安心留在美国。千万安心，千万千万别回来。"

华丽把手机摔在床上，整个人都木了，心脏却在剧烈颤抖，眼泪扑嗒扑嗒往下掉，陶梅问："小妹，怎么啦？"

华丽吸了吸鼻子："我爸妈都被判刑了，我爸被判了二十年。"

陶梅劝她："小妹，这样也好。案子定了，这点时间很快过去了。前面的阳光依然灿烂。"

"有什么办法呢？我是回天无力啊，只能听天由命了。"华丽说完这话，重重地叹了口气，"我爸妈就我一个女儿，他们犯错误都是因为我。现在想一想真是不值，中国好好的，为什么要把我送到美国来？不把我送到美国，在国内读书就不需要那么多钱。不需要那么多钱，他们也就不会犯错误了。你看，现在他们坐牢，我在美国受苦，干什么呢？"她越想越难过，眼角涌出细线似的泪水来。

陶梅轻轻拍着华丽的脊背安慰道："小妹，世界上没有后悔药。过去的，咱就认了，明天很快就会到来。你别想得太多，不然，身体会垮掉的。姐姐陪着你，我们一块吃苦，我们一块煎熬，幸福美好的一天总是会有的。"

"谢谢姐。我也只能想明白，这不光彩的一页总会翻过去的。"

华丽爸妈的判刑，尤其是华爸判了重刑，这对华丽是个沉重的打击，她对自己的前途失去了信心，她对自己的人生有了新的想法。她想，自己的未来再也没有什么可以依赖的了，只能靠自己了。她不再那么高傲了，甚至有点自卑。这也许就是人生的一个转折点。

福无双至，祸不单行，圣诞节放假的最后一天，华丽病倒了。汽车抛锚受冻，又碰到家里倒霉的事，实在扛不住了。那天中午，陶梅起床，见华丽仍在熟睡。陶梅洗漱完毕，华丽还是闭着眼睛，要是平常都是两人同睡同起的。陶梅轻轻地叫唤："小妹，起床了。"华丽只是翻了个身，又睡了。陶梅俯下身来，摸了摸华丽的额头，惊呼道："不好，小妹你发烧了，得去看医生。"

华丽还是不回应。

陶梅非常着急："这怎么办啊，我又不会开车。"

华丽有气无力地说："我没事，再睡一会儿。"

又过了一个小时，陶梅又去摸了摸华丽的额头，还是很烫。"不能拖了，会烧坏脑子的，得去看医生。"她拨手机，"是郑老板吗，华丽病了，我又不会开车，你能不能来一趟，我们得陪华丽去医院看病。"

"什么症状？"

"发烧。她一直睡着。"

"好，我马上过来。"郑重接完电话，给郑妈说，"妈，华丽病了，我去看一下。"

"我一块去，这丫头一人在外，我们得关心她一下。"

郑奶奶在边上帮腔："对对对，让你妈一块去。"

郑重开车到丝色罗小区，接上华丽，由陶梅、郑妈陪着去芝加哥医院挂了急诊，抽血、检查，医生诊断结果："重感冒，吃点药，多喝水，休息几天就行了。"

华丽看病回来，郑妈和陶梅扶着她进了房间，郑重随后也进了房间。郑妈看到这地下室，两个人睡在一张床上，说："你俩也太艰苦了。"

"还好啦，我们两人住在一起，有说有笑，一点不觉得苦呢。"陶梅显得挺乐观。

郑重说："你倒挺乐观的。"

"华丽有病，吃点药，还得增加点营养，这样病会好得快一些。要么，让华丽到我家去住两天，我在家也没有事，可以照顾她一下。"郑妈既是关心，又有她自己的目的。

华丽说："我还是在这儿休息吧，陶姐只管去上班，我自己能照顾自己的。"

"也好。华丽在这里安心休息吧，待病好了再上班；陶梅你怎么去店里啊？"郑重倒是想得很周到，又问了问陶梅。

"我可以坐轻轨去的。"

他们说完这些话，郑重和郑妈走了，陶梅帮华丽吃了药，又让她躺到了床上。

圣诞节是美国最重要的节日，公司、企业都要放一两个星期的假，但四川饭店只放三天假。第四天，饭店开门了。陶梅上班了，华丽在家休息。

郑妈是个有心人。中午，她亲自炒了两道菜，煲了碗汤，盛了一小碗饭，把菜和饭装在保温饭盒里，来到丝色罗小区华丽的住处。她见华丽依然躺在床上:"华丽,你的身体有没有好点?"

"好多了,烧基本上退了,就是无力,再过两天可以上班了。"

"不急,你先把病养好。中午我烧了道菜,还煲了汤,给你增加点营养,这样病会好得快点。"郑妈边说边打开饭盒,把一盘炒肉丝、一盘蘑菇炒青菜和一小碗鸡汤放在茶几上,又盛了一碗饭,递给华丽,"都热乎着呢,趁热吃吧。"

前两天,华丽天天吃的是方便面,见到这样丰盛的小菜,着实有点感动:"这么丰盛啊,真有点馋了,谢谢郑妈。"

"谢什么啊。在家靠父母,出门靠朋友。你现在远离父母,又有病,我照顾你一下,这可是我们中国人的优良传统啊。"郑妈看着华丽吃饭,脸上始终带着笑容。

晚上,郑妈和郑重回到家在内客厅坐下了。郑妈说:"我看华丽真是生病了,脸色很不好。重儿,她一个官家小姐,娇滴滴的样子,又遇到家里那么大的事,哪受得了啊。这个时候,我们多关心她一下,说不定你俩就有戏。"

"趁火打劫啊?"

"这叫雪中送炭,是关心,说什么趁火打劫呢。"

"我听你的意思,好像话中有话,里面藏着阴谋吧?"

"你这孩子,妈还不是为了你啊!"

"妈呀,你真是我的亲妈,你的话都讲到我的心里去了。"

"知道就好,赶快行动吧,机会难得。"

"是。"

郑奶奶在外厅隐隐约约听到郑妈同郑重的对话,急匆匆走到内客厅:"怎么啦?那孩子病了?"

"是。"郑妈又说,"圣诞节放假最后一天,她发烧了,我和重儿陪她去看了病。今天中午我给她送了点吃的去,见她退烧了,但脸色还是差,脸上肉都没了。"

"噢,真还是病了。'在家靠父母,出门靠朋友',这可是我们中国人的祖训,你们,特别是重儿,得多关心她一点。"

"是,奶奶放心,明天中午我给她送饭去。"

"好好好。"

第二天中午,郑重在奶奶和妈妈的授意下,又给华丽送来了可口的饭菜和水果。

华丽这次生病也是多种因素造成的。在这样的遭遇下，她得到郑家母子的悉心照顾，使自己的想法有了进一步改变。她觉得郑老板长得虽然有点壮实，看上去有点粗，其实是个能干细心的人。这壮，也许是开饭店兼做厨师的缘故。她说："这次生病，真是太麻烦你了，谢谢你和你妈。"

"吃吧，冷了就不好吃了。"

华丽端起饭碗吃饭，吃得很香，把两盘菜、一碗饭全吃完了。郑老板收拾了饭盒，然后从自己口袋里掏出一只信封放在床头柜上："这里有三千美元，你们换个地方住吧。"

"不用，你把钱拿走，我和陶姐住这儿挺好的。"

郑老板走了，到门口转过头来说："这钱你用吧，搬不搬家你决定。"

"回来，你把钱拿走，不然我会生气的。"

郑老板显得很无奈，怕华丽生气，只好回过来把钱拿走了。

这一病，让华丽原先的想法完全变了。爸妈判刑坐牢，自己远离故国，不仅感到孤独，而且感到悲哀。郑家母子的关心，让她感动。

那天晚上，陶梅回家见华丽依然躺在床上，桌上多了一份水果，直觉告诉她郑老板来过，她没有问这水果是谁送的，只是问："小妹，你感觉怎么样？"

"好多了，中午郑老板来过，还买了些水果来。"华丽怕陶梅多心，先把郑老板来过的事说了。

"哦，我给你带晚饭来了。"陶梅边说边从饭盒里端出一盘红烧排骨、一盘炒青菜，还有一小碗米饭，放在桌子上，"饿了吧，快吃吧。"

华丽从床上下来，披了件外套，坐到桌子边上吃饭："今天店里生意如何？"

"不好。很多人还在过节呢，天气又冷，没有什么生意，所以我早点回来了。"陶梅话题一转，"今天郑老板到这里来，你有没有问他，他对我的感觉如何？"

"他没有坐多少时间。我呢，又没有精神，就没有问，他也没有说。"

华丽知道，自己没说实话，她也说不清自己当时是怎么想的，牵线搭桥的话都到了喉咙口，想到这几天郑老板对她的好，又咽了回去。她有些怕，怕郑老板和陶梅结了婚，就不会这么关心自己了。

那天晚上，她俩没有多说话，早早地睡了。

此后，郑老板又一连两个中午给华丽送饭。到了第四天中午，华丽身体和精神已经恢复了，郑老板见她有笑脸了，直接向华丽求婚了："华丽，我有件事想同你说说，如有不妥，请你不要生气。"

"你说，我洗耳恭听。"

"我呢，今年三十六岁，谈过两个朋友，快到结婚时，女朋友都跑了，所以把自己拖大了。家境算不错，有别墅，有自己的饭店，也有些存款。算不上有钱人，但生活没有问题。你和陶梅到我的店里后，我一眼就看上了你，可以说是一见钟情。经过半年相识和了解，我已经深深地爱上你了，你嫁给我吧？"

华丽觉得这事太突然，太为难了。自己经历最近几件事，又碰到家里父母被判刑，原来的那些清高、傲慢、娇气已经不复存在，从内心讲也想找个好男人把自己嫁了。但是，要是自己答应了郑重，又觉得对不起陶姐。陶姐今年已经三十三岁了，她的身份只能找个像郑老板这样的美籍华人，或者找个美国人，才能解决她的问题。她又一心想嫁给郑老板。郑老板要是娶了自己，她会怎么想？所以，华丽一时无法表态。

"你是不是有顾虑，怕陶梅对你有意见？"郑老板是个极其聪明的人，看出了华丽的心思，一句话击中了华丽的要害。

华丽还是没有说话，只是点了点头。

"爱情是个选择题，是双向的选择。陶梅喜欢我，这是她的选择，也是她的自由。但是，我喜欢的是你，这是我的选择，也是我的自由。现在的关键在于你。你要是喜欢我，那么我们两个就达成了共识，就可以签订爱情的合约；你要是不喜欢我，我也不能强迫你嫁给我，你说是不是？"

"你说得没有错。我就怕伤了陶姐的心。她已经是高龄了，机会不多了。尤其是她目前的身份，你要是能与陶姐结合，她的问题也能解决。鉴于这样的考虑，我想成就你们两个的好事，我真心希望你们两个能结合。"

"她喜欢我，我对她没有想法，即使没有你，我和她也不可能结合，这一点你是不是同意我的看法？"

"从道理上讲，你说得是对的。但是我怕伤害陶姐。"

"现在我就问你一个问题，希望你能直接回答我。"

"好，你问吧。"

"你是不是喜欢我，只能说是或不是。"

"是。"这次华丽答应得很干脆。

"那就好了,我喜欢你,你也喜欢我,至于说其他问题,我们好说服,我相信陶梅也是个明白人。"

"我不想看到陶姐伤心的样子。"

"陶梅是个成熟的女性,她应该懂得这个道理。她的问题,我觉得不难解决。"

华丽觉得郑重说得没有错,她认了。

"下个月我们结婚吧。"郑老板怕夜长梦多,煮熟的鸭子再飞了。

华丽心想,我既然答应他了,早晚就无所谓了。她点了点头,表示同意。

"陶梅的事,是你同她谈还是我给她说?"

"还是我同她说吧。"

当天晚上,陶梅下班,又给华丽带来了晚饭。见小妹身体已经完全恢复,脸上红扑扑的,很有精神:"我看你已经恢复了,吃饭吧,明天可以同我一起上班了。"

"好,明天跟你一起去上班。"

华丽吃过晚饭,让陶姐坐在沙发上,自己坐在床沿上:"陶姐,我有话同你说。"

陶梅看到小妹一本正经的样子,以为下午她同郑老板说过自己的事了,满脸喜悦地期待着能听到好消息。

"陶姐,下午我同郑老板说了你的爱慕之情。"

"小妹,你把他的想法告诉我,姐承受得了。"

"好,我实话实说。他说他爱的是我,我再三做了他的工作,但始终没有改变他的想法。"

"小妹,你的态度是什么?"

"陶姐,我的情况你知道。我现在的境遇糟得很,我想有这么一个男人爱我,也算是我的一个归宿吧。"

"原来你们两个相爱了。华丽,华小姐,你们大概早就相爱了吧?怪不得他请我们去他家吃圣诞大餐;不管暴风雪多么大,一听到我们车子抛锚的消息,他立刻赶了过来;你生病的这几天,他不仅陪你去看病,还天天给你送饭送水果,原来他都是为了你。你们拿我当傻子……"陶梅像连珠炮似的说得气急败坏。

"陶姐,不是这样的。我刚才说的,就是今天下午发生的事情。"

"你凭着年轻、漂亮、有文化赢了我。我傻啊,我黄脸婆一个,又是二婚,国内还有个拖油瓶,哪里斗得过你这大——小姐!"陶梅还是气呼呼的。

"陶姐,你听我解释。"

"不用解释了,你当你的老板娘,我当我的苦行僧。"

华丽还想解释……

"你什么话都不用说了,我傻。"

华丽觉得无话可说了。陶梅在气头上,你再有理,她也听不进去。华丽沉默了,陶梅自言自语地说了一会儿也不响了。

郑重和郑妈回到家,郑妈迫不及待地问:"重儿,今天你向华丽求婚了?"

"求了。"

"怎么样?快给妈说说。"

"她答应了。"

"真的吗?"郑妈真是不敢相信,华丽会这么快答应重儿的婚事。

"我还能骗你吗。而且我们的婚期也定了。"

"什么时候?"

"下个月。"

"好好好。重儿,快把这个好消息告诉奶奶,让她高兴高兴。"

"是。"郑重说完就上了楼。

这些日子华丽、陶梅每天上下班虽然同进同出,但都显得沉默寡言。

在郑重、华丽举行婚礼的前一个晚上,华丽向陶梅又一次敞开了心扉:"陶姐,我要出嫁了,现在你是我最亲最亲的亲人,希望你明天能陪陪我。"

自从上次她俩吵架后,已经过了两个星期,陶梅想前想后想了无数遍,觉得自己那天晚上的态度有点过激。今晚也想同小妹聊聊,消除隔阂。此时,她听到小妹这么一说,也很受感动:"小妹,那天我太冲动,有些话说过头了,你不要记在心里。"

"陶姐,我不会的,我的情况你了解。我父母坐牢,大学学业半途而止,我现在是一个完完全全的低档次的打工者,还是贪官劳改犯的女儿。在这样的情况下,还有一个男人喜欢我,着实让我感动。是他的真情打动了我,我也是在感动与复杂的心境下表了态。陶姐,有一点,我想给你澄清,那天我是一再问他爱不爱陶姐,他说他爱的不是陶姐而是我,我才答应他的。"

"小妹,这一点我懂,爱情是双方的事,捆绑不能成夫妻。现在,我俩把话说明白了,过去的事就让它过去,这一页翻过去了。我衷心祝你们幸福美满。明天我作为你的娘家人,陪你去教堂。"

"谢谢陶姐。"华丽流泪了。

第二天,是华丽、郑重举行婚礼的日子。

清晨,薄雾散去之后,一轮红日喷薄而出。雪后的树林与小草像戴着金色的帽子,正准备列队欢送华丽出嫁。

早饭后,陶梅陪华丽敲开了夏咪和肖鱼家的门。

夏咪见是两位房客:"贵宾呀,难得,难得。一大早敲门,有喜事吧?"

"你真聪明,真有喜事,而且是大喜事。"陶梅说。

"快说呀,我可等不及了。"

"我的小妹要结婚了。"

"真是大喜事啊。"

这时肖鱼也从房间里出来了:"什么喜事呀?"

"我在你们这里住了大半年,谢谢你们的关心和帮助。"华丽递上两包喜糖,"今天我要结婚了,今后见面的机会就少了。陶姐还住在这儿,希望你们多关照。"

肖鱼说:"没有问题,我祝华小姐幸福。"

华丽经过化妆,显得特别端庄美丽,标致的脸蛋,一双似乎会说话的大眼睛,姣好身材,亭亭玉立。

陶梅稍加化妆,自然也是一个美人。

华丽、陶梅站在一起,和谐协调,真是一对姐妹花。

郑重尽管有点胖,着一身黑色西装,肩宽背厚的,头发用油梳了,倒也显得精神庄重。

郑妈化了妆,也显得年轻端庄。多年的愿望今天实现了,她发自内心感到高兴。原本成天挂着微笑的这张脸，今天乐成了一朵花。

下午两点钟，郑重亲自开着那辆奔驰小车，郑妈坐在副驾驶位，来丝色罗小区迎接新娘。华丽在陶梅陪同下上了新郎的小车。

参加他俩婚礼的宾客不多，也就十几个人。

婚礼开始，神父已经到位。

婚礼进行曲奏响，华丽由陶梅挽着入场。陶梅将华丽交到郑重手里。

神父的讲话，还是那两句套话。他先问新娘："他无论是富有还是贫困，无论是健康还是疾病，你愿意终身陪伴他吗？"新娘回答："我愿意。"

神父用同样的话又问了新郎，新郎回答说："我愿意。"

接着神父给新郎、新娘戴上了结婚戒指。

婚礼完毕后，新郎、新娘和陪同等人，乘几辆小车到了新郎家里。

晚宴后，宾客都走了。

郑奶奶牵着华丽的手在内客厅坐下了，郑妈和郑重在一旁也坐下了。郑奶奶从边上捧出一只精美盒子，打开盖子，见里面有一只玉镯，那镯子油润润的，一看就有年头了。她说："孙媳妇啊，我跟你爷爷结婚时，我的婆婆送我的这只玉镯，至今已有一百年的时间了，这是我们家的传家宝，我把它送给你了，这是奶奶的一份心意，你收下吧。"

"奶奶，这礼太重了。"

"拿着。"郑奶奶说着话把那只精美礼盒放到了华丽手中。

"谢谢奶奶。"

接着，郑妈从自己口袋中掏出一张银行卡，交给了华丽："丽儿，这次你俩结婚因为时间仓促，妈妈没有给你买什么东西，这卡里有点钱，你喜欢什么，去买一些，这也是妈的一点心意。"

华丽收了这张卡，并说了谢谢。

然后，新郎、新娘进入了主卧房。郑重等这一天等得很久了，真是天上掉下个大美女，得来全不费工夫，心中乐开了花。他有些迫不及待了，要抱华丽上床。

"慢。你先去浴室洗洗。"

郑重像个听话的孩子，进了浴室。

华丽走到窗前，拉开了厚实的窗帘，站在窗前眺望远方，心里还是想着大洋彼岸的爸妈。她自言自语地说："爸妈，女儿没有经过你们的认可，今天结婚了，你们能原谅女儿吗？"

这时，郑重穿着件白色毛巾睡衣从浴室出来，走到华丽身旁："你在想什么？"

"我想，通过茫茫的长空，告诉爸妈，女儿结婚了。今天可是女儿的大喜日子呢！"

"爸妈一定会祝福我们的，祝福我俩美满幸福，祝福我俩快快乐乐！"郑重拉了拉华丽的手，"亲爱的，你也去洗洗吧？"

"是得洗洗，今天出了一身汗。"华丽进了浴室。

郑重拉上了窗帘，走到床沿边坐了下来。片刻后，华丽穿着件粉色毛绒睡衣出来了，郑重上前抱住了华丽，紧紧地拥抱、接吻……

深夜，陶梅回到丝色罗小区的地下室。她站在半截落地窗前，想着这半年多的经历，出逃，打工，向郑老板献媚，谁知机关算尽，小妹抢了自己心仪之人。她感到无比失落，心中飘过了一丝酸楚。

04

卖 身

欧克布洛克二十九号别墅，正门贴着一幅大大的红双喜字帖。郑妈尽管来美国已近四十年，但中国的习惯依旧。昨天大龄儿子结婚，令她喜出望外。几天前，她到中国城买来了许多红双喜字帖，将大门外、内客厅、外客厅、主卧房都贴上了。别看这么简单的几幅红双喜字帖，还真把这宽大的别墅整出喜气来了，这就是中国红啊。小区的老外不管是开车的还是散步的，路过此地都要回头张望，虽说不大明白字帖的意思，也都觉得这幢别墅的主人家中有喜事。

清晨，郑妈早早起床，在厨房间准备早餐。她不停地忙着，脸上洋溢着喜气。

这时，主卧房的新娘也起床了。她到卫生间洗漱化妆后下楼，见奶奶正在小区散步，婆婆正在厨房间忙碌。她向婆婆问好，吃了婆婆精心准备的早餐，开着婆婆的奔驰车出了门……

陶梅昨晚从郑家回到丝色罗住地后，心里不平衡，思想有反复。她想得最多的问题是，我俩同是落难人，她凭什么能先找到如意郎君，过上无忧无虑的生活？郑老板，说来还是我先看上的呢。华丽口口声声说郑重土，说郑老板有股难闻的味道，就这么几天，他难道不土了吗？他难道难闻的味道没有了吗？她装出一副高贵的样子，其实，她是一个两面派，我还把她当成好人呢。我真傻。

这时，华丽敲门进来了："陶姐，早上好。"

"你新婚第一天，怎么那么早就跑到我这里来了？"

"我想陶姐正在生我气呢，也许正在骂我呢。"

"我哪敢骂你，我现在拍马屁都来不及呢。你一夜之间成了老板娘，我一个打工者，哪敢骂你。我要是骂你了，还不被你开除吗？我要是被你开除了，那我可就惨了，我连个身份都没有，我会流落街头，我会被警察抓住，我会被遣送回中国，那是多么丢脸啊……"她一下子不知从哪里来的话，像喷泉一样涌了出来，而且句句话中有话。

话虽然不入耳，但华丽还是忍了。华丽能理解陶梅，她确实有许多难题，担忧、害怕，从她嘴里流露出来，这说明她还是把自己当作知心朋友看待的。华丽上前一步抱住陶梅，紧紧地拥抱，陶梅的眼泪哗哗地流了出来，华丽也控制不住自己的感情。两人稀里哗啦地哭出声音来了。

华丽不仅同情陶姐，而且想到了大洋彼岸父母的牢狱之灾。想到自己的终身大事，身边竟然没有一个亲人，她越想越伤心……不知过了多久，华丽抬起头来说："陶姐，我虽说结了婚，但我的心里并不好受。我们两个都是落难之人，只要陶姐愿意在我们店里工作，我不会亏待陶姐，请你放心。"

"有小妹这句话，我就放心了。"其实，此时的陶梅想到小妹突然同意和郑重结婚是出于无奈，意识到自己刚才的话过分了，内心已有悔意。她说："小妹，这些天，我对小妹有很多怨言，甚至有责怪，这都是我的不对。小妹选择郑重，也是出于无奈，也有难言之隐。我刚才听了小妹的话，才有所醒悟。姐姐真是太愚钝了。"

"陶姐，我现在虽然结婚了，你依然是我的亲姐姐，你有什么困难，只管同我说。我向你承诺，姐没有学会开车前，我就是你的司机；姐没有找到更好的工作前，你就在店里做，我不会亏待姐；姐要是碰到其他困难，只要我帮得上忙，我会尽力帮助的。请姐放心。"

"我可以坐轻轨上下班，不用你天天来送我接我。"

"不行，这是必需的。"

陶梅脸上露出了一丝笑容，华丽牵着陶梅的手出门上车走了。

在四川饭店门前，有位员工正在瞭望，见华丽开着奔驰小车在停车场刚停下，急忙叫唤："来了来了……"很快跑出五六位员工到门口站成一排，见华丽、陶梅进门，大家齐声说："老板娘早，老板娘好，欢迎欢迎……"

"你们这是搞什么名堂啊，散了散了。"华丽脸上泛红，显得有些难为情。

众人围住了华丽，有的说："老板娘，你应该给我们发喜糖了。"有的说："老板娘应该请客啊。"

"对对对，应该应该。"华丽早有准备，从挎包里拿出一包包精装的巧克力盒，逐一分到每位员工手里。

不一会儿，郑重开着别克商务车买菜回来了。新婚第一天，郑重容光焕发，招呼大家来卸货，员工们七手八脚很快把半车食材卸完了。

郑重还是老习惯，来到大厅一角休息看闲书。陶梅走到郑老板边上说："郑老板，你和小妹昨天刚结婚，今天一早就来上班了，也不带小妹出去度度蜜月啊？"

"你这个建议好，是该带华丽去度度蜜月的。结婚，一辈子就一次；赚钱，那是一辈子的事。好，我同华丽商量商量，去度几天假。这饭店么，交给陶姐管着就行了。"

"交给我管，你能放心？"

这时，华丽走了过来："交给陶姐管，最放心不过了。至于说度假嘛，我看算了。"

"你看，小妹还是不放心我吧。"

"对陶姐我是一万个放心，主要还是我的问题，不知怎么的，我现在没有这个心情。等等吧，找个合适的时间再出去度假吧。"

华丽结了婚，心里却不轻松，总想着两个问题：一是想回中国探望父母；二是想回芝加哥大学完成大学本科的学业。

"也好，到春暖花开的时候再去度假吧。"郑重补充了一句。

中午，布莱尔来饭店吃饭。布莱尔已经很久没有来饭店了，陶梅迎上去说："先生，请里面坐。"

布莱尔盯着陶梅好一会儿："陶梅小姐真是漂亮，有什么喜事吗？"

"我能有什么喜事啊，是我小妹有喜事，她昨天结婚，你来得巧了，今天可有喜糖吃哦。"陶梅朝柜台方向喊，"小妹，拿喜糖来。"

华丽听到陶姐的叫声，拿了盒喜糖到布莱尔面前："先生，请吃喜糖。"

"谢谢。你的先生是哪一位啊，能配上这么漂亮的小姐，真是有福。"

"我的先生嘛，远在千里，近在眼前。"华丽卖了个关子。

"郑老板吗？"

陶梅说："真聪明，一下子被你猜中了。"

"猜中了，有奖吗？"

"有奖，再拿盒巧克力来。"陶梅说，"我做主了。"

华丽又到柜台拿了一盒巧克力，给了布莱尔。

"谢谢。"布莱尔显得非常高兴，双手举起了两盒巧克力。

大家都很开心，哈哈大笑。

布莱尔到老地方坐下了，陶梅端了壶茶水放在布莱尔面前，并给他倒了一杯："请慢用。"陶梅正想走，布莱尔说："最近，我去了一趟中国，还到了你的家乡呢。"

陶梅有点怀疑："你去过中国有这个可能，你还去了我的家乡？你骗我，我得考考你。"

"好啊，请出题。"

"我的家乡在哪里？"

"在东北，在铁林啊。"布莱尔用生硬的中国话做了回答。

"铁林有什么特产，或者有某一样东西能证明你去过那里的？"

"铁林三宝啊。"

"这个？现在都成了我们饭店的名菜了，这不能算。你再说出一样东西来。"

"小品大王啊？"

"他现在是中国的名人，你不去铁林也能知道，这也不能算。"

"铁林还有三宝啊，长白山人参、鹿茸品、林蛙油，这些能算吗？"

"这个能算，说明你真的去过铁林啦。"陶梅承认他去过中国了，去过铁林了。陶梅觉得这个老头子很滑稽，也很有趣，对他有了一丝好感。

"小姐，给我点菜吧。"

"好的。先生，你很久没有来店里吃饭了，今天应该吃得好点哦。"

"没有问题。来盘小龙虾，一盘小青菜，再来碗酸辣汤，外加一碗米饭。这样行了吧？"他朝陶梅看了看，似乎在征求陶梅的意见。

"好嘞。请稍等。"陶梅点完菜转身走了，布莱尔一直看着她进了厨房。

布莱尔真是看上了陶梅。前些日子，他打听到陶梅是中国东北铁林人，所以他去了一趟中国，还专门去铁林看了看。他在铁林看了一场二人转演出，又到"森中瑰宝山货店"买了一些特产。他回美国以后，又在中文培训班学习了一段时间中文，现在简单的中文都能应付。看来他对陶梅是动真情了。

不一会儿工夫，陶梅端着一盘小龙虾、一盘小青菜、一碗酸辣汤和一碗米饭来到布莱尔边上，一一放在他面前："先生，请慢用。"

"谢谢。"布莱尔很有礼貌地回答。

那天晚上下班回家时，华丽开着奔驰车，边上坐着陶梅。在车上，陶梅向华丽讲述了布莱尔去中国的情况。华丽说："这布莱尔是不是看上陶姐了？"

"一个美国老头，怎么会看上我呢？"

"难说。我看布莱尔最近同过去大不一样了。"

"有什么不一样的？"

"你看，他穿着不一样了。过去很随意，穿着旧球鞋牛仔裤的就来了，现在常常穿西装打领带。还有啊，他过去天天吃四川炒饭、一小碗榨菜肉丝汤，现在常常吃大对虾、小龙虾、酸辣汤，这都是值钱的硬菜啊。还有他为什么去中国呢，还专门去了一趟铁林，这不明摆着嘛，他想赢得一个美丽女人的芳心啊，你说呢？"

"经你这么一说，这倒也有可能。我怎么没有想过呢。"

"说不定过几天他会向你求婚呢。"

"一个老头子，而且是一个酸老头子，洋人长得和咱不一样，天晓得他几岁了？保不齐比我爹还大呢，我可不喜欢。"

"嗨，别说，老头有老头的好处，老头碰上陶姐这样的女人，会很专一的。老头工作了一辈子，一般都会有点经济实力，这生活可不用担心了。还有，陶姐真要是同他结了婚，你这身份就容易解决了。"

"小妹，你小小年纪，怎么会对老头子有那么多研究？"

"陶姐，现在社会啊，'老牛吃嫩草'可是一个潮流呢。据说二十几岁的姑娘，找六十岁的老头子，需要考虑一年；找七十岁的老头子需要考虑一个月；找八十岁以上的老头子只需要考虑一个礼拜就OK了。她们对老头子的选择是越老越快。"

"我可服了你了。"陶梅沉默了，这布莱尔真的会喜欢自己吗？

她俩的车子很快到了丝色罗小区，华丽放下陶梅后开车走了。

华丽的小车到欧克布洛克二十九号别墅车库停车后，进了别墅内客厅。她见郑重比她早一步到家了，郑妈在门口笑脸相迎："辛苦啦，赶快上楼洗一洗，早点休息吧。"

"不累。妈，你也休息吧。"华丽很有礼貌地回了婆婆的话，然后上楼到奶奶的房间请了安。

华丽洗完澡，坐到沙发上，从边上拿过护肤霜在脸上、手上、腿上涂抹，深思。

郑重洗完澡从浴室出来，见华丽正在想问题，走到她边上问："丽，你在想什么啊？"

"我俩结婚，我爸妈也不在身边，什么时候能回去看看我爸妈呢。"

"现在，你还是学生签证，回去容易，回来就会有麻烦。我们结婚后，你的绿卡容易解决了。我尽快把你的绿卡办出来，到那时候，你想去就可以去。"

"好啊，那先办绿卡吧。"

"还有什么问题吗？"

"有。我在芝加哥大学已学了两年，我想继续上学，至少要把大学的课程学完，把大学本科的文凭拿出来。"

"好，我支持。那恐怕也要等到下半年了吧。"

"是啊，要到秋季才行。"

那是一个周末的晚上，布莱尔在四川饭店吃过晚饭后一直没有离去，边喝茶边玩电脑，华丽、陶梅都以为他正在办公呢。他一直坐到九点多，仍然没有离去的迹象。这时，陶梅走到布莱尔边上，非常友善地说："先生，我们快要下班了。"

布莱尔抬起头来："小姐，我能邀请你去喝杯咖啡吗？"

"什么时候？"

"就今天晚上，好吗？"

"今天我可没有准备。"

"喝咖啡还要准备吗？"

陶梅想了想，这布莱尔真的对自己有意思了？我要是太轻易地答应他，恐怕对自己不利，得摆摆架子："先生，今天可不行，下个礼拜行吗？"

"行。我们说定了，下周周末晚上我请你出去喝咖啡。"

"好吧。"

布莱尔吃了定心丸，站起来说了声"再见"，走了。

在晚上回家的路上，陶梅向华丽说了这件事："小妹，真给你猜中了。刚才，布莱尔约我出去喝咖啡呢。"

"你答应了吗?"

"我说今晚不行,下周吧。我想这事我得想一想,还得跟你商量商量,要是碰上个骗子,那我就惨了。"

"骗子?绝对不会。你想啊,他可是我们店里的常客,要是没有点实力,他也不会常到我们店里来了,特别是最近,他吃得多好啊。"

"只要不是骗子,不是坏人,出去喝喝咖啡又何妨啊。"

"对啊,不能当夫妻当个朋友也可以嘛。现在是什么年代了,是开放的年代,是信息爆炸的年代啊,这方面思想还得解放一点,大胆地跟他去喝咖啡吧。有什么事情可以随时给我打电话,也可以跟郑重打电话。他在美国待了几十年了,美国的情况他比我俩熟悉,我们搞不清楚的问题可以问他。"

"那好,下周周末我同他出去聊聊,看他讲些什么,到时候再请小妹当参谋。"

她俩说话间,车子到了丝色罗小区,陶梅下车后,华丽开车走了。

陶梅到了地下室,站在窗前想啊想,最后想明白了一些问题,一旦布莱尔向她求婚,她也可以应对。

第二天晚上下班时,依然是华丽开车送陶梅回家。她们到丝色罗小区时,见一辆警车正停在家门口,两个警察和移民局官员正在查户口,华丽机智地直接把车开了过去,避开了警方的检查。在离家几百米外陶梅下了车。最近警方和移民局隔三岔五来丝色罗小区查户口,抓了若干名偷渡客。因为陶梅采取了防范措施,警方多次检查,都被她躲了过去。这事常常让陶梅闹心。

果然,到了下周周末晚上,布莱尔在四川饭店吃了晚饭,一直等到饭店员工下班。陶梅如约随布莱尔去迪拜咖啡馆喝咖啡。路上两人没有多说话,布莱尔偶尔向陶梅介绍一些美国风情和路边的建筑。小车到咖啡馆门前,停车后,布莱尔下车帮陶梅打开车门,让陶梅下车。从这个细小动作看,布莱尔是位有教养的人。然后,布莱尔与陶梅来到咖啡馆的一个小包厢坐下了。

服务小姐来到他俩边上:"先生、小姐,你俩需要点什么?"

陶梅对咖啡一窍不通,她朝布莱尔看看,布莱尔理解陶梅的意思:"要么来两杯美式咖啡?"他似乎在征求陶梅的意见,陶梅不懂这个,只是胡乱点头。布莱尔说:"好,来两杯美式咖啡。"那服务小姐说了个"OK",走了。

"我给你讲个故事:咖啡豆长在常绿小乔木上,它是一种植物。原产地在埃塞俄比亚西南高原地区。一千多年前，有位牧羊人发现羊吃了这种植物变得非常兴奋活泼，他就把咖啡豆采回去制成了咖啡。到了十三世纪，埃塞俄比亚军队入侵也门，将咖啡带到了阿拉伯世界，后来又扩展到了整个欧洲。咖啡有提神、醒脑、健胃、强身、止血等功能。同时，它也是西方人的日常饮品。"

陶梅的英语很一般，日常对话还听得懂，布莱尔嘴里那些复杂的故事她是听得半通不通，可她不肯服软，硬是操着磕磕巴巴的英语，夹杂着中文说：

"是啊，你们西方人喜欢喝咖啡，我们东方人还是喜欢喝茶。说起茶饮料的历史，那比咖啡长多了，至今已有三千多年的历史了。茶叶是一种古老的双子叶植物，长在青山冷岙，经过风吹、雨打、日晒，每到春天它能长出嫩芽，再把它采回来，经过炒、晾、藏，然后用开水泡出来，就有一种清香、甘甜的味道，它有提神、利尿、助消化的功能。"

"待会儿你尝尝咖啡的味道。喝多了，你也会喜欢的。"

"好，我尝尝咖啡的味道。有机会我请你喝茶。"

服务小姐端来了两杯咖啡，放到了布莱尔、陶梅面前。

陶梅抿了一口咖啡，只觉得又酸又苦，赶紧加了糖，这才品出些滋味来：这洋咖啡啊，虽不顺口，喝得多了倒也有些意思。

布莱尔说："我们俩认识有半年多了，像今晚这样就我们两个人相约在一起还是头一次。"

"是啊，按我们中国人的话说，叫作相见不相识。"陶梅说了这么句话，布莱尔愣住了。他对这句话不怎么理解，陶梅知道他听不懂，又做了解释："这话的意思是，我俩尽管认识时间不短了，但是我们相互间并不了解。我对你的过去一无所知，只知道你的食性。你呢，只知道我是个中国人，是铁林人，并不知道我的个性、特长与爱好。"

"你说得太对了。所以啊，我创造了今晚这样的机会，我们可以敞开心扉谈谈，谈过去，谈现在，谈未来，谈你，谈我，谈家庭。你说呢？"

布莱尔尽管已经是个六十出头的人了，但思维清晰，反应极快。

陶梅觉得布莱尔是个爽快人，并未觉得他俩有很大的距离："你以前是干什么的？"

"四十年前，我从芝加哥西北大学电气专业本科毕业后，到了本地汽轮机厂当了一个电气工程师。在这个厂里，我整整工作了四十年。一年前我退休回家了。现在偶尔参加一些社会活动。我今年六十三岁，女儿已成家独立，有了个小外孙。我老婆一年前去世，我现在是单身。"

布莱尔倒是一个名牌大学的大学生，还是个工程师。陶梅听人说过，在美国，工程师可是个厉害的角色，尤其是名牌大学毕业生，一般都有真才实学。不像中国，工程师、高级工程师、教授、专家多如牛毛，真正有本事的是极少数。陶梅想到这里说："我呢，书没有你读得多，也没有职称，但是我在铁林商业局当过科长。"

"科长可是个官呢，你很厉害的。"布莱尔嘴上夸了陶梅一句，心里却想，一个当官的怎么会跑到美国一个小饭店做服务员，觉得不能理解。

陶梅不想讲来美国的真正原因，只是看了布莱尔一眼。

布莱尔怀疑陶梅是个偷渡客，但初次见面不好意思问这样的问题："你有孩子吗？"

"有。有个正在读小学的儿子。"

陶梅简短的介绍，给布莱尔留下了很好的印象，觉得陶梅是个坦率直爽的女人。这样的女人一般来说比较好相处。想到这里，他直接向陶梅求婚了："陶梅小姐，我们现在可是相识相知了，我喜欢你，你能嫁给我吗？"

不出陶梅所想，布莱尔果然向她求婚了。陶梅今晚可是有备而来："你向我求婚，我可是有条件的哦。"

"请讲。"

"我有三个条件：一、你要尽快帮我把绿卡办出来；二、几年后，我要让我儿子来美国，你要帮我把儿子的绿卡办出来；三、我父母家境困难，现在还住在工棚里，你得给我十万美金，我帮他们解决一套居室，以报答父母的养育之恩。你要是能答应我的三个条件，我就嫁给你。"

"就这三条？"

"就这三条，你要是能答应，我就嫁给你。你要是办不到，我们就免谈。"

"我赞赏你的坦率，我答应你的三个条件。你们中国人有句话叫作言必信，行必果。我说到做到。只要你肯嫁给我，你的这些事我立即就办。"

陶梅原本想拿这些事吓吓老外，没有想到他答应得如此痛快，这出乎陶梅的意料。

深夜十二点过后，他们的约会结束了。三个多小时，他俩达成了婚约，说是爱情，其实是一个交易。

那天夜里，布莱尔的小车把陶梅送到住地，他想送陶梅去房间，被陶梅拒绝了。

陶梅进入卧室后，在半截落地窗前整整站了一个小时，脑子里来回想着跟布莱尔约会的三个小时谈话。想着想着流泪了，在心里一声声地呐喊，这哪是爱情啊，这是交易啊，这是买卖啊，我把自己卖了……到最后失声地哭了。这是内心的痛苦和无奈啊。

第二天上午，依然是华丽的车子接陶梅去上班。在车上，华丽迫不及待地问："陶姐，你们昨晚谈得怎么样？"

"我觉得自己把自己卖了。"陶梅就这么一句话回答了华丽的问题。

"怎么卖的？"

"一、把我的绿卡办出来；二、把我儿子的绿卡办出来；三、再给我十万美金。本来我想吓吓他，没有想到他全答应了。"

"你们可真爽快，真是速战速决啊。"

"我向你学的，既然想把自己嫁出去，拖泥带水的干什么，还不如干脆一点，赶快嫁了。"

又是这么一句话，使华丽无话可说。

又是一个周末，布莱尔把陶梅接出来，再次来到迪拜咖啡馆，两人刚坐下，布莱尔从西装内侧口袋里掏出一只信封递给陶梅："这是一张现金支票，十万美元，汇给你父母，让他们买一套房子吧。"

陶梅接过信封，抽出支票一看，果然是十万美元："你不怕我拿了支票逃走吗？"

"你要相信我的眼睛，我是不会看错人的。我要是不相信你，今晚就不会约你出来了。"

布莱尔的两句话，着实使陶梅感动。在骗子满天下的时代，还有这么个人，她感到欣慰。

接着，布莱尔说："我们结婚吧。"

"好吧。"

"下星期六，怎么样？"

"行。"陶梅经过这些天的反复思考，真是想明白了。既然答应嫁给他了，不如一切由他安排呢。

"你把工作辞了吧,做饭店服务员太辛苦,起早摸黑的,一个月又没有多少钱。"

"你养我?"

"养你没有问题。你真要想工作,以后再找吧。"

"你看,你又心痛你的钱了吧。"

"不不不,我说的是你想工作,如果你不想工作也没有问题,我的退休金能养活我俩。你信不信?"

"我相信。我说的是你心痛,'心痛'你明白吗?"

"明白。钱这东西,没有不行,没有可以说寸步难行;有钱,钱太多,也会闹心。"

"我啊,跟你的想法不一样。我很想当个有钱人,连做梦都在想。我要是有很多钱,就不用这么苦了,就去周游世界了,我还可以买很多很多自己想买的东西。"

"你要是有一百万美元,你首先想买的是什么?"

"你有一百万美元吗?"陶梅反问了一句。

布莱尔没有直接回答她的问题:"假设你有一百万美元,你首先想买什么?"

陶梅近一年的地下室生活,真是受够了,所以她首先想到的是住房问题:"我想买一幢别墅。"

"在美国,一幢别墅可要不了一百万美元。"

"再买一辆跑车,在美国没有车子不行吧?"

"当然。还有呢?"

"再买几套漂亮高档的时装,把自己武装一下。"

"别墅咱们有了,跑车咱们也有了。把我开的这辆车给你吧。"

"可惜,我到现在还不会开车。"

"去学呗。剩下的就是买几套时装了,明天我陪你去店里买吧。"布莱尔思维敏捷,几句话回答了陶梅的问题。

"明天我可要上班啊。"

"那么下周抽一天时间去购买时装吧。"

"行。"

"那就定了，下个星期六我们结婚吧？"

"我同意，下周六结婚。"

第二天晚上，华丽送陶梅到丝色罗小区住地时，华丽、陶梅下车站在门口说了一会儿话。华丽问："陶姐决定嫁给布莱尔了？"

"是，我们打算下周六结婚。"

"好。陶姐，你需要什么只管同我讲。"

"小妹，我和布莱尔商量决定，要辞去你们店里的工作。"

"没有问题。你打算从哪天开始辞职？"

"明天吧。"

"这么快啊。"

"就明天开始吧，我也要做点准备。"陶梅想首先要把十万美元汇到中国去，这是她心中最大的事情。但是她没有同华丽说这事，只是在心中盘算。

"行。店里的工作我们能克服，陶姐有什么需要我做的只管开口。"

"没有什么事了。"

此后，陶梅整整花了一天时间，在中国城把十万美元汇到了中国。

接下来的一天，布莱尔陪陶梅在美国白领阶层专用的大商场购物。此时，春装已经上柜。世界各国，主要是西方几个大国的名牌时装都有销售。平日陶梅偶然来此光顾，许多自己中意的品牌只能饱饱眼福，没有实力购买。今日，边上有人付款，她的胆量着实大了。她一连挑选了两套春装、两套内衣、两双皮鞋，还有配套的手包、皮夹，到柜台一结账，要一万一千美元。陶梅真是吓了一跳："这么贵啊，要么退掉一些？"

布莱尔真心喜欢陶梅，出手自然大方："别退了，都买下吧。"他随手递给陶梅一张银行卡。

陶梅毕竟出身贫寒之家，心里还在推算，一万一千美元，得七万多人民币，在中国一个科长得做两年呢。太贵了，真是有点下不了手。最后，她除了留下两套时装、两套内衣外，其他东西都退了，最后结账付了六千多美元。

陶梅、布莱尔从高档时尚商店回到丝色罗住地，布莱尔要陪她到居室去，陶梅没有拒绝。他俩来到地下室，布莱尔说："这地方怎么能住，你也太艰苦了。"

"我从中国到美国，有地方安身已经不错了，我可没有想这么多。"

"要么让我体验一下这样的生活，今晚我就不走了？"

"那可不行。我们中国人的做法是没有结婚不能同居哦。"其实，陶梅说的是过去的传统，现在很多年轻人早就不这么做了。

"是。我尊重中国人的传统做法，那么我走了。"

陶梅为了奖赏布莱尔的表现，上前抱住布莱尔，重重地给他一个吻。布莱尔企图得寸进尺，还是被陶梅推开了。布莱尔乖乖地离开地下室走了。

在陶梅结婚的前一天晚上，华丽早早地下班来到丝色罗小区地下室，见到陶梅独自呆呆地坐在沙发上："陶姐，你在发什么呆啊。"

"小妹，你说这布莱尔怎么样，会不会是个花花公子？"她今天没有再说"骗子"的话，提出了另一个疑问。

"不会吧。我觉得这老外不错，就是年龄大一些。"

"是啊，他比我老爸还大两岁呢。我俩走在马路上，人家会不会说我们是父女俩呢。还有，我要是同他一起回中国，他叫我老爸是叫爸爸还是叫老弟呢？"

"陶姐，我看你大大咧咧、风风火火的一个人，怎么思想还很传统守旧呢。"

"是啊，我刚才一直在想这个问题，我一个三十几岁的人，嫁了个六十多岁的老头，要是带他去中国老家，还不被人家笑掉大牙呢。我们老家的人要是骂起来会很难听的哦。"

"怎么骂啊？"

"某某的女儿真不要脸，找了个老外，年龄比她爸还大，还有这老外倒捡了个便宜货，'老牛吃嫩草'等等，可难听了。"

"陶姐，只要自己感觉好就行了。谁不被人骂啊。骂骂风吹过，当它没那回事。"

"你说感觉好就行了，我现在感觉不好呢。那天晚上，我向他提出了三个条件，我想吓唬他一下，他居然一下子答应了。这两天，我反反复复想那天晚上的谈话，他怎么会这么痛快地答应了呢？还有前天，我们去那白领商店购物，我选了几套时装、一些首饰，总价值一万多美元，后来我觉得自己太过了，退了一些，他居然也一口答应了，拿出银行卡让我刷。他为什么会这么爽快呢，这钱是不是来路不正啊。"陶梅说着说着流泪了。其实这段时间，让陶梅最想不通的问题是自己嫁了一个老头子，而且还是老外。所以感到委屈，心里一阵阵发酸，竟哭出声来了。

华丽知道陶姐的想法，挪了挪屁股，紧紧挨着陶姐劝说："姐，你真要是有顾虑，把婚期往后推一推，再想想？"

陶梅还是流泪痛哭，久久没有出声。

"陶姐，也许你把问题想偏了吧。他因为喜欢你，才会这么爽快，我觉得你的顾虑是多余的，唯一不足的是年龄大了一些。"华丽停顿了一会儿，又说，"布莱尔是正宗美国中产阶级的代表人物，有别墅、有跑车、有存款。归结一句话，就是有一定的经济实力。所以，你问他要十万美元，他答应了；你买了一万多美元的时装，他爽快地让你去刷卡。他要是没有经济实力，你的这些问题，他能答应吗？不可能。"

陶梅觉得华丽说得有道理，情绪慢慢缓解了："我现在是没有退路了，他给的钱我已经汇到中国去了，我是自己把自己卖了，明天只能跟他走进教堂了。"

这天晚上，陶梅与华丽谈了许多话，当华丽回到家的时候已经是第二天凌晨两点了。

周六上午，华丽陪陶梅敲开了夏咪家的门，肖鱼笑眯眯地迎接："贵客临门呀！"

"还贵客呢！房客，房客。"华丽说，"陶姐要嫁人了，向你们道个别。"

夏咪听说陶梅要嫁人了，从卧室来到客厅："我老婆说得也没错啊，嫁了人可不就成了贵客啦。"

"对啊，未来的贵客，"肖鱼又说，"美女还真是不愁嫁，先是华丽，再是陶梅，我们不仅失去了两个房客，还失去了两位朋友。"肖鱼说到动情处，泪水盈满了眼眶。

"结婚是喜事，我们向陶梅祝贺，祝陶梅婚姻幸福。"夏咪又说，"以后要常来我们家坐坐哦！"

"我会的。"陶梅向他们送上了喜糖。

下午，陶梅与布莱尔走进了教堂。

陶梅穿着雪白衬衫、粉红色西装，略加化妆，看上去年轻漂亮；布莱尔尽管六十多岁了，穿着一身白色西装，高挑瘦瘦的身材，也不显得老，精神抖擞。

陶梅有华丽陪同，布莱尔也有个五十几岁的老外陪同。

至于说结婚仪式，还是老一套。

陶梅与布莱尔举行婚礼仪式后，乘车回到了布莱尔的家。这是一幢老式别墅，尽管不很大，但很精致。别墅楼上有三间卧室，主卧是两间式的，也就是一室一卫，另两间卧室，卫生间是公用的；楼下有内外客厅、餐厅和厨房。有独立的小花园。别墅离市中心比较近。陶梅很喜欢这套房子，现在她成了这幢老式别墅的女主人了。

布莱尔当了几十年工程师，处事很严谨。那天婚礼后，在家里的小花园摆了两桌，昔日的同事来了十几位，加上陶梅的几个朋友，也显得非常热闹。他们的婚宴，布莱尔从饭店请了两位厨师，让大家吃的是西餐。遗憾的是布莱尔女儿家的人一个没有来。

晚上八点后，宾客散去了，陶梅、布莱尔进入新房，布莱尔上前拥抱陶梅，陶梅说："慢。我有三个问题要问你。"

"请问。"

"第一，我们的婚礼，你的女儿、女婿和外孙为什么一个没有来？"

"前几天，我向他们发了邀请，但是他们不同意我俩结婚，自然就不参加我们的婚礼了。"布莱尔这话说轻了，其实为这事，女儿同他大吵了一架。

"嗨，人家都说美国人思想开放，你们家的人倒是很封建、很闭塞嘛。像今天这样的事，我认为只有中国才会发生，没有想到竟然会发生在美国。"

"我想，这事不影响我们的生活。他们过他们的生活，我们过我们的生活。我们两个家庭都是独立的，大家要是合得来多走动走动，要是合不来可以少走动或者不走动。"

"那倒也是。"

"你的第二个问题是什么？"

"第二么，你花十万美元是不是为了买一个伴？"

"不，我是真的喜欢你。我第一眼见到你就爱上你了，按你们中国人的说法叫一见钟情。这是真的，我不说假话。"

"好，我相信你的说法。这第三么，那天晚上，我提出要你出十万美元，你连想都没有想就答应了，这是为什么？人家都说美国人紧巴，因为赚钱不容易。你这么爽快地答应了，你的钱有没有问题？"

"这个问题问得好。有一点，美国同中国差不多，凡是打工者，赚钱都不容易。你怀疑我的钱来路不正对不对,这很好。你可知道,我已经做了四十年工程师,而且我是有技术的工程师,工资不低。我的钱都是一年一年积累下来的,是合理合法的收入。我为我所爱的人出点钱,这是我心甘情愿的。你明白了吗?"

"明白了。"陶梅听了布莱尔的回答,既满意又感动,主动上前抱住布莱尔,布莱尔趁机把陶梅抱上了床。

第二天一早,陶梅先起了床,在厨房准备早餐。她煎了三个鸡蛋,在布莱尔的位置放了两只,在自己的位置放了一只;热了两杯牛奶;又烤了几片面包,餐桌中间还放了果酱和花生酱。

布莱尔从楼上下来,见陶梅准备好了早餐:"亲爱的,早上好。"

"饿了吧?快吃吧。"

他俩吃过早饭,开始了蜜月之旅。

陶梅在美国已近一年,但对美国依然陌生。今天,他俩要去的目的地是威斯康星。这名字在陶梅心中感到新鲜。布莱尔开着一辆日产尼桑小车,陶梅坐在副驾驶的位置。小车在高速公路上飞快前进,公路两旁是辽阔的大平原,田里成片的玉米郁郁葱葱,庞大的喷灌机正在给玉米浇水。田块与田块之间的一片片小森林绿得发黑,整个大地是一片绿色。这田这景非常诱人,陶梅一路上赞叹不已。

三个小时的路程很快到了。他俩先在一家四星级宾馆入住,计划要在这儿住一周。当天下午,他们游了威斯康星河。威斯康星因河得名。此河从威斯康星一直流向密西西比河,全长六百九十公里。河的两岸是两座沿河延伸的青翠欲滴的山脉,不时地出现无数类似木化石一样的高低不一的柱子,使人感叹大自然的美妙。

接下来的几天,除了观看水上项目表演、参观动物园,就是玩水、游泳。别看布莱尔已经是六十多岁的人,玩水、游泳、骑马等运动项目玩得跟二三十岁的小伙子一样疯狂。陶梅游泳倒是强项,加上漂亮的脸蛋、苗条的身材,在水里忽而深潜,忽而漂浮,活像一条曼妙的美人鱼,吸引了众多游客的目光。

这一星期,布莱尔带着陶梅玩遍了游乐场的所有项目。白天游玩,晚上吃西餐、泡咖啡厅,布莱尔对她关怀备至。陶梅渐渐适应了布莱尔的生活,年龄的差距也淡了许多,只是天天吃西餐不怎么适应。

他俩度蜜月后的两周，布莱尔教会了陶梅开车，陶梅考出了驾照。布莱尔还给她买了辆日产"哄达"小车。陶梅对布莱尔的表现非常满意。

陶梅一直对西餐不怎么适应，她想改变布莱尔。一天，她开车到中国城，买了做中餐的全套工具和食材。从此日开始，她按照北方人的习惯，早餐吃小米粥和馍馍，中餐、晚餐大多吃面食，配小菜。布莱尔尽管不怎么适应，但他还是支持新婚妻子做中餐。闲暇时，陶梅还教布莱尔说中文，学拼音，布莱尔尽管有时心里觉得累，面上仍表现得很乐意。

那段时间，陶梅常常想到，要去见见布莱尔的女儿和外孙，改善两家人的关系。一天晚上，陶梅同布莱尔说："亲爱的，明天我们去看看你的女儿吧？"布莱尔开始有点犹豫，后来在陶梅的坚持下，同意了。

第二天下午，布莱尔开车到白领商场采购礼物。陶梅给布莱尔的女儿买了件时尚套裙，给小外孙买了双皮鞋，还买了两包巧克力，大包小包一大堆。

陶梅陪布莱尔来到女儿家。布莱尔的女儿叫布娜，已经三十五岁了，外孙也十多岁了。他俩到女儿家按了按门铃，女儿出来开门，后面跟着儿子，布娜一见是自己父亲和一位中国女人，想关门，被布莱尔阻止了："布娜，你还在生气？"

"我说话算数，你要是跟那个中国女人结婚，我就跟你断绝父女关系。你回吧。"布娜说话带着口音，语速很快，听得出说的是气话。

陶梅英语很一般，对布娜的话听得不是很明白，她想调节一下他们父女的紧张气氛："娜娜，你让我们进去吧，有话好好说。"

"我跟你没有话好说。"

"布娜，我问你，美国是个法治国家，是吗？"

"是。"

"好。我跟你爸结婚是经过凯旋郡政府登记批准的，是合法的，是吧？"

"是。"

"我们俩结婚是合法的，是受法律保护的，那么你作为美国公民应当维护的，对吗？"

布娜朝她看看，无话可说。心想，这个后妈可厉害呢！

"我和你爸结婚既然是合法的，那么，大家都应当承认。你要是认我这个后妈呢，我会担当起妈的责任，你有什么困难尽管来找我，我会尽力帮你解决。

你要是不认我这个后妈呢,那么大家各过各的,也没有必要赌气。对吗?"

布娜还是朝她看着,最后憋出一句话来:"一个没有身份的人,还给我讲美国法律,真是可笑。"

"没有身份,我同你爸结婚了,很快会有身份的;不懂美国法律,可以学的。你说呢?"

陶梅的几句话,又把布娜挡了回去。

这时,小外孙见到外公跑了出来,还抱了抱外公,又抱了抱陶梅。陶梅心想,小外孙倒不错,大人的矛盾,有时候小孩子是个调节器,通过小孩也许可以缓解矛盾,她一手拉过小外孙:"宝贝,外公给你买了礼物,给。"她说着把所有礼物交给了小外孙,小外孙一边说谢谢,一边提着几包礼物进了房间。

布娜见儿子提着礼品进了房间,急吼吼地从儿子手中夺过几包礼物,扔到了门口,重重地把门关上了。

"后妈不好当啊。"陶梅直叹气。

布莱尔显得很无奈,夸张地耸了耸肩:"娜娜不领情,我们回去吧?"

"那就回家吧。"陶梅说完这话,从地上捡起几包礼物,随布莱尔上了小车往回走了。

05

有 喜

陶梅赴美国考察期间在芝加哥留了下来，除了前夫的原因外，也因为她实在是太喜欢芝加哥的密歇根湖了。她出生在辽宁铁林，自己的家乡有的是大山，哪有大湖啊。芝加哥密歇根湖不仅大，而且美。她第一次看到密歇根湖的时候，还以为是到了海边。她问过导游，这湖到底有多大。导游告诉她光是密歇根湖的水域就有六万多平方公里。她站在湖边，见到湖的一边四十层以上的高楼就有几十座。高楼大厦挤挤挨挨，错落有致，真是太漂亮了。这漂亮的湖，这错落有致的楼，这美丽的城市，让她在这里止步。

后来这一年，她作为一个偷渡客，除了在四川饭店打工以外，哪里都不敢去，唯恐撞上警察和移民局的官员，被他们遣送回中国。即使在丝色罗的地下居室，她也提心吊胆。尤其是华丽结婚搬走后，她更是小心谨慎。一次次让夏咪肉嗓示警毕竟不现实，她让夏咪在自己的地下室装了个电铃，一根电线拉到夏咪饭厅的隐蔽处装上电钮，要是有情况，只要上面一按电钮，她就立即从后门溜出去。那段时间，只要听到电铃的响声，她都会心惊肉跳。也由于处处小心谨慎，警察和移民局官员多次到丝色罗小区检查，都让她躲了过去。

如今她名正言顺地嫁给了布莱尔，可以大大方方地出去旅游度假了。现在，她辞去了四川饭店的工作，新的工作又没有找到，很想好好游览一下密歇根湖和市区的一些景点。

那天早上，陶梅坐在沙发上还在想昨天去布莱尔女儿布娜家碰了一鼻子灰的事，布莱尔到陶梅边上坐下了："亲爱的，你在想什么？"

"我在想昨天的事啊。"

"别想那扫兴的事了，我们想些高兴的事吧。人啊，就这几十年，我的时间不多了，我们想一些高兴的事，做一些自己想做的事，好吗？"

"你这话，说对了一半，说错了一半。前一句不妥，后一句我赞成。你今年六十岁刚出头，要是能活到一百岁，还有快四十年呢，那可是半辈子，长着呢。不管你也好，我也好，我们都要想想高兴的事，做自己想做的事，每一天都能过得有意义。"

"对对对，你这话说得好。那么你现在最想做的事是什么呢？"

"趁我没有找到工作前，我们抽点时间去游游湖、看看景怎么样？"

"这是好主意，我赞成。游芝加哥的湖和景，我们可以不请导游，我可以胜任的。"

"好啊，咱们说干就干吧。"

他俩首先来到西尔斯大厦。西尔斯大厦是芝加哥标志性的建筑，实际上是全美国最高的大厦。凡是来芝加哥旅游的人，基本上都要上西尔斯大厦的观光台，纵观芝加哥城的全貌。那天，他俩排了一个多小时队，才乘电梯上了摩天大楼的瞭望层。西尔斯大厦由西尔斯集团所有，西尔斯集团至今已有一百二十多年历史。该集团以卖钟表和珠宝起家，逐渐发展成商业王国，现年销售总额达数百亿美元。大厦高四百四十三米，地上一百一十层，地下三层，包括两个线塔高达五百二十米，比二〇〇一年倒塌的纽约世贸大厦还高出二十六米。西尔斯大厦占地六百零六亩，建筑面积二十六万平方米。那天，陶梅和布莱尔从一层到一百零三层瞭望台，快速电梯只用了一分钟。摩天台有环绕三百六十度的玻璃观光台，投币望远镜可以俯视伊利诺伊州、威斯康星州、印第安纳州以及密苏里州，所有芝加哥城尽收眼底。这一天，陶梅称它为"登高望远"。

第二天，陶梅和布莱尔乘船游了密歇根湖和芝加哥河。那天，天气特别好。头天夜里刚下过雨，雨后天空干净透彻，湛蓝的天空，偶尔飘过几朵白云；一望无际的大湖，点缀着许许多多白帆，这景色真是太美了。湖面静谧安稳，似乎又有些动感。布莱尔说："这座城市因湖而动，因湖而活；这座城市的人民因湖感到自豪，因湖使生活增添了情趣。"

密歇根湖与芝加哥河紧紧相连，芝加哥河蜿蜒地流过城区，河旁的高楼似乎也沾了灵气，变得活泼起来。陶梅在布莱尔的陪同下，乘坐的游艇从芝加哥河通过船闸驶到密歇根湖。其间，陶梅产生了许许多多遐想：自己怎么成了一位美国人的老婆了，不久以后自己最亲密的儿子也将成为美国人了，自己未来的生活将会怎么样……这一天，陶梅称它为"畅想未来"。

第三天，布莱尔陪陶梅游览了芝加哥的艺术博物馆和自然博物馆。芝加哥有许多博物馆，布莱尔为陶梅挑选了两家富有艺术特色和可看性的博物馆参观。芝加哥艺术馆是世界知名的美术馆之一，它收集了自公元五百年到一九〇〇年法国印象派的作品。陶梅尽管不那么懂，但也觉得不枉此行。她对自然博物馆更了解些，因为许多馆藏的动植物标本，是人们生活中所熟悉的，陶梅看得很仔细，不时向布莱尔提问，布莱尔一一作了解释和回答。这一天，陶梅称它为"补充大脑"。

布莱尔陪陶梅在芝加哥游览了一个星期。陶梅觉得这一周玩得很尽兴，吸收了许多营养，丰富了许多知识，熟悉了许多过去不熟悉的东西，现在她可以拍胸脯说是真正成了芝加哥人了。

夜已深了，华丽靠在床上看书，郑重从浴室出来上床把华丽搂到了自己怀里，华丽感到一股厨腥味扑鼻而来："嗨，你洗澡了没有？"

"洗了，怎么啦？"

"有没有洗头？"

"没有。"

"快，下去，把头洗洗！"

"头不用天天洗吧，一周最多洗两次就够了，不然把头发都洗完了。"

"你这是什么理论啊，勤洗头只会对头发有利。"

"今天不洗了，明天再洗吧。"

"不洗头不能干那个。"

"为什么啊？"

"你身上有厨腥味。"

"厨腥味是什么味啊？"

"鱼，蟹，肠，姜，醋，叫五味杂陈。"

"好好好，我去洗。"

次日上午，华丽向郑重、郑妈打了个招呼后，开车来到陶梅家里。她见陶梅正在院子里整理花草。她俩互相打量着，然后热烈拥抱，接着手牵手来到客厅。

"一个月没有见到陶姐了,真是想死我了。"

"我也想小妹呢。你要是不来,我也要去你店里看你了。"

"陶姐度蜜月去了吧。"

"是啊。先到威斯康星玩了一礼拜,接着在芝加哥城又逛了一礼拜。我到芝加哥一年,就这一次好好玩了玩,对芝加哥才有所了解。不然,我要是回中国去,有人问我芝加哥的情况,我可是一无所知啊,不像小妹那样对芝加哥了如指掌。"陶梅一转话题问,"小妹,你们怎么不出去玩玩?"

"不瞒陶姐,我现在真是没有心情,对什么都不感兴趣,连吃饭也觉得乏味。"

"是不是还在想你爸妈的事?"

"主要是这事。夜里常常做梦,梦见爸妈在那里吃苦遭罪,我真想回去看看他们。"

"那就回去看看呗。"

"我现在还是学生签证,回去了恐怕回不来了。我妈交代,叫我千万不要回去。我心里纠结啊,想回去又回不去,你说这是什么感觉啊!"

"你刚才说,主要是你爸妈的事,那次要的是什么呀?"

"我跟郑重结婚后,郑重和郑妈、奶奶对我都很好,可以说是百依百顺,但是我对郑重身上的厨腥味还是觉得难闻,有时会觉得恶心。"

"小妹,你是不是怀孕了?"

"怀孕?不会吧。就是觉得这厨腥味不好闻。"

"傻妹子,我看郑重是个爱干净的人。这厨腥味哪会那么难闻,恐怕还是你心理有问题吧。"

"也许吧。"华丽转了话题,"陶姐,布莱尔对你咋样,你的感觉还好吗?"

"布莱尔对我的好,没说的。就是他的女儿对我俩的结婚,非常敌视。从威斯康星度假回来后,我们还到商店买了许多礼物去看望他女儿,结果礼物被扔了出来,我们连门都没有进去,碰了一鼻子灰。"

"这美国人的思想咋那么守旧?"

"是啊,我也想不明白。"

"你们的夫妻生活还好吗?"

"这个嘛，好比比尔·盖茨开公司。"

"什么什么？我怎么听不懂呀。"

"'微软'嘛，你不明白吗？"

华丽哈哈大笑："陶姐，你怎么想出来的。"

她俩一直聊到中午，华丽站起来要走："陶姐，自从你走了以后，店里没有再雇人，忙的时候，我妈妈也去帮忙，我的工作也增加了不少，我得走了。"

"小妹，你还得雇个人，你一个娇小姐哪吃得了这苦啊！"

"郑重倒是想雇人，我没有让他雇。"

"我今天不留你吃饭了。过两天我得到你店里给小兄弟小姐妹分糖呢。"

"可不是，你结了婚，一个月都不来店里，他们都在说，陶姐怎么不分糖啊。"

"好好好，明天晚上我同布莱尔到你店里来分糖，顺便在你店里吃晚饭。"

"好，我欢迎陶姐和布莱尔过来。"华丽说完就走了，陶梅一直送她上车，见她开车走了，才回到屋里。

第二天晚上，陶梅与布莱尔来到四川饭店。大伙见他俩进门，都围了上来。陶梅向大家分了喜糖。

郑重拉着布莱尔的手边说边到老地方坐下了："布兄娶了陶梅小姐，脸上写着大字呢。"

"什么大字啊？"布莱尔有些不解。

"幸福啊。你娶了个中国美女，还不幸福吗？"

"对对对，幸福。"布莱尔哈哈大笑，一转话题，"彼此彼此，我幸福，你也幸福啊。"

华丽、陶梅见他俩聊得火热，也到他俩边上坐下了，陶梅说："你俩这么高兴，捡到元宝了还是中大奖了。"

郑重说："你猜猜？"

陶梅说："你在说我坏话吧？"

"不不不，我在说布莱尔先生脸上写着两个大字呢，你猜猜写着两个什么字？"

"微软。"陶梅不经意地说了两个字。

这时，大家都笑得前仰后合，过了很久才静了下来。

华丽说:"陶姐的心中就'微软'两个字。"

布莱尔在陶梅耳边轻轻地说了"幸福"二字,陶梅一下子脸红了,站起来重重地捶了郑重两拳。

郑重说:"好嘞。今晚你俩吃饭,我请客。陶姐点菜吧。"

"这还差不多。"陶梅笑了。

华丽、郑重晚上下班回家已经十点多了。天天如此,开饭店真是个辛苦活,赚的是辛苦钱。

那天夜里,华丽又做了个噩梦。她梦见妈妈关在杭州女子监狱,正在制衣车间劳动。因为妈妈出身在资本家家庭,大学毕业后又在政府机关工作,从来没有劳动过,如今在监狱制衣间劳动,动作比较缓慢,正在遭受管教人员训斥……华丽突然叫出声来了:"妈妈,妈妈,妈妈……"人坐了起来,郑重听到华丽的叫喊声,开了灯:"怎么啦,又做噩梦啦?"

"是啊,我梦见妈妈被关在女子监狱,正在受管教人员训斥……我得回去看看他们。我的绿卡什么时候能办出来?"

"应该快了,再等等吧。"郑重一手搂着华丽,一边安慰。华丽尽管有丈夫关心,仍显得十分无奈,慢慢地躺下了。郑重关了电灯,也躺下了。

第二天早晨,华丽起床后没精打采,一身疲惫。她到楼下时,见郑妈已经准备好了早餐。郑妈说:"丽儿,昨晚又没有睡好?"

"是啊,我想回去看看爸妈,这绿卡不知什么时候能办出来,真是急死人了。"

"我们急,人家不急。再忍一忍吧,不要把身子急坏了。"

这样的日子日复一日,华丽只能忍耐。

在这以后,华丽常想呕吐,又想吃酸菜,怀疑自己怀孕了。郑奶奶、郑妈毕竟是过来人,见到华丽的种种表现,知道儿媳怀孕了。郑妈叫儿子陪华丽去医院检查。郑重知道妻子怀孕,高兴得合不拢嘴。为了保险,他又陪华丽到医院做了检查,果然是有了。

郑重、华丽从医院检查后回家,郑重把华丽怀孕的消息告诉了郑奶奶和郑妈,她俩高兴得不得了,都说:"我们郑家要添丁了。丽儿,从今天开始,你就待在家里,不要去店里了。要是忙不过来,雇个人也行。"

"这孩子来得真有点早,我现在还不想要呢。我爸爸妈妈都在牢里,我现在哪有心思要孩子啊。"

郑奶奶说："丽儿，你可别这么想。你想想啊，你爸妈已经判了，按法律规定要待足一定时间才能出狱。没有到时间，谁说话都没有用。即使你回去了，也只能看一看，不可能让他们出来啊。你现在呢，安下心来，把孩子生出来。到那时候绿卡也办出来了，让你妈陪你去中国，一块去看看你的爸爸妈妈，你说好不好？"

"奶奶说得对，到时候妈陪你去中国。"

华丽觉得奶奶和妈说得也对，自己回去也只能看一眼。自己没有能力解决他们的问题，况且妈妈嘱咐千万不要回去。她想到这里，说："只能如此了。"

夜已经很深了，华丽呆呆地站在窗前，想着自己怀孕的事。因为怀孕，自己梦想完成学业的事又泡汤了。想着想着，她重重地叹了一口气："无可奈何花落去……"

第二天，华丽还想去店里工作，在郑奶奶和郑妈的再三劝导下，她留在家里了。她先给陶姐发了条短信，告诉她自己怀孕了。陶梅回了短信，祝贺她有喜。

华丽在家休息了一个星期，越是无所事事，越是想到大洋彼岸的爸妈。到第七天，她实在待不住了，经她说服，郑奶奶和郑妈、郑重终于同意她去店里工作。郑妈决定自己也去店里上班，时刻盯着媳妇，不能让她有任何意外。

从那天开始，一家三口，同进同出。郑妈只准媳妇坐在柜台收银，不准她端菜洗碗。华丽呢，尽管不想这么早要孩子，只因郑家祖孙三代人百般溺爱，出于无奈，也只有把孩子留下来。

时间飞快过去，华丽的肚子一天天凸出来了，离预产期越来越近了。她很想身边有个亲人在，但是妈妈仍在女子监狱服刑，不可能来美国照顾自己。她想到表妹费燕。费燕比自己小两岁，两人从小一起玩耍，随着年龄增长，两人逐渐产生了差距。华丽出身官家，从幼儿园、小学、中学到出国，都在父母的光环下，读的是最好的学校，享受的是最好的待遇，从来没有吃过苦；而费燕就不同了，出身工人家庭，从幼儿园、小学、中学到职业技校，完全是靠自己一步步走过来的。但有一点与华丽不同，她的情商特别高，与人交往的能力特别强。讲得通俗一点，就是会办事。这几年，华丽、费燕尽管相隔万里，两人交往仍然很频繁。这次，华丽父母出事，华妈就委托费燕同华丽沟通。华丽想到这里，心中就有了计划。

晚上下班后，华丽先在客厅坐下了，郑重、郑妈也坐下了，郑奶奶也从楼上下来了。华丽把当天下午自己想到的事情同他们说了。

郑奶奶觉得这是好主意。

郑妈说："媳妇做产需要有人照顾，而且饭店还不能关门，费燕能来再好不过了。"

郑重也表示赞成："这主意好，我们发邀请吧，让表妹尽快去办手续，能早过来就早过来。"

那个年代，正是中国人出国的热潮，费燕接到邀请信后，真是欣喜若狂。她爸妈也表示支持。接着，她填表，办护照，去上海签证，一切都很顺利。

出国前，费燕和她妈去杭州女子监狱看望了费燕的姨妈祝越。祝越原来是一个秀美的女人，坐了一年牢，变得憔悴苍老不少，两鬓已有白发。

祝越看到自己的妹妹和外甥女来监狱探望，脸上露出了一丝喜悦，费燕妈见到变了样子的姐姐，眼眶溢满了泪水："姐姐，你受苦了。"

"姨妈，你还好吗？"费燕说。

祝越没有直接回答她俩的问题，反问妹妹、费燕："你俩今天怎么会来看我？"

费燕妈妈说："华丽发来邀请信，说她下个月要做产了，希望费燕能去美国帮帮她。燕燕接到邀请信后已经办妥了手续，打算下周去美国。姐姐有什么交代没有？"

祝越听到这话，流泪了："女儿做产，妈妈应该在她身边。你看，我现在还在监牢里，只有辛苦费燕了。"

"姨妈，你不要难过，我会照顾好表姐的，你放心吧。"

"你能去最好了。你和华丽从小一起长大，从小就很投缘。你俩年龄相仿，是同时代的人，有共同语言，话说得到一块。你呢，从小就体贴父母，职高学的又是家政，照顾产妇这可是你的专业。你能去，我真是求之不得啊。"

"姨妈，你对姐姐有什么话要说吗？"

"请她不要惦记我和她爸爸，安心待在美国。我希望她能顺利地生下孩子，专心致志地带好孩子。"

"姨妈，我一定把你的话带给表姐。"

"阿妹啊，费燕去美国了，你少了个帮手，到时候姐会感谢你的。"

"姐，你别说这样的话了。我是你最亲的亲人，你的事就是我的事。华丽要做产了，燕燕去照顾一下是理所当然的事，况且她自己也乐意去美国。从这方面说，我还得感谢姐呢。"

这时，狱警过来说："时间到了，你们回吧。"

"费燕，你告诉华丽，祝她顺利生下孩子，让她好好照顾自己。你们回去吧。"祝越说完这两句话，站起来走了。

费燕妈妈说："姐，你要保重啊。"

"姨妈，你放心吧，我会照顾好表姐的。"

费燕探监后第三天，从上海浦东机场登上了去美国芝加哥的航班。

隔天傍晚，郑重和华丽等候在芝加哥机场的候机大楼出口处，费燕推着行李车出来了。在出口处见到表姐，华丽的肚子已经很大了，费燕不敢抱她，从侧面紧紧搂了搂她的肩膀，然后手牵手地往外走去。费燕的行李，由郑重推了出去。

"燕妹，你来得正好，我说不定下周就要生了。"

"姐，我是算好的，我一定得赶在你做产前到你身边。"

"燕妹，做产是女人一生中最大的事。身边没有娘家亲人，我心里会发慌的。现在有你在，姐胆子就大了。"

"姐，你放心吧，有我在，一切都会顺利的。"

她俩来到郑重的小车边上，郑重已经放好了费燕的行李。这时，郑重才抬起头来看了费燕一眼，发现费燕也是个美人，简直就是华丽怀孕前的复制品。如今，华丽是个临产的孕妇，无论是脸型还是身材都变形了；相比之下，费燕犹如出水芙蓉，楚楚动人。

郑重说："上车吧，我们走。"

华丽说："好，上车。"

小车从芝加哥机场出来，一直行驶在高速公路上，公路两旁墨绿色的树木纷纷被抛向车后。四十分钟后，小车在四川饭店门前停下了，郑重转过头来对费燕说："小妹，我们先在饭店吃饭，然后再回家。"

"好的，我听姐夫安排。"费燕甜甜地回了一句。

华丽、费燕从车上下来，快进饭店门的时候，郑妈开门出来了，见到费燕热情地说:"小妹,一路上还顺利吧。"

"很顺利。飞机正点起飞,到这里还提前了半小时。路上尽管时间长了点,但我一点不觉得累。也许是要见到表姐了,太兴奋了。"费燕的话让华丽听了很舒服。

郑妈上上下下打量了一下费燕:"小妹真漂亮,你和华丽简直就是双胞胎,犹如出水芙蓉啊。"

"谢谢郑妈妈。"

晚上,郑妈、郑重、华丽在自家饭店为费燕接了风。

饭店关门后,郑家人回到了欧克布洛克二十九号别墅。郑奶奶见到费燕非常高兴,上上下下打量了一遍,拉着费燕的手,说:"欢迎小妹来美国。小妹呀,你初来美国,有什么需要的跟奶奶说,奶奶替你办。"

"谢谢奶奶。"

费燕的卧室安排在楼上西头朝北的一个单间,朝南的那间是郑妈的卧室。费燕看了看自己的卧室、床、柜、单人沙发,都非常满意。她把大皮箱里的衣服全拿了出来,该放柜里的放进了柜里,该挂的挂进了大壁橱,然后进了浴室。她从浴室出来,穿着件丝绸睡衣,一头黑发披在肩上,一张秀美的脸微微泛红,高挑的身材亭亭玉立,站在窗前看看窗外的夜色,发现天上的月亮分外明亮,一颗颗星星正在闪闪发光。她毫无倦意,感到兴奋。

第二天,费燕一早就起床了。她见郑妈已经在厨房准备早饭,想帮忙又插不上手:"郑妈妈,厨房间的这些活你得教教我,以后我来做吧。"

"小妹,你昨天累了,今天可以多休息一会儿。家里这些活你不用着急,看看就会了。"

"我不累。我年轻,累了,睡一觉就恢复了。这力气啊,不用太浪费,用了还会生出来的。"

"对对对,这力气就得用,越用越有劲。"

"郑妈妈,我俩可是有共同语言啊。"

"是啊。"郑妈对费燕很满意,从心里感到高兴。

这时,郑奶奶和郑重、华丽先后从楼上下来,大家互相打过招呼后围坐在圆桌旁吃早饭。

早饭后,奶奶对郑妈说:"今天你和重儿去饭店吧,让丽儿在家陪表妹说说话。"

"好的。"

郑重、郑妈开车走了。别墅留下了郑奶奶和华丽、费燕三人，郑奶奶进了自己的房间。这么大的别墅，一下子觉得空空荡荡的了。华丽牵着费燕的手到外客厅坐下了。外客厅就是别墅的门面，是主人家财富的象征。客厅有一套真皮豪华沙发，沙发对面放着六十英寸的液晶电视。电视机上方挂着名家的油画。整个大厅简洁大方，舒适美观。沙发上坐着一对姐妹花，真是豪宅美女，相得益彰。

"燕妹，你别看姐姐住着这豪宅，姐的心里不好受。我整天想着爸爸妈妈，夜里还常做噩梦。昨天，我听你说过一句话，你来这之前去看过我妈妈？当时人多，我没有细问，你赶快给姐说说，我妈现在怎么样？"

"你想啊，待在那地方，还好得了吗？姨妈原本是个要风姿有风姿、要气质有气质的人，现在是面黄肌瘦，头发都白了，整个人都变了样。"

"他们都是为了我，才走上这条错误的路，想想真是不值得啊。几年以后，爸妈从那里面出来还能干什么呢？"华丽重重地叹了口气，"世界上真是没有后悔药啊，要是有后悔药，我才不出国呢。"

"姐，姨妈再三叮嘱我，叫你不要回国，千万不要做傻事，祝你顺利生下孩子，请你好好照顾自己。"

"我啊，现在想回去都回不去。你都看到了，爸妈出事后，我生活费也没了，中途休了学，急急忙忙地结了婚，急急忙忙地怀了孕。有了孩子，想回去也回不去了。"

"姨妈很快能出来，姨父可能要在里面待上十来年。到时候你可以回家去看看他们。姐，你现在结了婚，家里有房有车有饭店，衣食无忧，我觉得已经很好了。将来姨父、姨妈也可以来美国定居。"费燕着实有点羡慕。

"你说得也对。"

华丽说完这话，领着小妹到室外看了看。美国的小花园同中国不一样。中国人讲究别墅花园，有各种花卉盆景、草坪假山、小桥流水，不同季节有不同的花卉，而美国人的别墅花园简单，就是草坪和树木，看上去也赏心悦目。

华丽、费燕从室外到室内，从楼上到楼下，逐一参观介绍。她俩又到主卧室坐下了，说了些女孩子间的私密事。

因为平常这一家人都忙忙碌碌，忙于经营饭店，疏于整理房间，室内有些凌乱。费燕出身工人家庭，尽管文化水平不高，但是为人勤快。这天下午，她擦了玻璃窗和橱柜，用吸尘器吸了所有房间的地面，又把所有房间、客厅整理了一遍，整个别墅显得整齐清洁，面貌大为改观。

郑奶奶对费燕的表现大为赞赏。

晚上，郑重、郑妈下班回家，感觉到家里的面貌大为改观，也都赞扬了一番费燕。费燕谦虚地说："这只是一些粗活，大家都会做。你们平时太忙了，没时间打理。我觉得赚钱比打理家务更重要。"她的话给郑重和郑妈留下了良好的印象。

一周后，华丽住进了芝加哥医院妇产科，郑重陪着年轻的妻子做了产前检查，医生告诉郑重："产妇一切正常。"但是华丽仍然很紧张，主要是怕痛。她在中国时知道很多女孩第一胎采用剖宫产，为的是可以打麻药、上止痛泵，她说："剖宫产的痛苦是不是会小一点？"

"我们不主张剖宫产。你不用害怕，我们会有办法，不会让你难受的。"华丽听了医生的话，决定自然产。

大家商定周五让孩子出生。周四晚上，医院给华丽打了一剂催生针。周五早上，华丽开始肚子痛，护士把她推进了产房。这时，郑重、郑妈、费燕都在产房外的走廊里等待一个小生命的降临。一小时后，从产房里传来孩子的第一声哭声。大家异口同声地说："生了，生了！"然后从座椅上站起来等在产房门口，护士推着华丽和孩子出来了，见到华丽面带笑容，身边躺着个粉粉的小团子，大家的目光都注视着她们娘儿俩，郑妈问了一句："丽儿，你还好吧？"

华丽含笑点点头："还好。"

郑重上前抓住华丽的手："你辛苦了。"

华丽还是笑着说了一句："这是我们女人的责任啊。"

护士把华丽和孩子推进了产房，让华丽在床上休息，把孩子抱进了婴儿室。

郑重大龄成婚，现在又有了第一个孩子，浑身上下洋溢着幸福和喜悦，一再说华丽辛苦了。

郑妈多年来想抱孙子的愿望实现了，她的高兴也难以言表。

那天晚上，郑家母子在产房一直待到护士催促才回家。费燕留在产房陪夜。

星期天下午，陶梅拎着一大包儿童用品到医院来看望华丽。她人未进产房，先扯开了嗓子:"小妹,恭喜恭喜,生了个少爷还是千金?"

"既不是少爷也不是千金。"

"那是什么呀?"

"女孩。"

"女孩还不就是千金吗,真是个傻妹子。"

"一个普普通通的女孩,但我喜欢。"

"对对对,男孩女孩都一样,生个像丽妹一样漂亮的女孩,还不让那些男孩追断脚筋呢。"

"追断脚筋倒不见得,但是漂亮能干的女孩不会比那些普通男孩差,这倒是完全可能的。"

她俩说了老半天话,陶梅才注意到边上站着个姑娘:"这么漂亮的小妹,她是谁啊?"

"她叫费燕,是我的表妹。我要做产了,我妈妈来不了,我让她过来陪陪我。她可是我的娘家人,以后希望陶姐多多关照哦。"

"你表妹真漂亮,真耐看,越看越好看。嗨,真甭说,她像你呢。"

"是啊,她妈和我妈是亲姐妹,小妹像我姨,能不像我吗?"

"这么说来,她真是你娘家人了,真是你亲姐妹了,真是嫡嫡亲亲的姐妹了。那么我是你的姐,她也得叫我姐呢。"

"没错,她也叫你姐姐。"华丽朝表妹说,"费燕,她叫陶梅,是我的患难之交。我俩是好姐妹,她是我的姐,也是你的姐噢。"

"陶姐,你好。"费燕甜甜地叫了声。

"小妹,你好,抽空去姐家,姐得好好请客。"

"谢谢陶姐。"

"别谢。姐可有两个妹妹了,我可太高兴了。"

她三人东扯西拉聊了一会儿,陶梅说:"我走了,让丽妹好好休息。产妇可要休息好。燕妹,你好好照顾你姐哦。"

"我会的,陶姐再见。"

陶梅向她俩挥挥手,走了。

三天后,华丽出院了。郑重开车把华丽、费燕和小宝贝接回了家。

郑奶奶从费燕手中接过小宝贝,孩子刚生出来,还没长开,其实并不好看,可老太太就是怎么也看不够，说；"真漂亮，像丽儿。小宝贝啊，你可要叫我太奶奶了。哈哈，我们家可是四世同堂了。"然后，她把小宝贝交给了费燕，让华丽去自己房间休息。

中国人生孩子要坐月子，一个月就得在自己房里躺着，只能偶尔下床在房里走走。但美国人不这样，美国医生管坐月子叫"产褥期恢复"，规矩不像中国那么严，有些女人甚至今天生孩子，明天就开车出门了，她们才不管那一套呢。她们这样做，倒也没有什么事，也不知是心大，还是这些女人体质就比中国女人强。

华丽出院前，郑妈和郑重专门去超市买来孩子睡的小床和日常用品。他们把小床放在主卧房大床边上，华丽和郑重仍然睡在大床上。

在华丽坐月子期间，郑重、郑妈尽管天天要去店里做事，但是中午不是郑妈就是郑重总会从店里做好华丽喜欢吃的饭菜送回家里，看着华丽吃了，才离去。母子俩小心翼翼地照顾产妇。郑奶奶也会时常去华丽房间看望。

当然服侍照顾产妇的更多任务落在费燕身上了。费燕在职高学的就是家政和护理，照顾产妇对她来说只是小菜一碟。什么时间该让产妇吃饭了，什么时间该让产妇下床活动了，什么时间该让孩子吃奶了、洗澡了，她都有条不紊，一丝不苟。

除了照顾产妇和孩子外，她对郑奶奶和郑重、郑妈也非常关心。每天郑重、郑妈上班去店里、下班回家的时间，她都掐得非常准。郑重一般都要早郑妈两小时离家，这时费燕都会在楼下内客厅亲自到车库送走郑重，两人挥手告别。郑妈离家时，她也会这样做。郑重、郑妈下班，她都会打开客厅通车库的小门。郑奶奶什么时候要吃药，她都会按时把药和水送到郑奶奶手中。尽管这些都是细小动作，郑奶奶和郑重、郑妈心头都觉得热乎乎的。

别墅一层有郑重的一间办公室。郑重每天下班后，都会到自己的办公室处理一天的工作。每当这时，费燕总会到姐夫面前，先是递上一块热毛巾，让姐夫擦把脸，这是中国南方人的做法。就这么个小动作，让郑重回想起华丽、陶梅刚到店里那会儿，每次买菜回来时，陶梅向他递上小毛巾的感觉。然后，费燕又会端上一杯热茶。天天如此，从不间断。

一天晚上，郑奶奶和郑重、郑妈在华丽的床边商量为小宝贝办满月酒的事。郑妈提出："本周星期天，小宝贝满月了，是否在店里办一桌满月酒，叫些人来热闹热闹？"

"好啊。我被关了一个月，该出门了。"华丽首先表示赞成婆婆的提议。

"这事就这么定了。"郑奶奶支持郑妈的提议。

周日下午，郑重把奶奶和华丽、孩子、费燕接到了店里。因为郑奶奶一般不到店里来，大家争先恐后地问候郑奶奶。然后都涌向了小宝贝。这一老一小成为今夜的明星。这孩子尽管只有一个月，但已经很有灵气了，讨人喜欢。店里的叔叔阿姨都想一睹小宝贝的风采。有的说，"这孩子好看"，有的说，"这孩子像妈"，大家争先恐后，说这说那，说的全是吉利话，一阵热闹过后，郑奶奶和华丽母女进了包厢。

不一会儿工夫，陶梅、布莱尔来了。陶梅送的红包特别大，因为她是华丽的结拜姐妹，算是孩子的姨妈，红包大是必需的。布莱尔特别喜欢孩子，也是自然，人们不是常说"老人喜欢孩子"嘛！

陶梅从华丽手中接过孩子："孩子像妈妈，将来准是个大美人。"她问："孩子叫什么名字啊？"

"叫郑春，是'争春'的意思。"

"好好好，'俏也不争春，只把春来报，待到山花烂漫时，她在丛中笑'，有诗意。"

参加满月酒晚宴的客人到齐了，宴会开始了。

郑重站起来说："今晚我们举行郑家第四代郑春诞生的满月酒宴，这是一场高兴的酒宴、庆祝的酒宴。高兴的是我们郑家有了新生代，要庆祝的是为郑家增添新生代的华丽庆功。来来来，大家举杯，干了。"

郑奶奶说："我能见到漂亮的孙媳妇，又能见到漂亮的曾孙女，实现我们郑家的四世同堂愿望，真是太高兴了。谢谢孙媳妇。"

郑妈说："奶奶说的话也是我要说的话，谢谢丽儿。丽儿辛苦了。"

"郑奶奶，您说得太好了，'四世同堂'是多少人想望的事啊，你们的高兴也是我的高兴。"陶梅朝华丽看看，"小妹，这是人生的一件大事，没有什么事比这事更大的了。我们应当高高兴兴地过好每一天。"陶梅的话还包含了另一层意思，华丽当然理解。

华丽说："我今天也特别高兴，奶奶、妈妈、郑重，你们太客气了，生孩子是我们女人的任务，也是我们女人的责任。当然在我们大人的世界里突然有了个孩子，大家都会高兴，大家都会把她当成宝贝，大家都会精心把她抚养成人，让她成为对社会、对家庭有用的人。"

晚宴吃了一个多小时，说的都是祝贺的话、高兴的话。这天晚上，也是华丽许久以来最高兴的一个晚上。

06

纠 结

　　华丽本来想在下半年继续上学，完成大学本科学业，无奈的是碰上做产，又失去了继续上学的机会。如今又深爱刚满月的宝贝，她只能留在家中抚养孩子。她表妹倒是个称职的帮手，一切家务都由她包了。空下来，姐妹俩谈天说地，感到生活也有了情趣。

　　陶梅在布莱尔的指导下，学会了开车，英语也大有长进。但是，她总感到做人不能不做事，成天吃吃玩玩不是她想要的生活。一天，她向布莱尔提出要求工作的建议，布莱尔反问："你想做什么？"

　　这一问，把陶梅问住了。陶梅想了想说："我们开店怎么样？"

　　"开什么样的店啊？开小超市？开杂货店？还是开五金店？开店还得有场地呢。"

　　"是啊，开什么样的店，到哪里去开店，这场地又在哪儿呢？"陶梅一连提出了好些问题，接着，她又说，"要么你先在网上找找场地，然后我们到现场去考察考察，最后再决定开什么样的店，你觉得咋样？"

　　"行。我先在网上找找场地，然后再决定开什么样的店。"布莱尔说完这话，打开电脑，开始搜寻场地……过了一会儿，布莱尔说，"有个地方叫五星市场，里面有许多店家，我们去看看？"

　　"好啊，说干就干，走。"

　　他俩开车来到五星市场。这里有一大片房子，有食品超市，有建筑材料超市，有家具超市，有狗食超市，有家用杂货超市，还有自助饭店，各种各样的超市、饭店已经形成了规模。陶梅进了家用杂货超市。里面足足有一个足球场大小，有卖服装的，有卖鞋子的，有卖箱包的，有卖金银首饰的，有卖家用电器的，有卖儿童用品的，还有占卜、算命、理发的，真可以说琳琅满目、品种繁多。这里商品定位都是中低档的，他们针对的是墨西哥人。

陶梅、布莱尔在这里碰到了一个年轻美丽的中国女人，她叫金敏。金敏的店面很大，有六间门面，其中有两间封闭式的小房间，四间是敞开式的。金敏的店里摆了许多一美元的商品，尽是些家用的小商品，墙上挂着几只女式挎包。陶梅是个外向的见人就熟的女人，上来就同金敏聊上了："小姐，你开了这么大的一间店，生意可好？"

金敏上上下下打量了一下陶梅，发现边上还有个老外陪着，小心翼翼地说："你都看到了，没有什么生意，有时连房租都赚不回来。"金敏说话很低调，也许是防着她呢。

陶梅也不是新出道的小姑娘，在老家就是个商业局的科长，偷渡到美国后，又见过了世面。她知道金敏没有跟她说真话，她也不想跟金敏较真，绕开敏感的话题说："小姐，你在这里做了几年了？"

金敏可是个精明人，你这还不是套我话吗？我要是说在这里做的时间长了，你还不是知道我是赚到钱了吗，不然我怎么生存啊；我要是说在这里做的时间很短，你还会怀疑我的店面为什么这么大。她最后拣了句模棱两可的话说了："还好吧，就是混口饭吃。"

陶梅心想，你真是个鬼精灵，想吃独食啊，我偏偏要进来，时间长了，你想保密也保不住。她说："小妹，你叫什么名字，是哪里人啊？"

金敏想，名字、出生地倒没有什么可保密的："我叫金敏，是上海人。"

"怪不得，你们上海人精明啊，上海人可会做生意了。"

"大姐，你抬举上海人了。上海人只是个虚名，要说做生意，上海人可比不上浙江人、广东人。"

"那倒也是，浙江人、广东人净出大老板。"

陶梅向金敏挥挥手走了。她和布莱尔来到市场管理办公室。办公室经理是个正宗的美国人，叫哈九，长得高大魁梧："两位好，你们要在市场租房子吗？"

"是的。我们发现靠北门进口处有四间店面，能租给我们吗？"

"你们运气真好，那四间店面昨天刚腾出来，那可是个黄金过道啊，是南来北往的人必经之道。你们想租得赶快下单。"

"租费如何？"

"那四间店面每周三百美元，每月一千二百美元。你们觉得行，就签合同。"哈九是个爽快人，直接把房价说了。

陶梅觉得价格有点高，按美国市场价格到底高出多少，心里没有谱。她朝布莱尔看看，布莱尔心里明白，妻子是在问他呢，可自己也是第一次碰到此类问题，同样心中没有谱，他想蒙一把："你这价格有点高，给我们打个折吧？"

"我说的这个价格，已经有折扣了。你看，每个月我才收你们四个礼拜的钱，每月有两三天是白送的。"

"再打点折吧？"陶梅又说了句。

"这样吧，你们要是每三个月交一次款，每一季度我再送你们两个礼拜的租费吧。"

陶梅觉得还有讨价还价的余地，狠了狠心说："每季度交一次款可以，但是你每一季度再多送我一个礼拜好不好？"

"不行啊。我已经让到底了，不能再让了。"

陶梅又看看布莱尔，布莱尔点了点头，表示可以了。就这样，他们把这四间店面租了下来。

接着，陶梅给自己的商铺取了名字，给商品定了位，到批发街进了货，到家具商场购买了柜台等一切所需物品，一切准备妥当。

商铺开业前，陶梅去了一趟华丽家里。她一来想去看看华丽和小宝贝，一旦商铺开业，恐怕没有闲工夫串门了；二来想登门邀请华丽来参加自己商铺的开业典礼。

她来美国一年多，现在毕竟有自己的店了，在人生的道路上也算迈出了重要的一步。

她开车到欧克布洛克二十九号别墅门前，停车，下车，跨上两个台阶，按了按门铃，费燕开了门，见是陶姐，转头朝内客厅大声叫唤："姐，陶姐来了。"她俩进门，华丽抱着小宝贝朝门口走来，陶梅见到华丽和小宝贝，扯开嗓子说："来来来，阿姨看看，是不是长大了，是不是长高了，是不是会笑了？"

华丽说："宝贝，你看谁来了，朝阿姨笑笑？"

孩子才四个月，真的会笑了，朝陶梅一个劲地笑。

"真的会笑了，而且笑得那么甜，她在欢迎阿姨呢。"陶梅高兴地从华丽手中接过了孩子。

"陶姐，请里面坐。燕妹，给陶姐泡茶。"华丽见到陶梅非常高兴，挽着陶梅手臂来到内客厅坐下了。中国人在美国生活，难得见到一个熟人。华丽见到陶梅从心里高兴。

"小宝贝长得真快，太可爱了，这说明我们已经有好几个月没有见面啦。"

"是啊，有三个月没有见面了。今天是什么风把你吹到我们家里来了？"

"真是有风啊！我要开店了，明天就开业，我来邀请你去参加我们商铺的开业典礼呢，不知道你能不能光临？"

"陶姐开店，我是一定要去捧场的呀。"

陶梅从自己的挎包中取出请柬，递了过去："时间、地点都写在上面了。"

华丽接过请柬，打开一看："好，明天下午我一定准时出席。"

华丽、陶梅又聊了一会儿，陶梅站起来正要走，郑奶奶从户外散步回来了，见陶梅在家，上前打招呼："小妹来了，你真是稀客啊。"

"奶奶，你好，你好。奶奶的气色真好，一点看不出是八十多岁的人。奶奶真是有福啊，有这么能干的儿媳妇，还有这么漂亮的孙媳妇和可爱的重孙女，四世同堂，和和睦睦，真是太完美了。"陶梅一口一个奶奶，夸完奶奶夸儿媳，夸完儿媳夸孙媳，夸完孙媳夸重孙，说得郑奶奶心花怒放。

"是啊，是啊，老天给我送来了这么漂亮的孙媳妇，又给我送来了这么可爱的重孙女，我们这个家就算完美了，我心里高兴啊，有时梦里也会笑醒啦。"

"奶奶，你再活它几十年，活到一百二十岁，看到春儿成家立业生孩子，那时候你们家就五世同堂了。"

"那就借你吉言啦。"

陶梅开车走了，郑奶奶、华丽、费燕和春儿目送她远去。

晚上，郑重、郑妈下班的第一件事，就是看看小宝贝，这也是他俩的惯例。郑妈从华丽手中接过孩子，郑重总要逗逗孩子，这就是天伦之乐呀。

华丽对郑重、郑妈说："今天下午陶姐来过了，她的商店明天要开业，还给我送了张邀请函，希望我能参加她的开业典礼。"

郑重说："好啊，你趁机出去活动活动。"

华丽问："按照美国的风俗，要不要送礼？"

郑重回答："按美国的习惯，应当送个花篮，或者从她的店里买些商品，表达一个意思。"

华丽说:"送花篮既麻烦又不实在,还是从她店里买些东西吧。对,这是最实在的支持。"

华丽抱着孩子到了自己的房间,郑重按惯例进了自己的工作室。半小时后,孩子已在自己的小床上睡熟了,华丽靠在床上看小说,郑重处理完一天的账务后进卧室,准备休息。

"看什么书?"

"费燕带来的——《诛仙》。"

"好看吗?"

"这可是一本畅销书,好看,但无聊。"

华丽是读中外名著长大的,在她看来,这些畅销小说一惊一乍的,连基本的历史、文学常识都能弄错,不值得多读。

郑重可不这么觉得,他的重点全在"畅销"两个字上:"畅销,说明卖得好;卖得好,说明能赚钱;能赚钱,说明是好书。"商人么,三句话离不开本行:赚钱。

"你这是什么逻辑啊?"

"不对吗?"

"好看,不一定是好书;好书,不一定好看。"

"你这是什么逻辑啊,不好看的书,还能叫好书?"

"有啊,许多经典书,读起来很累人,但它是好书,传了一代又一代。当然,最好是既是好书,又有可读性,像中国的四大名著。四大名著知道吗?"

"四大名著嘛,《水浒传》算一部吧,《三国演义》算一部吧,《西游记》算一部吧……"他想了老半天,"对了,还有一部叫《聊斋》,对不对?"

"说对了三部,还有一部叫《红楼梦》,不叫《聊斋》。"

"对对对,《红楼梦》。"

"这也难怪你,你在美国待得久了,中国传统文化丢得差不多了。"

郑重觉得刚才妻子讲的有一定道理,但自己不能苟同。他看了一眼桌上的台钟,时针已到了十一点:"不早了,洗洗睡了。"华丽仍在看她的小说,没有回答郑重的话。郑重从衣橱里拿了换洗衣服进了卫生间。

片刻后,郑重从卫生间出来上了床:"亲爱的,我们已经一个多星期没有办事儿了……"

"你洗头了没有?"

"洗了,洗了。"

华丽把郑重的头搂到自己鼻子下方闻了闻,感觉仍有厨腥味,但没有说。

郑重仰着脸问:"怎么样,香吧?"

"哪有香味。"

"嗨,这就怪了,今晚我可是用了你的香皂洗的头哦。"

"好了,今晚就算了,以后多用点香皂,多搓搓吧。"

"是。"

两人拥抱在一起了……

陶梅商铺开业前一天晚上,陶梅很激动。她毕竟有自己的店了,而且是开在美国的五星市场。这一整天,她和布莱尔把商品搬到了市场,摆放整齐。她的主营商品是女士的饰品和挂件,还有一些花瓶、镜框之类,看上去倒也亮丽。晚上她还在准备一些小东西,丈夫帮她准备收款机等物品。

夜已经很深了,布莱尔走到陶梅身边:"亲爱的,睡吧。明天你会很累的。"

陶梅抬起头来看着布莱尔:"亲爱的,我让你邀请的客人明天能来吗?"

"我开出的这些名单,都是我的老朋友、好朋友,明天都能来,放心吧。"布莱尔停了片刻,问,"你的朋友呢?"

"我在这儿没什么朋友,只有华丽、费燕,还有我原来的房东夏咪和肖鱼,他们都能来。"

"这样很好,只要那些人到场,明天下午就不会冷场了。"

"好。亲爱的,睡吧。"陶梅牵着布莱尔的手上楼去了。

次日中午十二点,五星市场陶梅的商铺开业了。商铺上方挂着大红横幅,写着"陶梅商铺"四个大字,中文字下方注着英文字母。

陶梅三十四五岁,是个成熟的少妇。她今天经过化妆,本来年轻的那张脸显得更加动人。她上身穿着紧身的粉色时装,下身穿着米色线裤,配上黄色高跟皮鞋,女强人模样,美丽又干练。布莱尔尽管比陶梅整整大了三十岁。今天,他穿着紫红色T恤、白色西装、黑色皮鞋,也显得比实际年龄年轻不少。陶梅站在柜台前,布莱尔靠后坐着,他俩正在等候客人的到来。

下午一点多,他们邀请的客人陆续来了,第一批客人当然是华丽和费燕,还有华丽的小宝宝。华丽今天化妆了，显得年轻靓丽；费燕没有化妆，体现了本色的美，她还抱着个小宝贝。华丽一到场，双手抱拳："恭喜恭喜，恭喜发财。"

"谢谢小妹，谢谢燕妹，你俩可是我们店里的第一批客人哦。"

"陶姐的商铺开业，我们当然要争取第一个到场啦。我们不到可不算开业哦。"她说完这话，进店里参观，并从中取了一副套链、一副手链、一副脚链，还有一只花瓶，到柜台付账。陶梅不肯收钱。华丽说："我们这是陶姐的第一笔生意，这钱必须得收。"陶姐坚持不肯收，华丽看了看标价，几件商品共一百二十美元。华丽从皮夹中取出一百二十美元，放进了陶梅的收款箱。陶梅连说了几个谢谢。

这时，夏咪和肖鱼来了，陶梅、华丽和肖鱼热烈拥抱，夏咪和费燕抱着孩子站在一边看着她们亲热。亲热过后，肖鱼说的第一句话是："当年地下室的房客如今成了五星市场的老板了，了不起。"她又看了看华丽以及站在一边的费燕和春儿："女人啊，能有一张漂亮的脸太重要了。"

"怎么说？"陶梅问。

"有一张漂亮的脸，能嫁一个好老公，即使自己不当老板，当个老板娘也不错啊。"肖鱼朝华丽看了看，"你说是不是这个道理啊？"

"是是是，你说得对。我们陶姐不仅嫁了个有钱的老外当老公，而且自己还当了老板呢。"华丽想，今天的主角可是陶姐啊。

陶梅说："小妹，你啊，今天的老板娘，说不定明天就是老板了。"

站在一边的夏咪说话了："依我看，你们两个都是当老板的料。"

"谢谢，谢谢。"

他们几个正在说笑的时候，布莱尔邀请的几位客人也陆续来了。布莱尔一一向他们介绍，有的原来认识陶梅，有的是新认识的，大家都学中国人的做法，抱拳恭喜祝贺，陶梅不断地说谢谢。

本来不大的商铺，里里外外挤满了人，尽管没有鞭炮锣鼓，也显得热闹非凡。布莱尔放大嗓门用英文说："各位朋友，感谢大家来参加我夫人陶梅的商铺开业仪式，请陶梅女士说几句话！"

"小店开业，众位朋友捧场，我真是太高兴了。你们的光临就是对我最大的支持。谢谢大家！"陶梅的话说得很简短，很得体。其实像这样的小店开业，用不着说话。但是这小店对陶梅来说，真是太重要了，象征着她在美国站住了脚跟，也可以说是她从商道路上迈出可喜的第一步。所以，她很看重这小店。

不要说，经陶梅这么一折腾，这小店周围围了不少人。陶梅趁机推销自己的商品。当然，华丽是第一位客人，她已经买了一百二十美元的商品。接着，布莱尔请来的客人也纷纷出手，有的买套链，有的买手链、头饰，多的七八十美元，少的三四十美元。在这些人的带动下，也有一些看客进店买了些物品。这一天陶梅的商铺不仅人气旺盛，而且实实在在地卖出了不少商品。

那天，华丽、费燕还参观了整个市场。她们到东门口的时候，见到了金敏的商店。金敏见到华丽、费燕，还是有点提防，担心五星市场已经来了个陶梅，要是再来个中国人，这生意就更难做了。想到这里，眼神越发冷淡。

华丽感觉不到金敏的提防，此时她根本没有开店的念头。她上前打招呼："小姐，你好。"

"你好。"金敏看看两个小美女带着个孩子，意识到她们不会到此开店，她的提防心理有所松动，表情也缓和了，"两位漂亮的小姐，需要点什么？"

"我们只是看看。"华丽听到金敏讲话，觉得她是南方人，也许是同乡呢，要是在美国能碰到同乡，这太好了。"小姐，我听你的口音，好像是南方人？"

"我是上海人，你俩是哪里人？"

"真是南方人。我们和你是近邻啊，我们是浙江海门人。"

"真是老乡加近邻，太好了！"金敏完全打消了顾虑，热情地攀谈起来，"小姐，您贵姓？"

"我叫华丽，她是我的表妹叫费燕。你呢？"

"我叫金敏，金子的金，敏锐的敏。"

华丽说："又是金子，又是敏锐，真是做生意的料啊。"

"哪里哪里，我只是做点小生意，混口饭吃罢了。"看得出来，金敏是个低调的人。

华丽、费燕带着个小宝贝，在这里只是看了看，没有花一分钱。

晚上七点市场关门了。陶梅回到家第一件事就是数钱，她捻捻指头，十指上下翻飞，动作熟练又好看，第一天营业额达到一千二百美元，这使她非常高兴。她走到布莱尔边上："亲爱的，我们第一天的营业收入有一千二百美元！"

"喔，有这么多呀。"这也出乎布莱尔的预料。

"你邀请来的朋友都买了我的东西，你的功劳是大大的，我得奖赏你啊。"

"你拿什么奖赏我呀？"

"给你一个吻吧。"她抱住布莱尔的头，在他脸上重重地给了一个吻，布莱尔趁机把陶梅拉到怀里了……

那天晚上，金敏回家后，同她丈夫董海讲了当天陶梅商铺开业的情况，说："那个叫陶梅的，可不是省油的灯。今天开业叫来了许多熟人，推销自己的商品，搞得挺热乎的。以后我的生意怕是难做了。"

"是啊，在这市场里，多一个人就多一份竞争，这是没有办法的事。"

周一到周五，市场是中午十二点开门，晚上七点关门。第二天，陶梅准时到市场开了门。每个市场都有自己的规律，五星市场在通常情况下周一是比较冷清的。但这个周一显得特别空，到下午三点，陶梅一笔生意没有做成。直到临下班才来了三位客人，只有一人买了条手链，付了二十八美元。这是陶梅那天第一笔收入，也是最后一笔。

陶梅下班回到家，布莱尔问她今天收入怎么样。陶梅说："不知怎么回事，今天只做一笔生意，就二十八美元。整个市场冷冷清清的。"

"别急，会好的。星期天客人多，他们该花的钱花了，星期一冷清一点，这很正常，你千万别着急。"布莱尔既是解释，也是宽慰老婆的心。

陶梅也赞同布莱尔的说法。

周二是市场休息天。周三，陶梅又准时来到市场。这一天来往的顾客倒是比周一多了不少，但是那些人到陶梅商铺前看看就走了，下单的寥寥无几。到下午四五点钟，陶梅坐不住了，她到金敏的店里去看了看。嗨，金敏的店里顾客不少，许多人从她的密室里出来，拎着大包小包的东西。她一直站在那里看，见到金敏忙完一阵后出来了，她问："你这小房间里卖的是什么呀？"

"这可是商业机密，我可不能告诉你哦。"她的问话被金敏拒绝了。

"能不能让我进去看看？"陶梅真是有点傻，人家已经拒绝了你的问话，你还想到密室去看看，真是有些不识相了。

"我们是同行，你懂不懂。"金敏拉下了脸孔，直接下了逐客令。

"你神气什么，同行就不能看了吗？美国是个开放的社会，你搞了这么个密室，不是心里有鬼吗？对，心里有鬼。"陶梅的脾气也上来了。

金敏也放大了嗓音："你这个人怎么回事啊，胡搅蛮缠，我已经告诉你了，这是商业机密，你听不懂吗？"

她俩你一句我一句吵了起来。商场保安走过来了，说："你俩怎么回事啊，这么吵吵闹闹，多么不文明，这不影响人家做生意吗？"

陶梅气呼呼地走了，金敏也不说话了。

陶梅刚回到自己店里，远远地见到从大门进来一个女人，还领着个小男孩，那女人和孩子离自己的店越来越近，她看清楚了，那不是布娜和小外孙嘛，布娜也没有想到会在这里遇上后妈，她想回避已经来不及了，倒是小外孙没有成见，他一眼认出了小外婆："外婆，您好。"

"好好好，外孙好，外孙宝贝好。"她又对布娜说，"娜娜，你好。"

在这公共场合，再有脾气也不能发作，何况是有修养的美国人，布娜说："你怎么会在这里开店？"

"我想做点事，所以选择了五星市场开个小店。"

"生意还好吗？"

"头两天不错，这几天不怎么好。"陶梅转了个话题，"进来看看？"

布娜和孩子走进店里，看了看。

"娜娜，你需要什么随便拿。"陶梅给布娜说着话，又从自己挎包里拿了块巧克力，递给了外孙，"宝贝，拿着。"外孙接过了巧克力。做了几天生意，陶梅大致摸清了美国女人的爱好，她拿了一副套链、一副手链，装进了礼盒。在布娜走的时候，她把这礼盒交给了布娜。布娜推托了一下，最后还是把礼盒拿走了。

晚上，陶梅回到家，布莱尔看出了问题："亲爱的，怎么啦，是不是今天生意还是不好？"

"不光是生意不好，今天还同金敏吵了一架。"

"为什么？"

"你倒给我评评理，我们店里生意清淡，而金敏的店里生意很好。那些顾客从她的小房间里拎出一袋一袋物品，里面买的不知道是什么，我问她，她不回答；我想进去看看，又被她拒绝了，说什么这是商业机密，还说我不懂。你开店干什么，不就让人家看的嘛，别人能进去，我就不能进去吗？"

"喔，你为这事生气啊，没有必要。有一点你要明白，你们是同行，同行之间，她防你一手很正常；再说，经商确实有商业机密。她不肯说，她不让你看，这是她的自由，你可不能强求哦。"

"照你这么说，还是我的错。"

"你呢，想知道她卖的是什么，想看看她的密室，这也没有错。她不想告诉你，不让你进她的密室，你只能乖乖地离开。这样你俩就不会吵架了，也没有麻烦了。"布莱尔停了一会儿，又说，"美国这个社会啊，你们中国人说是自由世界，可自由世界也是有规矩的。什么叫自由世界啊？其实就是思想的高度放松的世界，没有绝对的自由，只有内心的自由。"布莱尔对美国的自由世界作了解释，但是陶梅关心的还是当天下午发生的事。

陶梅对布莱尔说的自由世界漠不关心，关心的还是她的商店："亲爱的，你说，她卖的到底是什么呢？"

"这个我可猜不透，我觉得有个办法可以弄清楚她卖的是什么。"

"有什么办法啊，你快说？"

"侦察呗。一个是侦察她进货的渠道，一个是通过顾客了解她店里卖的都是些什么。"

"你说的办法倒是好的，但是要弄清楚还是会有难度的。"

"难度会有，但比窃取军事机密要容易得多了。只要做个有心人，弄清楚她密室里的东西并不难。"

"好，我一定会搞清楚的。看你牛，我非得把你打倒。"

"你有这个信心很好，我相信你一定行。"

"亲爱的，下午我还碰到娜娜和小外孙了呢。"

"你们吵架了没有？"

"没有，挺好的，她还到我店里看了看。临走，我还送她一副套链、一副手链呢。"

"哦，这倒是一个好的开头。"

"我们的矛盾能化解的，我有信心。"

他俩为此事一直谈到深夜。

金敏回家后，也向董海说了当天店里发生的事。董海深知自己老婆的脾气，劝说："你的想法是对的，但有些话可以讲得委婉一些，尽量不要树敌。我们经营的商品经不起检查，要是有人举报，会出事的。我们得去结交几个警察朋友，以防后患。"

"我知道了。以后我会注意的。"金敏这个人，心机是有的，就是遇事好冲动。

陶梅上班下班，一连好几天，每天只有几十美元的营业收入，连付房租费都不够。那天回家，她脸也塌了，骨头也僵了，感到身心疲惫，连说话的劲头都没有了。布莱尔见她一声不响，走过去说："亲爱的，别着急，慢慢来。"

"你就会讲这么几句话，别着急，慢慢来。人家男人多能干啊，今天我看到金敏的男人开着一辆商务车，从车上搬下来好多东西，小推车推了好几趟呢，这说明他们的东西有销路。我守着这么个摊子，每天只有几十元钱，我能不急吗？"

布莱尔想了想，觉得陶梅讲的不无道理，说不定金敏营销的东西全是她老公搞来的。"你说得对，你只有一个人，怎么比得过人家两夫妻呢，要怪就怪我这个男人无能。"

陶梅听了布莱尔的话，心倒软了："我知道这事不能怪你。你一个工程师，从来没有经过商，你做不了这事，还是我自己来吧。"

"亲爱的，你这一天下来累了，快去洗一洗，早点休息吧。今天的事结束了，明天的事明天再说吧。"

"是啊，希望明天有个好的开始。"

陶梅进了浴室，布莱尔还在看电脑。

陶梅穿着睡衣从浴室出来，布莱尔说："亲爱的，我发现一条信息，下周六克拉克街的露天市场有场秀，许多商家都会去摆摊，我们也去试试？"

"好啊，去试试。一是检验一下我们经销的商品有没有市场；二是寻找机会，看能不能发现新的商品。"做露天市场那是辛苦活，陶梅能去露天市场摆摊，说明还是很有想法的，也是个能吃苦的人，这也是中国人普遍的优点。

周六一早，布莱尔开了辆商务车，装了两张长条桌、四箱货物，到克拉克街的露天市场拉开了架子，摆开了货物。陶梅、布莱尔两人守着摊位，准备接待顾客。

露天市场足有一个足球场那么大，各种各样的摊位总有上百家，把整个广场摆得满满的。从上午九点开始，陆续有顾客光顾，十点以后人流量增大，大多是女性顾客，也有一家几口的，这就是老外的一种假日活动。

在这里展出的商品都是中低档的，但品种繁多，价格偏低，大多是几元、十几元、几十元的商品，上百元的商品几乎没有。

在这里设摊的商家也是冰火两重天，有些摊位生意火爆，有些则门可罗雀。在陶梅的摊位前，常有一些人停下来，大多是男人。他们只是看美女，不看商品。陶梅敢怒不敢言。在她对面的一个摊位，父子两人守着摊位。那父亲是一个矮小的老头，眼神很精明，儿子却又胖又呆，父子俩很不起眼。到他俩摊位前的人很多，大多是女人，她们倒是只看货不看人。只见父子俩从早到晚都在忙碌，可以说买卖做得直不起腰，收钱收得手发抖。

陶梅看着不仅眼红，而且很是不服气。心想，他俩要相貌没相貌，要品位没品位，但生意却做得风生水起，真不公平。

到下午三四点钟的时候，陶梅实在耐不住了，她走到斜对面看了看，只见他俩卖的全是时尚女包。陶梅同那父子俩聊上了，陶梅问："老先生，你是哪里人啊？"

"浙江温州人。"

"你们温州人会做生意啊，我看你们卖包都卖疯了。"

"还过得去吧。"那老人家看了陶梅一眼，"小姐，你是哪里人啊？"

"东北人，东北你知道吗？"

"知道。你们那可是出名人的地方，一个白卷英雄，一个小品大王，都是大名鼎鼎的。"

"是啊是啊，当年的白卷英雄，如今经商可是大能人，他的企业都快上市了！"

"是吗？小姐，你的生意还好吗？"

"不好。"陶梅觉得这老先生挺和善的，想探探口气，"老先生，你们的女包能不能批发给我一些？"

"这里不多了，而且都是挑下来的，你拿回去恐怕难销。这样吧，我给你一张名片，你明天到我家里来，我可以给你推荐一些好销的女包，你看怎么样？"

真是踏破铁鞋无觅处，得来全不费工夫。陶梅有点激动，接过老先生的名片，连说几声"谢谢"。

温州人会做生意，他们不仅做零售，而且做批发。做批发的人，懂得下家越多越好的道理。对他们来说，增加一个下家，就多一份收入，何乐而不为呢。

这天晚上，陶梅激动了一个晚上，连做梦都在笑，笑金敏是个小气鬼，笑自己的财运从天而降。

第二天一早,陶梅开着商务车去温州父子家里。那父子家的车库全是时尚女包,在温州老爸的推荐下,她一次就进了一千多美元的女包,也够有魄力了。

陶梅做事风风火火。她从温州父子那里批发来女包,马不停蹄地拉到五星市场,立即把漂亮的女包挂了出来,顿时让商店变得五彩缤纷,琳琅满目。那天又是周末,来逛市场的人特别多,他们见到陶梅商铺里那些别具一格的女包,都停下了脚步,出现了疯抢的局面。就几个小时,她从温州父子那里批发来的女包卖掉了一大半。那天晚上,布莱尔终于见到陶梅有笑脸了:"亲爱的,今天难得有笑容了。"

陶梅掏出小包里的钱,有厚厚一沓:"你看,这是今天的营业额。"

布莱尔发呆了:"怎么有这么多钱?"

"我数数。要是都能像今天这样,我真的要发财了。"

陶梅很快把钱数完了:"一千八百美元,有九百美元利润,太好了。"

"今天,你怎么会赚那么多钱?"幸福来得太突然,布莱尔有点不敢相信。

"我把今天批发来的女包全挂出来了,整个一下午,出现了抢购的局面。"陶梅津津乐道。

"这样可能不行,弄不好会出事的。因为这些女包打的是擦边球,不能公开卖的。"

"那怎么办?"

"恐怕得学学金敏的做法,让这些女包进密室,只能悄悄地卖。"

"对对对,学金敏的做法。要出事,先让她出事。明天我就让市场给我做出一间密室来。"

那天晚上,金敏下班回家,显得一脸不高兴,董海问她:"你又怎么啦,是碰到困难了,还是又同陶梅吵架了?"

"何止困难,简直是见了鬼。陶梅不知从哪里弄来那些时尚女包,而且明目张胆地挂出来卖,我的客人全跑到她那里去了。"

"敏,她这样做会死得很难看的,出不了一个礼拜,她就进去了。"

"希望如此。"

可是第二天一上班,陶梅让市场部给她隔出了一间密室,让这些女包全进了密室。从这一天开始,在五星市场经商的两个中国女人悄悄地展开了竞争。

两家商铺密室外的商品尽管品种繁多,把整个商店摆得满满当当,但只是摆设,当然偶尔也会有些顾客购买。但是真正能赚钱的是密室里的女包。她俩表面上互不来往,只做自己的生意,暗地里却互相挖对方的客户。为这事,她俩还常常闹架。

晚上金敏回家,对丈夫说:"昨晚我们还希望她犯错误呢,今天,她就学乖了,让市场部隔出了一间密室。看来我们的竞争是在所难免了。"

"此人粗心,胆大,犯错误是迟早的事,你放心吧。"董海也只是宽宽老婆的心。

"我赞同你的看法,走着瞧吧。"金敏对陶梅的出现,真是又气又恨,巴不得早日把她从市场里清除出去。这也许是她长时间吃独食吃惯了,如今好好的一杯羹让外人喝了一大口,心里真是不甘啊。

周六,金敏八岁的儿子要去欧克布洛克同学家玩,金敏顺路送儿子到同学家。那同学的爸爸是凯旋郡的警察,叫陆二,他等在门口,金敏把儿子送进门后,同陆二聊上了,而且聊得很投机。从陆二家出来去商铺的路上,她心想,这陆二倒是可以结交的对象,说不定以后能派上用场。

07

探 亲

  芝加哥的春天比其他地方总是慢半拍。现在尽管已是四月天了，感觉还是乍暖还寒；门前屋后的草木虽已萌生，但也只是嫩芽争春。
  郑重、华丽的小宝贝郑春，整个冬天基本窝在家里，因为外面实在太冷了，生怕受冻。今天阳光明媚，又有暖意，华丽、费燕带着孩子正在院子里玩耍。孩子尽管只有一岁多，但已经会走路了，而且非常可爱。此时，家里的电话铃声响了，华丽急忙进屋接电话。电话那头传来的是华丽妈妈的声音，她激动地流出了眼泪，用颤抖的声音叫："妈妈，是你吗？"
  "是啊，是妈妈。"华妈妈也哽咽了。
  "妈妈，你什么时候出来的，你还好吗？爸爸有没有出来？"华丽一连提出了好几个问题。
  "妈妈是昨天下午出来的，我很好，你放心。你爸爸还得待几年，你也不要着急。"华丽妈妈一转话题，"你好吗，孩子会走路了吧，会讲话了吧，郑重和郑妈都好吗？"
  "好，都很好。孩子会走路了，会叫爸妈了。妈妈，我每天都在想你们。只要绿卡一出来，我就回中国看你们。"
  "好啊，爸妈也想你，也想孩子，但是你一定得拿到绿卡后才能回来，不然会有麻烦的，懂吗？"
  "妈妈，我懂。"
  "妈知道你懂。妈希望你们一家平平安安，顺顺利利。至于钱，真的不要把它看得太重，妈现在算是想明白了，平安、顺利、健康比什么都重要。"
  "我知道了，妈妈。我什么时候拿到绿卡，就什么时候回家看你们。"
  母女俩已经有两年没有通话了，今天华丽接到妈妈的电话，真是又激动又高兴，她把这事先告诉了奶奶。当天晚上，郑重、郑妈下班回家，见到华丽的脸上露出笑容，都觉得可能有高兴的事。还是郑妈先问了一句："丽儿，今天有喜事吧？"

"是。我妈妈出来了，我们通了电话。"华丽回答了郑妈的话，又转向郑重，"我的绿卡什么时候能出来？"

郑重理解华丽的心情："我明天再去问问。"

"只要绿卡一出来，我就回中国，去看爸妈。"

"好的。只要绿卡一出来，妈就陪你去中国，去看望你爸妈。"郑妈没有忘记自己的承诺。

华丽的事，就是郑家的事；华丽高兴，就是大家高兴。

第二天，郑重上网查了查，华丽的绿卡已经办妥，现正在凯旋郡移民局。郑重关了电脑，开车到凯旋郡移民局取回了华丽的绿卡。华丽接到郑重的电话后，高兴了一整天。

晚上，华丽、郑重和郑奶奶、郑妈商量了华丽回国探亲的事。大家商定，华丽带孩子回国，由郑妈陪同；考虑到费燕的护照是临时签证，回去了可能出不来，同时考虑到饭店需要帮手，决定让她留下来帮郑重经营饭店。

夜深了，春儿已睡熟了。华丽、郑重躺在床上还在说话。郑重说："亲爱的，我很想陪你去中国，去见见爸爸和妈妈，只是这饭店不能关门。这一次只能请妈妈陪你去了。"

"由妈妈陪我去就行了，这饭店可不能关门。"

"你得代我向爸妈问好，原谅我这个女婿不能当面问候。"

"我会的，你放心吧。"

"你要离开我一个月，我会想你的。"

"亲爱的，我也会想你的。"

郑重转身紧紧地抱住了华丽，华丽也抱住了郑重，两人接吻，在床上翻滚……

接着，华丽用了几天时间采购礼物，准备回国探亲。郑妈已经多年没有回中国了，她也做了多方面的准备，理了发，采购了必要的礼品。

华丽在回国的前一天下午，和费燕带着孩子来到陶梅的店里。她们尽管都在美国，但又有好几个月没有见面了。今天姐妹见面，格外高兴。她俩的脸上都抹去了往日的阴霾，露出了灿烂的笑容。华丽的笑容显然是因为妈妈的出狱。陶梅的笑容自然是找到了生财之道。

"什么风把小妹吹过来了？你要是再不来，姐可是要闷死了。"

"可不能闷死，闷死了，世界上不就又多了一个光棍？"

"对，为了不给世界增加光棍，我绝不闷死。"

"哎，陶姐你真的有那么想我吗？"

"有啊，我可没有学会讲假话。"

"说实在话，我也想姐了。我今天到姐这里来，真是有喜事要告诉姐。第一，我妈妈出来了；第二，我的绿卡办出来了；第三，我明天要回中国去探亲了。你说这三件事是不是喜事？"

"是喜事，而且是大喜事，我真替你高兴。"陶梅边说边拥抱华丽，而且是紧紧地拥抱，真是发自内心地高兴。

华丽朝陶梅看了看："姐，我看你气色不错。人逢喜事精神爽，你的生意不错吧？"

"对，被你说对了，最近生意真的不错。姐姐在这个超级大国算是站住脚了，而且生意有了良好的开端，姐姐能不高兴吗？"陶梅转了个话题，"小妹要去中国，需要礼品送人，你在姐的店里只要看得上的，随便拿，算是姐送的。"

"礼物都买好了，姐的商品我可不能随便拿。"陶梅是真心希望小妹从她店里拿走一些礼品。她拉着小妹看这看那，只是没有让她进自己的密室。华丽不好意思推托，只是拿了两件真正是美国产的套链，把它装进了自己的小挎包。

她们说话时，费燕抱着春儿去市场里玩了。当她们坐下时，一大一小正巧回来。

华丽站起来说："陶姐，我们走了，等我从中国回来后再来看你。"

"好好好，预祝你们一路顺利，顺风顺水，早日见到爸爸妈妈，代我向大伯大妈问好。"

晚上，华丽站在窗前，借一轮明月遥望远方，心潮澎湃，想到几十个小时以后，将要与经过牢狱之灾、自己最亲的亲人见面了，脸上展现了一丝笑容，很幸福，却也苦涩。

清晨，一轮红日从地平线升起。郑重开着商务车，车上坐着华丽、郑妈、费燕和春儿上路了。他们到机场候机大楼后，华丽、郑妈和春儿下车进了候机大楼，郑重、费燕目送她们进了安检后才离去。

华丽、春儿和郑妈登上了美国 AA 航空公司的航班。此刻，华丽的内心真如万马奔腾。这两年，一个娇弱的女孩经历了多少惊心动魄的大事，爸妈被查，自己退学，结拜陶姐，结婚生子……一件件、一桩桩在脑际闪过。再过十几个小时，自己将要回到中国，将要见到最亲最亲的妈妈。妈妈经历了牢狱之灾，现在不知道变成了什么样？妈妈见到出生不久的外孙女又会出现何种表情？如此等等，她的内心始终不能平静。

华丽妈妈接到女儿要回来探亲的电话后，内心也非常激动。昨天，她从朋友那里借了小车，今天要亲自到上海接女儿和从未见过面的外孙女、亲家母。她和小车司机早饭后出发，一路过来都是高速公路，中午便到了上海。在机场饭店，她和司机吃了午饭。午后，她就等候在机场的出口处。

下午两点左右，一架美国 AA 航空公司的飞机，在上海浦东机场降落，华丽抱着春儿，郑妈随后，三人从飞机里出来，在行李大厅取了行李，出了海关。

在出口处，华丽妈妈见到女儿抱着孩子出来，她向女儿招了招手，女儿也向妈妈挥了挥手……到门口后，华丽一声"妈妈"，眼泪便哗哗地流了下来。华妈上前抱住女儿和外孙女，再也控制不住，眼泪也夺眶而出。郑妈从华丽手中接过了孩子，春儿看了看妈妈和那位陌生的奶奶，眼睛也红了。片刻后，华妈控制住了激动的感情，抬起头，看了看女儿，又看了看外孙女和郑妈，说："这是孩子奶奶吧？"

郑妈上前跟华妈握手，拥抱："是。您是华丽妈妈吧？您好！"

"您好，一路辛苦了。"

"十几个小时，感觉很快。丽儿是想妈心切；我呢，有十几年没有回中国了，也想来看看中国的变化和发展。当然，我更想来看望看望从未见过面的亲家。您培养出这么好的女儿，能嫁给我的重儿，我和重儿都万分感谢。照道理，重儿也应该来看看丽儿爸妈的，只是因为开着饭店走不开，还望亲家谅解。"

"亲家您客气了。您能陪丽儿来看我们，我们已经非常感激了。"华妈从亲家手中接过春儿，"来来来，外婆抱抱。"

华丽对春儿说："叫外婆，外婆好！"

"婆，好。"春儿只讲了两个字。

华妈说："春儿乖，春儿真聪明。"

两位老妈妈握手问候说话时，司机推着小推车先走了。

小车在沪杭高速公路飞速前进，随后进入杭甬高速……

车上，华丽抱着孩子，华妈与郑妈有不少对话。

"这些年中国变化可大了。首先是这路变了，现在从上海到海门只需要三个多小时；其次是经济快速发展了，无论是城市还是农村不像过去那么穷了。"

"是啊，是啊，这路比美国还好。过去我从老家宁波到上海乘火车要一整天呢。"

"是啊。现在三个小时。"

三个小时后，华丽、华妈到家了。华家已今非昔比。两年前，华丽爸爸是市长，华丽妈妈是机关处长，尽管家里人少，但是门庭若市，常常高朋满座。如今，昔日的"好朋友"已经跟他们划清界限，本来有距离的人更是冷嘲热讽。

这天晚上，华丽到家已是万家灯火的时刻，华妈带着大家去附近饭店吃了晚饭，也算是给远道而来的亲家母和女儿接了风。

夜里，郑妈和孩子入睡了。华丽在妈妈的房里正在说知心话。

"妈妈，家里出事后的两年，我远隔太平洋，不能为爸妈分担，我心里有愧啊。"

"爸妈出事，让你担惊受怕，爸妈的心里不好受。我们出事，罪有应得，牵连女儿，我们的心里才有愧啊。"

"妈，你们都是为了我。为了让我接受更好的教育，才走上了歧途，我不怪你们。"华丽是个懂事的孩子，没有一句责怪爸妈的话。

"丽儿，你千万别这么想。你要是这么想，你就会生活在自责的阴影里，你的生活质量会受到影响；你要是这么想，那么爸妈的罪恶就更大了。爸妈不仅愧对国家，而且愧对你啊。"华妈妈重重叹了口气，"丽儿，世界上真是没有后悔药啊，要是有，爸妈绝对不会这么做了。妈在监狱里待了一年多，彻底想清楚了。爸妈就这么一个女儿，让你出国干什么，留在身边多好啊。我们要是不把你送出去，也许不会去接受别人的馈赠，就不会犯罪了。"

"妈妈，你们接受人家多少钱啊？"

"也就一两百万元吧。东窗事发后，你爸判了二十年，还搭上我的两年。"

"妈妈，现在许多人都是为了子女的前途，为了给孩子多积累点财富，才误入歧途的。想想真是没有必要，儿孙自有儿孙福啊。"

097

"是啊。毛主席讲过，孙行者头上套的箍是金的，共产党的纪律是铁的，比孙行者的金箍还厉害，还硬。我们思想里的这根弦松了，所以一步一步走向罪恶的深坑。"

"妈，过去的就让它过去吧。"

华妈觉得老这样聊着，总避不开内疚和自责，她转了话题："妈妈今天见到亲家母了，她是个厚道通达的人，你的丈夫怎么样，你们生活和谐吗？"

"他们对我都很好。我们家开了间饭店，虽然累点，但收入稳定。"

"人累点不要紧，力气用了还会生。靠力气赚钱，心里踏实。"

"是啊，靠力气赚钱，安心。"

那天晚上，母女俩一直聊到深夜。

到后半夜，小外孙女春儿不断地哭闹，华丽和华妈、郑妈基本上一夜无眠。

清晨，华妈用手摸了摸春儿的额头，觉得有点烫人。她拿了支温度计给她一测，吓了一跳："孩子发烧了，三十九度八。"

郑妈和华丽都着急了，郑妈说："怎么会发烧的？是不是途中太累了？"

华妈说："这么小的孩子，坐了十四个小时的飞机，从上海到海门又坐了三个小时的汽车，孩子怎么受得了，得赶快去医院给孩子看病。"

"亲家母说得对，赶快去医院吧。孩子发烧可是大事，不能拖。"郑妈视孩子为掌上明珠，生怕孩子被烧坏。

"我叫车，丽儿你准备一下。"华妈说完这话立即给朋友打了个电话，叫了部小车，"郑妈，你一路上累了，昨晚又没有休息好，你在家里休息，我和丽儿陪孩子去看病。"

"那好，你俩辛苦了。"

华丽和华妈带着孩子到海门市医院看病。经检查，孩子确实是因为途中劳累，加上环境不适应，患了重感冒。在医院，按中国人的做法给孩子挂上了吊瓶。春儿出生以来这是第一次挂吊瓶。美国的孩子，感冒发烧吃点药就行了，只有中国的孩子感冒发烧必须挂吊瓶，不然很难退烧。春儿对挂吊瓶很不适应，老是动手去拉输液管，大人只好把孩子的两只手紧紧抱住。春儿对大人的强制手段很抵触，你把她抱紧了，她就闹；你把她松开了，她就去拉输液管。一直闹了半个多小时，才安静下来。到中国的第一天，她们在医院熬过了三个多小时。

华丽原来打算第二天要去杭州乔司农场探望爸爸，因为孩子生病，只好改变计划。孩子一连挂了三天吊瓶，到第四天才退烧。

回国第五天，华丽终于有时间探望爸爸。郑妈坚持要同华丽、华妈一起去探望亲家公，在华丽、华妈一再劝说下，她意识到，也许有某种不便，这才放弃了自己的意见。

那天因为刚下过雨，天空特别清爽。华丽抱着孩子，在妈妈的陪同下，去乔司农场探望爸爸。

小车一直在高速公路上奔驰。四月江南，大地复苏，鸟语花香，呈现出一派生机。远处，群山连绵起伏，浅青色的，有点发蓝。近处，路旁小草钻出了地面，绿油油的，草头上还挂着水珠。肥胖的小叶子，像一个个刚刚睡醒的小娃娃。这一片，那一簇，点缀着平原大地。华妈抱着孩子，时而逗着孩子玩耍。华丽双目注视着窗外，也许想把多年未见的家乡美色看个够，也许正在思索着在这特殊的环境下见到久别的父亲该说些什么，也许两者都有吧。

上午十一点，小车到了乔司农场，华廉洁与华丽、华妈、春儿见面了。华爸才五十出头，已经满头白发，一脸憔悴。华丽一见爸爸的模样，眼泪哗哗地流了出来，华妈的泪水也溢满了眼眶，春儿见妈妈和外婆哭了，也哇哇地哭了起来。倒是华丽的爸爸面带微笑："丽儿，别哭，爸爸很好。"

"这才几年，爸爸变老了。"华丽收住了哭声，说了第一句话。

"今天爸爸高兴，见到日夜思念的女儿，还有小外孙女。真的，爸爸很高兴。只是可惜，今天外公没有见面礼。"

华丽对孩子说："春儿，叫外公。"

春儿非常听话，也非常聪明，张嘴就叫，只叫了一个字："公。"

在场的人都笑了，华爸说："乖，真聪明。"

华妈说："是啊，聪明。丽儿和春儿一到中国，春儿就病了。不然，我们早来看你了。"

"孩子小，经不起长途跋涉，肯定是累了。"

华妈说："医生是这么说。"

"丽儿，我出事，害得你中途停学。我和你妈只有你一个女儿，你结婚，我们都不能在你身边，我心里有愧，爸对不起你。"

"爸，我结婚实在是生活所迫。只要爸爸妈妈不怨恨我就好了，我怎么会埋怨爸妈呢？"

华爸听了女儿这话，眼睛红了。他停了片刻，"丽儿，你们夫妻，还有郑妈、郑奶奶，都好吗？"华爸这句话包含了多种意思，包括夫妻生活、夫妻情趣、婆媳关系，等等。

"郑重、郑妈和郑奶奶对我都很好。我们家有自己的饭店，尽管辛苦一点，但收入稳定，过日子没有问题。爸爸放心吧。"

"开饭店赚的是辛苦钱。人苦一点没有关系，靠自己的劳力赚钱，这钱赚得安心、花得放心。"

"爸，你需要什么，只管跟我讲。"

"我现在不需要花钱。我只有一个愿望，希望你们夫妻和和睦睦，婆媳关系和谐融洽，身体健康。我不希望你们升官发财，希望你们做个普通人，衣食无忧。"华爸完全变了，只讲生活，不谈政治了。

"爸，你要安下心来。时间过得很快，你在这里再待几年就能出来了。你一定要保重身体，到时候健健康康地出来。"

"我已经想好了，我除了完成监狱交给我的任务外，看看书，锻炼锻炼身体，想想自己走弯路的教训，没有其他事了。你们放心吧。"

华丽、华妈离开时，一再希望华爸保重身体，出狱时能够是个健康的人。如今，她们也只有这么个愿望了，还能有什么期盼呢？

在美国芝加哥，华丽、华妈和春儿回中国探亲后，欧克布洛克二十九号别墅留下了郑奶奶和郑重、费燕。郑奶奶毕竟已是高龄了，她除了一天三次到户外活动锻炼外，大部分时间在自己的房间。郑重、费燕每天同进同出。费燕总是同郑重一起去超市采购饭店所需的食料，一起去饭店。费燕接管了收银兼做服务的工作。她在中国职高学的是家政和护理，对饭店收银、服务工作还算"专业对口"。再加上她出身工人家庭，从小就参加劳动，手脚勤快，吃苦耐劳。所以，郑重不仅觉得她是个很好的帮手，而且也很喜欢她。

那天，费燕下班后，独自在内客厅徘徊，童年的影子一幕幕在她脑际闪过。当年，华丽爸妈是海门市的领导干部，华丽一上学就在市里的重点学校；而自己的父母因为是工人，自己想上重点学校无法如愿，只能在爸妈的厂办学校就读。从小学开始自己就同华丽拉开了差距。让她最生气的还是外婆，她对姐妹俩总不是一碗水端平，有好吃的，有好玩的，总是首先满足华丽，然后才是自己。自己的妈妈也总是劝她不要同表姐比长短，什么都要自己让她一步。原因就是表姐的爸爸是市里的领导，而自己的爸爸只是个工人。华丽初中毕业就到了美国，读的是贵族学校，而自己呢，初中毕业只能去职业技校，学的只是家政和护理业务。现在，华丽爸爸妈妈尽管成了贪官，坐了牢，华丽却又找到了这么好的丈夫，家里有别墅，有汽车，有饭店，每天都有大把大把的美元进账；而自己只是他家里的用人。她越想心里越不平衡。她的命运这么好，而自己为什么那么糟。这世界上真的有命吗？真的有富贵命、有贫贱命之分吗？这是为什么啊。老天爷为什么这么不公平，叫她天天捡华丽不要的下脚料！

　　一连几天，费燕都在想这些问题。有时候她还到表姐的主卧房对着大镜子瞧，一瞧可以瞧大半天。总觉得自己的这张脸，自己的身材，哪都不少什么，哪都不比表姐差，难道就是自己的命比表姐差吗？

　　最后，她得出一个结论，老实人总是吃亏，自己可不能像爸妈这样窝囊、这么无能，许多东西得靠自己去争取、去创造。只要表姐夫喜欢我，这别墅，这汽车，这饭店，不就是我的了吗？至于说其他东西，亲情啊，道德啊，她连想都没有想。

　　从这一天开始，她变了，变得喜欢打扮了，变得对表姐夫更加热情了，甚至想出奇招。

　　新的一天开始了，她用表姐的化妆品给自己化了妆。别说，真是人靠衣装马靠鞍。费燕原本有着一张鸭蛋脸，稍一化妆，就显得靓丽不少。她又拣了件领口很低的紧身时装、一条小腿牛仔裤一穿，该收的都收紧了，该凸的都凸出来了，白花花的露着皮肉，还配上一双高跟黑色皮鞋。经过这么一装扮，费燕完全换了个人。她不仅有华丽一样的美貌，还有华丽没有的那种风情。

　　吃早饭的时候，郑重心里咯噔一下。今天是什么日子啊，表妹怎么也开始化妆打扮了。他嘴上没有讲，心里在嘀咕。早饭后，他们去超市进货，白天郑重也没有再注意此事。

　　费燕倒是个有心眼的人，觉得自己的做派没有引起表姐夫的注意，难道他没有发现自己的变化，难道他没有发现自己的美貌，难道他不喜欢自己吗？整个白天她都在想这件事。

　　晚上饭店客人散尽后，郑重和费燕离开饭店时，费燕想到一计，想试探一下表姐夫。郑重正要关门，费燕磨磨叽叽没有出来。郑重叫了声："小妹，走了！"

"哦，来了！"她紧走两步，到门口"一滑"，快要摔倒时，郑重把她扶住了。这时，费燕的脸朝上，装出一副痛苦状，郑重看着费燕，关切地说："走路小心啊，你还穿着高跟鞋呢，真要是摔下去可不轻哦。"他把她扶起来了。

"谢谢。"

郑重、费燕回家后，郑重按老习惯进了办公室，处理一天的账务。

费燕上楼进了浴室。然后，她披着长发，穿着丝绸睡衣下楼，到厨房间倒了一杯水，进了郑重的办公室，掐起甜腻腻的声音说："姐夫，请喝茶。"

她的普通话不标准，带点南方口音，听着又腻又软，很抓人耳朵。

郑重先是闻到一阵清香，又见到桃花似的笑脸，说："放在桌上吧。"

费燕把茶杯放在桌上，没有像往常那样立即离去，双目注视着姐夫，郑重见到费燕没有走，抬起头来说："你还有事？"

"这段时间表姐不在，我想陪陪你，你不欢迎吗？"

郑重只是笑了笑，没有说欢迎，也没有说不欢迎，只管自己做账。费燕心想，你不反对就是欢迎啦。所以，她一直站在边上看着郑重做账。

过了许久，郑重做完账，抬起头来："你还没有走啊？"

"是啊，我不是在陪你吗？"

"不早了，去睡吧，明天还要按时起床上班的。"

他们离开了办公室，上楼去了各自的卧室。

郑重进了自己的卧室。他想，费燕恐怕对自己有心，但自己已经是结了婚的人，可要守住底线，不能做出对不起华丽的事。然后，进浴室洗了澡，睡了。

费燕躺在床上还在想刚才的事。她觉得表姐夫是喜欢自己的，只是不便下手。想着想着，慢慢睡熟了，脸上依然挂着笑容。

第二天晚上，郑重、费燕下班回家后，郑重进了自己的办公室，费燕上楼到自己的卧室。

今夜，费燕想进一步试探。她进浴室洗了澡，吹了头发，身上喷了香水，穿着丝绸睡衣在镜子前照了照，然后坐在靠窗沙发等待。

夜里十一点左右，她见姐夫从办公室出来，进了自己的卧室。

半小时后，费燕走到主卧室门前，推了推门，见门没有锁，她进去了。

这时郑重刚洗完澡，从浴室出来，见到费燕在房里："小妹，你有事？"

"你不欢迎吗？"

郑重还是没有回答，费燕见姐夫没有反对，上前抱住了姐夫。这时，郑重再也控制不住内心的激情，紧紧抱住了表妹……

郑重的防线垮了，费燕的目的达到了。

大洋彼岸的华丽已经在老家待了二十天，她同妈妈两次去乔司农场探望爸爸。

此刻，她天天在家，只是陪陪妈妈，哪里都没有去，连最要好的同学也没有见面。其实她怕丢脸，当年的官家大小姐，谁不羡慕；如今却成为贪官的女儿，人家当面不骂，背后都会耻笑自己。与其被人家耻笑，还不如在家藏着，谁也不见。

一天晚上，她突然想到，在家虽有奶奶在，但她已经高龄；老公和费燕孤男寡女，会不会出事？又一想，一个是深爱自己的老公，一个是自己的亲表妹，不应该有事。最后，她想到，自己最想见的人见了，最想说的话说了，该回去了。所以，她决定三天后回美国。

临走前的晚上，她又同妈妈聊得很晚。她希望妈妈去美国，帮自己带带孩子。表妹想留在美国，可以在自己饭店里帮忙，想回中国也可以，由她自己决定。华妈顾虑自己坐过牢，签证签不出。要是在过去，凡是有犯罪记录的，签证一律会被打回来；现在也许政策宽松了，有可能会被批准。母女俩最后商定，华丽回国后发邀请。

三天后，华丽、华妈、郑妈带着春儿离开老家，前往上海浦东机场。大家在机场餐厅吃了中饭，午饭后办理了行李托运手续。华丽等人开始进关，向华妈挥手告别。

在芝加哥欧克布洛克二十九号别墅，郑重正在自己办公室处理当天的账务，费燕穿着丝绸睡衣坐在边上。

郑重抬头看了一眼费燕："我们聊聊吧。"

"好啊，聊什么呢？"此时的费燕很想和郑重聊聊未来的爱情与生活，希望不是露水夫妻，能做个长久夫妻。

此刻，郑重想到的是，华丽和春儿已经登上了上海到美国芝加哥的飞机，再过十几个小时，她们就到家了，自己和费燕的关系只能到此为止。自己真正喜欢的是华丽而不是费燕。郑重想到此，直接把话端上了台面："燕妹，你表姐已经登机了，再过十几个小时就到美国了，我俩的关系只能到此为止。"

费燕听到此话，心里非常生气，想爆发又忍住了："姐夫，这怎么行呢？我一个黄花闺女，把最珍贵的东西都给你了，你一句话就把我打发了？"

"那你需要什么补偿呢？"郑重把费燕看得简单了。

"补偿吗？"费燕看看郑重，笑了笑说，"我喜欢你，我不要和你做露水夫妻，我要和你白头偕老。"

"那怎么行。我和你表姐是名正言顺的夫妻，而且我们已经有了孩子。"

费燕拿出了女人的撒手锏，撒娇："嗯，我就喜欢你嘛。"她边说边投进了郑重的怀抱，在他身上乱摸乱抓……

郑重哪受得了费燕的挑逗，紧紧抱住了费燕，两人接吻。片刻后，费燕抬起头："走，去你房间。今天表姐不在，我们再疯一夜吧。"

郑重没有说话，但是站了起来。他牵着费燕的手往楼上走去，两人到主卧房门口，郑重不知想到了什么，说："我们不能在这里，到你的房间去。"

他俩转身到了费燕的房间。这方面，费燕远胜华丽，华丽碰到这事，总是那么含蓄，那么温柔，那么羞答答，而费燕就不同了，她放得开，会疯狂地折腾，会呼天抢地地大叫……

从上海浦东机场飞往芝加哥的 AA 航班降落了。华丽、春儿和郑妈从机场出来，到出口处碰到了郑重、费燕。郑重热烈地拥抱华丽和春儿，费燕从郑妈手中接过了行李车，一行人上车走了。大家先到自己饭店，上班的上班，帮忙的帮忙。客人散尽后，大家才坐下来吃饭。郑重问了问岳父母和家乡的情况，华丽问了问饭店的情况，也显得融洽和谐。

郑奶奶已有一个月没有见到孩子和华丽了，她知道今晚华丽和孩子要回家，一直在内客厅等候。她听到外面有动静，立即走了几步，打开了客厅的小门，见华丽抱着孩子，说："丽儿，回来了？"

"回来了，奶奶您好。"华丽对孩子说，"春儿，叫太太。"

"太太。"春儿开口就叫。

这一声"太太"，乐了郑奶奶："春儿真乖，来来来，太太抱抱。"郑奶奶从华丽手中接过春儿，又逗又亲。

然后，一家人在客厅聊了一会儿天。晚上，郑重因为自己做了亏心事，对华丽显得特别热情。华丽认为自己去中国二十多天，老公想自己了，表现热情点，也属正常。两人自然有一场激情戏。倒是费燕嫉妒之心油然而生。她在自己房间里骂骂咧咧："看你们还能高兴多久，到时候别怪我把你俩拆散。"

那天晚上，只有郑妈看看这，摸摸那，又理了理自己的房间，深深感到这好那好不如自己家里好。到了午夜，她才睡下。

第二天，郑重、费燕去饭店上班了，郑妈和华丽留在家里休息，倒时差。世界上有许多奇怪的事情，这春儿才一岁多，从中国回到美国以后，她就知道自己回家了。头天晚上一到卧房，她就跑到自己的小床旁，用稚嫩的小手拍拍小床："我，床。"她在告诉爸爸妈妈，这是她的床。第二天一起床，她到内客厅搬出了玩具箱，把一箱小玩具倒出来："我，玩具。"她告诉妈妈，这是她的东西。她去中国这么多天，回来后仍然知道哪些是属于她的东西。

那天下午，华丽对郑妈说："妈，我要去看看陶姐。"

"去吧，春儿留在家吧，我管着。"郑妈知道她同陶梅情深意长，二十多天没有见面，想去看看陶姐也很自然。

"我把春儿带着吧，让她也去见见大姨妈。"

"那好，路上小心点。"

"我会小心的。"华丽说完这话，带着春儿开车走了。

陶梅很有规律地上班下班。中午十二点，她准时打开店门，搞搞卫生，开始营业。五星市场的规律是开门后的一阵子会有很多客人，两个小时后会有一个空当，生意会很冷清。华丽切准了脉搏，就在这个空当来到市场。陶梅见到华丽和春儿，显得很热情。她说："小妹，什么时候回来的，我真想你！"

"昨天晚上到家的。你看，今天我就来看你了，我也想你了。"华丽说着，向陶梅送了两包茶叶。

"你真是我的好妹妹。"她一转话题，"来来来，大姨妈抱抱。"陶梅从华丽手中接过孩子。

华丽对春儿说："叫大姨妈。"

"她现在只能讲出一两个字，但很聪明，叫，姨，姨妈。"

"姨，姨妈。"

"真乖，宝贝乖。"陶梅从柜台里拿出一块巧克力，递给春儿。

"谢谢。"春儿又说了两个字。

华丽在陶梅的店里坐了一个小时，说了些家长里短的话，然后回家了。

08

出　轨

　　夏天，是芝加哥最好的季节。地处密歇根湖下风口的大都市，清风徐徐，人站在户外，衣袖翩翩，长发飘飘，一身清凉。风的味道，潮湿清爽；风的温度，微凉适中。蓝天白云，和风旭日，日照时间最长，真是旅游的最佳去处。

　　当然，郑重、郑妈深知这个道理，旅游旺季就是饭店的旺季。在旅游旺季到来前，他们要做好各种准备，比如对饭店要进行一次大扫除，所有设施都要进行检测和维修，该拆洗的拆洗，该更新的更新；对锅碗瓢盆要进行增补；对基本食材要采购，要储存，等等。郑重和郑妈都开始忙了。

　　华丽想到，表妹来美国很久了。刚来那阵子，自己做产，她忙于照顾自己；后来一段时间，孩子太小，她又忙于照顾孩子；前不久，自己回中国探亲，郑妈陪自己同行，她又帮助郑重在饭店忙碌。她来美国一年多，自己还没有好好地陪她去逛逛商店，更没有陪她去密歇根湖转转。一个刚长大的女孩，最喜欢的是什么？逛商店，买新衣。想到此，她觉得自己有点愧对表妹。她打算在旅游旺季到来前陪表妹去逛一次商店，给她买些夏令时装和化妆品。

　　费燕却一直想着自己和郑重的事。自从表姐中国探亲回来后，自己尽管天天跟表姐夫一起上下班，但是话少了，亲昵的动作也没有了，更是没有发生过那种事。她越想越憋气，常常会向自己发问："你难道就这么算了吗？你难道丢了珍贵的东西就丢了吗？你要是想把丢掉的东西换成你想要的东西该怎么办？"她想到最后只剩下了四个字：决不罢休。

　　那天阳光灿烂，风和日丽。郑家人兵分两路，郑重、郑妈去饭店上班；华丽、费燕带着春儿到富人区大商场购物。

　　初夏时节，不冷不热。华丽、费燕都穿着夏装。费燕推着儿童小推车，春儿坐在小车上，缓缓地在巨大的商场里走着。她们边走边看，不时地停下来指指点点，有时还从衣架上取下服饰进行试穿。无论什么样的服装穿在她俩身上，都有模有样。她俩在女装部每人买了两套时装、一套便装。

接着，她俩又来到化妆品服务区。华丽对化妆品一直有自己喜欢的品牌，法国的香奈尔，很快完成了采购任务。费燕以往没有化妆的习惯，从来都是素颜，自从同郑重发生那种关系后，她开始化妆。那段时间，她用的是表姐的化妆品，如今她想购买属于自己的品牌。她征求了表姐和服务员的意见，最后选定的是日本资生堂的化妆品。

华丽、费燕又来到鞋子区。这里有各种各样的女鞋。华丽帮费燕挑选了两双鞋，一双高跟皮鞋，一双平底皮鞋。

最后，华丽、费燕又到高档西餐厅吃西餐。华丽点了只大龙虾，一盘蔬菜，两盘意大利汤，费燕着实开了洋荤。这样的西餐，华丽在芝加哥上高中、大学时非常着迷，每月总要来一次，自从爸妈出事以后，已经有两年多没有光顾此店了。今天她不仅给自己解了馋，也给表妹开了眼界。

这一路过来，华丽对费燕可算是掏心掏肺地好，可费燕不仅没有丝毫感到内疚，反而觉得是自己应该得到的。"我在你们家做了一年多用人，不就是这一次让你破点费嘛。"她暗暗想道。

临走时，华丽对表妹说："小妹，你需要什么跟姐讲。姐现在不是穷学生了，像今天这样花一点承受得了。"

"姐，这可是你说的哦。我以后会提出许多要求的，你可不能心痛哦。"费燕想道，我现在是忍着，一旦提出问题，你可别哭鼻子。

华丽认为小妹是在跟自己开玩笑，爽快地回答："小妹，你放心，姐可不是那种小气的人。"

"好啊，到时候你可不准小气哦。"

她俩说说笑笑走了。

晚上，郑重、郑妈从饭店回家，见华丽、费燕姐妹俩都在内客厅坐着，华丽正在逗孩子玩，费燕坐着看电视。她俩见郑重、郑妈进门都站了起来，华丽先说了句："回来啦"，又对着春儿说："叫奶奶，叫爸爸。"

春儿朝奶奶、爸爸笑了笑，开口就叫："奶奶，爸爸。"

"真乖。来来来，奶奶抱抱。"郑妈从华丽手中接过春儿，在她小脸上亲了亲。

郑重走到春儿的另一边，朝她脸上亲了亲："宝贝真乖。"

费燕一直站在旁边看，心里不是滋味，觉得他们才是一家人，自己成了外人。她悄悄地走开了，去了自己的房间。

华丽朝郑重问了一句："今天店里生意还好吗？"

"最近几天生意好起来了，旅游旺季到了。今天进账有三四千呢，扣除成本总有一千元利润。"

"哦，每天有一千纯收入就不错了。"

"是啊。每天平均有一千，那么一年就能赚三十几万。这个目标高了，恐怕做不到，打个七折吧。"

郑妈朝他俩笑笑："现在这个水平已经维持好些年了。想突破总是突不破。今天丽儿倒提出了新的目标，日均千元，年利三十六万。这个目标是有诱惑力的，我们共同努力，争取三年内实现。"

郑重说："要实现这个目标，还得采取一些新的举措。"

三个大人在讨论经营饭店的事，春儿好像要睡觉了。华丽对郑妈、郑重说："孩子要睡了，我陪她去睡了。你们也早点睡吧。"

"你上楼吧，孩子睡得太晚个子长不高。去吧去吧。"郑妈催促华丽陪孩子去睡觉。

华丽上楼了，郑重到自己办公室处理账务去了。他刚进门，费燕端着杯茶进来了："请喝茶。"

"你以后少到我这里来，被你表姐发现，会有麻烦的。"

"你现在嫌我烦了，当初怎么占了我的身。"费燕听了郑重的话，心里很不高兴。

郑重也觉得刚才的话太冲了，一般人都难以接受。他换了口气说："小妹，不是姐夫嫌你烦，我是怕引起不必要的矛盾。"

"怕引起不必要的矛盾，还不是嫌我烦吗？"

郑重想了想，觉得费燕讲得也对，引起矛盾，不还是麻烦吗？过了许久，郑重委婉地说："小妹，当初你姐姐不在，在这个大房子里面，就剩下我俩和奶奶，是我经不起诱惑，犯了错误，是我不对。我对不起你，也对不起你姐，我向你承认错误，向你检讨，请你原谅。"

"说什么呢，你经不起诱惑，你把犯错误的原因归罪于我，你敢作不敢为，太没有男人味了！"

"我怎么又说错了？对不起，这一切都是我的错。"郑重觉得这话真难说。

"不是你错，是谁错啊！"

"你要是这么说，我倒有不同看法了。这房子里要是没有女色，我能犯错误吗？"

"世界本来就是男人与女人组成的。房子里没有女色，外面的世界有女色吧。你有这种思想存在，在这房子里不犯错误，到外面的世界也会犯错误，你说对不对？"

"不对。我在这房子里住了几十年了，我到外面也去过许多地方，我可一直没有犯过错误啊。你要说原因，还不是有你的存在吗？"

"好了，我正要你这句话。你去过外面许多地方，碰到过许多女人，都没有犯过错误，说明你没有碰到你所喜欢的女人。现在你犯了错误，说明你碰到了你所喜欢的女人。这个女人就是我，这说明你是喜欢我的，你是爱我的，对不对？"

"不对。要怪只能怪你像华丽。最初的那次，在我脑子里产生了错觉，我认为站在我面前的就是华丽，所以……"

"不管你怎么辩解，只能说明你是爱我的。对吗？"

嗨，别看费燕书读得不多，脑子还挺好用。郑重一步步落入了她的圈套，让他无话可说。

费燕靠近郑重一步，抱住他的头，深深地吻了一吻。其实郑重也是喜欢费燕的，他趁机把她抓过来深吻。这时，费燕把郑重推开了。

今晚，费燕的目的达到了，她朝郑重甜蜜一笑，上楼去了。

刚才这一会儿工夫，郑重已被费燕挑逗起来了。他放下手中的工作，上楼去自己的房间了，见华丽正在哄孩子睡觉。他没有去打扰华丽，进了浴室。当郑重从浴室出来时，华丽已经睡下了，好像已经睡熟了。他上床去拥抱华丽，华丽没有反应。当他俯下身去吻华丽时，华丽说："别烦，我今天陪小妹逛了一天街，累了，你别烦我了。"她说完这话，又睡着了。郑重觉得没趣，也钻进毛巾毯睡了。

芝加哥已进入旅游旺季。上午，郑重同费燕去超市进货。路上，费燕看着表姐夫说："姐夫，你昨晚睡得好吗？"

"睡好了，怎么了？"

"你的眼袋怎么掉下来了，我觉得你昨晚没有睡好呢。"其实，费燕是有意拿话激他。

别看郑重生在美国，长在美国，又长期做饭店工作，他对一些人情交往上的小细节不怎么懂，他以为费燕把自己的心思看透了，哪知道费燕是瞎蒙的。

郑重转了个话题说："你们昨天逛了一天街，你不累吗？"

郑重这话也是一语双关，一是问费燕累不累，想证实华丽昨晚说的话到底是不是真话；二是猜测华丽对自己出轨的事是否有怀疑。

"不累。你想啊，一个二十几岁的人，逛两条街会累吗？"

费燕的话使郑重产生了众多疑虑，她俩年龄相仿，怎么一个说累、一个说不累？难道说华丽对自己有怀疑，或者说对自己已经失去了往日的热情？

其实华丽并没有什么奇怪的举动，这是郑重自己做贼心虚。

郑妈起床后，过了一会儿也去饭店了。家里剩下奶奶和华丽、春儿了。奶奶出门散步去了。华丽把小时候妈妈教她的那一套东西都用来教春儿了。她起床后，先服侍春儿起床，然后喂她吃饭，饭后教她背古诗，什么"春眠不觉晓，处处闻啼鸟"，"鹅鹅鹅，曲项向天歌"啦，等等；中午，又要哄孩子睡午觉，让春儿睡在自己的小床上，她坐在边上唱摇篮曲；下午，她还要陪春儿到户外活动。每天都这样，整天不停地陪孩子玩，教孩子认字、背唐诗，一天下来，自然觉得很累，到了晚上就想睡觉。这年轻女人啊，一旦有了孩子，几乎把所有的情感都用在孩子身上了，对丈夫有所忽略。这时候，要是做丈夫的能体谅，小两口一道育儿，感情反而能更进一步，可要是丈夫这里出了问题，婚姻就牢靠不了。

旅游旺季，饭店很忙。每天上午，费燕总是陪郑重一起去超市购物，什么鸡鸭鱼肉、蔬菜杂货，基本上装满一车。郑重购物回到店里，大伙七手八脚地搬东西，把食材卸下来。然后，就是洗菜工、厨师的事情了，洗的洗，切的切，备料备餐。

中午依然不这么忙；到了晚上，一车一车的游客来饭店吃饭。饭店所有的工作人员都在忙，郑重亲自下厨烧菜，郑妈收银兼做服务，费燕上菜兼做服务，还请了几名勤工俭学的学生做服务，人人都不停地忙碌。

一个周六晚上，陶梅和布莱尔来店里吃饭。陶梅原本想借吃饭机会见见华丽，同她聊聊天，可惜华丽不在店里。他俩同郑妈打过招呼后，在一角坐下，费燕过来同陶梅说话："陶姐，好久不见，你好吗？"

"好好好，很好。"她转而问，"怎么，小妹没有来上班？"

"表姐从中国探亲回来后，还没有来过店里呢，她在家里带孩子。"费燕又问，"陶姐找我表姐有事？"

"没有什么事，我们很久没有见面了，我想她了，今天想借吃饭的机会来看看她，很想跟她聊聊天，真不巧。"

费燕刚和郑重有了私情，聊起华丽多少有点心虚，她转移了话题，问："陶姐，你们要点菜吗？"

"点吧。"陶梅看看布莱尔，"你想吃什么？"

"你做主吧，你点什么，我吃什么。"

"好勒。一盘四川豆腐，一盘红烧鱼块，每人一碗酸辣汤，再加一碗米饭。"

"好的。请稍等。"费燕走了。

陶梅看着费燕走了，对布莱尔说："你看，费燕刚来美国的时候多土啊，现在完全变了个人，这不是丽妹的化身嘛，又洋又俏皮。"

"是啊是啊，没有多少时间，一个乡下妹变成一个大美人了，活脱脱一个翻版的华丽。晚上睡觉，郑老板可不能把姐妹俩搞错了。"

"你说什么呢。"陶梅重重地瞪了他一眼。

不一会儿，费燕端着托盘来到陶梅边上："陶姐，你们的菜来了。"她把盘子里的菜和饭一盘盘地放到他俩面前，做事干净利落。

陶梅见她一举一动，有板有眼，心里倒是很佩服，说了句："燕妹，你动作好快啊。"

"客人多，不快不行啊。"说完，她转身走了。

郑妈在收银台注视着费燕。心想，费燕干活倒是一把好手。她同客人说话、打招呼，既亲热又得体。做事风风火火，干净利落，做饭店工作倒是非常适合。

在旅游旺季，饭店一直要忙到晚上十点钟。郑重、郑妈他们回到家要十一点了。那段时间，郑妈每天都要在饭店烧两道菜带回家。旅游淡季，华丽会等婆婆回家后再吃饭；旺季的时候，就把婆婆拎回来的菜放在冰箱里，第二天热热再吃。那天也是一样，待郑重下班回家，华丽已经吃过饭了。这时，华丽把婆婆拎回来的菜放进了冰箱。

不管郑重、郑妈下班早还是迟，大家都会在内客厅坐下来聊一聊，聊饭店的经营情况，聊家里孩子的事。这时，费燕都会知趣地走开，一般都会到自己的房间待着或者到浴室洗澡、换衣服。

郑妈说："今天，陶梅、布莱尔来店里吃晚饭，他们问你怎么不在店里，还问你好不好。我告诉她你在家带孩子。"

"陶姐有没有其他事？"

"没有说。"

华丽陪孩子去房间睡觉了，郑重进了自己的办公室，郑妈在厨房间处理杂务。

费燕又来到郑重的办公室。

郑重抬头看了看："洗过澡了？"

"洗了，我昨晚给你提出的问题，你还没有回答我呢。"

"什么问题？"

"你别装糊涂了。"

"真的想不起来了。"

"我问你，你到底喜不喜欢我，你到底爱不爱我？"

其实这个问题，郑重是想过的，但是说不出口。最近，费燕老是要他回答这个问题，他要么不说话，要么转移话题，尽量不同她正面对话。他对这个问题，确实不好回答，说不喜欢吗，怎么同她上床了；说喜欢吗，他已经爱上华丽了，怎么还能去爱另一个女人。他确实很为难。那么费燕呢，看清了他的软肋，就逼他回答这个问题。

"这个嘛，你知道的。"

"我就要你说出来，我就要你看着我的眼睛回答我的问题。"费燕用双手托住郑重的脸，逼他回答自己的问题。

郑重趁机抱住费燕，重重地接吻。他没有回答问题，费燕生气了，又一把推开了郑重，上楼进了自己的房间，自言自语："不回答我的问题，只想占便宜，哪有这好事，让你难受去！"

郑重做完账，上楼进了自己的房间，见到华丽和春儿都睡了，华丽已经发出轻轻的鼾声。他进浴室洗漱后出来，睡到床上去吻华丽，想做爱："亲爱的，我们很久没有做爱了。"

"太晚了，睡吧。"华丽说完这话，转了个身，又睡了。

郑重摇摇头，无奈地睡下了。

周二是五星市场的休息天。那天下午，陶梅到华丽家来串门。华丽见陶梅来家，着实高兴了一阵子。陶梅见春儿长大了不少："春儿，过来，阿姨抱抱。"

"阿姨，抱抱。"春儿用稚嫩的声音说出几个字。

陶梅抱起春儿又亲又逗，玩了好一阵子。

华丽对春儿说："好嘞。春儿自己去玩，妈妈同阿姨说说话。"这孩子真是听话，她从阿姨手里滑下来，自己玩去了。

陶梅、华丽在客厅坐下来说悄悄话，她们从市场说到家庭。

"布莱尔对你好吗？"

"是个好人，对我的好是没说的，只有一点不能满足。"

"微软？"

"是啊。但是，我也老了，我也没有欲望了。我现在最强烈的欲望是什么你知道吗？"

"赚钱？"

"知我者，小妹也。你和郑重好吗？"

"好啊。不知怎么回事，我也没有那方面的欲望。最近，他几次提出要求，都被我拒绝了。"

"这可不行，他有欲望，你不配合，弄不好会出事的。"陶梅话锋一转，"我前两天在你们店里吃饭，见到燕妹变化真大，活脱脱是你的翻版。这么一个富有青春活力的美女在你们店里，在你老公面前晃来晃去，不会出事？"陶梅停了片刻又说，"那天，布莱尔说了一句话，'到了晚上郑老板不要把姐妹俩搞错哦！'"

"不会吧。一个是深爱我的老公，一个是我最亲最亲的小妹，怎么会出事？怎么会搞错？不会的。我相信他们不会有事。"

"我也相信不会有事。要是他们俩有事了，那不是天下大乱了，那还有什么东西可信啊。"

陶梅走了之后，华丽倒有些惊醒。是啊，这么个青春美女成天在郑重面前晃来晃去，会不会有事哦。

八月是芝加哥的盛夏。白天尤其是中午，室外的温度有点高，有时候也会达到三十二三度，但是一到阴凉处就不觉得热了。盛夏是芝加哥游客最多的时候，郑妈、郑重、费燕都是起早摸黑，十分繁忙。郑重、费燕还年轻，都不觉得累，仍有调情的精力。

一天晚上，郑重在自己的办公室，费燕洗完澡，喷上香水，穿了件很薄的丝绸睡衣，又来到郑重的办公室。

郑重先是闻到了香水味，又听到费燕常说的一句话，"请喝茶"。他抬头看见费燕俯下身时的胸脯，一把把费燕抓到了怀里。费燕今晚是有目的的，她先让他接吻，又极力地挑逗，当郑重动情时，她故作生气的样子，挣脱了郑重的拥抱，上楼进了自己的房间。尽管这时间很短，郑重的内心已激情荡漾。他放下工作，进了自己的卧室，见华丽和孩子已经入睡。他连澡都没有洗，要和华丽做事，华丽先是闻到了一股强烈的厨腥味，感到恶心："不行不行，赶快去洗澡，睡觉吧。"郑重像失去激情的公牛，无趣地躺下了。

费燕躺在床上长时间没有睡着。自己和郑重的事情，对表姐的愧疚有一点点在心头闪过。可转念一想，自己要是不采取些手段，就没有出路。回中国，最好的结局是到宾馆、饭店做个领班，或者到物业公司当个主管。要是留在美国，也只能在饭店打工，或者嫁个中国人，或者嫁个年老的老外，像陶姐那样去开爿小店。她想来想去觉得自己没有出路，没有前途。现在，只能对不起表姐了。她又想到，表姐是个大学生，有文化，能找到适合她的工作，说不定还能找到比郑重更好的男人；自己可不一样，错过了郑重，可就真的没下回了！所以，她决定要把事情闹大，让表姐从这里走出去。想到这里，她迷迷糊糊地睡了。

正在这时，郑重去了趟卫生间。他从卫生间出来，见到室外一轮明月挂在天空，大地正在沉睡，小走廊的路灯昏黄，好像也困倦了。他走到费燕房间门前推了推门，房门没有锁；他轻手轻脚地走到费燕床铺边坐下了，借着月光见到费燕睡着，一张小脸犹如睡莲，非常秀美，分明是华丽的样子，他俯下身去一吻，费燕转了个身，脸朝墙壁了；他又走到床铺另一边俯下身去……

这时，华丽起床去了卫生间，发现郑重不在床上。她到走廊看了看，没有人，又到费燕卧房门前，听到里面有动静，听到的是郑重的声音："小东西，你别转来转去的，让我亲一亲嘛。"又从房里传出费燕的声音："只要你说出'你喜欢我，你爱我'的话，我就让你碰。不然，你别想碰我。"在夜深人静的时候，这几句话特别清晰。华丽全身的血液几乎冻住了，差点晕倒。她再也忍不住了，打开了那扇门，开亮了灯，见到郑重穿着睡衣在费燕的床上。顿时，郑重和费燕都从床上坐了起来，他们吓蒙了。

华丽听见自己尖厉的嘶吼，那声音变了调，简直不像是自己能发出来的。"郑重，你怎么不睡在自己床上，你跑到这里来干什么。你爸妈怎么会给你取个郑重的名字，你这么做，是多么地轻浮。说你轻浮，我是太给你面子了，其实你这是道德败坏。道德败坏，懂不懂！"她歇了歇气，又狠狠地骂费燕，"费燕，你这样做对得起我吗，你怎么向你妈交代？我想把你带出来，想给你个好的前途。你倒好，不但不知道报恩，还来害我，你真是不知好歹。"华丽实在说不下去了，一屁股坐在地上，泣不成声。

郑妈和郑奶奶听到外面的动静都起床了，开门见到郑重、费燕的狼狈相，见到华丽坐在地上，什么都明白了。郑妈走到华丽边上，把华丽从地上扶起来："怎么会出这样的事，真是作孽啊。"郑妈知道，这都是自己儿子的错，她把媳妇扶到自己的房间里，让她坐下，劝道："丽儿，这都是郑重的错，你是受害者，妈妈替你出头，希望你先冷静一下。大家坐下来谈谈，该批评的批评，妈让他给你认错。"

郑奶奶也尾随进了郑妈的房间，见儿媳正在劝孙媳。她毕竟年事已高，这一吓一惊一急，昏厥过去了。华丽和郑妈见奶奶晕倒了，立即把奶奶扶到了床上，郑妈从奶奶的口袋里掏出救心丸，华丽从边上端起了水杯，让奶奶吃下了这颗药。片刻后，奶奶醒了，说的第一句话跟郑妈说的一样："作孽啊，真是作孽。"

郑妈知道奶奶有心脏病，说："妈，你别急，这事我们会处理好的，你去自己房间静静地躺着吧。"

郑奶奶觉得儿媳说得对，自己管不了，也不想管："好吧，你们把它处理好，不要让丽儿吃亏。"

郑妈和华丽把奶奶扶到了她自己的房间，让她休息。

华丽想到这事也有自己的错，自己也太麻痹大意。到底该如何处理，一时也理不出头绪，只顾流泪。

郑重回到了自己的房间。郑妈从自己房里出来，进了主卧房，用自己的食指狠狠地戳了一下郑重的额头，又用双拳在郑重胸前猛击："我看你真是昏了头，这么好的媳妇，哪里去找啊，我看你怎么摆平。"

郑重自知理亏，低着头不敢说话。

郑妈缓了口气，又问："你和费燕的事，是什么时候发生的？"

"你们去中国探亲的时候。"

"现在你想怎么办？"

"这事，都是我的错，我会向她检讨，我会向她认罪，她要骂要打要罚，都由着她。"

"如果她提出离婚，怎么办？"

"一个大男人，敢做敢当，一切由她决定。"

"从内心讲，你是喜欢费燕还是华丽？"

"华丽。我同费燕的事属于一时冲动。世界上没有后悔药。我会向她检讨认罪的，希望她能原谅我。要是不能取得她的谅解，那也只好走离婚的路了。现在的主动权在她。"

"先不提离婚的事。"郑妈叹了口气，"真是作孽啊，自作自受。她在我房间里，你去给她认错吧，能不能取得她的原谅，就看你的本事和造化了，快去吧。"

费燕把衣服穿好了，独自坐在自己的床上。她倒是很坦荡，反而觉得这张纸捅破了，说不定表姐会离开这个家，这里所有的一切都是自己的了。她要的就是这个结果，她的内心正在窃笑。

郑重来到妈妈房间，见到华丽正坐在妈妈床上默默地流泪。郑重挨着华丽坐下了。

"你别挨着我，离我远点。"华丽边说边坐到郑妈床铺的另一边了。

郑重心想，事情的发生和败露，都是自己的错。郑重还是体现了一个男人的气魄，一人犯错一人当。现在只有向华丽认错，深刻反省自己，才有希望得到她的原谅。他诚恳地说："丽，我知道错了。我和费燕的事你都看到了，我如实向你坦白。我俩的事情是在你和妈去中国探亲的时候发生的，所有的一切都是我的错，不怪你表妹。是我花心，是我道德败坏，是我对不起你。我破坏了这个和美的家庭。我是罪人。你有气向我出，你有怒向我发，你要打要骂要罚都向我来。我向你保证，你骂，我不还口；你打，我不还手。我只有一个愿望，祈求得到你的原谅。"

华丽一声不响，只是流泪。

郑重苦苦哀求："华丽，你说句话啊。"

华丽还是不响，流泪。

"我希望得到你的原谅，因为我爱的是你，我是深爱你的；我同你表妹，只是一时冲动。"

华丽插了一句话："一时冲动，从我去中国到我从中国回来，前后一个多月，这'一时'也太长了吧！"

"真的只是一时冲动，那时是一时，今夜又是一时。"

"诡辩。"

"你骂我吧，你打我吧，把你心中的怨气说出来，把你心中的怒气爆发出来。这样，你会好受些。"

华丽又沉默了。华丽想道，郑重虽然有错，费燕也逃不了干系。想到被自己的丈夫和最亲的小妹同时背叛，她只觉得浑身无力。

天已大亮了。郑重想，让她冷静一下，饭店可不能关门。他说："丽，你一时想不通，好好想一想，晚上下班后，我们再谈。"

郑重从妈妈的房间出来了，回到自己的房间，见妈妈怔怔地坐在沙发上。

"谈得怎么样，丽儿原谅你了吗？"

"这事，我伤了她的心，她一直在流眼泪，不愿意跟我说话。"

"我们得有点实际行动，先把费燕送走，再慢慢化解你俩的矛盾，求得她的谅解。"

"费燕愿意走吗？"

"今天你把费燕回中国的机票买来，晚上我跟她谈，这个恶人我来做。"

"好吧。"

郑重吃过早饭后，对郑妈说："妈，你留在家里吧，劝劝华丽。我上班去了，饭店总得开门吧。"

"我也去店里。"费燕好像是跟郑妈说，也好像是跟郑重说。他俩谁都没有吭声，费燕跟着郑重走了。

春儿醒了："妈妈，妈妈。"连叫数声没有人答应，她哭了。华丽听到孩子哭声，从郑妈房间走到自己房间："宝贝，妈妈在。宝贝是不是要起床啦？"

"嗯。妈妈，笑笑。"春儿看到妈妈说了这么句话。

华丽听到女儿这句话，眼泪又流了出来："宝贝，妈妈好爱你。"

春儿笑了。

华丽给孩子穿了衣服，抱着孩子下楼了。

郑妈见华丽抱着孩子下来："丽儿，你吃饭吧，孩子我来喂。"郑妈从华丽手中接过孩子，华丽又上楼到了自己的卧房。孩子由郑妈带着，自己在卧室里关着门，站在窗前想问题。

她想到爸妈坐牢时，自己过于轻率地答应嫁给郑重，自己去中国探亲又太相信表妹，自己有了孩子后只是专心照顾孩子，又疏忽了郑重的感情，郑重和表妹的出轨也有自己的原因。她决定离开郑重，重新开始。

那天下午，华丽给郑妈打了声招呼出去了。她再次来到丝色罗小区夏咪家，正碰上夏咪和肖鱼在家。肖鱼和华丽热烈拥抱，说："真是贵客啊，我好想你啊。"华丽因心情不好，只是回应了一句："我也想你。"夏咪也热情地同华丽握了握手，说："华小姐，很久不见了，你可好？"

华丽没有直接回答他的问题，只是说："我想租房子，你这附近有空房子出租吗？"

"怎么啦？跟你老公闹翻了？"

"我问你这附近有没有房子出租？"

"好好的别墅不住，到贫民区租房子住，这不是怪事吗？"

"这你别管，我只问你附近有没有空房子。"

"你肯定跟你老公吵架了，不然搬出来做什么呀？"

"别啰嗦了，回答我的问题。"

"闹得不轻吧？"

"够了！"华丽平时很喜欢夏咪爱说爱笑的性格，可现在，她只觉得这家伙太碎烦了。

"唉，捧着这么个大美人不知道爱惜，这男人也太傻了，简直是个大傻瓜！这世道是怎么了，真是乱套了。"

"拜托了，我只想找个地方安顿下来。"

"好吧好吧，我的地下室还空着呢。"

"你的地下室太差了，我想租得好一些。因为我现在有个小宝贝了，过些日子我妈妈也要过来。"

"有有有，离我这不远的地方，有一套像我们住的一样的房子要出租，三个人住正好，要不我陪你去看看？"

"好啊，你带我去看看。"

华丽、夏咪来到那房子的房东家里，房子的主人因为刚失业，自己搬到了二楼，要把一楼的房子租出去，拿房子的租费来维持家人的生活。一楼有三间卧房，有正规的厨房、客厅。华丽看了看房子，很满意，决定租下来。每月租金六百美元。他们签了合同，先租一年。

晚上，郑重和费燕下班已经很迟了。

费燕上楼进了自己的房间，内客厅留下了郑重和郑妈。奶奶因为心脏病犯了，一直在自己房间休息。郑妈问："费燕回中国的机票买了没有？"

"买了。"

"妈去找费燕谈。"

郑妈上楼进了费燕的房间，费燕见郑妈进来："郑妈，你有事？"

"燕子，你坐，我有话同你说。"

"你说。"

"你和郑重的事，伤害最大的是你姐。现在要化解你姐和郑重的矛盾，你得做点牺牲。"

"你要我怎么牺牲？"

"你先回中国。我叫郑重给你买了回中国的机票，三天后你就回去。"

"这可不行。我一个黄花闺女，把最珍贵的东西献给了你们郑家。你现在就叫我走，你说得出这种话吗？"

"你要什么补偿，提出来，我尽量满足你。"

"我的损失，能用金钱来补偿吗？"

"你和郑重做出这种事，就没有你的责任吗？"

"什么责任不责任，我就是不走。"

"真是不可理喻。"

"我和郑重的事，你让郑重来给我说。"费燕说完这句话，再也不说话了，表示沉默。郑妈没有办法说服费燕，只好走了。

郑妈下楼，见郑重仍坐在内厅。郑重问："妈，你和费燕谈得咋样？"

"谈不拢，她不肯走，明晚再谈。到时候不怕她不走。今天不早了，大家休息吧！"

郑重上楼到自己卧房，见到华丽和孩子都睡了。他想跟华丽说话，华丽从床上坐起来："你拿着自己的东西，到客厅去睡，这里不欢迎你。"

郑重无奈地抱着自己的枕头和毛巾毯下楼了。

第二天，郑妈到主卧房跟华丽说："丽儿，现在饭店客人多，我同重儿、费燕去店里了，你和奶奶在家吧。"

华丽对奶奶和郑妈还是很友好，觉得这件事怪不得奶奶和郑妈："妈，你去吧。"

郑重、郑妈和费燕开车走了，郑妈的奔驰车留在家里了。

这天下午，华丽趁奶奶去户外活动时，把自己和孩子的衣服、用品装了整整两皮箱，放进奔驰车的后备厢。又写了一张条子，一共三句话："奶奶、妈妈，我和孩子走了，你们别找。我希望郑重善待我表妹费燕。愿奶奶、妈妈健康长寿。"

09

独　居

华丽第二次来到丝色罗小区居住。上一次是因爸妈出事，自己断了资金链，被迫至此。这一次因是丈夫出轨，自己离开郑家来到此地，是被迫也是自愿。如今她还带了个一岁多的女儿。她把车子停在丝色罗小区第五街第十五号楼车库内，先抱着春儿进了房子，让孩子在客厅玩耍，自己又把两皮箱行李搬进了卧室。偌大的房子就住两个人。孩子尽管小，但也不感到孤独。这孩子呢，只要有妈妈在，也不哭不闹。

美国这一点很好，即便是出租的房屋，里面设施也很齐全：床铺、桌椅板凳、锅盘碗筷样样都有；夏有冷气，冬有暖气，生活舒适。华丽住下后，把箱子打开，该放橱里的东西放进了橱里，该放卫生间的东西放到了卫生间，一切都安排得井井有条。然后，她到客厅坐下，抱着女儿说："小宝贝，你呢，现在离开了爸爸、奶奶、太奶奶，跟妈妈住在一起。有妈妈在，就有你吃的，就有你穿的，妈不会让你挨冻受饿。俗话说得好，宁可死当官的爹，也要跟着讨饭的妈。这说明世上只有妈妈好。你跟妈妈在一起，好不好？"

"好。"春儿甜甜地说了一个字，还笑了笑。她还不懂得那么复杂的话，可只要有妈妈抱着，她就笑。

华丽却快哭了，她把自己的额头和女儿的额头抵在一起，轻声说："宝贝真乖，妈妈和宝贝在一起，也不感到孤独。"

郑奶奶因郑重、费燕奸情败露，心脏病突发，在床上躺了好几天，今天感觉舒服了，午休后去小山坡打了一套太极拳。她从户外活动回家，发现家里没有一点动静，无比寂静，感觉不妙。她到厨房，在饭桌上发现了华丽写的纸条，顿时血压升高，心跳加速。她抓起边上的电话，立即给郑重打电话，只说了两句话："重儿，华丽带着春儿走了……"

电话对面的郑重听到奶奶的那两句话，顿时感到气急。他在电话里一声声地叫奶奶，电话中却已没有奶奶的声音了。他感觉到出事了。他把刚才奶奶在电话中说的事告诉了妈妈。郑妈也觉得家里出事了。郑重和郑妈立即开车赶往家中，见奶奶一只手拿着电话耳机，一只手攥着华丽写的那张纸条，人已经斜坐在沙发中……他俩紧走几步，到了奶奶身边，郑重一声声叫奶奶，郑妈一声声叫婆婆，郑奶奶已毫无反应。郑妈让郑重叫急救车，送奶奶去医院抢救。半个小时后，芝加哥医院急救车到了住地。两位护工把郑奶奶抬上了急救车。郑妈上了急救车，郑重开着自家的小车尾随。芝加哥医院急救室经过近一个小时的抢救，也没有把郑奶奶救过来。医院最后的结论是：郑奶奶由于受到外部因素的刺激，大面积心肌梗死而亡。

深夜，郑重、郑妈回到家。郑妈仔细看了华丽写的那张纸条，上面就两行字："奶奶、妈妈，我和孩子走了，你们别找。我希望郑重善待我表妹费燕。愿奶奶、妈妈健康长寿。"

郑重走到妈妈边上，接过纸条一看："真的走了，就这么走了？你不仅带走了春儿，你还带走了我的奶奶。"郑重不仅感到伤感，而且觉得无奈。

费燕对奶奶的去世十分心痛，流了眼泪，可又不住地感到快意，你们不是要赶我回中国吗？看看你们怎么办？她心里这么想，表面上却没有表露出来。

"华丽、春儿娘俩到哪里去了呢，会不会流落街头？大人能过，苦了孩子。"郑妈觉得心痛，不仅失去了婆婆，还失去这么好的媳妇和刚出生不久的小孙女。她只是不断地说着一句话："罪过啊，罪过，真是罪过；作孽啊，作孽，真是作孽。"这两句话既是说给儿子听的，也是说给费燕听的。

事情发展到这种地步，郑重是有话说不出，心里空落落地难受悲伤。作为男人，他只能劝劝妈妈："妈，你别难过了，奶奶属于高龄去世，每个人都要走这条路的。春儿在华丽身边，不会有事的，你放心。"

"奶奶本来好好的，还能活几年，就是被你气的。丽儿要走没有办法，孙儿可是我们郑家的人啊。这么小的孩子，就在外面受苦了。"郑妈说到这儿又流泪了。

郑重进了自己的卧室，站在自己和华丽的结婚照前发呆，脑子里却一幕一幕闪过自己和华丽相识、相爱、结婚、生女的画面。他自责，他悔恨，他流泪了。他不知在相框前站了多长时间，不知道自己是什么时候睡的觉，脑子里一片空白。

由于华丽的出走，郑妈决意要让费燕离开美国的事不再提了。郑重呢，把费燕回中国的机票给退了。

三天以后，郑家人为郑奶奶举行了简单的葬礼。在芝加哥的城东有块墓地，郑重的爷爷、爸爸都安葬在此地。整个墓地都是郁郁葱葱的树木，一棵棵水松枝繁叶茂。参加郑奶奶葬礼的除了郑妈、郑重和费燕外，还有两位朋友和一位牧师。整个葬礼前后就一个小时，让郑奶奶入土为安了。

一天早上，华丽起床时，想吐。她自言自语地说："该不会又怀孕了？"春儿起床后，她给孩子吃了早饭，然后去医院做了检查。果然怀孕了！这可怎么办呢？孩子是留下还是做掉？真是一筹莫展。美国政府和社会，都提倡多生孩子，可按照自己目前的状况，这孩子不该留。

那天晚上，陶梅得知华丽出走的消息后，猜想华丽又会到丝色罗小区居住。她直接来到夏咪家里。夏咪一见陶梅显得很热情，猜测陶梅一定是为了华丽的事来的，于是问："陶梅，你是不是来找华丽？"

"是啊，你真聪明，赶快告诉我，她住在哪里？"

"她向我有交代，她住哪里不让我告诉任何人。"

"我跟她是什么关系，你知道。她交代不让你告诉他人，没有交代你不能告诉我吧？"

"必须告诉你吗？"

"那是必须的。"

"那好，我陪你去她家。"

他俩一前一后去了华丽家。

"就住在这，你去吧，我走了。"夏咪说完，自己走了。

陶梅到华丽家门前敲了敲门，华丽在猫眼往外一看，见是陶梅，立即开了门。

在好姐妹面前，华丽终于露出了脆弱的一面，她钻进陶梅怀里，先是哗哗地流泪，继而失声痛哭……陶梅见华丽伤心的样子，已经猜出了大概。她拍拍华丽的后背，让她把悲情释放出来。过了许久，她俩到客厅沙发坐下了。

"陶姐，你怎么知道我在这儿？"

"我听说你跟郑重闹翻了，离家出走了，我才找上门来的。"

"谢谢陶姐。"

"别说谢了，我们是什么关系啊。你有什么伤心事，快同姐说说。你把自己的痛苦说出来了，心里会好受一些。你有千斤重担，姐可以给你分担五百斤。"

"姐，还真让你说对了。我去中国探亲期间，郑重勾搭了费燕。我从中国回来后，他俩还偷偷摸摸地那个。前天晚上被我发现了。他承认所有的事都是他的错，可以让我骂，可以让我打，只求我原谅。郑妈也说是她儿子的错，也求我原谅他一次。你说，这种事，我能原谅吗？我不稀罕他的房子、车子和饭店，我只稀罕我的春儿。所以，我带着春儿离开了郑家。"

"这男人都怎么了？一个爱你爱得发疯的男人，这结婚才几天啊，连被窝都没有焐热就变心了。"

"你说他爱我爱得发疯？谁知道哦。其实呢，我俩也许是一场错误的婚姻。我是昏了头了，稀里糊涂走到了一起。"

"既然是错误的婚姻，那就没有什么好留恋的了，早离早解脱。"陶梅沉默少顷，又说，"小妹，你做得对，姐支持。我在铁林，也是因为丈夫出轨，我不但离开了他，我还离开了生我养我的地方呢。"

"我俩可是同病相怜啊。"

"是啊，我俩不仅是同病相怜，而且是情投意合。"

"姐，我还有个难题。如今我走投无路，一筹莫展，不知道该如何处理。"

"你说，姐给你做主。"

"今天早上，我起床后一直想吐，去医院一查，又怀孕了。你说，我该怎么办？"

"孩子可是你的血肉，不管在外面还是在肚子里面，都是你的宝贝，我觉得应该生下来。"

"你说得对，让他生下来。姐，还是你有主见。"

"小妹，我有个不该问的问题，你现在的经济状况怎么样？"

"郑重有一部分钱放在我这里，大概有五六万，把孩子生下来应该没有问题。"

"好，有这点钱在你身边，那就不怕了，大胆地把孩子生下来吧。"

她俩一直聊到深夜十一点。陶梅走到门外,又回过头来说了一句话:"小妹,要学爬山虎的耐性,耐寒耐热耐贫瘠,送给人们一片绿,这可是你说的哦。""啊……是。"华丽一直送她到门外。

人啊,碰到困惑的时候,有人帮一把,或者有人替你解惑释难,就能使你解开疑惑,释放悲情,心里亮堂,思路清晰。今夜,陶梅离去后,华丽感觉真如陶姐所说,"我有千斤重担,她会分挑五百斤"。这一夜,她睡得很深沉。

华丽和小孙女走后的那几天晚上,郑妈也是夜夜失眠。

一天下午,郑妈独自开车在丝色罗小区来来回回走了无数趟,寻找华丽和小孙女,一直找到傍晚,也没有找到。郑妈的举动,足见她对华丽母女的感情。

晚上,郑重下班回家,依然进了自己的办公室,处理饭店的账务。随后,费燕进了郑重的办公室。

说实在的,这一点,她比华丽做得好。华丽是官家小姐,从小别人照顾自己,自己不会主动去照顾别人。而费燕就不一样了,她从小会照顾爸妈。到美国后,她不仅照顾表姐,同时照顾了表姐夫。如今,表姐走了,她更专一地照顾郑重了。不仅是端茶送水,其他方面也是无微不至。

那天晚上,费燕送晚茶后,没有立即走开,站在边上看郑重做账。过了许久,她说:"姐夫,这几天你都没有睡好吧,我看你眼圈都黑了,早点去睡吧。"

"好的,就快了,你先去睡吧。"郑重也说了句体贴的话。

费燕点点头,先走了。

郑重处理完账务,上楼洗澡后,刚要睡,费燕推门进来了。

"你还没有睡?"

"是啊。我想表姐走了,你一定很寂寞,我想陪陪你。"

郑重想了想,觉得小妹倒是聪明,她的话说到自己心坎里了。一个走了,总得留一个吧,总不能赔了夫人又折兵。想到此,郑重说:"你愿意睡你表姐睡过的地方吗?"

费燕没有直接回答郑重的问题,而是给他讲了一个故事:"中国有一本戏,叫作《姐妹易嫁》,你听说过吗?"

"没有啊。"

"说的是姐姐曾经许配的男人家境败落了,在姐姐出嫁的那天,姐姐不肯上轿，父母出于无奈，让妹妹上了轿。"费燕停了片刻，又说，"现在姐姐走了，只好小妹顶替了。"其实费燕只讲了故事的一半，故事里的妹妹是挺身而出，她却是乘虚而入了。

"那好，睡吧。"

费燕上了床，在姐姐的位置睡下了。

这天夜里的后半夜，郑妈做了个梦，见郑奶奶从门里进入自己的房间，笑盈盈地说："儿媳啊，我在那边跟你公公和你老公在一起，很好。既然华丽走了，你要把费燕留下。重儿和费燕是命中注定的一对，你就成全他们吧。"郑奶奶说完这几句话飘然而去。

第二天一早，郑妈醒来后，回忆了奶奶的托梦，然后起了床。其实奶奶说的事，她在白天也无数次想过，日有所思夜有所梦吗？她见费燕的房门开着，楼下也不见费燕。吃早饭的时候，郑妈问："重儿，昨晚费燕睡到你房间去了？"

"昨晚她给我讲了个《姐妹易嫁》的故事。妈，你听说过这故事吗？"郑重没有直接回答妈的问题，但是郑妈明白了儿子的意思。

"这么说，你们是现代版的《姐妹易嫁》了？"

"你真聪明。"郑重向妈妈诡秘地一笑。

"昨晚你奶奶托梦给我，要我成全你俩的婚事。"

"真的吗？"

"真的。"

从这一天开始，费燕似乎成了郑家的女主人，她得到了自己想要的东西，却又好像失去了更多。

华丽从郑家出来后，又住进了丝色罗贫民区。美国的贫民区同第三世界国家的贫民区有很大的区别。这里也是一幢幢的小洋房，无非是房子旧些，设施年份过久，其他配套设施也落后一些而已。丝色罗小区原来也是美国白人居住的地方，从二十世纪八十年代开始，一批批墨西哥人来到这里，他们开始租住白人的地下室，后来慢慢租住一层、二层，一些有正当工作的人慢慢买下了美国人的房子；他们的生活习惯和当地人发生了冲突，美国白人也逐渐受不了一些墨西哥人的陋习，纷纷从这里搬了出去。如今丝色罗小区已经成了墨西哥人的居住区。华丽曾经在此住过半年多，对这里的习性已经了然。所以她从郑家出来又到了这里。像春儿这么小的孩子，也知道欧克布洛克比这里好，常常念叨要回去。

这房子外形是无法改变的，室内能否做些改变？一天，华丽带着孩子来到芝加哥边上的一座小镇艺术屋来淘宝，见屋内有品种繁多的艺术品，有真品，也有赝品。她见到约翰·埃·密莱的一幅《盲女》油画。该画讲述一对漂泊儿在雨过天晴后的神态，那盲女聆听小伙伴对大自然的描绘，动人的故事和画中女主人的神态与大自然的美感深深触动了华丽。她花了二百美元买下了这幅油画。二百美元的油画当然只能是赝品，不可能是真品。然后她又花了一百五十美元买了一对大花瓶。回家后她把那幅油画挂到了客厅的墙上，把那对大花瓶一只放到了饭桌上面，另一只放到了客厅茶几上面，花瓶中插上了鲜花。这么一来，这客厅就显得有品位了，连春儿也说："好看。"

华丽如今想得最多的问题是自己的第二个孩子问题。她的婚变，原想瞒着爸爸妈妈，现在看来是瞒不住了，只能请妈妈来美国，助自己一臂之力。她想到这里，就跟远在中国的妈妈打了个电话，如实地汇报了自己的婚姻状况，并请妈妈来美国照料自己的孩子。华妈听到女儿的事，真如晴天霹雳，老半天说不出话来。她知道这是郑重和费燕的错，女儿是个受害者。她只能劝说，没有丝毫责怪。华妈安慰女儿："丽儿，你这样处理很好，妈妈支持。妈收到你的邀请后，马上去签证。签证一出来，妈妈就过来。现在只是苦了你了，你千万要保重。"

"妈，我知道，你放心吧。"

这些天，郑重和费燕上班下班。费燕在饭店工作，完全把自己当成了老板娘，把饭店的一些日常管理工作一把抓了起来。饭店员工也把她当成了老板娘，有事情都向她去"请示"。郑重倒是省了不少心。

郑重还是老习惯，每天买菜回来，到大厅一角坐一会儿。过去总是拿本书看看，如今不再翻书了，常常在那发呆。其实，他一直在想华丽。两个女人，一个是温文尔雅，知书达理，但对自己没有那种激情；一个是风风火火，管饭店是一把好手，但有心计，对自己也有万丈豪情。如今一个走了，这不能怪她，只能怪自己花心，怪自己经不住诱惑。留下的那一个，倒和自己相配，有她在饭店，自己倒是省了不少心。现在，最让郑重牵肠挂肚的是春儿。自己大龄成婚，将近四十岁才有了个女儿，女儿可是给家里添了无穷的乐趣。如今女儿随华丽一起走了，奶奶又去世了，家里剩下三个大人，显得特别冷清。女儿是亲生的，是自己的掌上明珠啊。他这些天不仅空下来想女儿，有时晚上睡觉连做梦还在想女儿。这会儿，他突发奇想，走到费燕边上说："我要出去办点事。中午来饭店吃饭的人不会多，你管着就行了。"

"你去哪里啊？"

"去城里。"郑重说完，出门开车走了。他心想，这华丽会去哪里呢，无非两个地方，一个是读书住过的地方，那里可是高档住宅区，她恐怕不会去。另一个就是丝色罗小区，那里是她熟悉的地方，很可能就在那儿。

他想到这里，开车来到丝色罗小区夏咪家，正碰上夏咪。他开门见山地问："夏咪，最近华丽找过你吗？"

夏咪一见郑重，想起他干的那些事，气不打一处来，又不方便发作，直眉愣眼地盯着郑重，一言不发。

郑重又重复了一遍："我是问，华丽有没有找过你？"

"你是谁啊？"

"我是她老公。"

"怎么，一个大美人老婆，丢了？"夏咪反过来问郑重。

"别啰啰嗦嗦的，那你到底见过华丽没有？"

"我不知道。"

华丽跟夏咪打过招呼，决不能向郑重透露自己的行踪，一向大嘴巴的夏咪这回管住了自己的嘴巴，把郑重顶了回去。

郑重无奈离开夏咪家，但是没有走。他在这条街上来来回回走了两趟，没有看到华丽，只好悻悻地回饭店了。

这些天，郑妈想华丽、想春儿的念头更加强烈。她也常常开车到丝色罗小区一条街一条街来来回回地走着，找她娘儿俩。一连好几天，都没有找着。

那天午后，华丽觉得无聊，带着春儿开车去了五星市场。她抱着春儿来到陶梅的店里，见陶梅正在忙碌。她打了个招呼，就去逛其他店了。她到金敏店里，见金敏坐着，上前打招呼："金小姐，好久不见，生意好吗？"

金敏还是不冷不热："现在美国经济大环境不好，首当其冲的就是我们这些小店。真是王小二开店，一年不如一年啊。"她一转话题，"这孩子长得真好，白白嫩嫩的，像妈妈，真漂亮，将来肯定是美女。"

"长得美丑倒是没关系，只要看着顺眼就好。"

"看你说的，我真希望生个美女呢。将来找个有钱的老公，让我当个有钱人的丈母娘，多好，那我就不用这么辛苦了。"

"人各有命啊，别人有钱不等于自己有钱。我们家乡有句话，叫作爹有娘有不如自己有。自己赚的钱自己花，心里踏实。我现在孩子小，等孩子大些，我也想自己开店呢。"

金敏一听华丽说自己要开店，就警觉起来。这五星市场已经有两个中国人了，我的生意少了一半，再来一个，我可不能活了："你都看到了，这里没有人气。"

"不会吧？你也太谦虚了。"

"真的，现在生意难做。"

"生意难做倒是真的，我赞同。"华丽觉得同她聊天没有意思，这个上海人太精了，嘴里没有情谊，全是生意，"你忙吧，我去那边看看。"

华丽很快转完了整个市场，又来到陶梅店里。陶梅上来抱住华丽和春儿，然后抬头看看春儿："叫阿姨。"

"阿姨。"春儿用稚嫩的声音叫了声。

"真乖，春儿真聪明。"

陶梅倒是很关心华丽："你的事，跟你妈说了吗？"

"说了，让我妈妈来美国。只是不知道签证有没有问题。"

"不会有问题吧，现在出国的人可不少。"

"也是，试试吧。"

"试试呗，不试谁知道呢。"

华丽在陶梅店里坐了一个多小时，走的时候已经是傍晚了。

晚上，郑重、费燕和郑妈下班回家后，费燕去了卧室，郑重到了自己的办公室，郑妈随后跟了进去。郑妈发现白天午后儿子又出去了一趟，猜测儿子又去找华丽和春儿了："重儿，你又去找华丽她们了？"

"是啊，但是没有找到。"

"你去哪里找了？"

"我猜测她们母女只能去两个地方：一个是华丽上大学时候住过的地方，一个是丝色罗小区。我下午到丝色罗去问了问夏咪，他说不知道。我又在那条街来回走了两趟，没有发现她母女俩的踪迹。我明天还想去她当学生时住过的地方看看。"

"你分析得有道理，我的直觉告诉我，她们母女会住在丝色罗小区。这几天，我也去过几次，也没有碰上。"郑妈重重地叹了口气，"不知怎么的，这几天我连着好几晚做梦，都梦见她们母女俩。我真的很想她们，特别是春儿。你多花点工夫，设法找到她们。华丽要离开你，这是没有办法的事情，不管怎么说，春儿可是我们郑家的人啊。不管到哪里，不管什么时候，她总是要叫你爸爸、要叫我奶奶的呀。"

"妈，你别着急，我会找到她们的。"

"好好一家人，被你弄成这个样子，真是作孽啊。"郑妈又埋怨了一句，离开了。

费燕卸完妆，洗完澡，穿着睡衣，端着一杯茶又来到郑重的办公室："请喝茶。"

"放着吧。"郑重草草地应付了一句，只管自己做账。

费燕发现郑重有心事，识趣地上楼去了卧室。费燕是个聪明人，她知道现在她和郑重名不正言不顺，只能忍。

那天午后，郑妈先去了密歇根湖湖边的丽人大厦，问了问物业主任，他说华丽是从离开这里后再也没有来过；接着，她又一次来到丝色罗小区。她在这条街上来回走了两趟，然后又到第五街走了两趟，走到第三趟，碰上了华丽抱着春儿出门，郑妈迎了上去，华丽发现郑妈想退回去，春儿却发现了郑妈，凑上去直叫："奶奶，奶奶。"

郑妈上前抱过春儿，在孙女脸上亲了亲："宝贝，奶奶好想你啊，你想奶奶吗？"

"想。"

华丽是个知书达礼的人，她对郑重有气，认为郑妈还是个好妈妈："妈，你怎么会找到这里的？"

"我的判断是对的。你不会去住那些高档住宅区的，你一定会在这里。我到这里来找你们已经无数次了,郑重也来找过你们多次了。"

"到里面去坐坐吧。"华丽把郑妈让进了门。

郑妈觉得华丽的态度挺好,暗忖道,是不是回心转意了。

她俩到客厅坐下了,郑妈先做出了一种姿态:"丽儿,郑重做了对不起你的事,也有我教育的失败。我呢,对他骂也骂过了,打也打了。他呢,也认识到错了,决心改过。我恳求你给他一个改正错误的机会好不好?"

"妈,这不关你的事,全是他的错。我的态度已经有了,请他善待我的表妹,我是不会再进郑家的门了。至于离婚手续,可以现在办,也可以等一阵。"

郑妈看华丽语气坚决,知道事不可为,无奈转移了话题,聊了聊华丽现在的生活和春儿的事。

郑妈临走时,华丽问了句:"奶奶还好吧?"

"奶奶去世了。"

"啊?怎么去世的?"

"就是你们走的那天,她心里一急,心梗了。送医院已晚了。"

"罪过啊!"华丽想起郑奶奶的好,连连叹气。

"这都是重儿的过错,不关你的事。"

次日午后,郑重登门检讨,想挽回婚姻,再一次被华丽拒绝。

华丽的态度,在郑重的意料之中,几次试图挽回婚姻都没有成功,郑重觉得再当夫妻是无望了。

最后,他说:"我尊重你的意见,但是孩子的抚养费我会承担的。现在我只有一个要求,希望你能定期或不定期地让我和我妈来探望孩子。"

"看望孩子没有问题,你和你妈什么时候都可以来。孩子的抚养费用必须由你承担。你知道我的情况,我现在是个失业者。至于说每个月给多少钱,你是知道美国行情的,我知道你也不是小气鬼。"

在这方面,郑重倒是个通情达理的人。他说:"在你没有找到工作前,你们母女俩的生活费我会负责的,你把银行账号发到我手机里,我每个月给你打钱。"

今天,他俩是心平气和地谈话,没有一句气话。最后郑重走的时候,华丽和春儿送他到门口,看着他开车走了。

郑重在回家的路上如释重负，脸上露出了笑容。

晚上，郑家人刚回到家，郑妈迫不及待地问："重儿，下午你到华丽那里去了？"

"去了。春儿还认识我呢，我们一见面，她就叫我爸爸。"

"我也想去看看表姐和春儿。"费燕倒是不怕被表姐骂，只是想去看看表姐现在的状况。

"也好，下次我们一起去。"郑妈对费燕的态度显然已经改变。

几天后，郑家人趁饭店休息时间，郑重开着别克商务车，后座坐着郑妈和费燕。他们在附近商店买了很多东西，有孩子衣服、尿不湿、巧克力、水果，等等。

郑重的小车在丝色罗小区第五街第十五号楼门前停下，他们拎着大包小包敲门，华丽见是郑重一行，开了门，"妈妈。"华丽叫了声妈，又对孩子说，"叫奶奶。"

"奶奶，奶奶。"春儿连叫了好几声。

郑妈立即抱过孩子在脸上亲吻："宝贝，想死奶奶了。"春儿也在奶奶脸上亲了亲。

大家到客厅坐下了，郑妈说："丽儿，苦了你们娘儿俩了。"

华丽说："这里挺好的。春儿很乖，一点也不闹。"

郑妈说："重儿想你们了，我也想你们了。你回不回去由你决定，我们尊重你的意见。不管怎样，我们还是可以互相走动，毕竟孩子还是郑家的血脉。"

"我的想法都说了。费燕伤了我，我可不愿意伤害她。她毕竟是我的表妹，希望你们善待她。"

"姐，是我犯了错误，你骂我，你打我，我都没有怨言。是我害你吃苦了。"这两句话，也是费燕的心里话。人犯了错误，到一定的时候，再拧的人也会认错，何况她的小算盘实现了。

华丽想过了，错误一旦铸成，谁也无法把它抹掉，只有去认识、去面对。人啊，总不能一辈子活在错误的阴影中。聪明的人，很快会从错误的阴影中走出来，开始新的生活，寻找新的快乐。只有那些笨人，才会无休止地没完没了地去纠缠那些不愉快的事情。

他们这次见面，也可以说是把那件不愉快的事做了一个小结。

当他们三个离开的时候，华丽和春儿一直送他们上了车，直到他们把车开走。

从那以后，郑重，特别是郑妈常到丝色罗小区来看望华丽和春儿，有时费燕也会跟着来。

三个月后，华丽妈妈祝越来到了芝加哥。那天是华丽开车从机场接来妈妈的。当天晚上，母女俩讲了许多话。华丽把表妹费燕和郑重如何勾搭成奸，自己如何从郑家搬出来，郑家母子又如何找到她和春儿，双方如何处理此事，讲了一遍。华妈专心地听着女儿的阐述，时而怨郑重、怨费燕，时而说女儿做得对。

最后，华妈说："你过早地踏入社会，又这么快结婚，又急着去探望我们，这是造成婚姻失败的主要原因。所有这一切都是爸爸妈妈的错，要是我们不出事，你也不会休学，不会找个做饭店的人当老公，也就不会发生这么多事了。是我们对不起你啊。"

"妈，你千万别这么想。所有的事情，都是我自己的主意，我一点也不怪你们。你们为女儿吃了那么多苦，千万别自责了。"

"丽儿，你真是长大了，懂事了。"

"妈，有个细节我一直没有跟你说。我跟郑重结婚以后，经济上虽然没有问题，但夫妻生活总是不那么和谐。说出来你不相信，郑重的厨腥味总让我不舒服。所以，郑重每次想那个的时候，我总是找借口拒绝。这也是促使他俩偷情的一个原因。"

"真有这样的事情？"华妈还是有点不信。

"有啊。尤其是我从中国探亲回来后，这种感觉更加明显了。"

"古人说门当户对是有道理的。一个女孩，生在什么家庭，长在什么环境，受的什么教育，应当找什么样的男人，是有讲究的。你刚才讲的话，也证明了这一点。我觉得费燕跟郑重倒是相配的。"

"是啊，一个开饭店的，一个学家政的，也可以说是门当户对，所以我让郑重善待费燕。"

第二天午后，郑妈来华丽家，见华妈来美国了，上来就检讨自己："亲家，我儿子做了缺德的事情，我对不起丽儿，我对不起您啊。这么好的一个儿媳，这么好的一个孙女，我是没有这个福气啊。"她说着说着，流泪了。这是郑妈的真心话。

华妈见郑妈一个劲地检讨自己，本来有话要说，现在倒说不出口了。

"你看看，丽儿的第二个孩子都快要生了，这是多好的一件事啊，可我没有这个福气啊。"郑妈不愧为开饭店出身的，深知"良言一句三冬暖，恶语伤人六月寒"的道理，说话让人听着很舒服，没法反驳。

"郑重做出这样的事，确实是个道德品质的问题。我们做女人的，其他事情都可以原谅，只有这事不能原谅。当然，这事也有我那个外甥女的一份错。"华妈毕竟当过人事处长，讲话总是两面的，既批评了郑重，也批评了自己的外甥女，让郑妈听了也不反感。

郑妈临走还说："华丽妈，丽儿做产有什么困难，你就给我打电话，不要客气。"

"好的。"

第二天晚上，陶梅来华丽家看望大妈。陶梅人还没有进门，声音已经传了过来。华丽开门："来来来，陶姐，我向你介绍，我妈来了。"她朝厨房喊："妈，陶姐来了。"

华妈从厨房抱着春儿出来，陶梅是个外向的见人就熟的角色。"大妈，您好。我是陶梅，我可是华丽的患难之交哦，您听说过我吗？"

"听说了听说了。你是华丽常常挂在嘴边的陶姐嘛。果然是又漂亮又能干的陶姐。快请坐，坐下说。"华妈曾是机关干部，也能说会道。

陶梅仔细看了看华妈："大妈尽管头发有点白了，但是风韵犹存。华丽不愧是大妈的女儿，跟一个模子里刻出来似的。"

"你过奖啦。我可是老了，今后就要看你们的了。我听丽儿说，你的店很大，把生意做得风生水起的，我们丽儿倒是一无所有啊。"

"不不不，妹妹这么年轻，已经有个千金宝贝了，而且是美人坯子，这可是无价之宝啊。"

"从这点上说倒是哦。"

"大妈，您来得正是时候，华丽再过两个多月就要生了。女人生孩子，有妈妈在身边，这可是件幸福的事情哦。"

"是啊。我就赶在她生孩子之前到美国。我已经错过一次了，这次可不能再错过了。"

"我这就放心啦。"

陶梅跟华丽、华妈一直聊到深夜才起身回家。

陶梅走了,华妈说:"丽儿,你的陶姐真是不错,很坦率、很爽快。你们俩在一起倒是不会寂寞了。"

"是啊。她前面的老公已经离婚了,现在嫁了个六十多岁的美国老头子。那位美国老人尽管年纪大点,但对陶姐倒是很好。"

两个月后,华丽生了,又是一个女儿,取名叫郑美,谐音是一个"争春",一个"争美",青春又美丽。

第二天,郑重、郑妈和费燕听到了华丽做产的消息,一家人又到商店买了许多礼物,有孩子的衣服、奶粉、尿不湿等等,前来看望华丽。

郑重是第一次见到华妈。他们仨进门后,是华丽介绍妈妈和郑重认识。郑重向华妈说的第一句话:"我对不起华丽,请妈妈责罚。"

华妈也是个开明的人,说:"这件事已经过去了,我们不说了。"

费燕走到姨妈边上轻轻地说了一句:"姨妈,都是我不好,让表姐受苦了。"

"过去的事,就让它过去吧。"

郑妈也不全顾着谢罪:"丽儿,你做产需要什么尽管跟妈讲。妈在美国时间长,有些事情好办,你千万别掩着。"

华丽因为刚刚生了孩子,大家都客客气气,说的都是好听的话。

郑妈对两个孙女喜欢得不得了。在华丽做产的日子,她天天中午来丝色罗小区,每次都会送一些新鲜的蔬菜和水果,有时会从自己饭店烧几道可口的菜送过来。这一天,她按了按门铃,华妈出来开门,见是郑妈,热情地说:"是亲家哦,来来来,快进来吧。你昨天送来的东西还没有吃完呢,又送东西来了。"

"丽儿做产坐月子,你又不会开车,我怕饿着亲家和丽儿,还有两个宝贝呢。"她边说边到了华丽的房间,先抱了抱春儿,春儿亲切地叫了声"奶奶"。她放下春儿又抱了抱美儿,脸上始终洋溢着笑容。

华丽说:"妈妈辛苦了。"

"不辛苦,我能天天见到丽儿和两个宝贝,我高兴。"

这些动作和语言,是郑妈的基本素质,每次都如此。

华丽做产满月后,正式同郑重办了离婚手续。这次离婚留下了一个悬念,双方都没有谈到两个孩子的归属问题。当时，郑家想的是：一来怕再次伤了华丽的心，二来常听到费燕挂在嘴边的一句话"自己能给郑家生一堆孩子"，郑家母子也深信不疑。华妈和华丽呢？想到了这件事，既然郑家没有提出，她们也求之不得。

10

裂 痕

在五星市场，靠南大门的金敏店铺，靠北大门的陶梅店铺，在很长一段时间是办得最好的两家商铺。金敏和陶梅各做各的生意，也算相安无事。一天下午，陶梅挖了金敏的一个客户，两人闹了点别扭。晚上，陶梅回家时，脸上仍有阴云。布莱尔猜想老婆在市场里可能遇到了不快，才会流露出不开心的神情。他先问了一句："亲爱的，你怎么啦，遇到什么不开心的事了？"

"别提了，今天下午跟金敏吵架了。"

"各做各的生意，吵什么架啊？"

"我挖了她的一个客户，她跑到我店里兴师问罪。过去她也常挖我的客户，我都忍了。经商嘛，难免有竞争。她挖我的客户，我认了；我挖她的客户，她兴师问罪。你说她是不是小肚鸡肠？"

"亲爱的，别生气了。我们想想开心的事嘛。"

"有什么开心事啊，两点一线，家里、店里，天天如此。"

"有啊。"

"有什么呀，有事快说，有屁快放。"陶梅还是气呼呼的。

布莱尔从自己的公文包里取出一本小本子，在陶梅面前一晃："你看，这是什么呀？"

陶梅一把抢了过来，打开一看："绿卡！真的是绿卡！"她抱住布莱尔重重地亲了一口。"真的，太高兴了！今天真是我最开心的日子！太值得纪念了！"

"高兴吧？"

"太高兴了！我这个偷渡客，终于有了自己的身份。有了这个小本本，我可以中国、美国自由来往了，我的儿子也可以来美国了。"她又朝布莱尔开心地说，"太谢谢你了，亲爱的布莱尔同志。"

"高兴就好。"

"我跟你商量件事好吗？"

"你说。"

"我想回一趟中国，我来美国已经三四年了。这么长时间会发生很多事的。你看，我爸妈已经老了，他们一定希望我回去看看；我儿子长大了，念高中了，他一定很想我；还有你给我的十万美元，爸妈买了一套房子，春节前交房了，他们要搬到新房子去住；还有这三四年，我们家乡也会发生很大的变化。我很想回去看看。"陶梅一口气讲了好多回中国的理由。

布莱尔善解人意："亲爱的，你的理由足够回去看看了。"

"你同意了？"

"当然。但是我有个条件，你得让我陪你去探亲，我也想去看看老丈人，还有丈母娘。"

"哈哈，老丈人可不老，我爸比你还小两岁呢；丈母娘也不老，比你小三岁呢。你同他们见面会很尴尬的，你叫我爸叫爸呢还是叫小老弟呢？"

"按你们中国人的说法，叫人小辈分大，该怎么叫就怎么叫呗。"

"好。你有这个思想准备就好了，我批准了，你陪我去中国探亲！"

"批准了？"

"批准了。我们准备准备，你跟我一起回中国去，去过一个中国年。"陶梅停了片刻，"中国年，就是春节，你懂吗？"

"我知道一点，但不太懂。去体验一下才有意思呢。"

"好。我们回中国去过中国年啦！"这是陶梅三四年来最高兴的事情了。那段时间，她常常会发自内心地呼喊："爸妈，无论我走多远，我都知道，你们是我的天。如今，我拿到了绿卡，我要回家过年，吃一碗妈妈包的水饺，看一眼爸爸脸上的笑容，这就是我的幸福，这就是女儿的心愿。"

此后，陶梅去了两趟大商场，采购了许多礼物，有给爸妈的，有给儿子的、有给朋友的、还有备份着的。接着，她订了阴历十二月二十六的机票，准备回国探亲。

那天清晨，陶梅、布莱尔离家去了芝加哥机场，准时登上了芝加哥飞北京的AA航空公司的航班。飞机在万米以上的高空整整飞了十三个小时，跨越了太平洋，二十七日中午十二点飞机在北京首都国际机场稳稳降落。

陶梅、布莱尔下了飞机又登上北京到沈阳的火车。在火车上，陶梅时而心潮澎湃，时而又显得那么平静。只有在回归途中，在漫长煎熬的疲倦里，一点一点掰碎时间，才显得那么沉重急切而又温暖，一根无形的丝线始终拴在心尖。布莱尔望着车窗外飞速倒退的黑土地，对妻子的故乡越发心驰神往：也不知老丈人是个什么模样？这种既期待又紧张的感觉，和上次来中国时大不一样了。

他俩从火车上下来，又换乘公交车，到了铁林市，然后打的到了爸妈刚入住的新家。

陶爸、陶妈见到多年不见的女儿，真是激动万分，用一种期盼的目光注视着久违的女儿和陌生的老外。陶梅以颤抖而又动听的声音喊了一声："爸，妈。"陶梅十八岁的儿子陶琪可有点淘气，见到妈妈，搂着脖子又是抱又是亲，高兴得不得了。

许久以后，大家才发现还有个老外静静地站在一边，都有些不好意思了。陶梅赶紧拉着布莱尔向爸妈和儿子介绍。

"爸妈，他叫布莱尔，是我老公，"她转身对布莱尔说，"快叫爸爸，妈妈。"

布莱尔倒是循规蹈矩："爸妈好。"

陶爸、陶妈瞧瞧布莱尔，觉得他的年龄比自己还大，有些难为情，只是含含糊糊地说："好，好。"

陶梅又拉过儿子："陶琪，他是你爸爸。叫爸爸。"

陶琪看了看布莱尔，轻轻地叫了声："爸。"

布莱尔倒是爽快地回答："哎，你好。"

这时，陶梅打开了两只大皮箱，给爸妈每人送了两套冬季内衣，给儿子也送了两套，还有一件外衣、一双耐克鞋子。大家脸上都挂着灿烂的笑容。

接着，大家坐了下来。陶爸说："梅儿，你俩能来过年，我们真是太高兴了。今年，我们真是双喜临门啊。我们刚刚搬进新房，圆了多年的梦想。你想，我们想要一套设备齐全的新房，爸爸妈妈奋斗了几十年，还是没有实现，最后还是托女儿的福。还有，我们刚刚搬进新房，你们又回来了，还带来个洋女婿。真是太好了！"

"是啊，是啊，今年春节真是太高兴了。一家人团圆比什么都好，爸爸说得对，妈妈真是好高兴！"说到这里，陶妈落泪了。

"妈，你别哭啊。"陶梅叫妈别哭，自己想到了偷渡的那些日子，心里发酸了，也流泪了。

布莱尔对他们的谈话似懂非懂，但他同陶梅一起生活了两三年，学会了许多中文，谈话的意思大概还是听明白了。

陶爸为了调节气氛，陪着女儿、洋女婿参观了新房。陶爸用女儿的十万美金，加上自己一辈子积蓄的二十多万元人民币，买了一百二十平方米的三室两卫一厅的大房子，现在女儿、女婿住一间，老两口住一间，外孙住一间，一家人住得舒舒服服。大家都觉得很好。中国人安土重迁，住宅是人生的一件大事，许多人奋斗了一辈子都没有住上理想的新房子。陶爸、陶妈如今有这样的新房住，怎能不高兴。

晚上，陶爸、陶妈用铁林最好的食材准备了一桌丰盛的饭菜，宴请洋女婿和久别的女儿。席间，陶爸和洋女婿还对饮了几杯。布莱尔年纪是大了些，可老有老的好处，毕竟阅历丰富，和没见过世面的毛头小子不能比，他又肯入乡随俗，同陶爸、陶妈很投缘，常常开怀大笑。倒是陶琪插不上话，只是吃饭。陶梅一直在厨房和客厅跑进跑出，忙个不停。

晚饭后，陶梅让布莱尔在卧室休息，自己到爸妈房间聊天去了。陶梅爸妈呢，也想同女儿说说心里话。陶爸靠在床上，陶妈和陶梅坐在靠窗的小沙发上，聊起天来了。

陶爸说："你出去的那一阵子，市里的风声很大，内部还发了通报，报上登了你出国叛逃的消息，你的前夫还到家里来闹，左邻右舍对我俩指指点点，我和你妈那段时间不好过啊。不过，我们还是熬过来了。"

"爸妈，女儿不孝，让你们受苦了，我在美国也有一年多时间很不好过。刚开始，因为我是偷渡客，东躲西藏。我和好姐妹华丽住在贫民区的地下室，下大雨的时候地下室还会进水，得靠水泵往外排水，晚上都不能睡觉；后来，华丽结婚了，我一个人住，又怕被美国移民局发现，遣送回国，还让房东在卧室装了个电铃，随时准备逃跑，真是提心吊胆。我还在四川饭店打工端盘子，真是很苦。"陶梅讲到这里，心里一阵发酸，"就在这个时候，布莱尔看上我了，我跟他说了三个条件：一个是尽快帮我办出绿卡，一个是把我儿子办出来，还有就是给我十万美金让你们买房子。我原本想拿这些条件吓唬吓唬他，他竟然同意了。我是自己把自己卖了。"陶梅毫不隐讳地讲了那段经历。

陶爸、陶妈听到这里，都落泪了，他俩几乎同时说："真是苦了你了。"

陶梅继续说："爸妈，我们结婚后，我觉得布莱尔真的不错。他不仅兑现了我的三个条件，还教我开车，教我学英语，常常陪我到商店买这买那的。"

陶爸说："我们跟布莱尔接触时间不长，但是看得出来，他是个实诚的人。"

"你们知道我这个人从小就喜欢做事，家里待不住，想出去工作。布莱尔帮我物色了个店面，垫了开店的本钱，我开了自己的商铺，现在生意还不错。"

"梅儿，你从小就肯做事，还很会做人。"

"布莱尔唯一不足的就是年龄大一点，我也想明白了，我快四十岁了，再过十年也就五十岁了，那时候布莱尔近八十岁，要是身体好的话，生活自理没有问题，我在美国站住脚了，晚年生活也不会差。"

"是啊，布莱尔年龄是大一点，但现在的社会，老夫少妻多的是。"陶爸说。

陶妈说："你们这次能在家里待多久？"

"两周吧。我的商铺关门时间不能太久，不然损失太大。"

陶爸说："这次，你是不是想把琪琪带走？"

"这次恐怕来不及，让他先办手续，只要能把签证办出来，随时都可以走。"

"这就好。"

第二天是大年三十，陶爸陶妈和大女儿陶红一家三口、小女儿陶梅一家三口在四星饭店吃了年夜饭。

陶红比陶梅大两岁，姐妹俩外形有几分相似，但姐姐的性格不像妹妹那么开朗，不愿多说话。她曾在一家国营商场当营业员，企业改制后下岗在家待业。现在的话更少了。今晚姐妹久别重逢，又见到了洋妹夫，脸上露出了笑容。姐妹俩热烈拥抱之后，陶梅又向布莱尔介绍了姐姐和姐夫，他们只是按中国的习俗握了握手。

晚宴开始，陶爸先说了两句话。他说："我陶家祖辈三代都是挖煤的。共产党解放了中国，我们当家做了主人。改革开放政策好，才有陶梅出国的机会，找了个老外当女婿。"他讲到这里，大家哄堂大笑。"来来来，干杯！"大家站起来，相互碰杯，干了第一杯。

姐夫叫陈阿大，是开出租车的，能说会道。今晚他想得最多的是自己搭上了这么个小姨子和老外连襟，到时候得借力把自己一家都弄出去。他要趁今晚的宴会拍拍马屁。他站起来说："小妹出去才两三年，这人啊，气质完全不一样了，靓了，嫩了，洋了，连襟哪是六十多岁的人啊，我看最多五十岁。美国的工程师，可是了不起的角色。来来来，为小妹、连襟、为大家过上好日子，干杯！"大家又站起来干了第二杯。

这时，陶梅鼓动布莱尔说话。布莱尔站起来说："我这是第二次来铁林了。"大家的眼睛瞪起来了，只有陶梅心里明白。"三年前，为了我心仪的美丽的陶梅，我来过铁林。前天，我带着老婆再次来到铁林。见到有趣的老丈人、勤劳的丈母娘、漂亮的大姐、能说会道的姐夫、两个可爱的孩子，还有丰盛的年夜饭，大家热热闹闹过大年，我真是开了眼界，我真是太高兴了。来来来，我祝大家新年快乐，财源滚滚来，干杯！"大家见到一个正宗的美国人用铁林味儿的中国话说了这么一通，都感到不可思议，纷纷站起来与他干杯，陶梅的脸上也乐开了花。大家干了第三杯。

这顿年夜饭整整吃了两个小时。

回家后又在客厅看春晚，大家有说有笑，其乐融融。

从年初一开始，陶梅陪布莱尔去滑雪场滑了三天雪，算是度假。这铁林与芝加哥纬度相仿，都是北方气候。陶梅、布莱尔都生长在北方的环境里，对滑雪都有爱好，也有很好的技巧。他俩在滑雪场真是如鱼得水，不断做出一些惊险动作，引得旁观的人频频鼓掌，为这个老外叫好。

后面几天，布莱尔完全成为家里人了。他同岳父一起去菜场买菜，回家后洗菜烧饭，什么事情都做，有时候还跟岳父岳母一起出门逛街。

两个星期后，陶梅、布莱尔圆满地结束了铁林的探亲，顺利地回到了美国芝加哥。

一天午后，郑重、费燕和郑妈买了许多儿童用品到丝色罗小区第五街第十五号楼。郑重、郑妈都十分喜欢孩子，郑重抱着春儿有说有笑。春儿已经会说许多话了，脸颊肉嘟嘟的，轮廓有点像郑重。那天，春儿一口气背了十首唐诗，逗得郑重、郑妈哈哈大笑。老二美儿也有三个月大了，会发出咯咯的笑声，而且长得白白胖胖，非常讨人喜欢。他娘儿俩看看两个孩子既高兴又有些失落。高兴的是两个孩子毕竟姓郑，失落的是媳妇已经跟郑重离婚了，孩子跟着妈妈，不能常在自己身边。费燕只是坐在边上，既插不上话，又不能陪孩子玩。华妈、华丽也刻意"冷藏"她，她觉得有些尴尬。他们临走的时候，郑重对华丽说："我和费燕下周六下午要举行婚礼，希望你能来。"

华丽说:"我就在这里祝福你们了,婚礼就不参加了。"

费燕走到华妈身边:"姨妈,我和郑重下周六结婚,希望你能代表我的娘家人来参加我的婚礼。"

华妈心里想,你破坏了我女儿的幸福,还好意思请我去参加你们的婚礼,我不骂你就算客气了。她想到这里就说:"你都看到了,我们家有两个宝宝,我忙都忙不过来,哪有时间参加你们的婚礼呀。我也在这儿祝福你们了。"

费燕是个聪明人,听了这话,知道表姐和姨妈还在生她的气。此事只能作罢,权当没有说。

郑重、费燕讨了个没趣,悻悻地走了。

几天后,费燕结婚了,费燕的愿望实现了。其实他俩早就住在一起了,无非是补办个手续罢了。可这个手续对费燕来说太重要了,她是付出了代价的。如今,她名正言顺地成为这别墅的女主人了。这会儿,她趁郑重在浴室洗澡的机会,站在窗前拉开了厚厚的窗帘,遥望着远方,想告诉爸妈:女儿抢了表姐的丈夫,实现了自己的愿望。你们听到这样的消息,是祝福女儿还是骂女儿啊?女儿可不能像你们那样窝囊,任人摆布;女儿以后会把你们接到美国来,让你们过上幸福生活的……

这时,郑重穿着丝绸睡衣从浴室出来,走到费燕身后:"燕子,你在想什么?"

"我在想,你能否抓紧把我的绿卡办出来,我想邀请我爸妈来美国。"

"没有问题,你放心吧。"

费燕转身抱住郑重狂热地亲吻,郑重也紧紧抱住了费燕……

一天晚上,陶梅拎着一袋铁林的山货来看华丽和华妈。她一进门,这个家就有生气了。

"陶姐,你什么时候回来的?"

"昨晚刚到家,今晚就到你这里来了。你们都好吗?"

"好,我们都挺好的。"

"春儿,过来,阿姨这里有好吃的。"

春儿跑到陶梅怀里,抬头看着:"阿姨。"

"春儿真乖。"陶梅从自己的拎包里掏出好几包铁林产的山楂片交给春儿,

143

春儿拿着山楂片走了。

"陶姐,你说说,你带洋女婿去见丈人、丈母娘有什么有趣的事啊?"

"有啊。我爸妈见到比他们还大的女婿,人都呆掉了。倒是布莱尔毕竟受过高等教育,又见过世面,开口就叫:'爸!妈!'"

"你爸妈有没有答应?"华丽有些迫不及待。

"他俩只是含含糊糊的,哼哼哈哈地回答了几声。"陶梅说得有声有色,手舞足蹈。

"真的吗?"

"我还能骗你嘛。他们都是小地方人,又没有见过世面,恐怕连外国人都没有见过。你说,现在有一个外国人突然成了他们的女婿,而且还比他俩大几岁,他们会是什么感觉呀,当然是傻了。"陶梅还真有点喜剧天赋,很普通的话,从她嘴上说出来,画面感十足,这现场效果就不一样了。

陶梅把华丽和华妈逗得哈哈大笑,陶梅就想要这样的效果。

华丽又问:"你们在铁林还干了什么?"

"年三十晚上不是看央视春晚吗,看到一半,电视突然出现黑屏了,在紧要关头看不好电视,大家抓瞎了。这时候布莱尔出手了,他三下两下地把电路修好了。我说退休工程师还是工程师,紧要关头,还有点用处。我这一说,他可开心了,我爸妈还鼓掌了呢。"

"你爸怎么说?"

"我爸爸说,这洋女婿还真不赖。"

陶梅继续说他的故事:"他呀,真的很能干。在滑雪场上蹿下跳,成了滑雪明星,根本看不出他是个快七十岁的老头子;在家里,他还常帮我爸买菜、洗菜、做饭。到最后几天,他都快成我爸的把兄弟了。"

那天晚上,陶梅有声有色地说回家探亲的故事,像说评书似的,把华丽、华妈逗得一阵阵发笑。

三天后的一个晚上,陶梅陪布莱尔来到女儿布娜家里。布莱尔到门前按了按门铃,布娜在猫眼看了看,见是爸爸和后妈,这回她没有那么抵触了,开了门,还叫了声爸。布莱尔和陶梅进去了,小外孙见到外公亲切地叫了声:"外公好。"

大家在客厅坐下了,布娜给爸爸和后妈倒了一杯矿泉水。陶梅说:"娜娜,你坐。"然后，她从一只布袋里拿出几包铁林的山货，一一向布娜介绍。布娜频频点头，并没有反感后妈。陶梅又从包里拿出一些山楂片交给外孙，外孙说："谢谢外婆。"

陶梅和布莱尔从布娜家回来的路上，布莱尔一个劲地表扬陶梅："你做得很好，原来我担心的问题被你化解了。"

"当美国人的后妈还是比当中国人的后妈容易。主要原因是美国的孩子比较独立，中国的孩子依赖性强。当然还有传统思想的遗传问题。我觉得娜娜是个很好的孩子，只要我们多关心她一点，你们父女的矛盾并不难解决。"

半年后，陶梅接到儿子陶琪的电话，说自己签证已经下来了，机票订在五天之后，问妈妈需要什么。陶梅说自己春节刚回过家，什么都不需要，让儿子过来就行了。陶梅放下电话把这个消息告诉了布莱尔，布莱尔没有特别的反应。从内心讲，布莱尔是希望过二人世界的，不希望有个这么大的儿子在身边，但这是当初的承诺，现在可不能反悔啊。

五天以后，陶梅开车到机场把儿子陶琪接回了家。布莱尔的别墅楼上有三间卧室，布莱尔和陶梅住一间主卧，陶琪住一间，还有一间当作客房。别墅的楼下是内外客厅和厨房，还有一间是布莱尔的工作室。照理说，这么大的房子，住三个人是很宽敞的。可问题是，陶琪来了之后，陶梅分心了。她白天上班做生意，晚上下班管儿子的时间多了，在布莱尔身上花的时间少了。这是自然的，每个人精力都有限。布莱尔对此很有想法，头几天他忍着，到了第八天，他有些忍不住了。

晚上，他把陶梅叫到自己工作室，委婉地说："亲爱的，儿子来美国了，解决了你的心头大事。这件事，我是支持的，这你知道。但我有个想法，按照美国人的做法，子女成年之后都应该独立。'独立'你明白吗？"布莱尔的话讲得有些模糊，但意思明确。"独立"，就意味着让陶琪搬出这个家。

陶梅对布莱尔提出的问题想不通，不理解。她想，这么大的房子，就住三个人，为什么容不下儿子呢。她说："亲爱的，这么大的房子，就我们三个人，我觉得一点不挤，就让儿子住在这里吧。"

"这不是房子大小的问题，是我们生活质量的问题。"

"就加一个人，对我们生活有什么影响呢。他不是小孩子，他的事情他自己会处理，从这一点上来说，陶琪已经是'独立'了。反过来说，你呢，年纪大了，他还可以照顾你呢。他住在这里，不但不影响我们的生活，还有益于我们的生活。亲爱的，你说呢？"

布莱尔没有强行反驳陶梅，只是说："你看，他住在这里，你每天下班都要给他做事情，帮他洗衣服，跟他说话，教他英语，一大半时间都用在他那里了；在我这里，你连跟我说话的时间都没有了，更不用说照顾我的生活了。再说，你这样帮他，他就会产生依赖性，培养他一种惰性，以后他能独立吗？只有让他搬出去，他才能独立，他才能真正长大。"

这就体现出东方人与西方人观念上的不同。东方人看重"亲亲热热一家子"，喜欢"子孙一堂"，"宁可挤一点，不愿让子孙去闯荡"，而西方人，不管富人、穷人，孩子一旦成人，就让他们出去独立。这是两种截然不同的传统思想。而今，陶梅与布莱尔在这个问题上说不到一起了。

陶梅想了想又说："我退一步，你就让孩子在这里住两年，等他到二十周岁生日后，再让他搬出去，好不好？"

"不好。陶琪已经过了十八周岁生日，已经成年了，现在不论是个头还是思维，都是大人了，应该出去住。"

陶梅生气了："你这个人怎么了！我已经让步了，你就不能让一步吗？小气鬼！不可理喻！"陶梅说完便气呼呼地离开了。

布莱尔摇摇头，无可奈何。

这天夜里，陶梅尽管还跟布莱尔睡在一张床上，但是她的脸始终背着布莱尔。布莱尔也背朝陶梅。两人都没有说话。

第二天早上，陶梅起床吃了早饭，只顾自己走了。上午，她到克拉克批发街进了点货。下午在店里，除了应付客人外，她都静静地坐着，满脑子都是前一天晚上的事情，担心儿子今后的前途与生活问题。

当天晚上，陶梅下班后没有直接回家，在路上给儿子打了个电话，让他自己解决晚餐，说自己要晚些回家。打完电话，她开车到丝色罗小区，直接来到华丽家里，想到这里放松放松。她到了门口按了按门铃，华丽出来开门，见到陶姐，很是开心。

"我来看看你们，还有小宝贝。春儿，阿姨来啦。"

春儿跑出来："阿姨抱抱。"

陶梅把春儿抱在怀里，看着她红苹果似的笑脸，却怎么也笑不出来。

华丽见陶梅眼睛肿肿的，脸色也不怎么好，觉得陶梅一定有事："陶姐，你怎么了？"

"没有怎么。"

"我不仅知道你有事，而且知道你一定跟布莱尔吵架了，对不对？"

"唉，你真神了，你是诸葛亮啊，能掐会算？"

"和我说说，怎么了？"

"我昨晚跟布莱尔吵了一架。这可是我们结婚三年来第一次吵架。"

"为什么？"

"我儿子陶琪来了，在家里只住了七天，布莱尔提出要让儿子去外面住，你说他小气不小气；后来我退了一步，说让儿子住到二十岁，也就两年，他还是不同意，真是太气人了。我昨晚一晚上都没睡踏实。今天一早出门，晚上也不想回去了，在你这里住一宿怎么样？我要气气这老头子，让他气死！"陶梅真是急性子，把两人吵架的事一五一十都说了。

华丽毕竟在美国待的时间长了，她知道东西方文化的差异、观念的差异。她想劝劝陶姐："姐，我觉得你们俩都没有错，在这个问题上也就是文化的差异。布莱尔提出这个问题，并不是不喜欢陶琪，他只是想让陶琪早点独立。从某种意义上来说，他是对的。现在中国人的观念也在变，很多人早早地就把子女送出去了，让孩子离开家庭，到外面去经风雨、闯世界，还不是为了让他们早点独立嘛。我爸爸妈妈在我十六岁那年，就把我送到美国来了。我独自在美国，想他们了，最多只能打个电话。你想想，现在陶琪已经在美国了，让他单独住着，不管怎么说，他的妈妈就在一个城市里面，他要是想你了，还随时可以见面。这比我当时好多了，你说呢？"

"对啊。照你这么说，我倒是开窍了。从这个角度看，布莱尔倒不是坏心眼，还是好意，让儿子早点进入社会，看来是我小心眼了。"

"是啊。他自己的女儿不也老早就出去了吗？"

"对对对，你说得对，让陶琪早点出去吧。"

"这就对了，那你今晚还住我这里吗？"

"那就不住了。我问你，你们这个小区还有没有空房子？地下室也行，让孩子吃点苦没有什么，还会有好处。对了，就找间地下室让他住着，当年他老妈也就是住地下室过来的。"

"行啊，明天我帮你找找，要是有合适的，我就帮你做主了。"

陶梅愉快地回家了。人就是这样，要是对一个问题想不通，钻牛角尖，有人帮着疏通疏通，就能使他开窍，就能从困惑中走出来。

第二天，华丽帮陶梅在丝色罗小区夏咪家租下了当年她们住过的地下室。三天后，陶琪从布莱尔的别墅搬了出来。

那天，是布莱尔开车送陶琪到丝色罗小区的，让陶琪在夏咪家地下室安顿下来了。陶梅和布莱尔也重归于好了。

此后，陶梅找了一家针对中国人的英语培训班，每期三个月，把儿子送去培训。陶琪笨头笨脑的，今天学了，明天就忘。陶梅对儿子没有少操心，还常常向儿子发脾气。但是脾气归脾气，骂人归骂人，儿子毕竟还是自己的，过后依然要为他操心。

郑重同费燕正式结婚了。郑重，尤其是郑妈，总希望费燕早日怀孕，能让自己抱上孙子。

一天，他们一家三口下班后，在内客厅坐下了，大家聊聊当天的生意，家里的事情。郑妈对儿子、儿媳说："你俩正式结婚也半年多了，怎么总不见费燕有喜啊？"

费燕倒是信心满满："妈，你放心，我年轻，很快就会让你抱上孙子的。以后我会给你们生一大堆孩子，怕你抱也抱不过来呢。"

"哈哈，好啊好啊。我们家一直人气不旺。他爷爷、奶奶就生了他爸，他爸爸和我就生了一个重儿。现在倒是已经有两个孙女了，但都在华丽那边，家里也就我们三个大人，没有个孩子，就是不热闹。你们可要加把劲了，别让我失望哦。"

"妈，你放心，孩子会有的。"

郑重没有说什么话，心里想着，自己已经有两个女儿了，费燕如能再生个儿子，儿女双全凑成个"好"字，这家就完美了。

费燕今晚先洗了澡，躺在床上看时尚画报，郑重从浴室出来上了床："燕子，你一直不怀孕，妈急了，要么我们做一个出来？"

费燕对生孩子的事一点不急，她急的是想尽快掌握家里的财务大权。她怎么想就怎么说："重，我呢，现在跟你正式结婚了，你们家里的财政情况也应该向我交交底了？"

"现在不是忙嘛，等空下来告诉你吧。"郑重说完这话，想去亲她，费燕一把把郑重推开了，"你是不是还把我当外人？"

"我们都已经举行过婚礼了，我怎么会把你当外人？"

"那你为什么还不把家里的经济状况告诉我？"

"前阵子不是忙嘛，下个星期天告诉你。"

"不许赖。"

"不赖。"

他俩搂在一起在床上翻滚……做完事情，郑重躺在床上还在喘气……

费燕怕郑重耍赖，趁他高兴，再次强化了刚才的问题："下个星期天必须把家底告诉我，不准赖哦！"

郑重呢，其实不想把家底告诉她，又岔开了话题：

"今晚下的种子能发芽吧？"

"别打岔，回答我的问题。"

"你先回答？"

"你回答。"

郑重还想回避，费燕转身用嘴咬住他的手臂……

"哎哟哟，痛、痛、痛……"

"回答我的问题。"

"好，下星期把家底告诉你。"

在五星市场，陶梅与金敏又为了一个客户发生摩擦。晚上，金敏回家依然气鼓鼓的，董海问："怎么，又跟陶梅吵架啦？"

"是啊。这个人做生意不讲规矩，老是抢我的客户。哼，总有一天我要让她吃吃苦头。"

"别生气了，为了几百块钱的生意，气出病来不合算。"

"你啊，就是老好人。人为什么活着，不就是为了口气嘛。要是一口气上不来了，人还能活吗？"

"对对对，都是为了一口气。你这个想法不错，但是这劲用大了，也会透不过气来，还会伤害自己的。"

第二天是周六,金敏带着儿子去陆二家,参加他儿子的生日派对。她不仅给陆二儿子送了礼物,还给陆二的老婆一个大红包,里面有一千美金。陆二爱人说:"孩子的礼物我们收下了,这红包可不能收。"

"我们家是开公司的,就一点心意。"还是把红包塞给了陆二太太。陆二太太呢,一只手推过去,另一只手又把红包拿下了。

金敏是个聪明人,这两年自己生意做得好,靠的是打擦边球。一旦警察来检查,自己肯定过不了关。所以每逢美国的重大节日,或者孩子过生日,她都要送礼。她懂得"有钱能使鬼推磨"的道理,其实美国人也一样,只要价钱使得足,洋鬼推磨的劲头可不比中国鬼差。今天金敏送的可是重礼。她知道这钱花了总有一天会有回报的。

11

起 点

清晨，丝色罗小区第五街第十五号楼门前偶尔有几部小车开过。室内，华丽与美儿正在朝南的主卧房睡着。华妈和春儿的房间是朝北的副卧。这时候，华妈已经起床，正在厨房准备早饭。

七点多，华妈到自己的房间俯身轻轻地叫唤："春儿，起床了，再不起床，到幼儿园可要迟到啦。"

"再过一分钟。"春儿伸出一根手指，还想在床上赖几分钟。

过了两分钟，华妈又喊："春儿乖，起床了，再不起床真的要迟到了。"

"再过半分钟。"春儿又伸出一根手指，打了个弯，含含糊糊地说。

又过了一会儿，华妈再叫："到时间了！赶快起床，再不起床妈妈要来打屁股啦。"

春儿听到妈妈要来打屁股的话，一骨碌坐了起来，利索地穿好衣服，走进了卫生间。华妈帮她洗漱完毕，到餐桌前吃早饭。春儿喝了一杯牛奶，吃了一只煎蛋，又吃了一小块面包。一个四岁的孩子从起床到洗漱，吃早饭，做得是那么利索，可见妈妈和外婆对孩子的训练和培养。

华丽是掐准时间的。她起床后喝了杯牛奶，抓了块面包："春儿，我们走。"

娘儿俩到车库，春儿进了小车后排自己的专座，妈妈帮她系上安全带，驾车走了。从家里到春儿的幼儿园，也就十五分钟的车程，来回半个小时。

华丽送完春儿回家后，见美儿醒了。她又帮美儿起床，换尿不湿，喂她吃早饭。这时候，华妈就会整理房间，搞搞卫生。

如今，华妈、华丽就养两个孩子，还显得整天忙忙碌碌。

在美国有一点好，因为大自然洁美，空气质量好，孩子不怎么生病，即使感冒发热，吃两颗药也就解决了。不像中国，要是孩子感冒发烧，必须到儿童医院看急诊，必须给孩子打点滴，没有五天一周根本解决不了问题。排队、取药、输液等等，不仅让人焦虑，而且让人累得够呛。

最近，华丽在思考一个问题，总觉得自己不能为了两个孩子一直待在家里。尽管自己的银行卡里还有存款，郑重每月也会打一些钱到自己的卡里，但也不能靠这些过日子。自己现在正年轻，现在不出去做事，什么时候才能出去呢？要出去工作，是找个公司去上班还是自己开店呢？这些问题，在华丽的脑海里反复地打转。

那天下午，郑重买完饭店所需食材后来到华丽家看孩子。郑重已是四十岁的人了，尽管已有两个孩子，但都不在自己身边。自己同费燕结婚后，费燕又一直没有怀孕。他想孩子时，常常会一个人发呆。他来华丽家，只是想看看孩子。他按了按门铃，华丽出来开门，见是郑重，淡淡地说了句："你来了。"

"我来看看孩子。"

"春儿去幼儿园了，美儿在家，你进来吧。"

"春儿几点放学？"

"四点。"

郑重看了看表："噢，再有半个小时就放学了，我去接她吧。"

"好吧。"

郑重转身走了。他开车到春儿的幼儿园门口，离孩子放学还有几分钟。他站在门口，盯着幼儿园大门，唯恐孩子从边上溜走了……几分钟后，孩子们放学了，春儿随着许多孩子一同出来，郑重抱起春儿，春儿见是爸爸，甜甜地说了句："爸爸，你怎么来啦？"

"爸爸想春儿了，你不欢迎吗？"

"欢迎！我也想爸爸。"

"春儿乖，真是爸爸的乖孩子。"郑重说完，又亲了亲春儿，抱着孩子到小车旁，让孩子坐到小车的后排。小车路过冰淇淋店，郑重停下车，陪孩子在里面买了各种口味的两大桶冰淇淋，又买了一个春儿想吃的冰淇淋，然后开车回家。

华丽见郑重接孩子回来了，开了门。春儿一进门就说："妈妈，我回来啦。"

华丽抱起春儿，亲了亲："去吧，跟妹妹玩去。"

华丽见郑重提着两桶冰淇淋，说："家里有冰淇淋，你又买了这么多。"

"放在冰箱吧，大人一块吃，很快就吃完了。"

郑重随华丽进了门，郑重见华妈和两个孩子都在客厅，他到华妈身边叫了声："妈，你好。"

"好，你坐吧。"华妈不咸不淡地回了句。

郑重没有坐，抱起美儿："美儿，你认识爸爸吗？"

美儿已经会说简单的话了："爸，爸。"

"乖，真乖。"郑重兴奋地抱着美儿，上上下下地打量。

时间已经过了五点。他想到饭店最忙的时间到了，他放下美儿，对华丽说："我走了。"

华丽点点头，对两个孩子说："跟爸爸说再见。"

春儿冲着爸爸说："爸爸再见。"

当天晚上，郑重、费燕和郑妈下班回家后，郑重进了自己的办公室，费燕到主卧房卸了妆，然后端着一杯茶来到郑重办公室，言语间没了当初的殷勤："喝茶吧。"她放下茶杯后并未走开。

"你有事吗？"

"你今天下午去我表姐家了？"

"是啊。我去看了看孩子。"

"你怎么不叫我一起去？今天算了，下次可不许一个人去哦。"

"你怕我同你表姐死灰复燃？"

"你有这本事吗？"

"难说。"

"我表姐是什么人啊？"

"你表姐是什么人？"

"她可是官家大小姐，眼界可高了，你啊，不在她心上。"

"你这不把我看低了？"

"我讲的是大实话，你自己好好琢磨吧。"

郑重不想同她纠缠不清，说："好了，下次我跟你一块去，这样总可以了吧？"

"这还差不多。"费燕不怕他去见孩子，就怕他同表姐死灰复燃。

费燕走了，郑重自言自语："小家子气，你这点花花肠子我还不知道吗？"

又是一天晚上，郑重下班后走进了自己办公室。过了一会儿，费燕来到郑重办公室。

郑重抬头看了看费燕，见她已经洗了澡，一头乌黑的头发披在肩上："你先去休息吧，我很快上来了。"

"好。"费燕上了楼。她躺在床上，从边上抓了一本时尚杂志随便翻翻。

不一会儿，郑重上楼了。他先进了浴室，然后穿着睡衣上了床，见老婆在翻时尚杂志："看什么呢？"

"看一本时装杂志。过几天，我得去一趟商场，买几套衣服。"

郑重心想，自己同她以前的事情不说，我俩从结婚到现在都两年多了，怎么就不见她怀孕呢："燕子，我和妈都想有个孩子，你怎么老是不怀孕，是不是有病啊？"

"你才有病呢！我正青春，我怎么会有病？"费燕把书合上，上下打量着郑重，"你是不是老了？你那东西不管用了？"

"胡说。人人都说'男人四十一枝花，女人四十豆腐渣'。我今年才四十岁，正是一朵盛开的花呢，怎么叫老了？你这脑子是不是有问题。"

"脑子有问题也不影响怀孕啊？"

"那为什么怀不上呢？"

"怀不怀孕是两个人的事情，你怎么不问问自己啊。"

"你看，我跟你表姐，一碰一个，这说明不是我的问题吧。我跟你的次数比你表姐频繁得多，你怎么就怀不上呢？"

"照你的说法，少碰能怀上，那我们以后就少碰！"费燕生气了。

"我们已经好几天没有碰了，今晚得碰一碰，说不定能怀上呢。"郑重想去亲她。

费燕心想，你一边说少碰能怀孩子，一边又想来碰我，今晚我就不让你碰："你别烦我，我想睡了。"她一边说一边推开他，她越推，郑重越把她抱得紧了。

费燕迅速转变了一个想法，她要趁他欲望强烈的时候，要他兑现上次答应的财务大权问题。她转过脸对郑重说："我呢，已经跟你结婚了，你上次答应过的事，为什么不办？"

"什么事啊？"

"你坏，上周六答应的事就忘了？"

"你说，我办。"

"那好，你把家里所有的银行卡都做成两张卡，主卡和副卡。你花钱，我知道；我花钱，你也知道。这样既透明，又都知道家里钱的进进出出，行不行啊？"

郑重心想，你个费燕啊，想掌握家里的经济大权，还不是小心眼吗？郑重又一想，既然我俩已经结婚了，她想知道家里的经济情况，这也不是什么坏事："行，我同意。"

费燕听了这话，主动搂紧了郑重……

第二天午后，郑妈开车来到丝色罗小区华丽家里。那天，两个孩子都在家，郑妈见两个孩子一天天长大，喜欢得不得了，抱抱春儿，亲亲美儿，真想把孩子带回家，但又开不了口。她跟华丽和华妈又没有什么话好说，过了一会儿就走了。

一天下午，春儿幼儿园还没有放学，美儿正在睡午觉，华丽和华妈坐在客厅里。华丽同妈妈说："妈，我想去开间店。"

"你想好了？"

"想好了。你看，我现在年纪轻轻的待在家里养孩子，等孩子大了，我也老了。到那个时候，我只有孩子，没有事业，会很惨的。要是到那一天，万一郑重的饭店有什么问题，或者他给孩子的钱没有了，我们怎么办？我们娘儿几个真的要喝西北风了。"

"你的想法是对的。人啊，就得有忧患意识，生活好的时候，要想想以往的苦日子；年轻的时候没有工作，要想想年老了怎么办；不仅要想到现在，还得想到未来。不问前途如何，重要的是能有一个好的谢幕。"

"是啊，人活一世，草木一秋。这一世也就几十年，最好的年华也就三四十年。要是把这最好的时间荒废了，这一辈子也就算白活了。所以，我想马上去工作。"

"你想做什么呢？"

"我觉得陶姐的店开得不错。你看，她自己的店生意很好，最近她又帮她儿子开了一间，听说生意也挺好。我现在有两个孩子，给人家去打工不现实，自己开店早一点晚一步都没有问题，有进有退。运气好，说不定还能发点小财；运气不好，大不了把本钱丢了，也不至于跳楼。所以，我想去开家店。"

"你卖什么呢？"

"我想过了。这世上就数女人的钱最好赚，先卖珠宝，摸着石头过河呗。"华丽停了片刻，又说，"现在的问题是，孩子还小，我去开店了，你一个人太辛苦了。"

"到下半年美儿也可以上幼儿园了。两个孩子在一个幼儿园，最近我又学会了开车，接送孩子倒是没有问题。你去开店吧，家里这一堆事，妈妈管起来。"

听到这里，华丽的眼睛红了。

"丽儿，怎么了？"

"妈，我们这个家四个女人，就少了个男人。"

"是啊。从这点看，妈妈也希望你出去做事。你一天到晚在家里，怎么能碰上合适的男人啊？家里没有个男人，总有许多不方便。"

"眼前就碰到问题了，前几天我到五星市场看了看，场地找好了，现在要去买柜台，要去拉电线、装网络、搭架子，这些都是力气活，家里没个男人，我找谁去啊？"

"要么去找找郑重？"

"找他？我不想找他。"

"要么出点钱，去雇人来做。"

"现在也只有这个办法了。我明天去市场，先把店铺租下来，把合同签了，然后再去找人买柜台什么的。"

"我的丽儿，将来一定是了不起的人物。"华妈给女儿鼓劲儿。

接下来，华丽到五星市场，同经理哈九把商铺的合同签了下来。商铺在五星市场的正中间，两间门面，紧靠南过道。每周租金一百二十美元，折算到六天，每天二十美元。华丽签完合同后，到陶梅的店里坐了一会儿，自己要到这里开店的事跟陶梅打了个招呼。陶梅表面上还是一团火，让华丽感到热乎乎的，心里却不是滋味，认为华丽要从自己碗里抢饭吃。华丽走后，陶梅在心里很是嘀咕了一阵子。

华丽想雇个人帮忙，首先想到的是夏咪。晚饭后，她敲开了夏咪家的门。夏咪、肖鱼见是华丽，如同老友重逢，显得格外友好。

夏咪说："真是稀客啊。你好，你好。"

"还稀客呢？我啊，有事请你帮个忙。"华丽又对肖鱼说，"你好吧？"

肖鱼说:"好。有事你只管说。"

"我要开家店,想到市场去买几只柜台,店里还有些体力活,请你老公帮两天忙。"

夏咪说:"别的我做不了,干点体力活没有问题。什么时间?"

"就明后天吧。"

"行。"

肖鱼说:"开店很累的,你一个大美人,又是千金小姐,吃得了那苦吗?"

"哈哈,你小看我了吧。"

"要是商品不对路,那个无奈啊!"肖鱼做了个坐卧不安的怪相,"会吃不下,拉不出的。"

"什么'拉'呀'拉'的,多粗俗!"夏咪瞪了老婆一眼,对华丽说:"你别听她的,她的话不可信。"

华丽笑着回答说:"没有事的,她的提醒我会注意的。"

此后两天,华丽和夏咪去家具店买了柜台及必需品,把商铺布置起来了。她每天付给夏咪八十美元的工资。

第三天,华丽到克拉克批发街采购了自己商铺需要的商品,主打商品是女人的各种挂件、项链、手链、脚链,还有戒指、手表、皮带、口红、指甲油等等。当天她就把这些东西摆上了柜台。她还给自己的商铺取了个名字,叫"丽春铺子",四个大字挂在一边。

第四天,华丽的商铺便悄悄开业了。她没有什么朋友,也没有邀请什么人来参加自己商铺的开业典礼,不像陶梅商铺开业时那么隆重。只有陶梅送来一只花篮,也算是还礼。这花篮摆在哪里都觉得别扭,花篮是陶姐送的,不能不摆出来。最后,她用一把靠背椅放在店的背面,把花篮放在椅子上,当作背景,倒也合适。

五星市场开出了一家新店,总还有些顾客光顾,陆陆续续卖出了一些商品。

当天晚上,华丽回家还是很高兴的,万事开头难么。华丽想的是,不管今天生意如何,自己的商铺总算开业了。一个小女人,办了这么件事,不能不说是能干的。

华丽一回到家,对妈妈说:"妈,我的商店顺利开业了。"她又对两个女儿说:"宝贝,妈妈开店嘞。"

"妈妈开店嘞，妈妈开店嘞。"两个孩子又笑又跳。

华妈说："妈妈向你祝贺。希望你的商铺越开越大，生意兴隆。"

春儿有些懂了，见外婆和妈妈高兴的样子，说："祝贺妈妈，祝贺妈妈。"

华丽抱起春儿，在脸颊上亲了亲："宝贝真乖。"她放下春儿，又抱起美儿："我们的美儿，再过两年也懂事了，也会祝贺妈妈了！"

她把美儿放下："看看妈妈今天赚了多少钱？"她把小包里的钱倒在桌子上，数了数，"哇，有二百一十元钱，还是美元呢。除了一百元的成本，再除去二十元的房租，有九十美元的利润。第一天，不错了。"

华妈也说："不错不错。"

第一天，华丽尽管累，倒是有利润，还是挺高兴的。

那天晚上金敏回家，跟丈夫说："市场里又来了个中国女人，这往后的生意越来越难做了。"

"这么个市场，有三个中国女人，这下可要三足鼎立、硝烟四起了。"董海又问，"这女人你认识吗？"

"认识，过去我跟你说过，她是浙江海门人，长得可漂亮了，好像还有两个女儿，据说跟老公离婚了。一个女人带两个孩子，还来做生意，何苦呢。"

"你也不能这么说，人家和老公离婚了，又要养两个孩子，不做生意吃什么呀？喝西北风去啊。"

"你心痛她了？"

"你啊，我就这么一说，你吃什么醋啊。"

"我才不吃醋呢。"

"好了好了，你辛苦一天了，早点休息吧。"

金敏走到儿子边上："儿子，今天学校有什么好消息没有呀？"

"有啊。陆二叔叔的儿子明天要我去他家玩。"

"这算什么好消息啊，又要妈妈破财了。"金敏心疼她的钱包。

董海走到金敏边上："孩子还小，不懂事，别老给他讲这些。"他又对儿子说："儿子唉，妈妈说的话可不能跟别人说哦。"

"破财是什么意思啊？"

金敏说："不懂就别问啦。"

在五星市场，丽春铺子从开业到今天已经一周了，依然生意冷清。她坐在柜台里看小说，到下午四点，真有些耐不住了。怎么回事，怎么会没有人来买我的珠宝呢？是我的东西不对路吗？

华丽心中烦躁，走出柜台，先站在靠南的走廊里远望，见到金敏的店里不断有人进去，然后拎着一个个黑色袋子出来，说明她的店里有生意。她又站到朝北的走廊看，见陶姐的店里，也不断有人进去，然后拎着东西出来，这说明陶姐也有生意。三个中国女人，唯独自己的店里没有生意，她觉得奇怪极了。

华丽又看看左右邻居，尽管顾客不多，总还是有生意。靠她右侧的是一家韩国人开的店，主营鞋子。旁人称男主人为大韩，称女主人为小韩。大韩留着很长的头发，分出一绺来绾个小鬏鬏，像个艺术家。他偶尔会跑到外面吸支烟，平时很少同人说话。小韩倒是非常热情，见人三分笑。她是个勤劳的人，一天到晚见她有做不完的事，除了接待顾客外，总见她忙这忙那。华丽每天总有几次同她说几句客套话。靠华丽左侧是一家墨西哥人开的店，主营服装。常在店里的是个男人，市场里从老板到伙计都叫他小矮子，其实此人也不矮，算是中等身材。华丽空下来也会同他说说话。在华丽看来，不管到什么地方，总要处理好同邻居的关系。这两天因为店里生意不好，华丽同他们说话就多一些。

晚上回家，华妈见女儿一脸疲惫："丽儿，今天生意还是不好？"

"是啊，我的珠宝店已经开了一个礼拜，除了第一天有利润，天天都亏损。今天只做了一笔生意，收了三十五美元，付了房租还亏本。要是这么下去，这店得关门了。"华丽叹了口气，"我看陶姐和金敏的生意都很好，不断有顾客买她们的东西。我明天去向陶姐取取经，看来得调整商品结构。"

"你这个想法好，有句什么话的，叫'傻子过年看邻居'，我们的商品不好卖，看看邻居怎么做的。"

"对，向陶姐去取经，看看她卖的是什么，我再做调整。关门可不是我的风格。"

华丽跟妈妈说完话，又去看两个女儿："宝贝，你们在干什么呀？"

春儿见到妈妈，抬头说："我和妹妹搭积木。"

美儿走到妈妈身边："妈妈，抱抱。"

华丽抱起美儿，在她的脸上亲了亲："你们继续玩吧，妈妈累了，去洗个澡再来跟你们玩，好不好？"

两个女儿齐声说:"好。"

第二天,华丽到了店里,先用抹布擦了擦柜台,接着就站在柜台前观察,发现陶姐和金敏的店里有很多顾客。她想,这个时候陶姐正忙着,别去打扰她的生意,等她忙过一阵,再去向她取经。她从边上拿了一本书,坐下看书。大约过了一个多小时,见陶姐空下来了,华丽走过一条长廊,到了陶梅店里:"陶姐,这会儿空下来啦?"

"是啊,刚空下来。"陶梅显得很热情。

"陶姐,我想跟你学学经商之道。你呢,天天生意很好;我呢,天天坐冷板凳。我也不知道怎么回事。"

"看你说的,开间小店,有什么经商之道啊?没有。就做买卖呗。"

"买什么卖什么,这不就是商道嘛。"

"我的东西都摆在这里,你都看到啦,有什么商道啊?"

"陶姐,你那小房间的东西能让我看看吗?"华丽见陶姐给她装糊涂,就直接提出了自己的想法。

华丽这一问,把陶姐问住了。让她进去呢,暴露了自己的商业机密;不让她进去呢,有碍姐妹情谊。但是,商业机密可是真金白银啊,姐妹情谊能当饭吃吗?于是,陶梅说:"这里面就是个仓库,放些杂货,还有我们老布的一张小床,他到店里来的时候就在里面休息,没有什么好看的,我的商品都在前台。你看了前台,就知道仓库里是什么了。"陶梅说这话时,显得既诚恳,又热情,还拉着华丽的手,给她传授经验,看着掏心掏肺,可就是不让她进自己的密室。

华丽可是聪明人,听陶姐这么一说,就明白了其中的奥妙。因为华丽在美国待的时间长,懂得人家不愿说的东西总有人家的道理。她也不生气,说了句感谢的话就走了。

这一天,华丽只做了两笔生意,毛收入只有四十五美元。晚上,她回到家,华妈问:"丽儿,今天向陶梅取经了?"

"别提了,我俩这么好的姐妹,我想去她的密室看看,被她拒绝了。"

"丽儿,你也别生气。美国是什么社会啊,是金钱社会,金钱至上。什么兄弟情啊,什么姐妹情啊,一旦涉及钱,这些统统靠边了。"

"妈,你说得一点不错。我和陶姐的情谊比起金钱来,这情就轻了,这钱就重了。不像我们中国,情谊重于金钱。"

"丽儿，现在中国也不像过去了，许多好的传统观念慢慢丢了。现在有的人比美国还美国呢。"

"妈，通过今天这件事，我倒明白了一个道理，无论做什么事情都得靠自己，当然还有父母。这世界上，只有父母对子女才是真心实意，全心全意，再好的朋友，都有保留的东西。"

"是啊，父母对子女那是没有话说的。当然，为了钱的问题，父母同子女闹矛盾的也有，那是极个别的。"

"经你这么一说，我倒想起了一件事。我们那个市场，有这么一对父子，儿子先在市场里开了一家卖靴子和皮鞋的商铺，生意很好。后来那父亲见儿子生意好，也开了一家同儿子一模一样的店，而且品种、规模都超过了儿子。从此，儿子的生意一天不如一天，有话说不出，有气没地方撒。"

"在社会上，这样的父亲恐怕是少之又少。在市场经济条件下，在金钱至上的社会，赤诚相见的朋友会越来越少，父子为了钱的问题闹矛盾的也不少。"华妈慈爱地看着女儿，"丽儿不怕，妈相信你，你肯定行，现在的困难是暂时的，都会过去。"

夜深了，华妈妈和两个孩子都睡了，华丽站在窗前，仍在想着白天陶姐拒绝她进密室的事。是啊，这事正常，也不正常。说正常吧，人人都有心中的秘密；说不正常吧，我与陶姐是患难之交，这秘密难道比朋友还重要？过去古人说心底无私天地宽，这话难道有问题吗？最后，她自言自语说："要学爬山虎的耐性，耐寒耐热耐贫瘠，送给人们一片绿。"

第二天上午，华丽在克拉克批发街看货，一个偶然的机会，她发现陶梅进了温州父子的批发店。她在离这家店不远的地方坐下了，她要等陶梅离开后再进去。她在路边坐了一个小时，见陶梅从店里提出三四只黑色的大袋子，装进小车后备厢，开车走了。华丽大概知道了陶梅密室里的东西就是从这家店里进的货。

她也走进了温州父子的批发店，温州父子热情地接待了华丽。他们几句话一说，知道同是浙江人，真是老乡见老乡，两眼泪汪汪。特别是那父亲，想到自己儿子已经四十出头了，尚未成婚，见到年轻秀美的姑娘，真是眼睛一亮。他向华丽推荐了许多新到的商品，还说了陶梅刚从他们店里批发去一千多美元的东西。他儿子也向华丽献殷勤，把他们批发站的许多秘密和盘托了出来。华丽一阵激动，真是踏破铁鞋无觅处，得来全不费工夫。她根据温州父子介绍推荐，点了三十多只品种，每种要了五到十样东西，总价值一千多美元。临走时，那父子递给她一张名片，又帮她把东西装上了车，还频频向她挥手。

华丽到底是在美国读了几年书的人，想问题做事情都比较谨慎。那天下午，她回到店里之后，没有立即把新进的商品摆上柜台，而是先让市场管理部在她的店里隔出一间小小的密室。等商场关门后，她才把从温州父子批发站进来的商品搬进去，决定第二天再摆出来销售。

当天晚上，华丽回到家，华妈见她脸上带着灿烂的笑容："今天店里生意不错？"

"还没有呢。但是陶姐密室里卖的东西，我也有了。"

"都是些什么？"

"是一些时尚饰品。上午，我去克拉克批发街了，发现陶姐在进货，等她走了，我也进了那家店。嗨，那家店的主人是浙江温州人，父子俩见我也是浙江人，他们把陶姐进货的情况全都跟我说了。所以，我一下子也进了一千多美元的货。下午，我又叫市场部帮我整出了一个小房间，明天开始我也卖那商品了。"

"不会有什么问题吧？"

"大家都卖，我们也卖，不会有问题的。"

"是啊，许多人开始创业，都要打点擦边球，慢慢走上正轨吧。"

"你说得对。我们先这么干着，一步步走上正轨。企业要做大做长久，必须依法办事，必须走正规的路子。"

"你这么想就好了。妈相信你，你一定能把丽春铺子做大做好的。"

华丽走到两个孩子边上，见她俩都在画画，春儿说："妈妈，这是一棵大树。你看长得多好啊，大人种树，小孩乘凉！"

"哈哈，春儿乖。现在妈妈在种树，将来这树长大了，你们可以乘凉了。"

美儿说："妈妈，美儿也乖。"

"对对对，美儿也乖，美儿真乖。"

美儿说："妈妈也乖。"

大家哈哈大笑。

新的一天开始了，华丽把昨天进的货全在密室里摆了出来，把最好的几种每种拿出两样摆在外面的柜台上。下午，凡是到市场来的顾客，路过华丽的商铺前都觉得眼前一亮，许多人直接走进了密室，很快形成了抢购的态势。整个一下午，华丽不停地卖货、收钱。直到晚上七点商场宣布关门，还有人在华丽的密室里扫货。

那天晚上，华丽回到家，第一句话就是："妈，今天我新进来的商品卖疯了！"

"卖了多少钱？"

"我数数看。"华丽把小包里的钱倒在吃饭桌上，数钱，"今天营业收入一千多美元，总有一半利润，太好了！"

"有五六百的利润，这是美元呢，真是太好了。"

今晚，是母女俩最高兴的一天。华丽说："这可是自己赚回来的钱啊。"

晚上陶梅回家，布莱尔见她闷闷不乐："亲爱的，你怎么了，怎么不高兴了？"

"五星市场，本来只有我和金敏卖那种商品，今天华丽也卖了。她前两天来问我密室里放的是什么，想进去看看，被我拒绝了。我也不知道她从哪里弄来的东西，跟我卖的一样，今天我的营业额少了一半，你说可气不可气。"

"你们不是最要好的姐妹吗？"

"你怎么说话的，你说姐妹重要还是美元重要！"

"都重要啊。你要看在什么情况下，你看，华丽呢，老公被人抢走了，自己还要带两个孩子，又没有经济来源，开间小店，赚点小钱，我们能帮就得帮她，你说呢？"

"你说得有些道理，但不全对。她两个孩子，前夫每个月都会给她打钱，我估计她们一家四口吃饭是没有问题的。"

"吃饭也许没有问题，但要办其他事情就会有问题，不然她也不会急着去开店。"

"你倒是挺同情她的，你是不是看上她了？"

"我有这么漂亮能干的老婆，怎么会看上她呢。"

"你要是看上她了，恐怕也没有那个劲了？"

"我的劲可大了，不信，我们试试？"布莱尔说完这话，抱住陶梅亲吻……

在五星市场，南门口有金敏的商铺，北门口有陶梅的商铺，正中间是华丽的商铺。三位中国小姐开的商铺，数金敏的最大，有六间店面；其次是陶梅，四间店面；华丽最小，只有两间店面。大家都在卖同样的商品，当然也有一些大众消费的小商品。由于这三家商铺的竞争，也带动了整个市场，人气明显比以前旺了不少。市场的大老板基里斯季脸上也露出了笑容。

那天午后，华丽商铺开门不久，从北门进来两位客人，一位是她前夫郑重，一位是她表妹费燕，她只顾自己做生意，没有注意他们。不一会儿，他俩手牵手到了华丽的柜台前，也许他俩还不知道华丽在这开店，见到这样的情景，华丽心里觉得不好受。费燕不知是有意还是无意地说："表姐，你怎么会在这跳蚤市场开店啊？"

华丽听着这话觉得刺耳，脸孔一下子涨红了。她静了静，回敬了一句："我的命不好呗。当不了老板娘，只能在跳蚤市场开店。"

"姐，我只是想说，开店得找个有档次的地方，比如说开到富人区去，那里进出的都是有钱人，赚的钱会多一点。"

"我哪有资本，我哪有资源，我能在这跳蚤市场开家小店就不错了，我只有这命。"

俗话说，听话听音，锣鼓听声，费燕感觉到自己的话有些太直白，看来表姐是生气了，赶紧闭了嘴。

郑重为了调节气氛，说："开店可是个辛苦活。你一个人又要进货，又要看店，忙得过来吗？你要是觉得我给你的钱不够，你可以向我提出来啊。"

本来这些都是正常的话，他俩也不是有意要气华丽，但在华丽听来，郑重和费燕两人一唱一和，都在讽刺她。想到这里，华丽拉下了脸孔，说："你们要买东西，下单。不买东西，别影响我做生意。"

郑重看出了问题，华丽是不想自己跟费燕在这儿说话。他拉了拉费燕的手走了。可费燕回过头来说："姐，你可以考虑考虑我的建议。"

华丽没有理会，只顾自己同顾客说话，做生意。

晚上，费燕到郑重办公室，说："你答应过把家里所有银行卡做成主副卡，你拿主卡，我拿副卡，你怎么到现在还没有做出来，是不是想变卦？"

"亲爱的，最近不是旅游旺季吗，我不是工作忙吗，还没有去银行。"

"你每天买菜回来看小说倒有时间，三天两头去看孩子倒有时间，给我办卡就没有时间了，你就是存心不给我办，是不是对我不放心？你不把我当你老婆，我不理你了！"费燕说完转身上楼了。

郑重的嘴巴像鲇鱼似的，张了半天吐不出个泡泡来，好容易憋出句话要说，一看费燕已经走了。其实，郑重就是不想让费燕掌握家里的财务状况，嘴上不好说，只好用拖延战术。

郑重洗漱完毕，穿着睡衣上了床："燕子，我们已经很久没有亲热了。怎么样，高兴高兴？"

费燕还在气头上，一脚踹了过去："去你的。"郑重被踹下了床。

郑重从地上爬起来，上床后，还想去搂费燕，费燕狠狠地说："别想。"郑重讨了个没趣，只好睡了。

第二天早上，费燕起床后去卫生间，刷牙时一阵恶心，直想吐，吃早饭时又想吐。郑妈发现了，问："燕，你是不是怀孕了？"

"不知道呢。"经婆婆一提醒，她也觉得有可能。

这时，郑重从楼上下来，郑妈说："重儿，燕子可能怀孕了，你陪她去医院检查检查吧。"

"嘿，怀孕了？你啊，怎么不告诉我呢？"

上午，郑重和费燕去超市买了饭店需要的食材后，去医院做了检查，果然是怀孕了。这件事，让郑重和郑妈高兴得不得了。

12

遭 罪

这几天,华丽的心情大好。她从温州父子那儿进来的货,两天就卖完了,整整赚了一千美元。今天上午,她又要去克拉克批发街进货。一早起来,她稍作化妆,喝了杯牛奶,抓了块面包,开车走了。半个多小时后,华丽到了克拉克批发街,走进了温州父子的批发店。那温州父子见到华丽,表现得特别热情,也许是看华丽尤为顺眼,也许是比较投缘。而华丽呢,倒是没有其他想法,只是为了做生意赚钱。

温州老爸一上来就说:"华小姐,这两天我们到了很多新款,还没有拿到批发店来,要不要到家里去看看?"

华丽听他这么一说,来了兴致。新的款式,说明尚未进入市场,如果我能捷足先登,喝上头口水,那么我就赚到第一桶金啦。于是她回答:"好啊,去你家看看。"

温州老爸立即对儿子说:"你陪华小姐去家里看看,我看着店。"

那温州小子从第一次见到华丽,对她就特别有好感。现在父亲要自己陪华丽去家里看货,正求之不得呢。他对华丽说:"走吧,华小姐。"

华丽和温州小子各自开着小车,一前一后走了。

温州父子的家在温格屯,离批发街不远。那是一个新的小区,里面只有三十几幢别墅,温州父子家是十八号别墅。别墅一楼内客厅全是各种各样的女士用品,还有几件新到的纸板箱尚未开封。他俩到内客厅后,温州小子拿剪刀把那几只纸板箱打开了,让华丽任意挑选。华丽呢,一到别墅,见到那么多品种,特别是几件新款,大开眼界。她以自己独到的眼光,挑选了三十几个品种,每个品种少的五件,多的十到十五件,一下子选了两千多美元的货。

然后,那温州小子邀请华丽到别墅外客厅坐坐,华丽考虑到以后的业务,没有拒绝他的邀请。温州小子为华丽泡了一杯咖啡。华丽先开了口："你们的别墅什么时候买的？花了多少钱？"

"别墅买了才一年，当时花了六十万美元。现在美国经济情况不错，房价涨了。"那温州小子倒是坦率，跟华丽说了实话。

"你买那么大的房子，有没有按揭呀？"

"有一点，不多，就十几万美元吧。"

"你买别墅的钱，是靠批发这些商品赚来的吧？"

"是啊。你都看到了，我做这生意有些年份了。钱是赚到了，但把自己的大好年华消耗掉了。你看，我都四十岁了，还是独身呢。"温州小子说这话时，目光灼灼地盯着华丽看，耳朵红红的，直喘粗气。

讲到这里，华丽觉得不能再谈下去了，对方态度不对劲，倒像是冲着自己来的，到时候话不投机，说不定还会断了自己的财源。但又不能急刹车，于是她转了话题："你这些东西都是从哪里进来的？"话一出口，又觉得这话过于唐突，这不是断人财路吗？！

那温州小子倒是不在意，也许是为了取得华丽的芳心，把自家机密和盘托出："我们都是从纽约进的货，纽约的唐人街。"

真是出乎意料。华丽觉得自己太功利了，太不道德了，转念一想，反正是他自己说的，我又没有强迫他："我感谢你的率真和坦诚。我做这一行才起步，什么都不懂，请你多关照。"

"只要你不嫌弃，随时可以找我，我会毫无保留地告诉你所需要的信息和渠道。"

"真是太感谢你了！"

华丽看了看表，说："快十一点了，我的商店要开门了，我得走了。"

"好。你给我留个电话吧，有新的货，我可以随时打电话给你。"

"太好了。"华丽从小包里掏出一张名片，交给了温州小子，然后开车走了。

华丽到五星市场，离开门的时间还有一个小时。她让胖子保安给自己开了边门，把刚刚采购的商品放进了密室。

当天下午，华丽的小店一批批的顾客没有停息。顾客多的时候只能分批进入密室，一批只能进去五个人，其他人就在外面等候。美国人有涵养，等候在外面的人也不吵闹插队，只是静静地站着，队伍在店铺里贪吃蛇似的折来折去，尾巴甚至拖出了门外。整整一下午，华丽卖商品卖得直不起腰来，收钱收得手发麻。

晚上回到家，华妈见华丽疲惫不堪："丽儿，今天没有生意啦？"

"不，整整一下午，我收钱递货，站都站不起来了。"

"看你一脸疲劳的样子，我还以为没有生意呢。"

"我是累的，累得高兴。"华丽把小包的钱倒在饭桌上，坐下来数钱，华妈在她对面坐下了，看着女儿数钱。不一会儿工夫，华丽说："两千美元。"

"这么个小店，能做这么多。"华妈还是有点怀疑。

"今天上午进来的货款式新、品质好，都是畅销商品啊。"她停了片刻说，"按照目前的情况看，我们的店面太小了，得扩大。"

华丽的两个孩子很乖，见妈妈忙，只管自己玩耍，谁也不过来缠妈。

第二天，华丽一上班，就找哈九经理要求扩大店面，哈九说："你来得正是时候，你对面的六间店面昨天退了，要么都租给你，怎么样？"

华丽想了想，再租六间店面加上自己原来的两间，变成八间。按照目前的情况大了点，如果从发展的角度看，倒是可以。所以，华丽咬了咬牙，把它全部租了下来。对租金，她要求公司让利。哈九最后决定：每周四百五十美元，每期三个月，一次性付款，公司再送四个星期。华丽一算，折合到每天，就是七十美元。这事就这么定下来了。

市场管理办公室利用周二休息日，把华丽的店面连成一片，其中的密室扩大到了四间。此后，华丽又雇了夏咪，增添了柜台、架子等所需物品；电灯、电话、网络也做了相应的布局与调整。华丽的商铺一下子变成三个中国女人中最大的商铺。她的商铺甚至成了整个市场最核心的"大舞台"，朝南能看到南面的一大片，朝北能看到北面的一大片。连她自己都没有想到，就这么短短几个月，自己便成了整个市场的大户。第二天开业，陶梅、金敏都觉得不可思议。

不得不说，美女做事还是比一般人容易，不光是在情场上有竞争力，在商场上也是一样的。华丽结识了温州父子，不仅有了新款会第一时间通知她，让她先挑选，而且把进货的秘密渠道都透露了。这就是"美女经济"。

那温州小子真是看上了华丽，整天想入非非。他老爸看出了儿子的心思，鼓动他主动进攻。一天晚上，他打电话给华丽，说新到了一批货，请她尽快去拿。

华丽刚放下电话，华妈便问："谁给你打的电话，是个男人吧？"

"是。是那温州小子。他说到了一批新款，要我尽快去拿。他的东西来得太及时了，我现在的店面扩大了三倍，感觉东西少了，里面空空荡荡的，明天到他那里多要些货，尽可能把店摆得满满的。"

"那小子好像对你有好感。"妈妈一方面想给女儿找个合适的男人，一方面又担心女儿走弯路。

"妈，你想到哪里去了。那温州小子这些年是赚了不少钱，别墅买了，车子有好几部，现在生意做得也挺大。但他那个样子实在令人不敢恭维。不到一米六的个子，胖得像冬瓜。你女儿是什么样子啊，标准的电视节目主持人的模样，又上过美国名牌大学，要模样有模样，要文化有文化，你说我俩能相配吗？"

"你心里明白就好，我是担心你再次嫁错郎啊。"

"妈，你放心吧，我心里有数。"

"好好好，我放心。"

那温州小子同华丽通过电话后，美得没边儿了，见牙不见眼的。温州老爸说："明天华丽来拿货的时候，你能不能向她直接提一提交朋友的事？"

"说实话，我倒是非常喜欢华丽，不知道她是不是喜欢我。她要是不喜欢我，那就难堪了。"

"这有什么关系，谈恋爱跟卖时尚商品一样。我们的条件摆在那里，有别墅，有汽车，还有事业，是正宗的'名牌商品'呢，她能看不上吗？即使看不上，也没有关系。"

"如果要说卖'商品'，这'商品'可是有缺陷的啊。'品质'是不错，可这'样式'有点问题。任何一种女人看饰品，不仅要'品质'，还要有'样式'呢。这两样东西，少一样都不行。"温州小子倒有自知之明。

"你说得有点道理，但说说总没有关系吧。还是像'卖商品'，你看，我们那么多品种的商品，她说要这个不要那个，我们只能听她的，我们可不能强卖。现在我们推销我们的'商品'，她要哪个还得看她的决定啊。你这小子，我们要是不推销，万一她喜欢，那不错过了机会吗？"

"爸，你还真把我当成一件'商品'了？我毕竟是有思想有个性有作为的人啊。"

"我只是个比喻嘛。你听爸的，明天就把自己当成一件'商品'去推销。"

169

"好了，我有数了。"

"老是说有数有数，都四十岁了，还不着急，我可替你着急了。"

"好吧，这一回我就听你的，把自己当作一件'商品'推销出去，这就好了吧。"

那天上午，华丽直接来到温州小子温格屯的别墅，他们父子俩在门口迎接她。华丽见到他俩，叫了声："大伯，你好。"

温州老爸说："你好，华小姐，里面请。"

华丽先到别墅内客厅，选好了自己看中的商品，又是两千多美元的货，然后他们仨到外客厅坐下了。

温州老爸先开了口："华丽啊，我们之间做生意也有些时间了，怎么没有看到你老公啊？"

华丽立刻警觉起来，可她也不好说谎，只是心里有了防备。

"我呀，我没有老公。"

"没有老公？"温州老爸觉得有戏了，"你今年多大啦？"

"二十九了。"

"也不小了。女孩子，爬上三十岁就算老姑娘了，得找人了。"

"不着急。"

"你不急，你妈急了吧？"

"我妈也不急。"

"你看，我这小子四十岁了，也没有找到合适的人，你觉得我这小子怎么样？"

"挺好的呀。既诚实又能干，对朋友也坦诚，这样的人现在可不多了。"

"你真是这么看？"

"我说的是实话。"

"你觉得我这小子还不错的话，你们是不是可以交往交往？"温州老爸不好意思直接说谈对象，只说了"交往"两个字。

"我们不是一直在交往吗？"华丽笑着反问。当然，她说的交往跟温州老爸说的"交往"意思不一样。

其间，只有华丽与温州老爸对话，那温州小子始终插不上话。

华丽说："大伯，我还有很多事，我得走了，我们下次再聊吧。"

这时，温州小子帮华丽把东西装上了小车，华丽又同温州老爸打了声招呼，开车走了。

华丽走后，父子俩高兴得跳了起来。他俩都认为华丽是单身确定无疑了，并且华丽对温州小子印象不错，现在只是这层纸没有捅破。

当天，华丽把新进的货全放进了密室。密室里的女人时尚商品无论是数量还是品种都增加了许多，但是外面的四间门面还是显得空荡荡的，这容易引起人们的猜疑，还得设法把它摆满。

这几天，郑重心里一直想着上一次自己和费燕在五星市场让华丽不舒服了，他有意想单独见见华丽。这天午后，他来到五星市场，见华丽的店面一下子扩大了许多。他走进密室，见华丽正在忙："哇，店面扩大了，商品也增加了。"

华丽见是郑重："你怎么到这里来了？"

"我是来向你赔礼道歉的，上次我和费燕在这里让你生气了。"

"都过去了。"

"你生意做大了，流动资金不够同我说，我可以帮你。"

"我自己能解决。"

"我是亏欠你的，不管是资金还是力气，需要帮忙，你只管开口。"

"真的不需要。"

然后，他俩又坐下来聊了一会儿，郑重走了。

丽春铺子一连几天生意很好。华丽已经不满足本地的货源了，决定去源头淘宝。

晚上下班回家后，她先同妈妈商量："妈，我的商铺现在生意很好，我想把它做得更大。要做大，必须走出去，找到时尚商品的源头，减少中间环节。只有这样，才能进一步降低成本，实现利润的最大化。"

"你知不知道你的商品源头在哪里？"

"温州小子跟我讲到过，在纽约的唐人街。"

"纽约唐人街那么大，你不知道哪个区哪条街，你去大海捞针啊。"

"我还是想去闯闯，说不定运气好就能找到源头。"

"你一个女孩子，妈不放心。"

"我了解美国。妈，美国骗子少，你放心吧。"

"这点我信，但也不排除有坏人啊。"

"我真要是碰上坏人了，那也只能怪自己运气不好吧。"

"你已经决定去纽约淘宝啦？"

"嗯。趁下周二市场休业，我去一趟纽约。乘早班飞机去，乘末班飞机赶回来。家里有你在，我也放心。"

"好吧。"华妈知道女儿的性格，便答应了。

那天凌晨四点，华丽悄悄地起床，生怕惊醒妈妈和两个幼小的女儿。她穿着黑色镶白条纹的T恤衫、浅蓝色牛仔裤和黑色半高跟皮鞋，披了件米色风衣，提着一只中号的旅行箱，看上去青春靓丽。当她准备离开家的时候，妈妈也起来了。华妈到女儿身边叮嘱："你第一次到纽约，千万小心，安全第一，有什么事跟妈打电话。"

"妈，你放心吧。我啊，毕竟在美国生活八九年，不算美国通嘛，也算是美国熟了，一般事情我都能对付。我走了。"

"好，有事情记得给妈来电话。"

华丽向妈告别后，开车走了。她的计划是坐早晨五点五十分的飞机到纽约，用一整天的时间在纽约唐人街办事，晚上乘十点钟的飞机回芝加哥。虽然人会辛苦一些，但不会影响第二天的营业。华丽在芝加哥已经轻车熟路了，她把汽车停在机场停车场，然后办理登机手续，安检，登机，一切都很顺利。头班飞机准时起飞了，华丽坐在后排，闭着眼睛休息，一个半小时后，到了纽约。

华丽从候机大楼出来，看看时间，早晨八点。因为第一次到纽约，到唐人街是打的还是坐地铁拿不准，她正在犹豫，这时上来一位不算难看的黑人，他问："小姐，你要去哪里？"

华丽不假思索地回答："唐人街。"

"小姐，我们有车可以送你去。"

华丽一心想尽快到唐人街，根本没有想别的什么，就答应了那黑人的提议，跟着他走了。那黑人把华丽带上了车。这时，华丽发现开车的是另一个黑人，同她答话的黑人坐到了她边上。华丽心里有些嘀咕，猜不透黑人的意图。一个善良的人，凡事都往好处想，她认为那黑人不就是为了赚点交通费吗？一路上只是闭着眼睛静静地坐着。大约过了四十分钟，车子停了，华丽发现这里似乎是一座孤岛，只有一幢破旧的老房子，问："唐人街到了吗？"

"不。小姐，请你下车。"黑人的话似乎是命令。

"不行。你们得送我去唐人街！"华丽用英语作了回答，并提高了声调。

"小姐，请你配合我们的行动，不然你就别想回去了。"那黑人的语气不容商量。

华丽开始紧张起来了，觉得自己真是碰到坏人被绑架了，他们的目的是什么呢？

那黑人再次命令："下车，不然我们要动手了！"

华丽没有办法，只好按照黑人的话下了车。

这时，那位开车的黑人也下车了，两个高大的黑人，一边一个，几乎是架着华丽进了那幢破旧房子的三楼。华丽发现，这房子是被废弃的或者是将要拆迁的老房子，里面没有其他人。

"小姐，你别怕，我俩是劫财不劫色，你只要把身上带的钱给我们，我们就送你去唐人街。"（黑人和华丽都是用英语对话）

华丽明白了，今天只能破财了。她从自己挎包里拿出两千美元，交给黑人，并说："我就这么多钱，拿着吧。你们得马上送我去唐人街。"这些年历经坎坷，华丽变得冷静又坚强，要是换了几年前还在读书的自己，早该哭鼻子了。

黑人从华丽手上接过钱，数了数："大家都说中国人有钱，你就拿这么点钱把我们打发了？"

"先生，中国人同美国人一样，有钱人是少数。有些人当然很有钱，但是没有钱的人就是没有钱。你们今天绑架的要是有钱人，他也许会给你们很多钱，可是你们今天绑架的是个打工者，我只能给你们这么多。你们要明白，我刚才给你们的钱可是我们一家四口两个月的生活费啊。"

那黑人打断了华丽的话："我不相信你的话，你一个大美人会没有钱？人家都说，现在的中国，两种人有钱，一种是阔少，一种是美女。而且美女来钱容易，傍上一个有钱的老板，大把大把的钱就进了她的口袋。你一个美女，说没有钱，骗谁啊？"

"你说的也许有一定道理，但是你们绑架的美女不是那种女人。我是一个刚刚大学毕业的穷学生，我能有什么钱。"此时，华丽想道，同他们对着干不行，还得放下身段，说些软话，"两位大哥，我求求你们了，放了我吧。我真的没有钱。我刚刚被老公抛弃，还有两个幼小的孩子，妈妈还在家等着我，你们放了我吧。"

那黑人毫无同情感："你别装了，你要是没有现钱，总有银行卡吧。把卡拿出来。"

"两位大哥，我求你们了，放了我吧，我真的有急事。"

"我不信你身上没卡，你不拿，我可要动手了。到时候你可别怪我们劫财又劫色啊。"那黑人狂笑起来，"今天碰上一个大美人，这可是千载难逢的好机会啊。"

这话说得华丽汗毛凛凛，浑身发抖："两位大哥，我家里真的很穷，两个女儿和妈妈都靠我的工资收入过日子，你们可不可以不做这些事情啊。"

"别装穷了！把卡拿出来！"一个黑人卷起袖子，好像真要动手。

华丽实在是脱不了身啦，觉得自己是那么孤立无援。为了保全自己清白，只好拿出一张银行卡，里面有五千美元，那黑人抢过银行卡，又问："密码多少？"华丽只好说出密码。

"你最好别骗我！你要是骗了我，你可没有好下场。"他叫同伙看住华丽，自己开车去取钱。

大约过了半小时，那黑人回来了，对另一个说："走，我们送她去唐人街。"

他们把华丽押到车上，把她送到唐人街，往街上一推，扬长而去。

美国属于高度文明和法治的国家，但依然有这么一些人专做这类行当。这些年，他们认为中国人有钱，两只眼睛盯住了像华丽这样的弱者。

这时已经是下午一点了，华丽狼狈不堪地走进了江浙华商会会长的办公室。华商会会长是浙江宁波人，姓汪，他听了华丽遭遇的诉说，非常同情。

"小姐，你别难过，破财消灾嘛。"

"我现在真是一无所有了，除了回程机票，连吃饭的钱都没有了。"

"走，我陪你先去吃饭。吃了饭，我陪你去看看市场，需要什么货，你尽管要，我可以给你担保。"

华丽觉得自己又碰上了好人，激动得热泪盈眶。

汪会长先陪华丽吃了中饭，又陪她参观了女人饰品市场。这里有各式各样的女人时尚饰品，都是中国造的。女人时尚饰品的批发价要比芝加哥温州父子那里低百分之二十左右。

华丽在这里要了五千美元的商品，由汪会长担保，给她的优惠政策是货到付款。

临走前，汪会长用自己的小车送华丽到了地铁站，还塞给她两百美元作为途中的零花钱。华丽感激地跟汪会长告别。

华丽乘地铁到机场，赶上了从纽约到芝加哥的末班飞机。

这一天对华丽来说，感慨万千，既碰上了坏人，又遇到了好人；既受到了惊吓，又感受到了来自同乡人的温暖，真是冰火两重天。

深夜一点多，华丽回到了自己的家。她见到妈妈和两个女儿正在熟睡，无声地流下泪来。

第二天上午，华丽起床的时候已近十点了，华妈见女儿起床，说："昨天辛苦了，你多睡一会儿吧。"

"辛苦倒是没有什么，我昨天碰上劫匪了，差点回不来了。"华丽眼眶又红了。

华妈听女儿这么一说，连忙问："怎么回事？人有没有事情？"

"两个黑人把我劫到一处破房子里，把我身上带的两千美元和卡里的五千美元全抢了。"

华妈有些不解："这么文明的社会，怎么还有这样的恶人？"

"是啊，事实证明，像美国这样文明的社会也有坏人；像美国这样富有的国度也有穷人。但是，昨天我也碰到了好人，纽约江浙华商会的汪会长，不仅请我吃了饭，还给我做了担保，临走的时候还塞给我二百美元零用钱。所以说，社会有好人。"

"是啊。毛主席他老人家英明啊，我记得他说过，社会啊，除了沙漠外，有三种人：好人，坏人，不好不坏的人。"

这一天，华丽尽管很累，还是按时去五星市场开店。像往常一样，她第一个开门。华丽不仅人长得漂亮，而且会说话。凡是经过她商铺的人，她都会热情地打招呼，让她们进密室看看。她不厌其烦地给顾客介绍商品，还常常像模特那样有模有样地戴上时尚饰品给顾客看。许多顾客被她的热情和耐心所打动，纷纷掏钱买东西。有时还有人问华丽："小姐，你这么热情又这么有耐心，累不累啊？"

"不累。只要你们能买我的东西，我哪里还会累呢；要是没有你们的光顾，即使静静地坐在那里，我也会觉得很累很累。"说得多好啊，这就是她对生活的积极态度。

晚上，华丽下班回家，觉得很疲惫。

"回来啦？"华妈见到女儿常说的一句话。

"嗯，下班了。"别看话简单，在华丽心里，这就是幸福了。

她的小包刚放下，两个女儿就跑过来叫妈妈。这时，华丽把孩子拉到身边，在沙发上坐下。春儿一双水灵灵的大眼睛望着妈妈："妈，小朋友们都去动物园了。他们说里面有老虎，有大象，还有猴子，我也好想去看啊。"美儿也跟着说："妈妈，美儿也要去！"

两个女儿简单的话语，引得华丽的眼泪扑嗒扑嗒地掉了下来。

春儿以为自己惹哭了妈妈："妈妈，春儿不去动物园了，妈别哭啊！"

美儿也跟着说："美儿也不去了，妈妈不哭。"她还用小手为妈妈抹去眼泪。

华丽一把抹掉自己的眼泪，紧紧地搂住两个女儿："宝贝乖，我们周末去动物园，妈妈、外婆陪春儿、美儿去看老虎，好不好？"

两个女儿开心极了，跑进厨房，到外婆边上："外婆外婆，妈妈要带我们去动物园啦！"

"好好好，我们去动物园看看老虎大象哦。"

孩子们的话，深深地触动了华丽。这两年自己为了做生意，忽略了孩子。市场一周六天开门，周二休息。休息天自己又要忙着进货，孩子也得上学。别人家的孩子，周六周日都有爸爸妈妈陪着去动物园、博物馆，自己的孩子却从来没有这样的乐趣。现在孩子提醒了自己，这才决定周末即便关门，也要陪孩子去一趟动物园，看看动物朋友们。

星期天天气很好。华丽考虑到美国人大多信教，周日上午市民都要去教堂做礼拜，这个时间段向来生意冷清，所以决定上午带孩子去动物园，午后还有几个小时可以去市场上班。于是那天一大早，华丽开着车，带着两个女儿和妈妈，向动物园的方向驶去。

芝加哥动物园是全美最好最大的动物园之一，动物的种类很多。她们一家人从正门进来，一站一站地看过去，老虎、狮子、大象，孩子尤其感兴趣，停留的时间长一些。春儿、美儿向妈妈问这问那，非常兴奋，看得尽兴。中午，华丽陪孩子到麦当劳吃了午饭，这也是孩子期待的事情。她们回到家已经是下午两点了。华丽放下孩子，对华妈说："妈，现在到市场关门还有四个小时，我还得去市场。这四个小时说不定还能赚五六百美元呢。"

"去吧。家里的事情你就别操心了。"

华丽开车走了，两个孩子乖巧地向妈妈挥了挥手。

那天，费燕跟郑重去超市买了食材后，到饭店又忙开了。郑妈走到费燕边上："燕子，你去柜台坐着，就收收钱，别的事情你别做，动了胎气就不好了。"

"妈，没有事的，我没有那么娇贵。医生说过，孕妇适当地动一动，对孩子有好处。你放心吧。"

"你听妈的，这店里有人手，别的事情不用你去动手。"郑妈真是盼着有个孙子，现在郑家尽管已经有两个孙女，但都不在身边，总想让费燕再生个孙子，自己能够天天见到。所以这段时间，她对费燕管得特别紧。

晚上，陶梅、布莱尔来四川饭店吃饭，这里可是他俩常来的地方。费燕看到他们进门，热情地迎了上去："陶姐，布先生，你们好久没有来了，今天是什么风把你们吹来啦。"

"东南风呗。我们想小妹了，一来看看小妹，二来呢也解解馋。你们店里有什么新鲜菜，给我们推荐推荐啊。"陶梅还是这样，说话不打弯，直来直去。

"陶姐，你们到老地方先坐下吧。我给你们介绍。"她把两位领到老地方坐下了。

费燕拿来菜单交给陶梅，陶梅又把它递给了布莱尔："你点吧？"

陶梅把费燕拉到自己身边："小妹，你结婚也很久了，怎么就没有见着你动静啊？"

费燕俯下身，在陶梅的耳边轻轻地说："有了。"

"怎么看不出来呀？"

"才两个月呢。"

"恭喜恭喜。"

"谢谢陶姐！"

布莱尔见到她俩说悄悄话，问："你们有什么秘密啊？"

"有啊。费燕妹妹有喜啦。"

"那倒是值得恭喜的事情。"他朝费燕看看，说，"我也向你贺喜了！"

"谢谢！"费燕说，"陶姐，点菜吧。"

"好，一只大龙虾，一盘小青菜，两碗酸辣汤，还有两碗米饭。"

"好嘞。"费燕走了。

13

做 大

华丽估计，上周在纽约订的货今天能到。昨天晚上，她雇了夏咪老婆肖鱼第二天到店里帮忙。她俩到市场时，正是中午十二点，是市场开门的时候。华丽拉开"大幕"，肖鱼见这么大的店，显得非常惊讶："哇，好大的店啊，这么多东西，你太厉害了。"

"厉害吗？"

"太厉害了。真想不到，一个娇小姐能开这么大的店。你不累吗？"

"累啊，我真想找个人帮帮忙。"

"我不是来了吗？"

"是是是。"其实华丽心里想的不是找帮工，真想找个称心如意的男人帮帮自己。

果然，下午快递送来了华丽纽约订的货，有十几只纸板箱。华丽清点货物以后，每种品牌拿出一只当作样品，让肖鱼挂在前室，其他东西，如珠宝、挂件也都摆上了柜台。

她俩一边整理，一边向顾客推销。整个下午基本上是边整边卖，一直忙到下班。

这一天，华丽感觉特别好，一是她进来的商品成本比陶梅、金敏低百分之二十左右。成本低，意味着利润比她俩要高。第二点，店面比她俩大，商品品种比她俩多，挂的摆的把整个店面都摆满了，琳琅满目，目不暇接。无论做什么，气场非常重要。从某种意义上说，气场就是人气。开店也一样，你有气场，你就有人气，生意自然就比别人好。

气场大，人气高，当然也会带来另一个问题，那就是会遭人妒忌。这几天，陶梅、金敏怎么也想不明白，华丽才来了几天啊，怎么一下子把店开得那么大，把她俩远远地抛到了后面。尤其是今天，陶梅借口去卫生间，路过华丽的店，两只眼睛死死地盯着看，心里直犯嘀咕，这华丽难道会变魔术？这么大的门面，怎么全摆满了呢？而且样式、品种都要大大超过自己。怪不得一些客户都跑到她这里来了。金敏借口去水房打水，路过华丽商店时，也有意放慢了脚步，还不是想看透其中的奥秘。倒是华丽落落大方。她们想看就让她们看吧，不管是陶姐也好，金敏也罢，路过自己的店，都是笑容满面地跟她们打招呼。

晚上，华丽下班后数了数钱，对妈妈说："今天收入很可观，创造了开店以来的新高。"

她刚吃完晚饭，陶梅来了。华丽还是跟往常一样笑脸相迎，热情款待。陶梅呢，也跟没事似的，扯开嗓子："春儿，美儿，过来，让阿姨看看，长大了没有，长高了没有，漂亮了没有？"

春儿听到陶梅的叫唤，像小兔子似的跑了出来："阿姨阿姨！"叫得甜蜜。

陶梅抱起春儿亲了亲，从自己的小挎包里摸出两块巧克力："给，一块给春儿，一块给妹妹哦。"

"谢谢阿姨。"春儿拿着巧克力走了。

华丽泡了茶，放在茶几上："陶姐，请喝茶。"她在陶姐边上坐下了，"陶姐，你怎么有空来啊？"

"你不欢迎吗？"

"怎么会呢？我们可是患难之交啊，一起经风雨，一起见世面，一起遭磨难。"

"是啊是啊，我俩曾住一个地下室，曾睡一张床，曾在一个店打工，多么亲密啊。"陶梅嘴上说得亲热，可眉眼间终究有些不自然。

华丽心里明白，陶姐看了自己的店，肯定是眼红了，今晚恐怕是来刺探"情报"的。果然不出华丽所料，她开口了："小妹，我看你店里挂出来的东西，有好些我见都未见过，你是从哪里弄来的，能不能给姐透露一点？"

"我没有什么新鲜东西啊，就是数量多一点，挂得厚实一点，看起来让人眼花。其实呢，我就是跟着你走的，店里的东西都在克拉克批发街上买的，大多是那温州父子店里拿的，你看上的，我拿了；你没看上的，我也要了。但是有一点确实超过陶姐和金敏了，就是店面比你们大了点。"华丽把最要害的东西藏起来了。

179

陶梅听华丽这么说，心里犯糊涂了，是不是自己粗心了，是不是自己把许多精品遗漏了？她也没有听出华丽有什么东西掩着藏着，最后她断定，华丽这样的娇小姐不可能找到什么新渠道，恐怕是她自己平日粗心疏漏了。

然后，她俩又说了些家长里短的话，到十点多，陶梅走了。

陶梅走后，华妈对女儿说："丽儿，这人啊，当初她要是帮帮你，如今你也会向她坦诚了。"

"我现在慢慢懂得了经商的奥秘。什么叫剪刀差？我无非比她们先走了一步。但是，这一步之差，我不讲，过些日子，她们也会明白。当她们明白了这一点，我又迈出了新的一步，一步前，一步后，这就是差距啊。这么循环往复，差距就会越拉越大。"

"对对对，就这个道理。"

那天晚上，金敏回到家后，也跟丈夫谈起华丽的店铺扩张、品种增加、生意越来越好的情况。

"要说她卖的东西多好吧，跟咱们卖的也差不多，可就是胜在品种齐、数量多，以势压人，客人一看那架势，都去她们家了。"

董海从金敏的话里看出了问题，他认为华丽一下子把生意做得那么大，总有她的独到之处。既然华丽卖的东西和以前差不多，不像是进了别家的货，那其中的奥秘，一定是她找到了源头。董海还帮妻子分析："你看，你们卖的东西，都是当地取货，多了一个中间环节。多一个环节就多一道手续费，这成本就上去了。如果她的东西是从外地批发来的，跳过中间商，这成本就低了，她的东西就会比你们好卖。这店就自然开大了。你说呢？"

"有道理。这源头在哪里呢？"

"现在最重要的问题是找到源头。"

"你一个大男人，你得帮我找找啊。不能只会说，不会做。不然放着你这个大男人有什么用！"金敏想来想去也没有想出头绪来，最后还是责怪丈夫一通，出口气也好。

自从去了纽约之后，华丽尽管遭到绑匪绑架，损失了七千美元，但是找到了商品的源头，产地源源不断地供货，使自己的商店始终保持着优势。陶姐、金敏无法同自己竞争，她俩只好互相挖客户，甚至闹到了白热化的程度。

一天，陶梅挖走了金敏的一个客户。那客户从陶梅店里批发了五百多美元的商品。这件事被金敏发现了，她悄悄地到了停车场，等候在那客户的汽车边上，想看看那客户从陶梅店里买的是什么。

陶梅呢，为了留住那客户，用小推车亲自把那客户的东西送到大门口。那客户接过小推车，到了自己小车边上，这才发现金敏在那里，显得有些不好意思。

金敏正要看那客户的东西时，陶梅出现了。她俩吵了起来，还动了手。

陶梅说："你不要脸，偷看我的东西，今天我要让你丢脸。"上来就抓金敏的脸。

金敏吃痛，一摸脸颊，更是火辣辣地疼，知道是破了皮，气不打一处来："好哇，你打我，你不要脸，你挖我的客户，今天我也要让你丢脸。"上来也要抓陶梅的脸。

她俩纠缠在一起了。

女人动起手来非常可怕，不像男人拳打脚踢，她们互相用手抓对方的脸和头发。两人的脸都被抓破了，头发也扯了下来。

那客户怎么也拉不开正在厮打的两个女人，最后市场保安来了，才把她俩拉开。

这件事情闹得太大了，整个市场都把它当作笑话在谈论。

晚上回到家，董海见老婆脸上有好几道伤痕，问："敏，你的脸怎么了？"

"是陶梅抓的，这女人太可恶了，挖走了我的客户，还把我的脸抓破了。"说着说着，委屈地哭了起来。

"你们打起来了？她的脸也被你抓破了吧？"董海知道自己老婆也不是省油的灯，所以他会问这样的问题。

"我可不是好欺负的，我也抓破了她的脸。"

"你们俩啊，这是何苦呢。"

"你就是个老好人，就知道和稀泥。她挖了我的客户，她不要脸，我要让她丢脸，你知不知道。"金敏冲董海发火了。

"她挖了你的客户，还抓破了你的脸，是她不对，是她不要脸。可你的脸被她抓破了，你不丢脸？"

"呸呸呸，你的立场站到哪去了？"

"好了好了，我老婆可是好人，不生气了，休息吧。"董海嘴里说着，顺手把老婆揽到身前，缓缓抚摸着金敏乌黑的头发。

金敏笑了："这还差不多。"

陶梅回到家，布莱尔也问："亲爱的，你的脸怎么了？"

"倒霉呗。"

"倒什么霉啦？"

"今天有个客户买了我五百多美元的东西，她到门口，金敏非要看她的东西，被我发现了，我跟金敏打起来了，她抓了我的脸，我也抓了她的脸，让她丢脸。她想占我便宜，门都没有！"陶梅叉着腰，挺着胸，说话铿锵有力，真不愧是拳头上能立人、臂膊上能走马的"女中豪杰"。

布莱尔觉得这太不文明了，不大支持："她丢脸，你也丢脸，你们这可是两败俱伤啊。"

"你这是怎么说话的，你老婆在外面赚钱，脸被人家抓破了，你倒好，一点同情心没有，还说风凉话，我再也不理你了！"

布莱尔摇了摇头："老婆，对不起。我老婆是什么人啊，我老婆可是女强人呀。"

"这还差不多。"

那是个星期二的下午，华丽在家休息，郑重、费燕来了。郑重见家里只有华丽和华妈在家，问："春儿、美儿呢？"

"今天我休息，她们俩都在幼儿园呢。"

郑重说："你看，我把日子都过糊涂了。想孩子想出病来了。"

"你们俩结婚也有两三年了吧，怎么还不见你怀孕啊？"华丽看看费燕。

费燕说："有了，已经三个多月了。"

郑重从公文包里掏出一本小本子："华丽，你的美国公民批下来了。"他把小本本递了过去。华丽接过来一看，心里一阵高兴，脸上却没有任何反应："谢谢了。"

"别说谢了。"郑重本来想接着说"我有愧于你"的话，碍于费燕在场，这话没有说出口。

华丽看看时间:"你们再坐会儿,我要去接孩子了。"

郑重说:"我们也走了,下次再来看她们。"

费燕对华妈说:"姨妈,我们走了,下次再来看你们。"

晚上,郑重一家下班。路上,费燕一句话没有说,想着下午在表姐家里的事情,也想着自己的绿卡问题。到家了,郑重走进了自己的办公室,郑妈在厨房搞卫生,费燕却躲在楼上没有一点动静,往日都有的晚茶也没给郑重送来。

郑重做完账上楼,见费燕已经躺在床上了。他到床边轻轻地问:"燕子,怎么啦,是不是不舒服?"

这时,费燕来精神了,一骨碌坐了起来:"对了,被你说中了,我不舒服。"

"哪里不舒服?要不要去看医生?"

费燕拍了拍自己的胸口:"这里不舒服。"

"为什么啊?"

"你装蒜,你装糊涂。你说,你对我表姐怎么样,你对我又怎么样?我表姐又是绿卡,又是美国居民,我呢?既没有绿卡,更不用说美国居民了。你说这是为什么?"费燕连珠炮似的把憋了一下午的话说了出来。

"噢,我以为你真的生病了呢,为了这个哟。你给我听好了,我同你表姐结婚后一年,给她办出了绿卡;接着我给她申请美国居民,又过了两年才批下来。这中间你跟我有事了,对吧,后来她出去了,很长一段时间,我跟她不是没有办离婚手续吗,你跟我不是没有正式结婚吗?没有正当手续,我怎么给你办绿卡啊?"郑重缓了缓口气,说,"现在,你我已经正式结婚了,我已经把你的绿卡问题报上去了。办绿卡,不是买青菜萝卜,说买就能买的,得有个过程,懂吧?我的傻妹子。"

费燕听郑重这么一说,态度缓和了:"人家急嘛。你看,我来美国也有四五年了,春儿都快上小学了,我的身份问题还没有解决。现在爸妈想我都想疯了,我没有身份回不去,你说我急不急?"

"是,你说的是个问题。但是我们的情况很特殊,这你是知道的。好了,乖乖睡吧;别生气了,大人生气,对肚子里的宝宝不好。"郑重用食指刮了一下费燕的鼻子,"乖,睡吧。"说完,自己进了浴室。

三天后,郑重一家人晚上下班回家。郑重开的别克商务车到一个十字路口碰上红灯刚停下车,后面一部车子撞了上来,把郑重的车子撞飞了,重重的一个侧翻，郑重倒没有事，从车里爬了出来，然后把费燕和郑妈救了出来。郑妈倒也没有问题，费燕起初还镇定，只觉得肚子不得劲，几分钟后下身流血了，当下急得大哭："郑重！我肚子好痛！我的宝宝、我的宝宝！"

郑妈一手扶着费燕，一边看着地上的血渍说："郑重，我们得赶快把燕儿送到医院去，慢了怕这孩子保不住。"

"是，我叫救护车。"郑重一边说一边给急救中心打电话。

这时，警察到了。他看了看现场，郑重向他简单地做了说明。警察说："是后面的车子负全责，可是驾驶员已经死了。"

郑重对警察说："你看，我老婆流血了，她怀孕刚三个月，孩子有危险，我们得赶快去医院。"

"叫救护车了吗？"

"叫了。"

这时，救护车到了，郑重、郑妈把费燕扶上救护车。郑重又对警察说："我这车怎么办？"

警察回答："救人要紧，你们走吧，现场我们来处理。"

郑重、郑妈随救护车去芝加哥医院了。费燕在医院急救室进行急救。经过医生检查，费燕因受到强烈撞击，胎盘剧烈震动，孩子保不住了。

郑重和郑妈苦苦哀求，要求医院采取措施，尽力保住孩子。

医生说："先住院观察吧。"

费燕住在急救室的病房里，一直在流泪。

郑重同郑妈商量："明天饭店怎么办？"

"明天饭店关门，我们仨都在医院，又没有食材，还怎么开门啊？你打个电话给领班，让她在门口贴个告示。"

"也只能这样了，救人要紧。"

医院正在给费燕打止血针，输保胎药。

费燕静静地躺在病床上。

郑重、郑妈坐在费燕的病床边上打盹。

直到次日凌晨四点钟，费燕肚子剧烈疼痛，郑妈用餐巾纸不断地给费燕擦汗，郑重叫了医生，经过医生检查，费燕还是流产了。费燕的床上有一大团血块，这就是还未长成的孩子啊。

现在，费燕肚子倒不怎么难受了，她身上的孩子却溜走了。她放声痛哭："我的孩子啊，我的孩子……"

郑妈、郑重都流泪了。

医生说："孩子没有保住，大人没有事了。你们看，大人要不要在医院休息两天？"

郑妈对费燕说："燕儿，你别难过了，这是飞来的横祸。怪不得天，怪不得地，只怪那不道德的司机。孩子丢了，大人没有事就好。你还年轻，还会有的。"

费燕只是哭，不说话。

郑重说："燕子，刚才医生说了，你没有事了。你看要不要在这儿休息两天？"

"我不在这休息，要休息回家休息吧。"

"好，那就回家。"郑重说，"我给华丽打个电话，让她来接我们一下。"郑重给华丽打了电话。

清晨六点，丝色罗小区华丽家的电话铃声响了。清晨的电话铃声特别清脆，华丽在床上蒙蒙眬眬地抓起电话："喂？"

"我是郑重。昨晚我们下班回家时出车祸了，费燕流产了。我们一家现在在芝加哥医院，你方便来接我们一下吗？"

"行。我半小时后到。"华丽顿时清醒了，她马上起床，换了衣服，拿了件风衣，出门前跟华妈说："妈，费燕他们出车祸了，费燕流产了，我马上去趟医院。"

"赶快去吧。"

华丽开车到医院，不到七点，她打了个电话，不一会儿工夫，郑重和郑妈扶着费燕出来了，华丽开了后座车门，费燕和郑妈坐上车，郑重坐到副驾驶的位置上。

在车上，华丽问了句："怎么会出这样的事啊？"

郑重向华丽简要介绍了出车祸的经过。

"真是天有不测风云，飞来的横祸。燕妹好不容易怀上孩子，就这么丢了，真太冤枉了。"华丽又说，"现在大人没有事就好，也算是不幸中的万幸了。小妹，你先把身体养好，孩子以后还会有的。"

大家说话时，小车到家了。郑重、郑妈扶着费燕下了车，郑重回过头跟华丽道谢，华丽开车走了。

费燕还在流泪，郑重和郑妈扶着她上了楼。

这次车祸，肇事者是个黑人，当场死了。保险公司赔了郑重的车子，费燕丢了孩子，在家休息了两周，才有所恢复。

郑重一家人照常早出晚归，忙饭店的事情。费燕流产，伤了元气，好像生了一场大病，整个人都发生了变化，不像过去那样开朗爱笑了。郑妈想抱孙子心切，费燕又流了产，她只能三天两头去华丽那儿看春儿和美儿。

那天，她掐准了时间，下午四点，她和郑重到丝色罗小区第五街第十五号楼敲门，华妈出来开门，见是他俩："快进来坐。"

郑妈、郑重进门，春儿和美儿见是爸爸和奶奶，都迎上来叫奶奶、叫爸爸。郑妈抱起美儿亲了亲："宝宝想奶奶了吧？"

美儿回答："想。"

郑重抱着春儿也亲了亲："春儿想爸爸了吧？"

春儿说："想。"

大家在沙发坐下，华妈倒来两杯水，放到郑妈和郑重面前。郑妈从包里拿出一些糖果，分给春儿和美儿。

华妈说："你们今天怎么有空来？"

"我想啊，学校快放春假了，能不能让春儿和美儿去我们家里住几天？"郑妈诚恳地提出要求。

"这事，我做不了主，得问华丽。不过，你们的想法，我可以告诉她。"华妈把这事推到了华丽身上。

郑妈想想也对，当初是郑重对不起华丽，华丽是一气之下离开郑家的。她现在的气是不是消了，还真猜不透。从表面看，华丽是个大气之人，郑重多次到这里来，都看不出她有多大的怨气。前段时间家里出车祸，她还出来帮忙呢。可她内心到底是怎么想的，真是猜不透。想到这里，郑妈说："你说得也是，这事得问问华丽，那就有劳你了。"

"行啊，我问过丽儿之后，再答复你们吧。"

"那好，我们走了。"

郑妈看了两个孙女，又向华妈提出了一个要求。华丽要是能答应，那么以后可以经常把两个孩子接回家了，还能解解自己的思念之情。

晚上华丽回到家，华妈告诉她下午郑妈提出的要求："这事妈做不了主，你觉得咋样？"

"什么事情我都可以不计较，就这件事不行。"华丽一口拒绝了。

在这件事上，华妈倒不这么想。她说："丽儿，这件事，妈倒不这么看。不管怎么说，郑重是孩子的爸爸，郑妈是孩子的奶奶，他们提出这样的要求，合情合理合法。再说呢，郑家有这么大的财产，将来也应该有我们春儿、美儿的一份啊。还有，你还年轻，将来总要再找个男人，孩子培养的成本，大家分担一下，你也可以减轻一点压力。无论从什么角度看，让孩子跟他们走得近一点，对孩子对你都不是什么坏事啊。"

"妈，你倒是比较理性，你讲的这些我都没有办法反驳。我现在大概还有气，这气没有消干净，我是不能让孩子到他们家去的。还有一个重要的原因，你没有想到，他家有这么大的别墅，还有饭店，孩子去他们家里住过，心气高了，就不想住贫民区了，那怎么办？"

"这倒是，孩子去他们家住过，怕是会看不上这贫民区的。我们呢，现在又买不起别墅，这倒是个问题。"

"你真是我的亲妈妈呀。"

"傻孩子，你可是妈妈亲生的，我能不懂你吗，"华妈又叹了口气，"丽儿，我的签证要到期了，这可怎么办呢？"

"是啊，这段时间我只顾忙店里的事情了，把这事忘了。妈，这样行不行，你回去一下。再说，你这次在美国待了挺久，也没有去看看爸爸。你回去看看爸爸，再回来吧。"

"你说的办法可以。但是我走了，你又要上班，又要带孩子，不能分身啊。"

"我有办法，我雇个人照顾她们，好不好？"

"好是好，但这个人到哪里去找呢？"

"我明天上班问问肖鱼，他们墨西哥人出来打工的，给人当用人的，有的是，让她给我找一个。"

"你要找得赶快找，我的签证只有一个月了。"

"我知道了，我会尽快落实的。"

第二天，华丽在市场里依然很忙，中间有一个空当，她同肖鱼聊了聊："我

187

妈的签证快到期了,要回中国,你周围有没有会带孩子的人?"

"有啊,我妹妹肖霞今年三十五岁,在家闲着,可以让她出来帮你带孩子。"

"她带过孩子吗?"

"她自己有两个孩子,都读中学了。她会开车,也帮人家管过孩子,这一套都会,你尽管放心。"

"每个月要多少钱?"

"她过去帮人家带孩子,每月两千美元。帮你带,给多少钱,你看着办吧。"

"这样吧,我每个月给她两千两百美元。带得好,我还给她奖励,你看行不行?"

"行啊,我替我阿妹谢谢你。"

"好,就这么定了。明天晚上让她到我家来一趟,我和我妈跟她做点交代。"

这时,温州小子找上门来了,让华丽感到意外。那温州小子已有许久没有见到华丽了,心里常常有种莫名的思念,今天终于找到华丽店里来了。他见到华丽很激动,上来先与华丽握了握手:"你好,我……"

他倒是想学学那些风流才子,说两句好听的讨华丽欢心的话啊,可惜他只有做生意的时候灵光,和喜欢的人说话反而嘴笨,支吾了半天,还是转到生意上去了:"好大的店哟。"

"你好。这店么,最近刚刚扩大了一点点,这得谢谢你,谢谢你的支持。"华丽一转话题,"你怎么会找到我的?"

"我真的很想你了。"

"是啊,我已经许久没有去你的店里了。你老爸好吗?"

"好,他也非常想你。"

"过两天我去看他。"

这时来了一批客人进了华丽的密室,华丽忙工作了,那温州小子也帮华丽向客人推销商品,还帮她收钱,这一忙一直忙到了傍晚。温州小子只能向华丽告别,华丽只是向他挥挥手,表示送别。

第二天晚上,肖鱼陪着肖霞来华丽家。肖霞大约一米六的个子,有点胖,挺结实。华丽、华妈都觉得不错。她们叫春儿、美儿认识了肖霞阿姨。

肖霞也是个有趣之人,她把春儿、美儿搂到怀里,看看春儿,又看看美儿,蹦出几句话来:"哇,这世界上怎么还有这样美丽的女孩,美呆了。"她又看看华丽，"哇，妈妈是个大美女，怪不得有这么漂亮的孩子。"她又看看华妈，"真是哦，姥姥也漂亮，一家三代美女呢。"

华妈说："你夸张了，真是太夸张了。"

肖鱼说："不夸张，一点不夸张。真是一门三代美女啊。"

春儿说："谢谢阿姨。"

几句话一说，她们似乎已成为好朋友。华丽又向肖霞交代了工作任务。决定一周后让她正式上岗。一切都办得很顺利。

三天后，郑重、郑妈又来丝色罗小区了，华妈接待了他们。

郑妈显得很迫切："华妈，我上次说的事，你跟华丽说了吗？"

华妈委婉地说："说过了。华丽说，现在春儿、美儿太小了，过些日子再说吧。你俩真要想她们了，随时可以来家看。"

"那好吧。本来呢，我想华丽工作忙，你又辛苦，我们也可以尽点责任。现在华丽说过段时间，也好吧。"郑妈心里有想法，嘴上只能这么说。

郑重说："春儿、美儿快放学了吧，我去接孩子，你们在这聊聊天。"

华妈与郑妈聊完孩子，又聊了聊饭店的事。

这时，郑重把孩子接回来了，她们进门见奶奶在，跑到她身边喊着奶奶。郑妈把两个孩子搂进怀里，问这问那，显得特别亲热。

郑重、郑妈走的时候，两个孩子和华妈一直送她们上了车。孩子越来越乖，越来越懂事了，郑妈和郑重真想把孩子带回家，可惜华丽没有同意。

又过了三天，华丽把妈妈送到机场。华丽帮妈妈托运了行李，领了登机牌，进安检前，华丽说："我真想回去看看爸爸，现在不仅有两个孩子，还有这么一家店，去不了啦，妈代我问候爸。"

"丽儿，你的心，妈懂，爸也懂，你的孝心妈一定给你带到。"

华妈进了安检，准时登上了芝加哥飞往上海浦东机场的 AA 航班。

从这一天开始，肖霞接过了华妈的工作，每天负责接送孩子，操持家务。

14

新 朋

盛夏，是芝加哥最好的季节，常常是阳光灿烂，风和日丽，使人心情舒畅。华妈回中国后，接送孩子、操劳家务的工作交给了肖霞，但华丽总觉得家里缺了点什么，那是"妈妈"独有的味道。市场的生意依然火爆，进货出货，批发零售，常常忙得不可开交，有时候感到身心疲惫，真希望有个男人的肩膀让她靠一靠。

一天晚上，温州小子又打电话给华丽。他在电话里先说了一些爱慕的话，然后说公司到了很多新款商品，让她去看货。其实温州小子心里常常有种莫名的冲动，总想见见华丽。第二天一大早，华丽趁市场开门前的空当，去了温州父子的别墅。她像往常一样，先到他们的内客厅挑选中意的商品，付了一千多美元的货款，然后在外客厅跟他俩聊了一会儿天。

那温州父子时时牵挂着华丽，尤其是温州小子常常在心里有些说不清的想念，几天没有见到华丽，就会想出各种理由给她打电话、发短信，今天倒是真的有些新款商品。在华丽心里，她只是同他们父子做生意，没有其他的东西。他们坐下以后，先是谈了些生意上的事，接着，那小子直接说了这么一些话："华小姐，你好久没有来我们店里，是生意上的问题呢，还是另有朋友了？"

华丽心里明白，但觉得不能伤他的心。在生意上，自己的店是靠他们的东西起步的。现在自己虽然找到了商品的源头，但还不能忘记他们，有时还要到他们店里拿些货。从男女朋友上说，那些外形有缺陷的人，都有些自卑，自己可不能往他的短处上说事。她回答说："生意呢，马马虎虎，能过得去就行了，我可没有什么远大的目标。说到朋友，那倒是真的没有。自己已有两个女儿，现在连交朋友的空间和时间都没有。"华丽说这话，想把温州小子的话给堵住。

那温州小子听说华丽已经有两个孩子，这说明她已经结过婚，无疑是给自己浇了盆冷水,原来的热度冷了一大半,一时无言以对。还是他老爸接上了话:"真看不出来,你那么年轻就有两个孩子了。"

"是啊。我的大女儿马上要念小学了,老二也已经四岁了。"华丽想进一步说清楚自己是两个孩子妈妈的事实。

温州老爸又问:"那你先生呢?"

"我们离婚了。"

"噢。一个女人带两个女儿,真不容易。"

"我妈妈帮帮忙,还好啦。"

他们谈到这里,华丽觉得没有什么话可以说了:"上午我还要去店里,我先走了。"

温州父子还是像过去一样,帮她把东西装上小车,目送她开车走了。

"年纪轻轻的,怎么会有两个孩子呢?"温州老爸还是有点疑惑。

"我可不愿意当个现成爸爸。"

温州老爸不愿意伤儿子的心,安慰说:"好姑娘有的是,过些日子,我陪你去中国,找个年轻漂亮的媳妇回来。"

华丽从温州父子家拉着一车货到五星市场门口,见到屋檐下躺着一个男人。那男人听到汽车声从地上爬了起来,好像要跟华丽说话。华丽看一眼那男人,一表人才,大约一米八的个儿,长得有点像刘德华,很讨人喜欢。华丽进了门,从里面推出一辆小推车,准备卸货。那男人走到华丽边上:"小姐,你需要帮忙吗?"

华丽感到好奇:"先生,你怎么会躺在这儿?"

"小姐,不瞒你说,我是从中国偷渡过来的,带的钱花完了,现在急于想找份工作,即便是临时工也好,至少不会饿肚子了。"这个人说话文绉绉的,虽然狼狈,看着却不邋遢,言语间像个知识分子。

华丽心想,我这是怎么了,几年前碰到了陶姐,现在又碰到了一个偷渡客,还一表人才。目前正需要一个男人帮忙,倒不如把他留下来。这种人吃过苦,说不定会好好卖力的。华丽说:"你是哪里人?"

"北京人,今年三十六岁,有的是力气,缺的就是钱。我已经一天没有吃饭了,现在急需找份工作,解决眼前的困难。小姐,你能帮我一把吗?"他用渴望的眼神注视着华丽。

华丽是个善良的人。听了他的请求，心软了。她说："好吧，你先帮我做几天，让我看看再说。"

他连着说了几个谢谢。

华丽又问："你叫什么名字，有地方住吗？"

"我叫程实才，还没有找着地方住呢。"

"好吧。帮我几天忙，住处，我帮你找找。"

"谢谢，谢谢你。"

华丽从自己口袋里掏出一百美元递了过去："你先去吃点东西，然后来店里找我。"

程实才接过钱说："吃饭不急，我先帮你卸货，先把东西送到店里去。"

"也好。"

他俩把车上的东西卸下来，华丽在前面引路，程实才推着小推车进了市场。到华丽的店里后，程实才把五六袋商品搬进店里。这时，肖鱼也到了店里。

肖鱼见这么帅的一个男人在店里，她到华丽耳边小声地说："小妹，他是你男朋友吧？"

"别乱说。"

"不是吗？"

"不是。"

肖鱼这才放了心。

从那天下午开始，华丽的商铺里多了个人。这个程实才看上去很老实也很能干。当天下午，他同肖鱼一起整理商品，有些重的体力活他都抢着干。他的英语也有一定基础，跟顾客对话一点问题没有。

晚上，程实才乘华丽的小车到了丝色罗小区。华丽向房东租了地下室，让他安顿下来了。

一个星期后，华丽辞掉了肖鱼，店里就剩下自己和程实才两个人了。

程实才不仅有很强的办事能力，而且懂英语、会开车，待人接物满腔热情，拆箱、整货、站柜台、算账，样样都会做，可以说眼头活络、八面玲珑。他在店里的表现让华丽很满意。

每天晚上下班后，他都会在华丽的客厅里坐一会儿，陪孩子搭积木、画漫画，还给孩子当马骑，两个孩子都非常喜欢跟他在一起。但他又很能掌握分寸，每到晚上十点，就自觉地到自己的地下室去休息。

华丽店里来了个男人，最先知道的当然是陶梅和金敏了。

一天晚上，金敏回家就跟董海说了这件事。董海说："华丽正青春年华，找个男朋友也属正常现象，没有什么可以大惊小怪的。"

"我觉得这个男人不正常。他不仅能干，而且一表人才。这么能干的人怎么会跑到华丽的小店里来打工呢，说不定是偷渡客哦。"

"你啊，真是爱管闲事，能干也好，偷渡客也罢，跟我们有关系吗？你做你的生意，她管她的事情，我们少去掺和。"

金敏被老公这么一说，不响了。

还是那天晚上，陶梅直接敲了华丽家的门，华丽开门见是陶姐，热情地说："陶姐，你可成稀客了！很久不见你来家了。今天真是难得啊。"

"很久了吗？我觉得刚刚来过呢。"陶梅先打了个哈哈，又见到客厅里有个男人，轻轻地问，"他是谁啊？"

"噢，他是我的雇员，叫程实才。"华丽扭过头，"实才，我给你介绍一下，这是陶姐，叫陶梅，是我最要好的姐姐。"

程实才很有礼貌地打了招呼。

他俩握了握手，陶梅说："听你的口音，是北京人？"

"是啊，陶姐真厉害。"程实才对华丽说，"你有客人，我先告辞了。"

"好，你去休息吧。"

程实才走了，陶梅又同春儿、美儿玩了玩，然后坐了下来。华丽给陶梅倒了一杯水。

陶梅是个急性子，开门见山地问："小妹，他是你什么人啊？"

"我不是跟你说了吗，他是我的雇员啊。"

"仅仅是雇员吗？"

"陶姐，你这是什么意思，不是雇员是什么人啊？"

"我觉得不仅仅是个雇员，还有另一种身份吧，是不是情人？向姐说实话。"

"姐，你可真坏，这话可不能乱说的。"

"我的判断十有八九不会错。你看，这么能干的人，又一表人才，要不是你的情人，干吗留在你的小店里？"

"经你这么一说，我倒是要注意了。这么能干的一个人，为什么会留在我的小店里打工，这倒是个问题。"

"还有一种解释，他看上你了。所以他放下身段，在你这儿打工，目的就是为了讨你的欢心。在中国，自古到今，这样的例子很多，唐伯虎点秋香你知道吧？唐伯虎为了得到秋香，隐瞒真实身份，把自己当作书童卖到宰相府去了；还有送花楼会的霍兴，还有文徵明，都是这类故事。"

"你讲的都是古人，有没有现代版的呀。"

"现代版吗？一时想不起来，反正你要注意了，不要赔了夫人又折兵哦。"

"姐，我跟你说说心里话，我同郑重离婚后，尤其是这两年，自己开了这么一家店，有些重活累活自己总感到力不从心，总想有个男人帮帮自己。心里总想着这事儿，下意识地就把他留了下来。你刚才说的话很重要，我会注意的。"

她俩东扯西拉，一直聊到深夜才散去。

陶姐走后，华丽站在窗前，脑子里不断地闪过陶梅说的话，什么唐伯虎点秋香啦、什么送花楼会啦……

华丽雇了个男工的消息不胫而走，郑重、费燕也得到了这个消息。郑重听到后，还有点醋意。倒是费燕听到这个消息后高兴得晚上失了眠，华丽有了别的男人，郑重就只能是自己的了。

第二天晚上，在费燕的鼓动下，郑重和费燕两人在饭店下班后来到丝色罗小区华丽家。经过华丽介绍，程实才和郑重、费燕认识了。程实才还是老规矩，自觉地回避了。郑重对这件事不感兴趣，走到饭桌前陪着春儿和美儿玩。费燕和华丽在沙发上坐着。

"姐，程实才可是一表人才，是不是你的男朋友？"

"胡说什么呀，他只是我的一个雇员。说得明白点就是一个打工者。"

"长得这么帅的一个人，听说还很能干，怎么会到你的店里来打工呢？"

"又是这么个问题。我倒要问问你，长得帅的人就不能是个打工者？就不能到我店里来打工啦？"

"这个道理我讲不清楚，凭我的感觉，他不会只是个打工者。"她放低了音调，"姐，他是不是你的情人呀？"

"别胡说。我不会像你这样。要找老公，得堂堂正正去找，我可不做偷偷摸摸的事。"她想堵住费燕的嘴，说了两句狠话。

费燕自知理亏，不想再斗嘴，说："郑重，时间不早了，我们走吧。"

"好，我们走了。"郑重站了起来，"宝贝再见。"

"爸爸再见！"

郑重和费燕走后，华丽倒是想了想他们说的话。很长一段时间来，特别是自己的商铺扩大后，很想雇个男工帮帮忙。那天碰到程实才后自己也没有多想，就雇了他。如今陶姐、燕妹的话都提醒了他。程实才除了是偷渡客外，是不是还有陶姐和费燕说的问题呢。是啊，自己得多一个心眼，可不能再出差错了。

华妈回中国后，华丽雇了保姆肖霞，家里两个孩子和所有的家务都归她管了。肖霞每天早上七点到家，为孩子准备早饭，叫她们起床、吃饭，再送她们去幼儿园，然后搞卫生、洗衣服，傍晚再去接孩子，准备晚饭，天天如此。家里有她在，华丽省了不少心。

华丽每周六天上班，周一到周五，市场是中午十二点到晚上七点开门；周六、周日，市场是上午十点到晚上六点开门。周二是市场休息日。这一天华丽一般都要去批发街进货。所以，华丽基本上是没有休息日的。

她现在雇了两个工人，家里由肖霞管着；市场里雇了程实才。对于程实才，她还摸不清底细，需要一段时间来观察。

程实才，不仅相貌堂堂，而且是个很能干的人。他现在住在华丽楼下的地下室，每天早上开车跟华丽一块去市场上班，每天下班一起回家，倒成了华丽的专职司机了。

今天在市场里，程实才给华丽出了三个主意：第一，店里最好装一套监控系统，不仅可以观察店内的情况，还可以观察店外的动态；第二，凡是挂饰品的地方，都要增加光线，把它们照得亮闪闪的；第三，店的门面要讲究，不仅要宽敞，而且要有厚重感。

华丽觉得这三个建议都很好，可以立即实施。

从这天下午开始，程实才先到电子市场购买了所需的监控设备和电器等材料，然后用了整整两天时间，把店里的监控设施装好了；把需要增加亮度的地方增加了电灯；然后又用了一天时间把店的门面和内部的样品都做了调整。别说，这几处调整和改动后，整个店的面貌发生了变化，整个店比先前气派了不少。无论是市场里的同行还是外来的顾客，都觉得这店面更光鲜了。

这件事，得到了华丽的表扬。华丽对程实才说："你这主意不错，经你这么一弄，店面好看很多，而且我坐在密室里也能看到外面的动态了。很好，到时候我得奖励你。"

"别别别，我现在是这店里的员工了，我做这点事是应该的，哪用得着奖励。"

程实才每天下班后，有一两个小时会到华丽家坐坐，春儿、美儿跟程实才也很投缘。每到这时候，两个孩子都会跑到程实才边上，"叔叔、叔叔"叫个不停。而程实才也很会哄孩子开心，常常给孩子讲故事。今天，他给孩子讲了一个《灰姑娘》的故事。他说："从前啊，有个富人的妻子得了重病，她临死前对独生女儿说，'亲爱的孩子，你要做个虔诚、善良的人。这样，仁慈的上帝会永远保佑你，我也会在天国守护你'。女儿决心按照母亲的祝福，做个善良的人。后来父亲又娶了一个妻子，那就是后母，她带来两个女儿。这后母和两个女儿，脸蛋虽然白皙漂亮，但是内心却是又黑又丑……"春儿、美儿听得入迷了。

那天晚上，孩子睡后，华丽对程实才说："你这些故事都还能记得，而且讲得绘声绘色，孩子都听得入迷了。"

"这是我的专业啊，我能忘记嘛。"

"你的专业？你学什么的？"

"我是北方师大毕业的，专业是研究孩子心理学的，还在师范学校当过老师呢。"

"怪不得呀，讲故事讲得这么好。"华丽心想，一个北方师大毕业生，还当过老师，怎么会偷渡到美国呢，心里很好奇，但夜已经很深了，不好意思再问下去。

程实才见华丽不说话了，觉得自己应该走了。他站起来说："老板，你休息吧，明天见。"

"好，明天见。"

又是一个晚上，程实才正在给春儿、美儿讲故事，又是一个后妈的故事，白雪公主。他说："有个国王，他的第一个王后留下一个女儿，皮肤像雪一样白，叫作白雪公主。国王新娶的王后，长得美极了，却很骄傲，看不起人，更容不得有人比她漂亮。她有一面神奇的镜子……"春儿、美儿静静地听着故事。今晚，华丽也坐在边上听，她还想问问程实才为什么要偷渡。

故事讲完了，孩子们去睡了。小客厅只留下华丽和程实才了。

华丽没有拐弯抹角，直接就问："实才，你是个受人尊重的老师，怎么会来美国呢？"

"很简单咯，我不想当老师了，在中国又找不到自己喜欢的工作，趁夏令营来美国，就留了下来。"

华丽想，这理由有些牵强，但又不好意思深问。她不响了，程实才也理解了华丽的意思，站起来跟华丽告别，走了。

又是一天，程实才正在给春儿、美儿讲《小红帽》的故事，华丽的手机响了。她走到靠窗口接电话，是温州小子打来的："华姐，你已经很久没有到我们店里来了，我想你了，而且非常想你，有时连做梦都在想你，明天是你们的休息天，你有没有时间到我家里来看看，也许会有你喜欢的东西呢。"

"好的，我明天去看看。"

他俩通话时，程实才侧耳倾听，有几句话，如"我想你了，而且非常想你""到我家里来"的断句，他也听到了，他心里想，老板是不是在谈恋爱了，是不是心里有人了，要不然我怎么会听到这样的话呢。他很是疑惑，还有些醋意。

程实才的故事讲完了，准备回去。但他没有立即走，想说话又没有说。

华丽问："你还有事吗？"

"没有，刚才我听到你明天要出去，要不要我给你开车啊？"

"不用的，我自己去就行了。"

华丽的话使程实才更加证实了自己的判断是正确的，老板是在谈恋爱了，他的醋意更浓了，但又不能多问。

刚才，温州小子同华丽打电话时，他老爸就在边上。温州小子放下电话说："华丽明天上午会来家里。"

"好啊，你明天得好好表现啊。"

原来温州小子听华丽说自己有两个孩子时，让他的热度退了一大半。后来经过他老爸的劝说，他对华丽的热度又回升了。他觉得结过婚的女人更懂得爱情，何况华丽这么漂亮，又这么年轻，当个现成的爸爸没有什么不可以的。所以才有了刚才的电话。

第二天下午，华丽来了。华丽先是到别墅的内客厅看了货，这次拿的东西不多，只有五六百美元的东西，然后他们到外客厅坐下来聊天。温州小子倒是很坦诚，他说："华姐，你一个人带两个孩子太累了，我愿意帮你，不知道你愿不愿意？"

华丽心想，这小子还真是看上我了，我怎么回答呢，一时想不出合适的话，冷场了。

这时候，温州老爸说话了："华姐，我这浑小子真的喜欢你，真的爱上你了。我呢，也喜欢你，我们都想帮你，不知道你怎么想的？"

"你们都是好人，你们能喜欢我，我很开心，也很感谢你们。但是，我因为有过一段失败的婚姻，现在不想谈这事，请你们原谅我。"

华丽这么一说，温州小子不说话了，倒是温州老爸在美国混的时间长了，经历的事也多，找了个台阶给自己下："你这么想，我能理解。但是，你能不能在你们女孩子的交往圈，帮我们物色物色对象呢？"

"这个没有问题，我要是能碰到合适的人，一定给你们介绍。"

华丽说完，起身要离开，温州父子帮她装好东西，送走了华丽。

这时，温州小子埋怨了老爸："爸，华丽只是说现在不想谈，没有说不同意嫁给我啊。我想只要功夫到，她会同意的。你的话说早了。"

"对对对，我同意你的说法。"

当天晚上，华丽接到妈妈的电话，说回家后两次去乔司农场看她爸爸了。爸爸情绪稳定，身体也好，让她不用记挂。妈妈几天以后来美国，让她去机场接。

华丽接了电话后很高兴，她跟妈妈约好四天后在机场见面。

四天之后，华丽开车去机场接来了妈妈。华妈到家后，春儿、美儿显得特别开心，外婆同外孙女亲热不已。春儿长大了，她说："外婆，妈妈请了个工人，叫程叔叔，每天晚上都来给我们讲故事，可好听了！"

"噢，你妈妈怎么没有向外婆报告啊？"

华丽看看春儿："这小东西，怎么把妈妈的秘密泄露了？"她做了个鬼脸，对妈妈说："不就是我店里的一个雇员吗？嗨，那人真不错，是北方师大的毕业生，当过老师，懂英语，会开车，还很有商业头脑，现在可是我的得力助手了。"

"听你这么一说，还真是个人才呢。明天你让妈见见？"

"没有问题。他呀，每天晚上会来给孩子讲故事，还教她们背唐诗、认字、画画。他当过老师，教孩子有一套。"

"哦，我倒真想见见这个人。"华妈问，"他今年几岁啦？"

"三十五岁吧。"

"还很年轻呢。"

华妈回来了，华丽辞去了肖霞的工作。从新的一天开始，接送春儿、美儿的任务又落到了华妈肩上。中午华丽上班的时候，程实才已经开车在门口等候了，华妈只看到他半边脸。

华妈想，华丽离开郑重也有四五年了，美儿都已经上幼儿园了，春儿明年就要上小学了，华丽也该找个男人了。听华丽的说法，程实才倒是个人选。

果然，晚上程实才又来到华丽家里，见到华妈，他热情地说："华妈妈，你回来啦。"

"是啊，你是程实才吧？"华妈见这男人一表人才，看了很顺眼。

"是，老板跟我说了，说华妈回来了，晚上我来看看大妈。"

"好好好，你坐，我给你倒杯水。"

"不用啦。春儿、美儿，过来，叔叔给你们讲故事啦。"

春儿、美儿很快跑了过来："叔叔好。"姐妹俩在程实才边上乖巧地坐了下来。

华丽从卫生间出来对程实才说："你见过我妈了？"

"嗯，大妈还很年轻呢。"

"是啊，我妈才五十多岁。"

他们说话时，华妈端了杯水放到程实才面前，程实才道了谢。

然后，他开始给孩子讲故事。今天他讲了个《猫和老鼠做伴》的故事："从前有只猫咪，它呢，认识了一只老鼠。猫对老鼠说，自己很喜欢它，非常想跟它做好朋友，一番甜言蜜语说得老鼠终于答应跟它做伴了，一起过起日子来了……到了猫咪好饿的时候，它纵身一跃，把老鼠抓住了，把它吞进肚子里了……"两个孩子听得目瞪口呆。

程实才讲故事的时候，华妈和华丽坐在饭桌边上说话，华妈呢，其实在听程实才讲故事。

晚上，程实才走后，华妈觉得这个小伙子很不错，不仅人长得好，还很有礼数。他讲故事也好听，绘声绘色的，普通话也标准，还特别会教孩子。华妈原来在市里当过人事处长，考察干部有一套经验，可以说识人无数，今晚程实才给她第一感觉很好。她觉得程实才是个人才，但不知道他有没有结过婚。结过婚倒也没有什么，丽儿也结过婚。只要两个人合得来，那真是好事。她想到这里就问女儿："丽儿，这人挺不错，你是不是喜欢他？"

"这段时间接触下来，程实才是挺不错的一个人。但是我现在不知道他的底细呢。"

"你不是问过他了吗？"

"那只是听他自己说的。他说的是不是真的，还不知道呢。"

"那再观察观察吧。"

"对，我也不着急。"

店里下午有个空当，华丽坐在一边休息，程实才站在华丽边上说："现在这么好的季节，得带孩子出去走走。"

"是啊。我这不是成天忙里忙外的吗？"

"我有个建议，星期六你来管店，我陪孩子和大妈去芝加哥游乐园玩玩，好吗？"

"好啊，我赞成。"

"就这么定了，星期六一早我带她们去游乐园，玩它一整天，让孩子开心开心。"

"好，太好了。"

华丽下班后，跟妈妈和孩子讲了明天去游乐园的事，孩子们开心得不得了。

周六，阳光明媚，真是游玩的好时光。一早，程实才开车带着两个孩子和华妈去游乐园游玩。游乐园在芝加哥机场的东北面，从家里出发，到目的地需要一个小时。这是芝加哥最大的游乐园，里面有时光隧道、魔鬼屋、巨型飞轮、过山车、滑水场等项目，是孩子们的天堂。两个孩子是第一次来这里，程实才带着她们一个项目接着一个项目地玩，孩子尽兴极了。一天结束，等他们到家的时候，华丽已经下班了。

程实才不仅工作能干，而且花花点子多，能不断地提出一些讨喜的点子。他陪孩子去游乐场的这一天，不仅孩子高兴，而且华丽、华妈都很高兴，都觉得这程实才不错。

在郑重家里，自从费燕流产后，郑重和郑妈想要个孩子的心情更加迫切了。

照理说，费燕流产至今已经半年多了，也该有孕了，但她一直不见动静。这事不仅让费燕着急，郑妈更着急。她常常对儿媳说："得去医院看看，能不能吃点药。"费燕呢，总是说："自己年轻，不用着急，会有孩子的。"一再搪塞。

一天，郑重得知华妈从中国回来了，想去看看华妈和两个孩子。他选了一个周日的下午，要去看看她们，郑妈和费燕也想同去。他们三人到超市买了水果和孩子喜欢吃的巧克力等一大堆东西。到了华丽家，华妈开门，见是他们三个，便让他们进了门。春儿、美儿见奶奶、爸爸和阿姨来了，高兴地跑出来，叫了这个叫那个，显得非常亲密。

郑妈亲了春儿又亲美儿。只有费燕站在边上看着他们亲热，心里很不好受。过了一会儿，费燕见姨妈端茶过来，上去帮忙，说："姨妈，你回去时间不长吗？"

"是啊，回去了两个月。因为丽儿又带孩子又开店，我怕她忙不过来，所以很快回来了。你上次流产后，有没有再怀上？"

"还没有呢。我不着急，但是郑重和妈妈有点急。"

"他们想孩子心切，我能理解。你啊，赶紧给他们生一个。"

"我也这么想，但这肚子不争气啊。"

郑重、郑妈跟孩子玩了些时候，才坐下来问华妈中国的情况。大家聊了一会儿，起身走了。

那天晚上，陶梅告诉布莱尔："亲爱的，今天接到我姐的电话，姐和爸妈根据我们的邀请，办妥了来美国的手续，他们决定下周六来美国。"

布莱尔只说了两个字："好啊。"其实，布莱尔心里对这事还是有些抵触的。自己当初答应陶梅的三个条件，都照办了。前不久，陶梅又提出了新的要求，说姐姐下岗，硬要布莱尔担保，让姐姐来美国。在她的软磨硬泡下，布莱尔只能同意。现在陶梅姐姐陶红来美国不算，老岳父、老岳母也一起来了。今后这家可是热闹了。

周六下午，陶梅、布莱尔和陶琪开着一辆商务车去机场接客人，陶爸、陶妈和陶红按时从机场候机大楼出来，亲人相见，既有中国式的问候，也有美国式的拥抱。

布莱尔先拉了拉陶红的手，又拥抱了老岳父。然后，他说："爸妈，路上辛苦了。"

陶琪把几只大箱子装进了车子的后备厢，其他人都上了车。布莱尔开车，陶梅坐在副驾驶位置。布莱尔对陶梅说："我们要么去四川饭店吃饭，给爸妈和姐接风吧？"

"好啊。"

陶梅转过头来对大家说："今晚，我们去四川饭店吃饭，为爸妈和姐接风。"

陶爸当了几十年矿工，向来勤俭节约，说："接风省了吧，到家里随便吃点就行了。"

"你们第一次到美国，接风是必需的。"

小车很快到了四川饭店，一行人从车上下来。陶梅领头，大家进了饭店。费燕见陶姐、布莱尔领着一伙人进门，笑脸相迎，说："陶姐，来吃饭啊？"

"是。我爸妈和姐来了，晚上在这里为他们接风。"

"请，里面坐。"费燕把大家领进了一个大包厢。

大家围着大圆桌坐下了。陶梅向费燕介绍了爸妈和姐姐，费燕自我介绍说："我叫费燕，是这饭店的老板娘。陶姐是我最要好的姐，陶姐的姐，也是我的姐；陶姐的爸妈也是我的爸妈。你们在这吃饭，如同在家吃饭。"费燕几句话，说到了大家的心里，不愧是个开饭店的行家。

"小妹，你是行家，吃什么由你给我们安排吧。"

"好嘞，请稍等。"费燕转身走了。

不一会儿工夫，费燕把一桌菜端上了台面。美国人不喝酒，但是每个人面前都有一杯茶。

陶梅端起茶杯站了起来，布莱尔跟着陶梅站了起来。陶梅说："美国人不喝酒，我们以茶代酒，欢迎爸妈和姐来美国，大家干杯！"其他人也都端杯站了起来，互相碰杯后喝了一口。

陶爸、陶妈和陶姐吃不惯飞机上的食物，一路上没有好好吃饭，见到四川饭店这么好的一桌菜，大家像家里一样放开吃了。这一餐算是陶爸陶妈这两天吃得最舒服的一顿饭。

晚饭后，大家回到了布莱尔的别墅。今晚楼上的三间卧室都住满了，陶爸陶妈住一间，陶姐住一间。

这时，大家到楼下的内客厅坐下了。布莱尔说："爸妈和姐一路辛苦了，晚上早点休息吧？"

陶爸说："不苦。挖煤那才叫苦呢。"

陶妈又重重地瞪了一眼陶爸，意思是你老说挖煤干什么。她说："心里想着女儿、女婿，这十几个小时很快过去了，不觉得时间长，更没有觉得累。"她说完这几句话，把几只大箱子打开了，第一只箱子里装的全是吃的东西，有挂面、山货、"东北三宝"；有地瓜片、山楂片、萝卜片、米仁、红枣；有辣椒酱、辣椒油、辣椒糊、辣椒面。她一边介绍，一边一一地把它们拿到了桌子上。

陶梅说："妈，这些东西美国都有，你带了那么多，累不累啊？"

布莱尔心想，带了那么多东西，怕不是要在美国长住了。他这话只能心里想，可不能说出来。

"不累，要么汽车，要么飞机，顺路带的，一点不累。再说，我带的东西，可是正宗的东北货，是地地道道的铁林特产，正宗。"陶妈说完这几句话，又打开了第二只箱子，她一边介绍，一边又把东西拿了出来，"喏，这只是腌菜罐，以后我给你们做东北泡菜；喏，这只是正宗砂锅，以后我给你们煲鸡汤；喏，这只是休闲果罐，以后家里的休闲果就放这里面，不会返潮；喏，这十二只一套瓷盘，家里有客人来可以用的；喏，这十二只饭碗，是清一色的东北瓷；喏，还有十二只汤匙……"

陶梅见布莱尔已经皱起了眉头，说："妈，你把我们老家的特产都搬来了。"

"没有呢，还有第三只箱子呢。"

"妈，这第三只箱子呢，先放着，明天再看吧。今天不早了，大家休息吧。"

"好好好，明天再看。"

布莱尔毕竟是有修养的，心里有想法，脸上始终露着笑容。

陶琪陪外公、外婆进了朝南的客房，陶梅陪姐姐进了朝北的客房。

陶梅、陶红在靠窗的小沙发坐下了。陶梅说："姐，你先休息几天，下周二我陪你去几个市场转转，再确定店面和经营的方向好不好？"

"好。我初来乍到，两眼一抹黑，一切都听妹妹安排吧。"陶红也是个要强的人。可再有想法，刚到美国，人生地不熟的，也只能听妹妹的。

"好，姐这几天漂洋过海的很累了，你休息吧，我到爸妈那里看一下。"陶梅从姐房里出来，又进了爸妈的卧房，见爸靠在床上，妈和陶琪坐在靠窗椅子上，说："爸、妈，你们也累了，休息吧，有话我们以后慢慢说。陶琪回去吧。"

陶爸、陶妈说:"好,你也去休息吧。"

陶琪向外公、外婆和妈妈打了招呼后,走了。

陶梅一切安排妥当后进了自己的卧房,见布莱尔已经洗过澡了,躺在床上翻杂志:"还没有睡呢?"

"等你一起睡呀。"

"你先睡吧,我洗洗,很快就来睡了。"陶梅说完这句话进了浴室。

凌晨五点多,陶爸起床了。他先打了一套二十四式太极拳,然后在园子里看看这摸摸那,总觉得地上空,寻思着种点大蒜白菜什么的才踏实……

陶妈也起床了,她在厨房间看看这摸摸那,烧好了开水,准备着早餐……

上午九点多,布莱尔、陶梅、陶红先后下楼了。这时,陶妈把她准备的早饭端上了桌子,有铁林带来的泡菜、青椒、辣酱,有现烧的荷包蛋,还有一盘小炒,主食是大米粥。然后她请大家入席。陶爸、陶梅、陶红对今天的早餐自然是拍手称好,布莱尔看看桌子上的大盘小碟,也称赞说:"这么丰盛啊,妈辛苦了。"

周二下午五点钟,华丽、华妈和春儿、美儿来陶梅家看望陶爸、陶妈和陶红。两家人见面,经陶梅介绍,互相问候,热闹非凡。按照美国人的说法,这是中国式的派对。

陶爸说:"梅儿常说,她有个漂亮的小妹,果然如此。漂亮的小妹,漂亮的妈妈,还有漂亮的小宝贝,真是漂亮的一家子。哈哈哈。"

华丽说:"彼此彼此,漂亮的陶姐,漂亮的红姐,漂亮的大妈,还有能说会道的陶爸。"

华妈说:"真是漂亮有趣的一家子。"

陶妈特别喜欢春儿、美儿,抱抱这个抱抱那个,又从桌上抓了一把山楂片塞给春儿、美儿,孩子很有礼貌地说:"谢谢奶奶。"

布莱尔招呼大家在园子里的长条桌两旁落座。

只有陶琪一声不响,站在边上看热闹。

大家落座后,陶梅说:"我们两家人聚在一起,这是非常难得的。今晚,请大家吃铁林大餐,看看我老爸和老妈的手艺。"

"好啊。"华丽热烈响应,并带头鼓掌,接着大家一阵鼓掌。

看来，今天他们是有分工的，陶爸在厨房掌勺，陶妈、陶红跑堂做服务，陶梅、布莱尔主陪。

不一会儿工夫，陶妈、陶红先端上冷菜，有铁林的泡菜、酱菜、小青椒、干丝、粉丝、萝卜丝、猪肝、鹅肝、小鱼干；接着端上了铁林三宝：熏鸡、熏鱼、熏肉；最后端上了两大盘煎饺。

陶爸从厨房间出来了，说："这是我们老家的特产，大家多吃点。"

华丽说："陶爸辛苦了。"

"不辛苦，我高兴。烧饭做菜，这可是高兴的事，那个挖煤才叫辛苦呢。"

陶妈狠狠地瞪了他一眼，轻轻地说："别老说挖煤的事了。"

大家笑了。

陶梅打了圆场，笑着说："大家吃啊，尝尝我爸的手艺。"

布莱尔说："大家别光坐着啊，吃啊。"

春儿下筷夹了一个煎饺，塞了满嘴："好吃，好吃。"

大家跟着吃了，都说好吃。

这一顿饭一直吃到晚上九点钟才散场。

几天后，陶红搬出了别墅，在丝色罗小区租了住房，又在克地罗拉跳蚤市场租了店面，开了像陶梅一样的店。她在美国留了下来。不久后，她老公、儿子也来了美国。

布莱尔已经被陶梅彻底改造了，尤其是陶爸、陶妈来美国后，天天做的是东北铁林饭菜，你喜欢得吃，不喜欢也得吃，有苦也说不出。

15

考 验

一天晚上，华妈同华丽又谈了对程实才的看法。华妈认为程实才是个不错的小伙子，是女儿未来另一半的选择。而华丽对此事仍保持比较谨慎的态度，认为需要考察。问题有二，一是程实才三十五六岁的人，到底有没有结过婚，有没有孩子，至今一无所知；二是这么个有长相、有能力的人，为什么要偷渡？此事，程实才虽然有自己的说法，但还是不能让人信服。

华妈认为程实才是女儿未来的归宿，自有她的道理。在她看来，女儿现在选择丈夫，跟姑娘时选择该有不同的标准。姑娘的时候，最重要的是看对方对自己好不好，现在呢，除了要对自己好，还必须对两个孩子好。后妈可怕，后爸一样可怕。据她长时间当人事处长考察干部的经验，程实才能做女儿未来的依靠，他不仅对华丽好，对两个孩子也好，跟亲生的一样。春儿、美儿对他的感情也超过郑重。这才是最重要的。

华丽不完全赞同妈妈的看法，现在很多再婚的女人是不是幸福，很大程度上确实取决于对方对儿女的态度。在这个问题上，程实才的确没的说。她现在拿不定主意的是另外的事。上次陶姐说，古代的唐伯虎等人物，看上一个女人可以隐瞒自己的真实身份，现在有没有像唐伯虎这样的人呢。要是有，那该怎么办？

对此，华妈深有同感，当今社会上骗子实在太多，骗财骗色的事防不胜防，程实才的事，不能草草决定。

第二天下午，有个客户在网上向华丽订了十件商品，华丽要程实才打包后送到快递公司去，其实是她把他支开了。在程实才离开后，华丽把店里的存货清点了一遍，记在自己的本子上。程实才回来时，华丽的这项工作也做完了。她对程实才说："明天我要去趟纽约，你把店里的事情管起来，行吗？"

"没有问题，你放心去吧。"程实才回答得挺爽快。

"好，家里的事情，你也帮我妈照顾一下。"华丽又交代了一些家里的琐事。

"没有问题。你明天几点走？"

"我想坐上午十点的飞机，在纽约住一晚上，后天傍晚坐六点飞机回来，到时候你去机场接我一下。"

"没问题。"

晚上下班后，程实才跟往常一样先到楼上给春儿、美儿讲故事，又教她们背了几首唐诗，然后回地下室了。他站在半截窗前想问题：老板要去纽约两天，店里的事不说，还把电脑和收款箱的密码都告诉了自己，不怕泄密吗？不怕少了商品少了钱吗？这也许是她对我的考验？我得把它做好，不能让她失望。

第二天上午八点多，程实才把华丽送到了机场。一路上华丽没有说什么话，对店里的事更是一句话没有说。

程实才从机场直接到了五星市场，离开门还有点时间。他到附近的咖啡馆要了一杯咖啡，点了两块面包，既是早点，也是午饭。然后，他到了市场，正是开门时间，他拉开商铺的"大幕"，简单搞了搞卫生，迎接顾客。他来店里的时间虽然不长，但是对这一套业务已经非常娴熟。他一个一个地接待顾客，销售，收款，做得井井有条。

华丽到了纽约。她在街上随便吃了点午餐，就直接来到江浙华商会汪会长的办公室，因为事先通了电话，汪会长正在办公室等她。见面后，两人亲切地握手、问候。汪会长看了看华丽说："你今天的气色很好，说明生意不错？"

"谢谢汪会长的关照。上次来纽约，遇到绑匪，幸好有汪会长帮助，才有我今天的发展。我这次来纽约，一是登门感谢；二是来看看货源。"

"华小姐客气了，上一次你被抢劫，我是举手之劳，不值一提。你这次来，真是时候，现在的女士商品质量提升了，样式也有很多变化，都是第二代商品了。我们做这一行，要求新求变，不然赚不了钱。"

"待会儿我去看看。在我们那个市场里，有三个中国人做一样的生意。我因为找到了好的源头，所以做得比她们好一些。这次我要是能赶上潮流，又能提前她们一步啦。"

"经商靠灵感，不靠学历。过去我们经常讲的一句话，叫作这个学历，那个学历，能赚钱就是最高学历。现在想想，这话不全面，如果有同样的灵感，那么学历高的就会做得更好。当然，人啊，除了赚钱以外，还有其他东西，比如修养啊、道德啊、诚信啊，等等。很多人没有钱的时候一心想赚钱；赚到了钱，还有很多其他方面的事要做呢。"

"汪会长，你这话说得太好了，我得好好向你学习啊。"

"这些道理你以后都会懂的，这就是阅历吧。人啊，经历多了，到时候就懂了。"汪会长说完这话，说，"走吧，我陪你去市场看看。"

汪会长陪着华丽在市场里转了一个下午，让华丽看到了新二代女士饰品。他还告诉华丽不少秘密。

晚上，汪会长和华丽在一家中餐馆吃了晚饭，汪会长又花时间又花钱，让华丽有些不好意思。

那天夜里，华丽住在曼哈顿一家四星级酒店。她约了纽约中文电视台的主持人罗星聊天，一直聊到深夜两点。她俩曾是小学、中学的同学，华丽在读高中时到了美国，罗星曾经是国内电视台的主持人，她到美国纽约时间不长，由于长得漂亮，被中文电视台台长看上了，现在既主持电视节目，又拉广告，日子过得挺滋润，不像华丽这么劳累。

华丽与罗星聊着天，大约到十一点，手机上收到一条短信。她打开一看，是程实才发来的，是一首情诗：

> 根，紧握在地下，
> 叶，相触在云里。
> 每一阵风过，
> 我们都互相致意，
> 但没有人，
> 听懂我们的言语。

华丽会心一笑，并没有立刻回复，等罗星走后，才给程实才回了两句诗：

> 我们分担寒潮、风雷、霹雳；
> 我们共享雾霭、流岚、虹霓。
> 仿佛永远分离，

却又终身相依。

第二天，华丽起床的时候，又看到了程实才发来一联李商隐的诗："身无彩凤双飞翼，心有灵犀一点通。"她回了两句晏儿道的词："琵琶弦上说相思。落花人独立，微雨燕双飞。"

他俩常常用诗句来沟通，这就是文化人的谈情说爱，看似含蓄，实则深情。

真是良言如春，那一句句良言，是无踪的春风，是无影的春雨，让华丽心情愉悦，增添了去努力去拼搏的动力。

那天上午，华丽到唐人街市场订购了自己所需要的货物，乘傍晚的飞机回到芝加哥。她到家时才晚上九点多，妈妈和两个孩子都没有睡，春儿、美儿见到妈妈，高兴地跑过来和妈妈亲热，华丽俯下身亲了春儿又亲美儿。华妈对华丽说："丽儿，妈看你很累的样子，是不是昨晚熬夜了？"

"是啊。我和小学、中学同学罗星聊天聊到凌晨呢，睡的时间太少了。"

"罗星现在好吗？"

"她啊，给纽约中文电视台台长当情妇，到现在也没有结婚，钱好像有一点。"

"现在的女人啊，当情人的，当小三的，真是没有出息。"

"小三、情人不都是一回事吗，但是她们来钱很快，没有我这么辛苦。"

华妈变了脸色，严肃地教育女儿："丽儿，你可不能有这样的想法。我们还是要正正经经嫁人，正正经经做生意，赚钱要取之有道，做人得走正路。"

"妈，我懂，你放心吧。"

"妈知道。"

"妈，我累了，我们睡吧。"

"好，睡觉啰。春儿，美儿……"

第二天，华丽、程实才一起到了市场，程实才把一只大信封交给华丽。华丽打开信封一看，里面有张清单和一些钱，华丽核对了一下，钱、货跟自己清点的存量完全一致，华丽很满意。这说明在钱的问题上，程实才很干净。

两个月后，应洛杉矶同学的邀请，华丽去了洛杉矶五天，再次考察了程实才。

华丽走后，程实才俨然成了家里的男主人，每天早上送孩子去上学，晚上下班后陪孩子讲故事、学唐诗、学中文，空下来，还陪华妈说说话。这个男人啊，应变能力极强，不仅孩子喜欢他，跟华妈也聊得来，说话很圆滑。

这段时间，费燕心情很糟，怀孕流产，绿卡一直未批下来，郑重答应办银行主副卡的事又一直未办，觉得自己处处不顺。晚上下班后，她违了惯例，没有给郑重送晚茶，自己上床生闷气。

郑重处理完账务进卧室，见费燕正在床上生闷气，问了句："燕子，怎么了？"

"别假惺惺的了，我问你，绿卡的事，你去问了没有？"

"问了，还没出来。没有办法啊，主动权在人家手里。"

"那么银行主副卡的事，主动权总在你手里吧，你为什么不办？"

"不是忙嘛，一直没有去银行。"

"忙忙忙，你三天两头去我表姐那里倒有时间，办银行卡就没有时间了。说白了，你是不想办。不理你了。"

"别生气了，我明天一定去办，这总行了吧。"郑重自己也觉得这事拖得太久了。

"好，我再信你一次。"费燕也只能忍了。她不想因为这件事把夫妻关系闹僵。

又过了半年，华妈的签证又到期了，她又得回中国。第二天，华丽便把妈妈送走了。

一天晚上下班后，程实才像往常一样，来华丽家里给孩子讲故事，教孩子学中文。

华丽趁这个时间进了浴室，洗了澡，然后穿着睡衣出来坐在沙发上翻阅画报。

程实才教完孩子中文，准备回地下室休息。华丽说："你先在这里待一会儿，我陪孩子去睡觉，然后我有话跟你说。"

"好啊，你去吧。"

华丽哄孩子睡觉去了。程实才坐在沙发上，心里想道，老板也许会跟自己谈婚姻问题。

不一会儿工夫，华丽从孩子房里出来，坐到程实才边上，她想进一步了解程实才两个问题。她说："有两个问题，我一直没有想明白，你能不能诚实地告诉我？"

"你说，我可以真实地回答你的问题。"

"你得向我发誓。"

"我发誓。"

"第一个问题，你结过婚吗？"

"结过。"

"那你老婆呢？她在哪？"

"在中国，我跟我老婆离婚了。"

"你有孩子吗？"

"有，孩子跟我前妻。"

"好。第二个问题，你趁夏令营的机会留在美国，到底是为了什么？"

"这个问题我已说过了，我不想当老师了，想换一个工作，想换一种生活方式。"

华丽觉得自己提出的问题，程实才回答得挺爽快，不像有问题瞒着自己。这时，程实才说话了："老板，你还有问题吗？"

"没有了。"

"那我回地下室睡觉去了。"他对华丽没有丝毫的非分之想，甚至连看都没有看她一眼，只顾自己走了。

他走后，华丽想了想。他结过婚，但离了，这属于正常情况。这么大年纪了，要是不结婚，那才不正常呢。自己不也结过婚吗？至于说孩子，归了他前妻，这也不是问题。他说他留在美国的原因，也属于正常。许多人不愿意当老师，想找个自己想做的工作，就转行了，只不过程实才转得格外远，都到了国外了，这理由也算合情合理。特别让华丽满意的，他不贪财，不贪色。想到这里，华丽决定嫁给他。

程实才回到自己的地下室，想到自己同华丽结婚已经没有问题了，但是自己有个重要情节欺骗了她。但又一想，不找一个有美国国籍的女人结婚，自己的偷渡者身份无法改变。为了解决身份问题，自己放下身段给她打工，教她孩子学中文，也是付出了代价的。想到这里，他觉得华丽也不亏了。

从这一天以后，华丽同程实才的关系又近了一步。华丽有时会表现出愿意同他亲近的意图。但是，程实才还是表现出正人君子的风度，丝毫没有想去占华丽便宜的举动，这一点也让华丽信服。

时间过得飞快，两个月后，华妈又回到了美国。

在华妈回到美国的当天夜里，华丽向妈妈汇报了自己跟程实才深谈的情况。华妈觉得女儿的未来可以交给程实才。这天夜里，母女俩统一了认识，打算开诚布公地跟程实才谈一谈。

就在第二天晚上，程实才给孩子讲故事、学中文结束之后起身要走，华丽让他再坐一会儿，她和妈妈有话跟他说。

程实才和华丽走到沙发边坐下了，华妈陪孩子入睡后，也坐到他俩边上了。华妈先说了话："小程，你在华丽店里快一年了，你对丽儿也了解了。我有个问题问问你，我听华丽说，你结过婚，有个孩子，但是你跟你的爱人离婚了，孩子归你的前妻带，是不是？"

"是。我们离婚了，孩子归前妻。"

"那么，你喜不喜欢我们丽儿？"

"我喜欢华丽，我爱她。不知道她是不是爱我？"程实才以渴望的目光望着华丽。

华丽说："我喜欢你，我也爱你。"

华妈说："我可以见证你俩的爱。两个相爱的人应该成为夫妻，我想成全你们。"

程实才说："谢谢大妈。"

"还叫大妈呢？"

程实才毕竟是经历过许多事，也算是有情感经历的人了，他张口就叫："妈，妈妈好。"

"好好好。过几天我们举行一个小型仪式，叫几个熟人热闹热闹，就算你们结婚了，好不好？"

"我听妈的。"

"好，这事就算定下来了。"

"谢谢妈妈的成全。"程实才说完站起来要走。

华丽一直送他到下楼的楼梯口，两人互相道别。

华丽回到客厅坐下，华妈说："这事就这么定了，周六晚上，我们到中国城去办一桌，把你要好的朋友叫上，大家热闹一下，好吗？"

"你说，我们要不要去凯旋郡政府登记啊？"

"你说呢？"

"按照中国传统的做法，吃一桌，同居了，也就算结婚了。"

"但是，现在都不这么做了，结婚，都得去登记，正正规规地办。"

"我想想再说吧。"

"好，想想吧。"

程实才回到自己的地下室，想到这事总算定下来了，绿卡有望了。但又一想，今晚她们母女都没有讲到登记的事。不登记，这绿卡还是不能办，明天得问一问。

白天，华丽、程实才都在店里。在午后空当里，程实才坐在华丽身边，说了一大堆暖人心窝的话："丽，你能喜欢我，我感激万分。昨晚我激动得一夜未眠，真的谢谢你。我一定会珍惜我们的感情，我一定会好好待你的。"

"只要你对我、对孩子好，我所有的付出都值了。"

"放心吧，我会对你、对孩子好的。"他一转话题，"丽，我俩什么时候去登记啊？"

"只要我俩好，登不登记都无所谓，你说呢？"

这话很快在程实才的脑子里闪过，他想，不登记，绿卡还是不能办啊："丽，我这个人比较传统，既然我俩好了，我们就得按正规程序走，该登记的就登记，该办婚礼的就办婚礼，你觉得呢？"

"现在西方有一种形式叫作试婚，我觉得也挺好。两个人合得来住在一起，合不来就走开，省了不少事。"

"试婚啊？"

"怎么样？"

"我们毕竟是东方人。试婚，我倒没有想过。"

"你能不能想一想，我们学学西方人的做事方式，先试婚怎么样？"

程实才心想，试婚？那我这一年做牛做马做苦力，不就白做了吗？不行，非得逼她跟我去登记。但是，这事也不能硬来，还得用自己的行为去打动她，用自己的热度去软化她，让华丽自觉改变主意。于是程实才说："小妹，你在美国待的时间长了，思想已经西化了。我呢，来的时间短，对西方的一套东西还真不太适应，你得容我想一想。"

"好吧，我们都想一想。"

晚上，华丽把自己的想法跟妈妈说了。华妈说："你想试婚？"

"是啊，我现在不知怎么的，对结婚总有些顾忌。万一双方合不来，又得离婚。结婚离婚，会牵扯太多精力。"

"你想的不是没有道理，就怕看不准人。但是我觉得程实才倒是可靠的，你考察也考察了。凭我多年做人事工作的经验，应该不会有问题。他什么态度呀？"

"他说两个人好了，应当按照正规途径走，还是要登记办手续呗，他不赞成试婚。"

就这天晚上，程实才没有上楼。他想，现在华丽和华妈需要他，尤其是两个孩子更是离不开他，他有意不上楼，想用这事逼一逼华丽，让她自己改变想法。

果然，春儿、美儿看着挂钟，时间已经到了，程叔叔却没有来，春儿急了："妈，程叔叔呢？他怎么还不来呀？"

"嗨。这是怎么了，快八点半了，怎么还不来啊？春儿，你到楼下去看看叔叔在不在。"

"好的。"春儿一蹦一跳地跑到楼下，见程实才站在窗前发呆，她叫道："叔叔，你怎么啦？你怎么没有来给我和妹妹讲故事呀？"

这时，程实才转过身来，抱起春儿，在她脸上亲了亲："春儿，你怎么来啦？"

"叔叔，上课的时间早到啦，你怎么不上来呀？"

"噢，到时间了吗？"

"早到了，都八点半啦。"

"到时间啦？好，那我们走吧。"程实才先装了装糊涂，然后牵着春儿的小手上楼了。

美儿见叔叔来了，跑过来亲热地喊他。两个女儿对他的感情，华丽都看在眼里。

程实才给孩子们讲完故事，上完课后，没有跟华丽说什么话，直接回到自己房间去了。

三天后，程实才病了。发烧又咳嗽。他给华丽打了电话，请假在家休息。华丽接了电话后，马上下了楼。见程实才躺在床上，摸摸程实才的额头："我送你去医院看看，额头很烫啊。"

"不用啦，感冒发烧，吃点药，躺两天就好了。今天我就不去市场了。"

"好，你休息，我叫妈给你煮碗面来。"

"不用了，我现在没有胃口。"

"那你休息吧，我让妈等会儿来看你，我先上班去了。"

"你去吧，我躺躺就好了。"

华丽走了，程实才躺在床上睡了。

过了一会儿，华妈提着一壶水到了地下室，见程实才睡着："小程，你发烧了？"

"妈，我躺两天就好了，没事的。"

华妈给他倒了杯水："你多喝点水，过一会儿，我给你煮碗面来。人啊，病了，该吃的还得吃，营养跟上去，病会好得快一些。"

"谢谢妈。"

程实才病了三天，在床上躺了三天，吃饭喝水的事都是华妈照顾的。

这三天，华丽少了个帮手，感到少了许多东西，总觉得心里空荡荡的；尤其是两个孩子，程叔叔三天没有给自己上课，老是吵着要去叫他。华妈怕孩子染上感冒，硬是没有让她们下楼。这家里好像总是少不了这个男人。

这些天，华妈总是说服女儿，你既然喜欢程实才，就去登记吧。你在这个问题上满足了他的要求，他会对你更好的。我相信他是个有责任心的人。

华丽想了很多，最后想到"退一步海阔天空"，她想通了，去登记吧。要是自己看走了眼，那也是命该如此。

周二早晨下了一场雷阵雨，雨后的空气特别干净，让人心旷神怡。华丽、程实才走进了凯旋郡婚姻登记处。负责婚姻登记的是个美国白人女士，她看过华丽的美国居民身份证，又问了问程实才的情况，就给办了。他们在那里前后就半小时，如今华丽、程实才已经成为正式夫妻。他俩从婚姻登记处出来，到停车场小车边上，程实才紧紧地抱住华丽，吻了她。

他俩到家时，华妈笑脸相迎："你们登记了？"

华丽说："登记了，很顺利。"

程实才满怀喜悦地叫了声:"妈。"

他们商定:本周六晚上办一桌,把陶梅夫妇、金敏夫妇、郑重夫妇请来,大家一起热闹热闹。

周六晚上,华丽在中国城上海饭店订了个大包厢。华丽虽然没有穿婚纱,但经过一番打扮,显得格外端庄美丽;程实才本来就一表人才,稍加梳理,也格外精神;华妈呢,虽然过了五十,也依然神采奕奕;至于春儿、美儿,外婆都给她们穿上了新衣服,可爱极了。这一家人,都显得美丽光鲜。他们作为主人,早早地到了饭店。大约晚上七点,大家都来了,向华丽和程实才表示祝贺。只有费燕有些拘谨,但她心里感到高兴。如今表姐结婚了,彻底打消了郑重复婚的念头,自己可以稳坐郑家女主人的位置了。今晚的宴会,每个人心里都明白,这就是华丽和程实才的婚宴,话都拣好听的说。陶梅可是喜欢热闹的角色。她说:"你俩真是般配,男才女貌,天生一对啊。我祝福你们!恩恩爱爱,白头偕老!"

布莱尔用生硬的中文说:"华丽真美,实才真帅,祝你们幸福,美满!"

金敏说:"小妹已经有两个小美女了,我祝你们再添一个小帅哥,那就完美啦。祝你们有完美的婚姻,有完美的家庭,有完美的子女,有幸福的生活。"

"还是实才小弟有艳福啊。"郑重心里有醋意,说了这一句,想到边上坐着自己老婆,后面的话打住了。费燕听了丈夫的话有些不高兴,但没有表现出来,只是不说话。

陶梅看了看费燕,说:"轮到你说话啦,别冷场啊。"

华丽知道自己的表妹有些小心眼,听了郑重的话肯定不高兴了。现在陶姐让她说话,她还不能不说,看她能说出什么话来。费燕犹豫了老半天,说:"凭我表姐的眼光,找到了一个像著名影星刘德华的样子,像世界首富比尔·盖茨一样的脑子,表姐心中的白马王子,还没有厨腥味儿的男子,真是太好了。你们说是不是?"她这是有意揭郑重的短,敲打他呢。

大家异口同声地说:"是。"郑重没有办法反击,因为自己身上的确有厨腥味。

笑声中夹带着某些酸味。费燕也好,程实才也好,在这种场合只能忍着。其他人呢,也只能一笑了之。

宴会最后,华丽说:"我谢谢大家能来参加我们的婚宴。"

程实才说:"我作为外来客,能得到华丽的爱,能得到妈的认可,首先要谢谢华丽,谢谢妈;其次呢,参加今晚宴会的各位,既是同行,又是兄弟姐妹,我也深深地感谢你们。"

今晚,华妈也很高兴,对大家的光临表示感谢。

晚宴后,华丽、程实才、两个孩子和华妈回到家的时候,已经是晚上十一点了。华妈陪着春儿、美儿睡了。程实才第一次进了华丽的房间。华丽看着程实才,深情地说:"陶姐说得对,我是捡了个丈夫。"

"我在做梦吗?这么美丽的小姐,又是老板,竟成了我的夫人了。"

"我跟你前妻比怎么样?"

"当然,你漂亮啊,你那水灵灵的眼睛,乌黑的头发,雪白的肌肤,红润的嘴唇,真是美若天仙!她怎么能跟你比。"

"真的吗?"

"当然!"

华丽听了很高兴:"今晚我出了一身汗,我得先去洗一洗。"说着进了浴室。

程实才表面上不动声色,脑海中却思绪翻腾:他刚到美国时,听说像他这样的身份要办出绿卡必须得找个美籍女人;他在克拉克批发市场寻找目标,一直等不到合适的人,后来花光了钱,只能露宿街头;就在他快要绝望的时候,华丽出现了,他尾随华丽到了五星市场,搭上了这个女人……

华丽穿着丝绸睡衣从浴室出来,光彩照人。她说:"你也去洗洗吧?"

"好。"程实才从浴室出来了,上前紧紧地拥抱华丽。

此后两天,华丽把程实才申请绿卡的报告上报了凯旋郡移民局,程实才的一桩心事终于放下了。

16

出　局

　　华丽、程实才婚后没有去度假，第二天就上班了。他俩到市场大门口时，正碰上陶梅和金敏，大家聊了会儿天，又分头到了自己的商铺。这三个中国女人，在市场小有名气。市场也因为她们的努力，人气旺了不少，如今市场老板的脸上多了不少笑容。

　　那天市场开门不久，陶梅的一个客户从南大门进来，正往北大门陶梅的商铺方向走去。金敏发现了陶梅的客户，立即从自己的店里走出来，跟她搭话。两人站在走廊里说了很久，总的意思是让对方到自己的店里去看看，说自己刚刚进了一批款式新颖价格实惠的商品，还能给她打折。

　　商人嘛，真正讲义气重感情的又有几个。那人听说这里有款新价廉的商品，而且还能打折，自然走了进去。她发现金敏店里的品种、款式都超过了陶梅，标价差不多，但是能打折。她一下子选了十几个品种，每种拿了三五件，价值五六百美元。

　　这人其实是陶梅头天约好的。上班后，陶梅一直等着她，却不见她来。这时，陶梅给她打了个电话，问她什么时候能到。对方说自己已经在市场里了，今天不能去她店里了，下周再说吧。

　　陶梅可是聪明人，一听就知道自己的客户被人拦走了。陶梅脑子一转，认为十有八九是被金敏拦走的。她想到这里，立即跑到南大门，见金敏正推着一辆小推车往停车场走，那客户和金敏肩并肩走着。陶梅怒火中烧，赶上去质问金敏。金敏可不是省油的灯，她把小推车交给了那客户，并说："你先走吧，我就不送你了。"那客户从金敏手里接过小推车，便走了。这时，金敏才回过头来跟陶梅说话："什么你的客户？"

　　"我同她已经做了好几年的生意。昨天我跟她约好的，今天她来我店里批发一些商品，这还不是我的客户吗？"

"你懂不懂美国的制度？美国在全世界最大的诱惑力是什么？是自由世界！什么叫自由世界懂不懂，既然是自由世界，不仅生活自由，当然也是买卖自由啦？"金敏摆出一种教师爷的架势，居高临下，连珠炮似的教训陶梅。

陶梅是什么角色啊，当然要反击："什么自由世界，你缺德，你不守行业规矩，你不要脸！你是个坏种！"

"谁缺德，谁坏种，谁不要脸！你要是不说清楚，我就揍你！"

"就你还想揍我，我还怕你吗！"陶梅是北方人，比金敏高出大半个头，她自信不会在金敏手底下吃亏。

不料，金敏从来就不是靠力气打架，上来要抓陶梅的脸，陶梅也不是好惹的，这边挡着金敏的指甲，伸手就去扯她的头发，两人又开始打起来了。你推我搡，谁也不肯让步。那客户回头望了一眼，摇摇头，开车走了。最后，还是市场管理部门派了保安，才把她俩拉开。

两天后的下午，凯旋郡警察局派陆二、里三、伍伯还有移民局的克七，闯进了陶梅的商铺。陶梅见这么多穿警服的人闯进自己的店里，一下蒙了。克七上来就问："你叫什么名字？"

"陶梅。"

"你有美国身份吗？"

"有，我有美国绿卡。"

"请你出示绿卡。"

陶梅从小包里拿出绿卡，递了过去。克七接过绿卡，看了看，又交还陶梅。然后他对陆二说："她有绿卡。没有我的事了。"克七走了。

接着，那三位警察不由分说走进陶梅的密室，把里面所有的商品装进十几只纸板箱，用小推车推了出去，同时给陶梅铐上了手铐，把她带走了。整个过程陶梅一句话都没有说。

三名警察在陶梅商铺采取行动时，周围店铺的人只管自己做生意，最多也只是远远地看一眼。大家各做各的事，都不管闲事。

这一天，金敏没有来上班，店门紧紧地闭着。其实她一早就接到了陆二的电话，知道当天下午警察局要采取行动，她自然就回避了。

华丽在自己密室的监控录像里看到了这一幕，她立即给布莱尔打电话，告诉他陶姐出事了。

布莱尔毕竟是上了年纪的人，对这类事情听得多见得也多。他认为陶梅无非是卖了几件仿牌商品，不偷不盗，不会有大问题。但是，他还是采取了积极的救助措施。

他立即开车到凯旋郡警察局，找到陆二，问了问情况，交了六千美元的保金，把陶梅保了出来。

陶梅从拘留所出来，心情极坏。她怀疑这件事是金敏举报的。她想，如果没有人举报，警察局是不会管这类事情的。布莱尔见妻子哭丧着脸，上前安慰："亲爱的，没有事的，我们回家吧。"

陶梅抱住布莱尔，哭出声来了："我这一辈子，戴手铐，进拘留所，可是第一次啊。"

"别哭，你一不偷，二不抢，没事的，我们回家吧。"

陶梅哭得更厉害了，其实让她更痛心的是自己的事业毁了。

布莱尔紧紧地抱着陶梅，不知过了多久，陶梅随布莱尔上了小车，布莱尔开车回了家。

陶爸、陶妈见女儿回家，脸上还挂着泪珠，问："梅儿，怎么了？"

"出了点小问题，没有什么大事。"布莱尔不想把这件事告诉爸妈，抢先作了回答。

陶爸、陶妈听了女婿的话，尽管紧张的心情有所缓解，但心里总还有些疑惑。

陶梅回家后，许久没有从惊慌中走出来。她跟丈夫说："前天，我跟金敏打了一架，今天警察局就采取了行动。我怀疑是她举报的，当然我没有证据。你看，今天三个警察直接到了我的店里，把我的东西全搬走了。而她呢，今天就没有在店里。"

"她揭发你，把你弄到警察局，她有什么好处啊？"

"她怎么没有好处，她给自己出了气，又把我赶走了，她可以吃独食了，这还不是好处吗？你啊，笨死了。"

"即便你走了，不是还有华丽吗？"

"笨蛋。你看着，下一步就要轮到华丽倒霉了，金敏可毒了！"

"好了好了，你别胡思乱想了，休息吧。"

"梅儿被警察局抓了,这还不是大事吗?"陶爸从陶梅与布莱尔谈话中知道了大概,但又听不大懂。

布莱尔说:"不是回来了吗?爸、妈,你们放心,没有事的。"

陶爸、陶妈尽管担心陶梅的事,但也帮不上忙。

这时,布莱尔听到有人敲门,他开了门:"华丽来了。"

"我来看看陶姐。"

陶梅见华丽进来,上前抱住华丽,又哭了起来:"我是被人出卖的。我们市场里出了叛徒!你要小心啊。"

"陶姐,你受惊了,你先静一静。"

这时,又有人敲门,是金敏来了,布莱尔犹豫了一下,还是让她进来了。

"陶姐,你受惊了吧,我来看看你。"

陶梅一看是金敏,一张脸拉得老长,连正脸也不给人家。"黄鼠狼给鸡拜年,你安的什么心?"

"陶姐,你这是什么话,我今天家里有事,没有去市场。傍晚,我听说你出事了,我完全出于好心来看看你,你怎么说是黄鼠狼给鸡拜年呢?你是不是听别人说什么啦?陶姐,我们俩虽然为了客户的事吵过打过,这都是生意上的事。说过打过拉倒了,我才不会把它放在心里呢,更不会去举报你。如果那样,我成什么人啦!"

"你说,我跟你发生过争执,今天出事的偏偏又是我,而不是你。你要不是事先得到消息,你会回避吗?"

"陶姐,我不是给你说了嘛,我今天家里真有事。我再坏也不至于缺德到去举报你。你说我告发你,这对我有什么好处啊?"

"你为了出气,你想吃独食啊。"

"真是冤枉啊,我现在是跳进黄河也洗不清了。但是,事实总会有水落石出的一天。"

"你别装好人了。你怎么敢做不敢承认呢?"

"陶姐,真的不是我告发的,我发誓!"

"你别说了,你今天说什么我都不会相信,你走吧。"陶梅下了逐客令。

"陶姐,你今天心情不好,我不怪你。我相信你总有一天会明白的。"

金敏走了,布莱尔、陶梅和华丽又坐下了。

华丽说:"这件事肯定有人告发,不然警察是不会管的。我觉得吧,已经出事的,一定要做好善后工作,聘请律师,把损失降到最低;没有出事的,不能再出事。市场里卖这些东西的,除了金敏,就是我了。"

"你别管金敏,她可神通广大。小妹,你倒是要注意的,下一个挨整的说不定就是你了。她想吃独食,你不能不小心。"陶梅还是坚持自己的想法。

布莱尔说:"陶梅的事,还是要请个律师,明天我去找找人。"

"对,把陶姐的事情先处理好。"

这时,华丽发现陶爸、陶妈非常着急,她走过去劝了几句。华丽临走时对陶梅说:"陶姐,我送你一句话,'要学长白山的红松,经得住风雪冰霜的考验哦!'""是,小妹说得对。"

这件事,凯旋郡警察局忙了一阵子。第二天,陆二把从陶梅店里搜查来的东西在一个挺大的房间里摆了出来,然后请来 ABD 私人侦探公司专家哈林,请来女人饰品方面专家柳五良来鉴定真伪,帮助分析案情。

哈林倒是有些真本事,对案情分析入情入理。他说:"中国人聪明,这些东西真真假假,看似真的,其实是假的;你说是假的,它又有些像真的。你真要定她的罪很难。我觉得你们抓了也就抓了,给她一个警告,给其他人一个震慑也就行了。你们的目的也达到了。"

柳五良呢?还真把自己当成专家了,端着架子,拿着高倍数的放大镜,看看这,瞅瞅那,装腔作势。他说:"这十几样东西完全是假的。还有这些商品,也都有问题。就凭这些,完全可以把她定为大罪。"

陆二把柳五良的话填写到一份表格上,然后请他签了字。这就是专家的鉴定。如果按照柳五良的说法,陶梅犯的就是大罪。然后,陆二把这一房间的东西和柳五良的鉴定书移交给了检察院。接着由检察院检察官桑巴负责起诉。

布莱尔通过朋友介绍,找到了哈马律师事务所的律师负责人佛莱者,请他做陶梅案件的辩护律师。佛莱者倒像个男子汉,长着高大魁梧的身材,头发已经花白,脸上刻下深深的岁月烙印,像个成熟的律师。哈马律师事务所地处凯旋郡政府边上一座十九层高楼的顶层,远处能看到密歇根湖。能租这样有气魄的写字楼作为办公室,应当是有实力的律师事务所。布莱尔同佛莱者寒暄后,两人在靠窗的小圆桌两边坐下了。布莱尔简单地向佛莱者介绍了陶梅案件的案情。佛莱者先许下了大话。他说自己曾在凯旋郡当了二十年的检察官,前几周才出来当律师。现在检察院的一些人，包括检察长都认识，都能说上话。"你们找我算是找对人了。"

布莱尔听他这么说，原来担心的事情现在放下了一大半："那太好了，我这案件就请你办啦。"

"没有问题。美国的行情你应该知道。"佛莱者开价前这么说，目的是让对方有个思想准备。

布莱尔觉得，只要能把这件事摆平，破点费也就认了："你开价吧。"

"六千美元，一口价。你要是信得过我，就这么定了，你要是信不过我呢，只好让你另请高明了。"

布莱尔咬了咬牙说："好，六千就六千，这价钱你说了算。但是你一定要把这件事给我摆平。"

"没有问题。你今天找我就对了，你去财务那里付钱吧。"

"好。"布莱尔临走，又说了一句，"这事就拜托你了！"

"去吧去吧，请你老婆来我这里一趟。"佛莱者显得很得意，六千美元轻松地进了自己的账户。

布莱尔回家后把请律师的事跟陶梅说了。

陶梅说："六千美元的价格是高了点，但是只要把这事解决了，我们也认了。"

"嗯。你明天到哈马律师事务所去一趟，有些事情跟律师说一说，务必让他把这事摆平。"

"好的。我明天就去，他需要什么材料我会给他提供的。"

次日，陶梅来到哈马律师事务所，佛莱者热情地接待了陶梅。他让陶梅介绍了自己店里卖的主要商品。然后，他说："你卖的东西是有问题的。美国是个法治国家，所有的品牌商品都在专利局注册过，你卖的东西不是正规途径来的，属于违法。你卖出的商品一旦超过一千美元价值，就属于大罪。"佛莱者故意这样吓唬吓唬她。

陶梅想，自己卖出的东西不少，就是被警察搜查去的东西也不止一千美元，这大罪是逃不了了。又转念一想，我请律师是干什么的，不就要大事化小、小事化了吗？她想到这里说："佛律师，我的事情就拜托你了，你无论如何要帮我解决问题。我在这里先谢谢你了。"

"我呢，很同情弱者，尤其是像你这么漂亮的女人。你们中国人漂洋过海来美国，做点小生意不容易，我会尽量帮你往小里做。到时候，我再到你店里看看，做点调查。你呢，尽量配合我。"

"配合没有问题。"佛莱者的一番话着实使陶梅感动，差点让她流泪。

"你回去吧，到时候我会通知你的。"

"好，再见。"

他俩拉了拉手，陶梅走了。从律师事务所出来时，陶梅只觉得一阵轻松。

几天以后，凯旋郡检察院的检察官桑巴召集陆二、里三、柳五良、佛莱者开了一次会，专门讨论了陶梅的案件。会上有三种意见：ABD私人侦探哈林的意见是，陶梅卖的商品属于打擦边球，不能完全确定违法，给她一个警告行了；柳五良的意见是：她卖的东西属于侵权，完全违法，且数量巨大，远远超过一千美元，应该定为大罪；佛莱者觉得，免予起诉的话，对警方不好交代，定大罪的话，证据不过硬，对陶梅的打击也太大，要是闹大了舆论上不好看，定个小罪比较合适，罚个三千美元，一年后撤销处分，如果赞成他的意见，法院不开庭，就由他去做工作，这样大家都省事。最后，起诉官桑巴倾向于佛莱者的意见，先由他去做陶梅的工作，要是陶梅同意，这样大家都少了很多事。

此次会议之后，佛莱者叫布莱尔、陶梅到他的办公室谈了谈案件。那天，佛莱者采取的策略是先高压，再抛出自己的方案。佛莱者说："昨天凯旋郡检察院召集有关方面的人开了会，议论了陶梅案件的处理意见。按照目前的情况，陶梅女士的问题够上了大罪，要提请大罪法庭判决。但是，在昨天的会上，我据理力争，要求免予起诉。他们拿事实一条一条否定了我的辩护。最后还是由我原来的同事、负责本案起诉的检察官桑巴先生站到了我的一边，决定不按大罪起诉，定个小罪，由我来落实。经他这么一说，其他人都不吭声了，案子基本定下来了。这应该是最好的结果了。"

佛莱者这么一说，陶梅就接受了。陶梅原来觉得自己的问题很严重。因为几次同佛莱者接触，他一直说陶梅的案件属于大罪。大罪的概念已经在陶梅脑子里扎下了根。她自己对美国的法律又一无所知，基本上是个法盲，觉得认个小罪、罚点款，一年后能撤销已经不错了。

布莱尔呢，尽管是美国人，但是一直从事技术工作，如今已退休多年，法律知识很有限，只要陶梅能接受，他也认了。

这么一来，这案件很快就结束了。佛莱者靠耍嘴皮子赚到了六千美元。

过了一个礼拜，陶梅的案子结案了。最后的结果是：陶梅交了三千美元罚金，被搜去的东西全部没收，判决书还有一条规定，陶梅每个月得去教堂做一天义工，表现得好，一年以后可以撤销处分。

那天晚上，华丽再次来到陶梅家里。陶梅见到华丽，显得很高兴。

华丽问："结案了？"

"结了。罚了三千美元，那些东西被他们没收了，我也认了。"

"陶姐，再回市场去吧？"

"我还回得去吗？"

"哪里跌倒哪里站起来吧。"

"我的脸都没有地方搁了，那店是不能再开了。"

"陶姐，我们只做自己的事，管别人做啥。这世界上只有两种人不被人家说，一种是没有出生的人，一种是已经死了的人。其实啊，这后一种人，也有人说他长短呢。"

"你这道理是不错，但是我没有这样的勇气。你平时看我嘻嘻哈哈的，其实我的脸皮很薄很薄，我就怕丢脸。"

"你偷渡的时候不怕丢脸，跟金敏打架的时候不怕丢脸，现在怎么怕丢脸了？"

"偷渡不是没有人知道吗，打架不是没有分出谁对谁错吗，现在是他们定了我有罪啊！"

"有罪怎么了？犯点小罪，改了不就完了吗？"

"他们在大庭广众之下冲进了我的店，判了我的罪，我丢不起这张脸，我真是回不去了。"

"你真的不回市场了吗？"

"真的，我把剩下的几件商品和柜台什么的叫我儿子搬走。我啊，不再去那市场了。"

"那你就在家里当太太啦？"

"我想先休息一段时间，以后的事情以后再说吧。小妹，我提醒你一句，你一定要提防金敏，她可不是善茬。"

"好的，我会注意的。陶姐，你好好休息一段时间，以后我会再来看你的。"

"谢谢小妹。"

华丽走了，陶梅一直送她上车，见她把小车开走。

华丽回家已经是后半夜了，家里人都睡了。她悄悄进门后，直接到卫生间冲了澡，进卧室睡了。这时，程实才含含糊糊地说："你回来了？"

"嗯。"

"陶姐怎么样？"

"她的案子结了，不想再做这事了。她啊，算是出局了。"

"出局了？好啊，市场少了一个对手。"程实才来了精神，话也多了。

"你说什么呀，你怎么好像幸灾乐祸呢？"

"不是吗？我希望金敏也出局呢。到那时候，这市场就是我们的天下了。"程实才把身子支起来看着华丽，"我知道你和陶姐关系好，可交情归交情，买卖归买卖嘛。"

"程实才啊程实才，你还有这想法，我真没有看出来呢。"

"睡吧。"程实才转了个身，又睡了。

华丽看他又睡了，自己也钻进了被窝。

果然，第二天，陶梅的儿子陶琪和布莱尔一起来市场把店里剩下的商品和柜台等物品全拉走了，整个过程中，陶梅都没有出现。

其实，这一天算是陶梅到美国后最痛苦、最难熬的日子。刚来的时候虽然艰苦，可好歹心里有个念想。这次就不一样了，苦心经营了几年的店铺，一夜之间烟消云散，而且还不明不白的，连个"幕后黑手"都找不出来。她心里认定了金敏使坏，可毕竟没有证据。上午布莱尔、陶琪离家后，她在自己卧室里犹如失魂落魄，嘴上念念有词："我这几年的奋斗就结束了，我就这么出局了？""谁是真正的捣蛋鬼呢？""今后我还能做什么呢？"说着说着她流泪了，她感到委屈，感到憋气，感到愤怒。时而，她站在窗口，默默地注视着远方，心中犹如惊涛骇浪；时而她又在房间里踱来踱去，坐立不安。不知过了多少时间，她就这么煎熬着。

中午时分，她妈来敲门，陶梅打开了房门。她妈见女儿两只眼睛肿得像两只红灯笼，大吃一惊："梅儿，你怎么了？"这一问，陶梅再也控制不住内心的憋屈，哇的一声哭了出来。她抱住妈妈失声痛哭。陶爸听到楼上的哭声，猜测陶梅还是为了自己的店被冲的问题。他上楼见母女俩抱头痛哭，他也流泪了。

不知又过了多久，还是陶爸劝母女俩别难过。他说："留得青山在，不怕没柴烧。店被冲了就冲了吧，我们另选场地，重新开始。"陶梅听到爸这么说，停止了哭泣。她挽着妈妈的手臂下楼去吃午饭。

布莱尔和陶琪处理完市场遗留问题回到家已是傍晚了，陶梅问："处理完了？"

布莱尔说："完了。"

陶梅直叹气："唉，完了，真是完了。"她这是在说自己的心血呢。

这时陶红、陈阿大带着女儿来看望陶梅，大家打过招呼后在客厅坐下了。

陶红说："妹子，你就这么在五星市场里撤了？"

"不撤又能怎么办？"

"哪里跌倒哪里站起来啊。"

"我这个人脸皮薄，见不得丢人。"

陈阿大说："撤了也好。依我看，这么一整，五星市场许多店得关门了。不关门，生意也不会再火。"

布莱尔说："姐夫说得对，今天我去市场看到的是大家人心惶惶，下一步市场可能还会采取点措施，往后的生意就难做了。"

陶红说："五星市场这么一整，也会波及其他市场吧。"

陶梅说："这是必然的，姐和琪儿你们都得小心。"

陈阿大说："妹子说得对，大家都得冷静地想一想，调整一下商品结构，尽量走正规的路子。生意还得做，不做吃什么呀？"

陶梅说："姐夫说得对，生意还得做。我呢，想休息一下，把过去几年经商的得失，理一理，今后怎么做想一想，恐怕得重新起步。"

陶妈把晚饭端上了餐桌："来来来，大家吃饭吧，一边吃一边聊。"

大家站起来，走向餐桌……

果然，第二天，五星市场管理部门发了个通知，要求所有商铺把密室拆了，店铺必须敞开。同时要求所有商店都要卖正规商品，不准卖假冒仿牌商品。

华丽和金敏的店都把密室拆了。华丽的店完全敞开了。华丽、程实才把原来的商品都做了清理，凡是有嫌疑的商品，一律撤出了柜台，放到了仓库。

真是好事不出门，坏事传千里。陶梅的商铺被冲后，整个市场的人气大减。今天这么一弄，市场的人气基本没有了，大家都叫苦连天。

那天下午，华丽、程实才提早下了班，华妈见女儿女婿回家，问了一句："你俩有什么事吗？怎么这么早回家了。"

华丽说："今天一下午，市场里没有什么客人，我们提早下班了。"

"要是天天这样，大家还怎么活哦。"程实才有些叹息。

华丽说："是啊，陶姐倒是有先见之明，急流勇退，未必不是好事，要是天天这样，那真不如关门走人呢。"

华妈说："现在先避避风头，风头过后会好的。放心吧，美国也不是世外桃源，也不是不食人间烟火的天堂。"

程实才附和华妈的话说："妈妈说得对，大家先避避风头不会错，开顶风船总不好，弄不好是要翻船的。风头过后依然阳光灿烂。"

"趁这个机会我们想一想，调整一下思路，出新招、走正路，能不能走出一条新路来。"

华妈说："我赞成丽儿的想法。古人说：先义而后利者荣，先利而后义者辱；荣者常通，辱者常穷。明是非，做事才通达，遇事不会糊涂；相反，太过于私利，会利令智昏，会犯错误的。"

"我赞成。一个企业要做长久，必须走新的路子，走正规的路子，还要经得起检查。"程实才是两边讨好，显得有点油滑。

这时候，春儿和美儿叫唤："爸爸，讲故事啦。"

华丽对程实才说："快去吧，商店老板可以提前下班，中文老师还是不能下岗的。"

"对对对，宝贝，老师来啦。"

这时，郑妈、郑重和费燕到华丽家门口敲了敲门，华丽开了门："快进来吧。今天是什么日子啊，你们全家都来了。"

"我呢，想宝贝了，来看看她们。春儿、美儿，你们想不想奶奶啊。"郑妈一边说一边张望着两个孩子。

春儿和美儿闻声跑过来，甜甜地叫："奶奶。"

郑重和费燕跟华丽在小客厅的沙发上坐下了。郑重问："我听说你们市场出事了，你没有事吧？"

"我没有事，陶姐被冲了。"

"怎么回事啊，不就是打点擦边球吗？对你影响大吗？"

"影响可大了，现在整个市场没有人气了。今天一天，我只收了几十元钱，连付房租都不够。要是天天如此，我们一家子可要喝西北风了。"

在奶奶怀里的春儿抬起头来问："妈妈，西北风能吃吗？甜不甜？"

大家都笑了。

"别急，慢慢会好的。"郑重找不出合适的话，只能说些模棱两可的话宽宽华丽的心。

华丽见到费燕一直没有说话，问："小妹，你好吧？"

"就这样吧，天天上班下班，两点一线。"费燕好像情绪不对。

"上次车祸以后，有没有再怀孩子？"

"好像有了，上个月都没来例假，三十多天了，但是还不能确定。"

"去医院查查呀。"

"顺其自然吧。"费燕心事重重，也不知在顾忌什么。

"你真这么想？"

"不这么想，还能怎的。"

俗话说，听话听音，华丽觉得今天表妹好像不怎么开心，她也不再多问了。

不一会儿，郑家人回去了。

郑家人回家后，郑重到了自己办公室，费燕也走了进去。郑重说："燕子，你好像不高兴？"

"我能高兴得起来吗？今天我爸妈又打电话来说让我回去一趟，我回得去吗？"

"是啊，申请绿卡的报告报上去很久了，怎么还不批下来啊！"

"你能不能再去问问？我怎么也想不明白，人家办绿卡都很快，怎么轮到我就这么慢，你有没有搞鬼哦！"

"天晓得，我填好表格不是给你看过了吗？送表格那天，你不是一块去的吗？"郑重有些莫名其妙，"明天我再去问问。"

费燕不响了。

郑重又问："嗨，你刚才跟华丽说的话是真的吗？"

"什么话啊？"

"刚才你不是说有三十多天没有来例假了吗，你怎么不跟我说啊？"

"现在还不确定呢。"

229

"燕子，这一次，我们真的要小心，要高度重视，你一旦有孩子了，就别去上班了，在家里待着，一直待到宝宝出生。"郑重拉着费燕的手说。

"我可没有这么娇贵。"

"这不是娇贵不娇贵的事情，涉及我们郑家是不是后继有人的问题啊。"

"你不是已经有两个孩子了吗？"

"女儿么，以后是要嫁出去的，儿子才能接班。说实在的，我和我妈都很喜欢春儿、美儿，但是真正要传宗接代，还是要有儿子。亲爱的，我跟我妈真的很想要个儿子，你可要争气哦。"

"争气，争气，我到现在连身份都没有！"费燕想起绿卡的事，把郑重甩开了。

"会有的，你放心吧。"郑重为了让费燕开心，站起来抱了抱她，"燕子，你先去休息吧，我很快就上去。"

"好吧。"费燕上楼了。

郑重自言自语："这绿卡，怎么了，怎么能拖这么久，也难怪费燕心里不舒服。"

17

劣　迹

在五星市场，两个中国女人商铺的密室被打开。从表面上看，她们都卖正规的商品了，不再打擦边球了。其实，金敏凭借她在警局有朋友，还在偷偷地卖那商品。尽管生意不像以前那么好了，但日子还过得下去。她的脸上仍然留着笑容。这笑容包含了许多东西。

华丽的日子真是难过了。如今，好的时候一天一二百元；差的时候一天也就七八十元。

其实，原先整个市场里的人都在打擦边球，如今整个市场一片萧条。那个韩国女人常到华丽这里叫苦："现在生意实在太差了，家里的生活都出了问题。以往靠这家店养着两个儿子读大学，最近我已在爸妈那里借了不少钱。要是再这样下去，这店可要关门了。我打算去超市打工。"

华丽也向她倒苦水："可不是，我家里也发生了困难，已经感觉到日子难过了。"

一天，程实才同华丽说："我发现了金敏的秘密，她还在卖那商品呢！"

"她怎么卖的？"

"她手里有只iPad，里面有许多照片，顾客需要什么样的品种、规格和样式，在iPad里选好，然后到汽车里拿货。这样既安全，又能赚钱。我们能不能试试？"

"不行。"华丽斩钉截铁地作了回答。

"那恐怕只能关门了。"

"过去，我们不懂随大流，不知者无罪。现在政府出台了政策，警察查了陶姐的店。我们要从中接受经验教训，趁此机会转型，走正路，做正规的生意，这才是我们应该考虑的问题。"

"你有想法了吗？"

"现在还没有成熟的想法。但是，我相信，我们会有办法的。转型是痛苦的，如果能熬过这一阵子，前面的道路会是宽阔的。"

话虽这么说，华丽心里还是没有谱。店里又是一连几天没有什么生意。她和程实才每天按时上班下班，看着形影不离，话却越来越少，满心想如何让自己的商铺转型，重振雄风。

那天晚上，等程实才给春儿、美儿讲完故事、上完中文课后，华丽让两个女儿睡了。然后，她向华妈、程实才提出了自己的一个想法，她想和妈妈带孩子回中国一趟，一来看看正在监狱服刑的爸爸；二来想在中国做些考察，看看有什么贸易可以做的。她说："现在店里生意清淡，让实才管着，我和妈回中国一趟。"

她的提议得到了妈妈和程实才的支持。华妈说："我的签证快到期了，你的想法正合我的意。就是我们走了，小程会冷清一点。"

程实才心想，这想法正合我的意。你们都在，我的精神天天绷得紧紧的。你们回中国去了，也好让我自由自在地过几天，这真是个好事。他这么想，当然不能这么说。他说："我支持你的想法。你应该回去看看爸。爸在里面肯定也想女儿了，我们都得尽点孝心。再说呢，现在许多老外都到中国去淘宝，而不少中国人却跑到外面来了。你回去做点考察，这是好主意。如果有贸易可做，那是再好不过了。真正要把生意做大，还得靠贸易，靠批发。有人不是说过这样的话，'一毛钱要饿死，一分钱能撑死'吗，经商还得靠批发。"

"好，就这么定了。用一个礼拜时间做点准备，一周后我和妈带孩子回中国。"

此后，程实才去市场上班；华丽和华妈几次去大商场采购礼品。

一周后，华丽、华妈带着春儿、美儿登上了从芝加哥到上海浦东机场的AA航班。春儿是第二次去中国了，美儿还是头次去。中国毕竟是她们的故乡，两个孩子显得特别兴奋，又蹦又跳，时不时说："我们要去中国了。"

华丽、华妈和两个孩子刚刚离开美国。当天晚上，程实才就去了芝加哥赌场。其实程实才偷渡美国的一个重要原因，是一次去澳门赌博输了许多钱，欠了很多债，还被学校开除了党籍。他是一个好赌之徒。他在芝加哥的这段时间，为了取得华丽的信任，为了自己能在美国站住脚跟，只能苦苦煎熬。如今，华丽已同他正式结了婚，绿卡的问题也已上报，华丽、华妈和孩子又去了中国，有这么好的一个机会，他完全放松了筋骨。他带着三千美元进了赌场，资本也不算少了。他对赌场的几种玩法非常娴熟，但是他最想玩的还是二十一点。他觉得二十一点还是比较公平的。

芝加哥的赌场不像拉斯韦加斯那么豪华，那么有规模，就一个大厅。当然这大厅也有两个篮球馆这么大，分割成若干区域，其中各种各样的老虎机占了三分之二的位置。

程实才作为一个老赌客，他非常注意自己的形象。那天出发前，他洗过澡，头发吹过风，西装领带，黑色皮鞋，真是一表人才。他一进赌场，许多人，特别是一些年轻的女赌客都会注目。

他先到大厅一张玩二十一点的赌桌前坐下了，想试试手气。发牌的是个年轻的美国白种女人，她用英语向程实才打了招呼，程实才也用英语回了一句话，很有绅士风度。他从西装内侧口袋中掏出一沓钱，从中抽出三张一百美元的大钞，买了筹码。筹码大的二十五元一个，小的五元一个。今晚，这张赌桌就两个人，除了程实才，还有一位上了年纪的黑人。他先押了四个小筹码，也就二十美元。那美国白人女郎开始发牌，发到程实才面前的第一张牌是二点，第二张牌是九点，庄家一张明的牌是八点，程实才毫不犹豫地又加了二十美元的筹码，他的总赌注变成了四十美元。那白人女郎发给程实才的第三张牌是十点，三张牌共二十一点，赢了。开局胜利，他很得意。

第二盘，程实才把刚才赢的四十美元加本钱四十美元全押上了，那白人女郎发给他的两张牌一张是A、一张是K，二十一点，又赢了。庄家按一点五倍赔了，他的八十美元赌注赢了一百二十美元。

第三盘，程实才把两次赢来的一百六十美元加上最初的四十美元本钱全押上了。那女郎发给他的头两张牌一张五点一张六点，庄家明的那张牌是九点，程实才又加了倍，他的赌注变成了四百美元。他的第三张牌又是十点，三张牌二十一点，庄家又赔了。

程实才前三盘，庄家都赔了。三盘牌净赢了五百六十美元。

今晚，他在这张台子上一直玩到凌晨两点才回家。后面的牌局当然有输的，也有赢的，总的是赢多输少。这一晚上，他赢了两千多美元。

这赌场，你说没有规律，倒也不是。一般来说，好赌的人，长久不赌，偶尔一次就会赢；初学的人，一般手气都会比较好，头两次也会赢。今晚，程实才是应了这个规律。

第二天晚上，程实才又来赌场，他的本钱是五千美元。今晚，他直接进了贵宾室。贵宾室一共有三张台子，其中两张是玩二十一点的，一张是玩百家乐的。他到其中一张台子坐下了，发牌的是个上了年纪的美国女人。他从西装内侧口袋掏出一沓钱，从中数出一千美元，买了筹码。这里起步价是五十美元，也就是说最小的赌注是五十美元，最高的每注限额是两千美元。当时，他同那女郎是一对一的对赌。程实才先押了五十美元，那女郎发给他的第一张牌是七点，第二张牌是八点，这是最糟的牌，后面的牌只要是七点以上都爆，那女郎明的那张牌是十点。你要牌是死，不要牌也是死。他要了第三张牌，八点，爆了。那女郎毫不客气地把程实才的筹码收了。

第二盘，程实才加了一倍的筹码，他的赌注变成了一百美元，又被吃了。

第三盘，程实才又加了一倍筹码，他的赌注变成了二百美元，又被吃了。

前后不到十分钟，程实才首次买的一千美元筹码全输完了。

程实才又从西装内侧口袋里掏出那沓钱，从中数出两千美元，买了筹码。贵宾室的筹码都是二十五、五十、一百、五百元的大筹码。

第二轮的第一盘，他押了六个五十美元的筹码，那女郎发给他的第一张牌是三点，第二张牌是八点，那女郎明的一张牌是八点，这对程实才来说非常有利。那女郎问程实才要不要加倍？程实才毫不犹豫地又加了六个五十美元的筹码，台面上变成了十二个筹码，高高的一摞，六百美元。这时，那女郎发到他面前的牌是十点，二十一点。就一盘，他赢了六百美元。

这个晚上，来来去去，最后，程实才赢了三千多美元。

连着两个晚上，程实才赢了五千多美元。这时候，他有些飘飘然了。他觉得，开店多累啊。赌钱，又好玩，又能赢钱，这可是世界上最好的职业了。

第二天上班，他碰到金敏，两人在走廊里站着聊天。金敏说："看你眼睛肿肿的，好像没有睡醒呢，昨晚干什么去了？"

"不瞒你说，昨晚到赌场去玩了一把，睡的时间少了。你的眼睛太厉害了。"

"手气怎么样？"

"我可已经有两年多没有进赌场了。这赌场有句行话叫什么的？你可知道？"

"我从来不去赌场，我哪会知道赌徒的行话啊。"

"叫久赌必输，长久不赌必有运啰。"

"那么，你是长久不赌必赢啰？昨晚赢了，对不对？"

"被你猜对了。我老婆不是去中国了嘛，我去了两个晚上，都是赢钱。这赢钱的味道实在太好了。这两个晚上，我在那里同美国人斗智斗勇，从正宗美国老板的口袋里把钱赢回来。你想想，这感觉有多好？而且，从那里赢来的钱还不用交税，百分之百地进了自己的口袋。"

"是啊，在美国做生意，好像只有从赌场赢的钱不用交税？"

"有人替咱交了。"

"谁啊？"

"赌场老板啊。那赌场老板交税可是高额税收哦。"

"可不是吗？"

"到赌场去过，这生意就不想做了。你看，我们卖商品，这钱来得多慢啊。卖出一件商品，二三十元钱，除去成本，再交了税，还剩几元利润啊？你要赚一千元钱，你得卖出多少商品啊？我昨晚一盘就赢它六百美元呢。"这程实才，平常看他话不多，今天怎么有那么多话，而且都是一些私密话。这也许是赌徒的一种心态吧。他们这号人，输钱的时候就不响了，赢钱的时候，就喜欢说，甚至吹嘘自己是怎么能干，怎么了不起。

程实才离开金敏时，突然想到，自己刚才话多了，担心金敏把这事透露给自己老婆华丽。想到此，他又回过头来，同金敏说了句："我刚才同你说的话，你可千万不能同我老婆说哦。"

"你放心吧。你相信我，才会同我讲这么多赌钱的事，我不会出卖朋友的。"

"好好好，拜托了。"程实才走了。

金敏自言自语地说了一句："看你今天高兴的样子，明天有你哭的时候呢。"

华丽回中国探亲这些天，程实才每天白天把商铺的门开着，生意反正不好，他权当在这里休息。

此后，程实才又连续去了三次赌场，可连着输了三次。他不仅把前两次赢的五千多美元全输了，而且把以前华丽给他的五千多美元也输完了。这赌场可不是吃素的，你长久不赌了，让你赢两次，让你尝点甜头，目的还是让你拿出更多的钱进赌场。你输的次数多了，又会让你赢点钱。不然，还会有谁来赌场玩呢。

去赌场的大致有三种人，第一种人，是纯粹去见识一下，有的看看就走了，有的玩一把就走了，他们一般都是速战速决，玩一把就走，顺带着吃点赌场提供的廉价美食，不会吃什么亏，甚至还有的赚。第二种人，是有克制能力的，输了不冲动，赢了不盲动，输赢都有度，不想在赌场发财，也不想在赌场破产，这样的人，就算吃亏也亏不到哪里去。美国船王哈利曾对儿子小哈利说："等你到二十三岁，我就将公司的财务大权交给你。"到小哈利二十三岁时，哈利犹豫了，怕儿子没有克制能力，怕儿子把公司败掉。他为了考察小哈利，第一次给小哈利两千美元，让他进赌场，结果全输了；第二次给他四千美元，又让他进赌场，结果输了三千美元，口袋里留下一千美元走了；第三次给他六千美元，再让他进赌场，结果输了两千美元，剩下四千美元不赌了，走了。哈利觉得儿子学会了克制，就把公司的财务大权交给了他。第三种人，纯属赌徒。赢了钱，想赢更多的钱；输了钱，想翻本，越输越想翻本。把赌钱看作职业，想发财进赌场。最后，许多人结局不佳，甚至倾家荡产。

你想啊，赌场是干什么的？赌场是要靠赌客大把大把的钱用来开支和致富的。豪华的大厦，精良的装备，众多的员工，每天都要有高额现金支出；老板的资本要靠赌客的钱来回报。如果大家都想赢钱，那么这些开销由谁来承担呢？可想而知，所有这些开销和老板的高额利润，都要从赌客的钱包里去要回来。

所以，做一个赌客，注定是要输钱的。你决定做一个赌客，走进赌场的那一刻，就先输了三分，老板先赢了三分。老板的资本是无限的，而且他拿出来的筹码是塑料制品，赌客的资本是有限的，拿出去的是美金，从心理上说你已输了一分；老板的时间是无限的，他的职业是开赌场，他的时间就是跟你赌钱，你的时间是有限的，你只是个赌客，从时间上说你又输了一分；老板的精力是无限的，他可以不断地换人，尤其是当你运气好、风头旺的时候，他就换上了最强势的发牌者，用他那种独有的气势来压制你，你的精力是有限的，因为人是会疲劳的，从精力上说你又输了一分。当你疲劳的时候，你要是没有自制能力，那就会输得很惨。

那天晚上，程实才在丝色罗自己的家里，坐卧不安。他身上只有几十元钱了，这几十元钱不但翻不了本，甚至无法进赌场了。他想得最多的是自己已经连输三场了，现在要是有资本那就会赢钱了。俗话说得好，一二不过三嘛，自己已是连输三场了,第四场肯定会赢钱了,无奈的是自己没有资本了。他不甘心输得这么惨!最后,他想出了办法,决定明天把仓库里的存货变为现钱,再去搏一次。

第二天,程实才上班时直接到了金敏的商铺。两人寒暄过后,程实才直接问金敏要不要自己库存的商品,自己想把它变为现金。金敏问他仓库里有些什么样的东西,他说东西很多,你去看看就明白了,哪些要,哪些不要,完全由你来决定。金敏又问了一句:"你这事有没有同你太太说过?"

"说过,她不点头,我哪敢做主啊?"

金敏这才跟程实才来到华丽的仓库。他们仓库里的许多东西金敏偷偷地在卖,而且好销。金敏心想,你们胆子也太小了,这类东西不卖,这店还怎么开呀,趁早关门算了。她想到此就说:"你真的要处理这些商品吗?"

"那还有假。"程实才想过,反正华丽已决定不做这类生意了,我把这些东西处理掉了,一来可以解决我的翻本资金问题;二来我赢了钱,说不定还能受到老婆表扬呢。

金敏听了程实才的话,立即从中挑选了自己看中的商品,总数有三百多件。程实才按市场批发价,又给金敏打了两个点的折扣,总价是六千美元。

最后,剩余商品不多了,也就几十件。程实才对金敏说:"你把这些都拿走吧,你说给多少钱就给多少钱吧。"

"好吧,再给你加五百块钱吧。"

"行。"

当天晚上,程实才腰揣六千多美元又进了赌场。第一盘他押了五十美元,庄家发给他的牌第一张是十点,第二张是七点,两张牌相加十七点,庄家明的一张牌是九点,底牌也是九点,程实才输了。庄家以十八点吃掉了他的十七点。

第二盘,程实才押了一百美元,他的第一张牌是十点,第二张牌也是十点,他心想,二十点,那是赢定了。结果庄家第一张牌是十点,底牌是张A,结果以二十一点吃掉了他的二十点。

第三盘,程实才押了二百美元,他的两张牌是二十一点,庄家第一张牌是十点,底牌到底是几点猜不透。庄家问他要不要先赔给他钱?如果闲家不看庄家底牌只按1:1赔付,如果要看庄家的底牌,那么就要比大小了,按一点五倍赔付还是不赔,要看运气了。他想,你要不是二十一点,那么你就得赔我一点五倍，那我可以多赢一百美元。他决定赌一把。结果庄家翻出来的底牌是张 A，二十一点对二十一点，打平了，连二百美元都没的赔了。

程实才开局三把：自己十七点，庄家十八点；自己二十点，庄家二十一点；自己二十一点，庄家也是二十一点。庄家的三盘牌都压住了自己，这是最晦气的三盘牌。他站了起来，换了一张台子。

这天晚上，程实才连换了几张台子，但都是输得多、赢得少。到凌晨一点多，他口袋里的六千多美元全输完了。他只能站起来，灰溜溜地走了。

他到家已是凌晨两点钟了，他给华丽打了个电话，只是问问好，绝口没有谈去赌场的事；华丽也只是问了问商场的情况。

华丽回到中国后，先是用了两天时间倒时差，然后去乔司农场看了看老爸，又决定要去义乌小商品市场看看商品。

那天，她向小学同学借了辆小车，一家四口要去义乌两天。从海门市出发，小车一直在高速公路行驶。公路两旁满目苍翠，郁郁葱葱，不再像她出国前那样杂草丛生，灰蒙蒙的一片。

她们到义乌后，先到酒店入住，然后兵分两路，华丽到了小商品市场参观看货；华妈带着春儿、美儿去横店影视城玩。

华丽在小商品市场整整转了一个下午。这里各种日用商品应有尽有，而且价格低廉。但是，真正入华丽慧眼的东西基本没有。她决定第二天再用半天时间来市场参观考察。

倒是华妈带着春儿、美儿在横店影视城玩得很尽兴。她们参观了仿造的宫殿、"清明上河图"，看了真人秀表演。

晚上，一家四口游览了义乌街景。春儿、美儿在街上见到那么多游人，觉得很好奇。春儿问："妈妈，这里怎么会有那么多人啊？"

华丽说："在中国啊，不仅仅这里人多，每个地方都人多。整个中国的人口，几乎是美国的四倍呢。"

春儿又问："妈妈，这里怎么还有许多外国人呢？"

"这里是中国最大的小商品市场，不仅仅是中国人的市场，也是外国人的市场呢。所以会有许多外国人啊。"

"哦，我懂了。"

第二天上午，华丽又用了半天时间游览参观了市场，最后买了一千美元的女人饰品，想去美国试销。这些东西要是有销路，就打算做中国的商品；要是没有市场，也不会造成太大的损失。

那天傍晚，她们就回了家。

三天以后，华丽和华妈再次去乔司农场看望华爸。她们没有让两个孩子同去，她们不想让孩子知道外公是个正在监狱服刑的罪犯，所以把孩子托付给了邻居照看。中午，母女俩到了乔司农场，在监狱管理人员安排下，他们见面了。

华爸知道，她们母女今天同他见面以后就要回美国了，下次见面也不知是何年何月，所以他非常渴望和珍惜今天见面的机会。

华丽也想到了这样的问题："爸，两天后，我和妈，还有春儿、美儿要回美国了。你千万要保重身体，到时候健健康康地出来。"

"丽儿，你放心吧。我最困难的时期已经过去了。我想，再有两三年就能出去了。现在，我最强烈的愿望是什么，你知道吧？"

"知道，一家人能够平平安安，幸福地待在一起。"

"是啊。你两次结婚，爸爸都不在场，爸爸对不起你啊。还有，你现在已有两个女儿了，我作为外公还没有同春儿美儿见过面，我也愧对她们。还有，你妈在美国要照看两个孩子，这是很累的活，我要是在那里，可以同她分担。她不仅心里记挂我，还在体力上付出劳累，我也愧对她呀。"

华妈说："你啊，别说愧对我的话了，你在这里已够孤独了。我现在不能天天跟你在一起，也是没有办法的事啊。"

"我虽然一个人在这监狱里，看起来冷冷清清的，但是内心并不孤独，因为我心里有你，有丽儿，还有春儿、美儿。你安心去美国吧，去帮帮丽儿。你要是心里冷清了，想想大洋这一边，还有个老头子在记挂你呢……"这一天，华廉洁讲了许多话。

华妈、华丽已经哭成了泪人，她俩只是默默地听他说话。

大概过了许久，华妈说了一句话："老头子，过不了一年，我会回来看你的。你可一定要保重身体，到时候健健康康地出狱，我们全家人过简简单单的日子，好不好？"

华丽爸也流泪了："我会注意的，你们不用担心。你们回吧，回去吧。"他说完这两句话，自己先转身走了。他怕控制不住自己的感情，会哭出来，在妻儿面前失去一个大男人的形象，所以急忙转身离开了。

华丽、华妈母女死死盯着会面室的墙壁，过了半晌，这才转身离开……

两天以后，华丽、华妈带着春儿、美儿登上了从上海浦东机场到美国芝加哥的 AA 航班。

第二天下午五点多，华丽、华妈和两个孩子顺利到达了芝加哥，程实才接上她们后直接来到四川饭店吃晚饭。费燕见表姐一家来饭店，从柜台迎了出来，郑重、郑妈也都从里面出来了，问候的问候，亲热的亲热。费燕同表姐在说回家探亲的事，郑重同程实才在说店里生意的事，郑妈一手牵着春儿、一手牵着美儿到一张大圆桌坐下了，问两个孩子想吃什么。春儿说："要吃葱油饼"；美儿说："要吃大龙虾"。郑妈立即朝服务员说："大龙虾先记着，葱油饼快些上，让孩子垫垫。"

服务员点点头，不一会儿端来一盘热气腾腾的葱油饼，郑妈给春儿扯了一块对付着，美儿见春儿吃得香甜，也争着要吃，小孩子都是这样，东西要靠抢的才香。

费燕问过表姐老家的情况后，华丽问："小妹，你是不是怀孕了？"

费燕凑在表姐的耳根边轻轻地说："有了，真的有了。"

"这回可要小心了。"

"我会的，会注意的。"

郑妈毕竟是开了几十年饭店的，知道这一家人喜欢吃什么，没有等主人开口，都给她们安排好了。服务员把一道道大菜端上了桌，有大龙虾，有帝王蟹，有青蒸鳜鱼，有芦笋炒牛肉，有红烧排骨，有小青菜，还有一大盆酸辣汤。郑妈见菜都上来了，叫了声："大家吃饭吧，边吃边聊。"这时，华妈、华丽、程实才都走了过来，围着大圆桌坐下了。

华妈说："这么丰盛啊？"

郑妈说："今晚，我们为你们接风啊。"

"这怎么好意思？"华丽客气了一下。

"有什么不好意思的？我给我的孙女儿，还有孙女儿的妈妈、外婆接风有什么不好意思的？大家吃吧，不够，再加菜。我们自己的饭店，大家想吃什么，直接说，千万别客气。"看得出来，郑妈的心情特别好。这既是因为自己的两个孙女儿来了，也是因为费燕怀孕了。

今天的晚宴，是郑妈陪大家一起吃的，大家都放开了。美国人虽然不喝酒，又提倡自由，好像在家里一样，想吃什么就叫什么，说说笑笑，把一大桌的菜都吃完了。

晚饭后，华丽、华妈和两个孩子回到了自己的家。这家尽管在贫民区，显得简陋，但毕竟是一家人落脚的地方。在美国有一点真是令人折服，尽管女主人离家将近一个月，这桌椅板凳床铺依然干干净净，毫无灰尘。华妈对此赞叹不已。华妈和孩子因为长时间地坐飞机，已感到劳累，不一会儿就睡着了。

华丽和程实才，一对小夫妻分别这么久，自然有许多私密话要说。华丽向程实才讲述了两次去乔司农场看望正在那里服刑的爸爸，和去义乌小商品市场参观和购货的情况，程实才介绍了商场的简要情况，他对自己去赌场和变卖库存商品的事一句未讲。但是，今晚他俩讲了许多甜言蜜语，程实才说："不知怎么的，自从你离开那天开始，每天每夜，我分分秒秒都在想你。有时，夜里突然醒了，感觉你回家了，我会出去开门，见到外面什么也没有。这是什么呀？这就是我对你的爱啊，这就是我对你的思念之情啊！"

华丽听着听着，感动了，眼眶溢满了泪水："是啊，这种感觉，这种行为，只是有情人才会有的。你对我，这可是真心啊。"她想到这里，抱住了程实才。程实才也紧紧地抱住了华丽……

第二天，华丽早早地起床了。她见妈妈已在厨房间准备早饭："妈，早啊。"

"丽儿，你还可以再睡一会儿，今天不用去店里吧？"

"我已经这么久没有去店里了，今天得去店里看看。"

这时，程实才也起床了。他昨晚对变卖库存物资的事只字未提，担心过不了今天。老婆要是追究起来怎么办？他得有个应变的办法。东西没有了，这是无法隐藏的事实。那么这钱呢？这是无法回答的问题。说给自己赌掉了，这可不行。弄不好，她会同自己离婚。要是离婚了，自己的绿卡还没有办出来，那不前功尽弃了吗？想来想去，只能编个谎言，说母亲生急病，在情急之下，把六千元钱汇到中国去了。对，只能这么说。

中午十二点，华丽、程实才来到市场，程实才把商铺的门打开了，华丽拿着两包茶叶去金敏店里了。金敏见华丽过来，主动上前，同华丽打招呼："回来了？"

"昨晚到的。"华丽把两包茶叶递了过去，"我们老家的茶叶，让你尝尝。"

"谢谢。"

"最近这里生意还好吗?"

"别提了,糟透了。"

"听我老公讲了,这里情况同我去中国前差不多。要是一直这么个状况,这店可开不下去了。"

"是啊。"

"你忙,我去店里看看。"

华丽从金敏店里过来,没有进自己的店,到韩国人的店里见大韩正在搞卫生:"您好,大韩。您老婆没有来上班?"

"这儿生意不好,我老婆去超市打工了。"

华丽觉得跟大韩没有什么话好说,说了句"再见",走了。

华丽到自己店里后,先是看看商铺的东西,接着去了仓库。她发现仓库里的许多库存物资没有了。她想,这么多东西没有了,昨晚老公怎么一句话未说?心里存了个大大的问号。她回到店里后,见老公坐在电脑桌前玩电脑:"亲爱的,我们仓库里许多库存物资没有了,你是不是把它卖了?"

"对,卖了。"

"卖了多少钱?"

"六千元吧。"

"这钱呢?"

"哦,这事昨晚忘记同你说了。你走后,我爸打来电话,说我妈病了,住院了,急需用钱,要我汇点钱过去。你知道,我身上没有什么钱,我把那些东西低价变卖了,卖了六千元钱,加上我自己身上的两千元,一共八千元钱,汇给我爸了。对不起,我也属于病急乱投医了。"

华丽是个通情达理的人,听说他妈病了,急需用钱,也没怪他。但是,有一点她不满意,这么大的事,怎么不同自己通通气?他是不是没有把自己当作他家里的人了?华丽说:"你妈,也是我妈。你妈有病,你应该同我说。你可以不变卖东西的,我就在中国,我可以在中国打钱到你家里去,这不更方便吗?"

"你说得对,这一点我怎么没有想到呢?我真是病急乱投医了。"

这话又在华丽脑子里留下了一个问号,这么聪明的人,怎么突然就傻了呢?她又问:"你真的把钱汇到中国去了?"

"这还能有假吗？"程实才做出翻皮夹的样子，"我找找汇款单。"他把皮夹翻了好几遍，汇款单自然是没有的，他自言自语地说，"这汇款单放哪了，怎么找不到了。"

华丽看他着急的样子，不再逼迫。但禁不住犯嘀咕，他说的都是真的吗？心里依然画了个问号。

晚上回家后，程实才觉得这事已过去了。他像往常一样，给春儿、美儿讲故事，学中文。

华丽对他产生了怀疑，这批商品卖给谁了呢？这钱到底干什么了？真要是汇到家里去了，倒也罢了；要是干了其他什么事，那么做了什么事呢？他的这些话听起来好像是假话，好像真有东西瞒着自己。她越想，心里越不安。但是，这事还不能告诉妈。所以，她把这事藏在自己的心底了。

18

失　信

　　华丽店里生意依然冷清。昨天的事，在华丽心中仍然是个问号。今天，她想到程实才母亲前段时间生病的事。自己作为儿媳，不能在婆婆身边尽孝，总得打个电话去问候问候。她走到程实才身边坐下了："实才，你妈不是病了吗？我作为她的儿媳，不能在她老人家身边尽孝，总得打个电话去问候一下吧，你说呢？"华丽怕勾起他卖库存物资的事，多说了两句话。

　　程实才心想，你话虽说得漂亮，想打电话去问候我妈，还不是为了证实我那钱的去向问题吗？你的这点心思我还不知道吗？这就应了句做贼心虚的话了。

　　"丽，你想要我妈的电话吗？"

　　"是啊，你能把爸妈的电话告诉我吗？"

　　"行。86063133，这是爸妈家里的电话。爸妈都退休了，他们不用手机，你打家里的电话准能打通。"

　　"好的，到时候我打个电话去问候问候爸妈的身体。"

　　华丽问了电话后，走开了。这时，程实才立即拿出手机给他妈的手机发了条短信："妈，待会儿华丽可能会给家里打电话，名义上是问问你的身体，其实想证实两个问题：一是你前段时间是不是病过？你就说病得不轻，还住了一段时间医院；二是想证实我是不是给你汇过八千元钱？你就说钱收到了。妈，拜托了。"程实才发完短信，想到现在是中国时间凌晨一点钟，等到晚上华丽打电话时，中国时间已到上午了，爸妈早已看到我的短信了，爸妈总会替儿子打掩护的。

　　华丽、程实才晚上下班到家已是美国时间八点了。按常规，程实才要给两个女儿讲故事、学中文，华丽帮妈做点家务。大约到晚上十点钟，程实才仍在教孩子学中文，华丽在自己房间给程实才的爸妈打电话，接电话的是程实才的爸。华丽从电话中听到是个上了年纪的男人声音，她猜这是程实才的爸，她说："爸，我是华丽啊，第一次给家里打电话，不好意思。"

对方听华丽这么一说就明白了，这声音是他们没有见过面的儿子的女朋友。因为儿子在北京的老婆没有办过离婚手续，程实才只给两个老人讲过自己在美国有个女朋友。老人家含含糊糊地说："哦，华丽啊，你好。"

"妈在吗？我想同妈说说话。"

"她不在，她去菜场买菜了。"

华丽一听程妈去了菜市场，心里疑虑更重，不是说生大病住院了吗，怎么还能出门买菜呢？她接着问：

"妈身体好了吗？她什么时候出院的？"

这一问，可就坏了，程妈看了短信，没和老伴通气，程爸当时就露了馅：

"她身体好着呢，她这几年没有住过院啊。"

"她没有住过院吗？"

"没有，她已经十几年没有住过院了。"

"哦，老年人健康比什么都重要，儿女不在身边，你和妈要照顾好自己哦。"

"好好好，我们都好的，你们放心吧。"

华丽放下电话，真是生气了，还程实才呢，这么不诚实，这么不实在，想骗我，没门。

这时，程实才开门进了卧室，华丽没有等他坐下就开炮了："好你个程实才，你爸妈怎么会给你起这么个名字啊？还诚实呢，还实在呢，起个骗子的名字不是更好吗？骗，骗，骗，你个大骗子。"

"怎么啦？老婆。有话不能好好说吗？"

"我刚刚给你爸打过电话，说什么你妈病了，说什么你妈住院了？你妈已经十几年没有生过病，根本没有住过院。你昨天同我说的不全是谎话吗？无耻，骗子。"

程实才心想，看来这事瞒不住了，只能给她说实话了；现在还不能同她吵架，因为自己的绿卡还没有到手。现在同她吵架，她要是火了，把申请绿卡的报告一撤，那不是前功尽弃了吗？对，只能放下身段，向她检讨，向她求饶，请她原谅。他膝盖也软，二话不说跪下了，把华丽吓了一跳："丽，我欺骗了你，我错了，请你原谅我一次。"

"你说，你把我仓库里的东西卖给谁了？那批东西卖了多少钱？这钱到哪里去了？"

"我把那批东西全卖给金敏了，一共卖了六千五百元钱。这钱……"

"这钱到哪去了？"

"钱，全被我赌掉了。你回中国，我太寂寞了，我前后去过赌场三次，前两次赢了五千元，第三次不仅把赢的全输了，连那六千多元也输了。我对不起你，我该死，我错了，我以后再也不进赌场了，我坚决地改，请你原谅我一次。"程实才苦苦哀求，就差给华丽磕头了。

华丽听了他的这番话，认为这才是他的真话。他想改正错误的决心也有了，只能认了："知道自己错了，愿意改正这种臭毛病，我相信你，希望你说到做到。"

"亲爱的，我一定说到做到，我要是再犯那毛病，你要怎么处罚，我都无话可说。你开开恩，原谅我这一次吧？"

"原谅你了，起来吧。"华丽想，喜欢赌是男人的通病，既然认错了，也就原谅他了。

程实才站了起来，上前一步，要去抱华丽，华丽说："睡觉吧。"他无奈地走开了。

这些天，店里的生意依然不死不活，新的出路没有找到，只能维持现状。

那天下午，华丽接到陶姐的一条短信，说她开了一家修指甲的店，晚上让她去店里修指甲。华丽这几天不仅店里生意不好，而且家里闹得不愉快，陶姐又很久不见了，决定晚上去陶姐店里修指甲，聊聊天，放松放松。

她和程实才下班后，华丽说："陶姐开了家修指甲的店，她让我去看看，我去一趟。你呢，教完孩子中文课后，早点休息吧。"

"好的。"程实才回答后下车进了家，华丽开车走了。

陶梅的美甲店离华丽家不远。店面就是一间大房子，大约有四五十平方米。里面有四张单人小沙发，质地很柔软，人一坐就会陷在里面，懒洋洋的很惬意。每张沙发前有张可活动的小桌子，修手指甲的时候，客人把手搁在桌子上就不会累；修脚指甲时，就把那小桌子移开，放张垫脚的小软凳。她雇了三个员工。员工的工资实行的是计时工资制，每小时八美元。客人多的时候，陶梅也做。所以，她既是老板，又是工人。

华丽进了店,陶梅一眼就看到了。她俩因为好久没有见面,彼此都很想念,今夜见面,格外亲热。亲热过后,陶梅拉着华丽的手,到一张台子前坐下了,有位墨西哥姑娘端来了一杯水。陶梅说:"我这店今天刚开业。你白天肯定没空来,所以晚上我让你来看看。"

"你这店完全是家庭式的作坊,手工劳动啊。"

"是啊,是啊,修手指甲、修脚指甲,可不能用机械化,只能用人工劳动。"

"这倒是的。修一次指甲得花多少钱啊?"

"修指甲半小时,收三十元钱。全套服务,就是修指甲和修脚指甲,两种都做,一个小时,收六十元钱。客人还要付工人小费六元钱。这规矩你知道,百分之十小费嘛。"

"你赚的就是人工的钱啊。如果客人多,细水长流,一年也能赚不少钱呢。"

"我啊,自从上回被冲了,想了很多,小商品生意是不想再做了,还是人力用着踏实。就是客源是个问题。所以,我今天把你请来。你以后把你的朋友介绍过来,朋友介绍朋友,像滚雪球一样,慢慢把它滚大吧。"

"你这想法不错。"

"你坐好了。今晚,我要亲自为你服务一次,让你看看姐的手艺。"

"让陶姐为我服务,不好意思。"

"有什么不好意思的,我就做这行的嘛。即使我不做这一行,为小妹服务一次也不算什么呀。"

陶梅拿过工具和材料,开始为华丽服务。她的一举一动都显得那么熟练。她俩边修指甲边聊天。陶梅问:"现在市场里生意怎么样?"

"糟透了。我这么大的店,好的时候一天一两百元;差的时候一天四五十元,七八十元,连房租费都做不出来。陶姐,你出来还是对的。"

"你跟程实才好吧?"

华丽犹豫了一下,她和陶梅尽管似亲姐妹,如果把程实才的事说出去,真让自己脸红:"还好吧。"华丽反问:"你和布莱尔好吧?"

"这人没说的,还是'微软'的问题。"

"你从店里出来后,当时说要回老家去,后来有没有去过老家?"

"我爸妈不想回去,也就没有去。"

她俩东扯西拉,陶梅给华丽做了全套服务,花了两个小时,指甲修了形状,又是染色又是贴装饰，亮晶晶的直反光。华丽起身后都不敢握拳，手在身前抬着，十指支棱得跟僵尸似的。临走时，华丽要付钱，陶梅怎么也不肯收。新开的店，算是让华丽体验了一次。

周二是市场的休息天，程实才开车出去了，华丽在家休息。华丽和华妈在客厅聊天。华妈说："前几天晚上，我隐隐约约听到你和小程发生了争执，为了什么事啊？"

"妈，这事本来我不想告诉你的。我们回中国后，他把我仓库里的那些存货低价卖给了金敏，卖了六千五百元钱，前后几次去赌场，把钱都输了。我们从中国回来后，我问他这钱到哪去了，他还骗我。你说，这事我要不要生气？"

"赌，这可是万恶之源啊。男人要是染上了赌瘾，这家里有多少钱，都会被他败光。"

"是啊，不光赌，还说谎。你说，我要不要生气？后来，他认了错，求我原谅他，我原谅他一次吧。"

"丽儿，你做得对。他有这个坏毛病，以后这钱你得管紧喽。"

"出了这事以后，我的心情一直不好，不知道还会出什么事呢。"

"丽儿，这事过去了，你也不要老是把它放在心里。不然，不仅会影响你俩的夫妻感情，也会影响你的身心健康。"

"以前我一直把他当作一个好人，一个有能力的人，一个会体贴人的人。现在不知怎么的，那事的阴影老是驱赶不掉。"

"丽儿，这事就让它过去了，凡事都得向前看。人啊，不能老是生活在某些阴影里面。"

"妈，你别担心。那事，我会处理好的。"

那天晚上，郑重、郑妈又来华丽家了。春儿拿了张刚画好的画跑到奶奶边上："奶奶，你看看我刚画的画。"

"喔，这棵大树画得好，树上还结着果子呢！"

"前人栽树，后人乘凉么。"

美儿也拿了张刚画好的画，跑到爸爸边上说："爸爸，你看，这是我画的画。"

"我们美儿画的是什么呀？"

"大海，还有一条大鱼呢。"

"画得好，大海里有大鱼，好。"

华丽说："宝贝，请奶奶、爸爸坐吧？"

大家在客厅坐下了，华妈端了两杯茶出来，把茶杯放到了他俩面前："嗨，今晚费燕怎么没有来？"

"她在家休息。"

"怎么啦，病了？"华丽问。

"又流产了。"郑妈回答。

"怎么又流产了？"华妈问。

"也不知道怎么搞的，前几天就让她在家休息，既没有跌跤，也没有碰撞，昨天下午突然出血了，送到医院医生说已经流产了。上帝让我郑家只能有两个女儿，这也许是天命吧。"郑重显得非常悲观。

"你千万别这么想，也别这么说，你和燕妹都还年轻呢。我想，你们会有孩子的。"华丽宽了宽郑重的心。

郑妈埋怨了儿子一句："他是自作自受啊。"要不是当初气走了华丽，现在何愁没有孩子呢？

这时，程实才从外面进来了，见家里有客人，他同郑重、郑妈打了个招呼。郑重问他去哪里了，他说："北京有个旅游团来芝加哥。团里有个老同学，我去看了一下。"

郑重说："哦，见老同学去了。"

郑妈说："不早了，我们得走了。我们走了，你们也好休息。"

郑重、郑妈站起来走了。

华丽说："费燕已经两次流产了。他们想要个孩子，又保不住孩子，真是怪事。"

华妈说："是有这样的人，流产流惯了，怎么也保不住孩子。"

郑重、郑妈回到家已是晚上十点多了，见家里静悄悄的，不像往常费燕总会打开内客厅通往车库的那扇小门。郑重认为妻子已经睡了，他放下手提的东西上楼了，见床铺边地上有许多一团团的餐巾纸，明白了妻子为什么没有打开那扇小门的原因了。确实，费燕流产后的这一天，也是痛不欲生。上次流产是因为外部的原因，这次流产什么原因都没有，她最后想到的就是自己的命，她一次次地问："难道自己不该抢表姐的丈夫？""难道自己不该有这个家？""难道自己不该有孩子？"她怎么也想不通，到了后来，她只是流泪。郑重见此情此景，走到妻子边上劝说："燕子，别难过了，我们还年轻，我们会有孩子的。"

"我心里苦啊。"费燕刚说出这句话，又流泪了。

郑重坐到了床沿，搂过妻子，劝说："别这样，我们会有孩子的。"

费燕哭出声来了。她那个伤心的样子，让郑重潸然泪下……

这些天，程实才好像有心事，常常一个人站在住宅门前发呆。有时华丽发现这人不对劲，认为上次那事伤了他的自尊心。她想用自己的真诚和温暖化解他内心的隔阂。

那天晚上，华丽又发现丈夫站在门前，她同妈打了个招呼后走了出去："走，我们一块去散散步吧？"

"好啊。"

华丽主动挽了程实才的手臂，在小区人行道缓缓地走着。华丽向程实才讲述了陶梅美甲店的情况，程实才向华丽讲了自己北方师大的同学来芝加哥考察时，说到国内的许多商机；他俩还讲到春儿、美儿的培养教育问题。

华丽心里明白，今晚趁着明亮的月色，尽可能讲一些程实才愿意听的话，想用自己的柔情化解他心中的矛盾。当然，程实才是个聪明人，他能理解妻子的心意。但是，他心中的问题，华丽是无法化解的，最后也许会伤她的心。如今，他最迫切的问题是绿卡，而不是其他什么问题。他内心的强烈愿望，还不能向身边美丽的妻子透露。

最后，华丽提出："实才，反正最近店里生意不好，明天商店关一天门，我们一家去湖边玩玩吧？"

"好啊，是得带孩子去玩玩。上午，我们带孩子去艺术博物馆看看；中午，在海军码头吃饭；下午还可以游游湖。"

"好，就这么定了，两个孩子一定会高兴的。"

"让孩子有个快乐的童年，这很重要。"

这天晚上，他俩谈得很融洽。

第二天上午，程实才开着一辆商务车，车上坐着华丽、华妈和春儿、美儿。尤其是两个孩子，把高兴都写在脸上了。从家里到芝加哥艺术馆也就半个多小时的路程，程实才把车子停在停车场。然后，一家五口进了艺术馆。芝加哥艺术馆不仅在美国，而且在世界都排得上号。艺术馆分几个区域，有美国馆、欧洲馆、非洲馆、中国馆。馆内藏有大量的名家艺术作品，尤其是画作。今天，程实才、华丽带孩子主要参观了中国馆。在这里，春儿、美儿看到了唐伯虎、祝枝山的书画作品。

中午，这一家人在海军码头麦当劳餐馆吃了午饭。他们尽管生活在芝加哥，但也很少去麦当劳吃饭。尤其是春儿、美儿，对麦当劳情有独钟。

下午，这一家人又乘游艇游了密歇根湖。那天，阳光灿烂，微风习习，几个美丽女人的脸上绽开的笑容犹如玫瑰花儿开，无比鲜艳美丽，只有程实才常常紧锁眉头。

当这一家人回到丝色罗小区的时候，太阳已经掉进了密歇根湖。

那一年圣诞节以后，程实才的绿卡发下来了。当程实才从华丽手中接过绿卡的那一刻，他的脸上露出了许久以来难得的笑容。他迅速打开一看，程实才的名字赫然写在上面。他心中的一块大石头终于落地了。他紧紧地抱住华丽，什么话都没有说。华丽懂得他此时的心思，这绿卡是他许久以来紧锁眉头的一个重要原因。绿卡解开了他的眉结，也许还有心里那个无法解开的结。还是华丽先说话了："实才，你有了绿卡，想回中国去看爸妈，什么时候都可以走了。"

"是啊，我爸妈老了，他俩想让我回去看看。他们想我了，我也想他们了。有了这东西，我什么时候都可以回去了。谢谢你，亲爱的。"

在这以后，程实才手机里的微信多起来了，有时半夜里就会发出嘟嘟的声音。程实才呢，也常常在店里给人发微信。华丽从来不去翻看程实才的微信。所以，程实才给什么人发微信，他手机的微信是什么人发来的，她一概不知道。

半年以后，程实才突然忙起来了，今天说有同学来芝加哥了，明天说老家来人了，经常要去城里。这时，华丽心想，哪有这么多人来芝加哥呀，是不是旧病复发了，是不是又去赌场了？有一天晚上下班后，程实才说要去芝加哥城看朋友，华丽爽快地说："去吧去吧，早点回来哦。"

程实才开了辆商务车走了。

是不是真的看朋友去了？华丽心有疑虑，她想看个究竟。她开辆小车尾随而去。因为是夜里，光线不好，程实才并未发现后面有车跟着，即使发现，他也不会想到是华丽。他的车子并没有往芝加哥城市方向开去，而是开往克拉克批发街方向。程实才的商务车不到克拉克城转弯了,在一幢破旧民房前停车了,华丽的小车离他二百米外也停了。这时,看到那老房子里面先出来个十来岁的男孩,后面又出来个三十多岁的女人。那男孩紧紧抱住了程实才,程实才还弯下腰在那男孩额头上吻了吻。然后,他们三人进房了。

华丽的小车向前开了过去,到程实才停车的地方停了车。她下车后,先看看自家商务车的牌子,确认没有错,又到那旧房门前看看门牌。顿时,她心跳加速,脸孔憋得通红,脑袋都要炸了一般,然后到自己车子的驾驶位坐下了,眼泪扑嗒扑嗒掉了下来,大约过了半小时,她开车走了。

华丽回到家里已是晚上十点多了。两个孩子已睡了,妈妈坐在客厅看电视。华妈见女儿进门,问:"丽儿,你去哪里了?"

华丽听妈这么一问,眼泪哗哗地掉了下来。

"怎么啦,谁欺侮你了?快,跟妈说说。"

"程实才,他外面有女人,还有个孩子。"

"不会吧?你看走眼了吧?"

"今天下班后,他说要去城里看个朋友,我答应了。他走后,我想,他的老毛病是不是又犯了,是不是又去赌场了,我跟着他,想看个究竟,结果他去了克拉克街边上的一个小区,去见那女人和孩子了。"

"真是画虎画皮难画骨,知人知面不知心啊。"华妈也大吃了一惊。

"妈,我该怎么办?"华丽说完这话又哭了,"我苦啊,我真是个苦命的人啊。"

"丽儿,他来了后,先问问,那女人和孩子是谁?先搞清情况。情况明了,才能作决断。"

"好。妈,你去睡吧,我等着他。"

"行。我在,你说话不方便。丽儿,你别急,心平气和地问他,先把情况搞清楚,然后再作决断。"

"我懂。妈,你去休息吧。"

华妈进了自己的房间,华丽枯坐在漆黑客厅里,等程实才回来。

华妈虽然进了自己的房间,但是脑子乱,心里烦,睡还是不睡,难以决断。睡,也睡不着;不睡呢,觉得插不上手。只是呆呆地站在房里,想不清该如何处理。

挂钟已到十一点了，程实才开门进来了，见华丽坐在客厅："亲爱的，你还没有睡？"

"谁是你亲爱的？你给我说清楚。"

程实才一听这话，觉得不对劲，心里想，她是不是知道自己的事了？恐怕十有八九是知道了。但是，自己还得谨慎处置。他说："怎么啦，有什么问题吗？"

"你装，你装，你以为我是傻子吗？"

"我倒糊涂了，什么事啊？有话不能直说吗？"

"我问你，你到克拉克街干什么去了？那女人是谁？还有那孩子是你什么人？"

程实才全明白了，原来她跟踪自己了。今晚躲是躲不过去了，只能直说了："丽，既然你已看到了，我只能把实话告诉你。"程实才缓了缓气说："三年前，我去澳门旅游。在那里，我输了五十万元钱。回到北京后，我受到了学校的处分，我在学校受到了冷落。第二年，我随旅行社的一个旅游团来到美国芝加哥，我留了下来。一天，我在克拉克街见到了你，有人同我说，你是美国居民。我想，只有同你结婚，我才有可能在短时间内办出绿卡。我在那里花了八百美元，买了一辆破车。一个星期以后，我又在克拉克街见到了你，那天我尾随你的小车到了五星市场。那天晚上，我就在五星市场门厅前过的夜。第二天中午，我搭上了你。这两年多，我在你的身边，处处小心谨慎，卖力工作，给春儿、美儿讲故事，教她们学中文，目的就是得到你的芳心。"

"你潜伏得好深啊，你的目的难道仅仅是为了绿卡吗？"华丽实在听不下去了，插了一句话。

"这是主要的。当然，你的善良，你的美貌，也让我心动。"

程实才的嘴很甜，可到了这时候，他说得越好听，华丽越觉得是讽刺。

"我问你，那女人、那男孩是你的什么人？"

"那女人叫海莉，是我的老婆；那男孩叫程艺，是我的儿子。"

"你不是说你跟你的老婆办过离婚手续了吗？你的儿子不是判给了你的前妻吗？"

"其实，我们没有离婚，这话是我骗你的。我要是不这么说，你能同我结婚吗？我不跟你结婚，我有条件申请绿卡吗？"

"你难道为了绿卡，可以不讲道德，可以不讲诚信，可以欺骗一个善良的女人吗？"

"这是我的错，是我对不起你的地方。"程实才停顿了片刻，继续说道，"我为了拯救自己道德的沦落，为了弥补自己所犯的错误，才埋头工作，才不厌其烦地一天一天给春儿、美儿讲故事、教中文。"

"你不仅仅是犯错误，你还有罪，你知不知道啊？"

"知道，我犯了重婚罪。"

"你的罪多着呢！"

"还有什么罪啊？"

"叛国罪，赌博罪。"

"博彩也是罪吗？"

"程实才，你可真了不起，你做什么都没罪，做什么都有理由，天下竟然有你这样不知廉耻的人！你是一个地地道道的斯文败类！"

"我恳求你，不要把我送上法庭。"

"难说，也许我会把你送上法庭的。"

"我在你这个家里待了七百三十四天。这七百三十四天，我一刻也没有轻松过，我给你进货，我给你送邮件，我给你站柜台，我为春儿、美儿讲故事、教中文，我为你所做的一切，难道还不能赎罪吗？"

"你别说了，我不想听你的废话。要不要把你送上法庭，我还得想一想。今夜，你就待在这里吧，别进我的房间了。"华丽说完这话，气呼呼地进了自己的房间，程实才尾随而来，华丽转身看到后面跟着程实才，气愤地说，"出去，别进我的房间。"

"我来取枕头、被子。"

华丽把这些东西甩出门外，重重地把门关上了。她开始哭泣。华妈进来了，见女儿正在哭泣，叹了口气，安慰女儿说："丽儿，你们的谈话，妈妈都听到了。这个程实才，太不诚实了。他比特务还特务，竟然在我们身边潜伏得那么深，我俩怎么会丝毫没有发现呢？我俩都把他看成好人了。真可怕，真像毛主席他老人家说的，'敌人'就睡在我们身边。我们呢，把'敌人'当好人，供他吃，供他住，我还把女儿嫁给她。我俩真是太傻了。"

"妈，真被陶姐说中了。古代有秀才为了佳人自己把自己当作书童、用人卖进了官府；现在怎么还有人为了一本绿卡把自己卖了？你说是我们供他吃，供他住，还把女儿嫁给他，他认为他是在我们这里做苦力呢。他除了做牛做马这句话没有说，在我们这里做了什么都说了。他说他在我们这里做了七百三十四天，他记得可清楚了。想想也可怜，为了一本绿卡，在我们这里苦熬了七百三十四天。"

"丽儿，你怎么还同情他呢？"

"妈，你说该怎么办？"

"这样的人不可留，让他走。"

"让他走，也得把婚离了。"

"对，让他走，也得把婚离了。我觉得长痛不如短痛，明天你们就去办离婚手续；离了婚，就让他走。"

"还明天哩，现在已经凌晨三点了，就今天吧。妈，天快亮了，你去睡一会儿，我也睡一会儿。"

华妈去了自己的卧房，华丽也躺到了自己的床上。但是，华妈和华丽都没有睡着。倒是程实才，在客厅里已经发出了打鼾声。

几个小时后，华妈起床了。她让孩子吃了早饭，程实才送两个孩子去了幼儿园。

程实才送孩子回来时，华丽也起床了。他俩每人喝了一杯牛奶，谁也没有跟谁打招呼。饭后，华丽从自己的房间里拿了居民身份证和结婚证，走到客厅对程实才说："走，去凯旋郡政府。"

程实才以为华丽要跟他上法庭，哭丧着脸说："丽，我求求你，别让我上法庭。俗话说，一日夫妻百日恩，我同你做了一年夫妻，总还是有感情的，你千万别让我上法庭。"

"一个大男人，怎么敢作不敢为了。"华丽想吓唬吓唬他。

"我给你跪下了，我求你，别让我上法庭。"他说完这话，就跪下了。

华丽又生气又好笑："起来，去办离婚手续。"

程实才一听去办离婚手续，一下子站了起来，这也是他想做的一件事情。

他俩到了凯旋郡政府婚姻登记处，很快办完了离婚手续。结婚、离婚，这在美国实在太方便了。

他俩办完离婚手续回家后，华丽让程实才把自己的东西带走。华丽说："你说过，你会爱我一辈子，我真傻，居然没问你，是不是这辈子，这辈子有多长。"

程实才把东西打包好，提着箱子走出几步，又转过身来，向华丽深深一鞠躬："我伤害了你，对不起。"

华丽把脸扭向一边，不看这个满口谎言的男人，任凭他出了门。

此时，这房子留下了两个女人。华丽放声痛哭。华妈不断地劝女儿："这样的男人走了不可惜。丽儿，不哭。"

傍晚，华妈开车接回春儿、美儿。春儿见妈妈在家，跑到妈妈边上："妈妈，你没有上班吗？"

"今天妈妈休息，没有上班。"

"妈妈你眼睛红了。"

华丽勉强笑了笑，她不想让这么小的孩子知道人心险恶。"妈妈睡懒觉，眼睛睡肿了。"

"爸爸呢？"

"回中国去了。"

"他还会回来吗？"

"他在那边要过很长很长时间呢。"

"哦。"春儿说完这话走开了。

看着女儿懵懵懂懂的样子，华丽的眼泪又夺眶而出。

19

煎 熬

程实才走了，家里又留下了四个女人。华丽在小客厅整整坐了三个小时，一句话未说。华妈看着女儿这副样子，既心痛又焦虑，没有什么话可说。

华丽坐在那里，虽没有说话，心里却似波涛汹涌。她想得最多的是这五六年自己的两次婚变。和平年代，没有战争，没有硝烟，竟然形同冷战，还有"特务"潜伏在自己身边；自己不但没有丝毫察觉，而且还心甘情愿地嫁给了那个"特务"。如今，他人已走，但影子一时难以在华丽心中抹去。

"爱易逝，恨亦长，灯火阑珊人彷徨；春花开，秋叶落，繁华散尽香满堂。"华丽在心中默念："我本寒梅一朵，何惧他尘世风雪霜！"

华丽面对的是两个女儿、一个妈，她告诉自己千万不能倒下。如今，爸爸还在坐牢，妈妈心挂两头，一头是她相濡以沫几十年的老伴，一头是视为珍宝的女儿。女儿对她来说，比什么都重要。自己可不能让妈操太多的心。再就是自己的两个幼小女儿。两个幼小女儿是她的两块心头肉。她们不仅需要妈妈的抚养照料，而且需要妈妈为她们树立榜样。妈妈的一言一行、一举一动都会影响她们。自己在她们面前可千万不能失去形象。

华丽又想到美国这个金钱社会需要的是强者。陶姐虽然被警局冲了，但依然开了美甲店。不靠政府救济，自食其力，这不就是强者吗？自己现在虽然再次失去了丈夫，遇到了前所未有的困难，但总有自己崛起的时候。中国人不是还有句话吗？叫作山不转水转，水不转人转嘛。

华灯初上，陶梅来了。华丽见陶姐来家，上来就紧紧地拥抱，眼泪哗哗地流了出来，陶梅听说了程实才的事，深知此时华丽的心情，她也流泪了。她俩不知相拥多长时间，还是华妈说了句话："丽儿，让陶姐坐吧。"她俩这才松开，到沙发坐了下来。

"陶姐，我的人生太失败了。两次婚姻，两次失败。我碰到的两个男人，一个花心，一个骗子。你说，我怎么会这样倒霉？"

"别别别，你别把问题看得这么重。现代社会啊，结婚离婚，太正常了。别说在美国，在中国这种事也多了去了。离了就离了，碰到好的，再来过。"

"陶姐，真给你说中了。他为了绿卡，跟踪我很久。从克拉克批发市场，跟到五星市场，装得可怜巴巴的样子，取得了我的同情；又装出诚实、可信、有知识、可依靠的样子，获得了我的心。你说，这个人像不像一个'特务'，潜伏在我的身边那么久、那么深，而我呢，又毫无察觉，视他为可以托付终身的人？"

"你说得一点不错，这种男人，太可怕了，像颗定时炸弹，随时都会爆炸。还好，你发现得早。不然，你这点家底，都会被他掏空的。"

"是啊。"

"小妹，岁月是一条多情的河，终生许多梦想终会到达彼岸。多少往事如烟，终会随着岁月慢慢散去。过去的就让它过去，一切重新来过。我相信，前面的阳光依然灿烂，你的未来依然美好。"

"陶姐，美国这个金钱社会伤了我的心，我想回中国去看看，不知有没有我立足的地方？"

"你决定了吗？"

"基本决定了。我爸还在牢里，他想着我妈。我妈现在又离不开我，我呢？也离不开我妈。所以想回去看看，要是能找到合适的工作，我就留在中国了。"

"那么你的店怎么办？"

"店吗，先关几天。要是能找到工作，我再回来处理。"

"这样也好。"

她俩一直聊到深夜。陶梅最后又对华丽说："小妹，要学爬山虎的耐性，耐寒耐热耐贫瘠，送给人们一片绿哦！"

"是。"

陶梅走后，华妈到女儿边上坐下了："丽儿，你同陶梅说的话，我都听清楚了，你真的想回去吗？"

"这里伤了我的心，我想回去看看，要是能找到工作，我就不回来了。"

"也好。那么，我们什么时候走呢？"

"下周吧。"

华丽与程实才离婚的消息传到了郑家。那天晚上,郑重、费燕来看望华丽。他俩见华丽眼睛肿肿的,好像生过一场重病似的,郑重觉得自己有愧于她,费燕心里也飘过一丝内疚感。华妈让大家在客厅坐下了。

郑重先说了句安慰的话:"事情已经过去了,你还得想开啊。"

"我有春儿、美儿,还有妈,我只能想开啊。"华丽在他俩面前只能表现出坚强,不能让他俩看笑话。

"程实才这人怪怪的,我总觉得不正常。"费燕原本想劝劝表姐,但想不出合适的话,说了这么句话。这话本来是句很平常的话,但在费燕嘴里说出来,让华丽听了不舒服。一个是偷,一个是骗,都是破坏自己婚姻的人,有什么资格说人家不正常呢?

"燕妹可是个诸葛亮啊,你这话要是早点给我说,姐也不至于犯这样的错误。"华丽心里有怨,对程实才发泄是不可能了,便迁怒到费燕身上。

费燕没有听明白表姐话里有话的意思,又说:"还好啦,他在表姐这里潜伏的时间不长。"这时,她想到表姐处理自己和郑重问题的果敢,又说:"表姐处事的能力和魄力,我非常佩服,快刀斩乱麻。"

华丽了解费燕,没有再说什么。

一周后,华丽、华妈带着春儿、美儿回中国了。

华丽家住在浙江省海门市解放路十一号。这是一幢市政府干部宿舍楼,他们家住东单元三〇一室。她们四个人住这么一套房子也算宽敞了。

当时正是盛夏,室内有空调,室外天气炎热。大人熬熬也就过去了,小孩真是受不了。到家第二天,美儿感冒发烧了,一连五天,才恢复正常。

此后,春儿又感冒发烧了,这是美儿传染给姐姐的。华妈又陪春儿去医院看病。看病、挂瓶,又折腾了五天。

接着,华妈、华丽病了,又是感冒。大人感冒比孩子好办一些,她们去医院配了点药,休息几天,就恢复了。

中国人在美国住得久了,尤其是孩子,初到中国,都会碰到这类问题。其中有生活习惯问题,也有大气污染问题。

一天傍晚,乌云滚滚,雷鸣电闪,顿时瓢泼大雨从天而降。华丽、华妈家突然停电,整个房间漆黑一片,两个孩子吓得哇哇叫。华妈立即找出几根蜡烛把它点上了，每个房间有了一丝光亮，但是空调无法解决，外头雨大不能开窗，屋子里像个大蒸笼，大人孩子热得够呛。华妈因为原来在市政府机关工作，还有几个熟人。她打电话给机关事务管理局一位李姓副局长，希望他能派个电工把她家停电的问题解决一下，李副局长一听是华廉洁的老婆，哼哼哈哈地打起了官腔，说："动力科的人不知有没有下班，问一下再说。"

"李局长，我还有两个很小的外孙女，家里没有空调，可没法住，你无论如何帮帮忙，给我解决一下。"华妈几乎是恳求了。

"我问问再说吧。"李副局长说完这话，把电话搁了。李副局长是位老同志，他曾经到华市长家走得很勤，多次暗示华市长能提拔他当个局长，可华市长觉得他的能力欠缺，一直没有提拔他，至今还是个副局长。现在华廉洁坐牢了，他的夫人求他解决问题，他不但没有把职责当回事，还自言自语："哼，你还有求我的时候啊？三十年河东三十年河西，让你也去体会体会吧。"他只顾自己下班走了。

华妈觉得李副局长曾经是家里的常客。他每次来家，自己总会倒杯茶给他，今天这么点小事，而且是他职责范围内的事，是他的举手之劳，他总会派个人来解决问题的。她左等右等，一直等到晚上八点钟，连个人影都没有来。她再打电话时，只听到电话里嘟嘟嘟的忙音："丽儿，看来今晚停电问题是解决不了啦。没有电，没有空调，两个孩子怎么过哦？"

这时，春儿、美儿走到妈妈边上说："妈，我热。"

华丽对妈说："妈，晚上我们去住宾馆吧？"

"走，去海门宾馆过一夜。"

华丽、华妈带着春儿、美儿去了海门宾馆，开了两间客房，过了一夜。第二天午后，她们回了家，家里还是没有电，直到下午三点多，机关事务管理局才派了个电工把她们家的电源恢复了。这么小的一件事，让华丽感到了世事的无情。

那天晚上，华丽同妈妈商量，想在星期六下午去趟市委组织部范部长家，范部长原来是市政府的一个普通干部，他能到今天的位置，离不开华丽父亲的培养和推荐。

"他要是能帮我说句话，我在家乡找份工作应该没有问题。"华丽说。

"现在，他组织、人事大权在握。他要是能帮我们说句话，你的工作应该没有问题。你想啊,那些财税局、银行的头头能不听他话吗?"

"是啊。"华丽觉得凭自己的条件,凭爸妈的关系,在银行找份工作应该不成问题。她满怀希望与自信。

星期六下午,华丽、华妈敲开了范部长家的门,范部长和他的夫人把华妈、华丽迎进了门。大家寒暄之后,在客厅坐下了。尽管华廉洁、祝越都犯了罪,判了刑,但祝越已刑满释放。她陪女儿来家拜访,应该以礼相待。不管怎么说,自己过去受过他们的帮助。范部长说:"华丽什么时候回国的?"

"回来已两周了。我们一到这里,孩子就病了;接着我和妈病了,所以到今天才来拜访范叔,不好意思。"

部长夫人端来了两杯茶水,放到了华丽、华妈面前,然后在一边坐下了。

范部长又问:"孩子也来了?"

华丽说:"是啊,老大是第三次来中国了,小的是第二次来中国。她俩出生在美国,对中国还是不大适应。我想孩子的适应能力很强,慢慢会适应的。"

"这些年,中国的经济飞速发展,但环境的治理没有跟上,大气污染,雾霾天增加。像你们这样从美国刚回来的人就有些不适应,尤其是孩子。你看,一到这里就病了。"

大家客套过后,进入了主题。华妈先开了口:"小范,我们家的情况,你清楚。现在老华还在农场改造,华丽已有两个孩子,老大七岁,小的五岁,她和丈夫刚离婚。我呢,女儿需要我,老头子又不能不管。目前美国经济状况不好,女儿想回来工作。这里如果能找到适合她的工作,我也不用两头跑了。现在市里的组织、人事都归你管,你能不能帮我们说句话?"

华丽接着妈妈的话又作了补充:"范叔,我是在美国读的高中,在美国芝加哥大学金融系读了两年大学,就差一年多没有毕业。因为爸、妈出事了,我的经济链断了,所以停学了。芝加哥大学金融专业在全美是最好的,大学的基本内容我都学完了。我希望能在本市的财税、金融单位找份工作。这样,我妈不用中国、美国两头跑了,我爸也有个照应。希望范叔能帮我说句话。"

范部长听她母女这么一说,明白了她们登门的目的:"你俩说的我明白了,华丽回来工作的事,我想想再说。"他一转话题,"你爸身体好吧,应该快出来了吧?"

华丽回答:"身体没有问题,可能在里面还要待两三年吧。"

华妈觉得自己要说的话说了，他的两句话也算回答了自己的问题，站起来要走。华丽见妈站了起来，自己也跟着站了起来，并说："范叔，我们走了。我的事，有什么情况，随时可以电话告诉我，我会随叫随到的。"

"好的。"范部长只说了两个字，没有多余的话。

华丽、华妈走了，范部长和他夫人送到门口。范部长送走客人后转身看到沙发边上有只黑色塑料袋，打开一看，里面有只LV女包，还有一包西洋参和巧克力。他立即拎出LV女包，对他夫人说："这东西不能收，你赶快把它退回去。"

他夫人迅速拿起那只LV女包，下楼追了上去，并叫："华妈，华妈，等等。"华妈和华丽听到身后的叫唤声，停住了脚步，转身见到部长夫人手中拎着的包，心里咯噔一响，部长夫人三步并作两步，到华妈、华丽面前说："那两包西洋参、巧克力我们收下了，这包太贵重了，我们不能收，请你们拿回去吧。"

"一只包，什么贵重哟？我们只是表达一点心意。"华丽又把包推了过去。

部长夫人说："不行，不行，你们必须拿回去。"她又把那只包往华丽手中一放，转身走了。

华妈、华丽实在没有办法，只好把那只包拿了回去。此后一个星期，华丽在家等候范部长的电话，但始终没有电话。华丽有些焦急，几次提起电话，想给范部长打电话，但又都放下了。她心想，要是自己工作问题有进展，范部长必定会来电话；要是没有进展，你打电话过去也无用。华妈的看法，同华丽完全一致，她一再劝女儿再等等。到了第八天，范部长那里还是没有信息，华丽对他已失去了耐心。她决定自己到几家银行去跑跑，说不定还能走运。

她先到了中国银行海门分行人事部，向他们递了简历。那人事部部长一看在美国芝加哥大学读了两年，但没有毕业。在他的脑子里立即产生了几个问号，没有毕业总有问题吧？要么自己不要好，要么被学校开除，这样的人，我们可不能收。他说："我们要的是金融系毕业生，你没有毕业文凭，我们可不敢接收。"他把简历退给了华丽。

第二天，华丽来到工商银行海门分行人事部，那部长看了她的简历，又问了问她父母的情况，华丽只能实话实说，那部长一听她父亲就是华廉洁、母亲就是祝越，她父母可曾是大名鼎鼎的人物，现在都是罪犯，那可不敢要。但他又不能说因为她父母的问题不能接收，他最后也说了句："你没有大学文凭，我们可不能要。"把简历退还给了华丽。

第三天,华丽到农业银行海门分行投了简历,它们还是打了水漂。

华丽对在中国找工作的事基本失去了信心。

那天晚上,华丽同妈妈谈了这几天找工作的经过。

"妈,看样子,我也只能认了。"

"你不认又能怎么样?"

"妈,我明天晚上约我最要好的同学一块吃个饭。她现在是市电视台当红的主持人,据说她跟台长关系很好,我想请她跟台长说说,能到电视台工作也不错。"

"吃饭没有问题,能不能去电视台工作难说。"

第二天晚上,华丽约了市电视台一姐肖红霞在世贸中心西餐厅吃饭。她俩年龄相仿,形象也差不多,都非常靓丽。华丽点的是西餐,每人一块日本进口的牛排,一盘意大利汤,一盘蔬菜,两只面包,一杯红酒。华丽、肖红霞是小学、初中的同班同学,后来一个去了美国,一个到省传媒大学读了播音专业。两人先是说了一些私密话,接着扯了一些家长里短的话,临了,华丽向她提出,自己想回中国工作,能不能请她跟台长说说,让她到电视台去工作。

华丽刚说到这里,肖红霞说话了:"你啊,怎么会有这样的想法。现在中国呀,许许多多有钱人,还有许许多多年轻漂亮的女人,都去了国外,有的定居,有的经商,你怎么还往回走,你这是傻呀。我呀,不瞒你说,现在趁年轻漂亮,弄点钱,过两年,也去国外定居了;即使给有钱人当小秘,当二奶,只要能在国外定居,我也愿意。"

肖红霞的一番话,使华丽大跌眼镜。这人怎么会变成这样?

果然,华丽请客白请,此后杳无音信。

两天后,华丽、华妈把两个孩子委托邻居照看,母女俩借了辆小车去乔司农场看望华丽爸爸。那天,华丽爸爸真没有想到她们母女会来看他,真是出人意料。华丽见爸爸已是满头白发,顿时眼泪溢满了眼眶。

"爸,你还好吧?"

"好,爸好好的,你放心。爸会挺过来的,你和你妈放心好了。"华廉洁转个话题,问,"你们今天怎么会来看我的?"

"爸,我想回中国工作。我和妈已经回国二十多天了,开始几天春儿、美儿感冒发烧，接着我和妈感冒，后来又去找工作，忙了一阵。这不，今天才来看你，已经晚了。"

"找到工作了吗？"

华妈回答："还没有呢。"

"你们可以去找找小范，他现在是市委常委，又是组织部部长，他说句话，你们就省事了。"

"爸，我和妈去找过他了。他把我们送的礼品退回来了。"华丽只说了这件事，没有再说其他的话。

华廉洁一听就明白了，但他还是问了一句："他没有答应帮帮你们吗？"

华妈说："我们去他家到现在都两个礼拜了，什么回音都没有。我想，他也有难处吧。"

华爸不作声了，想到自己当下的处境，一个罪犯，能有什么面子呀？范部长怕受牵连还来不及呢，至于过去的关系，没准人家都忘了。

华丽见爸不说话了，自己的事让爸为难了。她想安慰安慰爸爸："爸，我的事，你别担心。这里要是实在找不到工作，我还回美国去。反正我和孩子都是美国居民，进出方便。"

这时，华爸突然想到，女儿、女婿、外孙都在美国，女儿怎么突然想回中国来工作了，而且她俩从进来到现在，始终没有讲到女婿的事，是不是又出变故了？他问："这次程实才没有来中国吗？"

这一问，华丽眼泪像喷泉似的涌了出来。

没有等华丽开口，华爸心里已明白了，小两口的婚姻肯定出问题了。

还是华妈作了回答："程实才骗了丽儿，他在老家有老婆、有孩子。"

"那不是犯了重婚罪吗？"

"是啊。我们丽儿心太善，放过他啦。美国这个利益社会，伤了丽儿的心，她想回中国来工作，这里又不能接纳她。"华妈重重地叹了口气，"后面的路怎么走，现在还不清楚呢。"

华丽怕爸担心，忙宽慰道："爸，你放心。山不转水转，水不转人转，我会有出路的，我会有前途的，前面的阳光依然会灿烂的。"

华丽的这些话让华爸很感动："丽儿长大了，爸放心了。"

华丽、华妈从乔司农场出来时已是下午两点钟了，她们预计五点半能到家。

小车从乔司农场转到沪杭高速，然后进入杭甬高速，一路上非常顺利。小车快到海门时，突然雷声轰鸣，乌云翻滚，大雨倾盆，洪水横流，开车已显得艰难。小车到海门收费站时，不知什么原因，大车小车开始拥堵，收费进展缓慢。从高速出口到收费结束走了近一个小时。小车进城时，又发生拥堵。大车小车抢道，把整个道路堵得死死的。晚上九点雷雨停了，华妈才从邻居家接回孩子，想到外面去吃点饭。华妈嫌路边店不干净，想去正规饭店吃饭。但是路边店的阵阵鱼香味吸引了华丽。华丽说："妈，我出去这么多年了，大饭店倒吃得不少，现在我很想到路边店吃小吃。我们去海边吃大排档怎么样？"

华妈想到这些天，女儿忙忙碌碌的，但又一事无成。现在她提出这么个愿望，总得满足她吧："好，我们去海边吃大排档，吃各种各样的小海鲜去。"

华丽高兴起来了，对春儿、美儿说："我们到海边吃大排档去，吃海鲜去了。"

春儿问："什么叫大排档啊？"

华丽说："大排档吗？就是在海边，一个一个的摊位一字摆开，有各种各样的海鲜，你想吃什么就拿什么，然后叫老板把它烧了，再然后嘛，就把它吃了。这就叫海边大排档，懂了吗？"

春儿说："懂了。"

美儿说："我也懂了，有很多摊位，有很多海鲜，烧了，吃了。"

华妈、华丽说："真乖。"

"我也乖。"春儿见外婆、妈妈表扬了妹妹，她也希望得到表扬。

华妈、华丽又说了一句："我们春儿也乖。"

黑色的夜，璀璨的灯火，夜色中的海边像遥远的天上街市。

走到近处，见到海边大排档真有气派。沿着海边一大溜，排得整整齐齐，总有上百家摊位，统一的桌子、椅子，统一的架子，上面摆着海蛎子、海瓜子、蛤蜊、花甲、圣子、圣子王、小八爪鱼、香辣虾、花蟹、琵琶虾、扇贝、生蚝、小象拔蚌、海螺、带子、淡菜、小黄鱼、带鱼、墨鱼、章鱼，等等。

华丽从中取了七八样小海鲜，让老板烧了。

老板将一盆盆煮熟的小海鲜端上餐桌时，那一阵阵的海香味散发出比海风更清香的气息，这才是海门的大排档呢。她们四人边烧边吃，真是美美地吃了一餐。这大排档给春儿、美儿留下了美好的记忆。

春儿说:"妈,这大排档真好吃。"

"这就是家乡的味道。不管你走得多远,你要记住家乡的味道哦。"

"妈,我懂了。"

"还有家乡的风同美国不一样。"

"风怎么会不一样?"

"家乡的风是甜的。"

"哦,家乡的风也是有味道的。"

"对,春儿真乖。"

美儿把小脑袋凑过来:"妈,我也懂了。"

"美儿也乖!"

回到家,已是夜里十一点了。

华丽这次在中国整整待了一个月,想留在中国的愿望落空了。最后,她决定还是回美国,不仅自己习惯在美国,而且春儿、美儿更适合在美国。两天以后,这一家人又从上海浦东机场登上了去美国芝加哥的 AA 航班。

20

争 夺

傍晚，上海浦东飞美国的 AA 航班在芝加哥稳稳降落。华丽、华妈带着春儿、美儿，拉着两只大皮箱步出机场大厅。她们在机场出口处叫了辆的士，回到丝色罗小区。这房子，尽管是租的，又处在贫民区，但她们都认为这是自己的家。出租车在门前停下了，那司机在后备厢提出两只大箱子，华丽向那司机付了车费，对孩子说："我们回家了。"

"回家了，回家了。"两个孩子显得特别兴奋，春儿从妈妈手中拿过钥匙，跑到门前开了房门，美儿见姐姐开了门，率先进了门，把客厅的电灯打亮了。

华丽、华妈每人身背挎包，手提大箱、小箱进了门。她俩都觉得这才是自己的家。

华丽好像对妈又好像对孩子说："晚上家里不开伙了，我们去外面吃饭，然后到超市买点东西回来。你们说好不好？"

"好啊，好啊。"两个孩子首先热烈响应。春儿提议："妈，我们去爸爸店里吃饭好不好？"

华丽本来想带大家就近到麦当劳吃饭，经女儿这么一说，她觉得两个女儿也许想爸爸了，也就顺着女儿的话说："好吧。"

华丽到车库开出小车，拉着一家人到了四川饭店。她们刚进门，费燕见到表姐一家人来了，立即从柜台出来同表姐、姨妈打招呼："姨妈、姐，你们去中国待了多长时间啊？我打过好几次电话，都没有人听。"

华丽说："去了整整一个月，本来想留在中国，没想到又回来了。"

"回来好啊。你在美国待了那么多年，中国肯定是不习惯了。"

"是啊，特别是两个孩子不习惯，她们一到中国就生病。"

郑重、郑妈听到外面的动静，从厨房间走了出来，春儿、美儿见到爸爸、奶奶显得特别亲切。郑重抱起春儿亲了亲,说:"春儿,爸这么长时间没有见到你,想死你了,你想不想爸啊?"

"想。所以,我们一到美国就来看你了。今晚到这里吃饭,还是我提议的呢?"

"乖,真乖,我们春儿真是乖孩子。你们去中国这么久,可把爸想死了。"

郑妈同美儿亲过之后,讲的同样是这些话。

郑妈见两个孙女既漂亮又聪明,喜欢得不得了,总想领一个到自己身边来,无奈的是华丽不同意。

郑重、郑妈同两个孩子亲热过后,同华丽、华妈打了招呼,然后让大家在一张大圆桌周围坐下了。郑妈又点了一桌菜,让大家美美地吃了一顿。

第二天中午,华丽去五星市场上班了。华丽已经一个多月没有来市场了。五星市场从老板到许多店主都在议论这事,有的说华丽老公把她的钱卷走了,人也跑了;有的说华丽回中国了,再也不会来市场了。华丽的突然出现,让大家都觉得有点意外。华丽呢,倒是像以往一样,一到店里,拉开了"大幕",接着打扫卫生,见人都脸带微笑,向人打招呼。然后,她拿了两包中国的特产,去了金敏店里。金敏见到华丽也感到突然:"你回来了?什么时候回来的?"

"昨天回来的。本来想在中国找份工作做做,但是自己对那里已经不习惯了,尤其是两个孩子,一到那里就生病。所以,最后还是决定回美国。"

"是啊,是啊,在这里待久了,到中国就会有这样的感觉。"

华丽递给金敏两包土特产:"这是我们家乡的特产,你尝尝。"

金敏接过特产,说了声:"谢谢。"

"这段时间,你生意还好吗?"

"老样子,不温不火的。"

"你忙吧,空下来我们再聊。"华丽从金敏店里回来后,又去小矮子、大韩店里看了看,分别向他们送了两盒中国绿茶。听大韩说:"小韩依然在超市打工,日子不好过。"

晚上,陶梅来华丽家了。陶梅一到家,这家就有了生气。陶梅先是同华丽拥抱,说:"总算回来了,真想死我了。"接着,她向华妈问好,随后叫唤,"春儿,美儿,快过来,让阿姨看看,有没有长高、变漂亮?"春儿、美儿立即跑到了陶梅怀里,她亲了春儿又亲美儿,说:"真是长高了,长美了,越长越漂亮了。两个小美女，阿姨太喜欢了。"她还从自己包里掏出两只小熊玩具，分别给了春儿、美儿，"喜不喜欢？"

"喜欢，谢谢阿姨。"孩子们开心极了。

华丽一直站在边上看她们亲热。这时，华丽说："春儿，美儿，你们去玩吧。妈同阿姨说说话。"两个孩子走了，华妈端来一杯茶，放到了陶梅面前："请喝茶。""谢谢。"陶梅说过谢谢后，对华丽说："小妹，你这次回去怎么样？"

"别提了。过去，我一直认为美国是个金钱社会，是有钱人的天堂。现在中国啊，一切都变了，比美国还美国呢，要么认钱，要么认权，变得那么势利，那么冷漠。像我们这样的家庭，过去是一呼百应，现在是冷眼相视。有几个过去是我爸一手提拔起来的人，现在别说帮你办事了，他们同你划清界限都来不及。世态炎凉啊。"

"小妹，回来了就好。你看，我们姐妹经常走动走动，谈天说地，吹牛拉呱，多开心啊。"

"陶姐，你的美甲店生意还好吗？"

"混饭吃没有问题。我的心里很平静，自食其力嘛。"

"是啊，在美国只要肯做，弄口饭吃吃没有问题。"华丽一转话题，"你爸妈好吗？你哪天休息啊，我去看看大伯大妈。"

"跟五星市场一样，周二休息。"

"好。下周二我去看大伯大妈。"

"行，我准备一下，你全家都来，我们热闹热闹。"

中国人在美国一年也会有许多节日和活动。美国人的节日，像圣诞节、感恩节、母亲节、国庆节等，中国人跟着美国人过；中国人的节日，像春节、中秋节、端午节等，中国人也过。除此之外，每年夏季，许多中国人还要把亲朋好友叫到一起搞一次派对，这是向美国人学的。今天，陶梅把陈阿大、陶红、陶琪、华丽一家和布娜一家全请来了，大家聊天、唱歌、吃大餐，活动从下午开始要到深夜才结束。按照东北人的话说，叫作自己给自己找乐趣。

下午，华丽、华妈和孩子一进陶梅家的院子，华丽便眼前一亮。小院内已经摆开了长条桌，上面摆着品种繁多的水果和饮料，长条桌上方拉着五彩缤纷的彩条，边上还放着调音台和两支话筒，看来今晚除了吃饭还有文艺节目呢。

陶梅、陶红、陈阿大和陶爸、陶妈、布莱尔见华丽她们进门，都上来拥抱和问候，显得特别热情。映入华丽眼帘的不光是上面说到的这些，尤其是院子一角的小菜园。陶梅把华丽领到小菜园前，说："丽妹，你看看我爸整出来的小菜园，这黄瓜藤已经爬上来了，小黄瓜像不像一个个小孩子头上戴着小黄帽，还有这番茄长得多么有劲，一个个番茄都已经红了，你们回去时采点，保准比市场上卖的味道鲜，还有这小白菜，多水灵啊……"

华丽称赞说："这菜园子太好了，这可是生态园啊。"

陶梅向华丽介绍时，陶爸脸上露出了一片灿烂的笑容，而布莱尔的脸上却显得有点尴尬。春儿、美儿走进菜园子摸摸小黄瓜，摸摸番茄，显得特别高兴。

派对开始后，说是大餐，其实非常简便。陶红端上桌的几大盘菜肴是：一盘牛排，一盘炸鱼块，一盘油煎豆腐，一盘生菜，还有两大盘面包。让大家吃饱没有问题。

夜幕降临后，园子里的电灯亮了，把整个小园子照得敞亮。这是布莱尔的杰作。

文艺节目的开场戏，是陈阿大一曲蒋大为的《在那桃花盛开的地方》，声音婉转圆润，又带有男高音的几分磁性；陶梅、陶红的东北二人转《野花十三香》，带有黄的也有调侃的词语，不时地引得大家哄堂大笑；华丽唱了一首歌《小城故事多》，带有乡愁与忧伤的语调，勾起了几个离乡的中国人内心的共鸣；陶爸、陶妈表演了一个带有铁林幽默的小品，讲述了他俩相爱的故事，让人笑出了泪花；春儿、美儿用英语唱了一首儿歌，显得特别天真活泼可爱……

这几家人整整乐了五六个小时，派对结束时已经深夜了。

一天，郑重、费燕和郑妈下班回家后，郑重还是按惯例进了自己的办公室。他想到前日去华丽家的事情，发现华丽很憔悴，两个女儿倒是非常可爱。当初，一个如花似玉的小姑娘，如今两次婚变，带着两个孩子，住在贫民区，艰难地生活着，这一切不都是因为自己的花心，给她带来的灾难吗？他越想越觉得自己有愧于她。这时，费燕端着一杯茶走进了郑重的办公室，而郑重的脑子里还是想着华丽，竟没有发现老婆已进了自己的办公室。

"你在想什么啊？"费燕问了一句。

郑重这才回过神来，说了句："没有什么。"

"怎么会没有什么呢？我端茶进来，你都没有察觉。你啊，你的灵魂早已出窍了。"

"胡说什么哟。"

"你是不是后悔同我结婚了？你刚才准是在想我表姐啦，还想着你们的两个宝贝女儿吧，对不对？"

"想你表姐倒没有，想两个女儿倒是真的。要怪也只能怪你啊，你要是能生一男半女，我们身边有个孩子，也没有这个问题了。"

费燕听了这话觉得不入耳，回敬了他一句："你怪我，我怪谁啊？"没有等郑重回答，她又连珠炮似的说了许多话，"我不是不会怀孕，都是你们郑家没有这个福。我第一次怀孕，出了车祸，丢了孩子；我第二次怀孕，莫名其妙地流了产。为什么呀？还不是你们郑家的问题吗？你们郑家从你爷爷开始，到你爸爸，都只有一个孩子的命；你现在已经有两个孩子了，你已经胜过你爸、你爷了。所以说，要怪只能怪你自己，怪你郑家的命。"

郑重火了："你怎么回事啊？我就说了一句，你就没完没了啦，真是不可理喻。"

"呸，是我不可理喻，还是你不可理喻？"

他俩越吵越厉害了。郑妈听到儿子同儿媳吵架，她到郑重办公室劝架："你俩有话不能好好说吗？别吵了。大家心平气和地说话，有事说事，有理说理，没事没理的都给我睡觉去。"

郑妈这么一说，费燕只顾自己上楼去了，办公室留下郑重和郑妈了。郑妈说："你俩吵什么呀？"

"还不是为了春儿、美儿吗？我说了句，你要是能生一个，我们身边有个孩子，也不用这么心挂两头了。她听了这话，跳了起来，说我们郑家就这命，还说了我爸、我爷，我就骂了她一句，这不吵起来了吗。"

郑妈沉默了一会儿，说："不能怪她，也不能怪你爹、你爷，要怪也只能怪你。"郑重听妈说的同费燕一个腔调，把眼睛瞪起来了，他妈接着说："华丽多好的一个人啊，知书达礼，又为我们郑家生了两个孩子。尽管都是女孩，女孩怎么了？又漂亮，又聪明，像她妈，将来一定会有出息的。因为你花心，华丽带着孩子走了，你只好同费燕结婚了。费燕两次怀孕，两次流产。她说这是我们郑家的命，话没有错，就是难听点。"

"那就认命吧。"

"华丽现在的男人走了,她又成了独身,你现在还有没有可能同她复婚啊?"

"怎么可能呢,华丽也不会答应。"

"这倒难说,问题是身边的女人不肯走,后面的事就无法谈。"

费燕上楼洗完澡,见郑重还没有上来,她下楼到郑重办公室门前正好听到郑妈说的"身边的女人不肯走"这句话,她多疑了,她断定这话是指自己。她反复琢磨这话的意思,难道是郑妈要儿子同自己离婚吗?难道是郑妈想让儿子同表姐复婚吗?她该怎么办,是冲进去问个究竟呢,还是观察观察再说?她经过思考,选择了后者。她在郑重办公室门前待了一会儿,再也没有听到他们母子说什么,这才轻手轻脚上了楼。她忍住了,可心里多少有根刺。

郑重办公室最后传来郑妈的话:"不早了,睡觉吧。"

郑重处理完一天的账务后上楼,见妻子已躺在床上了。他进浴室洗完澡出来,想到刚才两人吵架的事,作为男人,总得有点气量。何况她两次怀孕,两次流产,已经够难受了,而且责任也不全在她。想到此,郑重用委婉的话说:"还在生气啊?"

这话被郑重说对了,但她不是生两人吵架的气,而是在生他妈那句话的气。因为这话是她偷听来的,又不能直说,所以只好沉默。

"好了,好了,我知道,那事不是你的错,也许正像你说的,我们郑家只能有两个孩子的命。到时候,我们去同你表姐说说,从她那里要个孩子回来就是了。你说呢?"

费燕听郑重这么一说,气也顺了:"你这主意好,到时候我们从她那里要个孩子回来。不管是春儿还是美儿,我都喜欢。"

他俩在这个问题上达成了共识。

周二是华丽休息的日子。那天下午,郑重趁下午空当到华丽家来了,华丽接待了他。

郑重说:"你今天的气色不错,那天也许是飞机上劳累了,看上去有点憔悴。"

"是啊。那段时间,我碰到那么多问题,又去了趟中国,又乘那么长时间的飞机,能不憔悴吗?现在对许多问题想明白了,留在美国的心也定了,所以慢慢复原了。"

"心定了就好。丽，你现在的问题，都是我造成的，我是罪人啊。"郑重想先探探华丽的口风，自己的想法还不能直说，只能含蓄地说这么一句话。

"我同你的一页已翻过去了，什么罪不罪的都过去了，你也别内疚了。"

"丽，我有罪，我愿意赎罪，你能给我一个机会吗？"这话也是一句中性的话，两面都可以理解，复婚是一种理解，用经济补偿也是一种理解。

华丽没有从复婚层面上去理解，因为他已同自己的表妹结婚了，她的理解是经济补偿问题："你想给我经济补偿吗？"

"不光是经济。"

"不光是经济？除了经济，你还能给我什么？"

"这事，我现在说不出口。"

华丽是何等聪明的人啊，她立即想到了他想说的话："你别做梦了，你同费燕好好过日子吧。你既然同费燕结婚了，你就得负起责任来。"

郑重心想，还好，自己想说的话没有直说，这点面子总算还在。这时，郑重看了看表，说："春儿、美儿快放学了，我去接她们吧？"

"好吧。路上不要给她们买吃的了，家里都有。"

"好。"郑重从华丽家出来，开车走了。

这时，华丽感觉到郑重同她表妹可能发生矛盾了，也许是刚刚吵过架，也许是为了孩子的事，她自言自语地说了句："不管了，让他去吧。"

郑重的小车刚到幼儿园门口，幼儿园就放学了。春儿、美儿从里面出来，她们在门口见到爸爸，都跑了过来，郑重让姐妹俩坐在车子的后排，帮她俩系上安全带，开车走了。路上，郑重问了些幼儿园的情况，俩孩子都对答如流。

晚上，郑重、费燕和郑妈下班后，郑重进了自己的办公室，费燕进来问："你下午去过表姐家了？"

"去过了。"

"有没有讲要个孩子的事？"

"开不了口。"

"那你干什么去的？"

"本来想讲这事，到她家后又感到开不了口。后来到幼儿园接了趟孩子，就回来了，什么话都没有讲。"郑重不敢说自己和华丽提复婚的事。

"有什么开不了口的，两个孩子都姓郑，都是郑家的血脉，要一个不为过。"

"到时候，你同我一块去，你去说好不好？"

"去就去，说就说，怕什么。"

"好，一言为定。"

一周以后，又是星期二的下午，郑重、费燕来到华丽家，大家互相问候后在客厅坐下了。华妈先说话了："我听说费燕又流产了。年纪轻轻的，老流产总不是个事。你得到医院看看，最好吃点中药，调理调理。"

"姨妈说得对，中国人的病还得中医治。过一段时间，我回中国一趟，吃点中药，调理一下。"

华丽问："绿卡发下来了？"

费燕回答："昨天刚拿到手。"

华妈说："有绿卡了，来来去去就方便了。"

费燕心想，今天我们的正事是要个孩子回去，闲话少说，得谈正事。她说："姨妈、表姐：我妈和郑重都非常喜欢春儿、美儿。当然，不光是他俩喜欢，我也非常喜欢。我们还想到，这些年表姐、姨妈为了两个孩子，付出了很多辛苦。以后教育培养孩子的事，任务会越来越重。我们也想承担一些责任。"

华丽听到这里，心里已经明白，原来他们是来要孩子的，但不想从自己嘴里先说这个问题。她说："你们每个月付了抚养费，你们也承担了责任。"

"出点费用是应该的，我们还想出点力气呢。"

"怎么出啊？"

"我们商量过，有两种方案可以考虑：第一种方案是，两个孩子，你们养一个，我们养一个，你希望养大的还是养小的，由你们决定；第二种方案，两个孩子不让她们分开，可考虑你们养半年，我们养半年，轮流养。"费燕直接把两个方案说了。

华丽听了，心里有点火，但忍住了。她说："你们怎么会有这个想法，两个孩子一起长大，姐妹不仅情深，而且互相依靠，互相帮助，互相促进，姐妹俩是不能分开的，你们硬把她俩分开了，她们会伤心的，这对孩子的成长非常不利。你说的第二个方案，虽说两个孩子还在一起，但由于大人的文化程度不同，教育方法不同，也会给孩子培养和发展带来许多不一样的东西，缺乏连贯性的教育，这对孩子今后的前途也非常不利。所以说，你们的两个方案是行不通的，我不同意。"费燕提出的两个方案，都被华丽一口否决了。

费燕的话被表姐否定了，自己一时又想不出更好的主意，她朝郑重看了看，郑重呢，觉得自己是个大男人，在这种场合，一句话不讲也不行。他说："华丽，你说的话不错，但是我们的意见也不是没有道理。姐妹情深不错，但是许多家庭只有一个孩子，他们也把孩子教育得很好，很有出息。社会上，有文化的家庭能培养出优秀的人才，没有文化的家庭也能培养出非常优秀的人才，这种例子太多了。现代社会，尤其是不少出身寒门家庭的孩子，他们不仅有很高的学历，而且肯吃苦、肯拼搏。他们也都是未来的希望。所以说，我们今天提出的方案，你先别否定，你想一想再答复我们好不好？"

华妈觉得郑重讲的也有一定道理，在这个问题上没有谁对谁错，都是个情感问题。现在这样唇枪舌剑地搞下去也不是办法。她说："费燕、郑重的愿望我们理解，但此事处理起来不容易。今天，你们、我们的想法都说了，大家冷静地想一想再议好不好？"

"华妈说的办法好，大家都冷静地设身处地地替对方想一想，然后我们再坐下来讨论。我是希望大家不要伤和气，妥善处理这个问题。"郑重在这个问题上还是通情达理的。

华丽想想妈妈的话也对，所以不再说话了。

郑重、费燕向华妈、华丽告别后，走了。在路上，郑重对费燕说："你今天的开头语很好，把我们的想法直接告诉了她们，这样她们有了思想准备，下次就好谈了。"

"有话就得说出来，光做肚里文章不行，我喜欢直来直去。"

郑重、费燕走后，华丽、华妈也议论了这事。华妈、华丽都非常喜欢春儿、美儿，从内心讲都不愿意把她俩的任何一个给郑家。但是，郑重、费燕想要个孩子也没有错。现在的问题出在费燕身上，她要是能给郑重生个孩子，也就没有这事了。华妈的意见要鼓动费燕去中国看中医，吃点中药，说不定能怀上孩子。华丽认为运用现代科技，做试管婴儿也能解决问题。母女俩统一了认识，决定下次费燕来家时，做做她的工作，让她去做试管婴儿，或者去中国看中医，让她放弃从华丽这里要孩子的想法。费燕的问题如能解决，其他的事就好办了。

那天晚上，在郑家也有一番讨论，尤其是郑妈想孙女想得人都急躁了。他俩一到家，郑妈就让儿子汇报去华家要孙女的情况。郑重说："问题是提出来了，大家都比较理智，但是华丽和她妈都未松口。这事得从长计议，千万不能伤害孩子。"

郑妈说："我们采取先礼后兵，先协商，实在不行还得让法院判决。两个孩子，我们要一个，合情合理。法院肯定会支持我们的。"

"妈，我们尽量不上法庭，华丽养两个孩子不容易。不管怎么说，当初是我的错。"郑重对华丽是有感情的，他不想去伤害华丽。

倒是费燕支持郑妈的说法。自己的身体，她自己有感觉，这辈子恐怕是生不了孩子了，自己将来老了，身边总得有个孩子。到外面去领养一个，总不如郑重自己的孩子贴心。她说："我赞成妈的意见，先礼后兵。"

郑重还是没有松口。

郑妈又提出了自己的想法："下个月，我要过生日，你俩去同华丽说说，让两个孩子来家住一个星期，这总没有问题吧？"

"让孩子来家住一个星期，应该不是问题，我去同华丽说。"郑重表了态。

"好，先这么办。"郑妈的想法是让春儿、美儿常来家住住，让她们姐妹对这个家产生感情。其实，郑妈的意见，是个高明的决策。

第二天晚上，郑重、费燕和郑妈下班时顺路到了华丽家，华丽、华妈以为这一家人又来要孩子了，提高了警惕。春儿、美儿见爸爸、奶奶来了，都高兴地跑到他们边上亲热，华妈还是按照礼数给每个人送了一杯茶水。大家入座以后，郑重对华丽说："华丽，我妈下个月过生日，想请春儿、美儿去住一星期，行不行？"

华丽面对这么多人，自己的两个孩子又在郑妈怀里，感到很难回答，她灵机一动，说："你问问春儿、美儿吧？她们愿意去吗？"华丽把皮球踢给了孩子。

这时，郑重把春儿、美儿拉到自己边上，问："春儿、美儿，下个月奶奶过生日，我们邀请你们姐妹俩去爸爸、奶奶家住一个礼拜好不好？"

姐妹俩争先恐后地回答："好啊，好啊。"

郑妈、郑重、费燕拍手表示欢迎。郑妈接着说："奶奶欢迎两个宝贝去。到时候，奶奶给你们做好东西吃，奶奶陪你们去玩，好不好啊？"

"好。"两个孩子高兴地回答。

到这时，华丽、华妈想反对也反对不了啦。

郑妈、郑重和费燕的目的达到了，笑盈盈地走了。

他们走后，华丽后悔了。她心想，孩子住过别墅再住贫民区会怎么样？姐妹俩在他们那里吃这吃那，这里玩那里玩，到时候心野了，难管了，这该怎么办？最后她自言自语地说："真是一言既出，驷马难追啊。"华丽忧心忡忡。

华妈倒劝女儿别想这么多了，顺其自然吧。

郑妈长期开饭店，如何讨客人喜欢，自有一套办法。如今，她想用这一套手法，让两个孙女更加喜欢她。那天从华丽家里出来后，她一直在琢磨此事。她觉得第一件事，要让两个宝贝喜欢自己的别墅。她先叫了两个钟点工把别墅里里外外、上上下下清扫了一遍，该扔的东西都扔了，该添的东西也添了。然后要为两个宝贝准备卧房。房间是现成的，新买的两张单人床紧靠在一起，又新添了粉色的床上用品，看上去非常亮丽。还准备了多种孩子喜欢的玩具。这么一弄，这房间真成了公主房，女孩们捧着洋娃娃一定会开心。

郑妈后面的计划还有好几项，打算一项一项地实施。她要通过这些手段，让孩子喜欢这里，不想回到自己的妈妈那里去了。

三天后，郑重从华丽家把两个孩子接了出来。临走时，华丽一再叮嘱："为期一个星期，第八天你必须把孩子送回来。"郑重答应得好好的："知道，一个星期。"

郑重把孩子接到家里了。那天，郑妈为了两个宝贝，上班都没有去，在家里等着孩子。她见儿子的小车在门前停下了，立即开门出来，打开车门，让两个孩子出来了，春儿、美儿见到奶奶就叫："奶奶好。""宝贝好，奶奶可想死你们了。"郑妈又对孩子说，"我们先去你们房间看看好不好？"

"好啊。"两个孩子随奶奶进了别墅，上了楼，开了卧室的门："哇，好漂亮，我太喜欢了。"

"喜欢就好。"郑妈松了口气。

两个孩子到自己的卧室，拿拿洋娃娃，捧捧狗熊，对这些玩具爱不释手。

"宝贝，你们先在这里玩，奶奶烧饭去。到时候，奶奶来叫你们吃饭好不好？"

春儿说："好，奶奶你去吧。"

"宝贝真乖。"奶奶说完下楼了。

晚上，奶奶为孩子准备了一只烤鸡，还有披萨，这是美国出生的孩子的最爱。两个孩子坐在饭桌边吃饭，郑妈只是静静地看着，不时地问这个问那个："还要点什么？"

吃过晚饭，郑妈又陪孩子看动画片。这也是孩子最乐意做的事。

从第二天开始，郑妈自己开车，带着两个孩子去城里，参观博物馆，游览密歇根湖。一连五天，参观了自然博物馆、工业博物馆、艺术博物馆、航天博物馆。中午都在麦当劳吃饭。每天都让孩子高高兴兴，让孩子乐不思蜀。

当初，说的是郑妈要过生日，其实只是一个借口，目的是想让孩子到郑家来住几天。郑妈的想法是，只要孩子能常来家住住，她们慢慢就会有家的感觉，就会对郑家有感情，到时候你不让她们来，她们自己都会来，想挡也挡不住。

到了第七天晚上，郑家三个大人碰了个头。

郑重说："孩子在家住了一个星期，明天该送回去了。"

郑妈说："春儿、美儿真是乖孩子，我太喜欢她们了，你能不能给华丽打个电话，让孩子多住几天？"

"妈，我们得讲信誉，明天我把孩子送回去。不然下次不好办了。"

"什么下次啊？到时候让法院做主，至少判一个孩子给我们。"

"妈，那是另外的事了。这一次，我们先把孩子送回去。孩子也知道，她们到这里只住一个星期，我们可不能在孩子面前失信啊。妈，你的想法我知道，一次多住几天，还不如常来常往的好。"

"好吧，你明天送去吧。"郑妈觉得儿子讲得也对，但实在有点舍不得。

第二天下午，郑重把两个孩子送到了华丽家里。华妈让郑重坐了一会儿，并且同他聊了几句。

晚上，华丽下班回家时，见春儿、美儿已在家里了，说了句："郑重还算守信誉。"两个孩子见妈妈回家，上来拥抱了妈妈。华丽问："爸爸家好吧？"

春儿回答："可好了。我和妹妹住一间，床、被子都是新的，还有许多玩具呢。"

美儿说："妈，我想住别墅。"

"好，等妈赚了钱，我们去买别墅，让春儿、美儿住别墅好不好？"

"好。"两个孩子用洪亮的音调说了这个字。华丽淡淡一笑，不再说什么，摸了摸她俩的头。

21

转 机

又是个周二的下午,华妈打电话给费燕,让她到家里来一趟。费燕问姨妈有什么事,华妈说电话里不方便说,到家细谈吧。

为这事,费燕想得很多,自然又想到郑妈那句"身边的女人不肯走"的话,难道说要让自己离开郑重吗?我和郑重可是经过法律程序的,她自己又把自己的想法否定了;她又想道,最近表姐店里生意不好,难道要让我们多掏抚养费吗?如果为了钱的问题,应该找郑重啊,不该找她呀,她又否定了自己的想法。最后,她想到可能还是为了孩子的事。

费燕趁下午空当,给郑重说了声,开车走了。她到表姐家里,敲了敲门,华丽出来开门,说了句不冷不热的话:"来了。"

"姨妈找我有什么事吗?"

"到里面说吧。"

费燕随华丽进了门,大家在客厅坐下了。费燕心里有些忐忑不安,等待姨妈开口。

"燕子,上次我们同你谈到,你年纪轻轻的,总得要个孩子吧。现在科学这么发达,能不能去做试管婴儿?"

姨妈说了这么个问题,她才恍然大悟。她们想让我生个孩子,目的还不是为了她们自己。她们就怕郑家抢了她们的孩子,才急着把我叫到她们家里来谈话。要不然,她们才不会关心我呢。她心里这么想,嘴上只能说:"姨妈说的办法倒可行,我回去同郑重说说,不知道他的想法怎么样。"

"燕妹,现代社会,生活节奏快,加上许多女人生活、工作压力大,怀不上孩子很正常。不少人为了孩子,采取试管婴儿的措施,有的还生双胞胎呢,你可以去试试。"

"我知道了。"

她们仨没有说几句话，费燕走了。

晚上，郑家人下班刚进门，郑重就问："燕子，下午华妈叫你过去有什么事吗？"

"有。她们要我去做试管婴儿。"

郑妈立马想到上周因为自己过生日，让春儿、美儿到家住了一个礼拜，所以她们急着让费燕去做试管婴儿。但是她转念一想，自然怀孕的孩子长不牢，去做试管婴儿倒是个办法，便顺势表态："我赞成。"

"行。下星期我陪燕子去医院检查一下。如果行的话，我们就做。"

既然婆婆、老公都表了态，费燕自然就同意了。

一周后，郑重陪费燕去芝加哥医院做了试管婴儿。医院给她配了些黄体酮针剂，让郑重每天给她打一针。二十天后再到医院检查。

华丽还是天天去五星市场上班，守着这么大的店铺，一天没有几笔生意，月月亏损。她偶尔发现，金敏仍在偷偷打擦边球，但自己走正规路子的决心丝毫没有动摇。她觉得只有规规矩矩光明正大地做生意，做的时间才能长，生意才能做大。

下午，有个戴着墨镜、穿着宽大衣服的男子走进了商铺，华丽一时没有反应过来，那男人说："丽姐，好久不见了，你可好？"

"你好，你好。"华丽这才恍然大悟，那男人原来是温州小子，"真是有段时间没有见面了，你可好？"

"别提了，现在政府查得紧，我已经很久没有做那生意了。"

"那你在干什么？"

"晒太阳。"

"上次我听你爸说，他要陪你去中国，帮你去找老婆，去了没有？"

"没有去，我心中有人。"

"谁啊？"

"远在天边，近在眼前。"

"别、别、别。"

"丽姐，我听说你又离婚了，你嫁给我吧？"

"你听谁说的?"

"我问你,有没有这事?"

"有。"

"丽姐,你别看有的人小白脸一个。他脸是白的,心是黑的;有的人虽然一表人才,但经历复杂,还会编故事,骗女人。我虽然个子矮,但品质高;我虽然身材胖,但心里单纯;我虽然不善表达,但会疼人。你要是能嫁给我,我会给你幸福的。"温州小子不是个会说情话的人,这次说那么多,可算是动了真心了。

"你能给我什么幸福啊?"

"首先,我把保险柜的钥匙交给你。"

"还有呢?"

"我会把你的两个女儿视同亲生。"

"还有呢?"

"我会把你的妈妈当成我亲妈孝敬。"

"还有呢?"

"家里的大事小事都听你的。"

"还有呢?"

"还有吗?家务归我。"

"还有呢?"

温州小子绕着华丽转了一圈,华丽觉得这人怎么有点怪:"你这是干什么呀?"

"环游世界啊!"

华丽还是不能理解:"为什么呀?"

"因为你是我的世界。"

华丽这才恍然大悟:"别别别!"

"华姐嫁给我吧!"

"谢谢你的真诚和坦率。"

"你同意了?"温州小子喜出望外。

"对不起,我对婚姻已经厌倦了,希望你能理解我。"

谈到这里,温州小子无话可说了,只是含情脉脉地看着华丽,而华丽的眼睛里饱含着一种同情和歉意。他俩整整静默了十分钟。最后，还是温州小子站起来，向华丽告别，走了，华丽向他挥了挥手。

温州小子走后，华丽到金敏店里去聊天。金敏对市场有一种悲观的看法，说："现在美国的经济大环境不好，市场好不了。五星市场还能维持多久啊？我看多则二年，少则一年半载，就得关门。"

"关门不至于。这市场么，也是铁打的营盘流水的兵，市场不会关门，商家更替会很快。你看，一批批地出去，又一批批地进来，走马灯似的。这也许是规律吧。"

"你说得也对。"

"金姐，生意越淡，人呢，越累。这些天，我都闷死了，晚上我们去陶姐那里放松放松咋样？"

"怎么放松啊？"

"要不，我们化妆一下，装扮成两个怪人，去她那里闹一闹，释放释放内心的闷气？"

"嗨，这主意不错。把这么久以来的闷气释放出来，让人轻松一下。不然，这人啊，真会生病的。"

"好，一言为定，我们下班就走。"

"就这么定了。"

下班以后，华丽把两只大眼睛画成粗大的黑眼圈，像大熊猫似的；口红画到了嘴巴外面，不知道的还以为她刚吃过人呢，又穿了身特别宽大的长裙，头上戴着顶小帽子，完全变了模样。金敏同华丽正相反，她把白嫩的脸孔涂成黄色的，把两只眼睛一圈画成白色的，把嘴唇画成黑色的，穿了一套特别紧身的衣服，头上戴着一顶大檐帽，看上去像个阴阳人。

她俩到陶梅指甲店，一前一后进了门。陶梅朝她俩看看，心想，这两位是哪里人啊，是印度人还是中东地区的人啊，怎么那么怪呢。她作为主人，向她俩打了招呼，把她俩带到一个相对安静的区域坐下了，问她们做单项的还是做全套的，金敏捏着嗓子说："做全套的。"

因为店里的客人不多，陶梅和另一位服务员开始给她俩修指甲。修完指甲，又修脚指甲。其间，华丽一句话未说，都是金敏用假声同陶梅交谈。而陶梅始终没有看出这位曾经是多次同她闹矛盾的金敏。

当她俩做完全套服务后,开始闹了。华丽先用假声说:"你这店生意不错么,有没有按时交税啊?"

陶梅以为这两人是化了装的税务局官员:"交的交的。每个月报一次税,我从来不偷税漏税。"

"你把税单拿来,让我看看。"

陶梅转身到靠里的一张桌子抽斗中拿来税单交给了华丽,华丽翻了翻税单,说:"还算守规矩。"

接着又问:"你有没有雇用童工啊?"

"没有。你都看见了吧,我们都是按美国的劳动法,采用正规的用人制度,从来不用童工。"

"你把他们都叫出来,让我看一看。"

"好的好的。"陶梅转向一侧,叫,"你俩过来。"正在边上休息的两名服务员走到了陶梅边上,其中有位服务员个子比较矮小。陶梅说:"我们店里四个工作人员都在了,请你细细看来。"

"那一位这么小,是不是童工啊?"

那位矮小的服务员说:"小姐,你看我个头小,年龄可不小了,我今年都二十八岁了。"

"好好好,我相信你说的话是真的,你们回吧。"

那两位服务员转身走了。

华丽又问:"你老公还'微软'吗?"

陶梅一听这话,心想,我这话只给华丽说过,税务局的官员怎么会知道的?这时她才恍然大悟,知道自己被骗了:"你个小东西,我怎么就没有看出来呢?"

"这么精明的陶姐也被我们骗了,怪不得这世界上有那么多人被骗。"华丽哈哈大笑。

"那一位是谁啊?"

华丽说:"你猜猜?"

陶梅走近金敏看了看:"喔,金敏。你个坏家伙。"

三个人又是一阵哈哈大笑。

华丽说:"哎哟,现在没有什么战争了,要是有战争,去当个地下党党员,或者特务什么的,也挺好的。"

"你这经验是从程实才那里学的吧,还学得挺像呢,我怎么一点也没有发觉。"陶梅听了华丽刚才说的"微软"两字后,总想报复她一下,现在才找到恰当的词语。

华丽说:"只有不断学习,才能长知识嘛。"

金敏说:"是啊,做个地下党党员或者特务挺刺激的。但是,也有风险哦。"

她们三人一直闹到深夜才散伙。

秋天,春儿要上小学了。华妈对华丽说:"你得抽点时间给孩子去买点读书用品来,书包啊,纸啊,笔啊的。"

"美国读小学最简单了,我在市场里随便给她买点就行了。"

她们母女正在说春儿读书的事,郑重、郑妈来了。郑妈扯开嗓子叫唤:"春儿,奶奶给你送读书用品来了。"

春儿跑到奶奶边上说:"在哪,我看看。"

郑妈从一只黑色的塑料袋里拿出书包、球鞋、本子、铅笔,一件一件放到茶几上,春儿看看书包,又看看其他东西,高兴地笑了。郑妈说:"满意吗?"

"满意。"

华妈说:"我刚刚还给丽儿说,要给春儿买学习用品呢,你们就送来了,真是及时雨啊。"

华丽对孩子说:"春儿,去玩吧,妈跟你奶奶说说话。"

"哦。"春儿说完走开了。

"今天,燕妹怎么没有来?"

"上星期她到医院做了试管婴儿手术,这几天在家休息呢。"郑妈说。

"手术成功吗?"

"现在还不清楚,医生说要观察一些时间,大概二十天吧。"

"我和我妈都希望她的手术能成功。"

"她因为有过两次流产,医生说没有把握,需要打些黄体酮的针剂,还需要观察一段时间。"郑重转个话题,"最近,你店里的生意有没有起色?"

"老样子。"

"你有没有新的想法?"

"想法有，但还没有实施。"

"什么想法啊？"

"下星期，拉斯韦加斯有场女人时尚饰品秀，我想去参加，看看有没有适合我做的东西。现在只是个想法，去看了以后才能做决定。"

"好，去看看。到处走走，到处看看，总会有好处。"

郑重、郑妈走后，华妈问女儿："下星期你要去拉斯韦加斯？"

"对。企业要做长，要做大，必须走正路，必须规规矩矩地做。目前，产品是最大的问题。"

"对，妈支持，我们得走正路。"

"我在网上发现，拉斯韦加斯女人时尚饰品展销会，下周五到周日开展，我去看看，要是能找到合适的产品，那就好了。"

"是啊，一个商业工作者应该到处去看看。许多成功人士，常常在不经意中发现了商机，一举成功的例子多的是，守株待兔总是愚蠢的想法。"

华妈原来是政府机关的处长，现在她把浙江人经商的经验搬了出来，她说："浙江成功商人的经验是什么？是走遍千山万水，用尽千方百计，克服千难万难，吃尽千辛万苦啊。这'四千'精神也值得我们去学习，去实践。天上是不会掉馅饼的，地上是不会冒出美元来的。必须得走出去，到外面去寻找商机。"

"妈，我出去了，你会更辛苦、更冷清。"

"放心吧，妈不但会吃苦，还耐得住寂寞。不，我们还有春儿、美儿呢，不会冷清的。"

拉斯韦加斯，不仅在美国，在全世界也是最豪华、最有规模的赌城。豪华的酒店，超规模的赌场；各种各样的文化娱乐表演和体育活动，更有科技、电子、服饰、珠宝等展销活动。每到夜晚，五彩缤纷的霓虹灯，使人眼花瞭乱。

那天，华丽选择了最省钱的航班，从芝加哥到拉斯韦加斯飞了整整五个小时，到目的地已是第二天凌晨一点了。她到宾馆入住已是凌晨三点了。她睡了几个小时，又火急火燎地赶到展销会。

展览场馆非常大，远超过一个足球场。整个展览分几个区域，有真正的黄金、钻石区域，有人造钻石区域；有正宗女包品牌区域，有杂牌女包区域；有各种各样的挂件区域，有廉价的小挂件区域，真是琳琅满目、目不暇接。华丽是第一次参加这样的展销会，她在这里大开了眼界。第一天，她从上午十点直到晚上六点展馆闭馆，整整八个小时，几乎把所有的展馆看了个遍，几个跟她生意有关的展馆，她都做了笔记，并记下了营销人员的电话。这一天，她尽管没有下单，但是收获巨大。

第二天，华丽直接来到展馆的人造钻石展区，这里的几个商家全是美国白人。她在这里选择了各种各样的女包、项链、手链、脚链、戒指、晚礼服包、手表、墨镜等几十种品牌、上百种样式的商品。华丽果然具有独到眼光，把这些商品命名为"亮晶晶"，一下子订了两万多美元的货。

那天晚上，她彻底放松了。她在赌场大厅独自逛着。在这里，她发现有腰缠万贯的赌客，他们购买筹码一次有上万到几十万美元；也有囊中羞涩的小赌客，他们从口袋摸出二三十美元，赌一把就走。在这里，她还发现一位黑人东拼西凑地拿了十美元买了筹码，一次押上了。嗨，他竟然拿到了一副好牌，二十一点，按一点五倍赔付，赚了十五美元。这时，台面上变成了二十五美元，他又全押上了，又赚了。第三盘，他的台面上有了五十美元，他还是没有动，结果又赚了。就玩了三盘，十元赌注变成了一百美元。此人比较理智，怀揣一百美元走了。这一百美元，恐怕够他吃三天的了。

华丽走着走着，嗨，竟然看到程实才了，而程实才没有发现华丽。程实才正在玩二十一点，玩得挺大，每次押四十到五十美元，有吃有赔，总起来还是赔的多。程实才突然转过头来，发现华丽站在他身后，有点不好意思："嗨，你什么时候来的，我怎么没有发现，不好意思。"他西装革履的，收拾得很干净，就是眼睛里全是血丝，看着有点恍惚。

"我是刚来的，你玩你的，我走了。"华丽说完要走。

"你第一次来拉斯韦加斯吧，我陪你去转转好不好？"

"不不不，我自己会转，你玩吧。"

华丽刚走，程实才又玩了起来。华丽心想，这个程实才呀，赌徒的心态要改怕是难了。

第三天晚上，华丽要乘最后一班飞机回芝加哥。华妈知道女儿深夜可以回家，一直在客厅边看电视，边等女儿回家。这些年，她深深地体会到，一个家庭最大的幸福是平安、健康。当年，自己家曾经在当地让人羡慕，丈夫是市委的实权人物，可以呼风唤雨；自己是国家的公务员，旱涝保收；女儿又在世界第一超级大国读书深造，将来前途无量。可是，一夜之间，丈夫和自己成为阶下囚，因此断送了女儿的前途。因为自己和丈夫的过错，造成女儿停学、打工，两次婚姻失败。她想着想着，两行热泪从眼眶涌出。是啊，一个家庭，如果有人坐牢，或者有人生重病，这应当是当今社会最不幸的家庭了。别看华妈生活在世界的第一超级大国，她的心里藏着极大的痛苦和凄凉。她一有空隙，就会想到正在乔司农场服刑的丈夫。这一刻她正在记挂着女儿的飞机是不是安全、准点？她独自第一次去赌城有没有碰到麻烦？她有没有看上适合自己的商品？这时，大厅的时钟已过了十二点，她有些坐立不安了……"照理，飞机早该到了，丽儿应该到家了，怎么还没有回来啊？"她不时地到窗口看看，只见室外寂静无比，连往日嗷嗷直叫的野猫都沉默了。又过了一个小时，她听到开门的动静，华妈连忙把门打开了："回来了？"

"想省钱，买了张廉价机票。去的时候，晚点一个多小时，回来又晚点了一个多小时。没有办法，这种廉价航班都得让人家先飞。"华丽儿句话，把飞机晚点的原因说了。

华妈听了很动情："晚点没有什么，安全就好。"

"美国飞机，安全系数还是比较高的。"

"丽儿，你饿了吧？妈烧碗面给你吃。"

"不饿。妈，我这次去拉斯韦加斯，对了。我订了两万多美元的货，三五天后陆续能到。我相信，这批货到后，我的商铺能火一把了。"

"好好好，能火就好。这店瘟了那么长时间了，是该火了。"

"妈，我在赌城还碰到程实才了。他在赌钱，赌得还挺大。看来，这人要改掉赌博的恶习也难了。据我分析，他也是去参加女人时尚饰品展销会的，他也许在做和我一样的生意。"

"你这个分析有道理。"华妈一转话题，"丽儿，你这几天肯定累了，睡吧？"

"好，我看看两个宝贝，就睡了。"华丽到春儿、美儿房间，看看两个女儿甜甜地睡着，她会心一笑，然后进了浴室。

三天以后，华丽估计拉斯韦加斯订的货要到了。她一早跑到夏咪家，要雇夏咪老婆肖鱼去店里打几天工。肖鱼一口答应了。

果然，那天下午华丽商铺到了许多货。华丽和肖鱼一边拆箱清点货物，一边把货挂了出来。顿时，华丽的整个店铺"亮晶晶"一片，所有路过此店的顾客都会停留参观，有的直接买了。一时间，人头涌动，纷纷出手购买。这种说不出来由的排队抢购现象,杭州人叫作"杭儿风",想不到美国人也喜欢刮"杭儿风"。店里顿时排起了长龙。

整整一下午,人来人往的美国女人川流不息,华丽和肖鱼拆箱点数,整理商品,推销商品,忙得一刻未停。久违的火爆现象今又重现。

晚上下班,华丽到家第一句话:"妈,今天我的商品卖疯了!"她到饭桌边上坐下,把小包里的钱倒在桌上,开始数钱,这时她妈准会在华丽对面坐下,看着女儿数钱。

华丽兴奋地说:"三千美元,太好了。"

在五星市场,华丽的商铺一连火了几天。其间,华丽通过电话、邮件和供货商频繁联络,又从拉斯韦加斯订购了不少畅销商品。商品源源不断地补充进店。

在五星市场,两个中国女人,做着不同的生意,金敏还是做她原来的产品,偶然打点擦边球;华丽走的是正路,做她自己的牌子,路子越走越宽。

华丽商铺火了,还带动了市场走势。她的左右邻居小矮子和韩国人的生意也好起来了。几天以后,那韩国女人辞去了超市的工作,又来自己店里上班了。她上班第一天,就跑到华丽面前说了许多话。她说:"我在超市上班纯属没有办法,他们经常欺负我。现在市场出现了转机,我在超市一天也不愿意待了。昨天我辞了超市的工作,今天就来店里上班了。"

"好啊好啊,我们一起在五星市场坚守吧。"

晚上下班后,华丽说:"妈,十天后,芝加哥展览馆有场大型商品展销会,我想把我的'亮晶晶'商品拿去展销,在更大的范围内看看我们商品的走势。"

"你的想法妈赞成。但是,我们家老的老、小的小,而且没有一个男人,布展撤展,这么多商品拉进拉出,你一个女孩子,怎么行啊?妈真是舍不得你干这么重这么累的活。"华妈说着说着眼睛红了。

"妈,我们雇人啊。我把夏咪和他的老婆肖鱼雇来打工;如果人手再不够,还可以加上肖霞,把他们全雇了。在芝加哥,其他地方我们不知道,就说丝色罗小区吧,有多少墨西哥人没有工作啊,每小时八元钱,许多人都乐意来我这里打工。我们从小的方面说,他们帮我解决了困难;从大的方面说,我还帮政府解决就业问题呢。"

华丽说到这里,妈妈笑了。

"妈，你别笑，不是吗？我不仅帮政府解决就业问题，还给政府交税呢。"

"是、是、是，你这个说法妈赞成。"

"有人同我说过，像我们这样的家庭，完全可以申请政府救济。用政府的救济金，完全可以养活我们四个人。我可不这么想，我年纪轻轻的，我有手有脚有头脑，我为什么要拿政府救济金啊？我们得发扬中国精神，艰苦奋斗，自力更生。政府的钱，让它用到更需要的地方去。妈，你说我的想法不对吗？"

"对、对、对，妈支持。我们自己赚钱自己花，心里踏实。"华妈还是心痛女儿，"丽儿，参加展销会，劳动强度太大，妈是担心你的体力扛不住。"

"妈，我明天去找夏咪聊聊。他，包括他老婆、他小姨子，他们要是能来帮忙，咱们就干；他们要是没空，咱就不干。这样你总可以放心了吧？"

"好，你同夏咪去聊聊再说。"

在丝色罗小区，像夏咪这样的家庭很多。许多人没有正式的长期固定的工作，有些人靠做季节性的临时工，有些人靠做短工，有些人靠拿政府救济金，过日子。这里居住的人，大多是墨西哥人，当然也有一些非洲人。他们有的是体力，缺的是文化。

华丽因为原来就住在夏咪的地下室，对夏咪家的情况实在太了解了。所以，她有事都会找夏咪。夏咪呢，也非常了解华丽的为人和做派，只要华丽开口，他都会帮忙。今天上午，华丽到夏咪家敲门，夏咪老婆肖鱼开了门，见是华丽，让她进了门。夏咪听到声音，从卧室里出来了："你好，好久不见了。"

"好久不见了。"

"我听我老婆说，你的店又火了，真了不起。"夏咪说完这话，还翘起了大拇指。

肖鱼说："华丽呀，不仅人漂亮，生意也做得漂亮。她的店呀，墙上的、柜上的，挂的、摆的，全是漂亮的女人饰品。整个五星市场啊，就数她的店漂亮。"

"夸张了，太夸张了。"

夏咪说："你今天到我这里来，有事吧？"

"真有事。"

"你说。"

"下下周四到周日，我要参加一次女人时尚商品展销会，想请你给我帮几天忙。开头，要把我的商品从仓库拉到展馆去；结束，要把我的商品从展馆拉回到仓库。你的任务就是开车，装货，卸货，搭架子。你看行吗？"

"行。华小姐的事就是我自己的事。"

"一言为定。除了你以外，还要请肖鱼、肖霞来帮六天忙，报酬跟过去一样。你看行吗？"

"行，一言为定。"

华丽落实了劳动力。但是，还需要许多工具和材料，如货架、折叠式桌子和挂钩等等，她又用了半天时间，去家具商场进行采购。

此后，她又用了整整一个星期做准备。每天市场关门后，她去仓库准备展品。根据不同的品种，不同的规格，分门别类，装箱打包，一一记录在本子上，以避免人多时手忙脚乱。

同时，她在网上订了两个展位。每个展位，四天时间需要一千七百五十美元，共三千五百美元。成本不低。

前期的准备工作已经完成。她提前两天让夏咪把所有的工具、材料和展品拉到了展馆。接着，她让肖鱼管着五星市场的店；她和夏咪、肖霞开始布展。华丽想过，这是第一次做展销，生意如何，心里没有底，市场的门可不能关。千万不能因为展销没有做成，又丢了市场的营业额。这样的布局，即使展销不成功，还有市场可以补救。

芝加哥秋季女人时尚品展销会，是一年四季规模最大的展销会之一。比足球场还大的室内展馆所有展位基本卖完，老板的脸上露出了满意的笑容。展馆大体分为几个区域，其中正中间的一大块是纯金和钻石饰品的展区。华丽的两个展位紧挨着纯金饰品的展区。她展出的展品属于人造钻石饰品，有女人各种规格的挎包，各种样式的晚礼服小包，各种规格不同样式的斜肩包，品种繁多的项链、手链、脚链和时髦的手机壳，有各种样式的墨镜，等等，把两个展位摆得满满当当、厚厚实实，从远处看，这里一片闪闪发光，不仅有规模，而且有品位。

周四上午十点钟，展销会正式开幕了，顾客蜂拥而至，从两个大门步入展厅。进入展厅的人员根据不同的需求，分散在各个展区。真正到纯金、钻石展区的顾客倒不多，许多顾客径直到了有品质低价位的展区。从这里也可以看出像美国这样超级第一大国的普通老百姓的消费趋向。

华丽展位前已经站了许多人，有些人手中已拿着好几只包，有的人手中拿着晚礼服包，有的人手中拿着好几副时尚墨镜，许多人开始下单付款。到中午十二点过后，华丽展位出现了抢购的局面，层层叠叠的人把展位前的空地挤得水泄不通。这样的势头一直保持到下午三点钟。三点以后，来了两位客人，一位是二十多岁的美国白人姑娘，她在晚礼服包展品前徘徊，然后从中拿出一只晚礼服包，问华丽："这种样式的包我要十六只，你有吗？"

"我这里只有十只，可以全给你；另外六只我可以通过快递寄给你，如何？"

那女孩二话不说，把家里的地址写给了华丽。同时，把十六只晚礼服包的钱一次付了。

华丽光这一次就收了六百多美元。

华丽问她："你买这么多晚礼服包是自己用还是送人？"

她说："下个月我要结婚，让所有的伴娘和女眷每人手里都有这样一只包。这不是很美的一道风景吗？"

她的独特见解，让华丽长了知识。

那女孩刚走，又来了一位菲律宾女人，她叫胡姣。那女人四十来岁，能说会道。她先同华丽聊天，谈她是如何从菲律宾到美国的，又如何离了菲律宾老公换了个正宗美国人当老公的，华丽对这些不感兴趣。看来，这女人也在做这类生意。最后，她从华丽这里要了五百多美元的货。走时，她还给华丽留下了名片，并说："下次一定到你店里去，我很愿意跟你交朋友。"

第一天展销会结束后，华丽尽管很累，但是收入可观。她到家第一句话："妈，我回来了。"

"今天一定很累了，快歇歇吧。"华妈一边让女儿坐下，一边到厨房倒了杯茶放到了女儿面前。

"妈，今天尽管累，但心里高兴。"华丽说着话，把一袋钱倒在桌上，开始数钱。华妈坐在女儿对面，看着女儿数钱。

"妈，不错。"

"丽儿，古希腊有个神话故事，有位英雄叫安泰俄斯，是大地女神的儿子，只要他身不离地，就能从母亲那里获得无穷力量，所向无敌，但只要他一离地，就立刻失去力量。另一位英雄赫拉克勒斯发现了他的这一弱点。在两人搏斗中，当安泰俄斯忘乎所以时，赫拉克勒斯把安泰俄斯高高举起，最终杀死了安泰俄斯。这个故事喻示人们：做任何事情，都要接地气。现在你的商品卖得好，说明你的东西接地气。"

"对对对，我们的东西接地气。"

华丽参展的第二天、第三天的生意依然火爆。有所不同的是第一天大多是散户，第二天、第三天，批发商多了。营业收入保持平衡，但人没有这样累了。当然，做批发要让利，要让对方有利可图，自己的利润会少一些。华丽想的是尽量多做批发。只有这样，才能把自己的业务做大。

最后一天下午，华丽碰到了一个人。他叫贺生，是中国浙江舟山人。他是在美国读的大学、研究生，曾在美国一家科技公司上班，不久前刚从公司出来，自己注册了一家公司，经营科技服务项目。那天下午，贺生参观展览，走到华丽展位前眼睛一亮。他所看到的不仅仅是闪闪发亮的展品，而且还有靓丽的女主人。他一见华丽就觉得面善，好像似曾相识，华丽呢，也有同样的感觉。开始他俩只聊一般的事情，华丽问他："你参观了整个展览有什么感想吗？"

"在芝加哥，这样的展览会一年要办四次，我每次都来。每次展览都是一个套路，没有什么新的东西。这一次，我觉得你的展品能使人眼睛一亮，有新意。据我猜测，你的生意不会差。"

"哦，还有什么看法吗？"

"在这次展销会上，纯卖女人饰品的有十一家，卖珠宝的有八家。就卖女包的来说，有印度人的黑、大、粗的包，有巴基斯坦人的花、轻、土的包，还有墨西哥人品种单一、色彩古老的包，他们的东西无法同你竞争。你的东西与这次展览的名称相匹配，可以称得上时尚。你看，传统的包包，配上刚发明推出的人造钻石，就会让人眼睛一亮。你的优势在于，你的东西能达到与真的钻石饰品一样的效果，但是你的价格比他们低得多。你不要认为美国是超级大国，又是世界的首富，但真正有钱人还是少数。你把着眼点放在大多数人身上，接地气，这就是你高明的地方。"

"哦。你是参观者还是市场调查员？"华丽不知道他是干什么的，但对他的分析非常信服。

"我只是个参观者。但是，我一边参观一边在想问题，这公司应该怎么办？"

"你对我的东西还有什么建议吗？"

"美国人同中国人消费观念消费习惯不一样。就拿女包来说吧，中国人一年到头用的是一只包，而且一只包可以用好几年。但是，美国女人不一样，她们什么季节用什么包。比如说，春季要用绿色的包，夏季要用白色的包，秋季要用黄色的包，冬季要用黑色的包；还有，她们不光按不同季节背什么色彩的包，而且按不同色彩服装必须背与此相匹配的包包，比如说穿白色服装的必须用白色的包，穿红色服装的必须用红色的包，穿黑色服装的必须用黑色的包。这是从一般意义上说的。当然，也有不按规律处事的。你要是这样想问题，那么一个时尚的女人，一年需要多少只包啊。据我了解，有些女人，家里有一屋子的包包。有那么多包的女人，应当说可以不再购包了吧。不，她们还得买包，只要她们看了顺眼的、她们喜欢的，还得源源不断地买包。"

"对，你说得太对了。所以创新，不断地创新，这是非常重要的经商之道。"

"对，创新和价格是商家的性命。"

"先生，你说得太好了，你能给我留张名片吗？"

"行。"贺生从口袋里掏出一张名片递了过去，华丽接过名片看了看，放进了自己的小包。

这时，华丽的展位一下拥进了十来个顾客。嗨，贺生竟然为华丽当起义务推销员了。他不断地给顾客介绍几种包的特性，有些顾客从他手中买走了好几只包，他把钱都递给了华丽。华丽心想，此人倒挺有意思，不仅同我讲了那么多话，而且还给我帮起忙来了。心里只是暗暗好笑。

贺生走时，华丽说："谢谢你。"

华丽送走了贺生，一转身见到温州小子站在边上："嗨，你怎么在这里？"

温州小子没有回答华丽的问题，反问："他是谁啊？是不是你的男朋友？"

"别胡说，他只是我的一个顾客。"

"真的吗？"

"我骗你干什么！真的。"

这时，又有一拨顾客进了华丽的展厅，那温州小子也成了华丽的帮工……

本次时尚饰品展销会结束了，华丽不仅在经济上获得很好的收益，而且结识了一位值得尊重的朋友。当天晚上，她还把贺生讲的那些话整理记录在自己的笔记本上了。

22

出 彩

华丽第一次参加芝加哥时尚饰品展销会获得了圆满的成功。成功让她高兴，但并没有让她轻松。

此后连续几天，她让肖鱼管着商铺，自己一头扎进仓库，对本次参展的五十种三百余件商品一一进行梳理，从中发现有十五种商品特别好销，有二十五种商品属于正常好销，有十种商品属于难销或滞销。她采用华罗庚的优选法规则，确定了自己的原则，即对特别好销的商品加大进货总量，对正常好销的商品调整了进货数量，对难销商品停止了进货。然后，她又根据自己的实际销售情况，结合贺生提出的问题，进行理性思考，理出了几条成功的做法和应当注意的问题，一一记录在自己的笔记本上。

其间，贺生又一次来到五星市场华丽的商铺。当时华丽不在店里，是肖鱼打电话告诉华丽，说贺生在店里，让她过来。她俩这是第二次见面。贺生对她的商铺大加赞赏，说："我在这里转了一圈，发现和你做同类生意的是两个中国女人。但是，她走的路子跟你不一样。"

"怎么不一样？"

"你走的是正路，她走的是偏路。"

"你是怎么看出来的？"

"她公开摆的、挂的都是些廉价商品，许多东西是一元商品。靠这些商品是难以维持开销的，她的店想要生存下去，肯定还有私密的货卖，什么货要躲躲藏藏的卖呀？只能是走偏路的货；而你摆的、挂的东西都有一定的品位，价格都在三十至四十美元的区域。你的商品和价位是适合大众消费的，美国中低收入的民众都能接受。这一点非常重要。价位高了，大多数民众难以接受；价位低了，商家没有利润，难以维持。所以，作为商家，除了产品样式新颖，质量上乘，价位上一定要有底线。"

"你这个意见非常重要，这是我一直在犹豫的问题。经你这么一说，让我明确了一个问题，作为商家，必须两面兼顾，既要考虑中低收入民众的接受度，又要考虑商家自身的基本利润。"

"对对对，就这么个问题。"

"你还有什么好主意啊？"

"五星市场两家中国女人的店铺，走的不一样路子，你应当有个明显的标志物，以示区分。"

"这我就不懂了，什么叫明显的标志物啊？"

"比如说，在进门的地方，写这么一张东西：'本店不卖仿牌和假冒商品'，贴在那上面，以示本店出售的商品都来自正规渠道，属于正品。"

"对对对，你这主意太好了，我立即就办。"

贺生走的时候同华丽说："我的公司刚开张，目前事情不多，你下次参加展销会时，我可以去给你帮忙，当当装卸工、搭搭架子什么的这类重活我行。"

"好好好，你能来帮忙，真是太好了。"

贺生走后，华丽觉得贺生怎么对美国的国情、美国的社会懂得那么多？对经商之道那么熟悉？还有，他的眼睛也太尖了，怎么会对我和金敏走的路子看得那么清楚？他是什么人啊，真是不可思议。

此时，来了一位客人，引起了她的注意。那人，一头披肩发，一张瓜子脸，长长的眼睫毛，血红的小嘴唇，穿着紧身长裙，脚蹬白色皮鞋，看上去是位时髦的小姐。她挑了两只女包，一只晚礼服包，又拿了一副项链、一根腰带，在付款的时候才说话。她一开口，竟然粗声粗气，完全是个男人的声音，让华丽吓了一跳。华丽把她的几样东西按标价在计算器一算，说："一百七十五元。"那人二话不说，立即付了款。然后，她站在那里想同华丽说话，华丽以为她还想买东西。片刻后，那人说："你刚才听到我说话，是不是被吓到了？"

"吓？那倒没有，只是心里'咯噔'一响。我想，这么漂亮的小姐，这声音怎么会那么粗呢？"

"不瞒你说，我原本是个男儿身。几年前，我想做女人了，所以做了变性手术，现在只是声音一时半会儿还变不了。你觉得我像不像女人？"这"美女"撩了撩头发，真是风情万种。

"像，太像了。不仅像，而且还这么美。"华丽真诚地夸赞她。

"真的吗？"

"真的。"华丽停了一会儿，又问，"你有老公吗？"

"有。我们感情很好。"

华丽心想，这老公是男人还是女人呢？但不好意思再问她。

此人刚走，又来了一对男女。男的已六十多岁，是个退休会计师，女的才三十多岁，是个时髦女郎。他俩倒是很大方，也很坦然。那女人看上了两只包，还有一根腰带，共一百一十元钱，那男人立即付了钱。那女人同华丽说："他是白痴，我花他的钱，他一点不心痛。我下个礼拜还到你这里来，还得买几样东西。"

华丽觉得这女人不可思议。她花了人家的钱，还说人家是白痴。看来那女人也有问题哦。

金敏几次从华丽商铺前走过，有时也会停下来问问华丽，你的"亮晶晶"是从哪里进的货，华丽只是含糊地说，有些是从克拉克批发街进的，有些是从纽约进的。而金敏的想法是，你走你的路，我打我的擦边球。她自信，一旦有风吹草动，她的警察朋友会向她透露消息的，所以她还是坚持走自己的路。

一天下午，那位菲律宾的胡姣到五星市场找华丽来了。见到华丽，她笑盈盈地说："亲爱的，你的店好大哟。"华丽热情地把她迎进了店内："你还能记得我，这说明我们是有缘的。"

"我在展销会上拿的东西全卖完了。你的东西好卖，我今天要多拿一些，你的价格能再给我优惠一些吗？"

"好说。在上一次基础上，我再给你五个点的折扣吧。"

"好啊，谢谢你。"她说完这话，在店里挑选她所需要的商品，一下子拿了六百多美元的东西。华丽把商品给她装进了两只大塑料袋。

她付了款后，并没有马上走，站着同华丽聊起天来了。她一边同华丽聊天，一边那双眼睛滴溜溜地四处乱瞄，她发现华丽桌子下有两只黑袋，说："这里面装的是什么？"

"那两袋东西，我准备拿回家的，不卖。"

此时来了两位顾客，华丽去应付她俩了。那胡姣趁华丽走开的机会，偷偷地看了桌子下面的东西。

袋子里是华丽以前卖过的打擦边球的商品，华丽早就不卖那些东西了，只是积压的货物还没有处理掉。

光阴如箭，岁月易逝。转眼间到了年底，十二月可是美国商家出货的最好季节，他们称购物季。尤其是圣诞节前的展销会，是一年四季最旺的展销会。为了这次展销会，华丽提前两个月开始做准备。她根据上一次展销会的经验，对特别好销的商品，进了足够数量的货源；对正常好销的商品，也进足所需数量的货源。对展览所需的货架和工具在贺生的指导下，做了相应调整，尽量做到易装易拆易运。

在展览会开展前一个星期，她给贺生打了个电话，贺生爽快地答应来帮忙，说租车、开车、装拆展台的事他全包了，请她不必操心了。

本次展销会开展的时间是十二月上旬第一周的周四到周日，商家可提前两天进场布展。

周二上午十点，贺生准时把一辆大货车开到了华丽的仓库。华丽、肖霞和贺生把一个个货架和一箱箱货物推到了大货车上，满满地装了一车。贺生开着货车前面走，华丽开着小车后面跟着。

贺生毕竟是理科毕业的研究生，又在美国科技公司工作过几年，做事讲究科学性。经他指导修改过的货架，能直接从货车上推下来进到展位；那些需要固定的架子和挂钩按照展位的尺寸调整过，也很快到了位。他使用的工具全是他自备的。有他帮忙，让华丽省了很多心。

那两天，华丽和肖霞把主要精力用到布展上面了。她俩把不同的商品分别摆放在不同的位置，该挂的挂，该摆的摆，既要美观，又要便于顾客参观和选购。本来需要两天时间布展，她们一天多就完成了。

开展的第一天，华丽的展位依然是整个展馆最火爆的展位之一，华丽的"亮晶晶"时尚饰品依然是最热销的时尚饰品之一，每天营业收入创造了她自己创业以来的新高。第一天、第二天以零售为主，批发次之；第三天、第四天以批发为主、零售次之。整个展销的营业收入已大大超过了第一次展销会。遗憾的是撤展那天，前面一切都很顺利，从货车上推出最后一个货架时，不知怎么的，贺生的脚扭了。华丽要用自己的小车先把贺生送回家，贺生却坚持要把货车开回租赁公司，然后自己开车回家，坚决不让华丽送他回家。他觉得这些天华丽已经非常累了，必须让她早点回家休息。这件事，让华丽非常感动。

那天晚上十点多，华丽关上了仓库的大门。她带着疲惫的躯体开车回到家。她进屋后，妈妈让她坐到饭桌边上，给她端来一碗肉丝面。既当作晚饭，也是她的夜宵。她边吃饭，边给妈妈讲了贺生扭脚的事。她说："我想先送他回家，但他坚决不肯。他带伤把货车开了回去。"

"不知伤得厉害不厉害？"

"不清楚呢，明天我去他家看看。"

"好，是得去看看。他不仅给你出了许多主意，这次展览会还给你出了劳力。你看，现在他还负了伤。"

"是啊，按照他的意见，我们的货架都改进了。现在装卸、布展，都比过去省事省心了。真得好好谢谢他呢。"

华丽因为忙于做展销，跟两个女儿都一星期没有见面了。她吃完夜宵，尽管累，还是到女儿房间看了看已熟睡的春儿和美儿。见两个女儿美美地睡在那里，顿时一股暖流涌上心头，觉得自己再苦再累也值了。

她洗完澡，上了自己的床。她靠在床头，想到自己的"亮晶晶"系列商品，不仅在五星市场有销路，而且在展销会同样受到热捧。要是这样能做上三五年，就能靠自己的能力购买别墅，一家人就能搬出这贫民区了。想到这里，她满足地笑了，然后钻进被窝睡了。

冬日的阳光有气无力，洁白的大地上散落着一个个小村落，这就是美国芝加哥郊外的风光。贺生住在亚马亚小区，离城市不远，是个很有年头的小区。这里的情况同丝色罗小区差不多，曾经是美国白人居住的地方，后来从墨西哥来了许多移民和偷渡客，美国白人一批批地搬了出去。如今居住在这里的大多是贫苦人，因生活设施落后，这里也成了贫民区。贺生住在一幢小楼的一楼，房子的产权不是自己的，每月都得付租金。他有一个上小学的儿子，叫贺强，小名叫强强。那天，儿子上学去了，贺生因为脚扭了，在家休息。听到有人敲门，贺生一拐一拐地走到房门边开了门，见是华丽，他感到不好意思，说："你怎么来了？"

"我不能来吗？"华丽反问了一句。

"你能来寒舍，我真是太高兴了。但是，我一个大男人，至今还住这样的房子，有点不好意思。所以嘛，我不想让人家到我这里来。"贺生倒是一个实在的人，一下子把自己内心的想法讲了出来。

华丽听了他的两句话，不但不反感，反而感到此人实在。她说："住这样的房子怎么啦？我觉得一点不丢脸。你知不知道美国有这么一位年轻人，他的身家超过两千三百亿美元，超过中国香港的李嘉诚，可他住的只是套小房子，开的汽车是一辆本田飞度，价值只有一点六万美元呢。大家不但不认为他寒酸，反而觉得他伟大。"

"按你的说法，我住这样的房子不丢脸？"

"不丢脸。"

"有请华姐。"他弯下腰，一只手放在肚子上，行了个绅士礼。

华丽进了他家的门，还到房间、厨房看了看，确实感到既简朴，又有点杂乱。

贺生很快在小客厅理了理，把放在沙发上的一堆东西往地上一丢："华姐，请坐。"

"我可比你小得多，我可不敢当你的姐。"

"华姐，你理解错了。我称你'华姐'，不是大姐、二姐的'姐'，是'港姐''中华小姐'的'姐'。你的美貌远胜'港姐''中华小姐'。所以我称你华姐就是这个意思啦。"

"不敢当，那可真的不敢当。"

"在我眼里，你就是华姐。"

"别吹了，坐吧。"华丽让贺生坐，自己也在沙发坐下了，"你的脚伤怎么样，伤得厉害吗？"

"昨晚回来，我用碘酒擦了擦，又贴了张伤筋膏药，没有大问题。"

"要不要我陪你去医院看看？"

"不用，过几天就好了，我可没有那么娇贵。"

他俩又聊了一会儿生意上的事。中午，贺生请华丽在家吃饭，华丽说："圣诞节前，店里生意比较忙，吃饭的事等空闲时再说吧。"说完，她开车走了。

圣诞节前的两三个星期，是美国商场的购物季。商家会采用各种各样的促销手段，把自己的商品销出去，而市民都会成群结队地到商场购物，父母给子女购买礼物，子女给父母购买礼物，妻子给丈夫购买礼物，丈夫给妻子购买礼物，互相送礼，所以成了购物的季节。

在五星市场，这些天也是人来人往，热闹非凡。华丽不仅展销会赚了一票，市场里的生意也非常火爆。每天从上班到下班，她总是忙个不停。这天下午，那个退休会计师和他的情人又来了，那女人一下子拿了三只包、两只晚礼服包，还有一套新款的项链、手链和脚链，总价二百七十元，华丽想给她打点折，那女人说："不用打折，他有钱。下一次我单独来买东西的时候，你再给我打折吧。"这是美国人的做法，"花别人的钱不心痛"。据说，现在中国也有这种情况，杭州大厦的商品，尤其是女人的商品，许多是"天价"。他们也是针对这类情侣的。这些女人的想法是，问情人要钱开不了口，买东西让情人付款是天经地义的事。所以这种变了味的做法，被商家钻了孔子。

其间，那菲律宾女人胡姣又到华丽商铺批发过两次商品，每次都是五六百美元的东西。

那天晚上，华丽下班回家后同妈妈商量了圣诞节出游的事。华丽说："妈妈，我们辛苦了一年，不如圣诞节出去旅游吧？一来让孩子高兴高兴，二来呢，我们自己也得放松放松。"

"出去旅游我赞成，到哪去呢？"

"要去就去洛杉矶，那里不仅气候好，冬季不冷，更重要的是那里有迪士尼，有环球影城，特别适合孩子游玩。你说呢？"

"如果能去洛杉矶，春儿、美儿会高兴的。"

"好，那就去洛杉矶吧。"

"我有个建议，你打个电话给贺生，他要是能去，我们两家人一块去，人多热闹啊。"

"你这建议好，我马上给他打电话。"

华丽拨通了贺生的电话："喂，贺生吗，我是华丽，圣诞节我想带孩子去洛杉矶玩几天，你们有没有兴趣啊？"

"好啊，我们两家人一块去玩玩。你把你们几个人的姓名、年龄发到我的手机上，我来订机票，订宾馆，订那边的汽车。你这几天太忙了，这些事都由我来落实吧。"

"那太好了，谢谢你了。"

"你别见外了。"

华丽放下手机："妈，定了。我们两家一块出去玩一趟，一切手续都由贺生落实，到时候我们提箱走人就行了。"

"太好了。"此事，华妈高兴得很。她的高兴，不仅仅是旅游本身，还想到女儿的未来呢。

这时，春儿、美儿跑了过来："妈，我们要去迪士尼吗？"

"是。高不高兴啊？"

"高兴。"两个女儿异口同声地说。

圣诞节的早晨，春儿、美儿起得特别早。春儿把自己的换洗衣服装进了一只小小的旅行箱，美儿把自己的东西装进了一只双肩包，姐妹俩一个拉着拉杆小箱，一个背着双肩小包，早早地在玄关站着了。华丽起床见到姐妹俩整装待发的样子，哈哈大笑。她说："还早呢，先把行李放下，到外婆那里吃饭去，我们还要过一个小时才出发呢。"

"是。"春儿夸张地挺挺小胸脯，还向妈妈敬了个绅士礼，装出一个怪相，把拉杆箱放下了。美儿也学姐姐的样子，向妈妈敬了个礼，把双肩包放下了。然后，姐妹俩到厨房间吃早饭。外婆给姐妹俩每人倒了一杯牛奶，给了一块面包。

华丽也一切准备妥当，到厨房间吃早饭。

大约早上八点半，贺生开着一辆商务车到了华丽家门口。

华丽接了个电话，对妈妈和孩子说："出发了。"

大家出了门，华妈把门锁了。华丽向贺生打了个招呼，贺生的儿子强强亲热地叫了声："阿姨好。"华丽说："强强好。"大家上了车。华丽对春儿、美儿说："向叔叔和弟弟问好。"春儿、美儿说："叔叔好，弟弟好。"贺生父子开心地做了回应。两家人乘着一辆车，向机场开去。

他们乘的是上午十点三十分芝加哥飞洛杉矶的 AA 航班，下午两点三十分飞机在洛杉矶机场降落。

那天，芝加哥是冰天雪地，洛杉矶却是阳光明媚，气温二十五度。

洛杉矶地处加利福尼亚州南部，面临浩瀚的太平洋，是美国重要的港口城市。由于内华达山脉遏阻了科罗拉多高原热流的西侵，致使洛杉矶地区终年阳光普照，海风阵阵，气候宜人，成了海内外游客向往的旅游度假胜地。

他们步出机场后，贺生在机场边上租了辆商务车，拉着两家人到太平洋边上，远眺一望无际的太平洋。洋面上尽管一片荒凉，但是大海把阳光中的杂色全部吸收了，只将剩下的蓝光向四面八方反射，呈现出一片令人赏心悦目的幽蓝。宽宽的波纹随着涌动的海浪起伏，一浪接着一浪涌动。从这里孩子们知道太平洋的广袤，知道大洋的彼岸就是中国，中国就是他们的故乡。当然，那天下午，三个孩子最感兴趣的还是柔软的沙滩，他们捡贝壳，玩沙子，玩得有些痴迷……

当天晚上，他们两家人住在一家台湾人开的宾馆里。宾馆不仅价格实惠，而且很舒适。华丽、华妈和春儿、美儿住一间，贺生、贺强住一间。宾馆提供早餐。早餐有大饼油条稀饭供应。三个孩子特别喜欢大饼油条，这恐怕是他们第一次在美国吃到这么有中国味的大饼油条。

第二天，贺生负责开车，华丽则成了导游。他们六人到迪士尼门前，见到已有很多人在排队。贺生对华丽说："你们在这排队，我去取门票。""好，你去吧。"华丽说。贺生到了售票处窗口，报了自己几天前预订的号码，售票员给了票。贺生拿了门票，见华丽等人已到入口处。大家顺利地进了门。华丽、贺生带着大家从早晨九点玩到深夜十一点，迪士尼所有项目几乎玩了个遍。卡通乐园伴随着天籁之音，一条条小船穿越若明若暗的隧道，孩子们欢笑快乐，老人家也绽开了笑脸。像时空列车、太空旅行这样特别刺激的项目，大人看着心慌，可三个孩子一点儿也不怕，个个笑逐颜开。至于那些成人表演、化装成米老鼠唐老鸭卡通环游等项目，他们更是优哉游哉，又笑又闹。孩子们的开心，就是大人们的乐趣。

第三天，贺生、华丽带着华妈和春儿、美儿、强强游览了环球影城。环球影城地处好莱坞影城北郊，因此好莱坞制片厂经常借用"环球影城"的现成场景，包括十八、十九世纪的乡村小屋、街道、马车、酒店、赌吧、舞场等场景。环球影城为了吸引游客，还建了许多现代场景，如太空城等。那天，贺生、华丽陪大家乘坐太空船在球体内盘旋四百余米的轨道列车边观赏球壁上映照出来的时空隧道，从史前时代驶入二十世纪，体验似真似幻的太空魅力。

大家从太空舱出来，春儿、美儿站在门口不愿走，华丽说："怎么啦，还有什么问题？"

春儿说："这里太刺激了，我还想再玩一次。"

美儿说："我也想再玩一次。"

华丽说："前面还有更好玩的呢，走吧。"

春儿、美儿还是不想离去。

"好，叔叔陪你们再玩一次。"贺生对华丽说，"你和华妈到前面麦当劳店坐坐，我陪三个孩子再玩一次。"

华丽说："好吧，那辛苦你了。"

贺生又带三个孩子乘坐太空船，玩了第二次。

第四天，贺生、华丽陪大家去了圣地亚哥，参观了航空母舰，这也是孩子们感兴趣的项目。贺强对航空母舰特别好奇，他说："我长大以后，去当个空军，驾着战斗机能在航空母舰上起落，那才叫牛呢。""好啊，好啊，到时候你去当空军，我就去当海军；你去开飞机，我就去开航母。你觉得怎么样？"春儿说。说得三个大人哈哈大笑。

第五天，大家顺利地回到了芝加哥。

这一次，两家人用了五天时间游玩了洛杉矶和圣地亚哥，华丽感到特别顺利、特别轻松，因为许多琐碎的事务都由贺生做了。她感到有个称心的男人真好。但是，也由于自己两次婚姻的失败，她在心中尽量回避男女之间的问题。而贺生呢，从洛杉矶回来以后，时不时地会想到华丽，在他心中渐渐地有了华丽的位置。但是，也由于自己曾经有过失败的婚姻，他也不想主动提及此事。

华丽从洛杉矶旅游回来后的第二天上午，又来到贺生家里。贺生问她："喝茶还是喝咖啡？"

"喝茶吧。"

这时，贺强走到华丽边上，亲热地叫了声："阿姨，您好。"

"强强，你真乖。"华丽立即从自己挎包中拿出两块巧克力递给贺强，"喜欢吃巧克力吗？"

"喜欢，谢谢阿姨。"孩子拿着巧克力走了。

贺生端着一杯绿茶放到了华丽面前："请喝茶。"然后自己在华丽边上的沙发上坐下了。

"这次出门旅游，你是最辛苦的，既是驾驶员，又是导游，谢谢你。"

"别老是谢谢谢谢的。我们一起出去，互相有个依靠，很好。孩子们也很高兴。"

"我今天是给你送钱来的。你说，这趟旅游需要多少钱？"

"你给我五千元钱吧。"

"五千元，不够吧。"

"差不多。"

"圣诞节可是旅游旺季，怎么也得八九千元吧。还有上次展销会，我也没有给你钱。这里是一万元钱，你拿着。"华丽说完这话，把一只信封袋放在茶几上了。

贺生拿过信封袋，从里面又数出两千元交给华丽，说："我拿八千元吧，不客气了。"

华丽把那两千元钱又放在茶几上了："你的公司还没有起步，这钱你先拿着，下次我还要请你帮忙呢。"

贺生不响了。

华丽问："你原来单位工作好好的，怎么就出来了？"

"我跟我的前妻离婚了。我带着儿子怎么上班啊，所以想着自己开公司。这样，没有人会来管我什么时候该上班、什么时候该下班，自己说了算。自己养活自己应该没有问题。这个理由能成立吗？"

"说得也是，像你这么有头脑的人，自己赚钱，养活自己和儿子没有问题。自己开公司比去公司上班自由多了。"

"是啊，在美国这样的自由世界，只要守法，你想怎么做，就怎么做；你想怎么活，就怎么活，谁也不会来管你。"

"对对对，你的想法同我一样。"华丽看看手表，说，"我该上班了，我得走了。"

"好，有空常来家里坐坐。"

华丽站了起来："强强，阿姨走了。有机会叫你爸带你去我家，跟春儿、美儿一块玩哦？"

"阿姨再见，路上小心。"贺强很有礼貌，贺生把他教育得很好。

华丽出门，贺生送了出来。华丽开车走了，贺生目送她远去。

今天是圣诞节放假以后第一天开门，市场里的商家见面互相问候。华丽路过金敏商铺时，见金敏正在搞卫生，向她打了个招呼，金敏也非常友好，她停下手中的工作，说："圣诞节过得好吗？有没有出去玩玩？"

"我们去洛杉矶玩了一趟。"

"圣诞节可是旅游旺季，机票、门票都涨价了吧？"

"涨是涨了，还好吧。"华丽心想，我可不能同她深谈，她找了个借口，"你忙吧。第一天开门，我也得去搞搞卫生。"

华丽又到小矮子、韩国人店里向他们问了好。小韩见华丽非常热情，说："新年好，圣诞节出去玩了吧？"

"是。我们去洛杉矶玩了玩。"

"好好好，我们一直想去洛杉矶玩玩，都没有去。"

"洛杉矶值得一玩。你忙吧，我们空下来再聊。"

然后，华丽到自己商铺前，拉开了"大幕"，接着搞了搞卫生，准备迎接顾客。第一天开门，生意非常清淡。一整天，华丽只做了三笔生意，收了不到一百元钱。晚上，华丽提前半小时下了班。

那天晚上，郑重、郑妈和费燕要来华丽家。因为圣诞节华丽、华妈带着孩子出去旅游了，郑妈和郑重给孩子买了许多礼物，还没有送到孩子手里呢。今晚，他们带了大包小包的许多礼品来华丽家，一进门，郑妈就叫唤："宝贝，你们看，奶奶给你们带什么来了？"

两个孩子跑到他们身边，叫了叫奶奶、爸爸、阿姨，然后春儿拿过一只玩具："大熊猫，我喜欢。"美儿拿过一只玩具："小狗熊，我喜欢。"姐妹俩一人抱了一个玩具走了。

郑妈又拿了两件包装精致的礼物分别交给了华丽和华妈。

华丽和华妈都说了句"谢谢"。

大家在客厅落座了。

华妈问费燕："燕子，你的手术成功吗？"

"圣诞节前去医院检查了一下，医生说从目前情况看没有问题，还得再观察一些时间。"费燕感觉自己的孩子又有了希望，脸上抑制不住笑容。

华丽说："成功就好。"

郑妈问："你们在洛杉矶玩得好吗？"

华丽作了回答，"好，我们在迪士尼、环球影城玩得可尽兴了，春儿、美儿可高兴了。"

"好啊，孩子开心就好，开心就好。"

这一天，他们聊得格外久。

23

被 冲

芝加哥的春天尽管来得迟，大地也开始复苏。高速公路两旁的冰雪正在融化，路边的小草已冒出嫩叶。春天正向人们走来。

今天，华丽和往常一样，中午十二点拉开了商铺"大幕"。平日，她非常注意自己的形象，上班前总要化妆，挑选得体的服装，把自己打扮得漂漂亮亮。今天，她不知怎么想的，化妆以后，找了件洁白的衬衫穿上了，又找出一套藏青色西装上衣和筒子裙穿上了，与此相配套的是一双黑色高跟皮鞋。她走到镜子前照了照，完全是一位职业女性的打扮。她拿了块抹布，把柜台擦了擦。这时，她的手机铃声响了，她打开手机，听到的是胡姣的声音："华小姐，你在不在店里啊？过一会儿我要到你店里进点货。"

"我在店里，你来吧。"

胡姣是华丽的老客户。她俩不仅仅是业务上的来往，过年过节互相也会打个电话问候。今天，她对胡姣的电话丝毫没有其他想法，只认为她是来进货的。

过了一个多小时，胡姣带个女人来了。那女人高挑的身材，挺好看的样子，是个美国白人。胡姣向华丽介绍："她叫伍伯，是我的朋友，想在你这里买两只包。"

"好啊，你随便看，有喜欢的就买。"华丽心想，胡姣的朋友，也是我的朋友嘛。

她俩先在店里转了一圈，一件商品都没有拿。胡姣和伍伯走到华丽边上站下了，胡姣说："我看到你桌子下面有一袋东西，把它卖给我吧？"

"那袋东西我不卖的。"

"卖给我吧？"胡姣边说边把桌子下面的那袋东西拎了出来，她数了数，一共十只包。伍伯从中拿了两只小包，价值五十八元钱；剩下的八只，胡姣想拿走，价值二百六十二元。

　　华丽正在犹豫呢，她俩却把钱拿了出来。华丽最后想了想，这些东西已经放了很久了，既然她们想要，就让她们拿去吧。想到这里，华丽把钱收下了。

　　胡姣、伍伯走后半小时，华丽店里闯进来五个人，其中有三个警察，叫陆二、里三、伍伯；一个移民局官员，叫克七；还有一个某企业的探子。华丽一看，那个伍伯一下子穿上了警服，感觉到出事了。

　　克七先开了口："你叫什么名字？"

　　"华丽。"

　　"有美国身份吗？"

　　"有。"华丽从自己的钱包里抽出美国居民的证件递了过去。

　　克七接过证件看了一眼，又把证件还给了华丽，同时对其他警察说："她是美国居民，身份没有问题。我走了。"他说完，离开了现场。

　　接着，陆二、里三、伍伯，还有那探子，根本不看挂着、摆着的女人时尚饰品，专往桌子下面、角角落落翻腾，接着到仓库、汽车里查找。最后，他们认为有问题的女包、套链、墨镜等东西装了五六个黑色塑料袋，给华丽铐上手铐，押到囚车，连人带东西全带走了。

　　凯旋郡警局的囚车，外形酷似吉普车，铁壳。内部有两条长凳，也是铁制的，而且固定得死死的。他们把华丽押上了囚车，里三、伍伯坐在她两边。然后开车走了。华丽出身官家，从小娇生惯养，坐囚车可是第一次。她想，我规规矩矩做生意，怎么会遭此劫难呢？这坏就坏在胡姣身上，当然自己也缺了个心眼。

　　到了凯旋郡警局，陆二、里三、伍伯把华丽带到审讯室，让她在专用的凳子上坐下了，开始审讯。主审官是陆二。他问："有人揭发，你卖假冒商品。你卖了哪些假冒商品，卖了多少钱？你老实交代吧？"

　　"我不卖假冒商品，我卖的东西都是从正规渠道进来的正品，而且在门前贴有醒目的告示：本店不卖假冒仿牌商品。"

　　"你不老实。"

　　华丽反问了一句："我怎么不老实啊？我说的是实话。"

　　"伍伯从你那买的十只包，不是假的吗？"

　　"那些包看似假的，其实不是，而且是我自己用的，我是不卖的。因为胡姣是我的朋友，我以非常低廉的成本价给了她。这只是转让，不是买卖。"

陆二感觉问不出什么问题，还得找证据。最后，他说："你不老实，押到拘留室去。"

里三、伍伯听组长这么一说，把华丽押到拘留室关了起来。

陆二回到办公室，心想，第一次审讯华丽，没有审出什么问题，还得杀个回马枪，再去找证据，不然会有麻烦。他叫上里三，又一次去五星市场华丽商铺找证据。幸好原来一批有问题的商品早已被程实才处理掉了，仓库里已经没有什么有问题的商品了。这一次，他们从仓库里只找了一堆已经废弃的东西，又从店里拿了只空的纸板箱。因为这箱子上面写着华丽收的字条。

凯旋郡警局警员一天两次冲击、搜查华丽商铺，这对五星市场所有商铺惊动不小。大家议论纷纷，这是怎么啦，华丽卖的东西虽然出众，但都是正品啊；金敏卖的东西倒有不少议论，但她倒平安无事。然而，华丽被冲，金敏好像事先知道似的，那天她又没有来上班。

傍晚，五星市场到了下班的时候，所有店家的主人都走了，只有华丽的商铺还敞着，而且里面一片狼藉。这时，市场管理部有位保安出于好心，帮她把"大幕"拉上了。

太阳下山了，天渐渐黑了下来。平常这个时候华丽都回到家了。今晚，华妈左等右等，不见华丽回家。客厅的时钟已到九点了，华丽还没有回家。春儿、美儿走到外婆边上："外婆，妈妈怎么还没有回家啊？"

"是啊，往日早到家了，今天怎么啦，到现在还不回家？"华妈真的着急了，她先给金敏打了个电话。金敏说："今天，我家里有事，没有去市场。你打电话到市场管理部去问问吧。"

华妈又给五星市场管理部打了电话，电话里只听到嘟嘟嘟的声音，没有人听电话。华妈自言自语地说："哦，都下班了。"

华妈想道，会不会去陶梅那里了？又一想，要是去陶梅那里，她会同家里说一声的。不管怎么说，还是给陶梅打个电话吧。她拨通了陶梅的电话："陶梅啊，我是华丽妈，请问丽儿有没有到你这里来过？"

"没有啊，怎么找不到小妹了？"

"是啊，我都急死了。往日这时候她早回家了，今天一直联系不上，这人到哪去了呢？"

"华妈，你别急，我帮你找找。"

陶梅放下华妈的电话，立即给五星市场保安胖子打了个电话，保安告诉她，华丽被凯旋郡警局带走了，出了同你一样的事。陶梅关了电话，心想，这怎么办啊，华妈一定急死了。对，先用电话告诉华妈。她拨通了华妈的电话："华妈吗，我是陶梅，小妹被凯旋郡警局带走了。你别急，我马上到你家来，商量怎么办。"

华妈接了陶梅的电话，虽然着急，但忍住了。她毕竟经历过风雨。她立即给贺生打了个电话，告诉他华丽出事了。

大约过了四十分钟，贺生赶到华丽家。接着，陶梅也来了。这时，已经深夜十一点多了。

贺生、陶梅、华妈在客厅商量怎么办的问题。陶梅因为自己也被警局抓过，所以她多少知道些情况。她说："我们得马上去警局，先交保金，得让小妹尽快回家；那里可不是人待的地方。"

贺生说："对，先把人弄回来；其他事情，我们商量以后再说。"

华妈说："好，先把丽儿弄回来。"

贺生说："华妈，你放心地在家吧，我去办。"

"我同你一块去，那地方我知道。"陶梅要同贺生一起去，贺生表示同意。

他俩说完这话走了，华妈非常感激地说："谢谢两位了。"

陶梅、贺生回过头来说："你睡吧，这事我们去办。"

当贺生、陶梅来到凯旋郡警局的时候，已经凌晨一点了。警局除了一位实习生值班外，其余的人都回家睡觉了。

贺生向那值班的实习生讲明来意后，那实习生说："这事我做不了主，要等天亮上班后再办。你们都回去吧。"

经贺生、陶梅商量，贺生要陶梅回家睡觉，由他来办这事。陶梅走了，贺生给华妈打了个电话，说明警局的情况，让她休息，天亮后，自己会把此事办妥的，请她放心。华妈也只能听贺生安排了。

一早，贺生已在警局门口等候。见陆二进了办公室，他跟着进去。陆二问他有什么事，贺生说："我作为美国居民，我愿意担保华丽出去。"

"你能出一万美元保金吗？"

"行。"贺生从口袋皮夹中抽出一张卡，交给陆二。

"我开张单子,你去财务室交款。"

"行。"

陆二开出了一张单子,贺生拿着那单子到财务室交了一万美元的保金。然后,他拿着收据又到陆二的办公室,陆二看了看收据没有错。接着,他带贺生到拘留室把华丽放了。

华丽在这冰冷的拘留室待了一宿,几乎没合过眼。这时,她揉揉眼睛从拘留室出来,见门口站着贺生,说了句"麻烦你了"。

"别说麻烦不麻烦了,你受苦了。这里面,哪是人待的地方。"

"这可是我人生的第一次啊,这里给我留下了永生难忘的记忆。"

"走吧?"

"走。"华丽上了贺生的小车。

在车上,贺生说:"他们把你的事当作大罪来处理了。"

"大罪吗?"华丽心想,自己规规矩矩做生意,怎么会有大罪呢,自己怎么也不相信。

"大罪,才关拘留室,才需要一万美元的保金呢。"

"真是不可理解。那一袋东西,即使全是假冒,也不该定为大罪啊?"

"这事,我们先不讨论。我问你,我是不是先把你送回家去休息?"

"今天是星期六,市场上午十点开门,现在已经到开门的时间了,你先送我去市场吧。"

"你这样,要累坏的,还是先回家睡一觉吧?"贺生劝她先回家休息。

"现在市场里很多人都在等着看我笑话呢,我必须到市场去。我们中国人有句话,叫作'哪里跌倒哪里站起来'。"

"你吃得消吗?"

"为了中国人的志气,我必须去市场。"华丽说完这句话,对着汽车内的镜子,把头发理了理,又从自己的小包里掏出口红,在自己的小嘴唇上抹了一圈。平时,华丽为图方便,进市场都走后门,今天她决定走正门,堂堂正正地进去,得让大家看看,我华丽不是那么容易倒下的。她想到此,说:"你把车子开到大门口去。"

"是。"贺生理解她的意思,把小车开到大门正门口停下了,华丽下车进门了,贺生自言自语说,"好样的。"

华丽进了南门，昂首，面带微笑，从主通道往里走着，主通道两边的商家都站了起来，有的给她打招呼，有的窃窃私语，各种表情都有。尽管这主通道只有八十来米长，华丽的举动让很多人震惊。

她到了店里后，拉开了"大幕"。看到店里一片狼藉，她流泪了。

这时，韩国人小韩走到华丽边上说："你受惊了。我们都知道，你是做正规生意的，怎么会这样？"

"我是倒运了吧。"华丽说了这么句话，不知她有没有听懂。小韩又说了句："请保重。"

"谢谢。"

小韩走了，华丽开始整理商店。她用了整整一个上午，才把所有商品归位。她依然面带微笑，接待一批批顾客。

还是那天早晨，春儿、美儿一起床，跑到妈妈的房间，见妈妈不在，姐妹俩又到厨房间问外婆："外婆，妈妈呢？"

外婆只能向她俩掩饰："妈妈昨晚有事，今天等你们放学后，妈妈就回家了。"

"妈妈去哪里了？"

"妈妈单位有事。宝贝乖，你们赶快吃饭吧！吃完饭，外婆送你们去学校，好不好？"

"好。"姐妹俩是听话的孩子，她俩端起外婆为她们准备的牛奶，吃早饭了。

其实，这一个晚上，华妈也没有合眼，整夜想着女儿的事。早晨起来，她的一双眼睛又红又肿。

孩子吃完早饭，她又把姐妹俩送到了学校。回家后，她给女儿打了个电话，才知道女儿已经出来了。

傍晚，商场关门的铃声响过以后，市场大老板基里斯季来到华丽店里，他说："华小姐，你受惊了，我希望此事能妥善处理。"然后，他又说，"我今天要从你店里买几件商品。"

"好好好，你喜欢什么拿什么吧。"

他走进店里，随手拿了三件商品。他要付款，华丽不肯收。他又看看标价，共一百一十元钱。

他从皮夹里掏出一百一十美元，交到了华丽手中。最后他向华丽挥了挥手，走了。华丽心里明白，他的举动，就是对华丽的支持。

晚上，华丽拖着沉重的脚步回家了。她一进门，妈妈迎上来了，两人一句话未说，华丽的眼泪哗哗地流了出来，妈妈见女儿哭了，自己也忍不住了，两行热泪奔涌而下。

春儿、美儿见妈妈、外婆哭得稀里哗啦，姐妹俩也跟着哭了起来。一家四人不知哭了多长时间，最后还是华丽止住了哭声。她抬起头来说："好了，都别哭了，我不是好好的吗？"华妈也不哭了。两个孩子见妈妈、外婆不哭了，都笑了。

华妈一把抹掉眼泪，抬起头来说："越是蒙受冤屈，我们越是要迎难而上，学会坚强。如果眼泪能摆脱厄运，那么世界上就不会有干涸的河流了。"

"妈说得对，我们要学会坚强，眼泪救不了自己。"华丽停了一会儿又说，"妈不是常说，精金美玉的人品，定从烈火中炼来；掀天揭地的事功，须向薄冰上履过吗？挫折冤屈，也许能使自己更勇敢更坚强。"华丽彻底冷静下来了，"妈，我去洗个澡，这人难受死了。"

"好。好好洗一洗，把晦气洗洗干净。"

华丽洗完澡，刚从卫生间出来到沙发坐下，陶梅、金敏一前一后来家了。

陶梅历来说话办事风风火火。她说："怎么回事啊，昨天我接了阿姨的电话，真把我急死了。"

华丽说："出了叛徒呗。"

金敏说："这叛徒真可恶，出卖同志，危害革命，葬送前途。"

华丽说："危害革命谈不上，葬送前途也未必，出卖朋友倒是真的。"

"这叛徒真该千刀万剐。"陶梅说完这话，朝金敏看了一眼。

金敏说："你看我干什么？我可不会做出卖朋友的事。"

"你着急干吗？自己不做亏心事，半夜不怕鬼敲门。"陶梅转了个身，又问，"小妹，你给我们说说，这事到底什么人干的？"

华丽心想，她俩一直有矛盾，到我家吵架可不好，还是把这事同她们说说吧。华丽叹了口气："怪自己做事拖沓，也怪自己没有警惕，那个菲律宾人，叫胡姣，你们知道吧？"

金敏说："有点印象。"

陶梅摇了摇头。

"我记得那些是是非非的东西都处理完了，其实还有十只剩货，一直放在桌子下面没有拿回家。几星期前，胡姣大概看到过放在桌子下面的那包东西，我都忘了。昨天，她带了个人来，那人叫伍伯，是个警察。胡姣自己把桌子下面的那袋东西拎了出来，要拿走，我还说了句不卖的。她非要，最后我也松口了，结果胡姣拿走了八只，伍伯拿走了两只，一共三百二十元钱。她俩离开半小时后，突然来了三个警察，一个移民局的官员，还有一个可能是某企业的暗探，把整个店翻了个底朝天。这不太明显了吗？就是那个叛徒带警察来的嘛！"

"我知道，你是一直做正规商品的，不走偏锋的。现在倒好，走歪门邪道的倒没有事，正正规规做生意的倒被抓了。这不明摆着吗，有人搞名堂吗？"陶梅平时也听到一些议论，总是拿话去刺金敏。

金敏呢，也听出了陶梅话中有话，考虑到自己同华丽的关系挺好，再加上今天华丽确实受到了伤害，自己又在华丽家里，所以她没有去理会陶梅的话。她坐在这里不说话又不行，她拣了几句好听的话说了："是啊，小妹一直做的正规生意，谁都可以冲，就不该冲小妹啊。他们真是瞎了眼了。"

"当然，也怪我不谨慎，我也有教训可吸取。一是那袋东西早该拿回家，一直没有拿回家。要是没有那袋东西，也不会有事。二是胡姣带着个陌生人来店里，就该有警惕。我是太相信朋友了，根本没有想过朋友会陷害我。这是我的教训啊。"

华丽出了事后，尤其在拘留所的那一宿，想前想后，想自己，想他人，都想过了。所以她从自己的角度也找了被冲的原因。

"你讲得也是。有个问题我一直没有想明白，那胡姣对你没有仇没有怨，她怎么会带警察来你店里呢？"陶梅提出了一个问题。

"这倒是个问题，我跟胡姣无冤无仇，她每次来我店里，我总是给她推荐最好销的商品，给她最优惠的价格，在我店里有什么好吃的让她随便取。我是百思不得其解啊，她为什么要带警察来我店里？她为什么要陷害我？这是为什么呀？"华丽还是觉得疑惑。

这时，华妈说话了："按过去战争年代的规律推理，是她出了问题，她才会出卖朋友。你们看了那么多谍战片，不管剧情怎么变，它的规律就是自己被抓。他为了逃避自己的苦刑，最后是出卖组织、出卖同志。现在是不是可以用这样的规律去推理，就是说，胡姣被抓了，她为了解脱自己的罪名，找了个替死鬼。这替死鬼，偏偏找上了我们的丽儿。"

陶梅说:"华妈,你的分析太经典了。肯定是那胡姣被抓了,她为了逃脱自己的罪名,让小妹当了替死鬼。对对对,就这个理。"

金敏说:"是啊,华妈说得对。这胡姣太坏了,自己被抓,自己应该把责任担下来,怎么就出卖朋友呢?"

"怎么就不能呢?有句老话,叫作'蛇要肚饱,田鸡要性命'。胡姣不想被罚钱,就出卖朋友啰。"陶梅对金敏还是有气,她俩又杠上了。

华丽说:"这说法倒站得住脚。"

最后,陶梅说:"小妹,你可要学长白山的红松,经得住风雪冰霜的考验哦!"

"是。还要学爬山虎的耐性,耐寒耐热耐贫瘠,送给人们一片绿。"

"对对对,加油。"

四个女人说了大半夜的话,终于弄明白了华丽为什么被抓的原因。

华丽出事后,贺生用了两天时间在电脑里查阅了大量类似华丽案件的情况和美国的法律文件,弄清了一些基本道理和应对的办法。

第三天晚上,贺生带着儿子强强来到华丽家里。华妈、华丽见贺生来家非常高兴,她们也想到这事得好好同贺生商量商量,该如何处理。强强同春儿、美儿已熟了,孩子们去他们的地方玩了,大人在客厅坐下了,华妈给贺生泡了一杯茶。

华丽先把那天晚上大家议论的事同贺生说了说。

贺生说:"我用了两天时间,查阅了美国有关这方面的法律和相关文件,他们是要把你的问题定为大罪才这么干的。"

华丽问:"大罪、小罪的区别是什么?"

"一年前,凡涉及卖仿冒商品一千美元以上的营业收入,想卖和卖出的三百只(件)以上仿冒商品的属大罪,现在改为三百二十美元营业收入,两百只(件)以上的仿冒商品。所以,那天胡姣和伍伯要买你的十件、三百二十美元的东西,目的就是要定你的大罪。小罪,就是想卖或已经卖出二百件以下、三百二十美元以下营业收入的东西。大罪、小罪处罚的程度也不一样,大罪才会关拘留室;小罪,让你签个字,当场就放了。"

"我的案件该怎么办呢?"

"警方要把这事作为大罪来处理,我们可不能小觑。我的想法是,要请个律师。当然,我会抽点时间看看美国这方面的法律。"

"我在美国虽然待了好些年，但对美国的法律还是一无所知。你能关心我的案件，而且还准备读读有关这方面的法律文件，我真是太谢谢你了。至于说聘请律师的事，我也希望你能帮我操点心。"

"在美国聘请律师，基本上有两种：一种是法院帮你找，属于法律援助性质的；另一种是属于聘请律师事务所的律师，那得自己掏钱。"

"后一种是不是会站在被告一边？"

"当然。被告掏钱，一般都会替被告说话。"

"要请，就请后一种的。既然打官司，就得自己请律师。"

"好。你有这种思想准备，我可以先在网上帮你找找，如有进展，我随时同你联系。"

"好，那就拜托你了。"

贺生看看表："哦，不早了，你们得休息了，我们走。强强，我们走嘞。"

"走嘞。"强强向春儿、美儿告别后，随爸爸走了。

华丽送走贺生父子后，回到客厅。华妈说："贺生这人真不错，而且对美国的政策、法律也懂。"

"是啊，他很热心。我的案子只能靠他了。"

此后第三天，贺生给华丽通了个电话，说他找了几家律师事务所，比较之后，觉得哈马律师事务所不错，要么我们去一趟，同他们当面谈一谈，要是合适，就请个律师。华丽听贺生这么一说，想起了陶姐的官司找的就是哈马律师事务所，所以就同意了。一小时后，贺生开车到了五星市场，华丽把商铺的"大幕"一拉，开车随贺生走了。

他们来到哈马律师事务所，佛莱者律师接待了他俩。大家寒暄过后，佛莱者律师先让华丽把案情作了介绍，接着他说了许多话。他说："你们中国人卖那类商品的人多得很。那些商品样子好，而且价格实惠，我老婆非常喜欢。你今天找我就找对人了。这类官司，我打得很多，我都能把它大事化小，小事化了。不久前，有个叫陶梅的中国人，就委托我当她的律师，最后是我帮她摆平的，罚了点钱。你听说过这个案件吗？她的问题多重啊，一屋子的东西都被警局拉走了，最后不也没有什么事吗？"

华丽听他这么一说，觉得此人不错，他又是从凯旋郡检察院出来的，里面肯定有熟人。现在办事，一半靠熟人，靠关系。她正在思考呢，这佛莱者有点着急了，像华丽这类案子，算是最好赚钱的一类，稍微费点嘴皮子，打打信息差就有大把钞票入账，他可不想让煮熟的鸭子飞了。"你找我不会错的。你年纪轻轻，犯了点事，心里肯定着急。我呢，就把你看成我自己的小妹，我会尽力帮你的。你不就这点事吗，能解决的。"佛莱者这两句话一说，华丽本来还在犹豫，这下彻底放心了，觉得这人不错。她朝贺生看了看，贺生理解华丽的意思，说："就委托他吧。"

"好，佛律师，你开个价吧？"

"一万美元。"

"一万美元有点高吧。我只是做点小生意，你能否给我降点价？"

"你犯的可是大罪，一万美元不算高。"

贺生也觉得这个价高了。他说："他们尽管以大罪名义抓的，其实我们的事情很简单，算不了罪，连错都没有，你给我们降点价吧？"

"好。我看在小妹的分上，给你打个七折吧。"

华丽心想，这人怎么啦，一下子给我打了三千美元的折扣。她又朝贺生看了看，贺生说："那就定了吧。"

"好。佛律师，我就委托你当我的律师，你一定要帮我把这案子办好。"

"没有问题。那么，我们签个协议吧？"

"行，签协议吧。"

佛莱者拿出规范的协议文本，在空档里填上一些内容，把它递给了华丽。华丽简单地看了看，又递给了贺生。贺生认真地看了一遍，认为没有问题。最后，佛莱者和华丽在协议上面签了名，他俩各执一份。

华丽、贺生走的时候，佛莱者一直送他俩进了电梯。

华丽、贺生在电梯里，都觉得这律师不错，挺热情的一个人，原来又是检察院的起诉官，尽管律师的代理费不低，只要能把这事解决好，破点费也认了。

傍晚，华丽回到家，华妈看看挂钟，还不到六点，女儿今天提前下班了，心里又是"咯噔"一响，问："丽儿，你有什么事吗？"

"下午，我和贺生一起去了趟哈马律师事务所，同佛莱者律师谈了谈案件，聘请他作为我的律师，签了合同，下星期得付钱。"

"需要多少钱啊？"

"七千美元。只要能把这案子处理好，破点财也认了。"

"破财消灾吧。"

24

合 议

在凯旋郡检察院的一间大房子里，检察院起诉官桑巴正在召集警察陆二、里三、伍伯、ABD私人侦探公司哈林、某公司专家柳五良合议华丽的案件。

陆二、里三、伍伯把华丽店里搜查来的东西一一摆到了大家面前。陆二认为光凭伍佰和胡姣买的十件商品、三百二十美元的东西，就可以定华丽大罪，希望检察官先生按大罪起诉华丽。

柳五良以专家的身份看了看伍伯、胡姣买来的十件商品，有时还拿放大镜观察研究一些细节，最后他认定那十件商品是仿牌的。专家的意见，决定了案件的性质和档次。

陆二、伍伯听了柳五良的意见，觉得自己的案子已经铁板钉钉了，脸上露出了满意的笑容。

桑巴作为本案的起诉官，他还想听听其他方面的意见，他点名让哈林谈谈看法。

这ABD私人侦探公司在凯旋郡是有点名气的。ABD公司，是哈林爷爷创办的，至今已有八十年的历史。ABD公司曾经办过许多有影响的案子，在当地有很好的口碑。现在桑巴点名让哈林谈谈看法，他不能不说。他说："我觉得要把那十件商品定为仿牌商品，证据显得不足。原因有二，一是美国法律有明文规定，仿牌的商品要同正品一模一样，才可定为仿牌。按此规定，那么，我们应当拿出真正的品牌商品进行比较。有比较才能有鉴别，比较以后，才能确定那十件商品是不是仿牌。二是这十件商品，还要同专利局的注册商标进行比较，如果注册商标同这十件商品完全相同，那么，才能确定仿牌。现在还缺真正的正品和专利局的商标文件，只凭感觉定性，我感到不够严谨。"

哈林刚说到这里，柳五良立即进行了反驳。他说："我看过的东西不会错。

这十件商品，不是真正的正品。不是真的，那么就是假的。用不着这么烦琐。"

"涉及一个企业的命运，我们必须谨慎。制假售假，必须打击，但是你要打击的必须是假冒商品，而不是正当的商品，我们可不能搞错。"

"凭我几十年的经验，绝对不会错。"

"我们还要注意的一个倾向，就是以大吃小。"

陆二说："你们别争了。我赞成柳五良的意见。除了那十件商品，还有这袋东西呢（其实那袋东西更不是证据），定她大罪不为过。我的意见是检察院可以向法院提出起诉。"

"现在许多小企业，尤其是一些经销商生存困难，对他们我们更不能出错。"

"现在制假售假的往往是他们，这个风应当刹了。"陆二对这个问题又强化了自己的主张。

会上，对华丽的案件产生了两种截然不同的看法。

桑巴说："对一个案件产生不同看法，说明此事有人有疑问。有疑问的事，我们不能起诉，还得调查。你们警局还有什么证据可以继续提供的吗？"

这时，陆二从自己的公文包里拿出华丽的一本电话本，说："我有华丽的一本小本子，里面记录了许多电话号码，有客户的电话，有供货商的电话，我们可以顺着这本电话本作进一步的调查核实。"他说完这话，把电话本交给了桑巴。

桑巴从陆二手中接过电话本，翻了翻，交给了哈林："我们委托 ABD 公司对此事作进一步的核查，希望你们把所有的疑点都能解决掉。"

会议结束后，检察院同 ABD 公司签了协议，后续工作让 ABD 公司承担了。

ABD 公司接手后，立即展开了调查工作。他们先是用电话作了一些调查，凡是接到电话的客户都否定了从华丽商铺买过假冒商品。事实也是华丽走的是正路，她的东西都是从正规渠道来的。即使很久以前买过类似的东西，谁还会记得呢，谁还会多事呢。所有客户的回答，让 ABD 公司一无所获。

最后，ABD 公司决定去一趟纽约。

哈林和他的助手来到纽约江浙华商会汪会长的办公室，他们向汪会长递上了自己的名片。汪会长一看名片，立即意识到有人出事了，但他表现得非常冷静。他一边招待哈林在沙发坐下，一边给他倒上了一杯茶水，然后问："先生，你们有何贵干？"

"我代表芝加哥凯旋郡检察院向您了解点事，希望您能配合。"

"请说。"

"两个月前，也就是今年新年以后，华丽在你们这里进了几批货，你能给我们提供一份清单吗？"

汪会长心想，我们清单上的东西，都是正品。即使我们要走偏锋，也不会在清单上出现真相。何况，华丽在我们这里要的东西全是正品。想到此，他说："没有问题，请你稍等，我让财务给你们出一份。"

汪会长离开自己的办公室，到隔壁财务室，让会计把华丽一月份的进货清单拉了出来。他先看了看清单，觉得一点问题没有。这才拿着清单回到了自己的办公室，顺手把它递给了哈林。

哈林接过清单看了看，觉得看不出有问题。他还想问些情况，不知汪会长会不会配合，不管如何，自己到了纽约，总得问问。他说："汪先生，我还有点问题想问问，请你给予配合。"

"请问。"

"我们在华丽那里发现三种有问题的商品，一种是MK，一种是PU，还有一种像AB，这三种商品她是不是通过你们的渠道进的？"

汪会长心想，他们终于说实话了，但是他一口否认了。他说："我们卖的都是正规的商品，那些东西我们不卖。华丽呢，到我们公司来过，她没有要过你说的那些东西，即使她想要，我们也没有。"

"你同华丽很熟吧？"

"很熟。几年前，她第一次来纽约，被两个美国黑人绑架了。那两个美国黑人也是美国公民，你明白吧。他们把华丽身上带的钱全抢了，真是可怜得很哪。一个小姑娘，被两个又高又壮实的美国男人绑架了，她遭到美国人害了。她到我这里时，身无分文，我帮过她。你要是看到那种情景，你也会帮她的。我还听说，前不久，她又被她老公骗了，两人离婚了。她一个弱女子，带着两个幼小的孩子，还有个没有工作的妈，做点小生意，养家糊口，不容易啊，你们为什么要整她？"

"不是我们要整她，是凯旋郡警局查了她。我只是配合警局做些调查，你千万别误会。"

"先生，现在美国经济这么差，一个女孩子为了生存，为了养家糊口，做点小生意，非常不容易，你们别为难她了。"

哈林心想，我们材料没有查到，反倒被他教育了。想想汪会长说的话也有道理，而且在美国确实存在以大欺小的现象。抓住一个小姑娘，往死里整也没有必要。他想到此，说了句："谢谢汪先生。"走了。

四个星期以后，凯旋郡检察院起诉官桑巴第二次召集陆二、里三、伍伯、柳五良、哈林开会合议。桑巴让哈林把这段时间调查的情况向大家作个汇报。

"上次会议以后，ABD 公司花了近一个月的时间对小本子记录的电话作了查询，还专程去纽约调查了一遍，没有发现新的情况。"哈林说得很简单，就这么几句话。

陆二还是坚持自己的意见，认为这事是铁板钉钉，可以起诉。

柳五良也坚持上次的意见，没有再说什么话。

桑巴总认为这事有问题，但是警局的态度比较强硬，再加上柳五良的认定，他无法否定他们的意见，心里感到纠结。他认为，华丽有问题，按大罪起诉又有不妥，最好的办法，让华丽的律师早点介入。通过他，让华丽认个小罪，罚点款，了结此案。这样警局也能交代过去，华丽损失也不大，自己也尽了责。

桑巴提出自己的方案后，第一个支持的是哈林；柳五良认为自己的面子被驳了，表示不赞成；陆二倒是不吭声了，实际上是默认了。

桑巴对三方面的态度看得很明白，现在只是柳五良有不同意见，只要华丽能接受，这事也就结了。

最后，桑巴宣布会议到此结束。过几天，把华丽的律师叫来谈一谈，可以结案。

其间，贺生从图书馆借来了一大袋美国法律书籍，有美国的宪法、刑法、刑事诉讼法、民法、商业法、专利法，等等。他用了整整两个月的时间把这些法律文本通读了一遍，对有关的法律和条文反复读了多遍，对一些重点段落还摘抄下来，打印出来，熟记在心。他又一一研究了华丽卖出的三种、十件商品，以及一堆废物，得出的结论是华丽没有罪。

一天晚上，他到华丽家里，同华丽见了面。他把自己两个月来学习美国法律的情况同她说了，又把自己摘录下来的有关法律条文的打印件交给了华丽，让她认真地看一看，并且嘱咐她有些条文要熟记在心。如果真要打官司，好好地打一场。

贺生的举动着实让华丽感动。她说："真是太谢谢你了。你花那么多时间为我操心，你的公司不做了吗？你不做公司，你们父子俩吃什么呀？要不从我这里拿点钱去？"

"不不不。过去，我一直想抽点时间学学美国的法律，总是提不起精神来；你的案件，让我有动力学学美国的法律。从这个意义上说，我还得谢谢你呢。何况，我的想法，还没有经过实践检验，更没有见到效益，我怎么能向你要钱呢？"

"你真的还有钱吗？"

"放心吧，我和儿子不会饿肚子的。从现在开始，你呢，把我提供的法律文件认真看几遍，先把有关法律搞明白；我呢，多想想这个案件该怎么办。"

"好，我会认真看的。"

华妈说："好啊。毛主席他老人家讲过，世界上怕就怕'认真'二字，我们共产党人最讲认真。你俩虽然不是共产党员，但认真做事，认真对待这个案子总不会错。"

华丽说："好，我们认真对待这个案件。真的，有你的支持，我的胆子也大了。"

贺生走后，华丽、华妈又议论了此事。

华妈说："贺生真是个有心人。我听他这么一说，觉得他说得有道理。这官司要么不打，要打必须打赢。"

"对，我们想正正当当做生意，事实也是这么做的。他们如果一定要给我戴上一顶卖假货的帽子，我可不能接受。看来，这场官司不打也不行了。"

"要打官司，我们自己先得搞明白有关法律条文，赢要赢得明白，输也要输得明白。要做明白人，不能做糊涂虫。"

"妈妈说得对，贺生给我提供的这些资料，我会认真看的。现在由贺生给我当参谋，我的胆子大了不少。"

"你刚才要给贺生的钱，他没有要。他给你帮忙，恐怕不是为了钱，说不定他是看上你了。"

"也许吧。"

"通过此案，我们对他也会有更多的了解。"华妈心里又惦记起华丽的终身大事来了。

"看看再说吧。"华丽因为有前两次的失败婚姻，现在不想谈这事。

在凯旋郡检察院的一间房子里，还摆着从华丽店里搜查来的一堆东西。那天，桑巴早一步在此等候佛莱者律师。他俩原来是同事，后来佛莱者辞去了检察院起诉官的工作，开了哈马律师事务所。如今他俩虽处在不同的岗位，但常常有合作。桑巴先让他看看此案的物证，以便他在法庭上为华丽进行辩护。

佛莱者律师看了看胡姣、伍伯买的十件商品，其中一件像 AB，两件像 PU，七件像 MK，又看了一堆像 MK 的东西，还看了一些警察在华丽店里拍的照片，其中有一张照片是告示："本店不卖假冒仿牌商品"。当时，佛莱者给桑巴说："这告示说明华丽的店是个正规店，明示不卖假冒商品。"他沉默片刻后，又问："那十件商品，她们是从哪里拿的？"

"从店里买的是肯定的。具体说是从柜台里拿的还是从仓库里拿的这倒需要问一问。"桑巴觉得这是个问题。

佛莱者提出的两个问题倒非常专业，桑巴也觉得是值得注意的两个问题。佛莱者临走时又问了问："此案，你想怎么办？"

"现在几方面有不同意见，警方要求以大罪名义起诉，柳五良专家也赞同警方的意见，但是 ABD 公司有不同看法，认为大罪够不上。我呢，正在犹豫。"

"我知道了你们的态度。但是，我还不能有明确的意见。因为，今天只是看了看这些东西，还没有与客户沟通，所以不能有自己的意见。"

三天后，佛莱者律师约华丽到哈马律师事务所见面，华丽又邀请贺生同去。他俩到哈马事务所后，佛莱者要华丽先谈谈自己的看法和要求。

华丽说："我的店，走的是正规路子，卖的是从正规渠道进来的商品，货真价廉。而且，我在店门口贴着告示，'本店不卖假冒仿牌商品'，这是本店的行为准则。"

"这个告示对你的案件非常有利。"佛莱者插了句话，接着，他又问，"那十件商品你是怎么卖出去的？"

"那十件商品，我放在桌子下面已经很久了，不知什么时候放的，不知谁放的，我自己都记不得了。那天，我的朋友胡姣带了个朋友来，其实她是警察，叫伍伯。胡姣不知怎么知道我的桌子下面有这几件商品，她自己把它拎了出来，一定要我把这些商品转让给她。我的心太软，既然朋友想要，就转让给她了。

所以，造成现在的状况。你应该明白，是朋友陷害了我，我是冤枉的。"

"哦，不是公开卖的，是从桌子底下拿出来的，这个细节很重要。"佛莱者又插了一句话。

贺生说了他的看法："就这十件商品来说，其中七件MK至今在国家专利局没有注册过。光是MK两个字母谁都可以用，美国有一家化妆品公司的名称叫Marr Kar（漫尔K），它的字母就叫MK。没有注册的东西，应当不受法律保护。两只PU，曾经在专利局注册过，在华丽案发前一个月他们自己把注册否定了，这也是不受法律保护的。只有一只AB有点像，但不完全像，按美国法律规定，正品和仿冒品不是一模一样的东西不能算侵权。我作个比喻，中国人看美国人，觉得他们长得都差不多，统称美国人，实际上每个人都不一样；如果用这个道理来看那件商品，要是外行人来看，不管什么样式，大体上都差不多，统称叫女人时尚品，其实每一种都不一样，所以美国的法律规定正品和仿牌要一模一样，那才叫假冒。"

佛莱者认真地听了华丽、贺生对此案的看法和说法，觉得他俩说得有道理。最后，佛莱者说："过些天，我还要到你的店里去看看。"

这时，华丽又想到一个问题，觉得自己那十件商品平均每件只有三十二元钱，如果是假冒，每件就得卖几百元到上千元。她把这个想法又同律师说了。佛律师也觉得华丽说得有道理。

华丽、贺生走的时候，华丽说："刚才，你说的话很有力量。美国是个法治国家，一切都应该讲法、讲证据，不能胡乱地给人安上一个罪名，把人抓去关禁闭。"

贺生说："是啊，我们要同他们讲法、讲理。"

又过了四个星期，桑巴第三次组织合议，陆二、柳五良和哈林都是原来的态度，这次主要是听佛莱者律师的意见。佛莱者办过许多类似华丽的案子，他不但深知警局的态度，而且深知检察院和法院的想法。警局历来把这类事看得过重，检察院还比较理性，法院更是希望各方面能取得完全一致以后才开庭，柳五良采用的态度是谁出钱就为谁讲话。

佛莱者采用的办法是少出力多赚钱。在此之前，他除了听过桑巴对案情的介绍和华丽、贺生的看法外，什么工作都没有做。到时候凭他的三寸不烂之舌，轻轻松松把钱赚了。现在，桑巴要他说话，实际上想让他站在被告方立场在庭外进行一次辩护。佛莱者当然知道桑巴的用意，他自有他的说法。他一上来，就把七只 MK 和一堆废物拿到一边，说："这些有不同看法，不能算。"

如果这些东西除外，那么剩下的只有三件商品了，华丽的案子大罪自然不成立了。

当然，陆二不赞成佛莱者的意见。他强调，要是这样，华丽反告我们怎么办？今年年底政府又要改选，影响地方政府选举怎么办？谁负责？

警局抛出这样几个问题，桑巴就抓头皮了。要是按小罪处理，警局怎么办？还有华丽不认罪怎么办？影响政府选举怎么办？他为难了，他犹豫了。

这时，佛莱者在桑巴耳根说了一个字："拖。"

桑巴低了低头："这样吧，这事先放一放，三个月以后再议。"

一周后，佛莱者又一次把华丽、贺生叫到自己的办公室。今天，他没有让华丽、贺生说话，一上来就说："你们的案件现在还不能结。今年四季度地方政府要选举，检察院、法院也要选举，他们都没有时间来讨论你们的案子，三个月后再议。"

华丽心想，这样简单的案件还要拖三个月，我的护照还扣在警局，这不影响我的生意吗？想到此，她说："那么护照能不能先还给我。你看，我一个生意人，没有护照，哪里都去不了，这不影响我的生意吗？"

"护照问题，我可以同他们说说，先还给你。"

华丽、贺生从哈马律师事务所出来后到了一家咖啡馆坐下了，华丽问贺生："你喜欢喝什么？"

"意大利咖啡吧。"

华丽对服务员说："两杯意大利咖啡。"

"好。"那服务员走了。

"我的案子，他们为什么要拖那么久，真的为了选举吗？"

"选举只是个借口。我的看法是，警局、检察院对此案有分歧，所以检察院不想提出起诉。"

"他们两家为什么会有分歧？"

"你想啊，警局把你抓了，关了一个晚上，又交了一万美元保金，完全是按大罪处置的。如果检察院认为大罪不成立，那么警局能接受吗？如果把你的案子作为小罪来处理，警局又担心你反告。现在拖一拖，大家都冷静地想一想，我觉得对你来说不是坏事。"
　　"那就等吧。"
　　"等等吧。"
　　"晚上，我们一块在这吃饭吧？"
　　"不了，我还得去学校接强强呢！"
　　"你看，我都糊涂了，下回再说吧。"
　　他俩走出咖啡馆，开车走了。

25

焦 虑

那段时间，华丽除了坚持天天上班以外，还做了两次展览。"亮晶晶"已成为她的当家商品，那一带许多小店都到她那里进货，附近的居民也喜欢她的东西，生意越做越好。然而，那个案子压得她喘不过气来。她千万遍地问自己："我就卖了那十件商品，疑似的只有一件，有两件的商标已被专利局撤销，还有七件在专利局根本没有注册，这就是大罪吗？"

她每天下班后，就会问她妈："妈，你说，我就卖了十件商品，疑似的只有一件，我就犯了大罪吗？"

她妈担心女儿经受不住这"大罪"的压力，总是劝她别想那么多，美国是个法治国家，到时候会还你个清白的。

妈妈一遍遍劝说，她还是一遍遍地问，可见这"大罪"对她的压力是何等巨大哦。

她晚上常常睡不着觉，有时还做噩梦。

那天晚上，她迷迷糊糊地睡了，她见到一个披头散发的好像是男人又好像是女人像是伍佰又好像是胡姣端着一盆冷水进了她的房间，那人一步一步走向她的床头边，把那盆冷水哗哗地朝她头上倒了下来，她被那盆冷水浇醒了，她一下子坐了起来，她睁大双眼拼命地找那人，却什么都没找到，而自己身上却全是冷汗。那天晚上，她受到了惊吓，整整一个晚上没有合眼。

第二天早晨，她起床去卫生间，刚在马桶上坐下，头上就冒出黄豆般的汗珠，想呕吐又吐不出，她晕过去了。华妈发现女儿进卫生间后许久没有动静，先是叫了两声，没有回音；接着开门一看，见女儿倒在马桶边上了。华妈急忙到女儿边上，一声声地叫唤："丽儿，你怎么了？丽儿，快醒醒，丽儿快醒醒……"

华妈一边叫唤，一边用自己的拇指掐她的人中……

片刻后，华丽才慢慢地睁开眼睛："我这是怎么啦？"

"你晕过去了，你把妈吓坏了。"

"我昨晚又做噩梦了，又没有睡好，到今天凌晨五点后才迷糊了一会儿。妈，我要是被法院判为大罪，那可怎么办？'大罪'会不会坐牢啊？我要是坐牢了，你怎么办？春儿、美儿怎么办？"华丽说着说着，流泪了。

华妈像哄小孩一样把华丽搂在怀里，轻轻拍着女儿的脊背："丽儿，你别想那么多。你老是想着罪啊、判刑啊、坐牢啊，成天活在痛苦之中，还怎么能睡得着觉呢。你白天做生意那么辛苦，晚上再睡不好觉，怎么挺得住啊？丽儿，待会儿妈送春儿、美儿去学校后，陪你去医院看看医生，然后在家休息几天。你还年轻，不能把身体搞坏了。"

"我现在浑身酸痛，想上班也上不动了，只能休息了。"

华妈扶着女儿从卫生间出来，让她到床上躺下了："你先歇着，我让春儿、美儿起床去学校，然后妈陪你去医院看医生。"

华丽也觉得应该去看看医生了，她表示赞同妈妈的意见。

春儿、美儿起床了。姐妹俩吃过早饭，跑到妈妈房间，见妈妈睡着，她俩不知道妈妈是病了还是未睡醒，只是说："妈妈，我们去学校了。妈妈再见。"

华丽强打精神坐起来："宝贝，再见。"

两个女儿走了，华丽又躺下了。

华妈送春儿、美儿去了学校，然后陪女儿去芝加哥医院看病。芝加哥医院非常大，她们到医院后先挂了号，然后在等候区等候。二十分钟后，医生让她们到诊室看病。给华丽看病的是位四十多岁的女大夫，她问了问华丽的病情，又看了看她的舌头，说："有焦虑症的表现。吃点药，晚上睡觉吃颗安定。你的病情，需要自我心理调节，药物只能辅助。"医生说的话不多，但非常准确。

华丽病了，她在五星市场的商铺关门了。凡路过华丽商铺的人都要问问："这商铺怎么关门了？"

华丽病了，最着急的人自然是妈妈。华妈根据医生的建议，除了让女儿进行心理调节、药物治疗外，华妈的心理压力非常大，一个是心爱的丈夫还关在监牢里，一个是心爱的女儿又病了。她如今只能强打精神，她开车到中国城购买了许多食材，有红豆、黑豆、花生、当归、红枣、白木耳，等等。她把这些熬成粥，让女儿食补，进行生理上的调理。

贺生得到华丽生病的消息后，当天晚上就来丝色罗小区看望华丽。华丽听到动静，从卧房出来："你怎么来了？"

"今天下午我去过五星市场，见你的店关着门，我估计你在家休息呢？"贺生一转话题，"去看过医生没有？"

"看过了。医生让我休息几天，吃点药，没有大问题。"

"你是心急，还有点心烦，恐怕晚上还睡不好觉，也许是轻度焦虑吧？"

"你说得太对了，你比医生说得还准确呢！"

"你还一直在问，我就卖了十件商品，疑似的只有一件，怎么会是大罪呢，是不是？"

"对对对，你怎么知道的？"华丽精神了许多，崇拜地看着贺生。

"是啊，谁都会问这个问题。你千万不要着急，他们提出把此案放一放，三个月以后再议，这不是坏事，说不定还是好事呢。"

"为什么是好事？"

"你想想，他们对此案没有必胜的把握，才会拖；他们要是有必胜的把握，才不会拖呢，巴不得明天就开庭，明天就结案呢。"

"你说得也对，有道理。"

"美国法律规定，小案必须在一年内结案；大案也要在十八个月内结案。我希望他们拖过期限，结不了案，不了了之呢。"

经贺生这么一说，她心里一下子觉得轻松了不少。

"你放心吧，这么点事，他们定不了你大罪的。我劝你，该吃的吃，该睡的睡，该上班的上班，该玩的还去玩。他们办他们的案，我们干我们的事。你千万不能自己吓唬自己。要是那样，他们没有把你打倒，你自己倒是倒下了。"

"对，他们办他们的案，我们干我们的事。"

"你先把这事放在一边，心宽了，气顺了，吃饭才香，睡觉才甜，那些小病小痛的也就过去了，一切都会好的。"贺生用坚毅的目光注视着华丽，又说，"你可以不够坚强，但绝不能怯懦；你可以不够勇敢，但绝不能退缩；你可以被生活击倒，但绝不能对冤屈下跪投降。"

"谢谢你这番话。"

贺生走了，华丽觉得肚子直叫，突然有了食欲："妈，我现在肚子真的饿了，你煮的八宝粥给我盛一碗来，我想吃。"

"好嘞。"华妈转过头来说，"贺生讲得有道理。我们先把那事放在一边，该吃的吃，该睡的睡，该玩的玩，先把身体调养好。"

"对，即使要打官司，也得有个好身体。没有好身体，他们不打，自己也倒下了。"

"对对对，先把身体调养好。"

"对，绝不能向冤屈下跪投降。"

"对，不下跪不投降。"

华妈到厨房间给华丽盛了碗八宝粥，端到了华丽面前，华丽接过八宝粥，先闻了闻，甜甜地吃了起来……

那天晚上也是华丽很久以来睡得最好的一个晚上，这也是心理调节和药物辅助的结果。

第二天晚上，陶梅来看华丽了。陶梅还是那个个性，人未进房，声音先进房了："小妹，好久不见了，你可好啊？"

华丽从卧室出来，陶梅见到华丽，抓过她的手，上上下下打量了许久："哎哟哟，怎么搞的，气色不对，人也瘦了，谁欺负你了，是不是还为那桩倒霉的官司烦恼啊？"

"是啊，都被你讲对了。"

"你认个小罪，给他们罚点钱，拉倒了，把自己解放出来要紧。"

"我有什么罪啊？我雇美国工人，解决他们的就业问题；我给美国政府交税，为国家做贡献；我自己养活自己，我不拿美国救济金，我发愤图强，自力更生。我不但没有罪，我对美国有贡献。他们为什么要抓住我这么点问题大做文章啊，我可不能认罪。"华丽心里有怨，说话也硬气了。

"好好好，你说得对，你有贡献，你有骨气。我们都没有罪，我们都是有功之臣。为什么要抓住我们这点问题大做文章啊，你说得好，我支持。"

"我不能向冤屈投降，我不能向冤屈下跪。"

"说得好，说得对，姐支持。"陶梅停了一会儿，"那么，你为什么气色不好啊？你是不是病了，是不是有人欺侮你了？"

这时，华妈走了过来："丽儿，请陶姐坐啊，坐下来慢慢说。"

陶梅也意识到自己失礼了。她对华妈说："华妈，你还好吗？"

"好，大家坐下说吧。"

这时，春儿、美儿跑到陶梅面前："阿姨，您好。"

"好好好，春儿、美儿乖，两个宝贝越长越漂亮了，两个宝贝可是你的财富啊，值百万美金、千万美金呢。"陶梅从自己的小挎包里掏出两块巧克力，给了每人一块。

大家在小客厅坐下了，华妈为陶梅端来了一杯水。

"小妹，你真的气色不好呢！"

"最近，我身心疲惫啊。你知道，我好强。我的店不但不能关门，还想做得更好，这不需要付出吗？官司呢，要打，我不但不认输，还想赢，这不要操心吗？两桩事情凑在一起，不是既要劳力，又要劳心吗，还能有好气色吗？"

"是啊，一个小女人，这不苦了自己吗？"

"陶姐，你的美甲店生意还好吗？"

"生意倒不错。你知道，我们赚的是劳力钱，做得再好也发不了财。"

"在美国永远是二·八定律甚至是一·九定律啊，能赚大钱、发大财的永远是极少数人，绝大多数人只能赚点辛苦钱，养家糊口吧。赚点辛苦钱，不惹官司，就算好的了。"

"我这辈子是发不了财啦，我儿子也不行，我儿子的儿子不知行不行，也没有把握。"

"是啊。我也一样，我自己是没有希望了，我把希望寄托在春儿、美儿身上了！"

"你可不能小看自己，你还是有机会的。第一，你现在的生意不错，说不定哪天走运了，就发了；第二，你现在才三十出头，又是个美人坯子，要是有个大款看上你了，你不就成了有钱人的太太了吗？"

"陶姐，你也太抬举我了，我都有两次婚姻了，还带着两个拖油瓶，谁还会看上我啊？"

"那倒不一定，你要是化妆一下，走在大街上，我可以断定，回头率不会低。"

"陶姐，我没有这么想过。我现在只是想早点结束官司，能把自己的商铺开下去。"

"你的想法，自己会很累的。我觉得你还是可以换一种思路想一想，把自己嫁出去。"

华丽只好闭口不言，陶梅看气氛不对，自觉转移了话题，不再说嫁人的事了。

陶梅走后，华丽、华妈又说了许多话。

"丽儿，陶姐说的不是没有道理。你想啊，你一个弱女子，又要开店，又要打官司，又要管这么一家子，实在太辛苦了。当然这官司是暂时的。你现在只有三十出头，你总得嫁人吧。如果能嫁个好人，又有钱，那么自己也不用这么辛苦了。"

"嫁人？我不是没有嫁过，而且还嫁了两回。第一回，倒是有房有车有自己的饭店，但是个见异思迁的人；第二回，那人长得倒是一表人才，但是个有妻有儿的骗子。这人要是嫁不好，恐怕会比现在更苦。"

"你说得也对。祖祖辈辈传下来一句话，叫作男怕入错行，女怕嫁错郎。这可是祖祖辈辈，世世代代，多少男人、女人的经验总结哦。嫁人，嫁个好人是第一位的，其次才是事业啊、钱财啊。"

"现在许多女人可不这么想了。最近不是有句名言吗，叫作'宁可坐在宝马车里哭，也不愿坐在自行车后座笑'，说明有些女人的婚姻观念变了。现在许多美国女人也有类似的想法，不怕离婚，就怕嫁个男人没有钱。时代变了，许多人的想法也变了。"

"你想嫁个有钱人？"

"那倒也不是。"

"贺生，这人倒不错。但是没有正当的工作，又有个孩子，总是个拖累。"

"妈，我有过两次婚姻，但都失败了。我现在就怕谈这事。"

"好好好，我们先不谈这事，你先把身体养好，把官司结束掉。"

在五星市场，曾经有三个美丽中国女人开的三间商铺。一年前陶梅的商铺关门了，如今华丽的商铺因主人生病也关着门，现在开着门的也只有金敏的商铺了。

自从华丽的商铺被警局搜查后，金敏也不敢再打擦边球了。她尽管有警察朋友，警察也会向她透露一些消息，但她还是有些战战兢兢，如履薄冰。原来放在仓库和汽车后备厢的东西都拿回家了。这样一来，她的生意显得非常清淡。好的时候，一天能做一百来元；差的时候，一天也就几十元。

今天，金敏上班以后到下午三点多，一笔生意未做。她半躺在一把靠背软椅上睡着了，还发出轻微的鼾声。

近一年来，特别是华丽的商铺被冲后，不光是金敏的商铺生意清淡，整个市场一片萧条。这些天，每天都有商家离场。许多人担心这市场还能支撑多久。

那天晚上，金敏下班回家后同丈夫董海商量，打算把五星市场的商铺关了。董海也同意老婆的意见："光靠你的一元商品还怎么做？真不如回家管孩子呢。"

第二天，金敏到市场管理部门退了场地，把店里的商品拉回家了。从此，五星市场里中国女人的"三国时代"结束了，就剩华丽一家商铺，这几天还关着门。

周末的晚上，贺生在自己的工作室上网，儿子贺强在自己的房间玩电脑。大概十点光景，贺生从自己的工作室走到小客厅，自言自语地说："华丽的身体不知怎么样了？老躺在床上也不是办法。要心理调节，得走出去，到野外去，到大自然去，找些朋友聊聊天，分散精力，这样也许会恢复得快一些。"他想到这里，用手机给华丽打了个电话。

"华姐吗，我是贺生。你身体怎么样？"

"好多了，我想下礼拜上班了。"华丽嘴里这么说，电话里的声音仍然疲惫。

"明天，我们两家人去湖边玩玩怎么样？现在不仅你需要出去晒晒太阳，吸吸新鲜空气，而且孩子们也得去野外活动活动，你觉得如何？"

"你的建议听起来很棒啊。"

"好，就这么定了。明天上午你们在家等着，我开辆商务车过去，一车就拉走了。"

"好啊，好啊。"

华丽放下电话，对妈妈说："刚才贺生来电话，约我们明天去湖边玩玩。"

"好啊，我们两家人一块去湖边散散心。"华妈一转话题，"贺生倒是个有心人，可惜没有正当的工作。"

"妈，你这是老脑筋，好像每个人都得有个单位，都得有个领导管着，这才符合你的想法。现代社会，特别是像美国这样的老牌资本主义社会，它的本质就是私有化。这里除了国家机器，军队、警察、司法机关外，绝大多数企业，包括航空、铁路、码头、飞机制造厂、汽车制造厂、通信设备制造厂等等都是私营公司。中小企业、公司不用说了，都是私人老板。即使像中国这样的社会主义国家，现在的私营企业在国家GDP统计中也占了主导地位。现在啊，私人开家公司，养活自己，应当说不是难事。像贺生这样，自己开公司，自己赚钱，自己消费，在美国比比皆是。许多大老板都是从小公司起步的。"

"我倒不是死脑筋，也许是我没有表达清楚。就是说，贺生的公司，到底做什么？能不能赚钱？我们心里没有底。后面的话不好说了。"

"你想说什么，我知道。你是怕他的公司不赚钱，怕我嫁给他以后，他养不活我们，对不对？"

"对。我就担心你们俩要是好了，他的公司不赚钱，他不但养不活我们，而且还要你赚钱养活他们父子呢。要是这样的话，你不是更苦了吗？"

"妈，你想得太多了，我们现在只是一般朋友关系，还没有发展到那份上呢。你放心吧。"

"你心里明白就好。"

"妈的心思我知道。"

次日上午九点多，贺生开了辆商务车到丝色罗小区华丽家门口，春儿、美儿听到汽车的喇叭声，首先开门出来，向贺生打了招呼后上车了，华丽、华妈随后也上了车。华丽坐到副驾驶位，说："走吧。"

"好嘞。"贺生转过头看了看华妈和三位小朋友都坐好了，而且都系好了安全带。他满意地笑了笑，开车走了。

在车上，贺生把自己的想法同华丽说了："你呢，身体正是恢复期，今天我们只能轻轻松松地玩，不能太劳累。我们先去游芝加哥河，然后到室内植物园去坐坐，中午到麦当劳吃点东西，让孩子们高兴高兴。你觉得怎样？"

"很好。我在芝加哥待了这么些年，还没有游过芝加哥河呢；我妈和她们姐妹俩也都是第一次游芝加哥河，强强也是第一次吧？"

贺强回答："是。是第一次。"

"室内植物园也是我最喜欢去的地方。我在芝加哥大学读书的时候，有空就去那里。今天，我们在那里可以静静地坐一会儿。"

贺生的计划得到了华丽的认可，心里美滋滋的，有一种说不出的高兴。

贺生的汽车直接开到了芝加哥河的游轮码头，让华丽、华妈和孩子们下了车，然后他把车子开到了停车场停车。今天，他宁可自己多走些路，也不让华丽、华妈劳累。

这天，天气晴朗，天空湛蓝。华丽、贺生两家人买票上了游轮，大家在游轮上层找了位置坐下了。那游轮分上下两层，上层系露天平台，可坐一百多名游客；下层系正规船舱，也可坐八十多名客人。上层已座无虚席，下层还有些空位置。游轮开动了，每到一个景点，播音员都会介绍这个景点的特色和由来。芝加哥河与密歇根湖紧紧相连。河水蜿蜒地流过城区，河旁的高楼似乎沾了灵气，因河而活。芝加哥河有几座桥很特别，如有大船通过，它会自动打开，这在全世界恐怕也少有。游轮要从芝加哥河驶向密歇根湖，必须经过一座船闸。在这里，华妈发现密歇根湖的水位比芝加哥河高出不少，这是为什么啊？她正想着，广播里的播音员就说了："原本湖、河水位相同，后来芝加哥人把芝加哥河一直挖到了密苏里州，用密歇根湖的水把脏物冲到了密苏里州，这样一来，密苏里州的人不高兴了，他们提出了自己的意见，这才在芝加哥河与密歇根湖交界处建了座船闸。"

游轮通过船闸，才进入密歇根湖。这湖非常大，一望无际。湖面除了若干游轮以外，还有许多帆船。湛蓝的天空偶尔飘过几朵白云，波光粼粼的湖面点缀着许多白帆，真是美不胜收。游轮驶出岸边很远很远，在船上眺望错落有致的城市建筑，这城这楼变得那么生动活泼。难怪居住在芝加哥的居民会有那么一种自豪感。

华丽、贺生两家大人都静静地坐在那里，聆听播音员的介绍，孩子们快乐地跑动着，大家都觉得心情舒畅。在这儿出游真不失为放松的绝佳方案。

两个小时后，游轮回到了芝加哥河的码头。华丽、华妈和孩子们下船后，贺生要大家等在码头，他去停车场开车来接大家，华丽建议大家一起步行去停车场乘车去海军码头。最后，大家根据华丽的建议，一起步行去了停车场。

大家到海军码头后，先是在麦当劳吃了午饭，然后来到室内植物园。这是一座巨大的玻璃房，园内种植了各种各样的热带植物，既有生机盎然的稀有物种，又有园艺师们为游客营造的一种温馨气氛。室内植物园一年四季恒温，也可以说是四季常青。即使在冬天零下二三十度的气温下也保持室内温暖宜人。那天，华丽想在这儿静静地坐一会儿，但是孩子们对这种休闲方式不那么感兴趣。贺生看出了华丽的心思，也明白了孩子们的想法。他说："华姐，你和你妈在这儿坐坐，我带孩子们去边上摩天轮玩玩。他的提议，既得到了华丽的赞同，又得到了孩子们的拥护。贺生带着孩子们走了，华丽、华妈找了个舒适的位置坐下了。

华妈说："贺生真是个细心的人，只可惜没有一个正当的工作。"这些天来，"正当工作"这四个字已经成了华妈的心病。

"妈，自己开公司也不失为一个好的选择。"

"对对对，我真是糊涂了。"

傍晚，华丽、贺生两家人轻轻松松玩了一天后，各自回了家。

阴历二月二是陶梅四十岁的生日。为了这一天，布莱尔提前一个月悄悄地开始筹划，尤其是为妻子准备了一份精美的礼物。那天，陶梅上班出门时，布莱尔叮嘱妻子："今天是你的生日，今晚我们全家要为你过生日，你可要早点回家哦。"

"有生日礼物吗？"

"有。"

"好，我会早点回家的。"陶梅带着微笑开车走了。

陶梅离家后，布莱尔指挥陶爸、陶妈忙开了，因为这是陶梅四十岁的生日宴会，到时候家里会有很多人，不仅要有生日的风味，还要让大家吃得舒服。

傍晚，一切准备工作已经完成。内客厅长条桌上已经摆上了冷盘，生日蛋糕，正宗美国红酒，长条桌一头背景墙贴了一个大大的"寿"字。这么一整，生日的气氛就出来了。

这时，陶红一家三口来了，陶梅姐夫陈阿大的妹妹一家三口来了，陶琪和他的女朋友来了，家里一下子热闹起来，用中国人的一句比喻，叫"叽叽呱呱田鸡（青蛙）箩倒翻了"，布莱尔心里有想法，脸上还是含笑同他们一一握手，显得热情友好。

随后，陶梅回来了："哇，这么热闹啊。"几家人都站了起来，同陶梅打招呼，表示生日的祝贺。

布莱尔说:"你上楼换换衣服,我们的生日宴会就开始了。"

"你请大家先入座,我上去换件衣服就下来。"

大家围着长条桌坐下了。

陶梅换了身时尚的服装,脸上涂了点化妆白霜,嘴上抹了一圈口红,依然显得时尚靓丽年轻。她从楼上下来时,大家又一次站了起来。陶梅到主位坐下了,边上是布莱尔,左侧的第一、第二位置是陶爸陶妈。

布莱尔说:"今天是我亲爱的妻子四十岁的生日,首先祝你生日快乐,永远年轻漂亮。"

陈阿大站起来说:"光这两句话不够,你们得拥抱,你们得亲嘴。大家说要不要?"

"要、要、要!"大家纷纷起哄。这对美国人来说,一点问题没有,布莱尔趁机抱住陶梅,使劲接吻,陶梅还有点不好意思:"好了,爸妈看着我们呢。"大家都笑了。

陶梅说:"你不是要送我礼物吗?礼物在哪啊?"

"对对对,第二项议程是送礼。"布莱尔走到柜子边上揭开纱布,先捧出一束鲜花,亲手交给了陶梅;然后他又打开一只精美的礼品盒,露出了一件精美的祖母绿挂件,陶梅接过礼品盒:"真美,我喜欢。"大家又报以热烈掌声。

布莱尔说:"请今晚的女主角讲话。"

"当初,我孤身来到美国,不久就嫁给了老布。今天我们的家族有这么多人来到美国,我们大家要谢谢老布哦。"

"对,我们都非常感谢老布,也感谢小妹。"陈阿大是有备而来的,他说,"老布是我们家族的功臣。今天我们不光是给小妹祝寿,还要为老布颁发功勋奖章。"

"你要给老布颁发功勋奖章?你的奖章哪里来的?"陶梅问。

"是我专门为老布定制的",陈阿大从自己的小挎包里取出一个精美盒子,从中拿出金光闪闪的奖章,上面写着"引领贡献奖"五个字。他把奖章挂到了布莱尔的脖子上。这时全场又笑成了一片。

布莱尔的笑容扭曲了一下,还不能不说"谢谢"两个字。

晚宴的最后一个项目是吹蜡烛、切蛋糕……

26

妥 协

  费燕做了试管婴儿手术后一直在家休息。郑重每天上班前总要给费燕打一针黄体酮针剂，郑妈每天总要关照儿媳几句，类似"上楼下楼要注意啊"，"到室外散步千万要小心啊"等等，费燕倒也非常听话，一切都按婆婆的嘱咐行事。

  这两个月，费燕尽管在家休息，但脑子并没有休息。她想得最多的问题是，自己一定要生个孩子，最好能生两个，如果能生一对龙凤胎，那真是谢天谢地了。郑家三代单传，到我们这一代，尽管郑重与表姐生了两个女儿，但是他俩已经离婚了，两个女儿都被表姐带走了，自己要是不能生儿育女，那么郑家的财产不都是我表姐她们的吗？要是这样，我不是太亏了吗？这些问题，老是在费燕的脑子里打转。所以，她对肚子里的试管婴儿特别重视，做什么事都小心翼翼。晚上，有时郑重会提出亲热的要求，她都会拒绝。

  郑重、郑妈每天下班后的第一件事，都要问问费燕好不好。费燕只要说出"好的"两个字，他们都会高兴地一笑。到了夜深人静的时候，郑重常常会摸摸费燕的肚子，还会俯下身去听听肚子里的动静，有时还会对着肚子里的孩子说上几句动听的话，可见他想儿的迫切心情了。

  郑妈呢？尽管在饭店上班辛苦，但她都会想出各种各样的主意，常常从饭店烧菜送回家给儿媳吃，有时从饭店带点食材回家烧给儿媳吃。她的一举一动，都反映了她想孙子孙女的迫切心情。

  郑重、郑妈的举动，费燕不仅心里明白，还常常被感动得热泪盈眶。

  费燕的肚子一天天大起来了，郑家人的高兴都写在脸上了。

  这天晚上，郑重、郑妈下班回家，郑重同费燕说："燕子，你做试管婴儿手术都八十天了，明天我陪你去医院做个检查，看看胎儿发育的情况如何？"

  "好啊，是到检查的时候了。"

第二天下午，天空有些阴沉，似乎要下雨了。郑重开着车子，费燕坐在副驾驶位，他们去芝加哥医院做常规检查。路上，他俩谈笑风生，显得很高兴。

郑重陪费燕来到芝加哥医院妇科，找的还是上次做试管婴儿的女大夫。那女大夫让费燕在边上坐下，先问了问情况，然后拿听筒在胸口和肚子上听了听，表现出很沉重的样子。站在费燕边上的郑重感觉不对劲，问了一句："大夫，咋样？"

那大夫没有说话，开出一张单子："去，到B超室做个B超。做完B超，再到我这儿来。"

"好嘞。"郑重扶着费燕离开了女大夫的诊室，去了楼下的B超室。

在B超室，那做B超的女大夫让费燕躺在床上，撩起费燕的上衣，把裤子往下拉了拉，用那仪器上下左右移动着，脸上同样表现出沉重的样子。

郑重站在边上有些着急，问："医生，咋样？"

那B超医生说："我们录了像，把检查结果传到了诊断室，待会儿你去诊室问吧。"

这时，郑重、费燕都有不祥的感觉，但都没有往坏处想。

费燕做完B超，郑重挽着老婆又来到妇科诊室，见那女大夫正在看B超室传过来的图像。费燕在原来的位置坐下了，郑重在老婆身后站着。

那女大夫抬起头来说："胎儿不好。"

郑重问："怎么个不好？"

"胎儿没有长全，缺胳膊少腿的，生出来也是个残疾人。"

郑重又问："有没有补救的办法？"

"没有。"

"那怎么办？"

"人流。"

"这次流掉以后，还能不能再做试管婴儿？"

"再做没有问题，能不能成功没有把握。"

郑重看了看费燕，见她眼眶里已溢满了泪水："燕子，我们把它做掉吧？"

"只能把它做掉。要是生个废品，不光是我们痛苦一辈子，孩子也会一辈子痛苦。"

"好，做掉吧。"

他俩尽管用中文商量该如何处理，可神情语气是世界通用的，那女大夫也大致明白他俩商量的意见。但是，她还是要问一问，要让他俩亲口把商量的意见告诉她。

"你俩的决定是什么？"

费燕说："把它做掉吧。"

那女大夫开出了住院的单子："去办手续吧，今天住院，明天做手术。"

郑重搀着费燕离开了妇科诊室，办了住院手续，住进了产房。从诊室到产房，费燕一直在流泪，嘴上不断地说着："我的命怎么会这样苦呢。"

郑重明白，这事不仅自己心中难受，费燕的心中更苦。他作为男人，只能劝说："燕子，我们听医生的，把它拿掉。以后，我们再做试管婴儿，我相信总会成功的。"

费燕听了郑重这句话，更伤心了，咿咿呜呜地哭出声来了："我心里苦啊，我不光是心里苦，我的命更苦。"

"燕子，别哭了，忍一忍吧。"

费燕不知道哭了多长时间，忍住了。

"燕子，你住在这儿吧，我先回去，明天我再过来。"

费燕只是低了低头。

郑重从医院出来后直接去了饭店。他怕妈妈难以承受，只说费燕留在医院需要观察几天，没有把真相告诉妈妈。

晚上，他们母子回家后，郑重让妈妈在内客厅坐坐，他要把费燕在医院检查的真相告诉妈妈。

郑妈只觉得儿子怪怪的，并没有想到儿媳怀的胎儿发育不全。

"妈，医院检查说费燕怀的胎儿发育不全，明天要做手术，把它拿掉。"

郑妈不相信儿子讲的是事实，要儿子再说一遍。

郑重又把刚才说的话重复了一遍。

郑妈再也忍不住了，两行泪水哗哗地流了下来……

母子俩沉默了许久，郑妈开口说："难道真是命吗？我们郑家世世代代只能有一个孩子吗？"

"妈，你别难过了，我们还有春儿、美儿呢。"

"这几年，我一直希望燕儿能给我们郑家生儿育女。但是，她三次怀孕，三次流产，难道这就是命吗？"

"费燕为了生个孩子，也吃了不少苦。问题是吃了苦，最后还是一场空呢。今天，医生把诊断结果告诉费燕时，费燕当场就承受不了啦，哭得稀里哗啦的。"郑重停了片刻，"这事，不仅让她撕心裂肺，我的心里也无法承受。我作为男人不能在医生面前痛哭流涕啊。"

"你有没有问过医生，像费燕这种情况，还能不能再做试管婴儿？"

"问了。医生说，她已经是三次怀孕三次流产了，再做恐怕有难度。但是，没有说绝对不能做。"

"医生说话都留有余地，我看是没有希望了。"

"妈，我们认命吧，到时候我同华丽去谈谈，去要一个孩子回来。"

"只能这样了。"

第二天上午，郑重买完饭店食材后来到芝加哥医院。医生让郑重签字后，把费燕推进了妇科手术室。大约一个小时后，医院护士推着费燕从手术室出来了，费燕眼睛红红的，仍为没有保住胎儿伤心。

郑重见费燕仍在流泪，劝她说："燕子，你别难过了，我们面对现实吧。等你出院后，我们去一趟你表姐家，同她好好谈谈，从她那里要个孩子来，不管是春儿还是美儿，给我们一个就行了。我们好好培养她，让她成为有用之材。将来等我们老了，身边有女儿在，我们也不会孤独的。"

费燕原来一直想自己生一个或两个孩子，无奈的是三次怀孕三次流产。这两天，她反反复复地想过，认为自己这辈子是生不出孩子了，只能从表姐那里去要个孩子来："我俩的想法倒是一致了，只能去表姐那里要个孩子来了，不知表姐是不是同意？"

"等你出院后，我们一起去你表姐那里，我们同她好好谈谈，她会同意的。"

"你怎么会这样肯定？"

"我觉得你表姐是个厚道人，是个讲道理的人，会通情达理的。"

"难说，两个孩子从出生以来都是她养的，谁养对谁亲，不光是她会反对我们的想法，孩子也不一定肯来。"

"我们去谈谈再说吧，实在不行，还可以走法律途径。"

"上法院，这不太残酷了？"

"我说的是实在不行才走法律途径。"

"好吧。"

三天后,费燕出院了。经过这一次劫难,她不仅身体大伤元气,而且精神上几乎崩溃。这些天,她没有上班,一直在家休息。

一个月后的一天,郑重、费燕来华丽家里。华丽、华妈像往常一样淡淡地同他俩打了招呼,倒是春儿、美儿见爸爸、阿姨来家里显得特别亲热。费燕从随身带的包里拿出两套衣服,还有些吃的东西分给了姐妹俩,姐妹俩非常有礼貌地谢了阿姨。

华妈心想,照理说费燕的肚子应该凸出来了,怎么一点看不出。她问:"燕子,你这肚子怎么还没有凸出来啊?"

"姨妈,你不知道吗?上个月我去医院检查诊断,胎儿发育不全,做掉了。我是倒霉透顶了,两次自然怀孕都流了,做试管婴儿又不成功,我的命太苦了。"她说着说着流泪了。

"我们真不知道。"

华丽说:"你这可是第三次流产了。"

"可不是吗。我不能生孩子,不光是我急,郑重和他妈更急。"费燕沉默了一会儿,接着说,"姨妈、表姐,你们看,我们家三个大人,上班了,倒是忙工作了;下班呢,家里三个大人,大眼瞪小眼,说不了几句话,死气沉沉的,一点活力都没有。他们怨我不会生,我还怨他们郑家就这命。今天,我们来你们家里,希望你们把春儿、美儿姐妹俩给我们一个,让我们也来承担点抚养孩子的责任。"

费燕先把要求提了出来。接着,郑重又强化了要孩子的理由。他说:"春儿、美儿自从出生以来,你们花了很多很多精力,把她俩养大了,而且那么可爱,我们真是感激不尽。今天,我们提出这样的要求,对你们来说似乎有点残酷。原来,我们一直想让费燕生一个,但是我们的想法一次次落空了。今天我们提出这样的要求也是出于无奈,希望你们能理解、能支持。"

"你们提这样的问题,太突然了,我无法马上答应你。"华丽从内心讲不同意他们的要求,但没有一口回绝。

华妈倒有些心软,觉得他们讲得不是没有道理,但出于对春儿、美儿的感情,也很难同意他们的请求。现在女儿表了这么个态度,她沉默了,一句话未说。

郑重、费燕来的时候就有这样的心理准备，这事不可能一次谈成，今天先把问题提出来，让她们考虑考虑，自己的目的也达到了。郑重朝费燕看了一眼，说："那好，我们的要求与希望，你们商量一下再答复我们吧。"他们说完这话站起来走了，华丽、华妈送他们到了门口。

华丽关了门，沉下脸，痛骂了费燕一顿："这个女人真是不要脸。我把她当成亲人，让她来美国，让她来留洋。她倒好，翻脸不认人，做贼偷老公，抢了我的男人。自己一次次怀孕，一次次流产，这是什么呀？这叫作报应。现在又想来抢我的孩子，做梦去吧。"

华妈有华妈的想法，他们要一个孩子不是没有道理，问题是女儿落到今天的地步，两次婚变，还惹上官司，前段时间又病了一场，这些都跟费燕有关啊，所以女儿会发火。她想到这里，觉得自己必须站在女儿这边："丽儿，每个人有每个人的命，她做了坏事，现在不是报应了吗？他们要孩子的事，我们现在不表态，让他们去着急。你呢，也不要生气，把自己身体气坏了不合算。他们过他们的日子，我们过我们的生活，每天还要快快乐乐，千万别生气。"

"妈，你说得对，我不生气。"

那天晚上，郑妈在家听到车库的动静，开门见郑重、费燕从小车里出来，大家进门在客厅坐下了。郑妈迫不及待地问："重儿，你俩把我们的想法同她们说了没有？"

"说了，她们说要想一想再答复我们。"

"她们有没有骂你啊？"

"骂倒没有。从表情上看得出来，她们是不愿意把孩子交给我们的。"

"两个孩子都姓郑，我们要一个合情合理。我们还是先礼后兵吧，商量不成，再走法律途径。"

郑重说："走法律途径会伤感情的，尽量不走法律途径吧。"

费燕说："我倒认为妈妈说得有道理，要是协商不成，我们就走法律途径。我对我表姐、对我姨妈，比你们了解。他们家过去在我们家乡可以呼风唤雨，现在我姨父还在监狱里，我姨妈也是坐过牢的释放犯；我表姐从小就骄横好强，总是欺侮我，现在惹上了官司，表面上看她个性收敛了，其实她要强的性格不会轻易改变。他们一家人看似老实多了，不那么盛气凌人了，但是她们内心怎么想，谁知道。如果在她官司没有结束前，我们为孩子问题把她告到法院去，说不定她会让步。"

"我们这样做，你表姐要打两场官司了，会不会太残酷了？"郑重有些心软。

"好吧，我们先等一等，看我表姐怎么表态再说吧。"

在五星市场，由于美国经济连续几年疲软，加上某些政策失当，一些店家纷纷撤离市场，当然偶尔也有新进场的店家。总体来看，是出去得多，进来得少，如今不光是生意清淡，整个市场空出了许多位置。

原来三个中国女人，如今只剩下华丽了。而华丽生病在家休息了两个星期，这段时间华丽的商铺也关着门。许多美国人路过华丽商铺时，都会打听华丽的去向，边上两个墨西哥商人、一个韩国人都说华丽病了。

华丽身体稍有恢复后，又上班了。她还是同以前一样，总是那么勤劳。有人路过她的商铺时，她总是面带微笑，热情地跟他们打招呼，邀请他们到店里看看；如有人有买她商品的意向时，她总是不厌其烦地给他们介绍商品；如有人向她买了商品，她总是小心地把商品包装好、收款、开发票，一丝不苟，让客人明明白白。由于她的热情、诚恳，许多本来犹豫的客人，也会下单。

没有顾客的时候，她还是一刻不停，要么整理商品，要么搞清洁卫生，要么学外语，要么上网寻找新的商机。她总有做不完的事情。

中国人有句话，叫作天道酬勤。这是无数人的经验总结。对这话，华丽也有深切的体会。她认为，只要自己肯做，上天是不会辜负自己的。事实也正是如此，在五星市场，许多人生意不好的时候，她的店铺一直还不错，不仅能维持，而且有利润。

也由于她的勤劳，不光是市场老板看好她、关心她，而且周围的店家并没有因为她的商铺被警察查抄而冷落她。

有一件事，让她感动。前面讲到的那个菲律宾女人胡姣，曾经带个警察到她店里来"钓鱼"，让她被警察抓去关了一个晚上，至今官司还没有了结。然而如今的五星市场不是冷落华丽，而是对胡姣有了公愤。一天，胡姣头上包了块大大的纱巾，眼睛上扣着一副宽边墨镜，穿着跟以往不一样的服装，不知有何目的，也许想来看看华丽是否出局，偷偷地来到市场。那人刚进门，还是被市场胖子保安看到了，胖子保安走到胡姣面前说："你是不是又带警察来了？"

胡姣立即声明:"没有,没有。"

胖子保安说:"有也好,没有也好,我们这个市场不欢迎你这样的人,你给我滚。"

这时,周围的店家都向胡姣吐口水。那胡姣灰溜溜地走了。她成了过街老鼠,人人喊打。

又是一天,那个做了变性手术的"女人"又来了,她见到华丽的商铺门开着,显得非常高兴。她对华丽说:"华姐,最近我来你店里好几次,你都关着门,你怎么了?"

"前段时间回老家处理点事情,最近又因身体原因在家休息了几天。"

"华姐,人生就几十年,你可不能太拼了。"

"是是是,我谢谢你。"

那天,那位"女人"在华丽店里买了一百多元钱的东西。

这些天,郑重、费燕一直没有等到华丽的回音。一天晚上,他俩又来到华丽家里,华丽知道他俩来家里的目的。

大家客套过后,郑重说:"华丽、华妈,我们上一次向你们提出的要求,你们不知商量过没有?"

"这事能不能缓一缓再谈?我现在的经济官司没有结束,前段时间身体又不好,心里烦,体力差,你们再谈这事,我真的受不了啦。"华丽的几句话,目的很清楚。

郑重是个聪明人,知道华丽的目的不是不想谈这事,而是想拖延。

这时,费燕说话了:"表姐,你的官司,我们同情;你身体不好,我们也体谅。但是,我们提出的问题,既不影响你的官司,又不费你多少心思。不管春儿还是美儿,给我们一个,由我们来抚养,还省了你的不少心呢,无论对你的官司还是对你的身体只会有好处,绝不是对你的拖累。何况,我们都在一个地方住,你什么时候想看,就可以来看;你要是没有时间,你打个电话,我给你送过来。我是衷心希望你能同意我们的要求,我拜托你了。"

"你没有生过孩子,不知道十月怀胎的辛苦;你没有养过孩子,更体会不到孩子对母亲的重要;还有她们姐妹情深,你要是硬把她们拆散了,你不觉得残酷吗?所有这些,你都是体会不到的。"

"表姐，你这话我就不爱听了。我怎么没有怀过孩子啊？我怀孩子的过程比你艰难十倍百倍呢？我怎么没有养过孩子呢？春儿一生下来，不就是我养的吗？一日四餐五餐是我喂她吃的，每天夜里都是我陪她睡，哭了闹了是我哄着她，你倒是舒舒服服睡大觉。那时，你摆出一副阔太太的样子，你可是没有吃过苦啊。你想想，到底是你苦了还是我苦了？"

"你别说了，你偷老公不脸红；自己不会生，还到我这里来要孩子，还有理了？"

"偷老公怎么了？他喜欢我，我喜欢他，我们可是两情相悦。再说，两个孩子都姓郑，我们要一个，天经地义，理亏的不是我们，是你！"

郑重拉了拉老婆的手："燕，你别说了，她是你姐。"

费燕一甩手，把她老公的手甩开了："我就要说，我又不是吃她的。我过去怕她，现在可不怕了，有话就得说。"

"自己丢脸了，还不知道丢脸；自己理亏了，还不知道理亏，真是不可理喻。"

华妈见姐妹俩吵架了，也拉了拉女儿的手："丽儿，你也别说了。"

这时，春儿、美儿见妈妈同阿姨吵架了，走了过来，站在妈妈边上："妈妈……"姐妹俩只是叫妈妈，一句话都没有说。

华丽见两个女儿站在边上，她不说话了，眼泪扑嗒扑嗒掉了下来。

郑重看看今天这个架势，是无法谈下去了。他拉拉费燕，站起身来，对华妈、华丽说："这事放一放吧，我们走了。"说完，他俩出了华丽家的门，走了。

郑重、费燕从华家出来，费燕仍在气头上："你啊，在她们面前怎么就熊了，真没有用！"

"你们俩吵了，我还怎么说话？我要是跟你一样，今晚还怎么收场？"

"你啊，在我表姐面前就是一只老鼠。"

"燕子，这事不能太急，我们需要有耐心。我想到的不仅仅是你表姐，还有两个孩子，你明白吗？"

费燕觉得郑重后半句话说得有道理。过了一会儿，她又说了一句话："看来只能走法律途径了。"

"是，只能走法律途径了。"

华丽坐在那里一动未动，但内心汹涌澎湃。她的决心是绝不能让姐妹俩分开。

华妈看出了女儿的心思："丽儿，你还在生气吗？"

"妈，你都看到了吧？她偷了我的丈夫，还帮郑家来夺我的女儿，我真是忍无可忍了。"

"你挖了她的烂疮疤，她还能有好话吗？"

"我就得挖挖她的烂疮疤，让她知道一个道德沦丧的人最后会是什么结果。"

华妈深知女儿的想法，她想让女儿冷静一下："丽儿，你累了，休息吧。"

"妈，你先去睡吧，我这时候去睡也睡不着，我在这儿坐一坐，我想静一静。"

"好。你坐一会儿，也不要坐得太久了，也得早点去睡。"

"嗯。"

夜已经很深了，华丽一直站在窗前，脑子里翻江倒海，波澜壮阔，久久不能平静……

郑重、费燕回到家时，郑妈问："你俩同华丽谈得怎么样，她有没有松口？"

费燕说："别提了，我同她吵了一架。"

郑妈问："吵架了？"

郑重说："吵架了。这事，看来只能上法院了。"

郑妈说："那就请律师吧。"

"嗯。"郑重见妈妈与老婆的意见一致了，自己只能表示同意。

芝加哥的春天来得晚，但毕竟也来了。小草从地下伸出青青的脑袋；百花尽情地开放，有黄的迎春花，白的玉兰花，粉红的桃花，黑心的蚕豆花……鲜嫩的花儿微微地散发着香气，引来美丽的蝴蝶翩翩起舞，无数的蜜蜂在花间忙碌着。春天来了，密歇根湖湖边的树木长出了嫩绿小芽，似乎在朝人微笑；春天来了，冬眠的青蛙苏醒了，蛇儿也出洞了。春天，给人们带来了无限的生机和希望。

这天下午，当空的太阳给人一点暖意。郑重已经脱下了冬装，换上了一件米色的夹克衫。他开车来到哈马律师事务所，同佛莱者律师签了协议，付了七千二百美元。

而佛莱者向郑重拍了胸脯，并说："这事包在我身上了，你可以一百二十个放心。"

几天后，华丽正在五星市场上班，佛莱者律师找上门来了。华丽还认为他是为了自己的经济官司来现场调查呢，热情地把他迎进了自己的店里，问他喜欢喝茶还是喝咖啡，佛莱者说喜欢喝咖啡。华丽给他泡了杯速溶咖啡，从边上拉过一把椅子，请他坐下。

佛莱者没有立即坐下，他先在华丽店里看了看，说："你的东西很好，不仅有品质，而且价格实在，适合美国中低收入人群，应当说是有市场的。"

"你要不要替你太太选几样东西去？"

"我的眼光不行，我替她买的东西，总挨批评，过几天让她自己来选吧。"

"好啊，她什么时候来，我都欢迎。"

佛莱者说完这些话后，坐下了。他先端起华丽给他泡的咖啡，喝了一口，说："不错，挺正宗的。"然后他转了一个话题，"今天我到你这里来，不是为了你的案子，我是受郑重的委托，来同你谈孩子的事的。我觉得郑重提出的要求是合情合理的，两个孩子应该给他一个。你要是同意我的意见呢，这事就简单了，就不用上法庭了；你要是不同意呢，他就会向法院起诉，你们就得到法庭上解决，这事就会麻烦一点。你明白吗？"

"两个孩子从生下来后，一直是我养的，他一天也没有管过。我把两个孩子养大，我付出了很多很多；还有两个孩子一起长大，姐妹情深，现在硬要把她俩拆开，这有多么地残酷啊，这你应该明白。"

"你讲的有你的道理，他讲的有他的道理，你们要是协商不成，那么只有让法官来判了。要是上了法庭，你只占人情，不占法理，可以说是必输无疑的。我呢，不想看到这样的结果。我今天把律师函放在你这里，你回去想一想，想通了，给我一个电话。"

经他这么一说，华丽无话可说了。

佛莱者走了。

华丽自言自语："这个佛莱者，真是吃了原告吃被告。"

晚上，华丽下班回家后，把下午佛莱者律师来店里的情况给妈说了。

"他们还是走法律途径了。"

"是啊，如果真要上法庭，我们未必会赢。"华丽忧心忡忡。

"是啊，如果是一个孩子，法院也许会判给我们；问题是有两个孩子，不管什么人当法官，即使是一个傻子当法官，结果也会是一家一个，公平合理。"

"妈，你说怎么办呢？"

"如果上法庭，我们不仅输了理，而且还输了人。与其这样，还不如庭下解决呢。在庭下协商，我们还可以提出一些要求。"

"有什么要求可提的？"

"比如说，我们同意给他们一个孩子。但是，不是马上给，让美儿上小学时给一个。我考虑到现在美儿太小，让她姐姐再陪伴她两年。"

"妈，你说得对，古今中外历来有这样一个说法，该妥协时就妥协，还有后退一步天地宽，我明天给郑重打电话吧。"

第二天晚上，郑重、费燕根据华丽的电话约定，再次来到华丽家里。今晚，大家心平气和地谈了孩子的问题，最后达成了三条协议：

一、春儿、美儿两个孩子，春儿归郑重、费燕抚养，美儿归华丽抚养；

二、春儿、美儿在两年内仍由华丽抚养，待美儿上小学时，郑重、费燕可以把春儿领走。

三、郑重、华丽随时可以去对方家里看望另一个孩子。

至此，郑家、华家争夺孩子的问题圆满解决了。

那是个周二晚上，陶梅、布莱尔带陶爸陶妈来四川饭店吃饭，费燕笑脸相迎："陶姐，你们已很久没有来我们店里吃饭了，今天是什么风啊？"

"小妹，我告诉你一个秘密，我爸妈来了后，他们天天在家烧东北菜，做东北饭，我们都在家吃饭。今天，是布莱尔提议，想改善一下口味，才来你们这里的呢！"陶梅一转话题，"小妹，我看你脸上开了花似的，是不是有喜事？"

"陶姐，你太厉害了。我们真有喜事。昨天，我们和表姐达成了协议，两个孩子一个归我们了。我们全家可高兴了。"

费燕和陶梅一边说话，一边带陶爸陶妈到一张小方桌坐下了。

布莱尔与郑重也是老朋友了。他俩今天见面时，郑重也显得特别高兴，因为家中有喜事。布莱尔呢，最近一段时间心里有点烦，也想同老朋友吐吐心声。郑重发现布莱尔的状况有点问题，问："布兄那么长时间没有来我们店里吃饭，家里有什么问题吗？"

"有啊，问题太大了。"

"什么问题呀？"

"我娶了个中国老婆，也许是错误的选择。"

"为什么呀？"

"我娶了个中国女人，来了一大帮中国人，有男的，也有女的；有老的，也有小的。老婆的儿子来美国，这是我和陶梅有合约的。除此以外，她姐姐来了，她姐夫来了，她外甥外甥女来了；她姐夫的妹妹一家来了；还有老丈人、丈母娘来了，他们都不想回去了。我原本想过二人世界，现在已经不可能了。"

"你邀请了那么多中国人来美国，你的功劳大大的。到时候他们会感谢你的，还会给你发勋章的。"

"发啦。"

"什么级别的？"

"引领贡献奖呗。"

"谁发的？"

"我姐夫，陈阿大。"

"好好好，有意思。"

"最要命的问题是，他们想改造美国人。学中文，这是最起码的条件。那么复杂的中国字，学得实在是费劲又费神。做中国菜，吃中国饭，我可是领教了。什么馒头、烙饼、馄饨、水饺，什么挂面、拉面、炒粉丝，什么稀饭、炒饭、八宝饭；还有做菜的十四字诀：炒、煎、烹、炸、熘、煮、炖；卤、酱、熏、烤、腌、拌等。"布莱尔讲得有些吃力。

"您可是有口福啊。"郑重笑了起来。

"还有，我那老丈人在院子里整出了一块菜园子，种上了青菜、萝卜、丝瓜、冬瓜、黄花菜，院子都被蚕食了。"

"好啊，家里有这样的生态园太好了。"

"还有我那老婆的欲望是没有满足的时候。赚了十万想赚二十万，赚了二十万想赚五十万；买了儿子的别墅，还想把孙子的房子也买下。按她的说法是不断更新目标。有目标才有动力。"

"嗨，中国人走到哪，都把中国人的传统带到哪了。好，太好了。"

这两个人,一个是土生土长的美国人,另一个虽是在美国出生,却仍是中国人的里子,压根理解不了布莱尔的苦恼,两人凑在一起,只能是鸡同鸭讲。

这时候,陶梅扯开嗓子叫唤:"布莱尔,你们说完话了没有?吃饭了。"

"好,来啦。"

布莱尔来到陶梅和爸妈那张餐桌坐下了,说:"对不起,让爸妈久等了。"

"小妹,我们点菜吧。"陶梅对费燕说,又朝布莱尔看看,"要么你来点?"

"爸妈,你们喜欢吃什么,你们点吧?"布莱尔客气了一下。

陶爸说:"要么来一套铁林三宝?"

陶妈打断他:"还铁林三宝呢?吃铁林三宝来这里干吗,你做的铁林三宝比这里还地道呢。你女婿吃厌了!"

"铁林三宝可是好东西啊。我过去挖煤挖累了,能吃上一顿铁林三宝就来劲了;天天能吃铁林三宝那就是共产主义啊。"

陶爸这么一说,把费燕逗乐了:"是啊,是啊,铁林三宝可是好东西,我们店里的铁林三宝可畅销了。"

陶妈瞧瞧老头子:"说铁林三宝就说铁林三宝吧,老说挖煤干什么!"

"挖煤是我一辈子的正业,这可是乡愁啊。现在生活好了,可不能忘记过去的苦难啊。"

"今天我们就不吃铁林三宝,让你们女婿点菜。他喜欢吃什么,我们大家就吃什么。布莱尔点菜。"陶梅下了命令。

布莱尔的表情总算轻松了一些,现在,只要别再吃铁林菜,在他看来就是天大的宽慰了。"那我不客气了,我点了。你们有不同意见可以提出来。"

"点吧,别啰嗦了。"

"好。一只大龙虾,一只帝王蟹,一盘四川辣豆腐,一盘炒青菜,一盘酸辣汤,一盘米饭。你们觉得咋样?"

大家都点了点头,表示赞同。

"好嘞,请稍等。"费燕微微一笑,转身走了。

27

较 劲

华丽的案子已经拖了一年多，据佛莱者律师的预告，两周后法院将要开庭。

法院开庭前，检察院起诉官桑巴又一次召集警方陆二、里三、伍伯，专家柳五良，ABD私人侦探公司的哈林，华丽的律师佛莱者等人合议。

警方仍要求以大罪名义起诉，柳五良当然是警方的忠实支持者。

哈林觉得此案有许多不确定因素，以大罪名义起诉有点悬，最好的方案是让律师同华丽谈谈，让她认个小罪，各方面都过得去。

佛莱者倒是同意哈林的意见。这对他来说，是最优的方案了。他不用调查取证，不用上庭辩护，不需要花太多的力气，轻轻松松把钱赚了。

美国的警方历来比较强势。陆二还是坚持要以大罪名义起诉，不然警方不好交代。他说："当时警方是以大罪名义查办华丽案子的，我们把她的店查抄了，还把她关了一夜，又让她交了一万美元的保释金，这一切都是以大罪标准处置的。现在如果以小罪名义处置，她要是反告，我们就会有麻烦。你们检方不用担心，我们的证据足够把她定为大罪。"陆二的话，反映了警方的强硬态度，似乎毫无商量的余地。

最后，大家把目光投向桑巴。桑巴对警方搜查来的"证据"不止看过一次，对各方面的看法也经过反复思索，他总认为定为大罪有点悬，最佳的方案是让律师做做华丽的工作，让她认个小罪，不开庭，把案结了。桑巴是个有经验的检察官，像这类案件他办得太多了。根据美国的法律，一个案子需要各方面看法一致。现在，到会的人有两种意见，如果直接拿到法庭上去，说不定会有麻烦。即使判下来了，要是被告不认罪，也难以结案。想到此，他说："此案能不能作这样的考虑：一、让她认个大罪，不开庭，一年内如果没有新的情况，撤销大罪；二、以大罪名义起诉，让法官来判，不请公民陪审团，如果法官认为大罪不成立，只要能认定她卖过一件有问题的商品，即可定为小罪；三、让她认个小罪，罚点钱，不开庭，了结此案。"

起诉官提出这样三种方案，实际上是满足了两方面的想法。警方觉得，三种方案，前两种方案都认定华丽犯了大罪，对自己有利，表示赞同；哈林和佛莱者心里明白，起诉官提出的三种方案，第三种方案是采纳了他俩的意见，这才是他的真实想法，也表示同意。

合议结束后，桑巴把佛莱者留了下来，还有话同他说。

桑巴说："我的三种方案，你能理解我的意思吗？"

佛莱者原来就在检察院工作，他对桑巴的思维方式太了解了。他办案，经常采用真真假假的手段，把真实的想法隐藏在假象之中。今天他讲了三种方案，前两种都要把华丽定为大罪，其实他的真实想法是让华丽认个小罪就了啦。他说："中国人，犯这样罪的人太多了。凡是经我办过类似案子的人，只要我吓唬吓唬他们，再讲讲道理，没有不认罪的。华丽也一样，我先打个电话给她，吓唬她一下，让她认个罪，这案就结了。"佛莱者蛮有把握似的，把华丽也看成是一个不懂美国法律的人，把话说得很轻松。

桑巴说："行。希望你把这事在庭外解决掉。"

"你听我的消息吧。"

佛莱者回到自己办公室后，立即给华丽打了个电话。他说："你的案子两周后法院要开庭，现在有三个方案可供你选择：方案一，你认个大罪，一年内没有新的情况，到时可以给你撤销罪名；方案二，以大罪名义开庭，让法官去判，不请陪审团，如大罪不成立，可以改为小罪判决；方案三，你认个小罪，罚点钱，不开庭了。"

华丽问："这三种方案，是检察院的意见，还是你的意见？"

"警方和检察院的意见，都要判你大罪，这第三种方案是我给你争取的，应当说是最好的结果了。"

"照你这么说，我都是有罪的啦？"

"是，是有罪。我觉得，你认个小罪，这是你最好的结果。这种方案，是因为我同起诉官熟悉，还是我争取的结果呢。"

"现在，我不能立即答复你。我要考虑后，再把我的想法告诉你。"

"行。给你一天时间，明天下班前必须把你的意见告诉我。"

"行。"华丽放下电话,自言自语地说,"大罪,一年后撤销;大罪不成立,小罪?由法官来定;小罪。不管怎么说,我都有罪。"

华妈听到女儿刚才接了个电话。她走到女儿边上问:"谁的电话啊?"

"律师的电话。"她把佛莱者电话里说的三种方案同妈妈复述了一遍。

华妈对美国的法律不甚熟悉。按照中国人的思维,大事化小,小事化了,早结案,早解脱。她说:"听起来挺吓人的,什么大罪小罪啊,我们一不偷,二不盗,三不卖鸦片,四不贩卖军火,不就卖几件小商品吗?认个错算了。"

"要么把贺生叫来,我们一块商量商量再说?"

"最近他倒是一直在研究美国法律,让他给咱出出主意,我赞成。"

华丽立即给贺生打了个电话,贺生倒是勤快,很快来到华丽家里。

贺生在小客厅坐下了,华丽把佛莱者电话里说的三种方案说了一遍:"你看,我该怎么办?"

贺生觉得佛莱者电话里说的方案有些问题。他向华丽、华妈介绍了美国的一些法律常识。他说:"美国过去对卖假冒商品的大罪小罪界限是一千美元,一千美元以上属大罪,一千美元以下属小罪;前两年改为三百二十美元,也就是说三百二十美元以上属于大罪,三百二十美元以下属于小罪。那天胡姣、伍伯买了你的十件商品,总计金额到了三百二十美元,正卡在大罪范围。他们提出大罪的依据,就是那十件商品,三百二十美元的金额。但是,那十件商品,只有一件有点相似,两件原来注册的厂家自己已把那商标撤销了,这已不受法律保护了;还有七件的商标尚未注册成功,也不属于法律保护范畴。"

华丽问:"佛莱者电话里讲到,在大罪法庭开庭,如果大罪不成立,即使你只卖一件商品,法官也可以判你小罪。这话怎么理解?"

"这话也有问题。要认定你卖的十件商品是假冒,必须把每个品牌的真品拿来进行比较,如果每件商品真品与假冒的完全一模一样,才能确定你卖的东西是假冒,如果不是完全一样,那就不能确定你卖的商品就是假冒。这是前提。还有,佛莱者说的大罪法庭开庭,如果大罪不成立,法官可以判你小罪,这个说法也是错的。在美国凯旋郡法院,大罪法庭和小罪法庭是两个地方,大罪法庭在四楼,小罪法庭在一楼,不在一个楼层。第三,大罪法庭的法官和小罪法庭的法官也不是一个人,而是两个人。这说明大罪不成立,不能立即降为小罪进行判决。这些都是基本常识,佛莱者怎么会不知道?"

"他认为咱们中国人不懂法呗？"

"是啊，我们许多中国人不懂法，经他这么一吓唬，就认罪了，他们就省事了。"

"经你这么一说，我心里亮堂了。我卖了十件商品，疑似的就一件，我有什么罪啊，还大罪呢？不认。"

"不认。但是，要给他一个答复，让他在大罪法庭开庭。还有一条，你是美国公民，应享受美国公民的待遇，就是说开庭必须有公民陪审团陪审。"

"要同他们打官司，你得帮我哦？"

"我已经花了几个月时间，一直在研究你的官司呢。现在，我们先把其中一种商品注册商标已经撤销、另一种商品尚未注册成功的商标局文件依据交给律师，让他按程序递给起诉官，这是一个重要的准备。第二个准备是，要写一份陈述书。你要把它熟读，一旦开庭，有机会自己陈述。"

"那两份已经撤销注册和尚未注册的文件以及陈述书，你能否帮我准备一下？"

"没有问题。"

"我得谢谢你。"

"谢什么啊？你给了我一个机会，让我有机会去读读美国的法律，去打一场官司，我得谢谢你呢。"

"那么，我们就谈到这里？"

"好。我走了以后，你给佛莱者打个电话，把你的决定告诉他。"

"好。"贺生走后，华丽把自己同贺生商量的意见告诉了佛莱者律师，说自己不认罪，并且要求享受美国公民的待遇。

佛莱者根本没有想到一个中国女人会有这样的态度。他说："我给你争取了最好的结局，你不采纳我的意见，到时候你会吃亏的，你会哭的。"

"这是我的选择。结果如何，将由我自己负责。但是有一点，我必须重申，我聘请了你作为我的律师，你必须根据我的意图进行辩护。过两天，我会有两份证据、一份陈述书交到你手中。"

这次电话，听得出来，佛莱者不是很高兴。但是，他作为一个有阅历的律师，在电话里没有再说什么。

两天以后，贺生给华丽送来了两份商标局的文件，一份是对某商品撤销注册的文件，一份是对某商品注册不成功的文件，还有一份是对此案的陈述书。这三份文件全是用英语写的，而且很规范。

华丽看了这三份材料，更觉得自己没有罪，决定好好打一场官司。这场官司不仅仅为自己，也为许许多多中国人。

当日，华丽带着三份文件来到哈马律师事务所，佛莱者接待了她。

华丽入座后，从自己的挎包中取出商标局的两份文件，递给佛莱者，并把自己的想法同他说了。

佛莱者只是简单看了一眼那两份文件，然后说了许多似是而非，甚至带有侮辱性的话。他说："我还是劝你认个小罪，了结此案。如果弄到法庭上去，你准是输。"

"为什么啊？"

"你要求有十二名美国公民作为陪审团陪审，他们准是听法官的，他们会听你的吗？你们中国人到处都在卖假货，美国人都知道这是事实。光凭你的一两句话，能改变他们既定的想法吗？"

华丽听了他的话，心里有点火，这不是种族歧视吗？怪不得美国黑人要一次次上街游行，反对种族歧视；原来某些美国人对中国人也存在着种族歧视问题，这使她更加坚定了打一场官司的决心。想到这里，她说："你看到今年七月十七日美国警察逮捕一名黑人小贩加纳致死，引发纽约上千民众抗议的报道了吗？这反映了美国的制度，美国白人警察对黑人的种族歧视，这只是成百上千案件中的一例。你想啊，一个黑人，为了自己的生存，做点小生意，用得着几名强悍的警察把他掀翻在地，用胳膊勒住他的脖子，致他死亡吗？这不是种族歧视是什么？"华丽讲得有点动情，她从加纳的案子中想到了自己商铺被抄，被戴上手铐，被送进囚车，被关进了黑暗的拘留室；又想到妈妈回中国时，被警察带着狼狗在大庭广众之下当作走私犯盘问，竟流出了眼泪。她继续说："我靠自己的能力，做点小生意，赚点小钱，养活我的两个女儿，养活我的妈妈和我自己，我有什么罪，我靠的是自食其力。我不但没有罪，我还有功，我雇用美国的待业人员，我向美国政府交税。这是中国人艰苦奋斗、自力更生的一种美德啊。你说中国人到处卖假货，这完全是种族歧视，你的话我不能接受。"

佛莱者知道自己这话说错了，他的脸一下子红了，额头还沁出了汗珠。但是他不肯在华丽面前承认自己说了错话，只是看着华丽继续说话。

"我一不偷盗,二不杀人放火,我只是自食其力,我相信美国绝大多数人民是好人,他们能理解我的工作,他们能理解我的想法。我要求法院公正判决。"

华丽怎么也想不通,自己出钱雇的律师,竟然站在原告方一边,帮他们说话,不能为自己辩护,这是为什么啊?

佛莱者听了华丽的一番话,只是想到自己毕竟受她所雇。现在雇主对自己提出的方案不接受,实属是无奈之举,但他又无意改变自己的主张。怎么办呢?只能再拖。想到此,佛莱者说:"你的愿望我再考虑考虑,我的意见你也想一想,过些时间,我们再议。"

"你是我聘请的律师,我希望你能理解我的想法,希望你能履行自己的职责。"

华丽回家后,把佛莱者的话同妈妈说了。华妈觉得这事有点悬,要是律师不能为女儿辩护,官司想赢恐怕有点难度。

"是啊,我们已经花了七千美元,这钱也不是小数目。要是另请律师,我不是太亏了吗?"

"你同贺生再商量一下,看看他怎么说。"

第二天,华丽又同贺生见了一次面。贺生的想法是:"佛莱者在你面前虽然这么说了,但真要上法庭,他还能不为你辩护?他要是不为你辩护,这消息一旦传出去,他还要不要吃这碗饭了?"

华丽同意贺生的看法,只希望佛莱者在法庭上有个好的表现,能履行自己的职责。

原定两个星期后开庭的事又被一次次延迟,直到半年后再次决定要开庭。

法院开庭前两周,检方通知华丽过去面谈。

那天上午,华丽素面便装,去检察院见起诉官桑巴。华丽商铺被抄已近两年,今天是第一次见到起诉官,她心里尽管坦荡,但不免有些紧张。她约了贺生,让他一块去见起诉官。当他俩到检察院休息室时,大约过了五分钟,佛莱者进来了,他先同华丽、贺生打了招呼,然后问华丽:"你的想法如何?"

"我的想法没有变,让他们开庭吧,我相信美国公民陪审团能作出准确的判断。"

"你认个小罪吧,这是我给你争取的最好结果,你怎么那么固执呢?"

"我就卖了十件商品,疑似的就一件,我有什么罪?"

"要是法官和公民陪审团认定你的大罪成立，那么你去坐牢，我回家吃牛排。到那时，你会后悔的，你会哭的。"佛莱者还是想用这话给华丽施加压力，目的还是让她认个小罪。

这时，一直静观其变的贺生开口了："按照美国法律，即使判了大罪，用得着坐牢吗？"

一句话，把佛莱者的脸羞得绯红。按照美国法律，即使卖假冒商品大罪成立，也只罚点款，不用坐牢。佛莱者心想，嗨，这两个中国人懂得美国法律嘛。自己吓唬人的话被贺生揭穿了，但他不愿承认这是吓唬的话。他还是蛮不讲理，对贺生说："你别说话，这事同你无关，我现在要让华丽表态。"

华丽不响，沉默就是一种态度。

佛莱者知道了华丽的态度。他出了休息室，来到桑巴的办公室。桑巴见他脸孔涨得通红，额头上还冒出了汗珠，知道华丽没有接受他们商量的意见。但是，他还得问一问："你同华丽谈得怎么样？"

"她没有接受我们提出的方案，我们得一块去见法官。"

"那就走吧。"

桑巴、佛莱者来到休息室，他俩叫上华丽，一起到了法院办公楼的四楼大罪法庭，见到法官窦陀已经等在那里。大家入座后，窦陀问华丽："你的案件愿意让法官来判吗？"

"不愿意。我要求享受美国公民的待遇，要求有公民陪审团陪审。"

华丽这么一说，他们都明白了怎么回事。享受美国公民待遇，就是：一、以大罪名义开庭；二、要有十二个公民陪审团陪审。

"好。一个月后开庭，检察院，还有律师，你们看如何？"法官的意见，又把开庭的时间往后延了一个月。

佛莱者还是想拖："一个月后，我没有空，另选时间吧。"

桑巴说："一个月时间，我们来不及，三个月后开庭吧。"

可见，他们原本就没有想把这个案子拿到法庭上来，想让华丽认个罪，就了结啦。没有想到，华丽那么"固执"。现在，华丽认定自己没有罪，坚持让他们以大罪名义开庭，法官又觉得没有办法再拖了，只能催检方尽快结案。最后，法官同意三个月后开庭。法院同检察院毕竟是同级政府系统的部门，亲帮亲，邻帮邻，兄弟单位的事么，只能同意三个月后开庭。

华丽作为生活在超级大国的一个中国小女人，有什么办法呢？他们说要在三个月后开庭，只能等吧。

晚上，华丽刚到家，华妈便问："丽儿，今天上午你去法院了，他们怎么说？"

"还要等三个月。"

"为什么啊？"

"他们把我的店搜了，又把我关了，把我的事情搞得那么大，其实他们根本不把我的案子当回事。现在看来，我的律师完全同检方、法院串通在一起，他们三个人穿的是一条裤子。他们的想法是让我认个小罪，了结此案。我不认罪，他们抓瞎了。怎么办？拖吧。"

"他们拖得起，我们可拖不起啊。你的护照一直被他们扣着，你的心一直悬着，心里憔悴，造成失眠，已经严重影响了身心健康。不仅仅如此，你的事拖着，我想回中国去看看你爸也回不去。这不仅仅影响你的身体健康，影响你的生意，还影响了我回中国，影响了我去探望你的父亲。美国政府的办事效率也太成问题了。"

看着妈妈发愁的样子，华丽突然对美国有些失望。

28

坦 诚

中国有句流行的话，叫作生活生活，生容易，活不容易，要活得好更不容易。在美国何尝不是如此呢。许多美国人活得并不好。不少中国人想到美国过天堂一样的生活，其实也过得不如意。

贺生是在中国人出国热潮中出去的，他是通过考试进入美国名校的。研究生毕业后在一家研究所工作了八年。在那里成了家，生了儿子。后来因为夫妻俩性格习惯不同离了婚。

如今，贺生、贺强父子俩住在亚马逊贫民区，贺强已上小学。贺生注册了一家公司，其实什么生意都没有做。像美国这样成熟的国家和社会，做生意是件不容易的事。美国人有这样的说法，叫作一类人才经商，二类人才办厂，三类人才当教授。要靠经商赚钱，真是件不容易的事。

贺生从研究所出来以后的这两年，完全是靠以往积蓄的几万美元做点股票和基金，赚点小钱养家糊口。

前不久，他听朋友说，诺基亚手机前景很好，股票可能会大涨，他下了狠心，把所有的钱都投到诺基亚公司去了。

果然，第一个月股票大涨。这个月的最后三天，涨了百分之三十多，这让他晚上失了眠。那天晚上，他除了思考如何把股票、基金做得更好以外，想得最多的问题是如何让自己与华丽的感情升华。这两年自己同华丽工作上的交往比较多，真正有关感情方面的深交还是不够，尤其是华妈恐怕对自己没有一个正当职业还有顾虑。他想着想着，脑子里跳出一个主意，对，股票赚了，得请她们吃饭，自己高兴，也得让她们高兴高兴。

他决定周末晚上请华丽一家去吃个饭。

周末晚上，贺生在富人区时尚商场豪华西餐厅一角订了座位。那天，他穿了一身藏青色西装，小伙子显得挺有风度和气质；贺强也穿得干干净净，是个可爱的小男生。

七点过后，华丽、华妈和春儿、美儿来了。大家互相打过招呼后，围着西餐桌坐下了。

华丽说："今天是什么日子啊，这么隆重，还到这么高档的地方来吃饭？"

"我的股票涨了，本月涨了百分之三十多，你说要不要请客？"贺生说这话时，脸上始终洋溢着笑容。其实，贺生今晚请客还有另一层意思，他知道华妈对他没有正当职业思想有顾虑，今晚请客也要显示显示自己的实力。

"涨了百分之三十多，这是喜事啊，而且是大喜事，是该请客。"华丽说完这话，朝妈看了看。

华妈说："你买的什么股票啊？一个月能涨那么多，真是喜事啊。"在今晚这样的场面，华妈也跟着女儿说了通祝贺的话。

贺生想尽量避免谈赚钱做生意的事，说："买了只诺基亚的股票，涨了不少。"他一转话题，说，"华妈，华姐，你们想吃什么？"

"你定吧！我们中餐、西餐都喜欢吃。"华丽又看了看妈妈，华妈没有表态。

"好。三只大龙虾，每人一块牛排，一盘蔬菜，一盘意大利汤。"贺生朝华丽看了看，又说，"你看，够不够？"

"够了。"华丽对三个小朋友说，"你们觉得怎样？"

"好、好、好。"三个小朋友说了三个好字。

不一会儿工夫，服务小姐上菜了。

用餐过程中，贺生向华丽、华妈介绍了一些股票和基金的知识。可以看得出，贺生对股票和基金很有研究。

晚餐到后半段，三个小朋友到边上儿童游乐场去玩了，华妈也陪小朋友去了，饭桌上留下了华丽和贺生两人。

趁今晚晚宴的机会，贺生想表达自己的情感，他说："华姐，我们认识的时间不短了，你为什么不问问我的情况？"

"我既不是移民局的官员，又不是警察局的警察，我有什么资格问啊？"华丽用俏皮话反问了一句。

"你就不想知道我的过去和现在吗？"

"你也没有问过我的过去和现在啊？"

"我对你还是有些了解的。"

"你对我的了解有多少,你倒是说给我听听。"

"你结过两次婚,留下两个孩子,现在还惹上了官司。"

"这只是一些表面的东西。你知道我的家庭吗?"

"你有个漂亮能干的妈妈。你爸爸干什么的,我还真不知道。"

"我爸爸过去是个中共党员,是个市长,现在成为一个贪官,一个腐败分子,至今还在杭州乔司农场改造呢。"华丽直接把隐藏在内心的秘密说了出来,"我的话把你吓住了吧?"

"没有,没有。"

"真的没有吓住?"

"真的没有。你知道,我和你是最要好的朋友。你今晚能把你隐藏在内心的秘密告诉我,说明你把我看成是真正的朋友。我要谢谢你对我的信任。"

"现在,在我身上有三座大山。这三座大山压得我喘不过气来。从表面看,我是个挺乐观、挺坚强的人,从内心看,我的负担、我的压力可重了。"

"你说的三座大山,指的是什么?"

"父母是贪腐分子,父亲还在改造;我自己的官司还未了结,被他们定为大罪;两次结婚两次离婚,留下两个孩子,生活的压力也非常大,我至今还住贫民区,连亲生女儿也常常喊着叫着想住别墅。你说,这是不是三座大山啊?"

"经你这么一说,倒是三座大山哦。"贺生一转话题,"华姐,三座大山也好,未来的生活也好,我愿意与你一起扛。"

贺生这话也表达了一种态度,华丽原本准备好了拒绝的话,这下竟噎在喉咙口,有点说不出来了。

华丽见华妈领着三个孩子回来了,已经到嘴边的话停住了,贺生看了看手表,时间已经到晚上十点了,他说:"华妈,我们今晚晚餐要么结束了,让孩子回家睡觉吧?"贺生这话其实也是讨华妈的好。因为老人都希望孩子早睡。

"好好好,孩子要睡了,下次找机会再聚吧。"华妈果然赞赏贺生的提议。

贺生买了单,两家人各自回家了。

29

开 庭

新年刚过，芝加哥仍处寒冬，大地冰封雪盖，野外寒气逼人。大人都不愿到户外活动，只有孩子们仍然会去户外打雪仗、堆雪人。春儿堆了一只大熊猫，尤其是两只黑黑的大眼睛，炯炯有神。美儿堆了一个可爱的小男孩，手里拿着一根鞭子，似乎赶着大熊猫。两个作品都受到了妈妈和外婆的点赞。

华丽的案子终于要开庭了。那天，华丽准时来到凯旋郡法院大罪法庭，法官窦陀向华丽介绍了日程安排和应该注意的事项。

第一天，法院要在三十多位市民中，抽签确定十二名陪审团的成员，检察院起诉官要向陪审团成员介绍案情；

第二天，法院开庭，原告举证，被告律师、证人答辩；

在此基础上陪审团投票，形成决定。

那天，法院请来了三十五名美国公民，基本上是美国白人，只有个别黑人。法官在这三十五名公民中按抽签的方法，抽出十二人作为华丽案件的陪审团成员。然后，由起诉官桑巴向他们介绍了华丽案件的情况。

华丽觉得光由桑巴向陪审团介绍案情，容易造成偏听偏信，故向法院提出请求，要求自己也向陪审团说明情况。这一正当要求被法官否定了。

第二天上午，法院正式开庭。法官窦陀穿着正规的官服，戴着官帽，在正中端坐，一边是起诉官桑巴、原告和证人，一边是十二名陪审团成员和被告律师佛莱者，对面是被告华丽。在观众席有若干观众，贺生和华妈在场。

开庭后，桑巴宣读了起诉书，中心内容是华丽卖出三种十件仿牌商品，金额三百二十美元，按照美国有关法律规定，属于大罪。

接着证人凯旋郡警察伍伯出场做证。她说："那天，我去华丽商铺买了十件仿牌商品，付了三百二十美元。"

随后，陆二说："伍伯买了十件仿牌商品后，我和里三查抄了华丽的商店和仓库，从仓库里查到了一些仿牌商品和一只写有华丽名字的纸箱，这些都足以证明是华丽的东西。"

第三个出场的是柳五良。他以专家的名义说："根据美国的专利法，证明那十件商品属于仿牌。"尽管他只说了几句话，但是对此案起了非同凡响的作用，因为他是"专家"。

在此基础上，华丽的律师佛莱者登场了。他先说了这么一段话："这个店的老板是华丽的前夫，华丽只是一个打工者。要追究责任，只能追究她的前夫，而不应该追究一个打工者华丽。"这是因为市场店面最后一次租赁合同是华丽前夫程实才签的。

法官用他的小木槌敲了敲桌子，说："你这个问题不是今天的议题。"

佛莱者没有反驳法官的说法，说："据我的当事人说，那天伍伯只买了两件商品，付了五十八元钱，并非三百二十元。"

伍伯站起来插话："还有胡姣买了八件商品，付了二百六十二元钱，总共十只三百二十元钱。"

陪审团区域出现了小声议论。

佛莱者又站起来，直接向法官递了两份文件。他说："我这里有国家专利局的两份文件。一份是证明其中一种商品，也就是 PU 的注册商标已被国家专利局撤销；另一份文件证明另一种 MK 的商品注册尚未成功。"

这时，陪审团区域又出现了窃窃私语。

佛莱者又说："按照美国的专利法，华丽卖出的十件商品是不是假冒，要同正品比对。两种商品完全一模一样，才能确认为假冒。然而原告没有比对。即使凭经验判断，只有一种商品有点像，也不能完全证明是假冒。"

这时，柳五良站起来说："我抗议。"

"抗议成立。"法官的立场明显站在原告方。

陪审团区域又出现了窃窃私语。

佛莱者又说："刚才陆二说，他在仓库里找到了一箱东西，这箱子上写的是华丽的名字，留有明显的邮政编号。其实那只箱子是案发当天刚从拉斯韦加斯寄到店里的，箱子是从店里拿的，并不是从仓库里拿的。那只箱子里面是六个品种七十多只皮夹，根本不是证人所说的那种商品，有录像记录证明。陆二说的仓库里拿的东西更是一些废物，根本不能作为物证。"

陆二又站了起来："我抗议。"

陪审团区域又出现了窃窃私语。

接着，佛莱者又说："还有柳五良说的那十件商品，其实只有一件有点像，其他九件要么在专利局的注册已被撤销，要么没有在专利局注册，说假冒依据不足。"

佛莱者律师辩护以后，没有人再说话。

庭审最后一项程序是，十二名美国公民陪审团成员投票。投票结果：三人认为华丽无罪，九人认为华丽有罪。

最后，法官窦陀宣布：华丽无罪。

佛莱者律师尽管在庭审前帮检察院、警局压华丽认罪，一旦开了庭，他还是体现了一名职业律师的公德和水准。

美国的法院非常重视陪审团的意见，十二名陪审团成员只要有一名投反对票，这案子就不成立。今天法院根据陪审团的意见当场宣布华丽无罪。

压在华丽身上的这块大石头终于落地了，华丽的两行热泪喷涌而出。这是高兴还是悲哀，谁也说不清楚。说是高兴吧，这么点小事，让她整整背了二十四个月的罪名，几乎让她身败名裂；说不高兴吧，美国的法院终于洗刷了她的罪名，让她扬眉吐气。不管怎么说，这一刻让她高兴，让她感动。这高兴，这感动，有自己的坚守，有妈妈的支持，更有贺生的奉献。她从原告席上站起来了，她向法官和陪审团成员深深地一鞠躬，表达致意。这时，妈妈和贺生来到她身边。妈妈仍在流泪，贺生的热泪也在眼眶里打转。

过了许久，法庭上的人都走完了，华妈说："丽儿，我们走吧？"

"走。"华丽只说了一个字，妈妈搀着华丽的手臂走出了法庭，庭外阳光灿烂。

贺生对华丽、华妈说："你们在这等等，我去开车过来。"

"好。"华丽又说了一个字。

在车上，他们也没有多说话，快到家门口的时候，贺生说："今天的胜利来之不易，我们应该庆祝一下。"

"是该庆祝一下。今天我累了，改日吧。"

"好好好，你先去休息，改日我们好好庆祝一下。"

"好，你也回去休息一下吧。"

华丽、华妈一进门，两人又紧紧地抱在一起了，她们高兴，她们激动，她们流泪。

过了许久，华丽说："妈，我们的胜利，真是来之不易啊！"

"是啊，这不仅仅是一场经济官司，而且是一场政治官司，为我们中国人长脸了。"

傍晚，春儿、美儿放学回家时，见妈妈在家，都跑过来与妈妈亲热，春儿说："妈，你今天怎么那么早就下班了？"

"春儿、美儿，妈的官司赢了，你们高兴不高兴啊？"

"高兴，高兴，妈的官司赢了。"两个孩子又蹦又跳，显得特别高兴。

这天晚上，华丽深深地睡了一宿。当她醒来的时候，已是第二天上午九点多了。她决定，今天要去五星市场上班。

华丽起床后，像往常一样，简单地化了妆。惹上官司以后，她更加重视自己的形象。她不能让人家觉得这人精神垮了，不像过去了。她不能让人家瞧不起自己。

今天，是她赢了官司后第一天上班。她经过化妆，又穿了一身新买的红色西装，配了一双黑色的高跟皮鞋，依然年轻漂亮。

以往她都是从后门进入市场，今天她把车子停在前门的停车场，从正门进入市场。她昂首挺胸，皮鞋咯噔咯噔，走过长长的走廊，进入自己的商铺。她拉开了"大幕"，意味着华丽的商铺还在。华丽被抓也好，赢了官司也好，在浩大的五星市场里，这是唯一没有垮的中国女人开的商铺。

她跟往常一样，凡是有顾客路过她的商铺，她总是面带微笑打招呼；凡是有顾客走进她的店里，她依然不厌其烦地向顾客介绍商品；凡是有顾客购买她的商品，她总是细心包装，明白收款，从来没有出过差错。没有顾客的时候，也一刻不停，整理商品，盘点库存，清洁店面，或与厂商沟通。

印度诗人泰戈尔说过"摘下的花瓣，拼不出花儿的美丽"，华丽常说："靠自己的汗水，精耕细作，好生培育，水泥地也能长出美丽的幼苗，枯木也能结出诱人的果实。"

这些天，华丽一直在回忆，自己的店从二十一世纪初开业以来，除了那位女警便衣以外，从未收到一个客人的投诉，也从未有任何公司告自己的商铺侵权。在五星市场的商家，像割韭菜一样，一茬一茬地换，只有自己在这里坚守了十几年，而且越做越大。华丽觉得自己问心无愧，公道自在人心。

第二天，凯旋郡法院把扣押两年多的居民身份证和一万美元保释金归还了华丽。华丽的案子画上了圆满的句号。

趁周二休息时间，华丽要在密歇根湖畔皇冠酒店三十八楼顶层的旋转餐厅请客。她和华妈、春儿、美儿晚上六点不到就到了餐厅，半小时后陶梅、布莱尔来了，贺生、强强来了。华丽、华妈同陶梅拥抱后，同布莱尔、贺生握了握手，又抱了抱强强，三位小朋友自有他们见面亲热的方式。

贺生说："你们太客气了，还到这么高档的地方来吃饭。"

华丽说："这是必须的。我和我妈高兴，全家高兴，我知道你们也高兴。我们一起聚一聚，大家乐一乐。这顿饭是不能少的。"

陶梅说："我赞成小妹的话，这顿饭是必须的。小妹官司的胜利，不仅仅是小妹的胜利，也是我们中国人的胜利，必须庆祝。"

贺生说："从这点上说，是得聚一聚，乐一乐；我们大家已经沉闷得太久了，是得释放一下了。"

布莱尔说："这个官司不仅仅是中国人的胜利，也是我们普通美国人的胜利，我们是得庆祝一下。"

华妈说："说得好，也是普通美国人的胜利。"

华丽见强强、春儿、美儿三个小朋友瞪着大眼小眼看大人说话，她一转话题："小朋友，你们喜欢吃什么，只管说。今天我一定满足大家的需求。"

"我喜欢牛排。"春儿抢先点了一道菜。

"炸鸡块。"美儿也点了自己喜欢的菜。

"大龙虾。"强强看着她俩点了，也点了一道。

华丽对陶梅、布莱尔、贺生说："你们喜欢吃什么？"

"你点吧，凡是你喜欢的我们都喜欢。"

"好。"她对站在一边的服务员说，"牛排每人一块，鸡块一盘，大龙虾两只，帝王蟹一只，沙拉每人一份，意大利汤每人一盅，主食烤面包。"

"OK。"服务员小姐说完，转身走了。

窗外淡淡的月色照着巨大的密歇根湖，浅蓝色的湖面白光波动。一艘夜游船的光亮划破了宁静的湖面，好似裁缝的剪刀剪开了一块蓝色的大布。此情此景，显得美丽绝伦。

酒店大转盘的餐厅优哉游哉地转着，包厢内的三家人尽管是庆祝官司的胜利，这时又很少谈论官司的问题。也许是这官司让华丽伤心的时间太长太久。她想尽快忘记这些不愉快的事。所以，今夜他们谈论最多的话题是经商、赚钱和孩子的教育问题。

考虑到孩子们第二天要上学，他们的晚宴到九点多就结束了。

一周后，华丽雇了夏咪、肖鱼夫妻俩开着一辆大货车，长途跋涉十一个小时，去弗吉尼亚州 chantilly 参加展览会。这里离华盛顿特区西边二十五英里，属于华盛顿特区的商业卫星城市。展览会名称是 International Gem and Jewelry Show，是全美最大的珠宝展览会，不仅光顾的珠宝商户最多，还吸引了华盛顿政府机关工作人员和当地居民。本次展览会，华丽租用了两间店面，展出了绝大部分亮晶晶商品，带有水钻的女包、鞋子、皮带和各种挂件，样式新颖，品质上乘，是本次展览会很有特色的一个展区。光顾华丽展区的不仅仅是散客，也有很多批发商。四天展览会，人是累一点，但效益可观。

此后，华丽做展览会不仅仅局限于芝加哥当地，还常常开车到华盛顿、波士顿、威斯康星等城市。哪里能赚钱，展览就做到哪里。

30

舍 春

秋天的美是成熟、理智的美，它不像春天那样羞涩、妩媚，也不像夏天那样袒露、火热，更不像冬天一样内向、含蓄。秋天悄悄地来了，来到田野，来到小镇，给大地换上了迷人的秋装。

岁月流转，时光飞逝，学校新学期开学在即。春儿新学期就要上小学三年级了，美儿要读小学了。孩子的成长，让华丽、华妈高兴。然而，根据两年前华丽与郑重签订的协议，"到美儿上学时，春儿要归郑重、费燕抚养"。这意味着春儿很快要离开华丽和华妈，住到郑家去了。华丽想到这里不免有点伤感，华妈何尝不是如此呢。

那天晚上，华丽、华妈为这事商量了许久。母女俩围绕既要信守承诺、又不要让孩子伤心的主题展开了讨论。

"学校离新学期开学还有一星期，明天郑重可能会到家里来接孩子，妈有什么想法没有？"

"让姐妹俩分开，真是有点残酷。"

"是啊。她俩从出生以来，一直相依相偎，现在让她俩分开，我真有点不忍心。但是，两年前我已同郑重签了协议，待春儿上小学三年级的时候，把孩子交给他们。我得信守承诺啊，古人不是说一诺千金吗？"

"你能不能同郑重说说，再等两年，让孩子再长大一些，我们再兑现承诺啊？"

"这可不行。妈，你看这样行不行，明天郑重要是来接孩子呢，让姐妹俩一块过去，让妹妹陪姐姐去习惯习惯，等开学前一天晚上我们把美儿接回来。以后呢，姐妹俩可以常走动走动，有时妹妹过去，有时姐姐过来。这样，她俩也不会孤单。"

"只能这样了。"华妈觉得女儿的想法不是没有道理。春儿迟早得过去，现在也只有让姐妹俩常走动走动这个法子了。

这天晚上，郑重、费燕和郑妈下班回家后，在内客厅商量了明天去华丽家接孩子的事。

郑妈说："我等这一天，已经整整等了两年。明天，重儿得把春儿给我接回来。"

"是啊，明天是接春儿的日子了。我担心表姐改变主意，到时候说出一大堆理由，不让我们接春儿，那可怎么办？"

"你们别担这个心了，我相信华丽不是言而无信的人。明天下午我就去她家接春儿。"

费燕说："我陪你一块去吧。"

"好啊。我俩一块去，把春儿接回家。要么，我现在给华丽打个电话，先把这事同她说一说。"

"好啊好啊，你赶快打电话吧。"郑妈真是有点迫不及待了，最好晚上立即把春儿接回来。

郑重拨通了华丽的电话："华丽吗？我是郑重，你好吗？"

"就这样吧，你有什么事？"

"明天下午，我和费燕来你家一趟。一来呢，来看看你和华妈；二来呢，我们想把孩子接回家。"

"行。我在家等你们。"华丽回答得非常干脆。

郑重放下手机："你们看，我知道华丽的脾气，她可是个言而有信的人。"

费燕、郑妈听郑重这么一说，都把提着的心放了回去。

第二天下午，郑重、费燕来到华丽家。春儿、美儿见爸爸、阿姨来家，跑到他俩面前，甜甜地叫"爸爸，阿姨"，郑重、费燕都热情地抱起孩子，异口同声地说："春儿乖，美儿乖。"

华丽请郑重、费燕在客厅坐下了，华妈端来两杯茶，放到了他俩面前。

郑重说："我们有很久没有来看你们了，你的官司怎么样了？"

"赢了，结了。"华丽只是淡淡地说了一句，接着一转话题，"按照我俩的协议，今天我得把春儿让你领回去。为了春儿、美儿的感情，我们让美儿陪姐姐一块去你家住一个星期，到开学前的一天晚上，我会去你家把美儿接回来，让春儿留在你们家里。以后，星期天，或者假期，姐妹俩可以多走动。我的想法不知你们是否同意？"

华丽的想法正合郑重和费燕的意，郑重说："你的想法太好了，我完全同意。姐妹俩虽说住在两个地方，但在同一个城市，我家离你家又不远，完全可以常来常往。"

这时，华丽把春儿、美儿叫了过来，对姐妹俩说："春儿，你下学期要读三年级了，你是个大孩子了。今天爸爸、阿姨接你去他们那里，妹妹陪你一块去。等你开学了，妹妹回到这里来。你呢，以后上学由爸爸、阿姨接送了，好不好？"

春儿不知有没有听明白，只是点了点头。

这时，华妈拎出了一只皮箱，一只旅行袋，对两个孩子说："春儿，这只箱子是你的，里面都是你的衣服，你自己把它保管好了。"

春儿还是点了点头。

华妈又对美儿说："美儿，这个袋里的东西是你的，你把它管好了。"

美儿回答："好的。"

郑重说："我们走吧，奶奶在家等着你们呢。"

华丽、华妈把春儿、美儿送到郑重的车上，让姐妹俩在汽车后排坐下了，费燕坐到了副驾驶位置。郑重的汽车启动了，他转过头对姐妹俩说："给妈妈、外婆说再见。"

"妈妈，外婆再见。"

郑重的汽车开走了。

华丽、华妈在外面站了很久，直到郑重的汽车看不到了，她俩仍然未动。春儿、美儿出生以来这些年，姐妹俩不止一次去过爸爸、奶奶家里，住一周、两周也常有。但是，这一次不一样了，春儿归爸爸了。当然，以后她也会来看妈妈和外婆，但毕竟是归爸爸和奶奶养了。她俩都流泪了，尤其是外婆已经控制不住了，几乎哭出声来了。

"妈，我们进屋吧。"华丽说完这句话，自己也控制不住了，母女俩哭着进了屋。华丽心酸，不仅仅是从此春儿住到郑家去了。从春儿的离家，想到在自己身上发生的一连串事情。自己大学中途停学，自己在打工中仓促结婚，中间两度婚变，越想越伤心，长时间地流泪。

现在倒是华妈坐在女儿边上了，她一声声地劝说。知道女儿心事的莫过于妈妈。华妈知道女儿悲伤不仅仅是春儿住到郑家去了，肯定是想到这十多年来的伤心事了。她说："丽儿，是爸妈对不起你。你这十多年的辛苦，不光身体上的苦，更是心里的苦，这都是因为爸妈的事造成的。由于爸妈出事，你的人生发生了改变。"

"妈，你千万别这么说。女儿走到今天这一步，也不全是苦，苦中有甜，甜中有苦，这就是人生，这就是命运。"华丽听了妈妈的一番话，反倒冷静了下来。

第二天华丽睡到十点钟才起床。她起床后，化了妆，把自己打扮得漂漂亮亮，然后到厨房间简单地吃了早饭，同妈打了个招呼，去上班了。

华丽昂首走进五星市场。她在五星市场经商已经十多年了。当初三个中国女人竞争，如今只留下自己了。自己的商店从一间门面扩展到八间门面；从经营简单的挂件到亮晶晶系列商品。在这座巨大的市场里不仅站稳了脚跟，而且成为屈指可数的几户大商铺中的一家了。无论在顺利的时候，还是自己蒙受灾难的时候，她始终面带微笑，始终坚守阵地。

昨天她送走了宝贝女儿春儿，今天她依然准时上班，依然面带微笑，像往常一样，同路过商店的行人打招呼，不停地推销自己的商品。

这一天，尽管生意不是很好，但华丽没有一丝不满的情绪。

晚上下班回家，她做的第一件事，依然是坐在吃饭桌前，把小挎包的钱倒在桌上数钱。这时，她妈妈准会坐到她的对面看女儿数钱。因为今天生意不好，这点钱很快数完了。她说："三百五十元，除掉成本，除掉店面的租金，有一百元利润，不错了。我和妈吃饭的钱有了。"

"对对对，吃饭够了。"

华丽总是这么坚强，这么乐观。

这天晚上，陶梅和布莱尔来到布娜家里。布莱尔到门前按了按门铃，布娜从猫眼往外看了看，见是爸爸和后妈，开了门。她已经想通了，爸和陶梅既成事实，而且发现后妈尽管年轻，但是个诚实勤劳、通情达理之人，从心里开始接受了。她说："爸、妈，快进来，里面坐。"

爸、妈一声叫，使他俩感到意外。陶梅、布莱尔都知道，女儿对他俩的态度已经有所转化，但没有想到变得这么彻底。

陶梅、布莱尔进门后，问："杰克不在家吗？"

"在。他在自己房里，很快要上高中了，现在可没有时间玩了。"布娜把头转向楼上，"杰克，外公、外婆来了，快下来。"

杰克已是一个大小伙子了。他从楼上下来，亲切地叫了声："外公、外婆好。"

陶梅说："好，坐。我们杰克可是个帅小伙子了。"

布莱尔问："学校落实了？"

"落实了，在伊利诺伊州重高。"

"那可是芝加哥最好的高中哦。"布莱尔说。

"是。"

这时，陶梅从自己口袋里摸出一张银行卡，递给布娜："娜娜，这里有一万美元，给杰克学习用的。"

"杰克新学期的费用都落实了，你们不用给我们钱。"

布莱尔说："拿着吧。"

他们又聊了一会儿其他事情后，布莱尔、陶梅走了。

明天是新学期开学的时间。那天晚上，华丽和华妈要去郑家接美儿。华丽开着车，华妈坐在副驾驶位置。

华丽、华妈对郑家是熟门熟路的。她俩到郑家门前，按了按门铃，美儿出来开门，见是妈妈和外婆，跑过来就跟妈妈、外婆拥抱，亲热。

华丽说："奶奶在吗？"

"在。"美儿转头就叫，"奶奶，妈妈、外婆来了。"

郑妈一边从楼上下来，一边说："哦，华丽、华妈来了。"

"嗯。"

"坐，坐呀，快坐呀。"郑妈总是脸带笑容，显得那么热情。

华丽，华妈在外客厅坐下了。

这时，春儿也从楼上下来了，见到妈妈、外婆，上前就拥抱："我真想妈妈、外婆了，想死我了。"

"妈妈、外婆也想春儿了。"华丽转了个话题说，"爸爸家里房子大，以后春儿就住这儿了，好不好？"

"妹妹也住这里吧？"春儿看看妈妈，又看看外婆，祈求让妹妹也住在这里。

"美儿要在我们那个小区读书呢，住这里去学校太远了，不方便。今天，妈妈把美儿接回家去，周末妈妈再送美儿到你这里来好不好？"

春儿毕竟是大孩子了，她明白妈妈讲的意思，点了点头。

倒是美儿提出了不同意见："我和姐姐住一起吧？上学，叫爸爸送吧？"

"爸爸可忙了，爸爸可没有时间送你哦。"

"爸爸没有时间送，可以叫阿姨送啊！"美儿还是想同姐姐住在一起。

"那可不行。阿姨同爸爸一样，很忙很忙，她也没有时间送。"

美儿提出的两个问题，都被妈妈否定了，她的两只大眼睛只是瞪着妈妈看，也许一时想不出什么对策了……

华丽觉得话已说到位了。她站起来说："我们走吧，周末再送你到这里来，到时候再跟姐姐一起玩。"她拉着美儿要走，美儿还是不想走。

华丽跟美儿说："跟姐姐说再见。"

另一边是郑妈拉着春儿的手："春儿，跟妹妹、妈妈、外婆说再见。"

春儿也不想说这句话，眼圈红了，泪水溢满了眼眶。

华妈开了门，华丽、华妈每人拉着美儿一只手出门了，郑妈牵着春儿的手也出门了，姐妹俩分别的时候都哭了，但姐妹俩都是乖孩子，都只是流泪，没有闹。

华丽、华妈接孩子刚进丝色罗小区自家的门，美儿就说："妈，爸爸家的房子真大，我和姐姐的房间可好了。我们也去买幢别墅好不好？"

"好。但是，妈妈现在钱还不够，等妈妈赚足了钱，我们就去买别墅好不好？"

"妈妈，你什么时候能赚足钱啊？"

"快了。"

"嗯。"美儿默默地点了点头，进了自己的房间。

从这一天开始，春儿、美儿分开了。郑家抚养春儿；华丽抚养美儿。当然，姐妹俩住在一个城市，常来常往，依然非常亲密。

一天晚上，美儿已经睡觉，华妈还在厨房间搞卫生，华丽正准备休息，客厅电话的铃声响了。那铃声在夜深人静的时候显得特别清脆。华丽跑过去抓起电话，在电话那头传来了一个久违的又非常熟悉的声音，是她爸爸的声音。华丽激动地叫了一声："爸爸，你好吗？"

"好。爸今天上午回家了，回家的感觉真好。爸知道你和你妈都还没有睡呢，所以给你们打个电话。"

"回家就好，回家就好。爸，这两年我的事情太多了，分不开身，也没有回去看你，我争取年底回国看你。"这两年，华丽身负大罪，护照被扣，想回中国探望老爸，却没有条件。至今，她爸还不知道其中的原因呢。现在她赢了官司，法院归还了护照，随时都可以回中国。她决定回国探望日思夜想的父亲。

"没事。你们年轻人，趁现在年轻力壮，多做点事，到年纪大了，你想做也做不动了。"

这时候，华妈已经从厨房间走到华丽身边了……

"妈妈在我边上，让妈妈同你讲话。"华丽把手中的电话交给了妈妈。

"廉洁吗？你回家了？"华妈握着电话的手有些颤抖。

"是。今天上午回的家。"

"本来我应该去乔司接你回家的，无奈的是我在美国。你回家又是一个人，冷冷清清的。"华妈有点说不下去了，眼泪淌了下来。

对面电话中的华廉洁听出了夫人的声音不对劲，他极力控制住自己的感情："越，没事的，我已习惯了，你安心地待在美国吧，女儿需要你。"他静默了片刻，又说，"越，你记着，无论在国外过得怎么样，我都在这，有了好事我替你高兴，有了坏事我陪你扛。"

华妈泣不成声："是，即使全世界都不搭理你了，我也站在你身边，不搭理全世界。"她深呼吸几下，平复激荡的情绪，"你回家后，自己把自己照顾好，调整一下身体，有些事以后我们慢慢再说。"

"好啊。已经不早了，你们休息吧。"

"好，再见。"华妈放下电话，好像是自言自语，又好像是同女儿说话，"十年了，整整十年，那是什么地方啊，那是地狱啊。"

"妈，爸出来了就好，过去的就让它过去吧。爸不知能不能来美国？"

"现在中国改革开放了，不像过去，来美国应该没有问题吧？"

"爸要是能来美国，就请他早点来美国。我们一家人在一起比什么都好。我现在尽管还住在贫民区，没有自己的别墅，只要我们一家人住在一起，我们照样可以自由自在,照样可以快快乐乐。"

"是啊,幸福又不在别墅里,在人心里啊。先让你爸回家适应一段时间,问问有关政策再说吧。"

华爸的出狱回家,让母女俩无比地激动与兴奋。那天晚上华妈失眠了,华丽也只睡了三四个小时。这人啊,就是这样,在困境中给点安慰,就能兴奋;在黑暗中,给点亮光,就能灿烂。

两个月后,华丽给她爸发了邀请信,邀请他来美国探亲。华廉洁拿着此函到当地中信银行办了手续,准备来美国探亲。但是,美国驻上海领事馆的签证处发现华廉洁刚从监狱里放出来,签证被拒绝了。几天后,华廉洁的护照被退了回来。

华廉洁的签证被拒,女儿得到这个消息后,只能打电话去安慰,说今年来不了,明年再去办。华爸对此事倒看得很淡,他眷恋的还是自己的祖国和家乡。从那天起,他每天早晚两小时去户外锻炼,几个月下来,气色大为改善。

圣诞节这一个月是美国居民的购物季,居民纷纷上街购物,商家想方设法推销自己的商品。

一天晚上,费燕下班回家时,从车上拎出许多大包小包的商品,有给婆婆的礼物,有给丈夫的礼物,有给春儿的礼物。一到客厅,她从中拎出两袋东西交给了婆婆,说:"这是两套内衣,是给婆婆的圣诞礼物。"郑妈高兴地收了下来。她又拎出两袋礼物,交给了自己的丈夫:"这是给你的圣诞礼物。"最后,她拎着三袋商品进了春儿的房间,见春儿正坐在靠窗的沙发里看书。自从春儿到郑家后,费燕一直想让她改口叫"妈妈",而她一直没有改口。今天,费燕想趁圣诞节送礼的机会,让她改口叫"妈妈":"春儿,过来,你看,阿姨给你买了什么啦?"

春儿走到阿姨边上:"哇,好多礼物啊。"

费燕一样一样拆开包装:"这是件呢大衣,来,试一试。"她给春儿穿上了,"好,很好,大红色的,很漂亮。你喜欢不喜欢?"

"喜欢。"

费燕又撕开一只包装纸,拎出一条红色牛仔裤:"来,穿穿看,大小怎样?"

春儿从阿姨手中接过牛仔裤,穿在身上,大小正合适:"很好,我喜欢。"

"大红的牛仔裤配上大红的呢大衣,太好了,真漂亮。"费燕趁春儿高兴时,说:"春儿,叫我妈妈好不好?"

春儿用那双动人的大眼睛看了看阿姨,片刻后:"阿姨,谢谢你的礼物。"

费燕有点生气,但忍住了。她坐到沙发上,把春儿拉到身边:"春儿,你妈是你妈;我呢,现在是你爸的老婆,也是你妈。从今以后,你得叫我妈。你改改口,叫我妈,好不好?"

"你最多是个后妈。"

"后妈也是妈,你说对不对?"费燕宽慰自己,至少还带个"妈"字呢,也算有进步了。

春儿不回答了,在她听过的童话故事里,后妈可都不是好妈。

"好好好,不急,你迟早会想明白的,总有一天你会叫我妈妈的。"费燕显得很无奈。

31

望 爸

十二月份,华丽要做两个展览。她提前一个月从拉斯韦加斯、纽约订了许多货,这几天陆续到了。每天下班以后,她都要去仓库一个小时,准备梳理到展览会展销的商品。所以她每天下班都要比平时晚一个小时回家。

那两次展览会,华丽没有让贺生来帮忙。她雇了夏咪、肖鱼和肖霞帮忙。展览会布展和推销商品这些活,都由华丽、夏咪和肖霞做了。五星市场的店由肖鱼管着。

两次展销会后,离圣诞节还有一周时间。这一周也是五星市场的购物旺季。华丽继续让肖鱼帮着忙。

其间,华丽打算,从圣诞节到孩子开学有两周时间,全家回一趟中国,去探望刚从监狱里出来的老爸。

华丽的商店一直开到平安夜的最后一刻。这时华丽把肖鱼叫到身边,说:"肖鱼,你和你的老公夏咪,这些年对我帮助很大,每当我遇到困难的时候,只要我开口,你们都会出手帮助,我得谢谢你们。"她从挎包里拿出一只红包递了过去,这红包有点厚,肖鱼接过了红包,说:"你太客气了。这些年,你是跌跌撞撞过来的,我们可是你的见证人。往后会有好日子过的,我希望你和你的家人越来越好。"

"谢谢。你先走吧,你的老公和孩子都等着你吃圣诞大餐呢,赶快走吧。"

"好。"肖鱼高兴地走了。

商场广播奏了关门曲,她才关门。这时,商场大老板基里斯季巡视到华丽商铺门前,见华丽正在拉"大幕",他站了下来:"你是我们商场最后一个关门的人,赶快回家同家人团聚吧,我祝你和你家人圣诞快乐。"

"我也祝你圣诞快乐。"

华丽十几年的路程，基里斯季也是个见证人。在他手里，三个中国女人一个一个进来；又在他手里，那两个中国女人一个一个离开。现在整个大市场里只留下华丽了。他对这个美丽的中国女人有特别的好感。在华丽顺利的时候，他远远地看着；当华丽困难的时候，他都会在她旁边，安慰她，鼓励她，让她坚强。平安夜，基里斯季在市场一直待到最后一刻，此刻他说是巡视，其实是专门走到华丽身边为了说一句祝福的话。

华丽拉上"大幕"后，离开市场走了。这时，夜空已朦胧了，公路两旁的居民小屋已透出点点亮光。

当华丽回到家里时，家里已经有了浓浓的圣诞气氛。客厅里的圣诞树正在闪闪发光，平时不用的壁炉今天用上了，一块块厚实的木柴正在燃烧，壁炉的热能正散发到客厅的每一个角落，桌子上的圣诞大餐已经备齐，正等候女主人回家开宴。这一切都是另一个中国女人做的。

美儿见妈妈开门进来，高兴地大叫："外婆，妈妈回来了，圣诞大餐可以开始了。"

华妈听美儿一喊，从房间出来："丽儿，下班了？"

"下班了，我是最后一个离开市场的。我知道，家里有个能干的妈妈，一切都会安排妥当的。你看，我们家多么温馨啊，一点不比人家差。美儿，你说，妈妈讲得对不对？"

"对。但是，少了个人。"美儿准是想姐姐了，她说完这话，朝妈妈看了看。

"我们的美儿真乖。明天，妈妈把你姐姐接来，我们一起去中国，去看外公，好不好？"

"好好好，太好了。"美儿听妈妈这么一说，高兴得蹦蹦跳跳走开了。

"开宴了。"华妈打开了一瓶红酒，给华丽倒了一杯，给自己也倒了一杯，给美儿倒了一杯可乐。

华丽、美儿到饭桌边坐下了。

这个家尽管只有三个人，而且是三个女人，华妈把圣诞大餐准备得很丰盛。华丽端着酒杯站起来说："妈妈辛苦了，祝妈妈圣诞快乐。"母女俩碰了碰杯，都喝了一口。

华丽又朝着美儿："美儿又大一岁了，而且越长越漂亮了，成绩也不错，妈妈祝贺你。"

"谢谢妈。"美儿举着可乐杯同妈妈碰了碰，喝了一大口。

这时，客厅的电话铃声响了。华丽上前几步抓起电话，听到了大洋彼岸华爸的声音："祝丽儿、美儿和你妈妈圣诞快乐。"

"谢谢爸。我也祝爸健康、快乐。爸，我叫妈妈和美儿给你讲话。"华丽把电话交给了妈妈，华妈讲话后，又把电话交给了美儿，他们互相祝贺，互相问候。这个电话纯粹是礼节性的通话。

圣诞节的上午，华丽准备出门去接春儿的时候，郑重、费燕带着春儿来了。大家说了一些互相祝贺的话。最高兴的还是春儿、美儿姐妹俩，她们去了自己的房间。

圣诞节的下午，贺生带着强强来到华丽家里，他们向华妈、华丽说过祝贺的话后，强强同春儿、美儿一块去玩了，华妈有意走开了，到了自己的房间，客厅里留下了华丽、贺生两个人。

圣诞节是美国一年当中最大的节日。今天，贺生、华丽没有谈不高兴的事，都拣一些让人开心的话来说。

贺生先开了口："我们认识好几年了，我非常欣赏你。你的诚实，你的善良，你的勤劳，你的执着，都使我感动。"

"这几年，你对我帮助很大，无论是工作还是打官司，我都要谢谢你。"

"别说谢字了。我能为你出点力，我感到高兴。"

"你在我这里出了这么多力，肯定影响了你的业务吧。"

"怎么可能！我……"贺生摇摇头，犹豫了一下，深吸一口气说，"华姐，华丽，我有一句心里话，一直想同你说，但一直开不了口。"

"你说。我们交往这么久了，你还不了解我吗？你有话只管直说。"华丽隐约有了预感，紧张地握紧了拳头。

"我说了，你可不能生气。"

"不生气，你说吧。"

"我，爱你，我们两家能不能拼为一家？"

"这事，我还真没有想过。你知道，我已经有过两次失败的婚姻，我对这个问题心里已经有了阴影。你得给我一点时间，允许我想一想，好不好？"

"好。不管你给我什么样的答案，我都不会怪你。"

这一天夜里，华丽又站在窗前想贺生刚才给她提出的问题。其实，华丽也想过此事，只是因为自己曾经有过两次失败的婚姻，心中一直存在着疑虑。今天，贺生正式向自己提了出来，自己不能不再次想这个问题。如今，春儿归了郑重，家里留下了三个女人，遇到做展览这种事，家里没有个男人，自己真是干不了。从这几年的情况看，贺生倒是一个不错的人，但是他的公司不知咋样，心里没个底。平时妈妈对此事总有顾虑。还有他从来不提他的前妻问题，他们为什么离婚，更是一无所知。所以，她还不能答应他。

　　第二天，华丽、华妈带着春儿、美儿登上了去中国的航班，十四个小时后美国 AA 航空公司的飞机在上海浦东机场稳稳降落。华丽等一行四人拉着两只大箱子步出机场候机大楼大厅时，华丽一眼见到了爸爸等在门口，她上前紧紧地拥抱爸爸，眼泪扑嗒扑嗒掉了下来。这眼泪带着复杂的因素，其中有爸爸蹲监狱的痕迹，也有自己在美国十几年曲折的人生岁月。边上的春儿、美儿望着妈妈与外公的拥抱，一声不响，只是静静地看着。许久以后，华丽对春儿、美儿说："快叫外公。"

　　两个孩子非常聪明，平时只听妈妈和外婆说过外公，今天见到了外公，经妈妈这么一说，亲切地叫："外公，外公好。"

　　外公见过春儿。那次见面，春儿才一岁，现在可是个大孩子了；美儿还是第一次见面。他听到两个可爱的外孙女叫外公，只是"嗯，嗯"地应着："两个小宝贝，真漂亮，真可爱。"

　　春儿、美儿说："外公真帅。"

　　一行人上了一辆商务车，离开上海浦东机场，一路高速。故乡大地弥漫着蓬勃的气息，空气中飘着一阵阵清香。车窗外除了飞速闪过的景致，还有大地上河流如血脉般伸展；车内父女俩低语若有若无，如风吹过耳畔。几个小时后他们一家人到达海门老家。

　　晚上，华廉洁带着全家人到海边大排档吃海鲜。春儿、美儿虽是第二次来了，但都觉得很新鲜。沿着海边一长溜全是一家一户的摊位，每个摊位都有许多海鲜，带鱼、目鱼、小黄鱼、鲭鱼、香螺、海瓜子。夜幕下的电灯闪闪发光。来来往往的行人南腔北调，显示出这里一片繁荣的景象。

　　春儿问外公："这里怎么有那么多人？"

　　"这是我们家乡的一个特色啊。凡是到海门来的人，都要到这里来吃一顿海鲜；如果到了海门，不到这里来吃一顿海鲜，等于没有来海门。你说，这人还能不多吗?"

春儿又问:"这是为什么呀?"

"因为海门的海鲜是中国最好吃的海鲜啊。"

当地的海鲜,家里人的口味,对华廉洁来说,太熟悉了。他点了许多小海鲜,让大家美美地吃了一顿。

这次,华丽带全家人来中国,唯一的目的是来探望老爸。她在中国的两个星期,只有几次陪两个女儿到附近的公园去玩了玩,大部分时间陪着老爸说说话。

她跟老爸有两次深谈。一次是谈人生问题,既有华丽的感受,也有老爸的反思,更多的是她老爸的反思。

"我曾经有一个光辉的前程。大学期间,我是学生会的主席;参加工作不久,我当了海门市的团委书记;三十六岁那年我当了海门市委常委组织部部长,不久又当了海门市的市长。就因为一念之差,走了弯路,最后进了监狱。究其原因,主要是自己手里握有实权。这权力就是资源,如果自己没有正确的、坚定的权力观,或者说稍有动摇,就会犯错误。我在这个问题上放松了自己,不知不觉走上了犯罪的道路。其次是那些行贿者。他们为了达到自己的目的,会使用各种各样的手段,甚至让你无法拒绝。他们像蚂蟥一样紧紧地叮着你,叮得又紧又深,非把你叮出血来,让你无法摆脱。当然根本的原因还是自己的思想问题。我在那里面,一蹲蹲了十年。我不仅毁了自己,也毁了家庭,害了你妈,害了你大学半途而废。我悔啊,悔不当初。可是世界上没有后悔药啊。"说起自己的过去,华廉洁无限唏嘘。

"爸,我一点不怪你。我这十年,尽管有过许多曲折,但从某种意义上说,不是坏事,是好事。它就是磨炼,它能给人增加才干,它能给人积累经验。我们不应该把它当作累赘,应当把它当作财富。"

"丽儿,你说得对,我们不应该把它当作累赘,应当把它当作财富。作为个人来说,最好是不犯错误,一旦犯了错误,就得认真反思,接受教训,重新开始,这才是正确的态度。作为中国共产党来说,必须高高举起反腐大旗,严惩贪腐,不然党就会失去人民,党就会变色。我作为曾经的中共党员,我拥护中共中央的反腐决策。在这场反贪惩腐的斗争中,爸尽管落马坐牢了,但爸一点不怨组织,只怨自己经受不住金钱的诱惑。"

"爸，一切都过去了，我们重新开始。"

"丽儿真是长大了，你有这样的认识，爸很欣慰。"华廉洁望着女儿，眼眶里闪着泪花。

"爸，过去的事就让它过去，我们不能老是活在过去的回忆当中。爸，我们都要着眼未来，我们的未来是光明的。你，除了我以外，还有春儿、美儿，她们不仅有美丽的外表，还有聪明的头脑。"

"对对对，丽儿说得对，我们有光明的未来。"

他们父女谈话的时候，华妈也坐在边上，她不断点头，称是。

华丽临走前的那天晚上，爸妈同华丽又有一次深谈。这次对话，谈的主要是华丽的婚姻问题。华丽爸妈不仅关心女儿的婚事，而且有点着急。华妈一直同女儿住在一起，知道女儿因自己有过两次失败的婚姻，所以对自己的婚姻问题一直存有疑虑。这次，趁女儿回家，她先提出了这个问题。

妈妈说到这事，华丽在爸妈面前毫不隐讳地说："圣诞节那天，贺生正式向我求婚了，自己因为有两次失败的婚姻，所以没有答应他。"

"我觉得贺生是个合适的对象。你们俩都离过婚，你有两个女儿，他有一个儿子。特别是他诚实，心善，又有知识，对你也很好。所以，我赞成你俩的婚事。"华妈说完这话，看了看华爸。

"丽儿，如果说社会是一部大书，那么，每个人的一生或许就是其中的一个段落或章节。有的人真诚，却是简装本；有的人虚伪，却压模烫金。我们选干部也好，选女婿也好，品德忠诚是第一位的。我听你妈说，在你最困难的时候，贺生一直站在你一边，一直是帮你的。当然找对象还要有感觉。从你内心讲，你是不是喜欢他，你对他是不是有感觉，这很重要。"

"在这个问题上，我有自知之明。我结过两次婚，又有两个孩子，当然现在身边只有一个孩子，凭我现在的条件，也只能找他这样的人了。但是我心里仍有许多说不清的东西，也许仍然没有走出失败婚姻的阴影吧。"

华爸说："我听了你妈的话，还有你刚才说的话，我觉得贺生是个合适的对象。当然，最后要由你自己决定。我们尊重你的选择，尊重你的决定。"

"爸妈，这事我还要想一想。"这次华爸华妈同华丽的谈话虽然都没有讲到贺生没有正当职业问题，华丽倒担心起贺生的职业问题了，还有他跟他的前妻为什么离婚？如果两家人走到一起，没有稳定的收入，一旦遇到突发事件，这生活都成了问题。她对这事犹豫了。

最后，他们谈到华妈要不要随女儿、外孙女去美国的问题。

华丽要妈留下来照顾老爸，说自己的困难自己能解决；华爸却坚持要华妈同女儿一起去美国，照顾外孙女。她们母女俩最后还是尊重了华爸的意见。

临分别的那天早晨，华妈紧紧握着老伴的手，含情脉脉地望着他："孩子他爸，我对不住你，都说老伴是老来伴，我却要为了孩子离开你。"

"去吧，丽儿需要你呢。"

他们夫妻都是一个样，爱女儿的心远远胜过了他们之间的爱情，甚至超越了世间万物，他们人生最大的污点，不正是为"爱"而生吗？

第二天，华丽、华妈带着两个孩子回到了美国。次日华丽把春儿送到了郑重家里。这一家人又恢复了平静的生活。

华丽同贺生的关系，虽说家里人的意见基本一致，但是华丽还想等一等。她想等什么呢？一是对自己婚姻问题存有疑虑；二是想等爸爸的签证。

一年后的五月，美国驻上海领事馆的签证处再次拒绝了华廉洁的签证，这对华丽是个沉重的打击，那天晚上她又失眠了。就为了自己的所谓未来，不仅葬送了老爸的光辉前程，又让他坐了整整十年牢。他来不了美国，妈妈只能回去，等爸妈老了，谁来孝敬他们呢？

32

决 断

春天总会给人们带来许多美好的东西，然而也就是这一年的春天，却没有给贺生带来好运，几乎让贺生跳楼。

苹果公司的横空出世，让曾经生机勃勃的诺基亚公司股票暴跌。每股从六十美元跌到六美元，跌幅达百分之九十。

诺基亚公司的惨败，让贺生股票投资受挫，几乎颗粒无收。这天晚上，原本生活自律的贺生喝了很多酒，想着自己的将来，越想越觉得无望。

窗外是一弯明月，满天星斗。贺生站在窗前，远眺城市的霓彩，那炫目的光影，在这一刻是如此地迷人。"到那里去，就不会有痛苦了。"或许是醉得太厉害，贺生冷静的头脑出现了一瞬的恍惚。

室内是生活的重压，窗外是迷幻的光影，贺生迷离着一双醉眼，扶着窗框就要往外爬。

他太醉了，手脚都不听使唤，在窗台上挣扎了几分钟，不仅人没有出去，还把窗台上的东西碰了一地。贺生伸手去扶，凑近了一看，是儿子的玩具。

贺生从窗台上爬了下来，抱着儿子的玩具，哭了。

第二天，他又恢复了平日里冷静成熟的模样，出门为生计奔波。

他还不能死，他还有个儿子，他要赚钱养活自己和儿子。

这时，要做投资，他已经没有资金；要做生意，他既无本钱，又无路子。他现在唯一有的就是他自己，他还年轻，还有劳力。

他能干什么呢？他想去做导游。他有文化，会开车，了解美国国情，了解美国的地理和历史。做导游，他一定会是个合格的导游。但是，去做导游，强强怎么办？

他思前想后，觉得目前最重要的是要找到一家旅游公司能聘请自己做导游，然后再解决儿子的寄托问题。

从这一天开始,他在芝加哥市跑了好几家旅游公司,最后找到了一家中国人办的星辰旅游公司,老板姓千,名百里。那老板是北京人,开旅游公司已经有十几年了。春夏季节是芝加哥旅游的旺季,正需要找几名季节工。千老板看了看贺生的简历,正合他的意。千百里说:"我们要找一名跑威斯康星州的司机兼导游,你行吗?"

"没有问题。威斯康星我太熟了,那里的环境,那里的景点,我了如指掌。"

"行,留下吧。"

"报酬怎么样?"

"跑一趟来回五天,每趟五百美元,外加百分之十小费。你若愿意,我们先签三个月合同。"

贺生想了想,觉得跑一趟五百美元不错了,至少自己和儿子不会挨饿了。他立即与千百里签了合同。

回家后,贺生又找了一个墨西哥人邻居,谈妥了儿子的寄托问题。

从第二天开始,他就做了跑威斯康星州的司机兼导游了。为了养活自己和儿子,他一趟接着一趟地跑。

这中间华丽给贺生打了好几次电话,他都说在外地;问他强强在哪,他都说有人照顾。这事让华丽起了疑心。一个星期天的上午,在商铺开门前,华丽开车到贺生家里去敲门,敲了老半天门,始终没有人回音。这让华丽感觉到贺生出事了。接着,华丽站在贺生家门口给他打电话,问他在哪,贺生说在外地;问他在干什么,他说有事;问他强强去哪了,他说有人照看,你别操心了。再问他,他就说我忙,我要挂电话了。最后就是嘟嘟嘟的声音。种种迹象,让华丽感觉到贺生出事了,而且有事瞒着她。

其实,中国人在美国,像贺生这种情况的太多了。贺生认识一位曾从事航天工业的资深工程师在洛杉矶做司机兼导游工作,在纽约碰到一位博士也在做这样的工作。他们的想法很纯朴,就是为了赚钱养家过生活。

那天晚上,华丽下班后给妈妈讲了去看望贺生和同他打电话的情况,华妈也觉得贺生出事了,到底出了什么事,母女俩都猜不透。

两个星期后,孩子放春假有三天假期,加上周末两天,华丽决定带妈妈和孩子去威斯康星州旅游,说来也巧,她们恰好订了星辰旅游公司的座位。

那天一早，他们一行四人来到星辰旅游公司门前，上了大客车。春儿眼尖，见驾驶位坐的正是贺生叔叔，她亲切地叫了一声："叔叔，您好。"这一瞬间，华丽、华妈、美儿都把头转了过去，美儿也叫了一声："叔叔好。"华丽、华妈顿时目瞪口呆，说不出话来，还是贺生先开了口："你们去威斯康星州旅游？"

"是。"华丽一时感到气急，"你怎么会在这里？"

"这事我慢慢同你说吧。"贺生是个要面子的人，自己投资失败的事不能在大庭广众之下说。

华丽理解贺生的苦衷，不再说这事了。

这一趟旅游，本来是件开心的事，但让华丽从头到尾郁闷，连续几个晚上都睡不好觉。华妈也是百思不得其解。

六月下旬的一天，华丽电话告诉贺生，说自己有重大决定要同他说。当天晚上，贺生带着儿子强强来到华丽家。

华妈觉得今天丽儿可能有话要跟贺生说，找了个借口离开了。

华丽没有先说自己的事，开门见山地问："你到底怎么了？我们可是患难之交啊，你有什么事不能跟我说吗？"

"我是难以启齿啊。"

"你这就见外了，你有困难我们一起扛啊。"

"我的困难已经过去了。"

"到底什么事啊？"

"我投资的诺基亚公司股票暴跌，每股从六十美元跌到了六美元，让我受到了惨重损失。"

"你遇到这么大的困难为什么不同我说？"华丽责怪他没有把自己当作真正的朋友，"现在怎么样了？"

"我找到了工作，你们都看到了。当导游也是我的喜爱，收入还不错。"

"强强怎么办？"

"委托邻居照看，孩子也适应了。"

"在美国生活真是不容易啊！"

"人啊，像一棵树，它享受着阳光雨露，也经受着雨雪风霜。只有经过雨雪风霜的洗礼，它才会坚硬挺拔。"

"说得好。还要学爬山虎的耐性，耐寒耐热耐贫瘠，送给人们一片绿。人啊，碰到挫折的时候，还得坚强，还得乐观。"

"对啊，不乐观又能怎样？"

"说得对，不乐观又能怎样，我赞赏你的性格。"

"你不是有重大决定要跟我说吗？"

"是。我爸的签证，再次被美国驻上海领事馆否定了，所以我决定回中国。"

"这倒是个重大决定，都想清楚了？"

"想清楚了。爸妈为了我走了弯路，葬送了他们美好的前途，难道我不能为他们牺牲点什么吗？何况现在中国的思想多开放、政策多好啊，政府还公开号召留美学生回国创业呢。"

"你说得有道理，现在一批批留美学生回国去创业了。为了祖国的繁荣富强，应当有更多的人才回去。你先走一步，说不定我会跟上。"

"好啊，我希望你也能回去。"

"你回去做什么想过没有？"

"想过了，我想自己开公司，说不定会开一家网店，还做现在的业务。"

"好，我举双手赞成。"

至于说他俩的婚姻问题，贺生有自知之明，如今自己这么个状况，原先的想法已经放弃了；华丽本来对自己两次失败的婚姻心里一直存有疑虑，如今自己又决定回中国，今后的发展充满变数。今晚贺生没有讲，她也没有提。

贺生父子走后，华妈和华丽在客厅坐下了。华丽先说了贺生投资惨败的情况，沉思片刻后又说："真爱，是深沉而非浅薄，是真心无私而非贪婪。"

"是。"妈赞同。

"妈，爸的签证再次被美国驻上海领事馆否定了，看来爸要来美国已是不可能了。所以，我决定回中国去。"

"回中国没有问题，就是工作难找。"

"自己开公司啊。"

"想好了？"

"想好了，我到之江开发区注册一家公司，继续做自己的业务。爸妈也搬到之江开发区去定居。我们一家在那定居，在那重新开始。"

"你准备什么时间走？"

"从明天开始，先把美国的公司关了，然后跟朋友告别。我想尽快回中国。"

"好，妈赞成。"

33

辞 行

华丽回中国前决定举行一次聚会，一来为了感谢多年来关心和支持自己的朋友和同事，二来向大家做个告别。

那天晚上，华丽在中国城选了一间大包厢，订了一桌酒席，邀请的好友有贺生和贺强，有郑重、费燕和郑妈，有陶梅、布莱尔和陶爸陶妈，有金敏和董海。酒席尽管简单，但显得庄重。

晚宴开始前，华丽先说了话："今天聚会，我有一项重大决定要告诉大家。"这时在场的人眼睛都瞪了起来，华丽继续说，"昨天，我已经关闭了美国的丽春商铺，三天以后我们全家要回中国。当然，我在中国之江开发区还会注册一家公司，仍做现在的业务。"

陶梅感到突然、吃惊，没等华丽把话说完，急呼呼地说："不行，小妹不能走。"

"我必须得走。为什么呢？一是我爸的签证被拒了，爸爸需要我回去；二呢，祖国召唤我们回去。为了祖国的伟大复兴，我也应当回去尽点微薄之力。"华丽说了这两个理由后，大家都不响了。华丽继续说："这十几年，我经历了许多事，靠在座各位的关心和帮助，让我克服了一个又一个的困难，从灰暗走向明亮，我要谢谢大家。来来来，我敬大家一杯！"大家尽管不愿意，还是都站了起来。

陶梅说："这十几年，小妹吃了多少苦啊，刚刚胜了官司，生意又顺了，这就要走了，这算什么呀。"她的喉咙哑了，有点说不下去了，她从口袋里摸出餐巾纸抹了把眼睛，继续说，"是啊，那边她老爸需要，还有祖国的召唤，她不得不回去。这是什么呀，是爱国，是尽孝，姐支持你。"她又抹了一把眼睛。

布莱尔说："你们中国人有句话，说忠孝不能两全，小妹回中国可是既尽忠又尽孝哦。"

"说得好，既尽忠又尽孝，"贺生又说，"现在祖国制定了伟大复兴的宏伟蓝图，许许多多中国人都回去了，华丽先走一步，随后我也会回去。"

董海说："贺兄说得好，参加今天晚宴的基本都是中国人，祖国的强大，我们这些在海外的华人脸上有光。也许不知哪一天我们也会回去。"

"当初我选择芝加哥，因为芝加哥是美国最美的城市，芝加哥有最大的湖泊——密歇根湖，芝加哥有最高的大厦——西尔斯大厦。"华丽环视了一圈，又说，"其实，中国的五湖（鄱阳湖、洞庭湖、太湖、洪泽湖、巢湖）四海（渤海、黄海、东海、南海）也大得很，特别是改革开放以来，北、上、广、深发展是多么地快、多么地美，现在上海的中心大厦高达六百三十二米，比西尔斯大厦还高出一百十二米呢。"

贺生说："是啊，中国不仅有现代的超一流的建筑和路桥，如中国的高铁，中国的港珠澳大桥，中国还有古老的长城和故宫，这是美国所没有的。"

众人附和："是是是，中国不仅有古老的名胜古迹，如今又有许许多多现代的超一流的建筑。"

郑重说："我们尽管回不去了，但是我们会天天关心祖国的发展、祖国的强大。我们这些人不管在国外住得多长，骨子里还是留着祖国的基因。中国永远是我们的根。"

费燕说："姐回到中国后，可要经常跟我们通电话，通报祖国发展的新鲜事哦。"

"这个没有问题。"

郑妈说："丽儿，到时候我陪春儿去看你。"

一桌子的人都在谈中国的事，只有春儿、美儿姐妹俩一声不响在抹眼泪。陶妈发现姐妹俩情绪不对头，说："宝贝，你俩怎么啦？"

"妈妈、妹妹和外婆回中国了，我见不到她们了。"春儿说着说着哭了。

美儿："妈，我要跟姐姐在一起，我不要回中国。"

华丽说："傻孩子，现在交通多发达啊，你想姐了，嗖一下，就来美国了；姐姐想妹妹了，又是嗖一下，去中国了。还有通信多发达啊，你俩通过视频天天可见面，天天可聊天。你们说对不对啊？"

经妈妈这么一说，姐妹俩不再哭了。

"大家不要光说话了，来来来，吃菜啊。"片刻后，华丽又说，"如今，不管在美国还是在中国，只要自己肯吃苦，都能过上好日子。"

华妈说："如今这个好日子来得不容易，也可以说是苦尽甘来。当然苦不会尽。美好的人生，是靠苦支撑的。我说的这个苦，当然不是过去的那种苦。有一种苦是幸福的苦，那种苦是大家乐意吃的苦。我衷心祝愿大家健康幸福。"

"说得好。人生什么时候能吃尽苦啊？这人啊，一落地就是来吃苦的。穷人吃苦，富人过得就轻松吗？也不轻松。有一句话我赞成，叫作苦中作乐。不管有钱没钱，都得快快乐乐。"陶梅接着华妈的话，说了自己对苦乐的理解。

布莱尔接着妻子的话说："对对对，人生一辈子，就几十年，苦中作乐，乐中有苦，虽苦亦甜。甜甜蜜蜜，快快乐乐比什么都重要。"

陶爸接着说："现在这些事都不叫作苦，过去我在矿上挖煤那才叫苦呢！"

陶妈责怪了老头子一句："你这老头子啊，就忘不了挖煤那些事！"

大家看看陶爸陶妈，都乐了。

陶爸又说："你别轻看了挖煤这事，这可是我们国家工业化的动力哦，千千万万老百姓也离不开它。现在我说这事还是个重大课题呢。"

陶妈说："什么课题呀？"

"乡愁啊。"

华丽说："对对对，这可是个重大课题啊。"

陶爸说："你看，对吧，华丽都支持我呢。"

陶妈说："是是是，你可找到同盟军了。"

大家又是一阵大笑。

华妈最后说："我都已快六十岁的人了，我们几十年走过的路也是曲折的路。我们曾经辉煌过，但也跌过跤。给我的体会是，再难走的路也能走到头，再大的弯子也能绕过去。这里最重要的就是两个字：坚持。"

"树从根脚起，水打源处流，"华丽最后高高举起手机，"今后，我们多多发挥它的作用哦！"

这顿饭吃了两个小时，酒席结束时，大家依然恋恋不舍，特别是华丽同陶梅紧紧地拥抱，两人都流出了热泪，有高兴，也有苦楚，其中意思，只有她俩心里明白。

34

圆　梦

　　清晨，太阳刚从地平线上露出笑脸，一辆商务车已在丝色罗小区通往机场的高速公路上奔驰，车上的两家人有点沉闷。半小时后，那辆车在机场候机楼门前停下了，华丽、华妈和美儿先下了车，随后郑妈、费燕和春儿下了车，郑重迅速打开了车子的后备厢，拉出了四只大皮箱，还有三个小件，并说："你们在这等等，我把车子放到停车场去，马上过来。"

　　"我们先进大厅，你到大厅来找我们吧。"华丽说完，从边上拉了两辆小推车，大家把行李放了上去，一行人进了候机楼大厅。郑重停车回来对华丽说："我们去办登机手续吧？"

　　"行。"华丽和郑重推着两辆小推车去办了登机和行李托运手续。

　　然后两家人真的要分别了，大家都有些依依不舍，难舍难离。华丽毕竟在美国待了十几年，从一个花季少女进来，到如今作为两个女儿的妈妈离去，岁月的酸甜苦辣都已刻在她的脸上；华妈尽管来来去去，但也在美国待了十来年，这次走了，以后什么时候再来，都难说了；两个孩子生在美国、长在美国，如今妈妈、美儿要同春儿分开了，而且远隔太平洋，他们难分难舍都在情理之中。华丽一手牵着春儿，一手牵着美儿，母女仨含泪欲滴，凄美惹人怜。春儿望着妈妈，两只大眼睛晶莹的水珠欲滴未滴，她说："妈妈，有您在，即使在骄阳似火的盛夏，我会感到一身清凉。"

　　"春儿，妈不管在哪，心里永远装着你和你妹妹。妈每当想到你俩，就浑身有劲。"

　　"妈妈，有您在，即使在大雪纷飞的严冬，我的心里也是暖的。"

　　"春儿，每当妈受到挫折的时候，一想到你们姐妹俩，妈就有勇气去面对。"

　　"妈妈，有您在，我在学校不管遇到什么样的难题，我都有信心去解决。"

"春儿，你是妈的宝贝，妈在大洋彼岸天天会在视频里同你说话，妈一有时间就会飞到美国来看你，好不好？"

春儿摇摇头，可怜巴巴地问："妈妈，您能不能不去中国？我舍不得您。"

华丽把春儿搂到了怀里，美儿也抱住了春儿。这时春儿再也控制不住了，眼泪哗哗地掉了下来，进而哭出声来了，美儿也哭了，华丽也落泪了。站在边上的华妈、郑妈和费燕都流泪了……

时间逼着她们不得不分开。华丽强作微笑，抬起头来，对郑妈说："妈，你也上年纪了，以后不要这么辛苦了，希望你保重。"

"妈知道，你们都要保重哦。"

"燕妹、郑重，我把春儿交给你们了，希望你们好好培养她成长成材，拜托了。"华丽说完这句话，眼睛又红了。

"姐，你放心，我们就这么一个孩子，我们会把春儿当成宝贝的，会把她培养好的。"

郑重说："华丽，你也不要太拼了，要保重身体，并向爸问好。"

"嗯。"华丽最后又对春儿说："春儿，好好听话，想妈了，给妈打电话。"

"妈，你要常来美国看我哦。"

"妈知道了，妈有机会就来美国，跟妈说再见！"

春儿就不肯说这句话，紧紧抱住妈不肯放手，美儿挣脱了外婆的手，又紧紧地抱住了姐姐，姐妹俩都哭成了泪人，华妈、华丽好说歹说，春儿总算放手了，让华丽、华妈和美儿进了安检的门。

第二天傍晚，太阳快要落山的时候，一辆商务车开进了中国浙江之江开发区桃花园小区的大门，小车在十二号楼一单元门前停下了，华廉洁打开车门，让华妈、华丽和美儿下了车，司机打开了小车的后备厢，拎出了行李，又装上一辆小推车，送进了一单元八〇一室。

华爸说："我接到丽儿要回国开公司的电话后，在这儿租下了一套公寓，一百五十平方米。我们上楼吧？"

华丽说："好，上楼。美儿，我们到家了。"

美儿说："到家了，这可是我们的新家哦。"

华妈说："我们美儿真乖，我们在这儿安家了。"

一家人进了八〇一室。房子朝东朝南，四室两厅，南北通透，全新家具。

爸妈住一间，华丽住一间，美儿住一间，还有一间是留给春儿的。

"哇，房子很大、很新、很好，谢谢爸。"华丽先夸了夸爸，又对美儿说，"美儿，到你的房间看看？"娘儿俩进了美儿的房间，"美儿，怎么样，满意吗？"

"满意。"

一家人很快安顿下来了，这也显示了老市长的办事能力。

晚上，美儿睡了，华爸、华妈和华丽在客厅坐着。

华爸说："丽儿，你就这么回国了？"

"回国了。以后啊，爸妈在哪，我就在哪。"

"算来你在美国待了十七八年，就这么回来了，不遗憾吗？"

"不遗憾。爸，我在美国收获了岁月、孩子和婚姻的经历，这是属于我生活的阅历、社会的磨炼和人生的寄托。要是没有这些挫折，我可不会有这些收获。现在能回到爸妈的身边，这是我的愿望和追求。"

"真不遗憾？"

"真不遗憾，能跟爸妈在一起，是我最大的幸福。"

"你以后想做什么呢？"

"还是做我的本行。明天我就去工商局，注册一家公司，开网店，卖我'亮晶晶'的品牌。"

"你的想法好，爸支持。你看，阿里巴巴从注册到现在，才几年时间，发展多快啊。"

"是啊，发展的速度惊人。爸，以后你跟我一块做吧，你当董事长，我做总经理，怎么样？"

"做董事长可不行，爸可以当你助手啊。"

"行，我俩一起做。"

华妈说："好啊，你俩一起做，我呢，给你俩做后勤吧。"

"有妈做后勤，我们的后顾之忧可就没有了，我们可以一门心思做自己喜欢的事业了，这太好了。"

夜已深了，月光照进了八〇一室，主卧里华爸、华妈已安静地睡着了，次卧桌边华丽还在电脑前处理自己的业务，儿童房美儿在甜甜地睡着，整个套房内显得安静无比。

清晨，华爸正在庭院内打太极拳，华妈从外面买了大饼油条豆浆回来，又进了厨房准备早餐。八点过后，华丽、美儿先后起床洗漱后来到了餐厅，大家互相问候，共进早餐。一家人显得那么和谐、有序。

早饭后，华丽第一个出门了："爸妈，上午我去趟工商局，下午去找找公司的经营场地，到吃晚饭时才回家呢。"

华爸、华妈说："好啊，你去吧。"

吃晚饭的时候，华丽回家了，见华爸坐在客厅看报："爸，现在中国办事效率真高，我们的公司注册完成了，公司名称叫'丽美网店'。"她顺手从包里拿出营业执照递了过去，华爸接过来一看："好，这名字很美，就是丽儿和美儿的两个字吧。"

"对，我们公司的场地也找好了，下周就开业了。"

"你的效率真高。"

"爸，不是我的效率高，是政府的效率高。"

"对对对，现在国家的改革越来越深入，办事效率越来越高。"

这时，华妈把饭菜端到了餐桌上："吃饭吧！"

"好，吃饭，我还真有点饿了。"华丽边说边到饭桌前坐下了，华爸、美儿也来到餐桌前坐下了……

十天后，"丽美网店"开业了。网店租在之江开发区，一百多平方米的大通间，放了十几张电脑桌，十几位年轻的姑娘、小伙子正在忙碌地处理业务。华丽的办公桌在大通间最靠后的地方，她可以看到前面的每一张桌子和员工。

二十天后，新学期开学了，美儿就在开发区外国语学校就读。接送的任务自然落到了华妈的身上。

这一家人每天吃晚饭的时候总能聚在一起，大家都觉得挺好，挺幸福。马克思说过："历史把那些为共同目标工作，因而使自己变得高尚的人称为最伟大的人物；许多赞美那些为大多数人带来幸福的人是最幸福的人。"唐朝大诗人杜甫也说过"安得广厦千万间，大庇天下寒士俱欢颜"，说的也是这个意思。能做这档大事而且能做成的当然是了不起的人物，华廉洁如今协助女儿做点力所能及的小事，这也是检验幸福的重要标志物。华妈、华丽对幸福的认识，除了共同因素外，都有自己不同的追求与呈现。

四个月后，贺生、贺强父子回国了。那天，是华丽开车到上海浦东国际机场接的他俩。

下午两点多，贺生、贺强父子俩在机场出口处见到了华丽，华丽先抱了抱强强，又同贺生握了握手："你终于回来了？"
　　"回来了，我可是追随你的脚步哦。"
　　"你有什么打算吗？"
　　"有。下周省科技委有场招聘会，我打算去应聘。"
　　"好。当个公务员也不错，旱涝保收呢。"
　　"是啊。我不想当老板，经商、当老板可是我的短板，我只求生活有保障。"
　　"你的想法不错，我赞成。"
　　傍晚，华丽的小车直接开到了之江开发区桃花园六号楼。
　　半个月前，贺生电话告诉华丽，说自己已决定回中国，请她帮助租一套住宅，华丽就在自己住的小区帮他租了一套八十平方米的公寓。现在华丽直接把小车开到了六号楼门前，他俩把行李搬到了一单元六〇一室。这是一套两室一厅的房子，房子和室内的家具都是新的。
　　华丽问："这房子还行吗？"
　　"好，很好，我和强强两个人住这么套房子很不错了，谢谢你哦。"
　　"强强读书问题，我也帮他落实了，跟我们美儿一个学校，开发区外国语学校，接送问题由我妈负责。"
　　"真是太好了，你这可帮了我的大忙了。"
　　"你啊，别跟我客气了。晚上，去我家吃饭。"
　　"这不好意思吧，太麻烦你妈了。"
　　"不麻烦，我爸还想见见你呢。"
　　"好吧，要么你先回去，我准备一下过去。"
　　"你去准备吧，我在这等等，一起走。"华丽说完，走到客厅坐下了。
　　"行。"贺生把大箱子拎到了卧室，换了套干净体面的衣服，拿了点礼品，说，"走吧。"
　　"强强，走，跟阿姨去我家吃晚饭。"
　　强强问："晚上能见到美儿吗？"
　　"能，走吧。"
　　"好，走嘞。"强强高兴地说。
　　华爸、华妈为了准备今晚的晚餐，整整忙了一个下午。这时，他俩把四道冷菜、六道热菜都端上了桌，有鱼、肉、鸡、蟹和两道素菜，还有一瓶红酒。

华妈听到敲门声，上前两步把门开了，见到贺生、贺强，热情地说："贺生，强强，你们来了，路上还顺利吧？"

"顺利，很顺利。大妈，您还好吧？"

"好，很好。"

这时华爸和美儿走了过来，美儿一把把强强拉走了，华丽向华爸介绍说："爸，他就是我常给您说的，贺生。"

面对恋人的父亲，贺生有些拘谨："大伯，您好。"

"好，来来来，里面坐。"华爸看了看手表，"要么，我们吃饭？边吃边聊。"

华丽说："爸这主意好，边吃边聊吧。"

大家围着长条桌坐下了。

华爸说："丽儿在美国期间，你给了她很多帮助，我得谢谢你哦。"

"因为华丽的这些事，它给了我很大的动力，使我长了知识，我还得谢谢华丽呢！"贺生不仅谦虚，而且会说话。

"你客气了。"华爸对贺生的第一印象不错，他一转话题，"你这次回国有什么打算吗？"

"有。下周省科技委有场招聘会，我想去应聘。"

"想当公务员？"

"是。我觉得自己不是做生意的料，恐怕还是适应坐办公室，所以想到招聘会去试试。"

"好。人啊，能找准自己的定位，做自己喜欢做的事，太重要了。这样不仅能做好事，还不会太累。"

"对对对，世界上真正能找到既做自己喜欢的事，又能赚钱养家的工作，这样的人太少了。许多人为了赚钱养家，只能放弃自己的爱好，去做自己不愿意做的事。"

"是啊。"

这顿饭吃了一个多小时，基本上是华爸与贺生在讲话。

晚饭后，贺生父子走了。华爸对华妈、华丽说："这小伙子不错，有知识，有修养，还很谦虚。"

"是啊，他跟我们丽儿说得拢、合得来。"

"这很重要。丽儿，你感觉如何？"

华丽懂得爸妈的意思，说："看看再说吧。"

一周后，贺生参加了省科技委的招聘会议，以优异的成绩被录取，并直接当了处长。

此后，每当月明气朗的夜晚，在之江大堤上总会出现一对情侣。他们十指相扣，缓缓走着，诉说人生成败得失，喜怒哀乐，家长里短，父母子女，总有说不完的话题。

这对情侣就是华丽与贺生。

第二年中秋节，贺生一早瞒着华丽包下了之江花园的露天茶座。

这天夜里，天清月明，微风习习。贺生和华丽手牵着手，缓缓来到露天茶座。平日里热闹拥挤的茶座，今夜显得格外冷清。他俩在正中间的一张圆桌边坐下了，随后又陆续来了五六位青年男女靠边坐定。服务生为大家送上了茶水。

华丽觉得有些奇怪，问贺生："嗨，今晚这里怎么会那么清静啊？"

"清静点不好吗？"贺生神秘兮兮地笑着。

"我倒是挺喜欢清静，但是，这不应该啊！"

"为什么？"

"今天是中秋节啊，总该有人来赏个月什么的吧？人不可能这么少啊。"

"你希望这里有很多人？"

"那倒也不是。"

"现在的人，赏月的习惯都变了，大家不喜欢闹，就喜欢静。小情侣都去湖边手拉手月下漫步了，只有我们这样的老情人才在这里静静地坐着喝茶赏月。"

"我们老了吗？"

"不不不，我这话说得不好，不够准确。"

"唉，你说得挺对的，我是结过两次婚的人了，还有两个女儿，老大今年都十二岁了，岁月无情啊。"

"其实你一点儿也不老，你今年才三十三岁呀，正是好年华呢。"

"你这个人，就知道逗我开心。"

贺生看了看表，又看了看天，突然蹦出一句话来："华姐，嫁给我吧？"

"你这是在向我求婚吗？"

"是啊，你嫁给我好不好？"

"太不正式了！求婚得有鲜花戒指吧？"

"鲜花会有的，戒指也会有的。"

"在哪呢？"

贺生举起右手，做了个"起飞"的手势，顿时从不远处的树丛中飞出五架小小的无人机，在茶座上空盘旋，随后片片花瓣和彩带如天女散花落下，音乐响起，一架无人机降落到他俩面前，机身上卡着一个小匣子，一枚戒指在其中闪闪发光。

贺生取下戒指，走到华丽面前，单膝下跪："华姐，你嫁给我吧。"

华丽既惊讶又感动，几乎说不出话来，只是一个劲地点头，贺生把戒指轻轻戴在华丽的手指上，两人的脸上洋溢着幸福的微笑。茶座边上坐着的青年男女这时也纷纷起立，鼓掌、喝彩，他们都是贺生安排好的"托"。

夜深了，美儿已经睡了，华爸和华妈仍坐在客厅聊天，这时华丽开门进来："爸，妈，你们还没睡呢？"

"丽儿，我看你容光焕发的，是有什么喜事吗？"华爸看到女儿兴奋的表情，没有回答华丽的问题，而是抢先发问了。

"有啊，贺生向我求婚了。"

"这可真是我们家的大喜事，"华爸又问，"你们准备什么时候举行婚礼啊？这次婚礼由爸来操办。"

"爸妈，我们都一把年纪了，我想领个证就行了。"

"不行。你第一次结婚，爸妈都不在你身边；你第二次结婚，妈在，爸不在；这第三次结婚嘛，必须得让爸来承担一次当爸的责任啊，我得亲手把你交给贺生。"

"丽儿，你爸说得对，你这一次就得正正规规、漂漂亮亮结婚，还得按中国的方式来。到时候，我们把春儿叫来，大家热闹一下。"

"一定要这样吗？"

华爸华妈异口同声："这是必须的。"

华丽默许了。

接下来，华丽和贺生拍了婚纱照。别说，他俩尽管是三十好几、奔四十的人了，经过化妆师那么一打扮，拍出来的各种姿态的照片依然光彩照人。

华爸、华妈把婚礼日期定在圣诞节后的一天，因为这时美国学生已经放假，春儿有时间来参加妈妈的婚礼。

大洋彼岸的郑重、费燕和春儿接到华丽、贺生结婚的邀请后，又惊又喜，尤其是春儿，乐得一蹦三丈高。郑家人商量后决定由郑重和费燕带着春儿去中国参加华丽的婚礼，费燕也要乘此机会回老家探望父母。

陶梅和布莱尔也接到了华丽的邀请，也决定来中国参加婚礼。

圣诞节这一天，美国的客人都到了之江开发区的皇冠酒店。晚上，华丽、贺生在之江皇冠酒店西子厅包厢为大家接风洗尘，华家、贺家人早早地在酒店包厢等候。郑重、费燕牵着春儿的小手走来，春儿远远地见到妈妈和外婆，立即跑了过来，投进了妈妈的怀抱。美儿上来抱住了春儿，母女三人紧紧地拥抱着彼此，其他人都在一旁静静地看着她们……

过了许久，春儿抬起头来："妈妈，我想死你了，你怎么这么长时间都不来看我？"许久不见母亲，小姑娘有些责怪妈妈。

"妈妈不是邀请你来中国了吗？"华丽回答了女儿的问题，又指着华爸说，"春儿，那是外公，快去抱抱外公。"

春儿迟疑地看了一眼外公，还是外公抢先走过来抱住了春儿："春儿乖，我们春儿长得真好，像妈妈。今天，外公见到春儿，真是太高兴了。"

"我也很高兴。"春儿抬起头来又看了一眼外公，"外公真帅！"

华爸听了哈哈大笑："还帅呢？外公老咯！"

"外公不老！"

其他人也都互相打了招呼，握手的握手，问候的问候。

这时，陶梅、布莱尔来了。陶梅和华丽热烈地拥抱，华妈又介绍华爸同布莱尔认识，他俩紧紧握手，互相问候。

陶梅说："小妹，你的选择是对的，你现在不仅跟爸妈在一起，而且收获了爱情和事业，我向你祝贺。"

"谢谢陶姐，你和布莱尔先生能来参加我们的婚礼，我真是太高兴了，太感谢了。"

"不不不，我得谢谢你，有了你的邀请信，我才有理由来中国，才有机会同久别的小妹相见。"说完这些，她又走到华爸边上说，"华丽爸爸，您好啊。"

"你是陶梅吧?"

"是。"

"我常听丽儿说,她有个漂亮的陶姐,真是名不虚传,漂亮、热情、善良、有趣。"

"您夸张了,真是太夸张了。"陶梅小姑娘似的脸红了,连连摆手。

"丽儿有这么一位陶姐,让她熬过了最艰难的岁月,我得谢谢你。"

"您太客气了。"

华爸、华妈让大家入座。席间,华爸首先说了一通欢迎词,然后说:"现在,中国进入了一个新时代,处处洋溢着新气象。"

陶梅说:"是啊,我们下了飞机,就上了高铁,这就是中国的时代,这就是中国的巨变啊。"

郑重说:"高速公路四通八达,跨江大桥漂亮气派,真是太厉害了,我们的中国。"

费燕说:"我离开中国这么几年,这里的变化真是太大了。"

这顿饭,大家有说有笑,整整吃了两个小时。

最后,贺生说:"明天参加完我们的婚礼,后面两天我和华丽陪大家在杭州玩玩,游游西湖。西湖虽然没有密歇根湖那么大,但别有风味。苏东坡说得好,'欲把西湖比西子,淡妆浓抹总相宜'嘛。"

大家报以热烈的掌声。

第二天傍晚,华丽和贺生的婚礼在皇冠大酒店中厅举行。中厅尽管不大,但非常别致。酒席只订了八桌,但邀请的宾客都有一定档次。除了华丽、贺生在美国的朋友外,就是他俩单位的员工。

晚上六点半,宾客已经入座,婚礼即将开始。

在婚礼进行曲的伴奏声中,新郎贺生穿着一身黑色的西装,显得既帅气又庄重。贺强牵着爸爸的手走过一段红地毯,到了台上。

接着,美丽的新娘华丽出现在用鲜花搭成的亭子间,挽着父亲华廉洁的手臂,春儿、美儿牵着妈妈婚纱的孔雀拖尾。这一家人让人赏心悦目,参加酒席的来宾啧啧称赞。一行四人踩着乐曲的节奏缓缓走到台上。

华廉洁对着贺生说:"今天,我把我的女儿交给你了,希望你能好好待她。"

"爸爸,你放心,我会好好待我的妻子的。你能把这么优秀的女儿嫁给我,这是我三生三世修来的福分。我要用三生三世的爱来好好待她。"

大家报以热烈的掌声。

大婚之后，贺生、华丽陪陶梅、布莱尔、郑重、费燕和孩子们游了两天西湖，西湖新老十景几乎玩了个遍。

三天后，陶梅、布莱尔直接回了美国；郑重、费燕和春儿回了老家，然后回了美国；华丽和贺生过上了平静的生活。

后 记

《密歇根湖畔》一书的几位主人公是有生活原型的，即使是虚构的情节，也是建立在调查研究和生活体验基础上的。作者从领导岗位退下来后，曾多次前往美国，每次都要住上一两个月，听到和见到了一些朋友和亲戚的创业与生活的经历，有成功的喜悦，也有冷遇的辛酸。有些事，作者还做了专题调查与考证，如在美国打官司的问题。总起来说，这是一本励志小说，详尽地阐述了许多中国人在异国他乡艰苦奋斗、诚信友善、结婚离婚、遇难解危的故事。法国画家米勒说过："倘若要使别人感动，首先要自己感动；要不然的话，再怎么巧妙的作品，都绝不会有生命。"作者在创作过程中，常常会含着眼泪，充满激情。有几位朋友看了本书初稿后说："许多情节让人感动，掉下了眼泪。"作者希望大家能喜欢这本书。

本书实际上在2016年已经完成，因为某种原因，一直没有出版。在这中间，作者征求了几位在美国和在浙江大学、上海复旦大学、浙师院的朋友、学者的意见，反馈的情况，有赞美之词，当然也提出了不少建议，作者一一作了修改。

本书在写作出版的过程中，得到了方晓军、刘臻、沈闻、陈鑫颖、傅丽霞、陈华春等同志的关心与帮助，在此表示深深的感谢。

方文

2023年3月1日

图书在版编目（CIP）数据

密歇根湖畔 / 方文著 . -- 北京：作家出版社，2023.7
ISBN 978-7-5212-2333-0

Ⅰ.①密… Ⅱ.①方… Ⅲ.①长篇小说 – 中国 – 当代
Ⅳ.①I247.5

中国国家版本馆 CIP 数据核字（2023）第 102214 号

密歇根湖畔

作　　者：方　文
封面题字：骆恒光
责任编辑：袁艺方
装帧设计：天行云翼・宋晓亮
出版发行：作家出版社有限公司
社　　址：北京农展馆南里 10 号　　邮　编：100125
电话传真：86-10-65067186（发行中心及邮购部）
　　　　　86-10-65004079（总编室）
E-mail:zuojia@zuojia.net.cn
http://www.zuojiachubanshe.com
印　　刷：三河市北燕印装有限公司
成品尺寸：170×240
字　　数：350 千
印　　张：26.25
版　　次：2023 年 7 月第 1 版
印　　次：2023 年 7 月第 1 次印刷
ISBN 978-7-5212-2333-0
定　　价：58.00 元

作家版图书，版权所有，侵权必究。
作家版图书，印装错误可随时退换。